KB270813

소래(笑來) 김중건(金中建)선생 전기(傳記)

明文堂

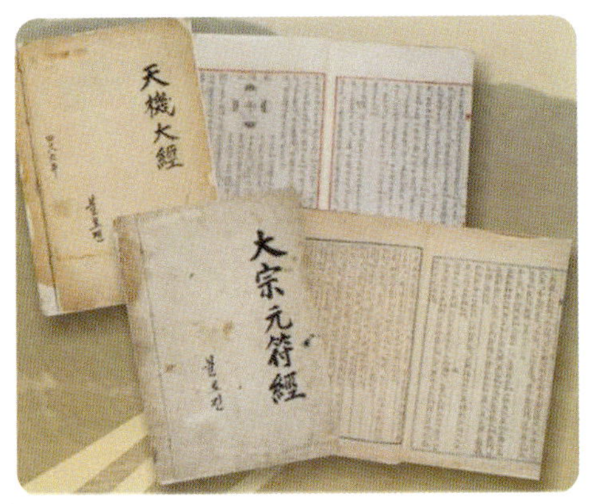

천기대경, 대종원부경(독립기념관 제6전시실)

不二說　　金中建

惟天은無二호니天의道ㅣ二致가有호며天
의敎ㅣ二軌가豈有호리오
神理氣形의四天이有호나天外로來호別天
이아니며公産法利의四地가生호나天外로
來호別地가아니며崘崒穹森의三族과儒佛仙
의三敎도坯한天外로來호別族別敎가아니
라言四言三이摠是大天中一案이로다
人의耳目이有二호나其用은惟一호니左耳
로聞호金聲이右耳에木聲일비無호며行目
으로見호綠色이左目에黃色일비有호리오
人去人來눈循環天의一輪이라冥界人陽界
人이其輪이有殊호나理固不然호도다我眼

二三

1910. 9. 15 천도교회월보에 발표한 글

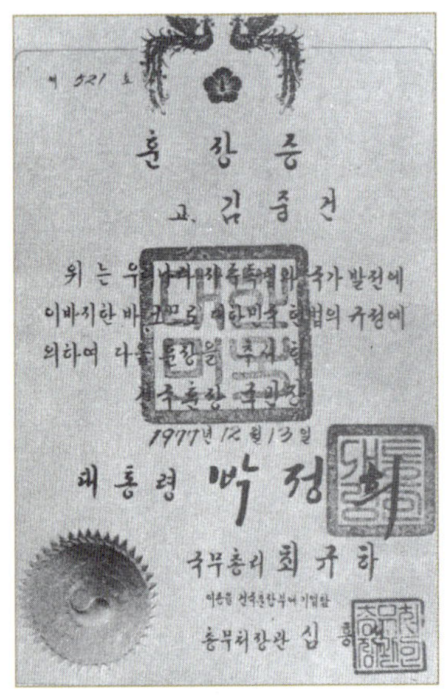

훈장증(1977년 12월 13일에 받음)

훈장일식은 독립기념관에 보관함

1927년 7월 9일자 기사(공판은 8일)

1927년 10월 4일과 9일의 기사(결심공판은 3일과 8일)

1988년 8월 24일 독립기념관 경내에 건립된 선생의 어록비

소래선생 어록비 후면의 약력

소래 경주김공 중건선생 기념비

비 뒷명
(경기도 남양주시 수동면 지둔리 영흥임원내)

기념비 제막 때 김지용 회장의 봉헌사
(1995. 12. 6)

기념비 제막식(1995.12.6)
(이강훈 회장도 참석)

순국선열 김중건의 묘와 묘비명

묘 비석 앞면

뒷면

앞면 비문

뒷면 약력(1988년 8월 24일 세우다)

소래선생 유고전시와 유고집 발간

유품전시관에 유고6편 전시
독립기념관 제6전시실

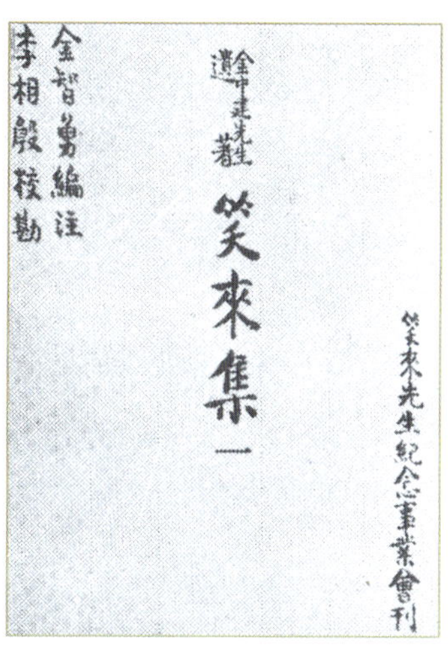

유고집인 「소래집」 1969년 간행

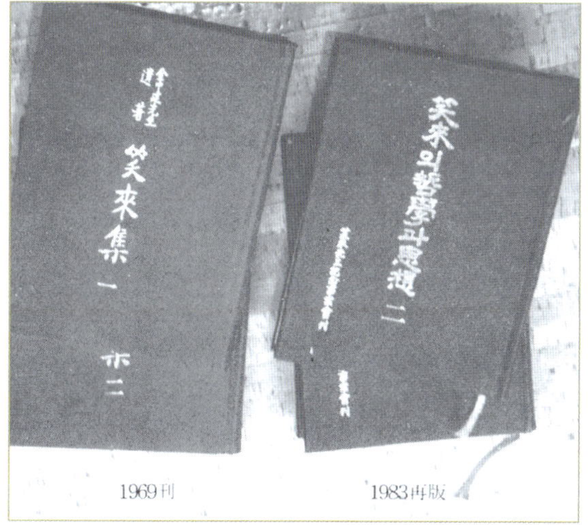

유고집인 「소래집」과 재판 소래집
재판은 1983년에 대구에서 함

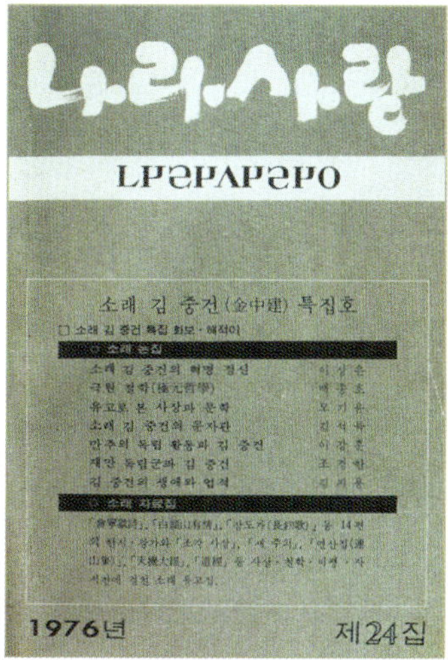

외솔회에서 펴낸 김중건 특집호
1976년

소래 김중건선생 기념비와 비원조성기(碑苑造成記)

소래선생 기념비
왼쪽에 선생의 중시조(고려말 金義)
비가 세워져 있다.
(남양주시 수동면 지둔리)

비원(碑苑) 약 100평을 조성한
내력의 비원조성기비문

비원조성 찬조인사 방명기
(비원조성기 후면)

이달의 독립운동가 김중건(2003. 2)
기념강연 독립관에서

선생 순국64주기 추도식과
추모강연회를 마치고(1997.3.24)
프레스센터

소래선생 학술강연회(한글회관)
(1993. 3. 24)

기념비 제막식 광경 (1995. 12. 6)

전 광복회장(李康勳)과
서울지방보훈청장의 분향

영흥군민회 부회장(金良瑪)과
종친들의 분향

제막식에서

순국선열 김중건의 묘 헌화와 참배 (대전국립묘지)

유족(金志東)의 헌화
(묘지 관리사무소에서는 항상
조화를 꽂아놓고 있지만)

기념사업회장(金智勇)과 문중의
문장(金允經=독립유공자)의 참배

문중 종친회장(金敎協)의 참배

설원에서 싸우던 유적지와 유족

선생이 주의촌을 건설하고 싸우시던
중국 장백현

맨발로 뛰시던 눈덮인
중국 장백현 유적지 답사

유복녀나 다름없는 외딸 金貞婉 할
머니 그는 중국 하얼빈에서 살다가
1997년 76세로 작고했다.

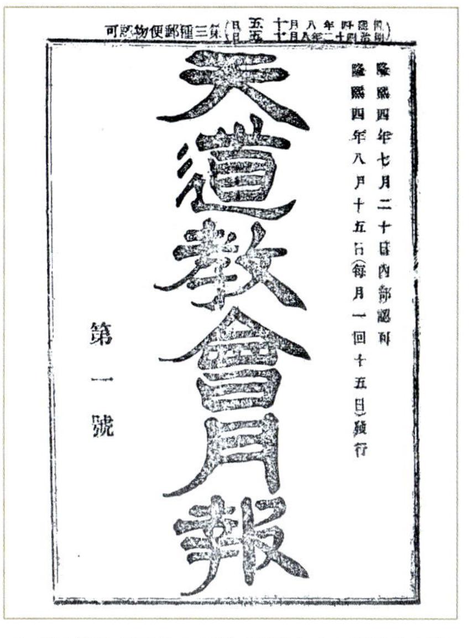

天道敎會月報 第一號

可認物便郵種三第　（明治四十四年八月二十日）（隆熙四年十月十五日）
隆熙四年七月二十日內部認可
隆熙四年八月十五日（每月一回十五日發行）

第一號

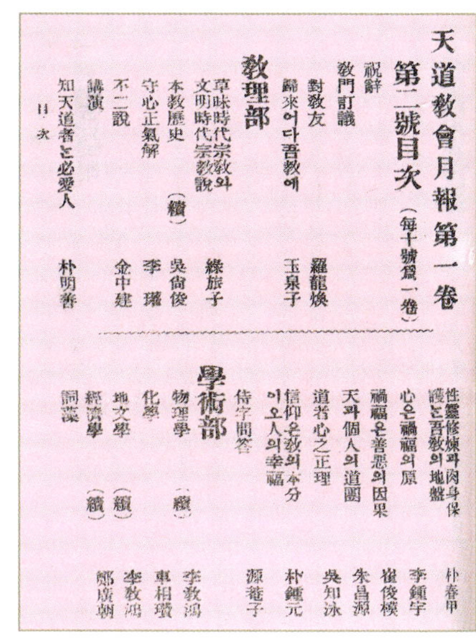

天道敎會月報 第一卷
第一號目次 （每十號爲一卷）

性靈修煉과肉身保護논吾敎의地盤　朴春甲
心은禍福의原　李鍾宇
禍福은善惡의因果　崔俊模
天꽈個人의道國　朱昌源
道者心之正理　吳知泳
信仰은敎의本分　朴鍾元
어오人의幸福　源菴子
侍字問答

祝辭
敎門訂議
對敎友　羅龍煥
歸來어다吾敎에　玉泉子

敎理部
草昧時代崇敎와
文明時代宗敎說　綠旅子
本敎歷史 （續）
守心正氣解　吳尙俊
不二說　李璿
講演　金中建
知天道者논必愛人　朴明善

學術部
物理學 （續）
化學
地文學 （續）　李敎鴻
經濟學 （續）　車相瓚
詞藻　鄭廣朝

目次

소래선생은 1910년 9월 15일부터 1912년 4월 15일까지 10회에 걸쳐 천도교월보에 논설을 발표하였다.

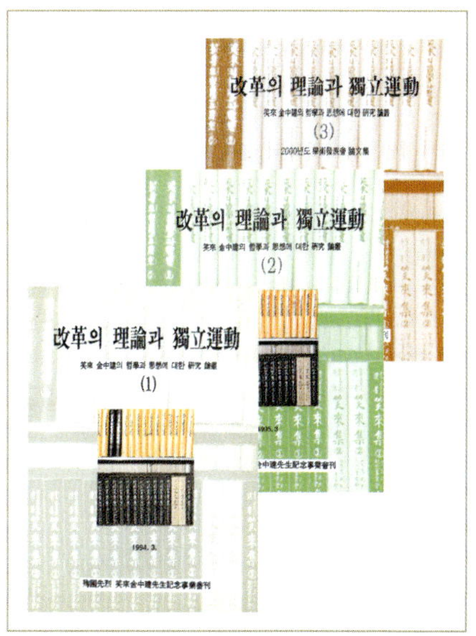

소래선생연구 논총집

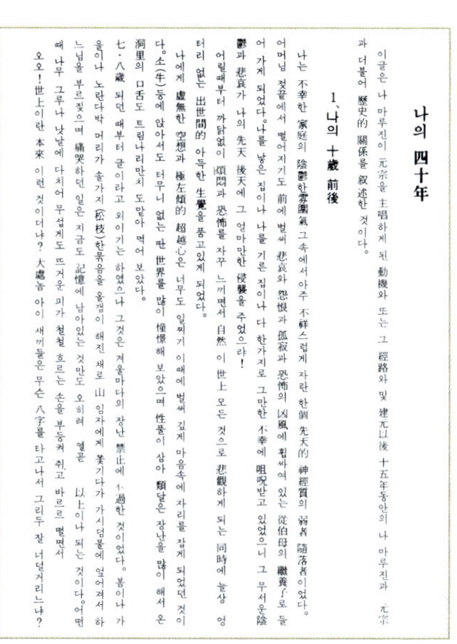

소래선생의 자서전(1927년 씀)

동녕현성 전투 현장과 당시의 독립군 모습

동녕현성 전투 현장의 현재 모습
선생은 1931년 일제의 만주침략 이후 일제와의 전면적인 무장투쟁을 위해 중국의 길림구국군과 연합하여 1932년 12월 동녕현성에서 일제와 치열한 공방전을 전개하였다.

1930년대의 만주 독립군 모습 (柳銀珪 제공)

장백현 주의촌이 있었던 곳

원종촌의 소년단 어린이들 (유은규 제공)

중국 국자가 감옥과 서울 서대문 형무소

새바람잡지 사건으로 체포되어 감금되었던 국자가의 감옥

새바람잡지 사건으로 이송되어 감금 당하고 있었던 서대문 형무소.
경성복심법원에서 1927. 10. 9. 공판받았다.

서　문

　　1968년 소래선생의 유고 15편으로 「소래집」(笑來集) ① ②권 두책(1,000여 면)을 편집, 발간할 때 흩어진 원고를 모아 주시던 소래선생의 문하생 여러 어른이 안타까워 하며 하는 말이

　　"선생님께서 글을 많이 쓰셔서 200편이 넘는 저작이 있었으나 모두 잃고 이 15편 밖에 못 건졌으니 이거나마 가지고 선생님의 사상과 철학이 들어나도록 출판하여 달라."고 하였을 때 그렇게 많은 일을 하신 소래선생이 그 엄청나게 많은 분량의 저술까지 하였을까 하는 일말의 의문을 남긴채 "200여편이 있었다더라"라는 말까지 덧붙여 유고를 다듬어 편주(編注)하여 발간 했었다.

　　하기야 한우충동(汗牛充棟)하리만큼 어마 어마하게 많은 저술을 남긴 다산(茶山) 정약용(丁若鏞)의 시문(詩文)을 연구하여 일본 교도대학(京都大學)에서 문학박사 학위를 받은 필자로서는 그 수량이 많음보다 처지와 여건이 다산과 소래가 달랐기 때문에 얼른 수긍이 안갔던 것이다.

　　그러나 그 뒤 '그처럼 많은 저술은 사실' 임을 확신하게 되었으니 「소래집」발간 이후 「천도교회월보」에서 소래선생의 논설문 10여편을 발견하고 읽어 본 사실이 첫 번째 의문이 풀리던 일이다.

　　천도교회월보는 1910년 8월 15일에 창간호가 나오고 그 제2호인 동년 9월 15일 발행호부터 김중건(金中建) 이름으로 주로 김소래의 극원철학(「천기대경」) 이론을 국·한문 혹은 순국문으로 월보 교리란에 1912년 봄까지 10회에 걸쳐 발표하고 있었음을 보고 소래선생의 필력(筆力)이나 문장 솜씨의 특성을 읽었으며 동시에 다작(多作) 솜씨도 아울러 엿볼수 있었고,

　　또한 선생의 자서전인 「나의 40년」 글 속에, 장백현(長白縣)에 잠겨져 있을 때의 회고로

　　"의미 심장한 포부만 가지고 그냥 가르치고 쓰고에 더욱 열중하였다. 빠른 것은 광음이라 구주(歐洲)의 혈우성풍은 어느듯 5년이란 짧지 않은 시간이 경과하여…"

라고 하였으니 항일독립운동 과정에서 틈만나면 저술하였고 또 쓴 것을 가르치고 하느라고 저작이 많았겠으며

소래선생 수제자인 이평림(李平林)옹은 '生涯의 苦境相'이란 회고 증언에서

"저술하실때는 자꾸 쓰셨고 추고하는 일은 별로 없었다. 남의 유명한 책을 보실때에는 자꾸 책장을 넘기는 속도로 읽고 바루 논평을 내리셨다. 어느때 저술하시는 모양이 하도 피곤해 보여서 어느 제자 부인이 계란 한 줄을 드리니 그 뒤에 쓰신 글은 길었다고 한다.… 하루밤에 세시간 정도 밖에 안주무시는 정력가로서 늘 홀아비 생애였다."

라고 한 대목을 보아도 소래선생이 저술을 많이 했음을 알겠는데 그러면 그 많은 저작들이 어떻게되어 없어졌는가?

그 첫 번째 환난은 '새바람' 사건때 일본 경찰이 압수해 간 일이었다.

자서전의 '적파의 야료와 새바람사건'이란 항목 중에

"문득 새바람사건은 또 일어나게 되었다. 석판인쇄기 새바람잡지외 각종 서적을 죄다 압수 당하고 나외의 여섯 동인이 체포되어 두도구영사분관 경찰에게 취조를 받고 용정총영사관 검사계로 압송을 당하게까지 되었다."

고했으니 이때에 빼앗긴 저술이 참으로 많았겠고,

1933년 3월 24일에 소래선생이 적파에게 참혹하게 살해당하여 순국하실 때

"놈들은 소래선생 저서 전부를 불살라 버렸다."라고 했으니 이는 두 번째의 선생 저술의 수난이었고, 1945년 종전후에도 북간도 일대는 북한체제와 같이 공산주의자의 지배하에 들면서 선생을 살해한 이광(李光)은 영웅칭호를 받으면서 그 업적을 찬양 칭송하는(이광도 소래선생을 살해한 뒤 그 해에 죽었다함.) 분위기 속에서 선생님의 문하생들이나 유족(외동딸 김정완(金貞婉)이 하얼빈에서 살다가 1997년 76세로 작고)이 간신히 간직하고 있던 저술 원고도 대부분 땅에 묻거나 감추워 두었다가 없어지고 8·15광복 이후와 6·25동란 때 생명을 걸고 혹은 품고, 혹은 지고 월남한 문하생들이 전한 유고가 「소래집」에 담겨져 있는 것 전부이다. 그 문하생들은 생업을 전폐하고 선생의 유저를 돌려가며 베꼈고, 그리고는 다른 가장집물은 모두 버리고라도 선생의 유고만은 남한 학계에 전해야 한

다며 결사적으로 가져온 자료인 것이다.

「소래집」두 책 1,000부 발행은 무가(無價)라서 금방 배포되고 재고책이 없어서 1983년에 재판이 500부 발간되었다. 재판발행 때는「소래의 철학과 사상」이라는 이름으로 대구에서 몇몇 문하생이 주관하여 교정, 인쇄하여 발행하였는데 그때만해도 대구는 지방이라 책에 오식이 너무 많았고, 교정도 깔끔하지 못했다. 더구나 원저자의 언어, 문자를 그대로 전한다고 하면서 문하생들이 옮겨 베낄 때 자신들이 일상 쓰던 사투리(당시 북간도 이주 한인사회에서 쓰이던 함경남,북도 사투리)나 하류사회에서 쓰던 상말이 많이 섞여 있었다. 그러나 1910년에 쓰신 소래선생의 글 10편을 읽고는 선생의 친필 참모습을 알았다.

「소래집」을 본 독자나 연구하려는 젊은 학자들은 언어, 문자가 너무 어려워서 뜻을 잘 파악 못하겠다고 이해하기 쉽게 책을 펴 내기를 희망하였다. 사실 소래선생의「천기대경」(天機大經)과「대종원부경」(大宗元符經)은 순 한문이요 다른 저술도 국한문이지만 그래도 철학이론이요 미래사회를 논하는 주의, 사상의 논술이라서 어렵기는 마찬가지였다. 그러한 사정 때문에 '소래학'의 연구발표회를 구상하여 1964년 소래선생기념사업회 결성이후 거이 매년 순국주기인 3월 24일에 추도식과 추모강연회를 겸하여 실시하면서 소래선생의 철학, 주의사상, 독립운동 등으로 나누어 사계의 연구학자가 연구하고 강연해 주고 있다.

이때에 연구발표 된 논문은 소래선생의 연구논총인「개혁의 이론과 독립운동」이라는 논문집 ① ② ③에 수록하여 알만한 사람은 소래선생의 주의, 사상과 철학 및 그 이념에 대하여 짐작하겠으나 후진에게 소래선생의 순국정신과 애민의 견륜을 좀 더 자세히 알리기 위하여 선생의 전기(傳記)를 엮어 발행하려는 연래의 숙제를 이번 순국 70주기를 맞아 '2월의 독립운동가 소래 김중건선생'을 계기로 엮어서 발간하는 것이다.

그러나 아직도 세상사람들은 '원종'이 무엇이고, '극원철학'이 어떤 내용이며, '대공화, 무국'은 어떤 사회제도를 말하는 것인가에 대한 의문은 책을 끝까지 읽지 않고는 풀리지 않을 것이다.

나 편저자는 서문에서 한마디로 위의 설문에 대하여 소래선생의 입장에서 그 해답을 간단히 전하려한다.

원종(元宗)이란 "먹을 일이 으뜸(元)이요, 사람답게 사는 일이 마루(宗)라"는 뜻으로 쓴 정도대법(正道大法) 즉 중심사상인데 이는 소래선생의 '사람은 골고루 잘 살아야 한다' 는 제세주의(齊世主義) 정신에서 발현된 대법(종교는 아니라고 못 박았음)이고 그 지향하는 사회는 소공화(小共和)를 거쳐 대공화(大共和)를 지나 무국(無國)에 이르는 유토피아적 사회로서 그것은 바로 화소접무(花咲蝶舞)의 선자연(善自然)과 같은 사회이며 이는 인간의 노력으로 이룰수 있는 법없이도 사는 평화스러운 사회이며 이들 이론 철학이 「천기대경」이며,「대종원부경」이며 특히 원종의 대법을 도로써 설명한 것이 「도경」이라는 것이다.

이렇게 대변해도 대공화, 무국의 문제는 아직 남는다. 그점을 잘 설명한 저술이 「농촌주의구체안」(일명 삼단계)이요, 원종에 대한 선생의 설명은 「새주의」(1)과 「연산집」에 소상하고 또 흥미롭다.

이 전기의 부록으로 「나의 40년」, 「천기대경」, 「대종원부경」, 「도경」, 「노래집」의 5편을 붙여 둔 것은 소래선생의 철학과 사상을 연구하려는 학자들에게 자료를 보여주려고 배려한 것이다.

소래선생은 순국하시는 최후 순간에

"우리의 중요 사상 서적을 미국 컬럼비아대학에 보내 달라! 그리고 「원자경」(元字經)은 동지중 후세에 오용할 염려가 있으니 태워 없앨것"

하고 숨을 거두시었다니 선생은 가신지 70여 성상이 되어도 그 학설과 음성의 여운은 은은히 남는다.

끝으로 제6편의 17항 극원철학과 원종사상에 대한 제가의 논설 중 '(5)「도경」으로 본 선생의 극원철학' 은 전 서울여대 이종철(李鍾喆) 교수가 집필하였음을 밝혀두는 바이다.

2003년 8월 말복에

金　智　勇　쓰다

소래(笑來) 김중건(金中建) 선생 전기(傳記)
- 목 차 -

제12편 '새바람' 잡지 사건이 터지다.

제13편 북만 팔도하자(八道河子)에 어복촌(魚腹村)을 건설하다.

제14편 큰 별은 지고 철학과 사상만 남다.

제15편 독립운동가에 철학가, 사상가, 저술가인 소래선생

제16편 부록

순국선열 笑來 金中建선생 연보(年譜)

시기와 나이	기사 및 활동 내용과 경력	활 동 지 역
1889.12.6	咸鏡南道永興郡古寧面蓮洞里의 천도교인 金敎和 장남으로 출생하다. 蓮洞里는 전통적 유교규법의 慶州金氏 集姓村 道號; 笑來, 마루진 별호; 몰라(沒邪), 불폐(不吠), 연산(蓮山), 역양호인(嶧陽湖人), 일명 원백(元白)	永興 蓮洞里
이유전(유아때)	백모에게 계양자로 들어감(先卒伯父 金敎穆)	〃
유아년(5,6세)	큰집 양자로써 목동생활 전담	〃
1895~1896 (7,8세)	땔감나무 해대며 서당공부. 일찍 사서오경 통달	蓮洞里 서당
1897~1898 (9,10세)	농사일 하면서 독서(고문진보 등 탐독)	
1899(11세)	한시지어 천재라 소문나다.(依壁忽聞楚軍歌, 起把長劍 姑徘徊)	蓮洞里山室
1900 (12세)	건천車씨와 결혼. 독서(제가서, 외가서 탐독)	蓮洞里九而峯
1901~1903 (13~15세)	농사의 틈틈 서당훈장 노릇. 독서(육도삼략, 손무자, 초한기, 주역 등 탐독)	
1904~1906 (16~18세)	구세진결(救世眞訣)을 창조한다고 동네 산 밑에 서실을 짓고 들어앉아 망상에 잠기다.	〃
1907(19세)	大韓每日申報의 사설 '討國民申報'란 글을 읽고 서실에서 훈장과 독서를 덮어놓고, 새물결에 뛰어들어 항일독립운동을 결심하다.	〃
〃	마을에 영명학교(鍊明學校)를 개교하고 50여명의 청소년에 운동체조와 계몽교육을 실시하다.	永興 蓮洞里
1908(20세)	상경하여 천도교회본부에 들어가 교리연구와 교회 조직활동에 진력하다.	서울 천도교회
1910(22세) 9월	천도교회월보교리란에 장차 창론 저술할 극원(極元)철학 논설을 발표하다.(1912년까지 10회)	〃
	극원철학인「천기대경」(天機大經)을 저술하다.	蓮洞里九而峯
	극원철학은 제세구국(齊世救國)을 위한 소공화(小共和), 대공화(大共和), 무국(無國) 이론임.	
1911(23세)	한시 한규설대운(韓圭卨對韻) 8구를 지음(한시는 노래집 참조)	서울

시기와 나이	기사 및 활동 내용과 경력	활 동 지 역
1912(24세)	천도교 조직개혁 목적으로 영흥에서 천도교 청년 강연회를 개최하고 청년들로 2.1결의단 비밀결사를 조직하다.	咸南 永興
〃	천도교 신인회 조직활동(천도교 개혁운동 단체)	咸興 端川
〃	「대종원부경」(大宗元符經), 원종(元宗)주의에 입각한 소공화, 대공화, 무국의 철학적 이론)	蓮洞里山齋
〃	함남 천도교 청년대회 준비차 홍원, 북청 순회	咸興 北靑
〃	함관령(咸關嶺)에서 자객을 만나서 구사일생함	洪原 永興
〃	천도교 간부측에서 출교를 선고했다는 전갈을 받고 천도교 개혁을 포기함.	서울
〃	겨울 고향에 돌아와 연동의 구이봉(九而峯) 산실에 잠겨져 '원종'(元宗)을 연구 준비함(元宗이란 먹을 일이 으뜸(元)이요, 사람구실이 마루(宗)라는 제세구국(齊世救國)사상의 바탕위에 대공화 무국을 목적으로하는 극원철학)	蓮洞里 九而峯下 山室
1913년1월1일 (25세)	연동의 구이봉밑 산간 서재에서 동지 모씨의 입증하에 '원종'(元宗)이란 정도대법(正道大法)의 새 주의를 창건함을 맹세함. "이는 極元哲學을 體하여 世界에 大共和 한 집을 形成하려는–마지막으로 無國까지 實現하려는 世界唯一의 새 主義"라고 선포했다.	蓮洞里 九而峯
〃	이 원종대법(元宗大法)에서는 재래의 전통적 제도와 문화를 부인. 개조하고 새 제도인 농본주의와 새 역법(曆法), 새 문자(文字)를 사용하는 신기원이 시작됨을 선언했다. 따라서 기원 원년은 1913년 1월1일. 신년원단(新年元旦)은 재래의 동지(冬至). 1건(建)은 40일. 1년은 9개월360일에 윤일 5일, 세일(歲日)은 동지. 제일(除日)은 그믐날=동지전날. 경일(景日)은 단오(端午)날, 항세일(亢歲日)은 하지(夏至)날. 산(山)날은 추석. 그 외 문자와 숫자를 병용(倂用), 문자배열 및 명칭을 바꿈. 9극 부호인 구상(九衆)사용(ㅌㅌㅋㅋ등) 이하 상세한 것은 전기 본문 (22)항을 참조	

시기와나이	기사 및 활동 내용과 경력	활 동 지 역
1913 (25세) 건원(建元) 1년	한시 ‘建元元年元旦’ 10운 작시, 창가 ‘建元節’ 외 10여편 작시	서울 蓮洞里
여름	전법(傳法)행차로 상경. 농촌주의 사회제도로 대공화, 무국이 목표	〃
가을	조선총독부의 감시망이 날카로워지다.	〃
	총독부의 감시망을 피하고자 의태주광(擬態酒狂)생활 한시 ‘無底石舟 4구 지음. 창가 ‘歲日’, ‘元歲日’ 등 10여편(노래집 참조 이하 같음)	서울 蓮洞
1914(26세) 건원(建元) 2년	동만(東滿)으로 망명가다. 이름을 원백(元伯)으로 바꿈	東滿(琿春)
	훈춘성의 새풍에서 학교 훈장을 하며 노령(露領) 연해주의 독립운동 큰 접선을 기다리다. 연해주(沿海州) 독립운동 단체와 연락 원종촌(元宗村) 구축. 농우동맹(儂友同盟) 조직함.	
여름	德雲, 龍川을 거쳐 大六道溝독립단 방문. 이때 다복식(多福式) 정책 복안 확정. 이 해에 구라파전쟁이 일어남.	安圖縣 道田洞 德雲, 龍川
1915(27세) 건원 3년	安道縣 道田洞에서 숨어지내며 노령지방의 독립단 소식 기다림. 金田을 연해주로 파견.	長白山 黑林中
	창가 ‘泛元宗’ 등 10여편	
1916(28세) 건원4년	북간도(北間島)로 옮겨 법회총사(法會總司)를 열었다.	
	德水에 자리잡고 원종촌(元宗村)으로 자리 다지고 교육정책을 시작하다. 이때 덕수(德水)학원 건원(建元) 중학교를 설립하다.	旺哥縣
	대진단(大震團)을 조직하고 항일투쟁을 본격화 하다.	
1917~1918 (29~30세)	다시 安圖縣 道田에 옮겨서 지내며 주로 가르치고, 쓰고하는 일로 몰두하다.	安圖縣 道田洞
1918(30세) 건원 6년	구라파전쟁(세계 제1차 대전) 끝나다.	〃
	교육정책을 적극 강화하다. 도전(道田)학원, 왕가(旺哥)학원, 복구학원 등을 설립	
1919(31세) 건원 7년	3.1운동 일어나다.	長白府 德水
	독시주의(獨是主義) 정책을 쓰다.	
	만주(滿洲) 기타 독립 단체는 상해 임정(上海臨政)의 호	

시기와나이	기사 및 활동 내용과 경력	활 동 지 역
1919(31세) 건원 7년	령하에 통일되다. 여름에 中武里에서 마직(馬賊)에 잡혀 구사일생하다. 趙基伯을 撫松에 파견하여 3.1운동을 맞기로하다. 대진단(大震團)이 활동하다.(무장투쟁) 진우회(震友會)가 조직되어 일어서다. 야무진(安圖人) 이 오다. 노래 九一紀念辭(8수)를 짓다.	長白府 德水
1920(32세) 건원 8년	봄, 동만(東滿)으로 나와서 주의촌 건설. 교육정책과 사회정책을 주로 하다. 원종(元宗)의 조선정책을 천명하고 대진단 법훈(法訓) 을 발포하다. 토벌란(討伐亂)을 겪다.(田正洛 총살 당함) 가을, 天寶山에 체포당해 총살위기에서 연설로 탈면 하다. 주의촌의 타격이 막심했다. 10월, 경신(庚申)참변이 있었다.	東滿 長仁岡 〃 〃
1921(33세) 건원 9년	安圖로 다시들어가 산중에 자리잡다. 사회정책을 시행하면서 남래북산(南來北散)의 청년 독립군을 흡수하는 방책을 쓰다. 장질부사가 창궐하여 제자 다수 사망하다. 가을에 홍공포증(紅恐怖症)으로 화를 입다. 徐永達일 가(元宗 本家) 모두 사망	北間島 三道溝 元化洞 〃
가을	三道溝 元化洞으로 원종(元宗) 근거지를 옮김. 소래선생외 3인이 頭道溝의 일본 영사분관에 검거되다. 龍井의 일본 영사관에서 頭道溝 龍井 중국재류금지 처분 받다.	〃 〃
1922(34세) 건원 10년	벽초에 일본의 龍井총영사관에서 '중국재류금지 3년 명령'을 받고 會寧감옥에 투옥되다. 여름에 풀려나서 고향으로 돌아가다. 고향동네는 일본경찰에 의해 피해 막심했으니 집집마 다 수색, 구타당하고 있었다. 창가 會寧行(27수) 짓다.	龍 井 會 寧 蓮洞里
1923(35세) 건원 11년	고향에서 지내면서 음울증, 번민증, 중통증에 시달리 며, 허무주의와 초자연주의에 빠져 사람이 싫어졌다.	〃

시기와나이	기사 및 활동 내용과 경력	활 동 지 역
1923(35세) 건원 11년	그러나 장래 원종주의 달성을 위해 고향의 영명(鍊明)학원을 역양(嶧陽)학원으로 바꿔서 개교하다. 고향 연동리의 개혁·개명에 힘쓰다. 연동리 연대봉에서 다음 일을 경륜하다.	蓮洞里 "
1924(36세) 건원 12년	원종주의(元宗主義) 법훈(法訓) 3대안을 구상 함. 다시 만주의 '원종총사(元宗總司)로 돌아가다.	" 三道溝 元化洞
1925(37세) 건원 13년	법훈 3대안을 발표하다.(1.경리원(經利院) 시설 2.총사(總司)건물 대건축 3.고등교육으로 주의자 양성 정책; 건원(建元)중학, 만종(萬宗)학원 창립 – 그러나 흉년으로 이 안은 연기됨) 세말에 총사(總司) 건축이 대략 끝나고 상층에 총사가 이사하다. 총사(總司)를 元化洞에서 開拓里로 옮기다. '新總司 建築 落成頌 (20수)을 짓다. 3대안 시행으로 조직강화, 독립운동 활성 훈련 강화의 새 시책 수립 종우회(宗友會), 여성종우회(女性宗友會)를 조직하다. 노래 수십편 짓다.	開拓里 延吉縣 平岡 開拓里 일명 主義村 平岡 開拓里
"		
1926(38세) 건원 14년	첫 여름에 만종(萬宗)학원과 건원(建元)중학을 혼합하여 신축 총사 안에 농대학원(農大學院)을 개설. 집중적으로 고등교육 정책 실시	"
1926(38세) 건원 14년	적파(赤派)인 동만청년총동맹(東滿靑年總同盟)의 야료가 더욱 심해갔고 특히 농대학원 때문에 그들이 급해져 훼방공작이 심해져 갔다.	"
"	원종(元宗)사상이 물질주의를 초월하는 정신적 위인교육에서 민중교육으로 전환하면서 대공화 무국으로 가야함을 강조하다.	"
1927(39세) 건원15년	벽두에 동만청년총동맹(赤派)이 총사에 와서 야료를 부렸다. '사상단체풍에 마취된자들의 단말마적 최후 육박이라고 설득시켜 보냈다. 국내에서는 정우회(正友會)가 해체되고 신간회(新幹會)가 형성되어, 민족단일전선 촉성의 기운 고조되다.	平岡 開拓里(主義村)

시기와나이	기사 및 활동 내용과 경력	활 동 지 역
1927(39세) 건원15년 3월 봄	3.1운동기념회 석상 연설 – ABC운동도 민족통일 전선으로 방향전환 한다고 천명하다.. 새바람잡지 사건이 일어났다. 소래선생과 외 6명 및 석판 인쇄기, 새바람잡지의 각종서적을 압수, 체포되었다. '새바람' 잡지는 원종총사(元宗總司) 기관지로 연9회 석판 인쇄로 발간하였는데 적파인 동만청년총동맹의 투서 모함으로 일본영사관 두도구분관 경찰의 체포, 압수 취조하다가 龍井영사관에 송치되고 무죄판결이 났는데 검사가 항고하여 경성복심법원에 이송되어 서대문형무소에서 공판받은 사건이다.	平岡 主義村 頭道溝領事分局 龍井總領事館 龍井영사관 경성 서대문형무소
가을	경성복심법원에서 1927년 7월 9일 1회 공판 심리 1927년 10월 3일과 8일에 결심공판, 무죄방면, 귀향	서울(복심법원)
겨울	귀향도중 원산에서 원종총사(元宗總司)에 종법(宗法) 회의소집 지시 이때 노래 '百八節' (새바람사건)(108수)를 짓다. 개척리 원종총사로 돌아가다.	元山
1928(40세) 건원 16년	제고문(提告文)을 발표하고 사업 실패를 자인하면서 운동의 방향을 대전환 한다고 했음. 실패원인 11항목, 모순점 3항목 지적, 반성 조선민사(朝鮮民社)를 下窰子, 寧古塔에 두고자 했다. 북만(北滿)으로 옮기다. 老爺嶺북록八道河子의 어복촌(魚腹村)으로 이사함.	平岡 開拓里 下窰子
1928(40세) 건원16년	북만(北滿) 鏡泊湖를 거쳐서 八道河子에 원종총사를 옮기며 어복촌(魚腹村) 을 건설하고 원종중앙본부를 두다. 조선민사(朝鮮民社)를 세우고, ABC운동을 항일독립 통일전선으로 방향전환 전개하다. 주의촌(主義村) 건설로 농촌주의 실시 공작분유제(共作分有制) 실시	北滿 八道河子 (魚腹村)
	동대(動隊) 편성 가동. 청년단, 소년단, 장년단, 부녀단을 편성 동원하여 농촌주의 공작분유 조직체 실행하다. 주의촌(어복촌)이 건설되다.	八道河子 魚腹村

시기와 나이	기사 및 활동 내용과 경력	활 동 지 역
5월, 1929(41세) 건원 17년	국내 신간회운동과 유일당운동이 吉林에서 있었다. 신민부의 金佐鎭, 대종교의 尹世復과 북만민족운동 통합을 위해 만났으나 성과는 없었다. 원종법회(元宗法會)를 조직하여 노농공동체를 조직 활성화 하고 교육 및 군사훈련을 강화하다. 북만 독립운동단체와 제휴코자 북만인민대표자대회를 개최하다. 어복촌에다 원종주의촌을 건설하고 독립군의 군량미 공급을 위해 어복촌에서는 농사짓고 김좌진은 山市에다 정미소를 차리다.	八道河子 魚腹村 〃 八道河子 魚腹村
1930(42세) 건원 18년	1월에 김좌진이 山市驛에서 암살되다. 어복촌에 진우회(震友會)를 결성하고 농우동맹(儂友同盟)을 조직하여 독립군에 물자공급, 군량미를 생산하다. 동청(東靑) (赤派)의 방해공작이 극악해지다. 어복촌에는 마적과 중국 공산군부대의 내습이 심해졌다.	〃
1931(43세) 건원 19년	조선혁명지도처(朝鮮革命指導處)를 원종(元宗) 중앙본부 내 진우회 조직에 설치하다. 한국독립당이 결성되고 원종본부에서는 한국독립군에게 물자와 군비공급 및 병력 50명 파견으로 지원하다. 진우회(震友會), 농우동맹(儂友同盟), 조선민사(朝鮮民社)의 활동으로 북만 이주농민을 지원, 결속을 도모하다. 단원은 반농반병(半農半兵)으로 결성됨. 9월, 만주사변이 일어남.	八道河子 魚腹村 〃
1932(44세) 건원 20년	각 독립단과 사상단체들의 규합을 책동하려 함. 적파의 악쟁은 각 일각으로 위험화하여 가다. 중공군 천여명이 주의촌(어복촌)에 와서 무단 주둔하게 되고 그 틈을 타서 동청(東靑)(적파)의 모스크바대학 출신인 張참모라는 자가 주의촌을 샅샅이 조사하고 다녔다.. 중공군 부대는 어복촌을 공산전선화하려고 소래선생을 매수하려 했다.	八道河子 魚腹村 〃

시기와 나이	기사 및 활동 내용과 경력	활 동 지 역
1933(45세) 건원 21년	◇3월20일경, 퉁재귀에 출몰하던 조선인 공산군의 李光부대가 소래선생이 공산군과의 합작을 거부하자 납치하려는 기미가 보였다. 선생은 불길함을 직감하고 일시 德成山으로 피신했다가 주의촌이 걱정되어 돌아왔다. ◇23일 오후 1시경 이광(李光)부대의 李旭이란자와 다른 2명과 중공군이 합세하여 선생과 舜瑞, 東郁, 道經, 龍煥, 昌鳳등 여섯분을 납치하여 아랫마을 중국인 張海의 집에 가서 약칼과 죽침으로 난도질 했다. ◇ 그들의 목적은 맑스주의의 적이요, 공산주의 혁명운동에 있어서 반공노선에 철저하여 방해인물로 회유의 여지가 없으므로 살해, 제거하려는 것이고 그 구실은 龍井總領事館의 편을 들어 민생단(民生團)을 조직한 결사대로 다수의 혁명동지를 살해 했다는 누명이었다.	八道河子 魚腹村
1933(45세) 3월24일	정오경에 昌鳳은 놓아주고, 새로 田經(며느리)과 玉仙 두 여성동지를 묶어다가 마지막으로 소래선생외 6명을 회유하다가 끝까지 거부하자 모두 타살하고 소래선생에게는 손목까지 잘라들고 "이 손으로 반 맑스의 글을 썼겠다?"하고 선생의 저서 전부를 불 살렀다. 특히 소래선생을 타살한 뒤 확인 총살까지 하여 주위의 중국인들을 소름끼치게 하리만큼 잔인했다.	
1933순국직후 3월25일	세트, 雲山, 瑗등 4, 5명이 참사당한 시체를 옮겨 동북부쪽 옥수수 밭을 약간 파고 임시 매장하였는데 그 매장 순서는 笑來先生, 舜瑞, 道經과 田經을 합장으로 묻고 玉仙, 東郁등 6명을 다섯 무덤으로 가매장 했다.(道經과 田經은 부부이며 소래선생의 외아들과 며느리이다.)	八道河子 魚腹村

시기와나이	기사 및 활동 내용과 경력	활 동 지 역
	◇소래 김중건선생 기념사업회 결성과 추모사업	
	소래선생 순국 31주기를 맞아 남한일대에 나와있는	서울특별시
1964. 3. 24.	문하생과 경주김씨 연동파 종친 유지들이 모여 추모	
(순국 31주기)	행사에 이어 기념사업회를 결성하였다.	
	장소 ; 서울시 동대문구 제기동 趙南彪(문하생)씨 집	
	임원 ; 회장 李平林(문하생),	
	부회장 李元揆, 柳光濱(이상 문하생)	
	간사장 金明燦(종친)	
	간사 金正實, 金正善, 金國經, 金咸經,	
	金孝經, 金深經, 金智勇(이상 종친)	
	임원외 중요 참석인사	
	문하생 ; 趙南彪, 廉亨錫, 陳 崗, 金玉經,	
	李種喆, 趙鉽衡	
	종 친 : 金洪集, 金洪一, 金正傑, 金正模	
	金允經, 金虎卿, 金學經, 金知元	
	소래선생 순국 32주기 추도식 및 추모 강연회	
1965. 3. 24.	이후 매년 3월 24일 순국주기에 추도식과 추모 강연	서울특별시
(순국32주기)	회 거행(매년의 추도식과 강연회 기사는 생략함)	
	유고로 「소래집」(笑來集) 一, 二 2권이 간행되다.	〃
1969. 6.	「나라사랑」"金中建 특집호"가 외솔회에서 발간되다.	〃
1976. 9.	독립유공훈장 국민장을 국가로부터 추서받다.	〃
1977.12.	「소래집」(笑來集)의 재판으로「笑來의 哲學과 思想」	대구광역시
1983. 6.	이 속간되다.	
	소래선생 기념비(笑來先生 記念碑)를 의정부시 신곡	
1983.9	동(議政府市 新谷洞)에 세우다. 그 뒤 송추로 옮겼다	
	가 다시 남양주시 수동면 지둔리의 영흥임원내에 비	南楊州市 水桐面
	원 100평을 조성하여 다시 옮김.	芝屯里
	소래선생 유품 5점이 독립기념관 제6전시관에 수장	天安 獨立紀念館
1987. 8.	전시되다.	
	훈장(勳章) 1식 및 유품 등 10점이 독립기념관에 보	
	존시키다.	

시기와나이	기사 및 활동 내용과 경력	활 동 지 역
1988. 8.24.	1988. 8.24. 소래 김중건선생(笑來 金中建先生) 어록비(語錄碑)가 독립기념관 제6전시관 후원에 건립 제막되다.	天安 獨立紀念館
1988.10.19.	"순국선열 김중건"으로 대전국립묘지에 안장식이 거행되다.	대전국립묘지
1989.10.	중국(中國) 연변대학(延邊大學) 민족연구소내에 소래선생 연구소조(研究小組)가 박창욱(朴昌昱). 권 립(權立)교수 등 주관하에 결성되었다.	中國 延吉市
1993. 3.24.	순국선열 소래 김중건선생 순국 60주기추도식과 추모강연회가 하얼빈 외손들이 내한하여 참석리에 거행되다.	서울시 장충동
1994. 3.24.	소래 김중건선생 연구논총인「개혁의 이론과 독립운동」(改革의 理論과 獨立運動)이 발간되어 헌정식을 61주 추도식에 거행하다.	서울시 한글회관
1995. 3.24.	순국선열 소래 김중건선생 62주기 추도식 및 추모강연회와 연구논총(2) 헌정식을 거행하다. 연구논총 2에는 선생 21세 때(1910년)부터 2년간 천도교회월보에 발표한 10편의 논설문이 수록되었음.	〃
1995.12.6.	남양주시 수동면 지둔리의 영흥임원내에 비원땅 100평을 조성하여(金明瑾 기증) 송추에 있던 소래선생기념비를 옮김.	南楊州市 水桐面 芝屯里
1999. 3.24.	66주기 추도식과 추모강연회를 비원(碑苑)에서 거행.	〃
2000. 3.24.	67주기 추도식과 국제학술강연회를 프레스센터에서 거행.	서울 프레스센터
2003. 2.24.	독립운동가 '김중건의 달'이 설정되어 70주기 추도식과 추모강연회를 독립공원내 독립관에서 거행함.	서울 서대문 독립공원

※ 그동안 연구발표된 소래 김중건선생에 대한 연구논문과 발표자는 연구논총집인 「改華의 理論과 獨立運動」 ① ② ③에 계재했음.

제1편 천하에 유별난 아이

1. 천도교 집안에서 태어나 양자로 들어가다

이 기록은 소래(笑來) 김중건(金中建)선생이 자술(自述)한 자서전(自敍傳) 「나의 四十年」을 근간으로 하고, 그 자세한 부연은 문중의 족보와 선생이 출생하고 유소년을 보냈던 고향 연동리(蓮洞里)에서 선생의 순국을 전후하여 살아온 필자가 전설로 들은 것과 목격한 바를 곁들여 엮는다.

선생의 자서전인 「나의 四十年」은 1929년 곧 선생이 창건한 연호인 건원(建元) 17년 북만주의 팔도하자(八道河子)로 이동하면서 쓴 것으로 저술 모두에서

"이 글은 나 마루진이 元宗을 主唱하게된 動機와 또는 그 經路와 및 建元이후 15년동안의 나 마루진과 元宗과 더불어 歷史的관계를 敍述한 것이다"

라고 자서전 서술의 모티브와 내용을 명시하고 전기(傳記)로서 자료적 근거를 보이고 있다.

> 소래(笑來) 김중건(金中建)선생은 1889년 12월 6일 함경남도 영흥군 고령면 연동리(咸鏡南道永興郡古寧面蓮洞里)의 천도교(天道敎) 집안에서 김교화(金敎和)의 장자로 태어났다가 이유(離乳)도 하기전에 큰집 고 김교목(金敎穆)의 양자로 들어가서 양백모인 큰엄마 밑에서 자랐다.
> 선생은 태어날 때 고고의 소리가 유달리 컸고 머리는 노랗고, 눈은 움푹하며 입술이 두텁고 손발이 길고 커서 첫 눈에 유별난 아이라고 소문났다고 마을에서는 전설처럼 이야기로 전했다.

연동리는 함흥과 원산사이 동해안 남북으로 80리에 뻗은 고령면의 중간 지점에 위치한 경주김씨(慶州金氏) 집성촌(集姓村)으로 약 150여호가 조선조

초기부터 500여년간 대대손손 이어온 촌락으로 고려말 조선초에 명성이 높던 김 의(金 義)의 후예가 전통적으로 살아온 농촌이었다.

소래(笑來)선생이 나고 자란 고장은 유교적 관습이 엄격했던 고루한 경주김씨 집성촌 동네였으므로 천도교 신자는 극히 이례적이며 그래서 따돌림 당한 집안에서 나서 외롭게 자랐다. 김중건(金中建) 김중득(金中得) 김중립(金中砬-천도교명은 中極) 3형제의 족보상 항렬자는 정(正)자 이지만 따르지않고 중(中)자를 썼다. 선생을 「소래」(笑來)라 한 것은 자칭한 도호(道號) 독소(獨笑)를 개칭한 것이고 별호로 마루진 혹은 불폐(不吠), 몰나(沒那), 연산(蓮山) 또는 역양호인(嶧陽湖人)이라고도 했고 또 만주에서 독립운동 할 때는 일명 원백(元伯)이라 했으며, 독립투쟁 단체명은 원종교(元宗敎), 또는 대진단(大震團) 혹은 주의촌(主義村)이라고 불렀다.

고려 공민왕때 밀직사사:동지사(密直司使:同知事)이던 김 의(金 義)가 명사(明使)이던 임 밀(林 密)을 시해한 사건에 책임지고 동북면(東北面) 정평(定平)에 피신했다가 영흥(永興)의 연동리(蓮洞里)에 복거(卜居)하니 선생의 중시조(中始祖)로서 20대조요, 조선조초 이시애란(李施愛亂)을 막아서 원종공신(原從功臣)이 된 김영로(金榮老)가 18대조, 임진왜란때 공을 세워 조정에서 정충사(精忠祠) 사액(賜額)과 정충록(精忠錄)을 받은 장의공(壯毅公) 김경복(金慶福)은 선생의 12대조이었다. 그리고 문중의 성리학자(性理學者)이던 송와(松窩) 김상리(金相离)는 6대조에 이르고, 역학자(易學者) 묵천(默泉) 김기례(金箕澧)는 선생에게 직간접으로 영향을 준 고조 뻘이었다.

이처럼 소래선생의 선대를 열거하는 것은 선생의 반항적(反抗的)인 혁명사상(革命思想)이 이와 같은 선대의 전통과 정신적 및 경제적 갈등 속에서 싹터 났고 선생의 선진적이며 탁월한 우주철학(宇宙哲學)과 구세사상(救世思想)도 그 근원적인 원류가 있었음을 보이려는 것이다.

> 소래선생은 어린시절부터 혼자된 양백모 밑에서 소를 먹이고 나무를 베어 지고 다녀야 했고, 외롭고 불행한 나날을 보내며 한없이 울면서 암울했던 분위기 속에서 자랐다.

소래선생이 유년시절 살았던 영흥군 고령면 연동리(연골→엿골)은 동해변 풍광이 명미한 고장이기는 하지만 지세가 험한 산촌이었으니 남한의 강릉(江陵)과 지리나 풍토나 기후와 산물이 비슷하여 마천령(摩天嶺)산맥이 동한만(東韓灣)으로 빠지는 지점에 서쪽으로 연대봉(蓮臺峰)이란 봉수대(烽燧臺) 유적 산봉이 있고 그 동해 쪽으로 옹기종기 모여사는 농촌으로 북측에는 복사골(蝮蛇谷 혹은 桃谷)이 있고, 다음 남쪽으로 성주골(城主谷)의 물이 흐르고 다음이 연대봉 바루 아래 골짜기로 절골(寺谷)이 있으며 다음 남쪽이 범바윗골(虎岩谷)이고 그 남쪽이 공동묘지가 있는 연심잇골(戀心谷)인데 이 골짜기에서 흐르는 물들이 합쳐져 자그마한 개울을 이루워 동네 중간으로 흐르며 그 좌우, 남북으로 동네가 산재하였으며 동네 남쪽을 우중충 막아선 산이 구이봉(九而峰)인데 선생은 이 봉하에다 서실(書室)을 짓고 독서하고 연구 했다. 연동의 지형을 자세히 적는 것은 소래선생의 성장과 성격형성에 깊은 관계가 있기 때문이다.

선생은 자서전의 「나의 10세 전후」라는 첫머리에서

"나는 不幸한 家庭의 陰鬱한 雰圍氣 속에서 아주 不詳스럽게 자란 한 개 先天的 神經質의 弱者요 墮落者였다"

라고 한 대목은 위와 같은 자연 환경의 넉넉지 못한 농촌의 천도교(天道敎) 집안에서 태어났기 때문이었다.

연동은 5백년을 세습하면서 토지는 장자에게만 상속되고 둘째나 셋째 아들에게는 별로 주지 않았으니 〈오리갯집〉(梧圃里宅-宅號는 分家한 世帶主 부인의 친정마을 이름으로 짓는다)은 농토가 별로 없었고, 또 유교의 규범이 심했던 연동의 집성촌에서 천도교도라면 퍽 외롭게 살았겠으니 가난에다 왕따

된 가정과 거게다 유아 때부터 양자로 들어갔으니 이렇게 서술했던 것이다.

2. 암울했던 유소년 시절의 목동생활

> 흔히 양자로 들어가면 가독을 상속받아 선대의 제사를 모시는 동시 가산을 상속받아 생계 걱정이 없는 것이 보통의 계양자이지만 소래선생의 경우는 단지 노동력을 얻어서 가업을 유지하고 혼자된 백모를 봉양하기 위한 수단이 첫째 목적으로 취해진 처사였다.

소래선생이 나서 자랄 무렵(조선말기) 연동리의 대부분 농가에서는 아들을 낳아 5, 6세가 되면 벌써 제법 목동의 소임을 다하게 되고 여아 5, 6세면 길쌈(삼 삼기)을 하게 되는데 이 때 목동이란 소를 먹여 간수하며 기르는 일을 담당하는 임무였다.

농가에서 소는 사람보다도 필수적이요 중시하는 농군으로 여겨서 밭갈이나 논갈이와 짐실어 운반하는 외의 시간에는 목동인 아이들이 풀을 뜯기려 몰고 다니거나 외양간에서 풀을 베어다 먹이는 일을 도맡아 해야 했다.

자서전에서는

"소(牛) 등에 앉아서도 터무니 없는 딴 세계를 많이 동경해 보았으며 성품이 삼아 유달은 장난을 많이 해서 온 동네의 口舌도 트림나리 만치 도맡아 먹어 보았다."

라고 '소 등위에 앉았다'는 것은 소를 먹이러 가려면 소를 끌고 가기보다 타고 가는 것이 소도 편하고 아이도 편하여 아이는 소를 언덕 밑이나 받침대 아래로 끌고가서 소등 위에 올라타면 소는 순순히 태워주고 풀밭(산이나 들)으로 향하니 소와 아이가 한 마음이 되어있었다.

> 소래선생 어린시절 주로 7, 8세 이전 즉 1889~1895에는 계양자로 들어간 양백모(養伯母) 밑에서 살되 자서전에서는

> "나를 낳은 집이나 나를 기른 집이나 다 한가지로 그만한 不幸에 咀呪 받고 있었으니 그 무서운 陰鬱과 悲哀가 나의 先天 後天에 그 얼마만한 侵襲을 주었으랴?"
>
> 라고 할 만큼 어린 천재요 신동(神童)에게 많은 문제를 던져주었고 오히려 철학과 혁명의 싹을 티워 주었다.

소 타고 풀 먹이려 간 유년 김소래는 연대봉(蓮臺峰−해발 약400m)에 올라 영흥만 앞 망망대해를 수평선 넘어로 바라보며 큰 꿈을 품기도 했고 동네의 산 골짜기마다 들고 나면서 향토의 역사와 지리 풍토를 관찰 했으니 이 모두가 약관에 우주철학을 창출한 원동력이요 유소년때의 비애와 동시에 격물치지(格物致知)의 바탕이 되었다.

자서전에서는 이 때의 추억을

> "어릴때부터 까닭없이 煩悶과 恐怖를 자꾸 느끼면서 자연 이 세상 모든 것을 悲觀하게 되는 동시에 늘상 엉터리 없는 出世間的 아득한 생각을 품고 있게 되었다. 나에게 虛無한 空想과 極左傾的 超越心을 너무도 일찍이 이때에 벌써 깊게 마음 속에 자리를 잡게 되었던 것이다."

라고 술회하듯이 이 어린 시절의 불만과 개혁의 꿈은 벌써 싹터 있었던 모양이었다.

3. 서당공부도 으뜸이요 장난도 유별나

> 소래선생은 7, 8세(1895~1896)때부터 서당에 다녔으나 그것은 장난을 막는 어른 들의 배려였을 뿐, 오히려 이 무렵에 땔감나무를 하는등 고된 일을 하면서 어린시절부터 불행을 체험했고 그것은 고르지 못한 세상을 바라보는 반항의 시초요, 개혁해야 한다는 어릴때의 혁명아적 싹이 되었다. 즉 제세주의(齊世主義)와 농촌주의(農村主義) 사상의 싹이 이때부터 났다는 것이다.

자서전「나의 40년」에서는

"7, 8세 되던때부터 글이라고 외이기는 하였으나 그것은 겨울마다의 장난 금지에 불과한 것이었다. 봄이나 가을이나 노란 다락머리가 솔가지(松枝) 한 묶음을 올갱이 해 진채로 산 임자에게 쫓기다가 가시덤불에 엎어져서 하느님을 부르짖으며 통곡하던 일은 지금도 남아 있는 것만도 오히려 엿골(연골=蓮洞) 이상이나 되는 것이다.

어떤 때 나무 그루나 낫날에 다치어 무섭게도 뜨거운 피가 철철 흐르는 손을 부등켜 쥐고 바르르 떨면서

오오! 세상이란 본래 이런 것이더냐? 대처(도시)놈 아이들은 무슨 팔자를 타고나서 그리도 잘도 너덜거리느냐?(호사롭게 사느냐?) 나는 무슨 죄로 날마다 이런 무서운 피를 흘리게 되느냐? 세상이 어째서 이리두 고르지 못하랴? 나는 아무것도 바랄 것이 없다… 그만 죽어나 버렸으면… 이러한 의미의 애끊는 하소연을 한적도 여럿이었나니 30여년을 지낸 지금에 있어서도 오히려 그때 그 땅의 불상한 광경이 나의 환상 속에 의연히 보이고 있는 것이다."

어지간한 농가에서는 남아 7, 8세 쯤 되면 땔감 나무는 도맡아 마련해 대게 했다. 대개가 지게를 지고 산에 가서 솔잎 낙엽을 글겡이(사투리는 곽징이)로 긁어 모아 파란 솔가지를 찍어서 싸 묶고는 지게에 얹어지고 돌아와 땔 감으로 쓰는데 하루에 두 세차례 산에 가서 지어 나른다. 이 과정에서 산 임자는 도벌꾼으로 취급하며 소년들을 결사코 쫓으며 나무를 빼앗으니 소년들은 도망가고 쫓기면서 손이나 발을 긁혀 피나기가 일수였다.

자기 산이 없던 소래선생의 집안 형편에 이 같은 나무꾼 생활은 운명적으로 피할 수가 없었고 그러느라니 영민하면서 반항적이었던 어린 김소래는 남처럼 그러려니 넘기지 않고 극도의 회의와 반감을 품게 되었다.

그러면서도 서당에서의 초학공부는 신동소리를 들으면서 놀랍게 빨리 깨쳐 가장 어린 나이에 훈장이 부재중엔 다른 학동들을 가르쳤다고 당시의 촌로들은 감탄했다.

글만 빨리 깨친 것이 아니라 '엉뚱한 생각' 도 조숙하여 소년 답지 않은 주의니 사상이니를 생각하게 되었다고 하였다.

"지금 나의 齊世主義·反都市思想은 그 때에(7, 8세) 이미 까만 씨가 깊이 박히었던 것이다. 그때 만일 나에게 피흐르는 그 손을 움켜쥐고 울면서 집에 돌아와 어머님께 그 아픔을 엉석받을 여유만 있었던들 어찌 혼자 빈 하늘을 쳐다보면서 이런 애달픈 하소연을 함이 있었겠는가? 나는 이때부터 부득불 인생을 회의하게 되었으며 재래의 제도를 원망할 밖에 없이 되었나니 이는 부모에 대한 신뢰심이 떨어지고 소위 繼養子에 많은 苦味를 느끼게 됨으로써이던 것이다."

이처럼 소래선생의 근본 사상인 제세주의(齊世主義)는 '세상을 가쯘히'(평등하게) 하자는 주장이며 흔히 말하는 경세제민(經世濟民)의 제세(濟世)와는 다르며 평등사회 건설을 위하여 도농(都農)이 공평해야 한다는 생각에서 반도시사상이 생겼던 것인데 후일 선생의 맹목적인 추종 문인(門人)들은 도시인 배척 혹은 도시경제 질타의 이념으로 오해도 했지만 선생은 어린 시절부터 단순하게 "가쯘한 세상"을 꿈 꾸었고 차츰 성장하면서 그러한 사회제도를 건설하려고 연구하고 분투 노력했던 것이다.

자서전에서는 이 때를 또

"나를 사랑하시는 父母의 마음은 실로 山高海深이었건만은 다른데(밖)로부터 울며 돌아오는 나의 엉석을 받아 줄 법은 절대로 없었던 것이며 나 역시 그것을 바라본 적은 당초부터 없었던 것이다.

아아! 이것이 나로 하여금 다른 날에 온 세계를 가쯘히(고르게, 평등하게) 하려는 큰 主義를 主唱하게 한 가장 밑의 動機일 것이니 나에게 父母의 恩惠가 山高海深보다 더하다 할 것도 正히 이 점에 있는 것이다.

本然한 先天性的 煩悶 悲觀의 나는 당초 이만한 苦痛에서 출발하여 그 無盡한 懷疑慾望을 더불어 다시 否認으로 反逆으로 하여 마침내 創造에 까지 이르게 되었다."

라고 술회하고 있으니 유소년 때 집안 사정과 주위환경이 선생의 주의·사상에 지대한 영향을 끼쳤고 결정적 작용을 했던 것으로 되어 있다.

제2편 어느새 그 많은 독서를 했나!

4. 세상은 너무도 불공평 해

> 소래선생이 서당에서 공부한 초학과정은 7, 8세 때라고 했고 '讀書의 經過'라는 자서전 항목에서는 12세때(1900) 건천차씨 (乾川車氏)와 결혼하고 사서오경(四書五經)은 물론이요 제자백가 (諸子百家)의 글도 이미 읽었고 그 소감도 쓰고 있다.

"나는 12세때에 벌써 結婚을 하였다. 내 일생의 不幸은 이에서 이미 결정된 것이요 그 되지못한 懷疑慾望도 이에서 더욱 급히 커진 것이다. 古文前後集卷이나 외우고 나니 벌써 否認의 싹이 깊어지면서 그 豪放曠達한 李白의 사상 행동을 欽慕하였으며 馬子才의 浩浩歌를 眈詠하기를 가장 좋아하였다. 그로 인하여 그때말로 소위 「胡虜子息」이란 악평을 雷電맞듯 하면서 우습게도 어린 酒酊客이 되어 버렸다."

이때 문부형(門父兄)네가
"어린 아이 놈이 쩍하면 술 주정이라니…"
하고 죽이려 살리려 아우성 쳤지만 그것은 아여 사람의 소리로 들리지도 않았다고 하면서 이때에

"史略을 읽을 때에는 왜 그런지 자연히 群英諸哲을 깊이 사모하게 되면서 旣往 보다 생각이 퍽으나 右傾된 셈이었다. 나의 英雄史觀은 그 때에 이미 뿌리박힌 것이었다."

하였으니 선생은 12세경에 고문진보(古文眞寶) 전집(前集) 시편(詩篇)과 후집인 문편(文篇)을 읽으면서 저 북송인(北宋人) 마자재(馬子才)의 '유월정' (遊月亭)시나 '호호가'(浩浩歌)시의 웅혼호방(雄渾豪放)한 기풍을 흠모하며 닮아갔고 또한 성당(盛唐) 시인 이태백(李太白)의 '왕소군'(王昭君)시나 '자야

오가'(子夜吳歌)시나 '우인회숙'(友人會宿) 시에서 호방광달(豪放曠達)한 사상과 행동을 흠모하며 좋아하였다는 것이었다.

선생이 '讀書의 經過'에서 지적 거명한 문헌은 이 외에 「서경」(書經) 「대학」(大學) 「맹자」(孟子) 「시경」(詩經) 등에 대해 읽은 소감과 비판을 곁들였고 외가서(外家書)로 「육도삼략」(六韜三略)과 「손무자」(孫武子)를 읽었다 하였고 「삼국연의」(三國演義)와 「초한기」(楚漢記)를 읽었다고 하였다.

이들 책은 "이미 배우던 그 서재(書齋)에 눌러 앉아서 훈장 노릇을 하며" 읽었다고 하였으며 불경이나 성경도 거론하고 있었다.

5. 문중 선대의 저술과 전통

선생의 독서에서 사상과 철학의 기저를 이룬 학문은 이태백(李太白)과 마자재(馬子才)의 호방광달한 시요, 「주역」의 우주철학이었는데 주역에 대하여는 문중 선대(先代)들의 저술도 있었으므로 그 영향력이 컸고 부친(생부)의 동학을 엿들어 광제창생(廣濟蒼生)에 대한 사상도 배워 익혔던 것이다.

주역에 대하여는 단지

"남의 勸에 못이기어 周易을 좀 읽으려 하였으나 두 세 卦나 보고는 그게 다 이미 지나간지 오래인 先天說이라고 그만 더 보지 않고 말았다"

고 하였으나 선생의 「천기대경」(天機大經)은 주역의 우주관적 바탕위에서 창론(創論)되고 있으니 이 주역에 관한 이야기는 삼경중의 역경을 말하며 선생 선대에 주역학자와 주역저술이 문중에 있었으니 경주김씨 집성촌의 서재이자 서당이던 선생의 공부하던 곳에 그 문집·저술이 없었을 리가 없었다.

선생의 선대에 저술 간행된 역학서(易學書) 및 성리학서(性理學書)가 있었으니 그 개요만을 소개하면

송와(松窩) 김상리(金相离;1732~1806)는 소래선생 6대조 뻘의 선대며 저술은 「송와집」(松窩集) 4권인데 그 책은 1881년간행(閔泳穆 序)으로 그 내용은 권1, 2는 부(賦)와 시(詩)이고 권3에 논(論) 10편이 서술되어 있으니 모두가 주역의 64괘 도설(六十四卦 配二十四節 循環生成圖)과 주역에 대한 각설에대한 답변 형식 의 평론(예 河圖洛書說答張　奉一源)이 주된 편술이요 경의(經義) 6편(예 易天一義, 易无思義)도 주역에 대한 경의의 저술이다.

또 하나의 저술은 소래선생 고조 뻘 선대인 묵천(默泉) 김기례(金箕澧)의 성리학(性理學)과 역학(易學)에 관한 저술로서 「묵천집」(默泉集) 2책이 1904년에 간행되어 문중에서 장서하고 있었는데 그 내용의 대강을 보면, 권1은 시문집이고 권2에 잡서(雜書)라고 하여 강상문답(江上問答)으로 매산(梅山) 홍직필(洪直弼)과의 논설과 제성차록(提醒箚錄)에서는 제가의 도심(道心), 성리(性理)의 논설을 소개 평론하고 이어서 도기론(道器論)이라 하여 태극(太極) 성(性) 심(心)을 논하고 형(形) 기(氣) 신(神) 리(理)와 인(仁) 의(義) 예(禮) 지(智) 신(信) 성(誠) 충(忠) 서(恕) 경(敬) 등을 논했으며 「묵천별집」(默泉別集)에서는 역요선의강목(易要選義綱目)을 상경(上經)에 30항목 하경(下經)에 30항목을 들어 풀이했는데 이러한 소래선생 선대의 저술들이 선생이 유소년 시절에 유교전적과 아울러 읽어내렸던 저서들이었다.

"부친께서 하시는 東學을 자주 엿들을 때 廣濟蒼生 소리가 귀에 좀 솔깃하기는 하나 무슨 제사를 자주 지내는 것이 몹시도 미워 보이던 것이었다."

라고 썼듯이 천도교 교리에 대하여도 읽고 공부한 듯 1910년부터 2년간에 10여편의 천도교 교리와 소래철학이라고 특징짓는 「천기대경」(天機大經)을 절충한 논설문을 천도교 월보에 쓰고 있는 것으로 보아 짐작 할 수가 있다.

6. 옛사람들은 어떻게 생각했었나

소래선생의 '독서의 경과' 에서 특히 주목되는 점은 1895~

> 1906까지의 유소년때 사서오경(四書五經)은 물론 제자백가(諸子百家)와 외가서(外家書)와 아울러 벌써 소위 구라파 '10대사상가' 들의 생애와 작품을 읽었다는 사실인데 톨스토이를 위시하여 룻소오, 다아윈, 맑스 등 대작가요 철학자를 읽고 평론하기란 특이한 천재적 재능과 선진적 사상을 일찍부터 천부적으로 지녀서 20세에 독특한 소래철학인 「천기대경」(天機大經)을 창론한 바탕이 되었고 이에다 선대의 성리학(性理學)과 역학(易學)이 또한 선생의 철학인 '구국제세'(救國齊世)의 경륜에 큰 영향을 끼쳤던 것이다.

선생이 '독서의경과'에서 회고한 감회를 대략 다음처럼 문헌과 독후감을 열거하여 그 발전과정을 약술하여 보면

"사략(史略)을 읽을 때에는 왜 그런지 자연히 群英諸哲을 깊이 사모하게 되면서 기왕보다 생각이 퍽으나 右傾된 셈이었다.

나의 英雄史觀은 그때에 이미 뿌리 박힌 것이었다."

"大學에 들어가서는 그 三綱領, 八條目을 얼마만큼 시인을 하면서도 治國平天下할 실제 방법이 종래 의식되지 않음에서 마음이 뒤처지면서 「정말 平天下할 무슨 새 道」를 하나 창조해 보았으면…이란 엉큼한 생각이 싹트게 되었나니 이것이 나에게 救世思想이 들게된 최초의 동기가 되는 것이다."

"孟子에 들어서는 얼마만큼 만족하였다.… 그러나 仁政을 말함에 매양 堯舜禹湯文武의 일을 들어 증명을 세운 것에 대하여 戰國의 그때가 民皆讓畔하던(史記에 舜耕歷山 歷山之人 皆讓畔이란 기록이 있음 편자주) 옛날과 같을까 하는 의심이 점차 커지게되자 벌써 否認으로 떨어져서…"

"詩傳이란 것을 좀 읽어보기는 하였으나 아예 아무 느낌도 얻지 못하고 치워버렸고…"

"書傳에 들어가「治天下之大經大法이 皆在此書」라는 그 서문을 읽을 때에는 무한히 喬慕하던 것이 정작 그 내용에 들어가 망연히 실망의 한숨을 쉬던 그때의 심경을 지금에도 오히려 낡아지지 않는 것이다."

"그때부터 뜻도 모르면서 아무 조건 없이 儒學이라면 죄다 부인이었다. 나는 그때 실로 우습게도 참망 맹랑한 망소년이었고 너무도 무식한 왕고한 村翁을 선생으로 섬길 밖에 더 할수 없는 그까짓 수업따위는 다시 하기 싫었었다."

"그러나 外家書란 것을 좀 자습해 보아야 할 터인데…
六韜三略, 孫武子, 三國演義, 楚漢記를 읽는데서 많은 意思의 세련을 받기는 하였으나 별로 만족되지는 않았고, 다시 소위 奇門遁甲이란 것을 하노라고 무슨 妖鬼의 소리인지도 모를 怪文書 속에서도 얼마동안 헤매다 말았다."

"그러면서도 고래로 유명한 佛經이나 그 때 한참 성행하던 聖經같은 것은 아여 꿈에도 읽어보고 싶지 않았다."

"남의 권에 못이기어 周易을 좀 읽으려 하였으나 두 세 卦나 보고는 그게 다 이미 지나간지 오래인 先天說이라고 그만 더 보지 않고 말았다."

"그리고 그때 말로 소위 新學問이란 것은 아예 이름부터 듣기를 분노해 하였으니 그는 신학문이라면 물론 '왜놈의 글' 이라는 오해로부터 발동된 그 몹시도 편협된 적개심의 소치였다."

이상은 선생의 자서전인「나의 40년」중 '독서의 경과' 에서 언급한 문헌명과 그 종류만을 뽑아 적은 것인데 선생은 이런저런 이유로
"모두보지 않았다." 혹은 "읽기 싫었다" 하였으나 이는 모두 읽고나서 독후감으로 하는 말로 해석된다.
예를 들어 "성서(聖書)같은 것은 아예 꿈에도 읽어보고 싶지 않았다." 하였지만 선생의 저술에는 「여호와 評」이라는 성경평론집도 있거니와 당시 '新

學問’ 서적이란 “이름부터 듣기를 분노하였다.” 하였으나 선생에게는 당시 10대 사상가의 작품과 저작자를 평론한 「사상집」도 있으니 그러한 문헌은 모두 보고 나서 한 말로해석된다.

제 3 편 세상을 바로잡을 비결은 없을까?

7. 세상을 흔들던 사람들

〈몽상에서 깨어나다〉
   소래선생은 청소년기인 1901년부터 1907년 까지는 동네 구이봉(九而峰)밑에 서실을 짓고 그속에서 구세진결(救世眞訣)을 창조해 보려고 망상하면서 독서하며 고민하였고, 개화사상을 청소년에게 고취하려고 1908년 고향 동네에다 연명학교(鍊明學校)라는 신문명 교육을 위주로하는 학교를 지어놓고 50여명의 청소년에게 주로 신식체조를 가르쳤다. 그러나 동네 부형들은 광란의 짓이라 질책하고 나서서 막으려 했다.

이때의 상황을 자서전에서는

“그 때 한참 ‘세상이 다 망한다’고 뒤떠드는 가운데서 종래 ‘구세의 도’를 얻어낼 길은 찾아지지 않고 자기 고유의 陰鬱 煩悶으로부터 일어나는 厭世症과 아울러 李白의 술에 취하여 馬子才의 노래를 부르고 싶은 그것 밖에는 아무것도 하고 싶은 것이 없었다.”

라 했고, 돈과 이성에 대한 술회에서는

“돈에 대한 욕구라고는 털끝 만치도 생각하여 본 적이 없었고”

"色에 대해서는 좀 열정적이기도 하였으나 나 스스로가 그것만은 불끄듯이 制禦하였다. 그것은 역사상에서 색으로 하여서 대사를 실패한 사람이 하도 많은 것을 보고 나서 '色界에 英雄烈士가 없다'라는 격언을 깊이 복응한 까닭이었다."

라고 하면서도 뜻은 세상을 구하는 그 무슨 비결이 없을까?

그 진제를 얻어 천하를 평정하는 길을 모색해 보자는 선생 스스로의 말처럼 몽상적이며 엉뚱한 참망 맹랑한 생각과 행동을 하면서 고향 노인들의 지탄을 몹시도 받았다.

고향 동네가 경주김씨 집성촌이라서 모이면 질책이요 맹랑하다는 비방뿐인 험악한 분위기 속에서 신식 학교를 지어 놓고 동네 청소년들을 모아서 '신식운동체조'를 한다는 해괴한 모습을 보고 왕고한 동네 어른들이 기절 졸도할 일이었다는 사실은 짐작이 가고도 남음이 있다.

"너무나 낙심천만하던 나머지에 나 스스로 '救世의 眞訣'을 하나 창조해 보려고 하는 엉터리 없는 망상에 끄을려 한동안 남 모르는 밤 이슬도 잘 맞아보았다. 실로 요절할 일이 많았던 것이었다."

라고 회고하며 웃었다.

8. 세상은 바뀌고 있었다.

> 1908년 구세진결을 찾으려고 고민하다가 당시의 대한매일신보(大韓每日申報)의 사설 '토국민신보'(討國民新報)란 글을 읽고 개명(開明)의 참 뜻을 알고는 우선 해야 할 일이 반일독립(反日獨立) 운동이라고 결심하고 일대 방향전환을 하기에 이르렀고 모든 학문과 정력을 그 방향으로 경주하며 뛰었다.

당시 대한매일신보는 항일운동지로서 1905년에 매일신보를 개칭하여 영국인 베델(裵說)이 사장이 되어 발행한 국한문 신문인데, 이때 친일파 단체인 일진회(一進會)의 기관지인 국민신보가 이용구(李容九) 송병준(宋秉畯)등에 의해 일본의 한국침략을 지지, 옹호하는 기사를 주로 썼는데 그것을 공박한 대한매일신보의 사설에서 소래선생은 깊은 감명과 아울러 자신의 인생목표까지 결심하였던 것이다.

"모르거라 어느날 밤에드냐! 문득 나의 迷妄은 대각성하기에 이르렀다. 따라서 과거의 僭妄孟浪한 몽상과 허영심을 뉘우쳐 스스로 부끄러워 하기에 이르렀다. 하도 무료해서 어쩔줄 모르고 헤메이던 즈음에 하루에는 그 때 한참 잘 돌아다니던 大韓每日申報란 것을 두어장 얻어 보게 되었는데 그 중에서 討國民(申)報란 사설을 읽고나서 "오오! 開明이란 이런 것이다. 왜놈의 것은 아닌가 보다! 에라 그게나 좀 해보자!" 이렇게 결심되자 그 자리에서 곧 가르치고있던 그 서재를 차 던지고 집에 돌아와 한 50여명이나 되는 豎樵夫를 嘯聚해 가지고 소위 鍊明學校란 것을 열었었다."

라고 하였는데 이 연명학교는 소래선생이 개화·계몽사상을 배워 익히는 장에서 그치지 않고 그 실천적 교육의 실험장이기도 하였으니 고루하던 연동 마을에서 서구사상에 일찍 눈뜬 청소년과 반일운동가로 형무소 생활을 한 청년이 1930년대만 해도 조그만 마을에서 7, 8명이나 되었다는 사실이 이를 증명하여 준다.[1]

자서전에서는

"그러자 온 洞里가 악을 쓰고 달려들어 총공격을 하게되어 날마다 殺風景을 일으키기는 하였으나 그럴수록 나는 더욱 氣高萬丈하여 그때 父兄네가 가장 駭怪罔測하게 보는 運動體操(그때 말로)란 것만을 거의 專門으로 시키고(알지도 못하면서) 있었다. 하도 어이가 없으니까 아무리 特權階級的인 嚴父兄들일지라도 감히 다시는 後論부터 못할 것을 각오하게 되었다."

라고 당시의 동네 분위기와 그때의 개화사상이나 그 전파가 대단히 어려

註1) 참고: 蓮洞里에서 1930년 전후에(3·1운동 등) 치안유지법 위반으로 형무소에 다녀온 당시의 인사는 金敎運, 金景煥, 金允經(독립유공훈장), 金文經, 金正寬, 金知鉉 金秋經 등이 있었다.

윘음을 말하고 있는데 더구나 일본 침략자의 군대나 경찰의 감시가 심하던 원산(元山)과 호도(虎島)근처의 촌락이라 촌로들은 무사안일만을 바라던 형세하에서 이런식의 개화·반일적 행동은 대단히 어렵고 위험한 일이었다.

9. 광제창생(廣濟蒼生)과 백만교도에 끌려서

소래선생은 1908년인 나이 갓스믈에 양양한 앞길을 내다보면서 열렬한 시대의 사상아가 되어 대한광국(大韓匡國)을 생각하며 비분한 강개로 신청년으로 변신하여 배일당(排日黨) 등을 결성하고 일본제국주의에 대한 반항운동으로 나서게 되었다. 이것은 구세진결을 찾아내려고 망상하고 고심하던 결과에서 깨닫고 찾아낸 길이요 선생의 인생을 결정하는 운명의 출발이었다.

그 운명의 길을 열고 가려면 단순한 혼자의 힘이 아니라 깊은 철학과 큰 조직이 있어야 했으므로 곧 천도교의 인내천(人乃天)의 철리(哲理)와 광제창생(廣濟蒼生)의 박애정신과 백만교도의 교단이라는 조직체에 뛰어들어야 한다고 마음 먹고 있었다.

막연히 몽상했던 구국경륜은 「대한매일신보」의 사설을 보고 구체적인 방향을 감지하고 먼저 할 일은 일본 침략자로 부터 나라를 도루 찾는 일이요, 그리하려면 일본제국주의와 싸우는 일이라고 마음 먹고 옛 것과 묵은 정신을 털어버리고 새 길로 나서려고 분진하였다. 자서전에서는

"이때 나의 나이 벌써 소년이라고는 볼수 없는 갓스무살이란 고개로 향하여 올라서게 되었는데 그야말로 나의 일생에 있어서는 一大 方向轉換이라고 볼만한 이 고개에서 멀리 洋洋한 앞길을 내다보면서 萬重의 自負心을 달리던 나의 意氣는 자못 更生의 기쁨을 느끼게 되었다."

라 술회하고 이어서 그때의 발분하던 처신과 기상을,

"어제까지 무서운 頑固 少年訓長이 그 날로 문득 熱烈한 時代思想兒가 되게 된 것은 碌碌한 나따위로서의 如干치 않은 覺悟있는 果斷이라 할 것이다.

몸이구 집이구 막 들어 부수기로 盟誓하고 大韓匡救를 생각하여 悲憤한 눈물을 쪽쪽 흘리면서 외치고 날뛰던 그 때 한 겨울동안이나 나는 自來 엉터리 없는 救世思想의 夢想兒로부터 突然히 愛國思想의 新靑年으로 翻한 것이었다. 나의 對日本帝國主義의 反抗行動은 實로 이때부터 出發하였으니 그 後 어언 한 20년 其間에 모르거라 한 일이 그 무엇이었던가!"

소래선생 40세에 저술한 이 자서전에서 말하듯 선생은 유소년부터 남 달랐으니 두뇌는 명석하여 천재라는 칭송을 들었고 행동은 반항적이어서 동네 촌로들의 구설에 올랐으며 가정이 빈한한데다 전통적 유교숭상촌에서 천도교 가정에 났으므로 항상 사회적 불공평을 체험하며 또 호소하며 자랐다.

그래서 영특한 머리로 개인 뿐만 아니라 온 사회가 골고루 혜택과 보장을 받고 사는 제세(齊世)의 발상을 하게되어 후에 "세상을 가쯘히(가즈런히, 고르게) 하려는 주의"인 제세주의(齊世主義)를 이념으로 삼았는데 이때 이 제세의 생각 즉 선생 자신의 말에 의하면 좌경적 생각이 소년기를 엄습하고 있다가 일변하여 애국사상의 신청년이 되었고 그것은 곧 일본제국주의에 대한 반항운동으로 출발하게 되었다고 하니 소래선생이 한 몸과 한 가정을 송두리채 바치어 독립운동한 시초가 1908년(갓 스무살)이었던 것이다.

제 4 편 천도교 본부에서 제세(齊世)의 궁리에 몰두하다

10. 인내천(人乃天)과 광제창생(廣濟蒼生)은 제세정신과 달랐다.

선생은 1909년 항일운동을 위해서는 무대를 서울의 천도교 본부에 두고 활약하여야 하겠다 결심하고 상경하여 천도교에서 교리 선양 활동과 교구확장등 조직면에서도 노력하였다. 그러나 동학의 종지(宗旨)인 인내천(人乃天)은 시인 할 수가 없었고 더구나 실천과제인 보국안민(保國安民), 포덕천하(布德天下), 광제창생(廣濟蒼生)의 이념은 선생이 목표하고 있는 제세(濟世)정신과 거리가 멀었으므로 천도교 본부에서 쓰고 발표한 교리설론은 주로 선생의 극원(極元) 철학을 논설하였으며 조직활동은 천도교 개혁의 기초작업에 초점을 두었다. 그것은 백만 천도교 신도를 항일운동 대군으로 동원하려면 조직과 교양이 필요했고 정신적 교육을 위하여 교리논설을 빙자한 극원철학을 홍보하고자 했던 것이니 10여회에 걸쳐 천도교회월보에 발표한 논설이 이 원대한 이상 때문이고 교구장을 맡아 보았다든가 지방강습소에 형제들이 모두 참여한 일들은 이를 뒷받침해 주는 일이었다. 그리하여 천도교에서 소래선생의 활약은 초기에 눈부신 것이었다. 1910년 9월 15일부터 1912년 4월 15일까지 소래선생은 장문의 논설을 천도교회월보에 발표했다.

11. 천도교회 월보에 극원철학 논설문 10편 발표

1910년, 천도교 본부에서는 교리를 선양하고, 학술문화를 진흥시키며, 기예를 계발하는 동시 교회본부 소식을 휘보할 목적으로 천도교회월보(天道敎會月報)를 발간하게 되었으니 그 제1호가 1910년 8월 15일에 나오고, 매월 15일에 계속하여 발간되었는데 제2호인 9월 15일부터 소래 김중건의 교리부를 통한 극원철학 논설이 발표되고 있는데 이는 '천도교를 극원철학의 장으로 만들려고 한 엉뚱한 야심' 이라고 자술했다.

「천도교회월보」 교리부를 이용하여 소래선생이 발표한 논설은 주로 선생의 철학인「천기대경」(天機大經)의 이론을 부연 해설한 것으로서 그 10편의 발표 월보와 주제를 대략 들어 보면

논설제목	발표후수	소래철학논거
① 불이설(不二說)	통권2호(1910.9.15)	「천기대경」의 '천기총설'
② 천수설(天壽說)	통권3호(1910.10.15)	「천기대경」의 '태극소설'
③ 아심설(我心說)	통권5호(1910.12.15)	「천기대경」의 '행극소설'
④ 천무기하설(天無幾何說)	통권8호(1911.3.15)	「천기대경」의 '무극소설'
⑤ 불연기연(不然其然)	통권11호(1911.6.15)	「천기대경」의' 경극소설'
⑥ 덕으로 세상 살니 눈 말	통권12호(1911.7.15)	「천기대경」의 '부극소설'
⑦ 유객망귀가(遊客忘歸家—聖師詩)	통권15호(1911.10.15)	천도교 성사에 대한 풍자시
⑧ 천무방한설(天無防限說)	통권17호(1911.12.15)	「천기대경」의 '무극소설'
⑨ 동정자이기론(動靜自爾機論)	통권18호(1912.1.15)	「천기대경」의 '유극소설'
⑩ 후천개벽설(後天開闢說)	통권21호(1912.4.15)	「천기대경」의 '무극소설'

이 글들은 「소래집」에 들어 있지 않으므로 그 번역한 것을 여기에 옮겨 싣는다.

1910년~1912년에 발표한 논술 10편
(원문도 국한문이지만 어려우므로 번역했다 번역 金智勇)

소래선생은 1910년 9월 15일에 발간된 천도교회월보(天道敎會月報) 통권2호(창간호는1910.8.15)부터 1912년 4월 15일의 통권21호까지에 10편의 논설을 발표했는데, 이는 극원철학(極元哲學)인 「천기대경」(天機大經)을 단편적으로 설명한 철학 수필이었다. 원문은「改革의 理論과 獨立運動」(2)에 사진판으로 수록했으나, 여기에 다시 풀어서 싣는다.

(1) 불이설(不二說) ; 하늘(天)도 도(道)도 둘이 아니라는 이론[2]

오직 하늘은 둘이 아니니 하늘의 도(道)는 두 이치가 있겠으며, 하늘의 가르침(敎)에 두 규범이 어찌 있겠는가?

신천(神天), 이천(理天), 기천(氣天), 형천(形天)을 말하나 하늘 밖에서 온 별천이 아니며 초족(峭族), 궁족(窮族), 삼족(森族)과 유교, 불교, 도교의 세 가지 종교를 이르나 또한 하늘 밖에서 온 별족 별교가 아니라 넷이라, 셋이라 말하는 것이 모두 큰 하늘 속의 한가지 생각뿐이다.

사람의 귀와 눈이 각각 두 개씩 있으나 그 쓰임새는 오직 하나이니 왼쪽 귀로 듣는 쇳소리[金聲]가 오른쪽 귀에 나무소리[木聲]일 수 없고, 오른쪽 눈으로 본 푸른 빛이 왼쪽 눈에 누런 빛으로 보이겠는가.

사람이 가고(죽고) 오는(나는) 것은 돌고 도는 하늘의 한 바퀴에 매달린 것이다.

죽음 속에 있는 사람과 살아있는 사람이 그 생사가 다른 것 같지만은 이치는 오직 한가지뿐이다.

내 마음의 눈을 크게 떠 죽음의 세계(冥界)와 살아있는 세계(陽界)를 넓게 관찰하니 명계로 들어가는 자는 양계에 있던 사람이요, 양계로 나오는 자는 명계 사람이라 한 사람이 양계이면서 명계요, 명계와 양계를 겸하는 하늘을 갖추며, 세상을 살고 있으니 양계사람과 명계 사람이 본시 둘이 아니므로 하늘나라니 현세이니 하는 것을 어찌 두 가지로 볼 수 있을 것이랴.

만물이 없는 속에 있고, 있는 속에 있다고 하는 것은 역시 하느님이 윤전하는 것에 매인 것이라 극(極)이 있는 가운데 조화되어 감(去)이 없음은 하느님이 윤전 속에 하늘이 가는 것이요, 극이 없는 속에 생겨나서 온다는 것은 하늘이 돌고 돌아 땅위로 온다는 것이니 마음 속과 눈 앞에 비추는 삼라만상과 모든 성품들이 살아지되 다른 세계로 가는 것이 아니요, 생겨나되 다른 땅에 오는 것이 아니니 모두가 이것을 한 수레에 실렸거나 한낱의 물질이라도

註2) : 여기서 하늘이란 만물의 근원적 우주를 말한다.

한가지로 가고 한가지로 오는 것이다.

하늘(天)과 땅(地)과 사람(人)을 삼재(三才)라고 말하나 어찌 그 하늘만의 하늘(天)이리오. 땅도 역시 하늘과 같은 한 세계(天)요 사람 역시 하늘이니 나를 낳아 기른 하늘(天)은 땅이며, 땅의 행동하는 하늘(天)은 사람이니 그런즉 하늘은 그 세계(天)를 땅으로 보내는 하늘(天)이요, 땅은 그 세계(天)를 하늘에서 받는 하늘(天)이며, 사람은 그 세계(天)를 하늘나라에 가고 다시 땅으로 작용하는 하늘(天)이니 삼재가 서로 요하고 서로 주는 기능과 관계는 하나이면서 셋으로 나뉘고, 셋이 곧 하나인 것이다. 천·지·인의 그 수명도 역시 오로지 하나요, 둘이 아닌 것이니 만만년 옛날에서 억억년 지금까지 무너지지 않고 변함없는 것은 하늘(天)이니 천 중에 지와 인이 존재함이니 어찌 하늘이 먼저 끝이 나겠는가, 그러므로 떠다니는 하루살이나 개미도 그 수명은 하늘과 더불어 하늘 속에 있는 것이다.

이로써 물질만을 중심으로 관찰하면 만물이 각각 하나같지 않게 보이나 하늘로써 관조하면(天觀) 하늘 즉 만물이 공유하고 있는 천은 순전히 오직 하나이니 단지 물질만을 아는 자는 물질에 편협한 작게 보는 안목이요, 만물이 오직 하나님을 아는 자는 하늘을 품고 있는 큰 안목임으로 그 큰 안목을 밝히는 자라야 능히 나의 교(敎)를 보고, 나의 교를 안다고 할 것이다.

이로써 내가 나의 이 도(道)를 보건대 인류가 생겨난 이래 아직 없었던 대도(大道)요, 앞으로 오만 년 이후로 두 번 없을 교문(敎門)이라고 생각하는 것이다.
(天道敎會月刊 통권 2호, 1910년 9월 15일 게재)

역자주 : 이 불이설(不二說)은 소래 김중건이 저술한 「천기대경」(天機大經―22세 즉 1910년 겨울 저술)의 '천기총설'(天機總說) 첫 부분을 부연설명한 논설이다. 소래선생은「천기대경」의 첫머리에서『元一生天이니 天者는 王·卡·上의 自然機다. 機者는 無有間 造化極이며 極則 無極 運極 景極 行極 太極 五極 符極 建極 有極 是九極이니 天機之各部를 斡關한다.』라 했다. 천도교의 지기일체(志氣一體)사상이나 동귀일체(同歸一體)사상과 비슷하면서 소래철학의 독특성이 설명되고 있다.

(2) 천수설(天壽說) ; 하늘이 주었다는 수명론에 대한 이론

하늘(天)은 대단히 멀고 까맣게 오래여서 몇만 년 그 이전부터이며, 그 종말이 몇만 년 뒤가 될른지 참으로 막연하여 사람의 상상력으로는 그 수명이 얼마나 무한한지 비슷하게나마 알아내기 어렵다.

그러나 하늘 즉 만물의 조화 우주는 이치상으로 볼 때는 수명이 유한한 것이니 한번 생각해 보면 알아낼 수 있는 바이다.

나의 철리(哲理)를 밝히고, 나의 궁구(窮究)한 바를 끝까지 추궁해 보다가 눈앞에 줄줄이 드리워진 우주의 운행 속에서 한번 만만년 지나간 옛날을 거슬러 올라가 보고, 한차례 억만년 미래를 내다 보면서 큰 계산을 운용하여 가 · 감 · 승 · 제 하다가 문득 셈을 멈추고 놀라서 외치노니 이상토다! 이상토다! 만만년전 지나간 하늘도 조금도 다르지 않은 오늘의 하늘이요, 억만년 후의 하늘도 조금도 다르지 않은 오늘의 하늘이요, 몇백 년, 몇십 년 전과 후의 하늘도 또한 오늘의 하늘과 부합하여 같되 그 사이의 세상운수의 태평하고 못하고와, 살아가는 형편이 아침, 저녁이 변천하는 등 변화무쌍이 한결같지 않아 어떤 종교나 어떠한 국가가 몇 년간의 수명밖에 안 되었다든가 어떤 동물과 어떤 식물의 몇 해의 수명, 며칠의 수명으로 길고 짧음의 차이가 대단히 많은 것같이 보이나 천상(天常)은 오직 하나이어서 고금의 하늘 이치는 터럭만큼도 차이가 없었다.

어떤 사람은 말하되 하늘이 준 수명(天壽)은 백년이라고, 왜냐하면 나(自我)의 수명이 백년이란 내가 존재해야 천지와 세계가 존재하고, 내가 없으면 천지도 없고 세계도 없는 것이니 내가 나고 내가 죽는 그 사이에 천지와 세계가 함께 따라서 살고 따라서 죽는 것으로 그래서 하늘이 준 수명(天壽)은 백년이란 그 이치는 참으로 분명하다.

나는 말한다. 너희의 그런 말은 소천설(小天說)에 불과한 것이니 백년을 사는 사람의 생사간의 하늘이 모두 이것이 일년을 천으로 생각하는데서 이르는 하늘이어서 진실로 어찌 작은 소분천(小分天)으로의 몇 개의 수명으로써 감히 대분천(大分天)의 수명을 셈할 수 있겠는가 그 천수백년은 망상에서 나온 것이라 너의 말은 이 작은 안목에서 나온 것이다.

우리들의 백년생이 반드시 그 수명이 아니며, 하루살이의 하루 삶이 또한 반드시 그의 수명이 아니다.왜냐하면, 우리가 한번 죽어 그 뒤론 영원히 흔적 없이 끝나면 그 수명이 반드시 백년이요, 하루살이도 한번 죽고는 영영 원료(종자)가 따라 없어지면 그 수명도 반드시 그 수명이 하루거니와, 오늘의 이름 없던 사람이 명일 즉 뒷날에 우뚝 솟아 나오고, 오늘 저녁 어릿어릿 꺼져간 날벌레가 내일 아침 또다시 날아 온다면, 백년이 꼭 사람의 수명이 아니거든 어떤 물체가 하루 수명이며 어떤 사람이 백년 수명이겠는가, 우리들과 함께 하루살이의 나고 죽고, 죽고 남은 단지 하늘속 세상 사이에서 가고 오는 표상인 것뿐이니 어찌 그 거래만으로 그 시종을 말할 수 있을 것이랴, 모두가 하늘의 수명과 만물의 일회전의 관계뿐이다.

만물의 세상이 나고 죽어서 하늘로 가는 윤희는 천의 일수(一壽)가 세분되고 또 갈라진 만 갈래의 한갖 세상 수명일 뿐이니 지금 존재 앞에 나타난 하루 수명이니 백년 수명이니 하는 것은 물질 속에 있는 나뉘어져 조각난 작은 수명이요, 그윽히 속 깊에 관조하고 고구한 바 「태어남이 처음이 아니요, 죽음이 끝이 아니다.」라 함은 물질 속에 없는 커다란 수명이다. 그래서 나는 커다란 수명인 대분수(大分壽)를 가장 사랑하고 아낀다.

그저 나고 다만 깨닫는 삼족(森族)과 궁족(窮族)은 그 말할 바 못되나 삼성(三性)을 크게 갖춘 우리 초족(峭族)은 한번 뜻을 기울여 소분수를 아끼지 말고 대분수를 가장 중히 여기라.

자아가 아끼는 바가 소분수에 기울면 자아의 나 됨이 하루살이만 같지 못할 것이며 자아가 아끼는 바가 대분수에 들면 자아의 나 됨이 억만년에 우뚝 솟을 것이다.

폐일언하고 사람의 수명이 하늘과 더불어 한가지로 하라. 자기가 만약 소분수에 기울면 자아가 사람의 내가 못되고 나의 생명이 한번 뒤집혀 내일에 반드시 닭과 개가 될 것이니 이는 자아의 오늘에 지은 탓이다.

그런즉 이 날이 나의 죽는 나의 종말이니 두렵고 무서워 더 말을 못하겠다.

(天道敎會月報 통권 3호, 1910년 10월 15일 게재)

역자주 : 이 천수설(天壽說)은「천기대경」(天機大經)의 「태극소설」(太極小說)을 부연 설명한 것
　　　　으로 인과설(因果說)과 사람의 후천개벽론(後天開闢論)을 연관시켜 논한 것으로서
　　　　선생은『太者는 物之太因太果也이다. 天之太因이요 地之太果이다. 是萬物之所以生成
　　　　이요 所以分合者也이니라. …萬物之天以來하니 萬分因之稍稍合하고 萬物之地以去하
　　　　니 一合果之稍稍分이요, 萬物之一世始終이 都是合合來分分去라,… 天花天葉之昨日
　　　　天이요, 今日地이며, 今日地는 明日天이니 是小太極一輪機之兩方轉이다.… 我壽成果
　　　　를 那得知幾何長하며 幾何大之定限하리오. 我壽之長은 我自長焉하고 我果之大는 我
　　　　自大焉이로다.』(태극소설 중)라고 하였는데 그 뒤 이 태극소설(太極小說)의 일부인
　　　　천수론(天壽論)을 천도교 교리와 비추어 논하고 있다.

(3) 아심설(我心說) ; 내마음이란 그 본체와 응용에 대한 이론

「나」에 대하여 묻노니 「나는 어떤 물체인고?」 하니 「나」란 넓고 큰 우주 공간에서 으뜸가는 주관자요, 능력있는 자가 「나」이니라.

「마음」(心)이란 어떤 것인가? 마음이란 으뜸가는 주관자요, 능력자의 주관하며 능력을 발휘하는 그 「마음」이다.

하늘(天)이 되고자 하는 자는 누구를 기다려 하늘 될 것이며, 도(道)를 이루고자 하는 자는 누구를 믿고 도를 이루며 교(敎)를 베풀고자 하는 자는 누구를 의탁하고 교를 베풀고자 하는가?

이 모두가 주관자요, 능력자의 범위 속에 있으니 이 범위는 크되 큼이 없고 끝이 안보이면서 극이 없어 보이니 만가지를 겸유하면서 만가지가 없는 것을 총괄한 자 이니라.

그런즉 상제(上帝)가 상제된 것은 아심(我心)의 「나」와 「마음」을 갖춘 자라 할 것인데 그 아심이 땅 위에서 베풀지 못한 상제는 우주도 없고 세계가 비어 몰락해버릴 것이요, 아심을 가히 지상에서 발휘하는 상제는 우주가 살고 세계가 충만하여 살아있을 것이다. 그러므로 위에서 능히 상제다운 자도 「아심」이요, 세상에서 능히 세계를 주관하는 것도 「아심」인 것이다.

아심은 만물마다 지니고 있는 물물심(物物心)이요, 땅위 어느 곳에도 존재하는 지지심(地地心)이니 송백의 가을 없이 사철 푸르름과 하루살이의 하루도

못살고 죽는 것에도 아심이 있고, 태양이 남북으로 기울면서 봄, 가을의 계절을 분별하는 것도, 지구가 동서로 회전하면서 낮과 밤을 나누는 것도 아심이니라.

「아심」은 쇠처럼 굳으면서도 그 유연하기가 쇠같지 않은 것이 있으니 불로써 누가 감히 녹일 수 있을 것이며, 돌과 같이 단단하되 그 부드럽기가 돌과 같지 않은 것이 있으니 정으로써 누가 감히 쪼아 깰 수 있을 것이며, 물과 같이 무엇이든 수용할 수 있으면서 또한 물이 아닌 특성도 있는지라, 먼지로써 누가 감히 흐리게 할 것이며, 「아심」은 옥이면서 또한 옥이 아니니 누가 감히 옥티로써 흠을 낼 수 있을 것인가.

아심을 열어놓으면 우주가 그 형태 없고, 이를 행하면 가로막아 방해할 자취가 없는 것이다. 소위 「아심」이란 이런 것인즉 사람이 이를 품으면 「하늘의 나」(天我)와 「인간의나」(人我)가 되거니와 사람에게 이것이 없다면 하늘도 없고 인간도 없을 것이라 이르는 아심이란 그 어떤 것이랴! 어떠한 것이랴!

그러나 천지가 생긴 이래로 「아심」이 아심세계에서 벗어나가 버리고 물욕의 마음(物心)이 아심세계에 들어와 자리잡아 소위 종교자가 물심으로 다투는 등 파벌과 당파를 짓는가 하면, 사회운동자가 물심으로 다투어 가며 무리를 지어, 서로 옳거니 그르거니, 선하다 악하다하여 서로가 이겼다 패배했다 하는 상태로 그 경쟁열이 날로 더해 들끓어 종교다 사회운동이다 하는 것들이 죽이고, 죽어서 없어졌으므로 상제의 탄식이 깊었고, 나의 한탄스러움이 바야흐로 극심하여 「아심」의 일편단심이 근거할 곳 없이 떠돌았던 것인데, 이런 상태로 세월이 흐르다가 경신년(1860년 水雲聖師가 東學을 선포한 때 역자주)에 이르러 상제가 우리 대신사(大神師)를 부르시어 무극대도(無極大道)로써 세상을 건지라는 임무를 주시니, 이 도를 행함에는 반드시 사람으로 하여금 「아심」을 닦아 얻어서 아심으로 제세하는 일에 쓰라 하셨다. 그리하여 가르치는 자는 이 아심 가운데 있는 천교(天敎)요, 깨치는 자는 이 아심 가운데서 천회(天會)하고, 백성은 이 아심 가운데 있는 천민(天民)이며, 물질이란 것은 이 아심 중에 있는 천물(天物)이기에 내(我)가 천아(天我)가 아니며, 하늘

(天)이 나의 하늘(我天)이 아니겠는가? 그러나 상제의 탄식은 아심이 해이하여 늘어진 것에 있었고, 나의 한탄은 아심이 해이하여 풀어진 것에 있었다.

「쓰되 공적인 것에 쓰고, 사랑하되 널리 많은 사람을 사랑」함은 아심의 한 가지 길이요, 쓰되 사욕에 매이고 「사랑하되 기울어진 편협된 사랑」함은 물심의 한 형태라 도덕지(道德地)와 청정지(淸淨地)에는 물심의 머리가 오글아들고, 경쟁지(競爭地)와 승부지(勝負地)에는 아심이 형체가 없을 것이므로 이쪽의 땅에는 힘써 이를 행할 것이며, 저쪽 땅에는 힘써 소매걷고 없애도록 할 것이다.

「아심」이 있으면 대중을 위한 공적이면서 활용이 없는 것 같으면서, 오직 선으로만 이를 활용하고, 넓어서 사랑이 없는 것 같으면서 오직 선으로만 이를 사랑하고 조화로워 물리침이 없는 것 같으면서 오직 악이라면 이를 배척하며, 툭 트여서 막음이 없는 것 같으면서 오직 악이라면 이를 막아 거부하는 것이니 소위 「아심자」란 위와 같은 그러한 것이다.

가사 아심으로 물처럼 써서 이를 맑게 하였다면 물이란 물명(物名)이요, 옥처럼 써서 희게 하였다면 옥 역시 물명이요, 하늘처럼 이를 크다하면 하늘 역시 물명이며 땅처럼 이는 두텁다 할 때 땅 역시 물명이니 그것이 물명처럼 된 바에는 과연 이것은 물심이 아니겠는가.

그러나 아심은 물심을 피하여 멀리 도는 것이니 물심이 아심세계에 잠시 있는 듯 하다가도 아심은 물심을 길손처럼 또는 저 남처럼 여기고 아심의 땅에는 빈 것으로 바꾸니 나의 속에 있기가 어려운 것이다.

아심은 범상한 세계에서 초월한 것이라 상제도 아심 가운데 있고, 신성(神聖 즉 대신사)도 아심 가운데 있는 것이니 신이라 하여 누가 아심을 에워싸서 막을 것이며, 성인이 누가 아심을 막을 것이랴. 자유란 것도 아심에 의한 자유요, 스스로 활용하는 자용(自用)이란 것도 아심으로 인한 자용인 것이다.

만약 아심이 부자유, 부자용하여 단지 길손처럼, 저 남처럼 되어서 신이나 성인에게 매여있다면 장차 생겨날 그 결과는 신의 노예요, 성인의 예속물이 될 것이니 그러므로 「나」라는 자는 크게 반성하여 생각해야 할 것이다.

그러므로 「아심」을 세우는 자는 옳게 자유스럽고, 옳게 자용하는 자일 것이니 만약 물심이 자유일 수 없는데도 자유인 척하고 자용일 수 없는데도 자용인 척한다면 이는 까마귀 낮가죽에 돼지 심뽀를 가졌다 할 것이니 그를 어찌할꼬! 그를 어찌 딱하다 아니할꼬!

아심은 알고도 모르는 듯 하며, 보고도 못 본 듯이, 환히 밝지만 밝지 않은 듯, 어두운 척하면서도 어둡지 않고 도를 지켜도 없는 듯이 그 속에 있고, 잃어도 없지 않으면서 없는 듯 하니 「아심」의 득실을 장차 어찌 알아 얻을 것인가. 다만 그 「사람」을 잘 보아야 할 것이다.

아심을 정하여 지키는 자는 능히 우주를 삼킬 것이며 능히 귀신을 부릴 것이니 이러한 개적 인간이라도 천지와 더불어 수명을 같이하는 자로서 영원할 것이며, 아심을 버려서 지키지 않는 자는 원숭이나 앵무새처럼 말하고 말이나 소의 거죽을 쓰고 있는 것이니 저런 사람은 풀과 나무 같은 세상살이를 할 것이다.

나는 그대를 큰소리로 초대해서 말하노니 그대들은 천지처럼 장수할 것인가? 아니면 장차 초목처럼 살 것인가?

나의 어떤 마음이 아심을 지킴이며 나의 어떤 마음이 아심을 잃은 마음인가, 아심을 잃은 자도 「나」요, 지킨 자도 「나」이거늘, 지키고 또 지키면 아심이 「나」로 돌아오고, 잃고 또 다시 잃으면 물심으로 변해버린다.

우리 초족(峭族)에게 말하노라. 아심을 잘 지켜 기르고 물심일랑 잘 부리어 써라. 아심이 물심에 사역당하면 물질이 주인이 되는 것이니, 주인이 아닌 것이 주인되면 「나」라는 존재도 없고 「나」의 세계도 멸망하고, 주인이 주인 노릇할 때 사람이 곧 하늘이요, 하늘이 곧 사람이 되는 것이다.

(天道敎會月報 통권 5호, 1910년 12월 15일 게재)

역자주 : 「천기대경」(天機大經)에서는 만자(卍字)의 각단(各端)의 점을 구극(九極)으로 하고, 全란 글자를 써서 사람이 곧 하늘임을 표시하였다. 선생은 『道는 我에 있는 | 이라. 人은 天에 曰 全 人에 曰 我 | 그렇게 定稱하나 全 스스로는 全 가 아니라 卽 我일지니라』(「道經」의 「道의 本體」에서)라고 말하며 『我의 本在曰 法이요 我의 應用曰 道이니…』하고 「도경」의 도의 본체에서 元宗을 설명하였다.

(4) 천무기하설(天無幾何說) ; 하늘은 그지없고 우주는 한이 없고 만물은 시종이 없다는 이론

하늘(天)은 그지없고(無幾) 그 무엇이 없는(無何) 존재이다. 만가지로써 그 어떤 것인가를 관조하려면 그지있는 것 같으면서 아득하여 없어 보이고 만가지로써 그 어떤 것인가를 관조하건대 어떤 것인가가 잡힐 것 같으면서 없어 보여서 그 한계가 텅 비고, 어떤 생각도 끊어지고 만다.

큰 하늘(大天)은 큰 하늘을 초월하여 또한 작은 하늘(小天)이 그 속에 있고 높은 하늘(高天)은 높은 하늘을 초월하여 또한 낮은 하늘(卑天)을 그 속에 품고, 긴 하늘(長天)은 긴 하늘을 초월하니 짧은 하늘(短天)을 그 속에 품고, 둥근 하늘(圓天)은 둥근 하늘을 초월했으니 네모난 하늘(方天)도 그 속에 있는 것이다.

하늘에 대천(大天)이 있다하여 큰 것으로써 그 크기를 측정하려하니 크고 큰 것이 그지없고 어떤 것인지 알 수 없이 크며, 또 그 속에 소천(小天)이 있다하여 얼마나 작은가를 재어보니 작고 작음이 그지없고 어떤 것인지 알 수 없이 작으며, 하늘에 고천(高天)이 있다하여 높이를 재려하니 높고 높음이 그지없고, 어떤 것인지를 알 길이 없이 높으며, 또한 그 속에 비천(卑天)이 있다하여 그 낮은 것을 재려하니 낮고 낮음이 그지없고 그 어떤 것인지를 알 길 없이 낮으며, 하늘에 장천(長天)이 있다하여 그 길이를 재려하니 길고 길어 그지없고 어떤 것인지를 알 수 없으며, 또한 하늘에 단천(短天)이 있다하여 그 짧음을 재려하니 짧고 짧음이 그지없고 어떤 것인지를 알 길이 없고, 하늘에 (圓天)이 있다하여 그 둥근 것을 재려하나 둥글고도 둥글어서 그지없고 어떤 것인지를 알 길이 없도, 또한 하늘에 방천(方天)이 있다하여 그 네모진 것을 헤아려 보려 하나 너무도 모나서 그지없고 어떤 것인지를 알 길이 없었다.

큰(大) 것으로써 측량하여 크면 클수록 그 큼은 작음에 이르고, 작음(小)으로써 재어서 작고 작을수록 큰 것에 이르고 높은(高) 것으로써 높고 높음을 재면 그 높음은 낮음에 이르고 낮은(卑) 것으로써 그 낮음을 헤아리면 그 낮음은 높음에 이르고, 긴(長) 것으로써 길고 긴 것을 재니 그 길음은 짧은 것에 이르고, 그 짧음(短)으로서 짧고 짧음을 재어보니 그 짧음은 긴 것에 이르고 둥근(圓) 것으로써 둥글고 둥글음을 헤아리니 그 둥글음은 모난 것에 이르고, 네모진(方) 것으로써 모지고 모난 것을 헤아리니 그 모난 것은 둥근 것에 이르도다.

사물로써 이를 계측하니 눈앞에 보이는 모든 것들이 모이고, 모이는 사물(合合物)인데 모인 것들이 갈래갈래 나뉘이면 보고 난 뒤로는 나뉘이는 만상(分分物)들이 되는 것이다.

갈래갈래 나뉜 사물이 그지없고 그 어떤 것인지 일 길이 없이 갈라지고 또 나뉘이면 눈 앞에선 모이고 쌓인 사물이 되어 보이고 모이고 쌓인 사물이 그지없고 그 어떤 것인지를 알 길이 없이 모이고 쌓이면 보고 난 뒤 갈리고 나뉜 사물이 되는 것이니 오늘에 본 합합물이 내일엔 또 분분물이요, 어제 본 분분물이 오늘엔 또 합합물이어서 갈래갈래 나뉘임(分分)도 그지없고, 없는 부분이요, 모이는 쌓임(合合)도 그지없고 그 무엇이 없는 합합임으로 어제의 나뉨, 오늘의 모여짐도 그지없고 그 무엇이 없는 것(無幾何)의 분합이요, 오늘 합, 내일 분도 무기하의 합분인 것이다.

내가 이를 헤아려보니 어제의 아천(我天)의 「나」(我)가 오늘 또 존재한 사람(人)의 나요, 오늘의 아인(我人)의 「나」가 내일 또 존재하고 있는 하늘의 나이니 나란 사람이며 또 하늘이며 또한 사람으로 그 어떠한 하늘(天)이며 그 어떠한 사람인지 나는 그 그지없고 그 무엇이 없는 것을 셈하지 못하노라.

초(峭), 궁(窮), 삼(森)의 삼족으로 이를 관조하더라도 그 「있음」(有)이 부지기수요, 그 생(生)이 부지기수였으며, 또 지난 옛날로써 이를 관조하더라도 그 세월 흘러 지나감이 얼마나 되었든 그지없으며 지금 이후로 보더라도 장차 도래할 세월이 그 몇 년이될지 그지없으니 이리로 보아도 저리로 보아도 모두 다 이 무기하의 세계인 것이다.

세계(界)란 하늘(天)이니 하늘이 이 세계에 있으면서 무기하의 큰 통일과 큰 기관을 써서(用) 무기하의 무(無)와 무기하의 유(有)를 모두 주관하는 것이니 하늘(天)의 주장도 무기하의 조화적 한 기관이요, 땅(地)의 생성도 무기하의 조화적 한 기관이요, 사람(人)의 응용도 무기하의 한 기관인 것이다.

무기하로써 모든 세계(天)를 관조하면 곧 모든 세계가 이 무기하인 것이며 유기하(有幾何)로 새 이를 관찰하면 모든 세계가 이 유기하가 되는 것이니 전자는 무기하의 큰 안목으로 무기하의 큰 세계(大天)을 관조함이요, 후자는 유기하의 작은 안목으로 유기하의 작은 세계(小天)를 관찰한 것이니 큰 안목으로 보는 큰 자는 그 존재함이 크고 넓어서 무기하의 큰 것이어니와 작은 안목으로 보는 작은 자는 그 생(生)이 좁고 좁아 유기하적 작은 자인 것이다.

우리 초형 초제에게 말하노니 「크게 보는 자가 크게 되느니라」

작은 것으로써 보는 유기하자는 단지 자기의 백년 사는 것만 알고, 자신의 무한히 사는 것을 모르니 굶고, 걱정스럽고, 춥고, 앓고하는 아침 저녁으로 마음이 불안하여, 황황하고 분분하여 그 사람다움이 죽어서 공허하니 겁나는 일이로다.

크게 보는 무기하자는 자신이 그지없이 삶을 크게 알고, 백년밖에 못하는 것을 작게 알아 하늘을 삼키고, 땅을 토하는 큰 능력이 있으므로 위대하고 우월하여 하늘의 큰 권능을 스스로 베프니 놀라운 일이로다.

우리는 무기하의 큰 언덕을 보고자 허거든, 세상을 볼 때 먼저 하늘의 그 먼저 하늘을 보아서 그 어찌한 하늘인가를 미루어 생각하며 땅을 볼 때 먼저 땅(地)의 그 먼저 땅을 보아서 어찌된 땅인가를 추상하고 사람을 볼 때 먼저 사람의 그 먼저 사람을 보아서 어찌된 연유의 사람인가를 추상할 것이다. 그러면 안계가 차츰 넓어지고 커져서 널리 무극하며 무대한 세계를 볼 것이다.

하늘(天)을 봄에 있어 잠깐동안 있어 보이는 하늘만 보고 하늘의 먼저 하늘을 생각 못하고, 땅을 봄에 있어 잠깐동안 보이는 땅만 보고 땅의 그 먼저의 땅을 생각 못하고, 사람을 봄에 있어 잠깐 보이는 사람만 보고, 사람의 그 먼저의 사람을 생각 못하면 안계가 차츰 좁고 작아져서 현재의 유기하의 세계만 협소하게 보는 것이다.

하늘의 그 먼저의 하늘(先天)을 규명한다는 하늘은 어떤 하늘인가?

그 천(天)의 먼저의 천을 본 연후에 바야흐로 참 하늘을 알아낸 하늘이요, 땅의 그 먼저의 땅은 어떤 땅인가?

그 지(地)의 먼저의 지를 본 연후에 바야흐로 본래의 지를 섭리하는 지이요, 사람의 그 먼저의 사람은 어떤 사람인가? 사람의 본래의 사람을 본 연후에 바야흐로 본디 사람을 위함이니 우리의 도는 사람으로써 본래의 인간을 조화하여 본래의 땅으로 오르고 참다운 천덕(天德)을 씹어 소화함이니 이 하늘은 무기하의 천이며, 이 땅은 무기하의 지(地)이며 이 사람은 무기하의 인(人)이라 삼위일체를 총칭하여 무기하천이라 하니 아! 우리 큰 지구상의 초목이여! 어찌 이 무기하 천하로 돌아오지 않을 수 있겠는가?

(天道敎會月報 통권 8호, 1911년 3월 15일 게재)

역자주 : 소래선생의 저술인 「천기대경」(天機大經)의 무극소설(無極小說)에서는 『無者는 天理之無機無何也이라 天則無而觀天之無無하니 無始無終이요 無生無滅이며 無範無圍하며 無防無限하며 無善無惡, 無落無端, 無色無相, 無年無壽, 無大無小, 無高無卑, 無上無下하므로 是之無的境曰無極이니라』고 하였는데 여기서는 이를 실례를 들어 구체적으로 설명하고 있다. 천도교의 우주관과 비슷하면서 선생의 독자적인 우주관이 보인다.

(5) 불연기연(不然其然) ; 그렇지 않은 것과 그런 것, 즉 길흉화복은 결국 합일이라는 이론

우리의 교를 믿는 것은 반드시 그 하나를 이루고자 하는 일일텐데 모를 일은 복되고자 하는 일인가, 화를 부르고자 하는 일인가?

무릇 복이라면 나아가 받잡고 화라면 물러서서 피하는 것이 우리 민족의 보통 정념이거늘 우리가 하필 화를 입고자 교를 믿겠은가? 진정 이것은 복되고자 하는 것이다.

그런즉 하필이면 교를 믿으면 복이요, 안믿으면 화라고 하느가.

교를 믿는자는 하늘을 모시고(侍天) 하늘에 절하는(拜天) 그 한결같은 마음이 작금이 한결같고, 금명이 같아서 하늘의 기쁨을 맞아들이고, 믿지 않은 자는 하늘을 잊고(亡天), 하늘을 잃고(失天) 만갈래 수심이 아침 저녁에 일어나고, 밤과 낮으로 변하여 하늘의 노여움을 맞아들이니 하늘은 복을 베푸는 주관자로서 기쁘실 때 나에게 복을 주시고, 노하시면 나에게 벌을 내리시어, 벌이 내리면 가족이 섬멸하고 세계가 파멸하며 복이오면 가족이 살고 세계가 산다하니 우리는 믿지 않은 자가 될 수는 없다.

가족이 섬멸하고 세계가 파멸한다는 것은 곧 하늘(天)의 섬멸이요, 가족이 살고 세계가 산다는 것은 곧 하늘이 살아 활동한다는 것이니 하늘이 어찌 믿지 않는 자의 화를 참겠는가?

그러므로 천이 우리 대사(水雲大聖師)를 내려보내 포덕천하(布德天下)의 문을 열어 밝히시고, 광제창생(廣濟蒼生)의 기치를 세우시고 크게 부르시니 만민이 돌아와 모여서 함께 5만년을 누리는 큰 복이 되었었다.

5만년을 함께 누릴 복이란 미래의 경지라서 말하지 않겠거니와 오늘 이전 지나간 일을 말하자면 신교자가 7일을 절식하고, 무명옷으로 삼동을 견디어야 하는 수도가 이 기한(飢寒)이오, 만민의 한 바탕 선혈을 자아냄과 만가의 한 이 굶주림이 이 또한 참혹함이니 춥고 굶주림이 복이겠는가? 참혹함이 복이겠는가?

믿지않는 자가 음반에 고량진미로 먹고, 비단 옷으로 치장함이 이 또한 배부르고 뜨신(飽煖) 생활이니 많은 사람들이 아침 저녁으로 문안 드리고 문객들이 조석으로 출입하는 것은 이 역시 경사롭고 즐거움(慶樂)이라 할 것인데 이 포난이 화이겠으며 경락이 화가 되겠는가?

이 참으로 복을 모르겠고, 화를 아지 못할레라. 이는 가히 웃을 일이다.

신교자는 기한을 걱정 않고 낙천(樂天)하며, 참혹을 겁내지 않고 낙도(樂道)하는 것이니 낙천과 낙도가 이 과연 화이겠으며, 믿지 않는 자는 마음을 잃고 다만 포난으로 영영 하늘에서 이탈되고 성생활이 문란하여 경락으로 일 삼아 항상 도에서 떨어져 나가니 이것이 과연 복이 되겠는가?

이것이 화가 무엇인지 복이 무엇인지 모르는 일이로다.

낙천 낙도하는 신자도 경우에 따라서는 기한과 참혹이 화가 되고 하늘을 떠나고 도를 이탈한 비신교자도 그 소득에 따라서는 포난과 경락이 복이 될 수 있는 것이니 어쩌하면 이렇고 어찌하면 저러니 어쩌다가 기한과 참혹이 복이 되며 포난과 경락이 화가 된다니 모를 일이다.

사람을 즐기고(樂人) 물질을 즐기는(樂物) 비신자도 그 바라는 결과는 반드시 복에 있으니 황차, 낙천, 낙도자야 다시 이르겠는가? 사람을 떠나고(離人) 물질을 떠난(離物)자도 그 결과는 반드시 화를 부를 것이니 황차, 이천, 이도자야 말하여 무엇하겠는가?

하늘(天)이란 복을 주관하는 존재인데 낙천, 낙도자를 기한을 이기라고하는 참혹을 견디라 함은 어떤 연고이며, 이천(離天), 이도(離道)자를 포난이니 경락이라 하는 것은 무슨 까닭인가?

낙천, 낙도자의 기한과 참혹은 5만년 큰 복의 원인이요, 이천, 이도자의 오늘의 포난 경락은 잠시 뒤의 큰 화의 원인이 되니 눈 쌓인 산위의 뿌리 깊은 소나무는 그 푸르름이 영구하고, 꽃병 얕은 물에 꽂힌 꽃가지의 꽃은 그 붉음이 잠깐 사이인 것이다.

이는 단지 허식된 말이고, 내가 수단을 운용하고 묘책을 움직여서 능히 스스로의 일을 재빨리 도모하여 보니 일찍이 포난을 얻고 경락을 누린 일이 없었으니 이는 과연 복이요, 내가 제멋대로 가르키는 말을 듣고, 쫓겨나면서 모험으로 일을 벌렸던 그 때 일을 생각하니 그 어떤 기한과 참혹을 당했으리오, 이것이 화이거늘 갈길 모르고 헤메는 한 사람의 「나를 몰아 제 혼자 살찌게 하는 술책」을 문득 복이라 말하니 아! 한심하구나. 과연 이는 악연하여 한 번 놀랄 일이로다.

신교자는 아침부터 저녁까지 스스로 서약하는 마음이 무엇인고하니 포덕천하라 하며, 이래야 광제창생이라 하여 먹을 때도 기도하고 행동할 때도 기도하며 잘 때도 기도하니 하늘(天)이 없으면 그만이거니와 하늘이 있으면 그 기도가 성취되지 아니 한즉 성취면 세계가 살고, 나도 사는 것이요, 비신교자는 아침부터 저녁까지 항상 꾀하는 마음이란 어떤가 하면 천하에서 혼자 배부르고, 혼자 따뜻하게 지낼 것을 생각 하는 세계라 하여 자도 그 생각 깨어도 그 생각 움직여도 그 것, 자도 그것 뿐이니 사람이 없다면 모르거니와 사람이 곧 그 마음으로 있어서 빼앗지도 못하고 물리어 염증도 안나는 것으로 그런 자는 물려서 염증나면 세계가 죽고 나도 멸망하니 세계가 죽고 내가 멸망하는 것이 복인가 세계가 살고 나도 사는 것이 화인가?

생활(生活)이란 무엇을 말하는가? 장님의 생활이 땅 저 쪽에 있다 말하면서, 하루는 장님을 거짓 인도하여 물을 건너 말하되 저 산 앞에 가면 생활할 땅이 있다하고, 다음 날에는 거짓 인도하면서 산을 넘어 저 동네에 생활지가 있다하며 셋째 날은 한 동네, 넷째 날은 한 마을로 이끌고 다니면서 노자만 모두 빼앗았으니 이 곳이 과연 별난 생활지로구나.

아는 가운데서 과연 알기가 어렵구나. 아이를 데리고 도하리(道下里)로 가는데 아이가 당초에 미리 가는 길이 아주 멀다는 것을 알았다면 결코 떠나지 안았을 것인데 아이더러는 길이 멀지 않다고 속이고는 데리고 가는데, 하루는 물을 건너면서 저 산 앞이 과연 도하리가 있다 하고 다음 날은 산을 넘으면서 저 골짝에 도하리가 있다 하고, 삼일에는 한 동네, 사일에는 한 마을에 도하리가 있다고 속이며, 긴 세월을 끌고 다니다가 드디어 산수 수려한 곳이 있어 과연 도하리를 얻었으니 이 땅이 곧 생활지로다.

나는 아지 못하겠구나! 근래에 각 종교가들이 느닷없이 하늘(天)이요, 상제(上帝)요 하니 천은 무엇이고, 상제는 무엇인든가

『한 기가 생겨서 저 창생들을 이루고 그 속에서 나고 죽는 것의 변화가 한 가지로 자연기가 그리 만든 것이다』

해와 지구가 서로 가까우면 여름이라 하고 해와 지구가 서로 멀면 겨울이라 하며, 물을 분하하면 기(氣)가 되고, 기를 합하면 물이 되거늘 하필이면 구구하게 하늘이 시킨 것이라 상제가 그렇게 만든 것이라 하는가? 만약에 하늘이 있어 참작하여 헤아린 것이라고 하면, 어찌하여 지구의 중앙은 너무 뜨겁고, 지구의 남북은 너무차서 인종들의 사는 일이 지금처럼 불편할 것인가?

이는 상제가 고성능 수단으로 그리 못한 것이 아니라, 땅이란 둥근 것(球)

이니 자전 한 번에 밤낮이 되게 하고 공전 한 번에 봄·가을이 나뉘게 되니 이 과연 하늘이 아니면 누구의 소치이리오. 하루에 주야가 있으니 낮에 짓고(일하고) 밤에는 쉬며, 일년에 춘추가 있으니 봄에 싹나고 가을에 열매 맺는 것이 이 과연 하늘이 아니면 누가 그렇게 하겠는가.

상제가 고루 사랑한다 하지만 구라파 사람들은 크게 진보하고 다른 민족은 퇴보해서 쭈글어들게 했으니 이 것도 상제(天)의 짓인가. 상제가 만약 편협함이 없다면 생각함이 반드시 두 세계일 것이요, 만약 두 세계가 없다면 생각함이 반드시 편협된 세계일 것이다.

하늘은 사람과 만물을 낳았으나 단지 사람에게만 스스로 사람됨을 허락하였거늘 구주사람은 지능과 손재주를 크게 개발시켜 이용후생품이 하늘이 내린 듯 형제와 일가 일국이 쾌활한데 다른 민족들은 지능과 손재주가 도무지 활용치 못해서 퇴보낙후한 것이 하늘에서 내린 선사품 같으니 형제와 일가 일국이 모두 파멸상태에 있으니 구주사람은 눈이 넷이요, 손발이 여덟이요, 다른 민족들은 눈이 하나 뿐이며, 손과 발이 하나씩이라서 그런가, 구주사람들이 눈 넷에 수족 여덟이며 다른 민족은 눈이 하나 수족이 하나씩이어야 하늘은 편협하고 두 하늘이 있다고 할 수 있을 것이다.

산제의 박애는 마음으로 어찌 다른 민족들의 멸망을 두고 참으며 마음 편히 있으리오. 그러므로 천도교가 지금 시발이니 다른 민족들도 장차 진보가 있을 것이다.

구주사람은 선진하고 다른 민족은 후진이니 상제가 어찌 함께 진보치 못하고 각각 따로 선진 후진이 있으리오.

화원의 꽃을 못보았는가?

비 오기 전에 피는 꽃도 있고, 비 온 뒤에 피는 꽃도 있지 않는가? 또 나뭇가지의 잎을 못 보았는가? 서리 전에 지는 잎도 있고, 서리 내린 뒤에 떨어지는 잎도 있거늘 어찌 일시에 피고 일시에 잎 진 연후에만 이 과연 꽃이라 잎이라 하겠는가?

만약에 꽃과 잎으로만 말할진대, 꽃과 잎은 먼저 핀 것이 먼저 떨어지고 나중에 핀 것이 뒤에 떨어지는 법이므로 천도교도 오늘날 아세아에 있고 미국

구주에는 없다가 내일은 구미 각국과 아주에도 퍼질 것이니 포덕천하를 어찌 일시에 보급하겠는가? 서쪽이 낮이면 동쪽이 밤이요, 북쪽이 겨울이면 남쪽은 여름이어서 밤낮과 겨울·여름을 함께 지낼 수 없는 것은 하늘이 정한 바이거늘 광제창생을 어찌 능히 같은 땅에서 볼 것인가?

해와 지구, 꽃과 잎은 개체성을 짓고 있는 방물(方物)이라서 서로 바꿀 수 없는 것이 있고, 하늘은 총체성을 지닌 원물(圓物)이라서 춘하추동 각 계절을 볼 때 어느 때가 천도(天道) 아닌 것이 있으며, 동서남북 사방으로 보아도 어느 방향이 천도 아닌 것이 있으며, 상하좌우 어느 곳인들 천도가 아닌 것이 있겠는가, 천도교가 오늘에 유형의 땅에도 있고 무형의 땅에도 있으니 없는 까닭은 우리들이 힘써 나가지 않는 탓인데 어찌 천도를 모르는 일이 사시가 없고 사방이 없고 사처가 없는 것이겠는가?

나는 모를 일이다. 천도교도 그러한 이치가 있는 것 같으면서 또 생각하니 그렇지 않은 일면도 있구나.

우주간에 우리가 붙어 산다는 것은 흙 속의 한갓 미생물에 불과하거늘 문득 어떤 복이다 어떤 화다 하고 절절하게 여러 입에 오르내리니 참으로 괴이하다. 낙천·낙도의 신자도 죽으면 그만이요, 이천·이도의 비신자도 죽으면 그만이거늘 백년 한평생으로 헛되이 빈 그림자를 보고 이렇다 저렇다 하니 우스운 일이로다.

우리 동생들이여! 인생의 백년 뒤의 남은 흔적은 단지 명예 뿐이라. 기한을 견디고 참혹을 모험하여 한 번 나아가 세계의 나(我)를 얻어 이루면 형체가 있는 인간이 가득한 이 땅에 빛나고, 위대한 형체 없는 사람으로 다시 나타나 높다랗게 만년의 나를 이룰 것이고, 포난을 잃고 경락을 떠난 인생 즉 오직 처자만을 지키는 나가 되어 형체있는 사람으로 잠깐 살다가 적막하게 자취 없이 지나간 인생으로 이름 없이 흩어져서 영영 죽어버리는 나 밖에 안 될 것인즉 만년토록 사는 내가 되겠는가, 영원히 죽어지는 내가 되겠는가 분간할 일이로다.

(天道教會月報 통권 11호, 1911년 6월 15일 게재)

역자주 : 여기 말하는 복(福)과 화(禍)에 대하여「천기대경」(天機大經) 경극소설(景極小說)에서
　　　　는 『人也得數理之合德이니　其命吉泰요,　吉泰者는　福이고　失其合德者는　其命凶咎요
　　　　凶咎者는　禍이다.　…欲福而不欲禍는　人之常情이니라』라고　하여　덕(德)과　복(福)을　합
　　　　일(合一)시켰다.
　　　　천도교에서　말하는　불연기연(不然其然)과　비슷하나　길흉화복(吉凶禍福)으로　설명함
　　　　이　독특하다.　그리되기　어려우면　불연(不然)이요,　그리됨을　인정하는　것이　기연(其
　　　　然)이지만　이　양극은　결국　합일되는　것이라　하였다.

(6) 「덕으로 세상 살리는 말」 ; 이 글은 제목부터 본문까지 모두 순 국문
　　으로만 쓰여졌다.

한울님니 대신사(大神師=水雲聖師)께 이르기를 개벽후 5만년에 공적이 없
다가 「너를 만나 성공한다」하셨다.

한울님께서 어찌하여 개벽후 5만년에는 공이 없었으며 이제 대신사를 만
나 공을 이루셨는지 깊이 생각할 일이다.

대체 한울님은 사람으로 말미암아 그 이름을 얻은 자인데, 선천(先天) 개
벽시대에는 사람이 자연히 믿고 위하는 생각이 해 · 달 · 물 · 불 · 나무 · 돌같
은 정(情)없는 물건을 숭배하여 믿다가 한층 밝은 시대(開明時代)를 당하여 갈
고 닦은 유도(儒道), 갈고 닦은 불도(佛道), 갈고 닦은 선도(仙道)라 하는 여러
가지 종교가 다 각각 교문(敎門)을 세워 자기네 의견대로 종교의 체재를 조직
하며 이치를 발명하는 통에 각기 당파가 서로 다투며 서로 비방하여, 지고 이
기고 줄었다 늘었다하는 정상이 참으로 선천 5만년을 불쌍히 지내 왔었다.

슬프다! 그 가운데 세상은 날마다 어두운 지경으로 들어가고 한울님은 부
질없이 사시절에 돌아다닐 뿐이니 사람으로 인하여 이름을 얻으신 한울님이
어찌 노하지 아니하며 근심이 없으시리오.

이러하므로 한울님이 민망히 여기시어 저 여러 종교파의 경쟁하는 인류를
모두 한손으로 불러 대종교 널리 덮히는 아래에 들어와 천지간에 한 집이 되
고 한 형제가 되어서 선천(先天)의 지나간 한울이 새 한울이 되고 선천 지나산
땅이 새 땅이 되고 선천사람이 새로운 사람이 되게하여 한울님의 큰 공을 이

루어들일 자격이 있는 자를 구하게 되니 용담정(龍潭亭=水雲神師가 도닦은 곳)에 천격(天格)이 구비한 대신사가 곧 그 사람이다. 한울님께서 크게 기뻐하시어 후천(後天) 5만년 무극대운(無極大運)을 전적으로 맡기면서 말하기를『너는 내 도를 받아 덕을 천하에 펴서(布德天下) 널리 창생을 건지라』(廣濟蒼生) 하셨으니 그런고로 우리 교의 종지(宗旨)가 포덕천하 광제창생이었다.

오늘날은 문명한 시대라 땅덩이 거죽에 싸이고 싸인 십육억팔천만 민족이 모두 문명세계에서 자유·행복을 누리는 가운데 물에 빠진 사람은 누구며, 구덩에 빠진 자는 어디 있기에 「널리 창생을 건지라」하셨는가.

다시 생각하면 오늘의 문명은 공동생활을 위한 도덕 문명이요, 곧 독립 독자적 생활에 서로 다투는 문명이니 차라리 도덕을 숭상하던 요(堯)·순(舜)시대의 문명을 취할지언정 화륜선(汽船)·기차·전등·전선이 발명된 문명은 취하기 어렵구나. 사람마다 이욕에 빠져서 서로 빼앗으며, 서로 잡아먹기로 능사로 삼아 설령 가진 저 민족이 서로 잡아먹는 짐승과 같은 행위를 하고 있으니 사람으로 조직된 세상이 어느 지경까지 이를는지 참 비참한 것이다.

사람에게 덕이란 것은 고기에게 물과 같아서 덕이 없으면 살아서도 죽은 모양이니 이같이 죽은 세상을 무심히 보고만 있는 것이 옳으냐, 살려주는 것이 옳으냐 우리는 한울님이 명령하신대로 포덕천하 광제창생하라고 위임을 받아 맡은 자임으로 어찌 저 죽은 세상을 그냥 버리는 것이 옳겠는가. 이러하므로 우리 교우는 각각 세상 살릴 일에 전력하는 바이다.

우리 교가 널리 펴는 바는 후천의 새 것이요, 저 사람의 아는 바는 선천의 옛 것인데, 옛 것을 좋아하고 새 것을 배척하는 땅에는 불가불 그 마음이 자연히 감화되어 살 곳으로 돌아오게 할 명약이 있어야 할 것이다.

오오! 한울님이 세상 살리는 일을 맡기실 바에야 어찌 그 살리는 약을 주지 않았겠는가. 내가 죽는 사람을 살리고자 하면 먼저 그 약을 많이 준비하는 것이 옳으니 그 약을 많이 가진 자는 많이 살리고 적게 가진 자는 적게 살릴 것은 정한 일이다.

또 어찌하면 많이 가지고 어찌하면 적게 가질 것인가를 연구하건대 조금도 다른 방법이 없고 다만 나의 정성으로써 한울님께 구하면 분명코 그 정성 들인 값어치대로 주실 것이니 그 약의 이름은 곧 덕이다. 덕을 많이 펴면 천하에 어려운 일이 없고, 덕을 거슬리면 망하는 것은 옛사람의 언론에도 밝고 훤한 것이니 다시 무슨 말이 필요하겠는가?

비록 그러하나 내가 먼저 성성으로써 한울님의 감화를 얻지 못하고 형식 상으로 재주와 입술만 가지고 남을 인도하여 입교를 시키려면 그 사람이 믿지도 않고 교를 받지도 아니할 뿐더러 설사 바람에 쏠리어 잠시 들어오더라도 며칠을 지나지 않아서 도루 물러날 것은 지각있는 자는 기다리지 않아도 가히 일 것인즉 오늘날 이 세상을 살리는 도리는 아무 것도 없고 다만 명약은 덕 한 가지 뿐이요 또 덕을 얻는 방법은 내가 먼저 정성을 다하는 데서 더 지나는 것이 없다고 생각한다.

(天道敎會月報 통권 12호, 1911년 7월 15일 게재)

역자주 : 「천기대경」(天機大經) 부극소설(符極小說)에서는 『爲父德 爲母行』이라 하고 오극소설(五極小說)에서는 『五族은 各有自德自行』이라 했는데 여기서는 「포덕천하」(布德天下)의 동학(東學)의 덕(德)을 주로 이야기하고 있다.
　　　이 글에서 「한울님」은 하느님인데 천도교에서 「한울님」(造物主)은 독특한 의미로 쓰고 있으므로 그대로 적었다.

(7) 유객망귀가(遊客忘歸家)(聖師詩) ; 구경하느라 집을 잊은 나그네에게, 즉 천도교의 근본 이념을 잊은 성사에게 주는 충고

산을 좋아하는 요산자(樂山者)는 집을 잊고 오래도록 산만 생각하고 물을 좋아하는 요수자(樂水者)는 집을 잊고 오래도록 물에서 산다고 했는데 이곳을 즐기면 저곳을 잊고, 저곳을 즐기면 이곳을 잊는 것은 인지상정이다.

가령 옛날의 유객을 생각해보면

『깊은 산수에 파묻혀 떠나지 못하나 다만 두려울손 돌아갈 때 내 집의 꽃 떨어짐이여!』

라고 한 것은 무슨 탄식인가. 그 낙은 타향에 있으나 그 생각은 고향에 있

는 것이다. 또 지금의 유객을 보니

『지팡이에 삿갓쓰고 바위 밑에 잠 잠을 마다않으니 동구에 구름 깊어 달빛도 안비추네』

라고 한 것은 무슨 탄식인가. 그 낙이 타향에 있으면서 그 마음도 고향을 잊은 것이다. 그 무슨 까닭으로 옛 유객은 비록 다른 땅에 가 즐기면서도 고향 동산을 한번 생각하거늘 지금의 유객은 타지에서 오래 즐기면서 자기집을 영영 잊으니 모를일이로다.

저 들판을 바라보라. 희고 붉은 복숭아꽃 자두꽃이 활짝 피어 난만하고 버들숲에 꾀꼬리 울고 꽃향기로 나비 춤추니 봄기운에 탕아의 심정이 어떠하랴.

푸른 술을 한잔 마시고 붉은 옷 소매를 끼어 잡아 삼삼오오 짝지어 노는 상춘객이 들꽃 속에서 놀 때 노래 한 곡조에 술 한잔으로 종일토록 즐기면서 집으로 돌아갈 줄 모르누나.

잠시 듣거라. 유객이여, 너희 집을 잊고 돌보지 않으니 너희 부모가 근심 걱정하며, 너희 처자가 떨고 굶주리며 너희 형제가 흩어져 유리방랑하며 너희 집이 필경은 파산할 것이니 봄가고 꽃 지고 비는 처절히 뿌리고 바람이 차거운 가을·겨울에 너의 춥고 배고픔이 어떠하며, 들판에 가나 물가로 오나 집 없는 고아가 될 때 한탄의 눈물이 흐를 것이니 일찍 돌아오라. 너의 집으로 빨리 돌아올 일이다.

들꽃 깊은 곳에 취하여 노는 제군아!

너의 집은 곧 우리의 집이요, 우리집은 곧 너의 집이라. 큰 지구 전면에 살고 있는 16억 8천만 인구도 이 집에서 나고 죽을 사람이요, 전에 살고 간 만만 인생도 이 집에서 나고 죽고, 앞으로 태어날 억만 인류도 이 집에서 나고 죽을 것이며, 물짐승, 날짐승, 산짐승, 들짐승, 굴 속에 사는 크고 작은 만물도 모두 이 집에서 나고 죽는 것들이요, 우주의 크고 작은 만가지 별들도 모두 이 집에서 시종치 않을 것이 없으니 너의 생과 너의 공성이 이 집에서 시종치 아닐 자 누구이겠는가?

이 집에 사는 억조 창생이 모두 한 가족이요, 그 가족 중에서 주인은 나와

너이니 나와 네가 단지 들꽃을 즐기느라 제 집을 잊고 돌아가지 않으면 나와 네가 자기를 보전못함은 말할 것도 없거니와 이 집이 황폐함은 장차 어찌 하겠는가?

빨리 돌아올 것이다. 너의 집으로 일찍 돌아오라! 들꽃 깊은 곳에 취하여 노는 제군이여!

제군들아! 너의 집 정원에 금옥같이 푸르고 붉은 무극화(無極花)를 네가 어찌 등한시하고 저 거친 들판에 난무하는 잠깐 꽃에 취해 있는가?

들꽃은 특별한 정념과 사랑이 없는 것이며 한 때 피고 마는 꽃인데 너희는 자기집의 무극화가 있음을 모르누나.

가을 산에 서리 맞은 단풍이 붉기도 하고 자두색이 나지만 너희는 꽃으로 알고 즐길 것인가? 이는 꽃이 아니라 서리맞은 잎이다.

봄날 울타리 머리에서 비 온 뒤 살구꽃이 곱디 곱게 피었지만 너희는 이것이 오래도록 고울 줄 아는가? 이는 잠깐 동안의 고움이요, 예쁨이니라.

바람에 바로 떨어지는 저 산의 단풍을 감상할 것이 아니고, 잠깐 피었다가 눈 같이 휘날리는 저 울타리 살구꽃을 취하지 말고 너희 집 고유한 영구히 아름다운 무극화를 즐기라. 그렇지 않으면 네 몸은 미구에 백년간을 못 살고 나뒹구는 한 개 흙덩어리 고기 되리라.

성사(水雲聖師)의 시에

『들꽃 천만 가지로, 구경하느라 손이 돌아 갈 집을 잊었구나』라고 하셨는데 이는 세상 사람이「꽃을 즐기다 제 집을 잊었다」함을 조롱한 평이 아니라 세상 사람들이 천도(天道)를 망각하고 사욕의 세계에 기울어져 있음을 걱정한 것이다.

하늘(天)은 영해(靈海)요 도(道)는 영해 속에서 부침하는 만성(萬星)의 땅이라 많고 많은 만성의 땅에서 나고 자라고 늙고 죽는 대소 만물이 천도가 아닌 것은 하나도 없으므로, 이른바 종교자가 천도를 종지(宗旨)로 삼지 않고 종교라 하지 못하고, 정치가는 천도로 다스리지 않고 정치한다 못하며 영업가는 천도로 경영치 않고 영업한다 못하며 학문하는 사람은 천도를 배우지 않고 학문한다 못하므로 이러하므로 성사께서 이 한 구절로 가르친 것이다.

소위 종교한다고 하면서 천도를 종주로 삼지 않는 자는 단풍을 꽃으로 알고 즐기는 자요, 소위 정치니 영업이니 학문하는 자도 천도로써 하지 않으면 비 온 뒤 피어난 살구꽃이 영구히 아름답고 예쁘다고 취하는 자이다.

천도의 전체로 볼 때 신구의 그 많은 종교는 모두 우리 교의 소분자이니 우리의 교를 종주로 삼지 않고 따로이 신구교를 믿는 것은 단풍이나 꽃을 잘못 보는 것과 같은 것이 아니겠는가?

정치, 영업, 학문은 우리 교인이 늘 행하는 것으로써 우리 교를 믿지 않고 따로이 정치다, 영업이다, 학술이다 함은 살구꽃이 영원하다고 잘못 안 것과 같은 것이다.

아아! 종교자 제군아! 제군이 중주로 삼을 종교가 어느 것인가?

대략 들어 보면, 유교, 불교, 도교, 야소교인데 저 네 종교는 천도가 아니고 어떤 것으로부터 생겨났으며, 제군은 천도가 아닌 어떤 것으로부터 생겨났는가. 제군이 신자가 아니라면 모르거니와 구태여 종교자인데 이 천도를 버리고 어디로 갈 것인가? 돌아오라 천도로!

정치를 전공하는 제군이여! 제군이 궁구하는 것이 무슨 정치인가. 대략 말하면 공화(共和)요, 입헌(立憲)이요, 전제(專制)일 것이니 공화, 입헌, 전제는 천도가 아니고 어떤 것에서 생겨났는가. 그리고 제군도 천도가 아닌 어떤 것으로부터 생겨났는가. 제군이 정치를 안한다면 모르거니와 굳이 정치를 하는 바에야 이 천도를 버리고 어디로 가는가. 돌아오라 천도로!

영업자는 대략 의·식·주를 영업하고… 학술자는 대략 천문, 지리, 물리, 화학, 수학, 법학, 공학, 생물을 궁구하는데 이 또한 천도로써 행하는 것이니 천도로 돌아오라!

오오라! 제군이여! 제군이 오늘 천도교를 한 개 미신가로 잘못 알아 갑오풍(甲午風=1894, 갑오경장)이니 갑진우(甲辰雨=1904, 한일의정서)니 하여 조롱하고 빈축거리지만 따지고 보면 갑오경장 바람도 제군집안의 일이요, 갑진년의 비바람도 제군 집안에서 일어난 일이거늘 제군이 들꽃 놀이에 빠져서 제 집안 일을 이처럼 조롱만하니 이 어찌 옳은 일인가? 이래도 제집 일이요, 저래도 제집안 일이니 잘 생각할지어다.

오오! 제군이여! 단풍과 살구꽃의 덧없음을 삼가 취하고 말고 빨리 제군의 집으로 돌아와서 5만년 무극화를 한번 보아라.

그 누가 제군처럼 제집을 잊고 들꽃 깊은 곳에서 취하던 자가 아니리오 만은 다행히 천사의 인도를 입고 좋은 벗들의 절실한 개유의 말로 말미암아 자기 집에 돌아와서 한 울타리 안에서 두 걸음 더 나아가려 하니 한 걸음은 용담신연(龍潭神淵)이요, 또 한걸음은 금과옥조라 보배같은 음식, 진귀한 반찬은 그 먹을 것을 충족케하고, 구름 비단과 바람같은 비단은 그 옷으로 삼아 기린 걸음, 봉황 날개가 그 행동을 시험하고, 별과 달이 그 벗이 되어 있으니 벼락 쳐도 소리 없고, 대해에 파도가 잔잔하도다.

이에 이르러 전일의 집을 잊고, 집안일을 잊었던 나의 과거를 회상하며, 제군의 지금 정경을 생각해보니 측은한 마음을 금하기 어렵도다.

오오라! 구슬피리, 선녀 소리도 오래 들으면 싫증 나는데, 제군의 들꽃 놀이는 어찌 빠져서 오래인가.

돌아오라, 제군의 집에 제 집 무극화가 없다면 산과 들로 꽃 찾아 다니겠지만 제 집에 5만년 무극화가 있으니 어찌 들꽃의 잠깐 붉음을 찾으리오.

(天道教會月報 통권 15호, 1911년 10월 15일 게재)

역자주 : 이는 수운성사의 시를 인용하여 당시 천도교를 이탈한 신자에게 호소하는 글이다.
　　　　소래선생의 자서전에서 보면 천도교를 독립운동의 큰 조직체로 생각했는데 손의암(孫義菴)이 일본에서 돌아와 3대 교주가 되었다가 1908년에 박인호(朴寅浩)에게 4대 교주를 넘기고 우이동 별장으로 은퇴한 것으로 되어 있고 또 이 때 천도교는 정치활동을 엄금했었다. 이러한 맥락에서 유객(遊客)은 수운성사(水雲聖師)를 지칭한 유객과 다른 더 구체적이요, 개별적인 인물을 두고 하는 것 같다.
　　　　소래선생의 자서전인 「나의 40년」의 「천도교 3년」에서 엿볼 수 있다.

(8)　천무방한설(天無防限說) ; 하늘은 막힘이 없고 한계가 없다는 이론

오직 하늘은 위를 보아도 그 위가 없고, 아래를 보아도 그 아래가 없고, 밖을 보아도 그 밖이 없고, 안을 보아도 그 안이 안보이니 이는 이 하늘(天)이 지극히 크고 끝없이 넓은 까닭이다.

그러나 지극히 크다고 말함은 그 작은 하늘 즉 소천(小天)에서 이르는 말이요 지극히 넓다고 말함은 그 좁은 하늘 즉, 협천(狹天)의 상념으로 하는 것이니 이 하늘은 지극히 크면서 「큼」(大)이 없는 큰 것이요, 지극히 넓으면서 「넓음」이 없는 넓음이니 걷잡을 수도 없거니와 끝간데를 말할 수 없다.

이 하늘이 한없이 돌고 돌며 만물을 생성하니 해와 별, 바람과 비의 하늘과 산과 물, 나무와 광물의 땅과 신령스럽고 솟아나도 민첩하고 기능의 사람이 각각 그 자리를 차지하고 있으니 하늘이 곧 처음에 이루어졌다.

이 하늘은 막힘이 없고 한계가 없는 것이므로 어제의 하늘이 오늘의 하늘과 다르며 오늘의 땅이 내일의 땅과 다르며 오늘의 사람이 내일의 사람과 달라서 말마다 진보 발전하니 만년전의 거친 들의 소박함이 오늘의 대문명을 이루었다. 천지가 처음 생길 때 인물이 따라 생기었다. 뱀 몸에 사람 머리를 하고 또는 개구리 몸에 원숭이 머리를 한 원시인들이 이리저리 달리면서 섞여 살면서 해와 달과 물과 불에 절하며 나무, 돌, 새, 짐승을 존숭하여 손을 부벼 복을 기원하며 서로 싸워 서로 잡아먹기를 기분 좋아하며, 힘으로 눌러 노예를 부리고 엎어지며 자빠지며 울고 웃으며, 나무 둥지나 토굴에서 살며, 벌거벗고 뱀을 먹고 들고 나면서 음식 먹던 시대를 고대(古代)라 했다.

천지가 점차 열리어 사람도 진보하여, 검은 머리, 푸른 눈의 인종과 눈 깊고 코 큰 인종들이 윤리와 이치를 가지로 석가모니다 노자다를 숭배하며, 예수다 공자다 하여 절하여 복을 비는 풍속이 이루어져서 나라나 세상을 도모한다 하며, 법도와 규칙을 만들어 행하고, 그 교리를 연구·주선하며, 칡옷과 보리밥도 족하다 하며, 흙집과 나무배로 기꺼이 의·식·주를 삼으니 이것이 중대(中代)이다.

천지가 크게 열려서 사람도 또한 진보하여 하늘을 보는 눈이 새 천지요, 땅을 보아도 새 땅이오, 사람을 보아도 새 사람이 되어, 천도가 아니면 종교도 아니라 하여 믿지 않고, 헌법이 아니면 정치가 아니라고 행하지 않으며, 실증적 이치가 아니면 학문이 아니라하여 연구하지 않으니, 해와 별, 바람과 비, 천둥번개에 하나도 모르는 것이 없고, 물과 물, 하늘과 수풀, 쇠와 돌에 하나도 밝혀내지 않은 것이 없고, 종교, 정치, 학문에 있어서 갖추어 일가를 이루지 않음이 없으니 이것이 금대(今代)이다.

고대 사람은 고대를 만족하여 중대가 어떤가를 생각지 못했고, 중대 사람은 중대를 만족하고 금대의 어떠한가를 생각지 못하였으나 오직 하늘은 고대를 일변하여 중대를 만들고, 중대를 또 일변하여 금대로 바꾸었으니 이것으로 보면 사람은 막힘과 한계(防限)가 있음을 알겠으나 하늘은 막힘과 한계가 없음을 알겠다.

하늘은 방한(防限)이 없기 때문에 개구리 몸에 원숭이 머리이던 사람을 오늘처럼 모든 것이 갖추어진 사람으로 이룰 수 있었지만, 사람은 방한이 있기 때문에 원시인이 오늘의 진화된 사람을 예상할 수 없었을 것이니, 오늘의 모든 것이 구비된 사람이 후대 사람의 네 눈에 여덟 손(四目八手)을 가진 사람을 알 것인가?

큰 바다로 동서에 배가 불통할 때는 서양의 세계를 몰라서 각각 제 울타리를 쳐서 지키며 그 사이에 있는 조그만 지역을 두고 천하(天下)라 하고 혹은 사해(四海)라 하더니 지금은 아침에 한성부(서울시)에서 만났다가 저녁에 상항시(샌프란시스코)에서 만나는 시대라 또한 만나는 사람인즉 백인종, 홍인종, 황인종, 흑인종 등 다양하고 배우는 것인즉 에이, 비, 시, 디 요 듣는 것인즉 프리즘이니 나치스트라, 지난 일을 고수하는 사람이 오늘날 동서의 교통을 미리 아지 못하였겠으니 오늘의 지구상 사람이 후대인들의 목성으로 아침 저녁에 서로 상통하고, 화성과 밤낮으로 교섭하면서 극체(極體) 안의 태양계에서 한 곳의 불통도 없이 될 줄을 어찌 알았겠는가?

산을 넘고 강을 건느되 숨차게 헤엄치며, 정사(政事)를 하되 문자가 없어서 결승(結繩=노끈을 맺어 신호함)으로 하고 나무열매로 식량을 삼던 고대의 사람이 복희씨(伏羲氏)의 서계(書契) 글자 발명과 신농씨(神農氏)의 농사법,

헌원씨(軒轅氏)의 배와 수레 사용법을 미리 헤아리지 못하였을 것이요, 이를 편리하게 사용하던 중대 사람이 금대의 증기의 힘으로 움직이는 배와 수레며, 농기구와 전력을 사용한 통신과 전등과 서계가 발전하여 가갸거겨와 에이 비시 디를 미리 짐작도 못했을 것이니, 후대인은 다시 증기나 전기 따위의 복잡한 기계는 도무지 사용하지 않고도 하루 아침 사이에 우주를 유람하며 천지를 꿰뚫어 밝히면서 영원한 낮으로 만들어 오늘날 문명을 웃을 것이나 그 증기며 전기의 불편했던 일은 모를 것이다.

일월수화(日月水火)를 숭배하고 목석조수(木石鳥獸)를 존경하며 수명과 복록을 기원하던 고대 사람이 불교의 극락세계와 예수교의 천당 영생을 예측치 못했을진대 아미타불을 외우며, 성자성부를 부르며 극락이요, 천당이라던 중대사람이 오늘의 사람이 곧 하늘(人乃天)이라고 스스로의 마음을 숭배하는 대종문을 또한 몰랐을 것이다.

하늘(天)은 이처럼 방한이 없는 것이라 이 하늘의 대표로 위임을 받은 이 사람들은 무슨 까닭으로 방한이 있는가. 사람도 방한이 없어야 할 것인데도 옛날 사람이 가르쳐 인도하기를 방한이 있게 한 연유로 그리된 것이니 이제 상류사람도 인내천의 인에는 발밑에 있으며 인의 여진을 먹으므로 금대의 성인은 선천의 거칠고 묵은 것을 쓸어 물리치고 방한 중에 진치고 있는 사람들을 놀라 깨게 하여 대종문으로 들어와 방한 없는 큰 하늘과 방한 없는 큰 사람으로 만들게 하였도다.

우리 영혼이 뛰어난 사람들아! 오늘의 인(人)이 지극히 갖추어진 인임을 생각하는가, 오늘의 고통이 끝없이 넓은 고통임을 상상하는가, 오늘의 기계가 지극히 빠른 기계임을 아는가, 오늘의 종교가 한없이 큰 종교임을 아는가, 오늘의 진리, 학문이 지극히 밝혀진 진리요, 학문임을 아는가.

원컨대 우리는 방한 없는 대종문에 들어와서 방한 없는 대 미래를 생각할 것이다. 큰 눈으로 머리 보고, 극체(極體)를 한 번 보니 하늘이 비고, 상제가 늙었다 함도 나의 본 바이요, 땅이 흩어지고 사람(人)이 드물다 함도 내가 본 바이다.

그러나 방한을 짓지 않는 것이 사리를 맞추는데 적당치 않으면 전 지구의 대방면에 한 개 메뿌리도 없음과 같으니라.

인은 천이라. 천의 하늘 됨이 인의 마음이니 하늘의 지극히 크고도 클 수 없다는 것도 마음이 커서 방한이 없는 때문이요, 지극히 넓고도 넓음이 넓다는 개념을 초월한 것도 넓은 마음이 방한이 없으니 그러한 것이므로 나는 논하건대 하늘을 말함은 단지 이 마음이고 다른 것이 아니다.

마음은 하늘이라 하늘은 이 같이 방한이 없는 것이니 이 하늘을 정확히 파악한 자는 하늘과 통하고 정확히 못본 자는 막히는 것이니 이러한 하늘을 정확히 파악하려면 먼저 방한이 없는 대종문으로 들어와 사방 막혀있는 방한을 부수고 인성 속에 있는 영해(靈海_를 길어다 부우며 신상에 있는 뭇별을 실어서 지고 방한 없는 큰 미래를 조성할 것이다.

그러면 대종문을 어찌해서 얻을까 몇천년전 유교가 이것일까, 불교나 예수교가 이것일까. 아아! 그것은 벌써 늙었었다. 하늘은 작금이 서로 다르거늘 하물며 몇천년이 겠는가.

그러면 대종문을 어디에서 구할 것인가, 큰 것으로는 인내천이요, 본체로는 하늘이 사람에게 가르친 그것이요, 교의 규약은 성실(誠), 존경(敬), 믿음(信)의 법도요, 목적은 포덕청하 광제창생인 것이다.

성(性)과 신(身)은 마음으로 두 가지가 겸전하니 유교, 불교, 도교는 중심이 네가지로 분산되었으나 모신다(侍)라든가 정심(定)한다는 앎(知)으로써 두 가지 모두 얻으므로 천과 지와 인은 큰 세계의 한 속성이다.

궁(弓) 을(乙)이 하늘 아득한데서 이루어져 자리하여 천도의 표준을 세우고 있으니 이 어떤 종문인고 하니 50년전 새로 나온 천도교이다. 사람들아 천도교를 확신하라. 이를 버린다면 어디로 갈 것인가.

성사의 가르침에 『하늘의 이치는 방한이 없는 것이니 사람은 방한을 짓지 말라』하셨으니 크구나 성사의 교훈이여! 실로 방한이 없는 하늘의 말이로다.

오오! 우리 하늘 아예 사는 사람이여 누가 복응하지 않으리오.

(天道敎會月報 통권 17호, 1911년 12월 15일 게재)

역자주 : 「천기대경」(天機大經) 무극소설(無極小說)에서는 『試想其防限하니 於天內之而物而事
　　　는 不固然하여 日日變하니 今日生之事物은 明日異今日하고 又明日更異明日하니 中
　　　古는 迴異於上古하며 現今은 迴異於中古하며 未來는 迴異於現今하여 物事之如是變
　　　異天하므로 故로 天無防限이라 한다』고 하였는데 이것을 부연한 것이 천무방한설
　　　(天無防限說)이다. 더욱이 미래는 증기나 전기의 힘으로가 아니고 또 다른 에너지로
　　　우주공간을 교통하면서 달도아니고 목성(木星)과 화성(火星)을 아침 저녁으로 앙래
　　　하며 만날것이라 하니 놀라운 일이다. 동학사상에도 「무왕불복지리」(無往不復之理)
　　　의 원리는 있다.

(9) 동정자이기론(動靜自爾機論) ; 움직이고 정지하는 것은 스스로의 본성에 의한 것이라는 이론

　우주내의 대소 성구(星球)가 움직이는 것도 있고 정지된 것도 있는데 움직이는 것은 스스로 보전하면서 자체가 자동하며, 정지하고 있는 것은 스스로 고정되어 자체가 정지(自靜)하고 있으므로 자동하는 것도 자유의 자정이니라.

　지구상 만물을 보건대 산은 봉우리 솟아 천 길이나 디어 있으나 그 봉우리는 바다의 유동처럼 흔들리지 않으며, 바다는 만경창파로 유동하면서 그 유동이 잠시도 산봉우리처럼 가만 있지를 않으며, 뛰는 놈은 뛰기만하고 날고자 아니하며, 나는 놈은 날기만 하려들고 뛰지를 않으니 이는 산과 바다가 각각 자기 고유한 것을 지키는 자유이며, 뛰는 자 나는 자도 각각 고유한 자유를 지키는 것이기 때문이다.

　만약 지구상 만물로 하여금 각기의 고유한 자유를 빼앗고 산봉우리는 유동케 하고 흐르는 것은 정지케 하며, 뛰는 자는 날게하고, 나는 자는 뛰게 한다면 만물은 그 본성을 잃고 말 것이니 만물이 그 자리를 잃는데 하늘인들 어찌 그 제자리에 있겠는가. 또 사람인들 사람다운 본성을 지니겠는가. 가공할 일이로다.

　위로 향한 푸른 초목은 능히 스스로의 능력으로 솟아나고 아래로 향하여 이리저리 뻗는 자는 능히 스스로를 지키면서 길게 뻗어 나가며 이리저리 두리번거리며 움직이는 것들도 또한 능히 제 능력으로 활용해 가니 그 어느 것이

자유 아닌 것이 있겠는가.

만물은 모두 자유물이기로 하루살이도 자유의 떠다님이요, 나무에 기대 사는 넝쿨 풀도 자유로 기어 오름이니 대주(大主)의 큰 공이 어찌 부자유들의 소물(小物)을 생기게 했겠는가.

사람은 만물 중 대자유물이 영해(靈海)의 한 쪽 끝은 아자유(我自由)의 범위에 세게요, 뭇별이 자리한 우주공간은 아자유의 활동무대이다.

자유의 이면에 대하여 그 부분을 풀어 궁구해 보면 하나는 정신자유요, 둘은 물질자유이니 우리들은 큰 눈을 떠서 한 번 휘돌아 본 다음 두가지 자유의 크고 작음과 선과 악을 깊이 살펴서 그 옳고 그른 것을 인정한 뒤에 취할 것인가 버릴 것인가를 각별히 주의해야 할 것이다.

「나」(我)는 대천의 가운데 높다랗게 살면서 대주(大主)를 주고 받을 때 신도(神道)와 성훈(聖訓)을 모두 의지하지 않으며, 검은 귀신과 장애물을 모두 쓸어 없애고서 온 천하 억조 종족을 한 손으로 쓰다듬어 기르면서 미래 끝 만만세의 큰 복을 누리게 하면 이야말로 큰 사람의 대자유인 것이다.

「나」는 물질계로 스스로 들어가서 욕심과 교섭할 때, 도덕과 정의를 모두 돌아보지 않고, 힘으로 밀어붙이기를 만족하고 불쌍한 백성과 후진족을 멋대로 휘둘러 놀라운 갖가지 간사한 위세를 부린다면 이는 소인들의 소자유인 것이다.

「나」는 물질을 모두 벗어 던지고 빛이 비추는 집을 정신상에 완전하게 정하면, 그 옷은 구름과 안개 같은 비단이요, 그 식량은 보배로운 진수성찬이며, 그 집은 신우(神宇)요, 성당(聖堂)이며, 그 행함은 기린 걸음, 봉황의 날음이며 그 벗은 별의 아들, 달의 자손일테니 그 낙이 극락이요, 그 생이 극생이어서 이는 대인의 대 자유인 것이다.

「나」는 정신을 지키지 않아서 누추한 집은 진흙 속에 묻혀 있고, 그 옷은 먼지요, 흙탕물이요, 그 음식은 닭모이, 개밥이요, 그 사는 곳은 까치집, 개미굴이며 그 행동은 여우 걸음, 박쥐나는 모습이며, 그 벗은 원숭이새끼와 승냥이 자손이 될 것이니 그 낙이 음락이요, 그 생이 겁생이 될 것이라 이는 소인의 소자유이다.

「나」의 자유는 어떤 자유인가, 나의 도를 닦고 사람을 통솔하되 천도에 의한 성(性)으로 하고 나의 덕을 베풀고, 사람의 몸을 닦되 하늘의 덕처럼 넓게 하면 이는 공동의 큰 삶이요 아활(我活)에다 천활(天活)이 되고 지활(地活)이요, 인활(人活)이 되는 것이다.

「나」의 자유는… 간사한 지혜로 사람을 업신여기고 오직 내 세력만 전횡하며, 사람을 압박한다면 이는 처량한 대살(大殺)이니 아살(我殺)에다 천살, 지살, 인살이 되는 것이다.

아자유는… 한 번 외침에 영해가 뒤집히고 욕심 물결이 멈추어 극체는 흉중이요, 고금은 안중이며, 귀신은 수중에 있으니 아행(我行)에다, 천행, 지행, 그리고 인행인 것이다.

아자유는… 한번 움직이면 먼저 화염이 솟고 욕심 조수가 밀려 와서 흉중은 뱀이요, 안중은 가시밭이요, 수중은 원숭이떼이려니 아황(我荒)에 천황, 지황, 또 인황이리라.

정신자유는 즉 대인의 대자유이니 삼순토록 굶어도 달리 단 음식도 나의 자유를 능히 구속 못하며, 삼동추위에도 따뜻한 옷이 아자유를 구속 못하며, 만나의 군사로 그 기세를 펴지 못하며 큰 나라 임금도 그 권세를 걷우고 말 것이므로 산과 바다같은 장애물도 종적이 없을 것이다.

물질자유는 소인의 소자유이니 하루의 찬 없는 밥에도 아자유가 이끌리고, 잠깐의 추위에도 엷은 무명옷이 아자유를 빼앗을 것이므로 규수의 향내로 감히 이를 속박하며 이웃집 요물로 아자유를 구속할 것이니 가시밭 험한 길이 간 곳마다 따라 생길 것이다.

정신자유는 즉 선인(善人)의 선자유이니 어리석은 자의 뺨에 부비면 스스로 먼지 털어지며 졸렬한 처를 더 욕보여도 조금도 부끄러워 하지 않고, 도리어 저들의 실성을 근심하여 지성으로 하늘에 기도함으로 정성의 기도가 감천하여 어리석은 자도 깨닫고 졸렬한 처도 정숙해 지는 것이다.

물질자유는 즉 악인의 악자유이니 길에서 윗사람 만나도 교만하고 배워도 효과 없고 스승을 가긍하게 여기고 도리어 순량한 사람을 업신여기어 거리낌

없이 행세하니 그 보답은 윗분이 서운해 하고 어진 스승이 분노한다.

현대는 자유문제가 가장 성행하는 시대라 개인의 자유, 일가의 자유, 일국의 자유가 있되 그 중 어떤 사람은 종교의 자유라 부르짖으니 이 말을 들어 논한다면 고래로 유교, 불교, 도교의 소위 어진 제자들이란 모두 그 교문 종주의 노예라 어찌 그 도문의 자유로운 신자라 하리오.

그러므로 우리 성사는 말하기를 「우리 도의 신도들은 우리 교와 나의 노예가 되지말라」하였다.

오늘의 신교자를 총괄해 보건대 혹은 권리로써 이를 믿으며 혹은 시세로써 이를 믿는데 이는 자유롭고자 하여 믿으나 진실로 말한다면 자유롭고자 한 일이나 자유를 잃은 것이 되는 것이다.

사람의 대자유로운 정신세계에 있으면서 대자유를 실행하는가 물질세계에 있으면서 소자유를 행하는가 우리들은 한번 돌이켜 생각할 일이다.

지금 우리의 교는 대자유의 대종문이라 한 번 이 종문에 들어오면 나의 자유를 극체의 범위로 한정한다면 이 안에 크고 작은 별(星球)이 각각 그 자유를 얻을 것이니 이 경지에 있으면서 어떤 물체가 부자유한 것이 있겠는가.

필자는 온 정성을 다하여 세계에다 자유경쟁하는 동포들을 향하여 자유의 참된 길을 지도하오니 제씨는 물질경쟁의 영역에 기울어져 물질자유를 행하다가 자기의 고유한 대자유를 잃으면 꽃피고 꽃지는 아침 저녁의 저자에서 넘어지고 자빠져 울고 웃다가 그 모습이 심히 서러울 터이니 빨리 우리의 대자유인 대종문으로 돌아오라. 그리하여 5만년 대자유의 천민이 되라.

(天道敎會月報 통권 18호, 1912년 1월 15일 게재)

역자주 : 여기의 대주(大主)란 주관자를 말하며 「천기대경」(天機大經)총설에서 말하는 제조(製造)의 알선지대관자(斡旋之大關者)를 말한다. 이는 하늘인 동시에 사람이다. 즉「하늘 중에서의 사람이오, 사람의 마음(정신) 속에 하늘이 있다」하여 「全」으로 표시했다. 선생은『天機製造也는 極的 極神 妙的 斡旋也…斡旋之大關者 爾誰也인고 必有其主일지니 其主曰 大主也』라 했고 천기(天機)의 극권(極圈)을 극체(極體)라 하며 이 극체 내에 우주 만상과 인간의 영해(靈海)가 있다는 것이며 이는 물질에 집착되지 않을 때 대자유를 누린다는 것이다.

(10) 후천개벽설(後天開闢說) ; 선천 개벽에 대하여 후천의 정신, 민족, 사회의 개혁 이론

하늘은 넓고 크다. 넓이가 넓어서 그 넓음은 더 넓음이 없고, 크기가 커서 그 크기는 더 큰 것이 없다. 호수 위에서 보면 그 시작이 없으니 흘러 간 끝이 어찌 있겠는가. 이것이 무극일 따름이다.

내가 하늘 끝에 가서 한 걸음 더 나아가려 할 때, 위(上)를 향하여 위의 위로 오르려하니 그 위가 아래가 되고, 아래(下)를 향해서 아래의 아래로 내리려하니 그 아래가 위가 되고, 앞(去)을 향해서 앞의 앞으로 가보니 그 가는 것이 오는 것이 되고, 오(來)는 쪽을 향해서 오고 또 와 보니 오는 것이 가는 것이 되었으니 이에 이르러 의아한 한 생각이 있어 궁리한즉 하·상의 하늘에 방향이 없고 위가 곧 아래요, 아래가 곧 위이요, 가는 것이 오는 것이 되고, 오는 것이 가는 것이 되니 그런즉 어미닭과 계란이 어느 것이 먼저인지 도무지 모를레라.

하늘은 이처럼 그 먼저가 없고 뒤도 없는 것인즉 사람된 사람이 어찌 어떠한 하늘이며 어떤 하늘이 먼저인가를 밝힐 수 있을 것인가. 전부터 우리들의 소견이 높지 못하고 편협해서 하늘이 땅으로 떨어진다든가, 땅이 하늘에 넘쳐진다든가 하여 만물이 소멸되고 다만 혼탁한 물한덩어리 뿐이다가 그 액체는 떠 올라 하늘이 되고 그 먼지는 깔아 앉아 땅이 됐다느니 하여 이 것이 후천개벽이라 했고, 또 어떤 생각은 하늘이 맷돌처럼 돌면서 선천의 간(艮)은 동쪽이요 태(兌)는 서족으로 되었다가 후천에 와서 간이 남쪽 태가 북쪽을 알았으니 그것이 옳겠는가, 사람으로 하여 웃기게 하는 것이다.

극체(極體)가 이루어진 뒤에 만물의 생성 준비는 영해(靈海)의 적극적인 조화이며 사람세계의 길흉화복은 사람의 두뇌에 의한 자기 재량의 소산이니 어찌 화나 복이 애초부터 정해진 것이 있겠는가. 하늘은 다만 조화 뿐이다.

사람이 생긴 이후로 억조창생이 미혹하여 사는 법을 모를 때 그 인도하는 방법으로 태호씨(太昊氏=伏羲氏)는 팔괘(八卦)를 만들어 길흉의 방법을 정하니 이것이 태호씨의 뇌법(腦法)이다.

후에 기문씨(姬文氏=周文王)는 태호씨의 애매한 법을 고치려 할 때 백성의 머릿속에 태호씨의 뇌법이 배어들어 그것을 개벽하기가 어려우므로 기문씨는 태호씨의 팔괘를 변형 변위 시켜 지금의 선천 후천이 바뀌었다 하니 백성이 자기의 뇌로써 태호씨의 뇌법을 벗어버리고 모두 기문씨의 뇌법을 받았는데 길흉의 효험이 전과 달랐다. 그러나 이는 그 뇌법을 서로 바꾼 것 뿐이다.

삼천년전부터 건파평수(建巴平收)의 택일법을 쓰고 좌청룡 우백호의 택지법을 쓰며 염라지옥의 생사법과 극락세계의 화복과 성황당 용궁의 길흉이 법이 있었는데 이 모두 옛사람들이 뇌법이어서 이 법이 처음 생길 때는 별로 길흉을 모르다 대중의 뇌리에 잠기고 나서는 일상의 행동거지간에 대소사를 이 법을 믿으니 대중의 정신세계에는 그것이 꽉 차 있었다. 이로부터 사람의 수명, 생사, 길흉, 화복은 모두 머리로 시종하게 되었다.

또 한가지 의견은 하늘이 열리던 상고시대에 이 세상은 대기 가운데 넓고도 즐펀한 것이었다가 영해의 물결이 밀려와서 사람 세상에는 먼지나 찌꺼기는 조금도 없었으므로 옛 사람은 순박하고 철렴하며 예절이 있던 것이 하루 지나고 한달 한해가 지나는 사이에 사람은 화려음란한 생각과 교만, 승부, 분노의 상념 등 욕정이 배어들어 세계에 꽉찼었다. 이로부터 사람의 일상 행동거지나 울고 웃고 넘어지고 자빠지는 모든 생활이 모두 욕정으로 시종하게 되었다.

몽매한 뇌법과 살벌한 욕정이 세계에 충만하여 무엇이 복이며 무엇이 화라 하면서 동분서주하여 내가 많이 먹고 내가 더 많이 누리겠다고 이러고 저러고 들끓으니 일이 민연한지라, 대주께서 내려다 보고 짐짓 탄식하던 터에 경신년(1860년)에 이르러 대주께서 우리 대산사를 불러 하늘을 여는 책임을 명하시니 대신사께서 힘써 이 책임을 받으면서 말하기를 후천개벽의 운이 열렸다 하시며 처음으로 덕을 펴서(布德) 사람을 가르치되 청수로써 받들고 주문을 외우므로써 초연히 전일의 뇌천 속에서 초연히 뛰어났었다. 그리하여 택지, 택일, 불공, 배물 등의 뇌법과 화려, 음탕, 교만, 승부, 분노 등 욕정의 뇌천을 없애되 한 마디 주문과 한 사발의 물로 쓸어 내리셨다.

우리 대신사의 새 뇌법은 주문과 청수와 성미와 해를 모시는 시일(侍日) 등 방법이 만중 교인의 뇌리에 스며들어 일상의 행동거지에 반드시 잊지 않고 출입하여 기거함에 잠시도 떼지 못하니 대중들의 정신이 이런 생각으로 꽉차서 일대 뇌천을 이루었다. 이로부터 사람의 생사, 수명, 길흉, 화복이 모두 뇌천 중에서 시종하는 것이다.

이러한 경지에서 하늘을 보면 이는 새 하늘의 천이라 옛 하늘의 천이 아니며, 땅을 보아도 신천지라 옛 천지가 아니며 사람을 보아도 새 세계의 사람이요, 옛 세계의 사람이 아니며, 물상을 보아도 옛 하늘의 물상이 아니니 이것이 바로 후천개벽인 것이다.

하늘의 개벽과 불개벽은 단지 사람의 뇌에 매인 것이라 한 하늘의 천이 모두 개벽 하였다 하더라도 우리의 뇌가 혼자 열리지 않으면 홀로 진보치 못하고 후천이 새로울 것이며, 한 하늘이 모두 개벽치 않았다 하더라도 우리의 뇌가 홀로 스스로 열렸다 하면 홀로 선천의 구각에서 벗어날 것이니 선천에서 혹 후천인을 볼 것이요, 후천에서 혹 선천인을 볼 것이다.

오오! 너와 나 큰 세상에 함께 사는 같은 사람들아 선천 때 뇌천이 대단히 어둡고 구멍나 천박함을 대주가 깊이 근심하여 우리 대신사로 하여금 전일의 뇌천을 물리쳐 없애고 새로 오늘의 뇌천을 만들게 하였으니 중생들은 빨리 천도교로 돌아와서 한결같이 입으로 주문외어 택지, 택일등 옛 뇌법을 일소하고, 한사발 청수로 음탕, 승부, 분노의 욕정을 모두 세척하고 신천지 신인종을 만들지 않겠는가?

(天道敎會月報 통권21호, 1912년 4월 15일 게재)

역자주 : 「천기대경」(天機大經)의 무극소설(無極小說)에 『君子曰 試步其上下하니 上上 上上上 하여 上上而至下하고 下下 下下下하니 下下而至上하며 來則去也하고 去則來也하여 上非上非下요, 下非下非上이므로 故曰 天無上下니라』라고 했는데 대채로 무극(無極) 의 「無」를 「천리지무기무하야」(天理之無機無何也)를 부연한 대목이다. 이 「후천개벽 설」(後天開闢說)은 선생의 진화이론(進化理論)에도 보이고 수운(水雲)의 동학사상(東

學思想)에도 있다. 천도교에 오관(五款)이 있는데 三七(21)자의 주문을 외우고 청수(淸水)로 몸을 씻고 시일(侍日)하며 성미(誠米)를 내고 기도생활을 하는 것을 말한다.

또 성(誠)과 경(敬)과 신(信)의 세가지가 천도교 신법(信法)의 규약이요 요체가 되며, 궁궁을을(弓弓乙乙)의 문자가 쓰인 부적이 있는데 태극의 무극과 심상의 순환관계를 말했다.

12. 천도교회를 독립운동 무대로 삼으려다가…

> 이상의 논설들은 장차 저술할 소래 철학인 극원철학을 시론(試論)하는 철학 논설이며 천도교회 월보이기에 동학이론을 가미했고 따라서 선교적인 의미와 선생의 대공화 무국의 기본 사상을 깔아 놓은 야심작 논설이다. 장차 천도교를 독립운동의 무대로 삼으려는 야심작이었다.

소래선생이 장차 저술할 「천기대경」(天機大經)은 다만 항일(抗日) · 독립운동(獨立運動)에 국한되지 않고 세계적(齊世的) 안목으로 치세(治世)의 차원에서 발상, 발현된 것이며 선생의 독립운동도 다만 무력항쟁의 경우와는 달리 확고한 철학으로 일가를 이루고 그 세계관으로 차원 높은 개혁과 항쟁을 이론적으로 체계화하고 몸소 북만의 팔도하자(八道河子)에서 독립투쟁을 하면서 어복촌(魚腹村—또는 주의촌. 지금은 이상촌)에다 농우동맹(農友同盟)을 조직하고 다복식(多福式) 농장 등으로 이상향(理想鄕)을 실천한 것이니 당시 사람들이 이해 못했음도 이해가 될만 하고 더구나 이 저술이 선생 만 21세 때의 대저(大著)라는데서 우리는 놀라지 않을 수 없거니와 더욱 놀라운 것은 소래 철학의 우주관(宇宙觀)과 인류관(人類觀)에서 최근 첨단과학자가 말하는 제5 원소론(元素論)이나 생명공학에서 말하는 유전자를 조작하여 복제동물을 만들어내는 상황이 그때 벌써 예견 되었다는 점과 또한 사회개조의 구상으로는 소공화(小共和), 대공화(大共和), 무국(無國) 즉 ABC의 삼단계(三段階)의 이론과 실천에서 최근에 벌어져 가고 있는 소비에트연방의 붕괴와 각 공화국제도(共和國制度)나 동구라파의 공화국들을 보면서도 그러하지만 요사이에 UR 라운드니 WTO, 유로화 등의 제반 추세나 이제는 국제화도 아닌 세계화의 정황들을 볼 때 선생의 미래통찰(未來洞察)에 대한 혜안(彗眼)에 놀라지 않을 수 없는 것이다.

천도교의 조직을 개편하려 함

이상과 같이 불과 2년간에 철학의 이론이요, 엣세이라 할수 있는 심도있는 논설을 써서 발표하고 있는데 이 같은 정황은 당시 천도교 본부의 교리부에서 소래선생이 주도적 역할을 하고 있었고 그 철학이론이 독보적이었다는 일면을 미루어 알수 있는 것이다.

또 천도교 조직체에 대하여도 중앙이나 지방을 막론하고 영향력이 지대하였고 교인 교양(강습)에 있어서도 그 일가 형제들이 모두 참여하고 있으니 천도교회월보의 그때 기록을 보면,

金中建 永興郡 敎區長 被任　　　　　　천도교회월보 10호(1911. 5. 15)
金中建 永興郡 敎區長 任免　　　　　　천도교회월보 18호(1912. 1. 15)
金中得(金中建弟) 영흥교구강습소 수업인　천도교회월보 10호(1911. 5. 15)
金中得(金中建弟) 지방강습소 수업인　　천도교회월보 12호(1911. 7. 15)
金中極(砡)(金中建弟) 공선원(共宣員) 신임(영흥) 천도교회월보 39호(1913. 10. 15)

이상은 월보의중앙총부 휘보의 기록 중 일부이지만 이 몇 사례만 보아도 소래선생이 천도교 본부에서 많은 활약을 하고 있었다는 정황을 알수 있는데 그러면 어떤 목적으로 이처럼 천도교에 가서 동분서주 했던가를 자서전에서는

"翌年(1909) 春에 나는 天道敎를 믿어가지고 京城에 가서 孫氏의 門徒가 되었다. 旣往 날 書齋에서 「討一進會」란 辛嚴한 論文서껀 읽은 일이 있었는데 오늘의 '東學이 一進會를 하다가 天道敎로 翻져진 것'을 잘 알면서 새삼스럽게 天道敎를 믿게 된 것은 무슨 理由였던가?

90

一,在來의 東學이나 一進會나 그 나쁜 것은 다 孫氏가 日本에 가 있는 사이에 다른 假信者들이 한 짓이요 孫氏가 還國하여는 眞實로 '輔國安民 廣濟蒼生의 道를 實行한다' 라는 宣傳을 믿는 것

一,그 때의 社會情勢가 宗敎界에 싸하고는 別로 容身할 곳이 없는 것을 본 까닭"

이라고 하였는데 선생이 천도교를 탈퇴하는 글에서 보면 좀 더 구체적인 목적이 들어나 있으니 그것은

「"잘 묶어 놓은 百萬團體」를 발판으로 반일 독립운동을 벌리려던 야심이 첫째요…"

선생이 당시에 창론하였던 「천기대경」(天機大經)인 극원철학을 천도교의 홍보지를 통하여 선포하자는 것이었는데 자서전에서는

"그래서 天道敎로 하여금 不知不識間에 그만 極元哲學化, 大共和政治化- 그것이 되게하려고 말하자면 野心이라 할른지 이만한 엉큼한 생각을 가지게 되엇던 것이었다"

라고 했듯이 그 실제 행위로서 위에 보인 바와 같이 「천도교회월보」제2호 (1910.9.15)부터 「천기대경」(天機大經)인 극원철학 각론을 약 10회에 걸쳐 교리부 논설문으로 써서 발표하였던 것이다.

그리고 천도교도 백만단체를 발판으로 독립운동 하려던 계획은 의암(義菴) 손병희(孫秉熙)선사가 일본에서 귀국하고 부터는 천도교는 일체 정치활동을 못하게 됨으로 이에 반발한 선생은 개교(改敎)운동을 벌리려다 실패하고 만주로 간 것이다.

제 5 편 극원철학(極元哲學) 저술하여 원종(元宗)사상 이루다.

13. 「천기대경」(天機大經) 저술하여 우주론과 진화론, 대공화 무국이론 펴다.

소래선생은 22세 때(1910) 천도교에 대하여 크게 실망하고 고향 서재에 돌아와서 단식 혹은 생식을 해가면서 대우주를 관찰하며 사색하고 고구하여 우주철학인 「천기대경」(天機大經)을 창론하였는데 이것이 흔히 말하는 소래선생의 극원(極元) 철학이었다. 그 것은 일본제국주의로부터 조국이 독립한 뒤 장차 어떤 사회제도를 마련 해야하는가에 대한 선생의 경륜인 것이니 한마디로 대공화무국(大共和無國)의 정치철학이요 주의사상이었다.

이때 상황을 자서전에서는

"如何튼 첫해에는 아주 到底한 信者이면서 孫氏의 寵愛를 받았것다. 皮面上 종종의 懷疑 또는 좀認할 것이 있는 것도 자꾸 눌러두고 모든 것을 다 承認해 주었었다."

라고 하였는데 그 내부를 비판적 혹은 제세(齊世)주의적 입장에서 보고는

"어쨌든 첫해에는 天道敎 上部構造만 보고 그 妖스러운 꽃이 얼마만한 不忍의 피기름 또는 어떤 民衆의 피, 기름이 搾取되어 온 것인가 그 근본은 도무지 살펴보지 않았던 것이다.

그러나 地方에 내려와 慘酷하게 된 迷信鬼卒들의 착취 받고 있는 꼴아지를 보고, 이듬해에 또 다시 孫氏及 其付隨群의 淫奢無限한 꼴아지를 京城에 가 볼때에 나는 그만 落魂하고 말았다."

라고 하여 천도교에 대한 부인 내지는 반역을 생각하고 아까운 백만교도의 집단이지만 뿌리치고 고향에 돌아 갔다.

그리고 소래선생 고유의 극원(極元)철학인 「천기대경」을 저술하였다.

이 때 천도교 뿐만 아니라 모든 종교에 대한 반의(反意)를 결심하였고 인류를 구하려면 새로운 구세철학이 꼭 있어야 한다고 결론 짓고

"斷食 或은 生食을 해 가면서 가만히 大宇宙를 思索하여 極象의 九字를 稟 出하고 곧 그것을 推演하여 「天機大經」을 草하고 다시 大共和無國을 創論하기에 이르니

때는 나의 나이 스물두살 되던 해 겨울이었다. 나는 다시 極元의 體理를 들어「本極의 唯一임과 支極의 萬差임」을 說明하는 同時에「이 世上을 건지자면 어떻든지 歸一을 시켜야 될 것이요 歸一을 시키자면 支極으로부터 本極에 復하는 的의 主義, 道法이 아니어서는 안된다!」이때부터는 復本이니 務本이니를 力說하게 되었다. 그리고 極元의 抽象속에 잠겨져 있으면서 이 世上의 善惡紛耘한 것을 들여다 보고 나는「그럴 것이다! 다 옳다!」라고 모든 것을 다 承認하는 同時에 스스로 興味에 醉해서 혼자의 웃음을 웃었다. 그래서 道號를 獨笑라고 지었다.(뒤에 소래(笑來)로 고침)

이때부터는 世上을 悲觀하지 않았다.「世上은 復本시킬 수 있는 것이요, 復本의 길로 돌아서면 齊一하게 잘 살수 있다」고 아주 鐵石같이 굳운 自信을 가지게 되었다.

나는 다시「이렇게 抽象 속에서 獨笑만으로 있을 것이 아니라 世上을 復本의 길로 引導하기 위해서 大共和主義를 메고 具體上으로 나가야 될 것이다」라고, 그래서 獨笑라고 지었던 道號를 한번 불러보기도 전에 곧 이어 笑來라고 稱하게 되었던 것이다.”

이렇게「천기대경」인 극원철학의 창론 동기와 그 과정의 대략 및 그 목적과 의미에 대하여 서술하고 있는데 세상에서 소래선생하면 ‘극원철학자로서 독립운동가’로 알려져 있지만 그러면 ‘극언철학’이란 어떤 철학이며 또한 주의 사상이냐? 하고 물으면 다만 ‘대공화(大共和) 무국(無國)을 지향하는 철학 이론이요, 주의 사상이라는 정도로만 당시의 언론이나 사상계가 알았을 뿐이었고 그 이상의 구체적 내용은 파악되지 못했던 모양이었다.

당시의 동아일보(東亞日報-1927.7.9)가 소래선생이 경성복심법원에서 치안유지법 공판 심리를 받던 기사를 대서 특필 보도하고 있었는데 특호 활자로만 뽑은 표제(標題) 몇 소제 부분만 옮겨 적으면,

첫 대목이 (1927년 7월 9일 2면)

“極元哲學滔滔講說

法廷은宛然講演場

萬年後는原始時代로 도라간다는

無類한無國主義 元宗事件의公判

主犯金中建부터審理開始”라 하여 이상 5행의 표제 뒤에 기사로 이어졌고

(기사는 뒤에 인용)
제2의 대제목이(1927년 7월 9일 2면)
　　"人乃天에不服
　　「九元字」完成
　　원종은 원래 무본(務本)주의
　　紀念年號「建元」까지 制定"
라 하여 4행의 큰 제호로 뽑고 다음에 기사를 썼으며,
　　세 번째 큰 표제가(1927년 7월 9일 2면)
　　"小共和 ─ 大共和
　　畢竟無國에到達
　　긔관잡지발행 · 교육기관설치
　　腹痛으로 椅子에 안자陳述"
라고 표제한 뒤 기사가 이어졌고 마지막으로(같은 면에)
　　"不農不食
　　개척리의 생활"
이라는 표제와 기사로 당시의 동아일보는 2면 전면 절반에 걸쳐 보도 했으며
또 1927년 10월 4일의 공판 심리의 기사로서는
　　"法廷에서學說講義
　　혁명의성공은피갑과정비
　　無國主義金中建公判"
라고 대서특필 하고 있는데 여기서 보이고자 하는 내용은 소래선생의 철학인
극원철학의 내용이 무국주의라는 것과 그것은 소공화에서 대공화로 발전했다
가 무국으로 옮겨지며 그러기 위해서는 혁명으로 경제구조를 개조하여야 한
다는 것이었다.
　　이 소래선생에 대한 공판기록의 기사문은 선생 39세이던 1927년 7월 9일
부터 동년 10월4일 사이에 있었던 일이지만 그의 극원철학은 22세인 1910년
에 창론되었고 천도교회 월보에는 그 일부씩 논설로 발표되어 세상에 펴지게

되었는데 이때 동아일보의 기사 표제(標題)만을 보였으나 이를 정리하여 보면

1. 소래 김중건은 극원철학(極元哲學)자 이었다.
2. 그의 사상은 무국주의(無國主義) 건설이 목적이다.
3. 무국주의 사회는 원시시대와 같은 선자연(善自然) 사회제도
4. 그 발전과정은 소공화(小共和), 대공화(大共和) 그리고 무국(無國)
5. 이 발전은 필연적 역사과정
6. 이 믿음을 위해 원종(元宗)을 창설
7. 이를 위해 북만주 개척리에서 남녀를 교육
8. 농사를 짓지 않으면 먹지 말라는 주의

등으로 요약되는데 이 문제에 대하여 상세한 재판 기록은 선생 39세 때 (1927. 7. 9)에 기술에서 다시 서술되겠지만 선생이 혼자 웃으며 생각하여 꿈꾸던 사회는 약육강식(弱肉强食)의 몰인정한 사회도 아니고, 순환상식(循環相食)과 같은 자연섭리의 사회제도도 아니고, 오직 선자연(善自然)인 화소접무(花咲蝶舞)의 호상공헌하는 이상사회를 건설하려고 극원철학을 창론하였는데 그 첫 철학이론이 「천기대경」(天機大經)이었다.

「천기대경」(天機大經)은 극원철학(極元哲學)의 자연철학 부문인데 구(九)의 수를 원(元)으로 하여 아홉 개의 극(極)으로 설정하고 대자연의 원리와 기능을 고찰한 철학이고 이때 9극의 부호를 卍자로 하고 이 卍자의 각 극점 즉 각 선(線)의 끝점이 아홉이니 즉 :::의 9점인 것으로 이를 9극으로 설명하니 그 「천기대경」의 목차는 제1장은 천기총설(天機總說)이고, 제2장이 무극소설(無極小說), 제3장이 운극(運極)소설, 제4가 경극(景極)소설, 제5가 행극(行極)소설, 제6이 태극(太極)소설, 제7이 부극(符極)소설, 제8이 건극(建極)소설, 제9장이 오극(五極)소설, 제10장이 유극(有極)소설로 논술되었다.

이 「천기대경」의 총론격인 제1장 천기총설에서는 말하기를

"원(元)은 하나의 하늘을 낳고(元一生天), 천이란 下柅上의 자연기요(天者下柅上自然機), 기란 없고 있는 사이의 조화의 극이다(機者無有間造化極)"

라 논하고 이어서

"극은 무극 운극 경극 행극 태극 오극 부극 건극 유극의 아홉극이며 천기의 각부는 서로 돌면서 작용한다(極則 無極 運極 景極 行極 太極 五極 符極 建極 有極 是九極 天機之各部斡關)"

라고 시작하여 천기의 도표가 卍 즉 불교의 만자로 표시되는데 만자의 아홉 끝(卍之九落之端)이 바로 아홉 극의 각극의 자리(九極之各極位)로서 이의 아홉 극의 한계 범위가 아홉 원의 글자의 각각 자리(是之九極圈 九元字之各位)라고 설명하고 있다.

동양철학자 배종호(裴宗鎬)교수(연세대)는 이 「천기대경」을 다음과 같이 해설 했다.

「천기대경」(天機大經) 해설

소래(笑來)의 「천기대경」(天機大經)은 그의 저술 「대종원부경」(大宗元符經)의 한 연역(演繹)으로서 그의 자연철학에 해당하는 부문이다. 그는 구수(九數)에 묘미를 가진 것으로 九를 그 근원인 원(元)으로 취급하고 구자(九字)를 만자(卍字)와 동일시 하며 만자(卍字)를 구개(九個)의 극(極)(極은 一種의 自然哲學的 範疇)으로 분설(分說)하고 있다. 천기대경에서 말하는 천(天)은 우주최고원리라기 보다는 오히려 우주의 기능을 뜻한다. 그는 우주의 본체(本體)를 원(元), 원(元)에서 현상(現象)의 유(有)로 현출(現出)하는 중간(中間)에 천(天)을 배당(配當)시켰다. 천(天)은 王·卡의 자연기(自然機)요 무(無)와 유(有)사이의 조화극(造化極)이다 ; 생각컨대 王은 천(天)一(一), 인(人)一(一), 지(地)一(一)의 합성자(合成字)로서 즉, 王이 인(人)인 것 같고 卡은 천(天)(上), 지

(地)(下)의 합성인 것 같다. 자연기(自然機)의 기(機)는 기동(機動) 기운(機運) 기관(機關)의 뜻으로 기능(機能 Function)을 의미하는 것이다.

소래는 기(機)를 구(九)개의 극(極)으로 분류(分類)하여 이것을 범자(梵字)인 만(卍)으로써 구락단(九落端) 즉 ∷∷에 배치하여 그것들을 모두 도설(圖說)하고 있다.

구극(九極)이란 무극(無極) 운극(運極) 경극(景極) 행극(行極) 태극(太極) 오극(五極) 부극(符極) 건극(建極) 유극(有極)의 구로서, 여기에 나오는 용어는 지금까지 동양음양술수학(東洋陰陽術數學)에서 나오는 용어와는 전연 달리 사용하고 있다.

무극소설(無極小說)에서는 우주진전론(宇宙進展論)을 전개하고 있는데, 그는 그것을 체상(體相)으로 구분하여 천리(天理)의 무하체(無何體)를 ㄴ ㅗ ㄷ ㄱ (⊕)의 기호로 천리(天理)의 무기상(無機相)을 ⊥ㅜㅏㅓ (⊕)의 기호로 표시하여 우주조화진전(宇宙造化進展)의 계단(階段)과 순서(順序)를 수리(數理)로써 설명하고 있다. 이것은 일종의 수리철학(數理哲學)으로 그는 주역(周易)의 괘상(卦象)을 따르지도 아니하고 또는 양웅(楊雄)의 태현(太玄)도 취하지 아니하였다.

운극소설(運極小說)에서는 세운(世運)과 인운(人運)을 천기(天機)의 좌우선(左右旋)으로써, 지운(地運)과 물운(物運)을 지윤(地輪)의 우좌선(右左旋)으로써 설명하고 나아가서 좌우선(左右旋)을 正극(極)의 ㅌㅌㅛㅛㅋㅋ의 기호로, 우좌선(右左旋)을 극(極)의 ㅠㅠㅋㅋㅛㅛㅌㅌ의 기호로 표시하여 그 운행의 순서계단을 해명하고 있다. 그런데 천운(天運)의 역수(曆數)는 태을통종신수(太乙統宗神數)나 소강절(邵康節) 서화담(徐花潭)의 수리철학(數理哲學)에 흡사하다.

특히 경극소설(景極小說)에서 육십사기(六十四己)를 말한 것은 주역의 육십사괘(六十四卦)를 모방하여 인(人)과 세(世)의 운수(運數)를 예언하려 한 것이다.

행극소설(行極小說)은 이(理), 기(氣)의 순으로 지구형성(地球形成)과 지상물생성(地上物生成)을 논하였으니 이것은 이선기후설(理先氣後說)을 취한 것이고, ㅌ(一)ㅌ(二) 금(金), ㅋ(三)ㅋ(四) 목(木), 凵(五)凵(六) 화(火), ㅠ(七)ㅠ(八) 수(水), 卍(九) 토(土)로서 배합한 것은 종래의 오행설(五行說)과 구궁법(九宮法)을 조합한 것인데, 이 입장은 종래의 오행설의 수리배합과는 달리한다.

그는 태극소설(太極小說)에서 역시 이상기하(理上氣下)의 입장을 취하였으므로 이인기과(理因氣果)의 경향을 띠고 있는 듯하다.

부극소설(符極小說)에서는 연운(年運)을 예언하려 한 것이다.

건극소설(建極小說)은 춘하추동(春夏秋冬)의 변역(變易)을 설명했으며

오극소설(五極小說)은 인수조충어(人獸鳥虫魚)의 오종생물(五種生物)의 생활상태를 논했고,

마지막으로 유극소설(有極小說)에서는 만물(萬物)의 생멸(生滅)의 이치를 논하였다.

전체적 개괄적으로 보면 범어(梵語) 만자(卍字)를 한어(漢語) 구자(九字)의 원의(元意) 원자(元字)로 부회(附會)하여 무(無) 이(理)에서 유(有) 기(氣)에로 분화진전(分化進展)하는 과정을 인과관계로서 논술했으며 그 모든 것을 관장하는 신(神)으로서 대주(大主)를 상도(想到)해 냈고, 다시 그 대주(大主)를 주(全)로도 표시하여 그것이 인간뇌중에 잠재하는 것으로 생각하였으니 소래는 동양전통적인 주재적천(主宰的天) 대주(大主)의 사상–상제사상(上帝思想)–과 이법적천(理法的天) 이기설(理氣說)과 음양오행설(陰陽五行說)(음양(陰陽)은 그다지 중시하지 아니하고 다만 오행(五行)만 중시 함)을 종합한데다가 불로적(佛老的) 심령공부(心靈工夫)를 가미 강조하고 있다.

14. 「대종원부경」(大宗元符經)을 저술하여 원종사상(元宗思想)의 근본을 밝히다.

소래선생은 항일 독립운동을 적극적으로 추진하기 위해서는 천도교와 손을 떼고 따로 종교단체를 또하나 조직 창설하여야 하

> 겠다고 결심하고 원종단체(元宗團体)를 창설했다. 원종(元宗)사
> 상의 근본은 먹는 일이 으뜸이므로 원(元)이요, 사람답게 사는 것
> 이 마루이므로 종(宗)이 되는 사상 체계이었다.
>   그러나 3년간이나 몸담았던 천도교와의 관계는 개교(改敎) 운
> 동을 벌이다가 출교로 막을 내렸고(1912년), 원종교 창설은 새 교
> 리를 제정하여야 했으니 고향 구이봉(九而峰) 산실(山室)에 들어
> 앉아서 원종사상의 근본이 되는「대종원부경」(大宗元符經)을 저
> 술하였던 것이다.(1912)

선생은 자서전 중 '天道敎三年'에서

"나는 다시 天道敎 靑年界에 대하여 '廣濟蒼生이란 거짓 問題 아래에서 빠져죽는
蒼生을 건져내자!' 라는 구호를 앞세우고 露骨的으로 天道敎 改革을 운동하였다. 그
때 나의 救世思想은 지난해의 夢想으로부터 제법 순서있는 理想的 現實에 나아가려
하였던 것이다. 天道敎를 개혁하여 그것으로 朝鮮革命의 本陣을 삼고 朝鮮을 獨立하
여 그것으로 救世事業과 地盤을 삼으려고…

永興에 2·1結義團이란 極秘密結社를 두어 天道敎 靑年의 革命訓練의 本營을 삼
고 다시 京城에 가 天道敎 靑年講習會(지금의 靑年同盟과 같음)을 操縱하려 하였다.

그러나 벌써부터 나의 態度를 嚴重警戒하고 잇던 天道敎 幹部側에서 나를 相對로
'公金幻弄'이란 터무니 없는 誣를 시키어 가지고 나도 모르게 出敎를 宣言하였다."

라고 했는데 이 같은 서로 용납지 못해서 결별이 불가피한 결과는 소래선
생은 천도교를 항일·독립운동의 본진이 되게 하려고 했지만 천도교는 손의
암(孫義菴)이 일본에서 돌아오고 부터는 일체의 정치 활동을 안하기로 교시를
세웠고, 당시의 천도교 신자들(약 100만명)은 5관이 의무조항이었는데 이 5
관 중에 성미(誠米)라는 의무 상납이 있어서 살림이 어려운 하부조직의 신자
들이 모아서 바친 성미로 상부층 간부(대선사 이하 각부 간부)들이 사치와 호
화생활로 낭비되는 것을 소래선생이 목격하고 울분을 터뜨린 장면이 자서전

에 여러번 나오고 있으니 당연한 귀결이라 하겠다.

선생은

"出敎宣告같은 奸策따위는 天道敎가 나에게 아무 制裁의 힘도 갖고 있지 못하였던 것"

이라 했고 다만

"이때부터 아버님과 나와는 이 세상에서 다시 만나지 못할 끝없는 다른 길로 걸음을 나누이게 된 것이니 아! 어찌 人情上 痛心에 能堪할 수 있는 일이겠는가?"

하면서도

"그러나 나는 조금도 멈추지 않았다. 나는 改革의 豫備運動을 極秘密裡에 여전히 계속하는 동시에 他一面으로 元宗의 考案도 날로 익어가기를 마지 않았다."

하였고 그리하여

"京城으로부터 蓮洞에 돌아와 山堂에서 여러 同志를 가르치면서 「大宗元符經」을 著述하고 天道敎 新人會 發起의 具體案을 作成하였다."

하였으니 이 일은 선생 24세인 1912년에 경성과 고향마을에서 이루어진 일대 변화이며, 천도교와 손을 뗀 마지막 순간은 함흥에서 자객을 만나고, 일부 동조자가 선생을 모함하는 천도교 간부들을 겁내서 불참하는 등으로 막을 내렸는데 그 때 상황을 선생은

"처음으로 咸南 天道敎 靑年大會(天道敎新人會發起會)를 咸興에 開催하려고 活躍하던 그 때 걸음에 咸關嶺에서 나를 暗殺하려던(혹 강도가 아니었는지도 모르나) 무서운 白兵劍을 요행이 벗어나던 그 순간 -北靑, 洪原을 다녀 오던 길- 그 땅의 光景은 오늘날까지 오히려 남은 몸 소름이 치는 것을 느끼는 것이다. 咸興에 이르러 有約한 同志들의 몸을 아끼는 꼴아지를 보고, 다시 몇 개 頑强鬼頭들이 나를 警察의 손에 밀어 넣을 密議를 한다는 警報를 듣게 되자 나는 그만 딱 힘이 풀려서 "아아!" 소리를 치면서 그 자리에서 곧 方向을 大轉換 하기로 立斷되었다."

라고 천도교와는 더 미련을 갖지 않을 결단을 세우고 3년간의 천도교와의 관계를 청산하면서 새 방향 즉 원종교를 창설할 일을 서둘렀다는 것이다, 그리하여

"그렇게 쉽사리 내세우지 마자던 元宗이 이러구려 率直히 이 세상에 무産으로 誕生하게 되었다. 나는 그 때에 깨달았다! 孫氏를 天神으로 믿는 그 때의 天道敎의 靑年으로는 그 것을 도저히 못해 낼 일인 것을…, 내가 원래 일을 서두르기도 하였지마는 아무리 잘 한 대야 잘 될일이 아니였던 것이었다.

나는 아아! 難得의 百萬團體 可惜하고나! 라는 慷慨한 그 노래를 부르면서 곧 故鄕에 돌아 와 九而峰 山室에 잠겨지게 되었다."

라고 천도교에서 원종으로 옮겨지는 과정을 강개한 심정으로 술회 하고 있는데 여기에서 소래선생 일가와 일문이 급전직하하던 처지와 선생 자신의 운명이 바뀌어 새 항일혁명의 길, 파란만장한 고난의 길을 내 딛는 전환점이 되고 있었던 것이다. 그래서 자서전에서는

"天道敎 三年이 결과가 이렇게 된 것은 나 一生의 大失敗인 것이니 우리 家庭의 偏道와 經濟가 이에서 慘落되었었으며 나의 腦神經衰弱이 이에서부터 急轉直下의 내리막 걸음을 옮기게 되었다. 天道敎에 대한 나의 잘못도 물론 많았겠지만 東學 以來 그때까지 그네들이 쌓아온 罪惡을 생각하면 어찌 피 있는 人間으로 能히 잊음이 있어 낼수가 있을 것이랴?"

라고 통분하며 안타깝게 여기고 있었다.

　　원종종단(元宗宗團)을 창건하는데는 정도대법(正道大法)이 있어야 하고 그 새 주의 도법의 철학이 있어야 함으로 그래서 저술한 「대종원부경」(大宗元符經)은 극원철학(極元哲學)을 몸에 익혀 체험하고 세계에 대공화(大共和)한 집을 형성하였다가 무국(無國)에 까지 실현하려는 세계유일의 주의라는 이념으로 다음과 같은 목차와 내용으로 창론 저술하였다.

1. 대종원부총설(大宗元符總說)
2. 대종원부합극도설(大宗元符合極圖說)
3. 합극지삼종분설(合極之三宗分說)
4. 대종원부분극도설(大宗元符分極圖說)
5. 분극지삼종각설(分極之三宗各說)
6. 속개통폐색사사도설(續開通閉塞四事圖說)

의 6항목으로 도설하되 우주론과 사회진화과정을 창안했다.

이「대종원부경」에 대하여 배종호교수는 다음과 같이 해설했다.

「대종원부경」(大宗元符經) 해설

소래 김중건선생 철학의 핵심적 위칠 차지한 것이 대종원부경(大宗元符
經)이다. 대종(大宗)은 "全之位是也오", 원부(元符)는 "人之位是라"한 것을 보
면「全」자는 최고원리를 신격화하여 인격적 주재신(主宰神)의 뜻을 나타내는
것(人과 主) 같은데 全의 가장 중심적인 것을 대종(大宗)이라 한 것이고, 全의
피조물(被造物)인 사람의 중심적을 「원부」(元符)라 한 것이다. 그러므로 대종
(大宗)과 원부(元符)는 결국 통일적 일자(一者)의 양면을 가리키는 것이全로
"全日大宗이오 人日元符니라"고 했고, 천지인(天地人) 삼재(三才)는 각각 스
스로 통하는 것이므로 자도언(自道焉)이라 말했으나, 그 궁극적 원리는   이
므로 "是之使道者는 全也오 得道也者는 人也니라"고 한다.

천덕(天德)을 화용헌강(和容憲剛), 지덕(地德)을 춘하추동(春夏秋冬), 인덕
(人德)을 인관의용(仁寬義勇)이라하고 그 덕(德)의 유행을 말하되 천행(天行)
을 개통폐색(開通閉塞), 지행(地行)을 생장성장(生長成藏), 인행(人行)을 식양
재용(植養裁用)이라 하여 덕(德)과 행(行)이 유행(流行)에 있어 상호불리(相互
不離)한 관계를 말한다.

그리고 더 원초적으로 파고 들어가 천(天)을 신운화(神運化), 지(地)를 천

지인(天地人), 인(人)을 성신심(性身心)이라 하여 천지인(天地人) 삼종(三宗)의 구덕(九德)을 말했으며 삼종(三宗)의 근본을 일종(一宗)이라 하고 이것을 대종(大宗)이라 불렀다. 그리하여 "一宗之得一符曰元符也니라" 하여 대종과 원부를 합일시킨다. 이 사상은 동양의 전통적인 천인합일사상(天人合一思想)에 기본한 것 같다.

다음 유일자(唯一者)인 대종(大宗)이 분화하여 천지만물을 생성하는 이치와 그 과정을 설명함에 있어 대주(大主(全))를 부(父)로, 생족(生族(萬物))을 자(子)로 비유하여 우주론을 전개하고 있는 것은 주돈의(周敦頤)의 태극도설(太極圖說)이나 정이천(程伊川)의 이기설(理氣說)을 방불케 한다.

소래에 의하면 대종(大宗)의 극치(極致)를 사람의 심장에 비유하고 만상이 대종(大宗)에 결부된 것을 사람의 혈맥(血脉)에 비유한다. 그리하여 대종과 원부의 분합과정(分合過程)을 논함에는 그의 독특한 卍자의 도설(圖說)로써 정묘(精妙)하게 해설하고 있는 것은 우리나라 도설계통(圖說系統)에 있어서도 커다란 국면(局面)을 차지하고 있다 할 수 있다. 권양촌(權陽村)의 「입학도설」(入學圖說), 허미수(許眉叟)의 「심학도」(心學圖),「심법도」(心法圖) 및이퇴계(李退溪)의 「성학십도」(聖學十圖) 등이 모두 심성문제(心性問題)에 국한되었었는데 대해 김소래의「대종원부분합도」(大宗元符分合圖) 등은 우주론을 도시(圖示)한 것이 그 특색이라 할 것이다. 도(圖)에 있어 그는 수리철학(數理哲學)에 있어서의 구수(九數)에 대해 우주신명(宇宙神明)을 묘관(妙觀)하고 있는 듯하다. 구수(九數)는 이미 주역(周易)에서 양수(陽數)로서 취급하는 바 후세의 구궁법(九宮法)같은 것은 모두 여기에 기인하는 것인데 소래는 한 걸음 더 나아가 구수(九數)를 범어(梵語) 만(卍)자에 배당시키고, 다음 만(卍)의 분화(分化)를 ㅗㅜㅏㅓ,ㄴㅗㄱㄷ 의 팔(八)로 분설(分說)하고 다시 ㅌㅌㅋㅋㅛㅛ ㅠㅠ의 팔(八)로 그 진화과정(進化過程)을 표시하는 것은 그의 창안인 바 이것에다가 궁궁을을(弓弓乙乙)을 배합시킨 것은 타문헌에 나오는 "利在弓弓乙乙"의 설(說)과 결부 시킨 것이 아닌가 생각할 수 있다.

요는 소래철학은 결국에 가서는 인간중심으로 본 인간본위론(人間本位論)

이 되는 것이며 그 오묘리(奧妙理)를 달통하는 방법론으로서 全에 대한 기도 심통전법(祈禱心通傳法)을 내세운 것은 일종의 종교철학(宗敎哲學)으로 볼 수 있을 것이다.

15. 「도경」(道經)을 저술하여 원종사상을 도(道)로써 밝히다.

소래선생은 25세 되던 1913년 1월 1일에 원종(元宗)이라는 새 주의를 창건하여 동지들에게 선포하고 그 해를 새 연호(年號)인 건원(建元) 원년이라고 하여 그 뒤부터는 건원의 연호를 사용하였고 원종은 하나의 종교단체로 되어 갔었다. 또한 세상이 소래 김중건은 원종교 교주로 알려져 있었다.(동아일보 1927. 7.9~10.4)

이 원종교에는 도(道)가 있어야 하겠다고 생각하고 「도경」(道經)을 저술했다.

소래선생의 극원철학이라 하면 우주론인 「천기대경」(天機大經)과 원종주의 정도대법의 주의서인 「대종원부경」(大宗元符經)과 도(道)의 통일적 기준을 세우는 「도경」(道經)의 3대 기본 철학 원리서가 있는데 이 「도경」은 그 실천적 도의 원리를 창론하고 해설한 저술이다.

그 구성과 분류만으로 내용을 짐작케 하면

1. 도(道)의 대원(大原)　　2. 도(道)의 전체(全體)
3. 도(道)의 범론(汎論)　　4. 도(道)의 도설(圖說)
5. 천도(天道) 인도(人道)　　6. 도(道)의 본체(本體)

이상의 여섯가지로 나누어 원종의 도를 천명 해설하고 있는데 「천기대경」과 「대종원부경」은 그 서술 성격상 순한문으로 저술했으나 이 「도경」만은 국문(국한문)으로 저술한 것은 일반 대중을 의식한 것으로 보인다.

이 「도경」을 쉽게 이해 하기 위하여 이상은(李相殷)교수(전고려대 동양철학)의 해설을 붙여 둔다.

「도경」(道經) 해설

「도경」(道經)에서 말하는 도(道)는 유도(儒道)의 도(道)와는 그 뜻이 다르다. 이 도(道)는 도가(道家)의 도(道)의 뜻으로 간주해야 할 것이다. 유가의 전통적 입장으로선 "道之大原이 出於天이라"(董仲舒) 하는데 대해 도가적(道家的) 입장은 "人法地하고 地法天하고 天法道하고 道法自然이다."(老子), 이에 소래는 유가의 천(天)과 달리 "天地大原이 出於道라"고 말하여 자기입장을 천명하고 있다. 따라서 도경(道經)의 이름은 노자도덕경(老子·道德經)의 도(道)와 유사하다.

그런데 「도경」(道經)은 소래의 「대종원부경」(大宗元符經)을 집약(集約)한 철학적원리(哲學的原理)를 푼 것이다. 그리고 「도경」(道經)의 전반(前半)은 노자학(老子學)의 도를 우리 말로 해설하여 마지막에 득도(得道)한 경지(境地)에 이르면 유불도야(儒佛道耶)가 모두 같은 하나로 귀착(歸着)한다는 뜻으로

"유왈일관(儒曰一貫), 야왈일체(耶曰一體), 도왈득일(道曰得一) 불왈귀일(佛曰歸一)---그러니 이는 다 도(道)의 그 하나임을 인(認)하는 표어(標語)이니라. 일관일체(一貫一體)는 도(道)의 자연(自然)이요 득일귀일(得一歸一)은 도(道)의 문화(文化)이니라"고 그는 말한다. 바꾸어 말하면

"유(儒)의 윤정(倫政), 도(道)의 신선(神仙), 석(釋)의 열반(涅槃), 야(耶)의 박애(博愛)가 그 형식은 다르다 할지라도 그 귀취(歸趣)와 본의(本義)는 일야(一也)이니라"라는 것이다.

이러고 보면 소래철학은 도(道)의 중심에서 모든 것을 통일시키려는 노력이 역력히 나타나 있음을 알 수 있다.

그러나 도경(道經) 후반에 이르러서는 주로 인도(人道)와 문화(文化)를 설명하는데 여기서는 유경(儒經)인 중용(中庸)의 중(中)과 성(誠)을 노장(老莊)의 도(道)와 배합시키려고 매우 애쓰고 있는 듯 하다. 왜냐하면 저 노장(老莊)은

인문(人文)을 초월(超越)하는 입장에서 사람을 자연(自然)대로 돌아 갈 것만을 강조하여 절성기지(絕聖棄智)로서 모든 인문(人文)- 특히 유가의 예악도덕(禮樂道德-斯文)을 철두철미 배척했는데 대해 소래는 인도(人道)의 문화세계창조(文化世界創造)를 대서특필하고 있으니 그의 입장은 노유종합(老儒綜合)이라고 볼 수 있을 것이다. 그는 밀운담(密雲譚)에서 무국주의(無國主義)에 입각하여 유가를 가리켜 봉건착취를 합리화한다는 뜻으로 공구(孔丘-孔子)를 통렬히 비난했음에도 불구하고 「도경」(道經)에서는 인도문화(人道文化)의 입장으로 공자의 사문주의(斯文主義)에서 공자를 찬양하고 있는 것은 철학논리사상과 정치경제사상에서 각각 자기의 주의주장을 천명한 것으로 봐야 할 것이다.

여하튼 「도경」(道經)에서는 정치경제와는 별도로 그의 우주론을 요약한 것인 바 앞서 말한 바와 같이 천(天)이나 도(道)의 뜻은 노자(老子)의 사상에 접근하고 있다. 여기서 그는 우주의 근원적 실재(實在)로서 극원(極元)을 내세우고 그것이 극리(極理(體)와 극신(極神(用)으로 갈라지며, 극리(極理)는 발달하여 구원(九元(大法)이 되고 극신(極神)은 발달하여 대주(大主)가 되며 구원(九元)과 대주(大主)를 합하면 대도(大道)가 된다고 보았다. 그리고 이 대도(大道)의 단계는 실천(實天)의 단계로서 여기서부터 극명(極命) 극심(極心)이 나타나고 그것이 묘합(妙合)하여 자연과 문화가 생성된다는 것이다. 그리고 이 자연과 문화의 합치(合致)가 원종(元宗)이 된다고 한다.

끝으로 사람의 수양방법을 논하는데 첫째 대주공경(大主恭敬)으로써 심(心)을 성(誠)으로 이루며 둘째 구원암송(九元暗誦)으로써 성(誠)을 밝혀 나아가서 극원(極元)을 자오(自悟)하게 된다는 것이다.

제 6 편 원종사상이 바탕인 극원철학가로 소문나다.

16. 먹는 일이 으뜸(元)과 사람 노릇이 마루(宗)의 근본 뜻.

소래선생은 1913년에 「극원철학」을 터득하여 세계에 대공화한 집을 형성하고 마지막으로 무국(無國)까지 실현하려는 이른바 세계 유일의 새 주의를 선포하고 고향과 경성에서 종교정책을 취하였고 서울에서는 동제사(東濟社)란 비밀조직에 영합되고 관서지방 순방 때는 천도교 혁신회 참모로 오해 받았으나 종교의 문패를 내 건 것은 당시 데라우찌(寺內) 무단총독(武斷總督)의 폭압 아래에는 종교일색 외에는 독립운동을 할 수가 없었기 때문이었다. 그러나 교(教)를 쓰는 종교의 간판을 내어 걸기는 자신의 주의 사상이 용납되지 않아 극원철학의 고유한 법(法)자와 도(道)자를 써도 종교단체로 간주할 것이라 생각하고 전법회(傳法會)란 명의를 취했다는 것인데 그래도 총독부의 고등촉탁 손(孫) 무슨 놈의 감시의 눈초리가 점점 험해졌다.

원종(元宗)이라는 정도대법의 새 주의를 창건 선포한데 대하여 선생은,

"나는 山室에서 이미 모든 宗敎를 反逆할 것을 自盟까지 又는 여러 同志에게 宣傳까지 하였건만은 이 主義를 처음 發展하겠음에 그 때 朝鮮의 政治的 情勢에 견디어 낼 必要를 생각하여 無可奈何로 所謂 宗敎政策을 쓰게 하였다."

라고 당시의 식민지 폭압하에서는 결사나 출판의 자유가 없었으니 할 수 없이 종교의 탈을 썼다는 것인데 조선통감으로 와 있던 이또히로부미(伊藤博文)가 1909년 하얼빈 역두에서 안중근(安重根)의사에게 암살 당하자, 일본 침략자들은 육군대장 데라우찌마사다께(寺內正毅)를 초대 조선총독으로 보내니 이 작자의 무단정치가 혹독 극심하였으므로 종교단체의 가면을 썼는데 그렇다해도 무슨무슨 교(敎)라는 명칭은 체질에 맞지 않았다는 것이다.

이 극원철학과 원종의 도에 대하여 소래선생은 그 전교(傳敎)를 위하여 창가로써 전파, 교육하였는데 선생의 유저에는 약 90여편 800여수의 창가가 「노래集」으로 전하는데 그중 극원의 내용이나 목적과 원종에 관한 사상적 전모를 규지할 수 있는 몇 수를 예시하여 보면,

1. 기쁘도다 기쁘도다　　　　建元紀念 기쁘도다
　極體新運 今日이여　　　　正天齊世 始作이오
2. 大宗께서 有命하사　　　　우리元符 四來로다.
　建元元年 一建十日　　　　우리元宗 처음盟誓
3. 萬古없던 正道宗法　　　　世世萬年 이紀念을
　天上天下 같이즐겨　　　　魔化一通 힘쓰오세.
4. 大共和의 無國太平　　　　生前極樂 이아닌가
　齊齊蒼蒼 우리法徒　　　　一建十日 永世不忘

(建元大紀念頌詩)

1. 九而峯의눈보라가 씩씩한새벽에,　萬古처음正道大法 오늘나섰도다.
　(후 렴) 오늘은天下 큰元宗의날　　億千萬年 하루같이 길이紀念하세.
2. 弱한이를救援하고 强暴없애려고　震主義의嚴正한法 크게소리친날
3. 階級鬪爭極烈하여 서로물어뜯는　이世上을곤으려고 齊世目的세운 오늘
4. 務本主義基礎위에 모든問題풀어내는　大共和의無國으로 나아가는첫날.
5. 破滅되는이世界를 改造하게된날　世界人間되는者로 뉘아니기쁘랴.

(建元大紀念頌)

1. 元日은온世上 復本하는 그날이니　務本主義우리兄弟 禮會볼때에
　믿는마음 한데 둥글둥글뭉처　　堂堂한復元文의 十極点으로
2. 天地를 떨치는 法文소리 隆隆하여　凶天魔世惡의나라 討滅하여
　鞠窮默念中에 前惡悔改하고　　皇皇하신 至靈降化 많이받으니
3. 元符의거룩한 訓辭말씀 條件대로　信誠속에 깊이새겨 遵行합시다
　鞠窮自盟中에 가장重要한것은　　살던죽던 나는全部 元宗을爲해
4. 靈生과肉生에 第一利한「싸카」法은　새靈氣로묵은 魔氣몰아내는것
　講法은 우리 極元哲學으로　　人道主義萬歲儂法 밝혀내도다.
5. 한믿음한사랑 우리 儂友兄弟姉妹　우리모두元宗으로 하나되어서

오늘社會에서 닦은精神으로　　　　明天의 正道大法 더욱힘쓰세

(元日禮會頌)

17. 극원철학과 원종사상에 대한 제가의 논설

> 이 때 전법(傳法)한 원종(元宗)의 정도대법(正道大法)인 극원철학으로서 '도'(道) 또는 '법'(法)이라고 주장하였던[3] 선생의 철학과 주의 사상면에서 후학들이 연구, 고찰한 논설들을 몇가지로 나누어 (1) 원종(元宗)사상의 역사적 위상… (4) 극원철학의 경세적 의의(이상 김지용교수 논설) (5)「도경」(道經)으로 본 선생의 극원철학(이종철교수 논설)을 차례로 엮어 그 내용과 의의를 보이고자 한다.

(1) 원종(元宗)사상의 역사적 위상

– 신라의 현묘(玄妙)의 도와 수운(水雲) 종교철학과 원종(元宗)사상 –

현묘(玄妙)의 도(道)가 함유한 것

복숭아씨의 험하고 굳은 외피(外皮) 속에는 새로 발아(發芽)할 속씨가 엷은 보호막으로 둘러 싸여서 장차 생성할 싹과 나무와 꽃과 열매가 함께 함유(含有)되고 있다가 자체의 섭리와 외부의 영향으로 말라버리거나 꽃피어 번성하거나 고화(枯華)가 좌우된다. 광주리 속에 잘 보관된 씨는 건조하여 시들 것이요, 땅 속에 버려진 복숭아씨는 땅김을 입어 꽃 좋고 열매 많은 것이 자연의 조화요, 원리다.

인간의 의식과 역사 속에도 계발(啓發)의 요인함유(要因含有)와 내적 자아

註3) 당시의 신문이나 세인들은 '원종교'(元宗敎)라고 종교로 알고 있었다.

각성과 외적 충격발전은 그 이치를 같이하게 되는 것이다. 그래서 항상 어제 속에는 오늘이 있었고, 오늘은 내일을 잉태하면서 갈등 속에 변화 발전하여 간다. 혹자는 이를 정(正) · 반(反) · 합(合)이라고도 했다.

신라 때 대학자 최치원(崔致遠 857~?)이

"나라에 玄妙한 道가 있으니 風流라하고 그 敎를 창설한 근원은 仙史에 상세히 갖추어져 있으며 실로 3교를 포함하고 있어 接化群生하였다"(난랑비서문, 삼국사기 신라 진흥왕 37년)

라고 한 현묘(玄妙)의 도(道)와 풍류(風流)와 화랑도(花郞道)의 상마이도의(相磨以道義), 상열이가악(相悅以歌樂), 유오산수 무원부지(遊娛山水 無遠不至)에 한민족은 유의해야 할 것이다.

그것은 우리의 정신문화의 근원이요, 원형임이 틀림없기 때문이다,

이와 관련하여「삼국유사」저자 일연(一然 1206~1286)은 서문에서

"帝王之將興也에 膺符命하고 受圖錄함이 必有以異於人者이다.… 然則三國之始祖가 皆發乎神異함이 何足怪哉리오"

라고 하였으니 예악과 인의를 강조하며 괴력(怪力)이나 난신(亂神)을 멀리하던 일연(一然)이 부명(符命)과 도록(圖錄)을 숭상했다던가, 혹은 단군신화에서 환웅(桓雄)이 제석(帝釋)으로부터 천부인(天符印) 3개를 받고, 도삼천(徒三千)과 풍백(風伯) 우사(雨師) 운사(雲師)를 거느리고 내려와 민간 360여사를 재세이화(在世理化)하였다던가, 또는 고려 때 이승휴(李承休 1224~1300)는「제왕운기」(帝王韻記)를 편찬하는 근거로서

"謹據纂古圖採諸子史廣焉"(帝王韻記上 幷序)하였다는 문헌의 기록에서 우리는 부(符)나 도(圖)가 부참(符讖)이나 도참(圖讖)등의 참기(讖記)로만 흘려버릴 일이 아니고, 그것이 상징(象徵)이던 부도(符圖)든간에 우리 민족의 생활 속에 자리잡고 있는 정신세계의 한 부분, 더구나 태고로부터 면면히 이어내린 정신문화의 한 줄기로 인식하지 않으면 안될 것이다.

게다가 천부(天符)니 부명(符命)의 내용이 홍익인간(弘益人間)으로 이화(理化) 또는 접화군생(接化群生)하라는 묵시적(默示的) 실천강령이었다는 사실을 규지함에 있어서는 이는 우리의 피와 얼 속에서 분리해서 생각할 민족문화가 아님을 절감할 것이다. 그 명맥을 이어 돌운 정신문화의 여러 상황들이 역사상 허다했겠지만 필자는 동학(東學)사상으로 이어지는 천도교(天道敎)와 극원철학(極元哲學)을 근간으로 하는 원종(元宗)사상을 한 예로 삼아 논의하되 주로 원종(元宗)사상 쪽에 역점을 두어 설론하고자 한다.

(2) 수운(水雲)의 종교철학과 다른 점

천도교 교리의 원리인 동학사상은 수운(水雲) 최제우(崔濟愚 1824~1864)가 각고수행 끝에 한울님으로부터 영부(靈符)를 받고 각도(覺道)한 시천주(侍天主 후의 人乃天)의 종교철학이며, 원종(元宗)사상은 소래(笑來) 김중건(金中建)이 궁행고구하여 창출한 제세구국(濟世救國)의 극원(極元)철학이다.

수운(水雲)의 종교철학은 널리 알려져 있으니 수운의 저술인「동경대전」(東經大全)과「용담유사」(龍潭遺事)를 통해 동학의 철학과 교리와 기도의 실황을 대충 살펴보면,

첫째 3,7字(21자) 주문(呪文)으로 함축된 우주관 내지는 시천(侍天)사상을 엿볼 수 있다.

"지기금지 원위대강 시천주 조화정 영세불망 만사지"(至氣今至 願爲大降 侍天主 造化定 永世不忘 萬事知)

둘째는 한울님으로부터 계시받은 영부(靈符)인 궁궁을을(弓弓乙乙-天弓, 天乙)의 부적을 태워 먹으면 선약(仙藥)이 되어 만병을 다스릴 수 있다는 것이다.

셋째로 오관(五款-呪文, 淸水, 侍日, 誠米, 祈禱)을 정성껏 행한다는 것이다.

그 이념은 그 시발부터 보국안민(輔國安民) 포덕천하(布德天下) 광세창생(廣世蒼生)이었고 그 전모는 주지하는 바요, 또한 방대하니 여기서는 생략하겠거니와 총체적으로 보아 유(儒) 불(佛) 선(仙) 3교와 서학(西學)을 반거(反

拒)하는 것 같지만 실상은 포함하고 있는 점은 현묘(玄妙)한 도(道)인 신라 때의 풍월(류)도(風月(流)道)와 그 정신을 한가지로 하고 있다고 보아진다. 일례를 들면 「대학」(大學)의 명명덕(明明德), 신민(親 (新)民), 지어지선(止於至善)을 그 수기(修己)의 요체로 삼고 있다든가 노장(老莊)의 무위이화(無爲而化(不然其然論)를 고조한다든가, 불가(佛家)의 무일물(無一物) 관념인 "菩提本非樹요, 明鏡亦非臺이니 本來無一物이므로 何處惹塵埃리오", 라고한 계송을 닮아 성사는 그의 진경시(塵鏡詩)에서

"若使本無鏡하니 萬塵何處着이리오"했다든가 서학에 대하여 동학이라 한 사실들은 은연중 수용위아(受容爲我)했다는 증거가 되리라.

그리고 수운은 노래를 많이 지어 교화와 교리의 전파 수단 뿐만 아니라 도에 있어서 가송(歌頌)이 필수적임을 인식한 것 같다. 4 · 4조로 된 국한문체의 그의 노래는 구송에 최적하다. 거의가 그의 저술인 「용담유사」(龍潭遺事)에 수록되어 있는데 그 가명을 열거하여 보면 용담가, 교훈가, 안심가, 몽중노소문답가, 도수사 등이다.

(3) 김소래의 극원철학인 원종(元宗)사상

수운보다 반세기 뒤에 소래 김중건은 제세구국(濟世救國)을 위하여 「천기대경」(天機大經 1910)을 저술하고 뒤이어 「대종원부경」(大宗元符經 1913)을 저술한 뒤 정도대법(正道大法)을 득도하고 원종도(元宗道)를 선포하고(1913) 그 창설주가 되고 있다. (실은 종교가 아니고 독립운동의 방편으로 붙인 이름이었다고 그의 자서전에서 술회하고 있다.)

그 뒤 위 두 저술을 집약하고 연역한 「도경」(道經)과 「현부경」(玄符經 전하지 않음)을 저술하였다.

소래가 저술한 철학서, 사상서, 주의서, 평론들, 노래(창가)등은 1933년까지 약 200여편이 되었다지만 일본 경찰에 압수되어 재판의 증거품이 되었다가 없어졌거나 난리통에 소실되어 겨우 남은 유저 15편을 모아 1968년 「소래집」(笑來集)상 하 두 책을 출간했고, 최근 천도교회월보에 발표했던 설(說)과

논(論) 10여편(1910~1912)을 추가 발견하여 천도교와 김소래의 관계를 소상히 알 수 있게 되었거니와 여기서는 그의 「천기대경」(天機大經)과 「대종원부경」(大宗元符經)만을 김소래의 자서전과 논평집을 들어 소개하려고 한다.

김소래는 「천기대경」의 저술 모티브에 대하여

"斷食혹은 生食을 해 가면서 가만히 大宇宙를 思索하여 極象의 九字를 稟出하고 곧 그것을 推演하여 「天機大經」을 草하고 다시 大共和無國을 創論 하기에 이르니 때는 나의 나이 스물두살 되던 해 겨울이었다.

나는 다시 極元의 體理를 들어 '本極의 唯一임과 支極의 萬差임'을 說明하는 同時에 '이 世上을 건지자면 어떻든지 歸一을 시켜야 될 것이요, 歸一을 시키자면 支極으로부터 本極에 復하는 的의 主義, 道法이 아니어서는 안된다.' 생각하고 이 때부터는 復本이니를 力說하게 되었다.

그리고 極元의 抽象속에 잠겨져 있으면서 이 世上의 善惡紛耘한 것을 들여다 보고 '나는 그럴 것이다. 다 옳다!' 라고 모든 것을 승인하는 동시에 스스로 興味에 醉해서 혼자 웃음을 웃었다."(자서전「나의 40년」에서)

어려서 신동이라고 칭송받았고 촌로들에게서는 '엉뚱한 아이' '생이지지(生而知之)' 하는 천재라고 놀라게 했던 소래 김중건은 22세 때 극원철학을 생각하면서 먼저 「천기대경」을 저술하였던 것이다.

김소래는 다음과 같은 도(道)의 원리와 그 기능에 대하여 쉽게 설명하고 있다. 중요부분을 들어보면,

"사람은 身體構造로 보든지 神經組織으로 보든지 그 硝形縱立한 꼴과 靈惠俊哲한 品이 확실히 만물의 理體를 모두어 가지고 된 偉物이니, 苽果 한 개 속엔 뿌리, 가지, 잎사귀, 열매가 될 모든 소질과 理體가 갖추어 있음과 같다. 사람은 한 개 열매와 같은 존재이며, 그 열매된 사람의 進化의 내력으로 보면, 처음은 동물이었고, 동물의 처음은 식물이었고, 식물의 처음은 鑛物이었고, 광물의 처음은 亨物(液體, 氣體, 無形無體까지)이었고, 형물의 처음은 벌써 物質이라기 어려운 무엇이다.

그 무엇을 靈子라하고 또는 極神이라 이르는 경우도 있다. 靈子의 처음은 말하기 어렵거니와 사람은 靈子의 進化가 極에 이른 것이라 할 것이다.

그러나 靈子가 그렇게까지 物質上 進化가 된 것은 일정한 법칙에 의하여 된 것이다. 그무슨 법칙을 極理라 한다. 極理에 의거하지 않고는 極神의 活力이 없다. 그러기에 極神은 언제든지 極理와 相乘하고 있으며, 이 相乘積을 極元이라고 한다. 그러므로 이 萬有의 物的世界는 모두 極元의 表現이다. 極元이 꽉 차 있는 현 우주는 확실히 一大生物이다.

通一通 그런즉 사람은 곧 우주의 열매요, 現宇宙 밖에 달리 無無的 眞空間이 있다면 거기에다 사람 한 개만 내어버리면 몇 億億 不可思議 極時間後에는 반드시 現宇宙만한 새 宇宙가 創開될 것이다. 그러므로 사람은 縮小한 우주요, 우주는 사람을 擴大한 것이라고도 할 것이다.

極理는 宇宙의 性이요, 極神은 宇宙의 心이 되어 있다. 그러기에 極元을 빼고는 宇宙가 없을 것이요, 極元을 研究함에 便利方法으로 物的方面을 末로 보고 非物的方面을 本으로 보아야 되는 것이다.

本은 一이요, 平이요, 合이요, 原이요, 造이며, 末은 非一이요, 不平이요, 分이요, 端이요, 化이니 이것을 深察한 抽象圖案이 곧 九元字 卍인 것이다.”

또 “이 圖案의 格을 數로 미루어 世界가 어제까지는 演繹的 臨末의 運이 지나고, 오늘부터 歸納的 復本의 運에 當하여 마침내 一合平原의 大共和及 無國에 이를 것을 말하게 된 것이다.”

라고 인류의 진화와 자연의 섭리를 통찰하면서 인간을 극신(極神)과 극리(極理)로 나누어 생각하나 그것은 결코 둘이 아니라고 하였다. 이러한 이론적 근거에서 이상적 사회인 대공화무국(大共和無國)을 귀납적으로 창안했다고 하였다.

그러면 김소래의 소공화(小共和)를 거쳐 대공화(大共和)로 이르게 되는 그러한 사회 다시 말하면 최근의 동구권(東歐圈)과 러시아공화국을 위시한 여러 공화체제국을 예상한 것과도 같은 소공화와 오늘의 국제화, 세계화를 예견한 것과도 같은 대공화의 이상사회란 어떤 형태와 어떤 구조의 사회였던가를 소래의 여러 논설 중 ‘화소접무도설’(花笑蝶舞圖說)을 한 예로 들어 소개하려 한다.

"農主義學說에 장래 새 社會의 象徵圖를, 꽃 위에 나비가 노는 것으로써 하나니…
'꽃은 기뻐서 웃는 것이요, 나비는 기뻐서 춤추는 것이다.' 이것은 장래 새 世界의 平
和와 幸福을 비유한 것이다. 꽃은 어찌해 그리 기뻐서 웃느냐하면 그는 나비가 오는
것을 반가와 함이니 나비는 꽃의 兩性을 仲媒하는 自然國의 使節인 때문이요, 나비는
어찌해 그리 기뻐서 춤추느냐하면 그는 꽃이 핀 것을 반가와 함이니 꽃은 나비를 위
하여 단 꿀을 갖추어 가지고 있는 까닭이다.…

꽃이나 나비가 각각 그 自我의 생존번영을 위하는 동시에 저·남(自他)의 我의 생
존번영까지 위하여 주도록 需要供給의 관계가 되도록 하는 이러한 자연법칙에 의한
報應律을 善自然이라 한다. 다시 말하면 이러한 自然報應은 둘이 호상간에 한가지로
適한 것이므로 善自然(適者善)이요, 예로 弱肉强食과 같은 連鎖報應은 强者에 適하고
弱者에 不適(不適者惡)이니 즉 惡自然인 것이다.… 각각 自我의 生存發揚을 위함과
동시에 남의 생존발양을 잘 위해 주도록 人類 全體社會制度 또는 道德이 그처럼 竝行
成熟된 것을 大共和라 이르고 마침내 制度란 잊어버리고 다만 自然道德에 의하여서
만 그렇게 된 때를 無國이라 이르는 것이다.… 이 制度는 장래 세계에 어디를 물론하
고 반드시 다 한가지로 실시되고야 말 것이니 나라마다 각기의 현 제도로부터 이에
옮기게 되는 과정을 A라 하고, 전 세계가 한 조직체로 이렇게 되어 가는 과정을 B라
하고 B에서 익어서 社會的 一我化로 된데에는 스스로 그 制度를 잊어버리고 自然道
德으로만 그렇게 살게 될 것이니 이 과정을 C라고 하니 이것을 農道過程의 三段階라
한다."(笑來集下 새主義2에서)

너무 생략하여서 논리의 비약이 많은 듯하나 소래의 사상은 농본주의(農
本主義)요, 이상적 사회로 발전하는 과정을 3단계로 나누어 ABC 3단계라 하
고 따로 「농촌주의 구체안」(農村主義 具體案 一名 「첫 段階」)이란 저작도 내고
있다.

여기서 말하는 화접보응(花蝶報應)과 같은 이상사회도 있지만 또한 연환
상식(連環相食) 즉 사람은 돼지먹고(人食豚) 돼지는 뱀을 먹고(豚食蛇) 뱀은
개구리를 먹고(蛇食蛙) 개구리는 모기를 먹고(蛙食蚊) 모기는 다시 사람의 피
를 먹는것(蚊食人)과 같은 저주로운 사회도 있으니 그것이 현사회요, 지금까

지의 역사였다고 말하고 그것을 개조하여야 한다는 것이 그의 개조혁명의 이론이다.(이하생략)

(4) 극원(極元) 철학의 경세적(經世的) 의의

소래(笑來) 김중건(金中建)선생은 항일 투쟁과 조국독립을 위하여 일선에서 싸우다가 돌아가신 순국선열이다.

소래선생의 독립운동은 다른 독립운동가와 크게 다른 점이 있으니, 그는 구국제세(救國濟世)의 경륜(經綸)을 먼저 세우고 그 방향으로 나라를 되찾아 세우자는 것이었다.

19세기 말 우리나라가 정치적으로나, 경제적 또는 사회제도상으로 국력이 미약하여, 일본제국주의의 그 군대에 눌려서 국권을 강탈당하고 조국을 강점 당했을 때 대부분 애국지사들은 나라를 되찾아 독립하자는데 그 목적만을 두고 침략해 온 일본과 맞서 싸웠다. 그러나 독립한 뒤의 국가의 정치, 경제, 사회제도 등에 대하여는 그 대책을 심도있게 생각한 철학적이거나 정치적 경륜이 보이지 않았다.

소래선생은 조국을 일본의 식민지로부터 해방시키고 나서 백성과 나라를 어떻게 다스려 나갈 것인가? 그리고 우리 민족이 세계에서 어떤 체제로 존립 되어야 하며 나아가서는 세계는 어떠한 형태로 되어야 하겠는가? 하는 이념을 먼저 세워 놓고 독립투쟁을 하여가자는 것이 소래선생의 생각이요, 철학이며 경륜이었다.

이러한 큰 구상으로 그는 먼저 극원철학(極元哲學)(우주와 자연과 인류의 근본 원리를 모두 궁리(窮理)해 낸다는 의미)을 22세때(1910년)에 저술하였는데 그 철학저술의 이름은 「천기대경」(天機大經)이었다.

이 저술에서는 김소래의 우주관과 자연관과 인생관, 역사관이 논술되어 있는데, 그의 우주관은

"우주는 無限大하며, 하늘은 막힘이 없고, 한계가 없다."(天無防限)는 것

이요, 그 이치(道)에 있어서는 오직 하나뿐이요, 둘이 아니라고 하였다. 즉

"하늘은 둘이 아니니 하늘의 도(道)는 두 이치가 있겠으며, 하늘의 가르침(敎)에 두 규범이 어찌 있겠는가?"하였다.

그는 자연관에 대하여서도 우주속의 각각

"움직이고 정지하는" 본성을 지니고 있는 삼라만상은 모두가 움직이는 것은 스스로 보전하면서 자체가 자동(自動)하며, 정지(停止)하고 있는 것은 스스로 고정(固定)되어 자체가 자정(自靜)하고 있으므로 움직임도 자유의 움직임이요, 자정하는 것도 자유의 자정이라고 하며 대소의 성군(星群)과 산의 고봉(高峰)과 바다의 물결을 예로 들었다.

이러한 견해는 앞으로 전개할 인류관에 있어서 「인간의 자유와 본성」을 설명하는데 이론적 근거로 삼으려는 것이었다.

또한 자연을 선자연(善自然)과 악자연(惡自然)으로 나누어 관찰하고

"꽃이 웃고 나비가 춤추는" 것과 또는 악어와 악어새와 같은 선자연 법칙에 의한 보응률(報應律)의 현상을 선자연이라 하고, 뱀과 개구리처럼 또는 사자와 사슴처럼 약육강식의 경우를 악자연이라 하였으며, 악자연 중에는 돌아가며 서로 잡아먹는(連環相食) 경우도 있는데 인식돈(人食豚), 돈식사(豚食蛇),사식와(蛇食蛙), 와식문(蛙食蚊),문식인(蚊食人)의 경우가 바로 그런 것"이라 했다.

김소래의 이러한 자연관은 사회구조를 개조하려는 사상적 기저가 되는 것이니 우주만물이 움직이고(動), 정지하고(靜) 하는 것은 각각 자기보전의 본성에 기인하는 것처럼 인간도 자유의 본성이 본래부터 있는데 사회제도가 잘못되어 동정(動靜)의 자유가 박탈당해서, "먹는 일"과 "사람노릇 하는 일"을 빼앗겼다는 것, 즉 기아(飢餓)와 인권침해(人權侵害)에 허덕이고 있으니 이를 고쳐야 한다는 이론이다.

동물계의 약육강식이나 연환상식(連環相食)은 악자연으로서 강한 자에는 유리하지만 약한 자에게는 극히 비참한 것이니 이는 결합 있는 자본주의 사회와 제국주의 사회의 탓이라 하였고, 그래서 자아의 생존과 번영을 위하는 그

(彼)와 동시에 저·남(自他)의 생존번영까지 위하여 주는 수요공급(需要供給)이 서로 잘 이루어지는 선자연과 같은 사회를 건설하자는 것이 극원철학(極元哲學)의 주제인 소공화(小共和), 대공화(大共和), 무국(無國(규제가 필요없는 사회)의 사회개조의 구조라는 것이다.

사회제도상으로는 현재와 같은 수라장형태, 즉 각종 갈등(葛藤)과 모순(矛盾)과 알력(軋轢)의 현상에서 조만간 소공화체제로 옮겨졌다가 대공화 무국의 사회형태로 발전하는데 이러한 사회형태는 아나키쓰와 다르며 그것은

"정치적으로 世界一國을 의미하는 것이요, 도덕상으로 世界唯一의 正道大法을 배우려는 것이며, 경제적으로 世界共働(함께 노동함), 世界皆農(다함께 농사지음)을 完行(완전히 실행함)하려는 것이요, 人種別, 地方別의 忘却과 言語와 文字와의 一種(한가지로 됨)이 될 것이며, 경쟁이 근절되고 각 개인의 個性과 自由公權 등을 실현하려는 그 것"이라고 하였다.

그리고 대공화 사회에서 한 걸음 더 나아간 것이 무국인데 무국이란 "자연으로 삶"을 의미하는 것이니 이것이 복본(復本(본래의 상태로 돌아간다는 뜻)인데 무국주의(無國主義)이다. 그러므로 대공화는 인도주의의 최후실현을 이상으로 하고, 무국은 자연주의의 실체를 의미하는 것, 대공화는 정도(正道)의 극치(極致)요, 무국은 대법(大法)의 복귀(復歸)라고 하였다.

그리하여 역사발전에 있어서 현재 소공화는 진행중이며(1925년의 Rocarno條約을 실례로 들었음) 대공화는 기어코 올 것이라고 굳게 믿었다.

이것이 김소래의 철학에 깔려있는 사회개조의 근본사상인데 이를 실현하기 위하여 설정한 이념이 원종주의이었다.

소래선생이 제세구국(齊世救國)의 목적으로 저술한 「천기대경」(天機大經)은 순 한문문장이요, 또한 철학과 경전(經典)의 표기로서 해독하기 어려운 점이 있으나 그 총목과 내용을 대충 들어보여 내용을 짐작케 하고자 한다.

○ 經之第一章　天機總說 (元은 하나요, 天을 낳으며 天은 下(人)요, 上下(地)요, 上(天)의 自然機임과 機란 無有間에 造化極인데 九極이 있다고 하며 九極의 天機圖를 해설하였다.)

○ 經之第二章　無極小說 (無極圖를 해설하면서 天無幾何說(하늘은 그지 없다)을 편 우주관이다.)
○ 經之第三章　運極小說 (天運 즉 宇宙의 運行을 運極圖와 天運曆으로 서술했다.)
○ 經之第四章　景極小說 (吉凶禍福의 근원인 運數之天을 景極圖를 창안하여 서술하였다.)
○ 經之第五章　行極小說 (九行과 理氣의 品性을 行極圖로써 서술하였다.)
○ 經之第六章　太極小說 (因果關係를 太因, 太果로 나누어 太極圖로써 서술하며 天花天葉은 昨日天이며 今日地요, 今日地는 또 明日天이라고 했다.)
○ 經之第七章　符極小說 (符란 歲符로서 歲가 한 바퀴 도는 것을 符極이라 하고 元宗의 建元을 符極圖로 설명했다.)
○ 經之第八章　建極小說 (八建과 四常과 五行을 建極圖로 서술하되 人間의 德을 논한 대목이다.)
○ 經之第九章　五極小說 (五者五族이라 하여 獸, 鳥, 魚, 虫, 人의 五族이 각각 自體의 德, 즉 生存原理가 있다는 것을 五極圖로 서술했다.
○ 經之第十章　有極小說 (有란 天物의 有生有滅이나 결국 無始·無終임을 有極圖로 서술하되 極天과 極人으로 나누어 서술했다.)

더 자세한 해설은 뒤에 있음.

이러한 「천기대경」(天機大經)을 저술하게 된 동기에 대하여 김소래가 생각한 이상세계란 대공화무국(大共和無國)의 사회구조라 신념하고 어찌하면 그러한 사회가 건설되는가? 저술의 모티브에 대하여 그는

"極元의 體理를 들어 本極의 唯一함과 支極의 萬差임"

을 「천기대경」(天機大經)에서는 어떤 논리로 품출되었는가를 간략히 예시하려 한다.

「천기대경」(天機大經)의 첫머리는 이러하다.

"元(宇宙의 本體)은 하나요, 天을 낳는다. 天이란 丅 요, 卜요, 上의 自然

機이다. 機란 없고 있는 사이의 造化極이다. 極인즉 無極 등 九極이 있는데 天機의 各部를 알선하고 관계하는 機能을 갖고 있다.

…天機의 全體는 卍이다. 卍의 아홉 끝 즉, 각 직선의 양끝의 점은 九極의 각 極의 위치(자리)로서 이 九極의 圈 즉, 한계는 九元字의 각 위치가 된다. 나 笑來는 잠시 글로 표현하지 않는다. 지금 단지 글자를 써서 그 한계를 둔다면 후에 밝은 哲理를 아는 法手가 이 經典을 이해하고자 할 때에 그 명석한 두뇌로써 깨달아 스스로 알고 스스로 이 極象을 알게 하여 가히 이 법의 이해자가 되리라하는 까닭이다.”(「天機大經」 중 ‘天機總說 ‘에서)

라고 하여 천(天)은 우주 최고의 원리라기 보다 우주의 기능을 뜻했다.

우주의 본체를 원(元)으로 하고 원(元)에서 현상(現象)의 유(有)로 나타나는 중간에 천(天)이 있는 것으로 인식하고 천(天)이란 아래요(人)요, 상하요(地), 위(天)라고 인식하고 있다.

그래서 사람들이 곧 하늘(주인)이라는 ‘全’ 표시가 나온 것이다.

그런데 이 「천기대경」(天機大經)의 궁극적으로 설론하고자 하는 목적은 제세구민(齊世救民)에 있고 그 구체적 내용은 소공화에서 대공화로 그리고 무국에 이른다는 복본(復本) 혹은 귀일(歸一)의 사회발전을 꾀하려는 것이었다.

그러므로 말하기를

“天機의 製造하는 바는 極的인 極神이요 妙的인 斡旋이다. 極的이며 極造化的인 것은 이 天機製造의 大匠者(造物機能者)이다. 그러면 그 누가 斡旋하는 大關者(大關能者)인가. 필시 그 主人이 있어야 하는데 그가 바로 大主인 것이다. 天機의 極圈(極의 限界)을 極體라 고 하는데 極體內에는 흘러서 질펀히 넘치는 것(流流江洋者) 一波中에 靈海가 있고 靈海中에 浮動涵在하는 것 만덩어리(萬魂)의 해와 달, 日星上에 있는 꿈틀대고 지껄이는 것들의 萬類生物들이 모두 一機製造品이요 斡旋 關能에 있는 것들이다.”(「天機大經」중 ‘天機總說 ‘에서)

라고 하여 이 지극(支極)의 만차(萬差)를 본극(本極)의 유일(唯一)로 복본(復本). 또는 무본(務本)시키려 함이 「천기대경」인데, 이제 구체적인 '이상사회'와 복본(復本)시키는 '과정'을 쉬운 말로 엮어진 김소래의 설명 몇편을 추려서 그 대략을 보이기로 한다.

첫째 선생은 인간의 진화를 사람을 한 개의 열매로 보고, 사람의 그 이전은 동물, 동물의 처음은 광물, 광물의 처음은 형물(亨物(액체·기체·무형기체까지)), 형물의 처음은 물체라기 어려운 것인데 이를 영자(靈子) 또는 극신(極神)이라고 했다. 사람은 영자(靈子)가 진화하여 극(極)에 이른 것이며, 이는 일정한 법칙에 의하여만 되는데 이를 극리(極理)라 하며 극리는 극신(極神)과 상승하며 그 상승적(相乘積)이 극원(極元)이라 했다.

그러므로 만유(萬有)의 물적세계(物的世界)는 모두 극원(極元)의 표현이며 극원이 꽉 차 있는 현우주는 일대생물(一大生物)이라는 것, 그래서 사람은 곧 우주의 열매이며, 현우주 밖에 또다른 무무적(無無的) 진공간(眞空間)이 있어 그 곳에 사람 한 개를 내 던져 놓으면 몇 억억불가사의의 극시간후(極時間後)에반드시 현우주만한 새 우주가 창조 될 것이라 했다. 그래서 사람은 축소된 우주요, 우주는 사람을 확대한 것이며, 극리(極理)는 우주의 성(性)이요, 극신(極神)은 우주의 심(心)이며, 이 양자는 분리해서는 성립되지 않는 오직 하나인 것이라고 했다. (蓮山集 중에서)

둘째로 선생은 사회구조를 연쇄상식(連鎖相食)의 악자연적(惡自然的) 형태와 자연보응(自然報應)의 선자연적(善自然的) 형태로 크게 나누어 관찰하면서 약육강식(弱肉强食) 혹은 포식피식(捕食被食)이나 연쇄상식이 과거와 현재의 인류역사요, 사회구조였다면 앞으로는 선자연적(善自然的) 사회로 복본(復本) 또는 무본(務本)해야 한다고 하면서 자연보응적(自然報應的) 선자연(善自然) 즉 상리공존(相利共存)의 한 예로 꽃이 웃고 니비 춤추는 '화소접무'(花笑蝶舞)의 양상을 들고 있다. 자연계에는 꽃과 나비 말고도 악어와 악어새 등 너·나(自他)의 공생 번영을 영위하는 식물과 동물이 있듯이, 웃으며, 춤추면서 서로 돕고 사는 사회는 가능하니 이것이 김소래가 꿈꾸던 이상사회였던 것

이다. ('새主義2' 花笑蝶舞圖說 중에서)

셋째로 그러한 사회 즉 소공화, 대공화, 무국의 과정에 대하여 A, B, C로 나누어 설명하고 있다. 이것이 이른바 선생의 'ABC 삼단계(三段階), 이론인데 선생은

"이 制度는 장래 세계의 어디를 물론하고 반드시 다 한가지로 實施되고야 말 것이니 나라마다 각기 現制度로부터 이에 옮기게 되는 過程을 A라 하고 全世界가 한 組織體로 이렇게 되어가는 過程을 B라 하고 사람마다 B에서 익어져 社會的一我化 된 데에는 스스로 그 制度를 잊어버리고 自然道德으로만 그렇게 살게 될 것이니 이 過程을 C라 하고 이것을 農道過程의 三段階라 한다."

라고 하면서 따로 「첫단계」(일명「農村主義 具體案」)을 저술하고 있으며 실제로 북만(北滿)의 팔도하자(八道河子)에 어복촌(魚復村 일명 개척리)을 만들고 실천에 옮기다가 애석하게도 1933년 3월 24일 45세를 일기로 순국하였으니 안타까운 일이다.

〈원종(元宗)의 기본 사상〉

김소래의 극원철학인 「천기대경」의 핵심적 내용을 논술한 저술이 3년 뒤 (1913)의 「대종원부경」(大宗元符經)인데 대종(大宗)이란 全의 자리요(全之位是也), 원부(元符)는 사람의 자리(人之位是也)라 하여, 全자는 최고원리를 신격화하여 인격적인 주재신(主宰神)의 뜻을 나타내는 것, 즉 인(人)과 주(主)를 합한 것이고, 全의 피조물(被造物)인 인(人(사람)을 원부(元符)라고 한 것이다. 그러므로 그는 "全曰大宗 人曰元符"라 하여 「대종원부경총설」(大宗元符經總說) 등 6편의 도설(圖說), 분설(分設), 각설(各設)을 저술하였는데 그 중심적 시점은 천(天), 지(地), 인(人)의 삼재(三才)였다.

그 뒤 「도경」(道經)도 저술하여 「천기대경」(天機大經)과 「대종원부경」(大宗元符經)의 집약적인 철학원리서요, 소래의 도(道(原理)로서 유도(儒道), 불도(佛道), 야도(耶道), 선도(仙道)와 나란히 세우고 있는데, 그는 유교는 일관

(儒曰一貫), 야소교는 일체(耶曰一體), 도교는 일득(道曰得一), 불교는 귀일(佛曰歸一)이 모두 하나로 귀착되는데 소래의 도는 "크며 모두이다"라 하였다.

그는 1913년에 원종(元宗)을 선포했는데 '원종'이란 인류가 먹는 일을 으뜸으로 삼으니 원(元)이요, 사람답게 사는 것을 근본으로 삼으니 「마루 즉 종(宗)」이라고 하였다. 인간은 기본적으로 기아에 들지 않을 권리가 있고 인권의 존중을 누릴 자유가 있다는 것인데 이것이 원종주의 사상이라고 하였다.

김소래는 그의 「새 主義」 선언에서

"우리는 삶을 求한다. 더욱이 사람다운 삶을 求한."

고 전제하고

"사람은 終是 사람이니 吾人은 사람답지 않은 삶이란 언제든지 承認할 理를 못 가지는 것이다.

眞理에 있어 빵 問題와 사람 문제는 人間에게 으뜸이오, 마루인 것이라 한다.

吾人은 이미 "먹을 일과 사람 질은 사람에게 두가지 큰 일이니…"라는 淺近하고도 철저한 法訓을 받은지 이미 오래였는 바, 오늘에 다시 그의 辨證法的 深通한 眞理의 所在를 잘 覺悟하게 되었다.

이럼에서 吾人은 深刻하게 믿는바 − "먹을일이 으뜸이오 사람 질이 마루인" 그것이다.

故로 吾人의 把握한 바 이 主義는 곧 人間에게 元宗이다.

元宗은 齊世을 目的으로 하나니 그에 나아가는 두가지 큰 法 卽 "먹을 일"의 最先한 經濟案과 "사람 질"의 最後的 道德律을 吾人은 이미 吾人의 所信에 依하여 잘 覺醒하고 있다.

그 하나는 農村主義에 있고 또 하나는 人道主義에 있는 것이니 곧 元宗의 齊世 目的에 나아가는 二大 綱領인 것이다."

라고 원종주의(元宗主義)를 선언하는가 하면, 이것은 제세구국(齊世救國)을 실현하는 근본이념이 되고 이를 실천하는 도(道)로서

"救國의 道를 民衆에서 求하소서 民衆의 覺醒을 잘 促進할 그 眞個의 方法이 곧 唯一한 救國의 道일 것입니다."(蓮山集 17)

라고 하였다.
또한 자신의 도에 대하여 제가에게 설명한 몇 가지를 들어보면

"道는 有爲를 이름이니 宇宙大自然의 法則에 依하여 表現되는 空間에의 모든 有爲를 通들어 宇宙大道라 이르나니 이는 極元의 宇宙大本에서부터 自然界의 小末에까지 이르는 것이요, 世界大民衆의 要求에 應하여 실시되는 時間에 찬 改造進展과 같은 有爲를 世界大道라 이르나니 이는 世界의 小末에서부터 極元의 大本에까지 돌아드는 것입니다. 宇宙大道는 自然이니 그것이 卽 天道요, 世界大道는 文化이니 그것이 卽 人道이니 風聲鶴涙는 大天道의 小小道요, 耕種讀書는 大人道의 小小道라는 無爲가 아니거든 그 어느것이 道아님이 있겠나요?"(蓮山集 15, 姜承旨가 道를 물을 때)
라 하고 또한 도(道)란 '길'이라는 설명으로는

"道는 卽 길이니 큰 길은 世界에 照然하고 平坦하며 廣達하고 無窮하여 滿天下의 公衆이 다 한결같이 이 길로 말미암아 倫敦, 伯林, 上海, 東京 等 나라마다의 大都市를 通過하여 마침내 天下一家의 生前天國에 通達하게 되나니 時代의 要求하는 바른 道와 큰 法일 것이요, 或 險山荒林中에의 작은 길은 强盜 奸商 流離群 無賴輩 隱遁者 避罪漢 等等 그밖에는 달리 行하는 者 없나니 이것이 非道卽 모든 邪敎, 또는 오랜 各宗敎들일 것입니다. 그러나 現下制度에 있어서는 巴里가 아무리 世界의 樂園이라 할지라도 物質的 條件이 나의 巴里行을 不許하는지라 그 큰길이 나에게 큰 길 될바이 없는 것을 어찌하며, 西獨이 아무리 天下의 險處라 할지라도 환경의 事情이 나를 거기에로 驅逐하는지라 그 작은 길로 不得不 行하게 되는 것을 어찌합니까? 自來의 길(政治 經濟)은 다 富, 强, 權, 貴者에게 독점되어 있는 까닭에 强盜 奸商 流離 無賴漢

隱遁 避罪 等等은 다 하고자 하여 함이 아니라, 卽 큰길에서 쫓겨난 者의 萬不得已로 取하는 작은 길인 것은 事實입니다. 다시 말하면 公衆은 다 實生活의 自由와 平等을 갈구하나니 이것을 不顧하고 獨富獨貴만을 是尙하는 制度는 이제 日暮入盡한 막다른 끝길이요, 儒·佛에서와 같은 政治經濟의 根本的 解決策을 물은 것은 强혀 道라 말한다면 그는 곧 굶어 죽는 者가 催眠術에 잠자는 저승길이라 할 것입니다. 나는 自來의 이 길 저 길을 다 否認합니다. 온 天下億兆蒼生이 한가지로 가뜬히 永久한 天下一家의 生前天國的 生活로 나아갈 새로운 큰길을 닦으려는 것이 우리가 하는 所謂 齊世目的입니다."(蓮山集 16, 李校理가 道를 물은데 대하여)

라고 하여 자신의 제세목적으로서 도를 설명하였다.

이상 (1), (2), (3), (4)는 김지용 교수의 연구 논설임.

(5) 「도경」(道經)으로 본 선생의 극원철학 … 교수 이종철

소래 김중건(笑來 金中建)선생의 우주론은 극히 난해한 철학 이론으로서 이를 이해하기는 대단히 어려움이 있었다.

그의 철학의 주저 「천기대경」(天機大經) 「대종원부경」(大宗元符經) 「도경」(道經)이 있으나 본고에서는 앞의 두권의 철학적 원리를 집약한 도경을 주로 하여 이해 하려고 노력하였다.

첫째로 소래의 철학에서 우주의 생성 발전의 주축을 이루고 있는 도(道)의 이해를 중심으로 논술하였다.

둘째로 도의 구조(構造) 즉 극원철학(極元哲學)의 단계적으로 진화 발전되는 구조인 5극(五極)을 이해하는데 노력하였다.

셋째로 형상세계의 자연과 문화를 주관하는 원종에 대하여 그 역사세계와의 연결을 생각하였다.

Ⅰ. 도(道)의 개념

　도경(道經))에 의하면

　도(道)는 크며 모두임이라 하늘은 도로서의 하늘이오 땅은 끝내 도로서의 땅이오 사람은 전혀 도로서의 사람이오 다른 온갖 또한 다 도로서의 존재일 뿐이라 라고 말하였다.

　우주에 차있는 모든 것이 도로서 이루어지지 않은 것이 없다는 말이 된다. 그러기에 우리들은 언제던지 도(道) 아닌 것이 없으며 어디에서나 도를 보지 못하는 일이 없을 것이다라는 의미이다.

　따라서 도란 먼데 높은데 깊은데에만 있는 것이 아니라는 말이다. 우리들이 늘 들으며 또 스스로 함에 있는 것인줄로 믿을 수 있다.

　다시 말해서 우주(宇宙)가 있음에 도(道) 아닌 것이 없다는 의미이다.

　그런데 도경 첫머리에 도를 어찌 쉽게 말씀할 것이 겠느냐. 우리들이 능히 도를 말씀하기 어려움은 도의 전체를 보지못하며 도의 대원(大原)을 통오(通悟)치 못함에 그 어려움이 있다고 말한다.

　뿐만 아니라 우리들에게 보통으로 현실로 나타나는 바는 도의 천지만엽(千枝万葉) 일뿐이오 원(原)판 즉 그 뿌리와 그루터기를 바로 보기 어려우며 꼭 붙잡아낼 수 없다는데 있다.

　예부터 도지대원 출어천(道之大原 出於天)이라는 말이 있는데 여기서 말하는 천은 유가(儒家) 철학에 있어서의 최고 실재 최고 원리로서 인도(人道)의 대원(大原)이 천도(天道)에 유래한다는 뜻이다. 그렇다면 여기서 말하는 천은 무슨 천이 되는것이냐가 의문된다. 소래는 여기서 천지대원 출어도(天之大原 出於道)라고 말하고 있다. 여기서 천지대원이 도에서 출하고 있으니 이 도(道)는 어디서 시작된 것인가.

　이는 한 끝(極)에서 부터이니 그것은 곧 극원(極元)이라 말한다.

　이 극원의 전에는 천(天)도 없고 도(道)도 없으며 극원이후에야 도(道)니 천(天)이니할 수 있다.

　극원이란 극리(極理)와 극신(極神)과의 상승(相乘)의 적(積)을 약(約)한 말씀이라고 한다.

상승적의 표현은 즉 천지 인물(人物) 모두인데 이렇게 말할 수 있는 소이연(所以然)은 즉 도(道)라고 할 수 있다.

다시 말하여 천의 본체(本體)는 극리(極理)이고 도의 주장은 극신(極神)이다.

천은 우주 모두의 체(體-몸통)요,

도는 우주 모두의 용(用-작용)이니라.

천은 무엇이든지 주비(周備)하여 체가 된것이니 극리가 그러한 것이기 때문이다. 그리고 도는 그 주비된 것에 대한 용(用)으로 작용하는 극신의 움직임이다.

극리가 분화(分化) 발달하여 구원(九元)이 되고 극신이 발달하여 대주(大主-주체)가 성립되어 대주와 구원이 상승(相乘)한 것을 대도(大道)라 한다.

극원을 깨달음은 즉 대도의 뿌리를 듦이니 이를 듦에는 도의 전체가 모두 들리게 된다. 그러면 먼저 극원을 알고야 도의 뿌리를 바로 들어서 도의 전체를 이해하게 될 것이다.

결국 도는 우주를 생성 발전케 하는 대법이라고 말할 수 있다. 예를 들어 우주가 스스로 그러함(自然)이라고 말하는 의미나 생노병사라는 인생의 길이 그저 그러함의 그 무엇이라고 표현하는 것 같은 것이다. 이와같이 도를 따라 가는 대도는 그 무엇으로서도 어찌할 수 없는 우주의 함(行)이라고 말할 수 있다.

그리하여 도를 이해한다는 것은 그 근본을 터득하게 됨으로 세상을 관조하는 혜안이 스스로 열리게 될 것이다.

여기서 다시 도의 속성을 살핀다면,

첫째 도는 지성(至誠)이니라

허위가 아니오 만홀(慢忽)이 없으며 모두 진(眞)이오 줄곧 정(精)하다. 소장(消長)이 없으며 활란(活亂)이 없으며 변개(變改)치 않으며 타락치 않는다. 권능이 아니라 자이연(自爾然)의 덕(德)이며 고작(故作)이 아니라 자이연의 행(行)이라 한다. 애쓰지 않고도 저절로 되며 꾀하지 않고도 저절로 하게 되니 그 실은 성(誠)의 지성(至誠)에서 오는 일이다.

둘째로 도는 크니라

무시(無始)의 처음부터 무종(無終)의 마지막까지의 한 극운(極運)과 막대

(莫大)의 우주에서 막소(莫小)의 티끝까지의 한 극체(極體)를 오직 성(誠)으로 통하여 막막대(莫莫大)의 무도극(無道極)과 대(對)하여 있는 것이다.

절대적인 대(大)로서의 도이다. 그러나 사람의 눈에 여러 가지로 비추임은 도의 말초(末稍)에서 나타나는 현상일 뿐이다.

다시말해서 유(儒)의 윤정(倫政) 도(道)의 신선(神仙) 석(釋)의 열반(涅槃) 야(耶)의 자선(慈善)은 그 형식은 다르게 보이나 그 귀추(歸趨)와 본의(本義)는 하나라고 본다. 마치 바다를 항만(港灣)에 따라 다르게 보게되는 것 같은 것이다.

유왈 일관(儒曰一貫) 야왈 일체(耶曰一體) 불왈 귀일(佛曰歸一) 이는 다 도가 하나임을 인정하는 말로서 일관 일체는 도의 자연이오 득일 귀일은 도의 문화를 말함이다.

셋째 도는 통(通)하니라

우주에 헌크러짐이 없으며 것칠러짐이 없는 것이다. 통(洞)하여 호호 탕탕(浩浩蕩蕩)하며 화(和)하여 원원 양양(源源洋洋)한 것이다.

넷째 도는 살아 있나니라

우주는 한 영식(靈識)으로 움직이고 있다. 우주의 생명은 도의 성(誠)으로써 줄곧 활발하여

무한 장수 영원하다.

생명은 곧 그의 열매이며 사람에게 가장 높은 밀도로 응집되어 있다. 사람의 생명에는 도가 마치 녹용(鹿茸)과 같다고 할 수 있다.

다섯째 도는 둥글고 모지고 하니라

우리들에게 크게 보이는 것은 다 둥글어 용(容)하고 작은 부분은 모나게 정(定)하게 된다.

둥근 부분은 도의 대(大)한 체(體)이오 모난 부분은 도의 정(正)한 용(用)이다. 도는 건행(健行)하며 쉬지않으며 그침이 없다. 천은 기(奇)하고 연(連)하고 인(因)이 되며 현(玄)이다.

지(地)는 우(遇)하고 절(絕)하고 과(果)이오 부(符)이니 고로 도는 그 천(天)으로 원(圓)하고 지로서 방(方)하니라 한다.

여섯째 도는 지공(至公)이니라

어디까지나 보편적이오 끝까지 평균적이며 어디던지 자유 언제든지 정의하다. 관대하면서도 용서없으며 박후(博厚)하면서도 심가(甚苛)하지 않는다.

사람은 도를 체(體)하는 자라야 능히 공(公)하게 된다. 온갖 불공(不公)이 사람에게 모여 있으니 지공에서 멀리 있는지라 문화의 공(公)을 정함이 곧 인도(人道)의 몫이될 것이다. 공(公)이 반듯한 곳이 바로 대공화(大共和)이오 그 넘어는 자연히 무국(無國)이 기다린다.

사람의 일생은 그 극(極)의 밖이나 그 넘어인 일이 많은 것이다. 그 극은 정(正)이오 그 넘어는 대(大)이니 대정합격(大正合格)은 대아(大兒)에게서 보게된다.

일곱째 도는 극단(極端)이오 중용(中庸)이니라

극단임으로 우주가 능히 대(大)하고 중용(中庸)이어서 그 대(大)에 또한 정(正)이 있는 것이다. 언제던지 철저적이며 어디까지나 호미적(互彌的)이며 또한 편역(偏域)이 없으며 예외가 없다.

극단만으로는 도가 기우러지기 쉽고 중용만으로는 도가 주저앉을 것이다.

사람은 극단의 기초위에 중용으로 건설함이 바람직하다. 노불(老佛)은 극단만으로 중용이 있고 공야(孔耶)는 중용만으로도 극단이 있었다.

극단은 근과(根果)이오 중용은 간지(幹枝)와 같다. 근(根)은 도의 말화(末化)이니 볼수록 기미(奇美)하고 지(枝)는 도의 계제(階梯)이니 평상(平常)할 수 있다.

여덟째 도는 지선(至善)하니라

지선은 만능이오 선양(善良)하다. 이는 협의적이 아니고 인간미가 좌우하는 일이 아니다.

연역적으로는 도가 악한듯도 하다. 그러나 도의 근본은 무선 무악(無善無惡)으로부터 말초(末稍)에는 유선 유악에 이르니 유악(有惡)도 역시 도의 지선의 소치라고 할 수 있다.

선악은 원래 고원(高遠)한 것에서 적생(適生)한 것이 아니다. 즉 도의 끝말에 각기 자장(自長)을 도모함에 있어서 서로간 적부적(適不適)을 칭함에 불과한 것이다. 따라서 어디서든지 적자선(適者善)이오 무엇이 던지 부적자악(不適者惡)이 된다.

도는 모름지기 적(適)하니 즉 지선이 되는 것이다. 쥐는 고양이를 악하다 하되 도는 고양이를 선하다 하리니 그것은 도가 쥐와 고양이에게 지공(至公)한 분승(分乘)이 있음에서 이다.

세상에 혹 진(眞)한 악이 있음을 그곳 도의 병적이며 폐적(廢的)에서 온것이라고 말할 수 있다.

도는 알기 쉬우나 행하기 어렵고 또한 행하기 쉬우나 달(達)하기 어려우니 사람은 이에 가히 신성(信誠)을 다할 따름이다.

극원의 구조

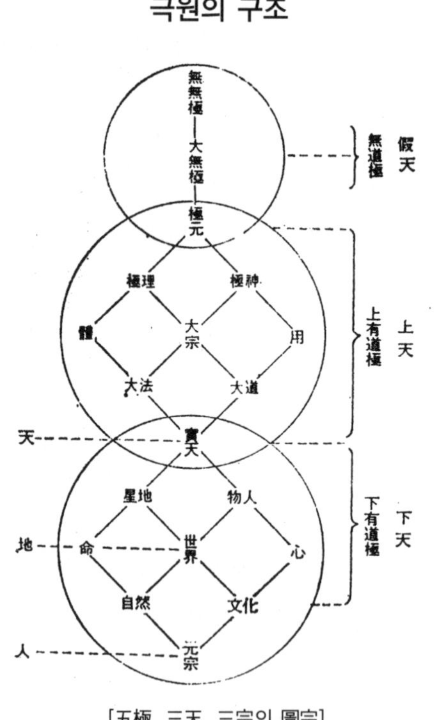

[五極, 三天, 三宗의 圖宗]

Ⅱ. 도(道)의 구조 – 극원철학

소래의 우주론의 대강을 도경에서는 오극(五極) 삼천(三天) 삼종(三宗)으로 이루어진다고 한다. 도(道)는 이 길을 거쳐 가면서 전개하며 진화한다고 말한다.

5극은 극원(極元) 대종(大宗) 실천(實天) 세계(世界) 원종(元宗)으로 체계화 하였다. 다시 부연하면 극원이 발하여 대종에 이르고 대종이 작(作)하여 실천이 열리고 실천이 화(化)하여 세계(世界)가 되고 세계가 진(進)하여 원종이 섯으니 이를 5극이라 말한다.

그러나 5극이라고는 하나 그 계점

(界点)은 오직 극원의 한 극일 따름이다. 즉 5극으로 분화되었지만 뿌리는 극원에 있음을 다시 강조하고 있다.

다음 3천(天)이란 가천(假天) 상천(上天) 하천(下天)의 셋이다.

3종(宗)이란 천(天) 지(地) 인(人)으로 구조되어있다. (그림참조)

소래는 종으로 5극을 순서적으로 배열하여 극원으로부터 세계의 게(階)인 자연과 문화까지를 유도극(有道極)이라 이르고 다시 실천을 중심으로 하여 그 위의 극원까지를 상유도극(上有道極) 실천의 아래 문화까지를 하유도극(下有道極)이라 한다.

그리고 극원위에 다시 대무극(大無極)을 가상(假想)하고 또 대무극 위에 무무극(無無極)을 상정(想定)하여 대무극부터 극원까지를 무도극(無道極)이라 한다. 그리하여 무무극과 대무극을 가천(假天), 극원으로부터 실천까지를 상천(上天), 실천부터 문화(文化)까지를 하천(下天)이라 한다.

다음 실천을 천(天) 세계를 지(地) 원종을 인(人)이라 하여 실천 세계 원종의 셋을 천 지 인 3종(宗)이라 한다.

1) 극원(極元)

도경에 의하면 극원은 가천과 상천을 잇는 자리로서 유도극의 정점에 자리잡고 있는데 소래의 도철학(道哲學)의 본원이다.

즉 천지 대원은 출어도(出於道)라 천도(天道)의 대원은 도도아니오 천도 아니니라 실로 천도 그 이상의 한 극에 있나니라 한 극이란 무엇인가 이르되 극원(極元)이니라 하였다. 따라서 소래의 철학을 극원철학(極元哲學)이라 함은 이에 연유한다.

그러면 극원은 어디서 연유하는가 그는 우주의 시원(始源)에 대해서는 이렇게 말한다.

거저 "없덜없"(無減無 卽 無無極)이 있나니라 "없덜없"은 사람의 인식은 물론이오 상상도 미치지 못하는 것으로 "거저 절대묵(絕對默) 그럴뿐이라"라고 한다.

"없덜없"이란 더 덜것이 없는 무(無)로서 그것이 극(極)한바에 변하여 "없더없"의 게(階) 즉 어떤 턱이 된다는 것이다.

생각컨대 극한 바에 변한다는 뜻은 더 덜것이 없는 무무무(無無無)의 상태의 궁극에 이르러서는 그것이 움직이기 시작함으로써 "없더없"으로 들어난다는 것이다. 여기서 게(階)라는 말은 단계나 상태 존재 양상의 뜻으로 이해되며 이제 "없덜없"의 게에서 유(有)의 게로 진전함으로서 무에다가 무엇이 가(加)하여져서 그 게가 바뀌어진 것 같지만 그러나 그것은 가(加)의 최초의 게임으로 더 가할것이 없는 "없더없"(無加無)이다. 고로 이것은 벌써 무가 아니라 유(有)이다. 그런데 비록 유이지만 무와 전연 다른 것은 아니다. 따라서 그것은 무도 무한 무무(無無)가 아니므로 오히려 큰무(大無)이다. 무무는 오히려 무무무이오 대무(大無)는 마침내 유유(有有)하리라고 한다.

그리고 "없더없" 즉 대무극은 따라서 무시(無始)의 먼저(先)이오 무상(無上)의 위넘(上)이므로 이 게는 다만 소래 같은 대철아(大哲兒) 만이 홀로 탄소(嘆笑－獨笑)할 피피안(彼彼岸)의 경지이니라. 대철아의 독소인(獨笑岸)이니라고 적고 있다.

그런데 이와같이 무애서 유로 전진하는 것은 무자체의 고자(欲望)임으로 그것은 타자의 인(因)에서 말미암음이 아니고 무나 유의 스스로 그러함(自然)이다. 소래는 이 자연을 허무적멸(虛無寂滅)의 공공해(空空海)에서 풍도(風濤)가 일어나듯이 스스로가 그런 것이란 뜻으로 극(極) 스스로 그러함이다 라고 보고 그것을 자연(自然)으로 표시하고 즉 극자연(極自然)의 원인이라고 말하였다.

이렇게 무에서 유로 진전한 유(有) 즉 "없더없"에 있어서는 그 고자가 마침내 한 검(•)(존재의 표시)의 게로 된다. •(검)은 유유(大無)의 극인자(極因子)이니 "있"과 "고자"의 한 극(極)이니라고 말하고 있다.

다시 말해서 이제까지는 무로서 "없"이였던 것이 이제 유로서 "있"이 되었다. "있"은 있음의 뜻으로 유(有)이다. 따라서 "검"은 "있"의 최초의 인(因)자 즉 유유의 극인자(極因子)이며 또 그것은 "없"이 〇으로 진화하여 •으로 된

게이며 "고자'의 최초의 발동이다. 한 극이란 일극(一極)으로서 최초란 뜻과 통체일자(統體一者)란 뜻을 겸한 말이다.

"검"이 진화하여 만신(万娠)이 되면 그것은 극원(極元)으로 이루어짐으로 "검"의 원(元)과 "고자"(欲)는 혼륜(渾淪)으로 배합되여 "있고자"로 들어나 그의 실현을 재촉한다. 이 게에서는 원(元)이 이루어져 극리(極理)로 되고 고자는 영(靈)으로 자라서 극신(極神)으로 된다.

"있고자"란 무엇이 하고자 또는 무엇으로 되고자의 뜻이다. 이것을 극리를 이룬 원(元)이라고 한다. 즉 극원의 원은 만리(萬理)의 한 극으로서 일리(一理)이지만 극원의 극리는 "이룬 원(元)"으로서 진화하여 구원(九元)으로 되며 말하자면 구리(九理)로 이루어진 것이라고 할 수도있다. 따라서 구원으로서의 극리는 만리(萬理)의 원(原)판 이라는 뜻이 된다.

극리(極理)는 무엇이든지 어디든지 모두의 원(原)판이다. 이와같이 만물의 일리(一理)이므로 꽃으로 보면 우주가 모두 꽃이오 나비로 보면 세계가 다 나비로 되는 것이라는 말과 같다.

고로 극리는 극신을 주재하는 원리가 되는 것이다.

다음 극신은 모두의 됨이오 항상의 함이니라 또 어디든지 앎이 있으며 언제든지 삶이 있으며 하니라 라고 하여 극신은 극리를 구현하는 용(用)이라고 본다. 따라서 극신은 작용적(作用的) 존재로 드러나 함과 됨, 앎과 삶(知 生)의 자체라고 말할 수 있다.

즉 극신은 극묘(極妙)로서 하나의 생명체의 근원이며 유위작용(有爲作用)과 인식작용(認識作用)을 하는 존재이다.

그러나 다만 극신 홀로는 작용할 수 없고 그것은 어디까지나 극리에 쫓아 극리를 구상화(具象化)할 뿐임으로 극리인 극진(極眞)은 극신의 극묘를 통하여 자신을 실현하는 것이라 할 수있다.

극진으로 하여금 그 진(眞)함은 존(存)케하며 극묘로 하여금 그 묘(妙)를 발(發)케 하며 이것은 우주의 전생명(全生命)이오 온우리의 총지속(總持續)이니라 하였다.

이와 같이 극리와 극신은 서로 떨어질 수 없는 관계에 있는 것이다.

극리는 만물이 되게끔 하는 원리오 극신은 만물이 되는 자료이다.

꽃과 나비를 비유로 말하기를 꽃과 나비의 그 꽃과 나비와가 되겠음은 극리(極理)이오 꽃과 나비와의 그 꽃과 나비와가 됨은 극신(極神)이니라 하였다.

따라서 극리와 극신은 다만 하나의 극원(極元)의 양면이다. 그러므로 궁극을 따지면 그것은 꽃도 아니오 나비도 아니라 다못 극원의 붉음이오 극원의 날음이니라는 말로 설명할 수 있다.

2) 대종(大宗)

소래 철학에 있어 대종(大宗)은 극원(極元) 다음의 게(階)이다.

극원에서 극리와 극신이 서로 상승(相乘)한 적(積)이었다면 대종에 이르러서는 극리 승 극신의 적으로서 유도극(有道極)의 대종이라고 할 수 있다.

따라서 여기서는 극리는 극신을 수(須-기다려서)하여 큰 "감"이 되고 극신은 극리를 준(準-비기어)하여 큰 "임"이 된다. 큰 "감"은 구원(九元)이니 큰 "임"의 자본(資本)이오 큰 "임" 즉 지령(至靈)이니 큰 "감"의 발력(發力)이니라 한다. 이 자본이 없으면 큰 "임"이 능히 발력되지 못하며 이 발력이 없으면 큰 "감"이 능히 자본되지 못한다. 다시 말해서 극원에서의 원(元) 즉 극리는 무엇이든지 어디던저 모두의 원판이며 극신은 모두의 됨이오 항상의 힘이니라고 하였는데 이것이 대종에 이르러서는 극리와 극신이 서로 기다리고(須) 비기는(準) 관계로 발전된다. 즉 극리는 극신을 기다려 큰 감(資本-體)이 되고 극신은 극리를 비기어 큰 임(發力-用)이 된다는 것이다.

따라서 "감"은 "있"의 구상(具像)이오 "임"의 "고자"의 구현으로 발전하게 되는 것을 말한다.

큰 감의 구상으로서 구원(九元)을 말하는데 구원은 "검"의 진화로서 분화된 것을 말한다. 이것은 검의 만신(滿娠)한 게로서 이루어진 태원(太元)과 태원이 분화한 팔지원(八支元)을 합한 것을 지칭한다. 이는 결국 검의 진화한 게로서의 구상(九像)으로 구상화(具像)된 것을 말한다.

대종의 게에서는 극원의 "있고자"(있×고자) 즉 극리(있)와 극신(고자)은 이제 큰 "감"과 큰 "임' 즉 "큰감임"으로서 사호수준(相互須準) 함으로써 대법(大法)과 대도(大道)로 드러난다.

따라서 대종은 천지인(天地人) 천상 천하 온우리의 총사(總司)이오 유도(有道)의 본부가 된다는 의미이다.

여기서 위의 총사의 의미는 무무극(無無極)에서 대무극(大無極)을 거쳐 극원에 이르러 극리와 극신의 작용으로 진화되고 다시 대종에 이르러서는 극리 승(乘) 극신의 적(積)으로 "감"과 "임"의 구상(具像)이 생기고 "고자"의 구현이 이루어짐으로서 천지인 천상 천하의 총지휘부로서의 역할을 담당하게 된다는 의미이다.

또 대종에서 "큰임"이 "큰감" 그대로 실현하겠다는 입안(立案)이 확립되니 이를 대법(大法)이라고 한다.

대법은 선악이 없으며 정사(正邪)가 없으며 관엄(寬嚴)이 없으며 조종(操縱)이 없으며 한극(一極)의 본진(本眞)이니라 하였다. 그저 되게할뿐 하게할뿐이다. 즉 대법은 극자연(極自然) 스스로 그러함의 법칙이 되는 것이오 한극(極元)의 본진(本眞)이다.

대도(大道)란 대종에서 "큰임"이 대법(大法) 그대로 실행함이 있음을 대도라 이르니라. 즉 대종은 유도(有道)의 본부 구실을 하게된다.

따라서 대도는 선악이 없으면서 선악이 있게하고 정사(正邪)가 없으면서 정사가 있게하며 관엄(寬嚴)이 없으면서 관엄이 있게하며 조종(操縱)이 없으면서 조종이 있게하는 극(極)의 본능(本能)이니라. 그러기에 대법은 극자연(極自然)의 법칙이오. 대도는 즉 그의 시발(始發)로서 한 극의 본능이 된다.

결국 극리와 극신은 대종의 생(生)이오 대법과 대도는 대종의 성(成)이므로 대종은 상천(上天)과 하천(下天)의 일대윤전(一大輪轉)이라 말할 수 있다.

3) 실천(實天)

극원의 극리가 기다려(須) 큰 감(資本─體)이 되고 극신은 극리를 비기어

(準) 큰 임(發力-用)이 되는데 감은 "있"의 구상(具像)이오 임은 "고자"의 구현(具現)이다 대종의 게에 이르면 극원의 있고자(있×고자) 즉 극리(있)와 극신(고자)은 이제 큰 감과 큰 임 즉 "큰감임"으로 상호 수준함으로써 대법과 대도로 들어나게 된다.

이 대법은 극원의 본진(本眞)이오 대도는 극원의 본능이라 할 수 있다.

환언하면 대법은 우주의 극자연(極自然)-즉 스스로 그러함)의 법칙이오. 그것은 또 본진(本眞)이기도 하다. 대도는 그 시발(始發-動力)로서 극의 본능(本能)이기도 하다.

이와 같이 실천의 게에서는 감 · 임(감×임)의 수준(須準-기다리고 비김)으로 말미아마 극리와 극신의 승화(乘化)로서 "있"의 극기(極基-만유 건설의 턱)가 열리어 극소(極素-원자)가 차(滿)이고 고자의 극력(極力)이 발하여 극기(極機-틀)가 동하여 태조가 시(始)하고 태화(太化)가 작한다.

따라서 실천의 게는 "있"이 실(實)의 "있"으로 그리고 "고자"는 실의 됨으로 들어나는 직원(直原)이 되는 것이다.

이에 극리의 원분(元分)은 원림(元林)으로 주밀해지고 극신의 영자(靈子)는 영해(靈海)로서 양활(洋活)해진다.

이로서 실천의 게에 이르러 드디어 형상적 세계(形象的世界)의 시발이 시작되는 것이다. 고로 "있"이 차고 "고자'가 떨치어 비로서 실화(實化)가 표현된다. 이제 관념의 세계에서 형상적 세계로 윤전(輪轉)이 이루어진다. 우주의 만화만상(萬化萬像)이 털끝만치도 이에서 벗어남이 없는 것이다.

극원의 처음부터 실천까지 됨이 있음은 즉 극자연의 유도(有道)이니 고로 상유도극(上有道極)이라 말한다.

극원 이전의 대무극은 무도극(無道極)이 된다. 대도(大道)는 대종에서부터 그이하의 총유도(總有道)를 이름하니 그것도 대종 이전에는 유도(有道)가 대성(大成)치 못한 까닭이다.

또한 실천 이하의 자연과 문화의 게를 하유도극이라 한다.

무형계(無形界)를 모두 천(天)이라 한다면 상유도극은 실천이라기보다 상천(上天)이 되며 대무극 무무극은 즉 가천(假天)이라 할 수 있다.

다시 말해서 극리에 극신이 승(乘)함은 대종의 생(生)이오 대법에 대도가 작(作)함은 대종의 성(成)이니 그 생이 성함은 우주의 일대 윤전(진화 발전)이다. 극리로서의 대법은 대종의 체(體)가되고 극신으로서의 대도는 대종의 용(用-作用)이다.

극리는 대종의 명(命)이니 명에 존심(存心)한 대종의 덕(德)이 즉 대법이오 극신은 대종의 심(心)이니 이에 솔명(率命)한 행(行)은 즉 대도이다.

큰 종에서 큰 소리가 나고 튼튼한 씨에서 살찐 움이 싹틈과 같이 극리의 명과 극신의 행이 충실함은 당연한 일인즉 대도 대법에 의한 실천에서의 태조(太祖) 태화(太化)는 우주 진화 발전에서의 필연의 결과라고 할 수 있다.

이와 같이 대법이 서고 대도가 하여 극기(極基)가 열리고 극력(極力)이 충만하고 극소(極素)가 차고(滿) 극기(極機-틀)가 움직임으로 인하여 태조(太造)가 비롯하여 태화(太化)를 재촉하니 이 게를 실천이라 한다.

생각컨대 극기(極基)란 극우 극주(極宇極宙-무한시간 무한공간)의 적(積)으로서 극소(極素-原子)의 장(場)이라 할 수 있다.

즉 태조(太造)의 시초에 극기가 열리고 그안에 힘으로서의 극력(極力)이 나타나는데 그것은 극기안에 극소들이 충만함으로 극기(極機-극소를 담고있는 틀)가 움직여 그것이 극력으로서 활동하게 된다는 것이다.

소래는 극기(極基)를 마유 건설의 밑 "턱"으로서 그것은 문어짐이 없으며 비인데(空) 없으며 하니라 하였다. 즉 불괴(不壞) 불허(不虛)라는 말이다.

따라서 진화한다 하여도 그 "턱"안에서의 순환이며 우주라 하여도 그 "턱"안에서의 지정이니라 한다.

또한 극기(極基) 위에 극기(極機)가 버풀어지고 그 속에 극소가 모아져서 극력이 일어나니 이에 극세(極世-처음 세계)가 표현되어 성지(星地)가 열리게 되느니라 하였다.

극기와 극소, 극기(極機)와 극력의 관계를 정(靜)적 동(動)적으로 변별할 때 정은 원적(元的)이며 동은 영적(靈的)이라고 할 수 있다. 극기 극소는 원승

영(元乘靈)의 적(積)으로서 동적이 된다. 이로부터 동적은 모두 영적이오 정적은 모두 원적이다. 극리는 정적, 극신은 동적이라고 할 수 있을것 같다.

극기 극소의 극기 극력으로 말미아마 극세가 표현되는데 극세란 세계의 시초의 세계가 된다.

이제 우리 눈에 보이는 실세계가 펼처지는데 그것은 세계의 게로서 표현된다.

4) 세계(世界)

극기(極基)위에 극기(極機)가 베프어져 있고 그 속에 극소(極素)가 모여져서 극력(極力)이 일어나 이에 극세(極世)가 표현됨에 성지(星地)가 열리게 된다.

이 성지를 묘사하기를 부지(不知)커라 성지는 기억조(幾億兆)가 있으며 극세의 밖은 기억조 리(里)나 되는가 그 무한의 공간을 가정하여 극우(極宇)라 한다. 부지커라 성지가 있은지도 기억조운(幾億兆運)이나 되며 성지가 없어질 때 까지는 또한 기억조운이나 되는가.

그 기억조운의 먼저는 어떠한 꼴의 경(境)이었으며 그 억조운의 뒤는 또한 어떠한 꼴의 경이겠는가. 이의 호망(浩茫)한 시간을 가정하여 극주(極宙)라 이르니라 하며 성지를 설명하고 있다.

이제 성지로부터 물인(物人)이 화생(化生)하니 이에 세계(世界)가 형성되니라 하였다.

그런데 극세가 실천속에 잠기어 있음은 그 꼴이 와란(蛙卵)의 전포(全胞)와 같으니라고 하였으니 물인(物人)의 생식 진화의 모습을 예리하게 관찰하고 있는 것 같다.

성지는 물인(物人)의 "턱"으로 질(質)이니 실천(實天)의 제1화(化)이다. 물인은 성지의 꽃이오 과(果)이니 실천의 제2화이다. 또한 지(地)는 성(星)의 전성(全成)한 것이오 인(人)은 물(物)의 진화한 것이다. 따라서 지구는 극세중에서 마침내 전성(全成)되었으니 만물이 진화하는 과정속에 있는 세계로 되었다.

이 진화하는 세계는 이제 극원의 원이 분화된 구원(九元)의 오합격(五合格)을 얻어서 5형(形)의 게를 이루게 되는 것이다.

5형이란 산형(散形) 고형(固形) 삼형(森形) 궁형(窮形) 초형(峭形)의 다섯형이며 5형의 5물(物)의 순서는 용(容) 정(定) 생(生) 각(覺) 영(靈)의 5도(度)의 계단으로 설명하고 있다. 5물은 형(亨) 광(鑛) 식(植) 동(動) 인(人)의 다섯이다.

형물은 기체로서 용적(容積)만 가질뿐 무형임으로 산형(散形)이라 하고 광물은 고체로서 정형(定形)으로 되었으니 고체요 식물은 생명이 있는 것으로 직립(直立)은 하지만 움직이지는 못하고 병생 병립(並生並立) 함으로 삼형(森形)이라 하고 동물은 감각작용이 있어 다한것임으로 궁형(窮形)이라 한다.

마지막 인간은 심령(心靈) 작용이 있으며 직립(直立)하여 움직이므로 초형(峭形)이라고 표현하였다.

그리고 형물을 실천의 제1화(化)로서 원과 영(元 · 靈)의 일방승(一方乘)이라 하고 광물은 제2방승 생물은 제3방승 동물은 제4방승 인간을 제5방승이라 하는데 인간보다는 더 진화할 게단이 없는 것으로 보고 또 그것은 9원(元)의 5합격(合格)을 다한 것임으로 오히려 본원(本元)에 복화(復化)하는 것이라 한다.

따라서 사람은 문화발달을 주장 주관하나 동식광형의 4물(物)은 다만 자연위화(自然爲化)만 존속할 뿐이다.

여기서 세계로서의 문화의 발달과 자연의 위화의 개념이 정립된다. 따라서 자연은 성지의 진화한 것이오. 문화는 물인(物人)이 발달한 것이다. 그리고 자연은 실천(實天)의 진상(眞相)이오 대종의 실작(實作)이며 그 정점이 사람이 된다.

문화는 사람 스스로의 함(自爲) 이오. 실천의 제3화(化)라 할 수 있다. 이에 자연과 문화를 대조해 보면 이러하다.

자연은 실천의 진상이오 대종의 실작으로서 진(眞)하고 실(實)한 것 즉 진실한 것이다. 따라서 자연을 깨달은 사람은 그 진실을 획득한 사람이오 자연을 즐기는 사람은 스스로 진실하다. 그러므로 항상 자유이며 모두 본연(本然)이라는 것이다.

강천(江天)에 기러기 우는 소리는 그 절제가 없으며 강가의 버드나무는 그 색에 허식이 없다. 꽃은 꽃이오 나비는 나비다. 그러나 그 꽃은 나비를 이롭게 하며 나비는 꽃을 돕는 관계에있다. 자연은 서로 이(利)하며 서로 돕는이라 자연의 정점은 사람이니 사람 스스로의 함을 문화라 한다.

문화는 대도(大道)의 과실(果實)이 익어짐으로써 자연의 환롱(幻弄)이니 실천의 제3화이다.

문화는 우주의 소유도(小有道)이며 아도(亞道)의 내력(來歷)이오 세계의 침진(侵進)이라 한다.

따라서 세계는 아도의 길에서 선악 양방면으로 전진함으로 허위 사기 간사 음학 압제 등등 악이 수반하여 그것이 극하면 흉천마세(凶天魔世)가 스스로 온다. 그러나 선도 또한 그와 정비례로 전진하여 마침내 정천제세(正天濟世)의 새로운 문제가 머리를 들게 된다. 이것이 원종(元宗)이 하여야 할 일이다.

Ⅲ. 원종(元宗)

극원철학에 있어서 제5극 원종을 별도의 장으로 분설하는 이유는 다음과 같다.

대도(大道)는 천의 대종에서 하고 아도(亞道)는 인(人)의 원종에서 하느니라 함과 같이 대종의 게에서 대도는 그 중심을 이룬다면 세계(현상세계)의 게에서의 자연과 문화는 인(人)의 원종이 중심이 됨으로 이는 대도에 대한 아도(亞道)가 이루어 진다고 할 수 있다.

다시 말해서 세계의 중심이 되는 원종은 결국 대종의 대도와 부합(符合-大宗元符의 뜻) 됨으로 대도와 원종의 관계가 이루어지게 됨을 의미한다. 결국 유도극을 넘어선 인(人)의 세계속에서의 전개는 원종이 주임(主任)의 자리에 서게됨을 말한다.

원종은 극원의 극과(極果)이오 대도의 아도(亞道)이니라. 극원이 발하여 대종에 이르고 대종이 작(作)하여 실천이 열리고 실천이 화(化)하여 세계가 되고 세계가 진(進)하여 원종이 섰으니 이를 5극이라 한다. 그러나 비록 5극이라하나 그 계점(界点)은 오직 극원의 한 극일 따름이니라 하였다. 그렇다면 원종을 극원의 극과로 직결시킨다는 것은 마치 과실이 그 속에 그 나무의 모든 것을 내포하듯이 극원의 모든 것을 원종속에 포함하고 있다는 뜻이다. 그런고로 자연과 문화속에서 원종이 그 중심을 이루고 인간 역사속에서 그 주임(主任)의 역할을 담당하여야 한다는 구조로 이해되어야 한다.

따라서 대도를 비기면서(準) 전개되는 인간의 역사는 아도(亞道)로서 꽃을 피우게 된다.

문화란 무엇인가.

문화는 대도의 과실이 익어감을 뜻한다. 자연의 정점은 사람이니 사람 스스로의 함을 문화라 한다.

따라서 문화는 자연의 환롱(幻弄)이오. 우주의 소유도(小有道)이오. 세계의 침진(侵進)이니라는 말은 대도로부터 의 소외를 내포한다.

고로 매양 선악 양방으로 나아가니 이는 극원의 나누임이 가장 말초(末稍)에 이른 것 때문이다. 허위 사기 간사 음학 쟁탈 압제 구속 등등 온갖 악은 오직 문화속에서 볼 수 있는 현상이다. 이것이 극하면 흉천 마세(凶天魔世)가 생긴다. 그러나 이에 정비례하여 선도 또한 진(進)하여 마침내 정천 제세(正天濟世)의 문제가 머리를 들게된다.

이 문제는 자연(自然-그저 그러함)으로서의 극원을 체득하여 문화상 인도의 종(宗)으로 용(用)이된 원종의 목적이니라 하였다.

결국 원종은 총자연의 밑턱을 개척하여 극문화(極文化)의 건설을 대성함에 그 목적이 있음을 말하여 준다.

다시 말하면 극원으로써 대도가 출(出)하고 대도가 익어서 아도(亞道)가 나타난다. 따라서 유도극(有道極)은 결과적으로 자연과 문화의 양계(兩界)뿐이 되었다.

원종은 대도의 석과(碩果)이오. 극원의 통발(通發)이며 유일한 아도(亞道)

로서 그 소임을 담당하게 되는 것이다. 이제 원종은 세계라는 역사속에서 정천 제세(正天濟世)의 목표를 향해 공부(工夫)하고 노력하여야 할 것이다.

다음으로 원종이 꿈꾸는 아름다운 세계는 어떤 것인가. 소래의 화소접무도(花笑蝶舞圖)를 통하여 그 이상향을 소개하고자 한다.

꽃은 기뻐서 웃는 것이오 나비도 기뻐서 춤추는 것이다. 이것은 장래 새 세계의 평화와 행복을 비유한 것이다. 꽃은 어찌해서 그리 기뻐서 웃느냐 하면 나비가 오는 것을 반가와 함이오 나비는 꽃이 핀 것을 반가와 함이니 꽃의 수분을 매개하는 자연의 사절인 때문이다.

꽃이 아무리 잘 웃어도 꿀이 아니면 나비가 오지 않을 것이오 나비가 아무리 춤을 잘 추어도 꽃은 중매를 잘 서 주지 않으면 꽃이 그를 향해 웃지 않을 것이다.

이와 같은 것은 꽃은 그 자아(自我)의 중매를 위해서 꿀을 주고 나비를 향하여웃는 것이오 나비는 그 자아의 감식(甘食)을 위해서 꽃을 향하여 수분(授粉)하기에 바빠 춤추는 것이니 결코 꽃이 나비를 향하여 웃는 웃음이 아니오 나비가 꽃을 위하여 추는 춤이 아니다. 꽃이나 나비가 각각 그 자아의 생존 번영을 위하는 동시에 남을 위하는 수요 공급의 관계가 되게 된 이러한 자연법칙에 의한 보응률(報應律)을 선자연(善自然)이라 한다.

자연 보응은 다 상호간 적(適)한 것이기 때문에 적자선(適者善)이오 반대로 약육 강식과 같은 연쇄보응(連鎖報應)은 강자에게 적하고 약자에게는 부적자악(不適者惡)이니 즉 악자연(惡自然)인 것이다.

인간은 어디서든지 악자연을 저주하고 선자연을 구가하여 이 세상이 어서 빨리 화소접무와 같은 좋은 시대에 이르기를 동경하여 마지않는다. 각각 자연의 생존 발양을 위함과 동시에 남의 아(我)의 생존 발양을 잘 위해 주게끔 사회제도 또는 도덕이 그렇게 병행 성숙된 때를 소래는 역사 발전의 과정에서 대공화라 이르고 마침네 제도란 잊어버리고 다만 자연과 도덕에 의하여서만 그렇게 되는 때를 무국(無國)이라 말하였다.

지금 세계사는 아마도 소공화를 넘어서 대공화로 진입하는 지구촌시대라고도 볼 수 있다.

소래는 우주를 조감하면서 이는 대철아(大哲兒)만의 탄소(嘆笑)할 피피안(彼彼岸)의 지경이라고 말한 것 같이 그의 우주론은 난해한 것으로 마치 큰 산을 산아래에서 바라보는 격이 되어 감히 언급하기 힘들었다. 고로 될 수 있는 대로 원문에 충실하면서 표현하다보니 글이 순조롭지 못할 뿐만아니라 내용이 불충분하게 됨을 솔직히 말하지 않을 수 없다.

또한 소래의 극원철학은 동양에 있어서는 설리학(性理學)의 이기론(理氣論) 이후 가장 방대한 철학적 이론체계로서 앞으로 많은 석학들의 연구가 있기를 희구하며 또한 번역을 통하여 세계적 학문 이론으로 발전되기를 간절히 소망하는 바이다.(李鍾喆)

18. 천도교 3년의 제세(齊世) 목적 실패

천도교의 인내천(人乃天)에 끌렸으나 극원(極元)철학과는 근본 관점이 달라서 실망했고, 광제창생(廣濟蒼生)도 소래선생이 생각하는 제세구국(齊世救國)의 이념과 거리가 멀었으며 무엇보다 천도교의 백만교단(百萬敎團)을 독립운동의 기반이요 역군으로 삼자던 내심계책은 '천도교는 정치활동불허' 라는 수운선사의 방침이어서 부득불 '천도교 개혁' 을 도모하다가 출교당하여 실패하고 말았다.(1909~1912)

1907년 「대한매일신보」에 실린 논설 "일진회 규탄"의 글을 읽고 개화사상으로 큰 전환을 하였다는 소래선생은 "소위 신학문"이라는 개화사상을 지금까지 일제침략의 주구로만 인식하였는데 개화사상 속에 숨은 자주성, 주체성에 감동하고 자신의 부정적 생각을 바꾸었다.

그는 애국계몽사상에 공명하면서 1908년 향리에 신학문을 가르치는 연명

학교를 설립하였다. 이 시기 소래는 부친의 권고로 천도교에 입교한 후 서울에 올라와 천도교의 교리공부를 시작하였다. 그는 구국운동의 한 방편으로 천도교를 이용하고자 생각하였다.

당시 천도교의 사정을 살펴보면 천도교는 1906년 일진회와 결별하고 종교운동, 사회운동, 계몽운동에 힘을 기울였다.

천도교는 반일적인 입장을 보이지 않았으며, 그렇다고 친일적인 경향으로 가지 않았다. 은인자중 중립적이었다. 천도교 지도부는 통감부의 정책이나 시정을 전혀 비판하지 않았다. 현실적으로 일본과 대립한다면 천도교의 교세 확장에 불리한 영향을 끼칠 가능성이 높았고, 동학운동 시기의 탄압은 받고 싶지 않았다.

천도교는 교도들에게 각기 자기 천직과 의무에 충실하면서 오직 실력을 양성해야 한다고 주장하였다. 실력양성론은 점진적인 방법인 신교육과 식산흥업을 통해 국권회복을 이룩하겠다는 이 시기 계몽운동의 기본적 입장이었다. 천도교는 민중들의 의병활동과 같은 무력을 통한 국권회복운동을 크게 비판하였다.

천도교는 일진회를 친일집단으로 규정, 온 국민이 지탄이 일어나자, 일진회와의 모든 관계를 끊고 떳떳이 종교활동에 전념하였다.

소래는 매국적인 합방 청원서를 제출한 일진회를 증오하면서 천도교의 교화사업, 교리사업에 깊은 관심을 가졌다. 천도교의 중앙총부는 교도들의 정신 향상에 주력하면서 일체감을 일으키고자 노력하였고, 1910년부터는 사범강습소를 설치하여 교리와 학술을 가르쳤다. 또한 천도교 월보사가 설립되면서 종교의 전파와 온 민족의 개화를 목표로 삼아 출판사업을 지향하였다. 일제는 합방을 목전에 둔 상황에서 순수한 종교적 글과 교인들의 소식만을 싣도록 했다. 1908년 손병희는 제4대 교주 박인호에게 교통을 넘겼고, 박인호는 천도교도들에게 모든 정치 활동을 엄금하였다.

천도교 월보 주간 이교홍이 합방을 반대하는 서한을 각국 영사관에 발송한 사건이 일어나자 일제는 교인들을 감금하고 간부들이 구금되어 문초를 당하였다. 소래선생은 영흥의 천도교 세력을 배경으로 중앙총부에서 교리를 가르치는 일을 담당하면서 차츰 천도교의 내부 사정을 확인하고 실망하기 시작하였다.

그러면서 1910년 9월부터 소래는 천도교회 월보에 교리를 칭탁한 극원철학 이론의 논설 해설의 글을 10회에 걸쳐 실어서 발표했다. 그러나 그것은 자신의 철학을 바탕한 극원의 입장에서 본 교리요 천도교의 교리가 아니었다. 즉 원종의 사상이요 철리였으며 천도교의 사상이 아니었다.

소래선생의 천도교 비판은 상부구조 지도층의 호화생활이나, 무지한 민중을 착취한다, 일반교도 위에 군림한다는 등이었지만, 더욱 본질적인 이유는 천도교가 종교운동만 매진할 뿐 사회의식, 역사의식을 외면하고 있는 데 있었다.

그는 영흥으로 돌아가 천도교 청년강학회를 열었고, 천도교 계열의 젊은 이들을 중심으로 '2·1결의단' 비밀결사를 조직하였다. 중앙총부에서 천도교의 교리 강의를 담당하면서 소래는 천도교의 개혁을 주장하였다. 이러한 사실은 지도층 인문들에게 거부감을 주었고 그는 출교당하였다.

그는 천도교 개혁운동을 조선혁명의 시발로 규정하였다. 그러므로 출교를 당하였지만 고향 영흥에 돌아와서 "천도교신인회"라는 개혁운동 단체를 조직함으로 함남 일대 천도교 세력 사이에 큰 관심을 불러 일으키게 되었다.

소래선생은 민족운동의 시작을 천도교의 애국계몽운동, 종교운동에 참여함으로서 시작하였지만, 그 자신이 주체가 되어 천도교 자체를 개혁하고자 하다가 배척을 받고 출교까지 당하였다. 자신이 창안한 극원철학과 원종의 이념은 새주의의 종교이면서 독립운동의 사상적 이론이 됨을 확신하였다.

소래선생은 불우한 환경속에서 역경을 극복하며 성장하였고 청소년기를 고뇌와 방황속에 산중수도(山中修道)로서 구세진결을 찾고자 하였다. 세상을 구원하기 위한 사상의 길을 걸어왔던 것이다. 그는 다시 구이봉(九而峰) 산실에 들어가 이론적으로 정립된 극원철학을 종교화하기 위한 명상에 잠겼다. 천도교에 대한 희망을 완전히 포기하고 난 후, 이 민족에게는 새로운 종교가 필요하다는 결론에 이르게 되었다.

소래선생은 1913년 1월 1일을 건원(建元)으로 선포함으로써 원종(元宗)을 창립했다. 원종주의는 봉건적 전제정치제도, 사회경제구조, 신분제, 가렴주의 등 모두를 부정하고 새질서 새사회를 건설하는 것을 목표로 하였다. 또한 무단통치하의 모든 정치 사회적 억압을 타파하고 사회를 개조하며 제도를 개혁해야 함을 주장하는 혁명사상이므로 일제관헌은 원종을 불온사상으로 취급하였다. 압박·피아박의 민족적 모순의 불합리한 현상이 제거되어야만 소공화(小共和)의 이상사회 건설이 가능하므로, 무국(無國)의 시대로 가려면 한국의 자주독립이 선결되어야 했다.

역사는 인격투쟁이므로 인물의 양성이 중요하며 원종주의자들을 육성한다면, 이 이념이 널리 전파된다면 독립운동은 필연적으로 일어나게 된다는 생각을 하였다. 이러한 생각을 가지고 있는 선생과 원종세력들은 국내에서의 활동은 더 이상 허용되지 않았다. 원종을 전법하고자 하여도 일제의 감시 때문에 더 이상의 활동은 불가능하였다. 사상이 준비된 이상 실천을 위해 출발해야 했다.

종교사상으로 원종은 동학→천도교→원종으로 이어지는 신종교의 분화과정을 밟는다. 원종은 동학의 인내천, 천도교의 문명개화론, 대한매일신보의 민족주의, 천도교 계몽운동의 근대주의를 거치면서, 어떤 점은 수용하고 어떤 요소는 배척하면서 한국 근대사상사에서 민중사상으로 자리잡았다.

종교사상으로 원종은 나름대로 종교사적 체계나 교리체계를 지니고 있다고 생각된다. 그러나 원종이 독립운동의 이론과 사상으로 발전한 점은 보국안민, 광제창생의 역사의식에서 출발했다. 또한 소공화, 대공화, 무국의 정치사회의 구현과 공동 노동과 분작을 통한 경제체제, 신앙공동체, 농촌공동체 등 이념공동체를 구현하려고 하였다.

제 7 편 동만으로 망명가서 반일독립운동과 원종주의촌을 건설하다.

19. 연해주의 동병(動兵)을 기다리며

> 선생은 간도로 망명하여 처음은 북간도 훈춘(琿春)에서 노령(露領)의 연해주에서 나온다는 독립군 동병(動兵)을 기다리며 학교 훈장을 하면서 반일투쟁을 단독으로 혹은 연합으로 펼치며 한편 원종(元宗)사상을 바탕으로 하여 창안한 농본 정책인 다복식(多福式) 정책을 시험해 보려고 했다.

선생은 자서전에서

"나는 朝鮮안에서 일하기 틀린 것을 覺悟하였다.

놈의 눈살(총독부 고등 촉탁 孫이 무슨 놈)이 日復日 더 緊張해지는 것을 보고는 同時에 도 同志들의 덤비는 꼴아지가 하도 조마조마하여 나는 速히 다른 動法을 생각하게 되었다.

이에 滿洲에 나와 農村主義의 깃발 아래에서 無資本主義로 일할 것을 決策하고 곧 鄕湖에 돌아와서 擬態方法으로 酒色界에 放狂하다가 二年 春에 살짝 東滿으로 벗어져 버리었다.

姓名을 元伯으로 變하고 元宗을 裏面에 품고 먼저 右路를 취한 것은 무슨 의미였던가?

世紀의 前後가 갈라지는 이 때를 暗示하는 時運의 큰 號砲가 터질 것을 期待하던 甲寅年……

「이 해에는 꼭 動兵해 나온다…」라는 沿海州 獨立運動의 큰 消息! 이것이 나의 걸음을 右向시킨 唯一의 조건이었다.

琿春에시(城外 새풍이란 村에서 學校訓長 노릇을 함) 이미 들은 消息은 全部가 虛報였다."

라고 하였는데 이는 동만으로 만명가던 동기와 과정을 보여주는 대목이거니와 여기서 '二年 春'이란 건원(建元) 2년 즉 1914년 봄을 말하며 '甲寅年'

이란 1914년으로 이 해에 연해주에 있는 대한독립군이 대거 밀고 나온다는 소문이 간도지방에 파다했던 정황을 알 수가 있겠다. 그러나 이는 헛소문이었으므로 소래선생은 기독교우회에 장문의 '협동응합책'(協同應合策)이란 책문을 보내서 협동전략을 쓰자고 했지만 그것도 무위로 돌아갔다.

이때의 북간도의 상황은 대략 다음과 같았다. 두만강 건너 북간도는 합방 전후시기부터 국외독립운동 기지로 발전하여 이주 한인사회가 형성되어 있었으며, 간민회, 간민교육회, 기독교우회 등 독립운동단체의 활동이 활발하였다. 한말 애국계몽운동과 의병항전의 이념이 독립전쟁론으로 구현되었다.

그러나 선생이 망명한 시기는 1차 세계대전이 일어난 전후여서 일본측은 중국에 이주 한인들의 민족독립운동을 제지할 것을 강력히 요구하고 있던 때였다. 일본의 압력에 의하여 중국측은 이주한인들의 자치성격을 띤 민족운동단체인 간민회를 해산시켰고 민족운동은 침체기에 들어갔다. 합방 전후부터 활발하게 활동하던 민족주의자들은 산간오지로 숨고, 북간도 지역에 남은 배일한인 민족운동가들은 지하로 잠복할 수밖에 없던 때였다. 사회결사운동은 불가능하였고 단지 교육운동만이 민족운동을 대신할 수가 있었다. 이 상황은 1차 세계대전이 끝날 때까지 지속되는데 1910년대 초기의 타오르던 북간도 지역의 민족운동이 간민회가 해산된 후 한때 침체되고 바로 이 시점에 소래선생은 북간도에 뒤늦은 망명을 하였던 것이다. 한인사회가 크게 형성되어 있는 연길, 화룡, 훈춘, 왕청현 등은 종교운동을 일으킬만한 적당한 곳으로 판단되었지만 1914년 당시 북간도 한인사회에는 천주교, 시천교, 기독교, 천도교, 대종교 등 여러 종교가 이미 세력을 다투고 있어서 소래선생은 훈춘지역의 황병길이 이끄는 기독교우회 세력과 용정촌을 중심으로 활동하였던 간민회 등과 제휴하여 보았지만 그들과 뜻을 함께 할 수 없었다.

또한 노령 연해주 신한촌에 윤인중과 김전을 파견하여 그쪽의 독립운동 상황을 점검하였지만 그곳도 러시아 관헌의 탄압으로 권업회, 대한광복군정부의 활동이 중지되고 있었다. 1914년 1차대전 발발 이후 1917년 볼셰비키 혁명이 일어날 때까지 수년간 노령지역의 한인들의 모든 활동이 위축되어 있었다. 이강, 정재관, 이상설, 이동휘, 이종호 등 유명한 한인지도자들에 대한 체포 추방령을 내려지고 있었고 지금까지 연해주에서 활동하였던 지도자들은 일부는 피체 투옥당하고 혹은 만주지역으로 이동하거나 잠적하여 기회를 엿보고 있어야 했던 때였다. 선생의 자서전은 이런 정황을 말해주고 있거니와 이와같은 사정은 북간도 지역에서도 동일하였다. 민족운동가들이 국치 이후 북간도 각처에 이주 한인사회를 중심으로 독립운동 기지를 건설한 이유는 한민족이 적당한 시기에 이르면 제국주의 일본과 전쟁을 전개하여 민족독립을 쟁취한다는 생각이었다. 그와같은 전략을 독립전쟁론, 기회론, 독립군 기지건설론 등으로 실천하여 왔다.

한말 최대의 비밀결사였던 신민회는 국내에서 실력양성운동을 전개하면서 한편으로 국외에 무관학교를 설립하고 독립군 기지를 창건하여 기회가 오면 국내 전공을 하겠다는 독립전쟁 전략을 채택하였다. 서간도의 유화현, 삼원보 일대와 북간도의 용정촌, 명동촌, 노령의 신한촌, 소만국경에 자리잡은 밀산부의 한흥동은 그 대표적인 독립운동 기지로 발전한 곳이었다.

소래선생이 망명한 북간도 일대에는 많은 민족주의 학교가 설립되어 은밀히 독립군을 양성하고 독립전쟁을 준비하고 있었다. 그러던 중 1차 세계대전이 일어나자 북간도의 민족주의자들은 중일간에 국교가 단절되고 양국 사이에 전란이 일어날 것이니 이 기회를 이용하여 독립전쟁을 일으킬 준비를 하였다. 그들은 비밀집회를 갖고 암살대와 군자금을 모았다.

훈춘지방의 황병길은 중국군대와 연합하여 일제와 싸울 계획을 진행시켰다. 그러던 중 중국은 일본에 굴복하였고 간도 천지는 일제의 간섭이 시작되었다. 한인 독립운동가들은 추방되었고 중국관헌의 이주 한인들의 민족운동을 탄압하기 시작하였다. 모처럼 기다렸던 독립전쟁의 기회는 수포로 돌아가고 민족독립운동의 혐의자들이 검거되었다. 따라서 과격파 독립운동가들은 북간도 한인촌에서 쫓겨날 수밖에 없었다. 간민회 회원 중 과격파였던 이동휘, 정안립, 전일, 백옥보, 김강, 최빈 등은 중국 관헌의 추방 명령으로 노령이나 오지로 피하였고, 김하석, 계봉우 등은 체포되었다. 온건파였던 인물들은 사태를 관망하면서 정치적인 행동을 중지할 수밖에 없었다.

이러한 상황이 전개될 때 소래선생은 북간도에 도착하였고, 이 사태를 둘러본 후 백두산록 안도현 도전동으로 몸을 숨겼다.

20. 서간도의 덕운(德雲), 용천(龍川)으로 옮기다

> 정떨어지는 곳이기는 하나 서간도의 덕운(德雲), 용천(龍川)으로 옮겨서 노령등지의 내도산(內道山) 전투준비 소식을 기다리고 있었다.

이때의 상황을 자서전에서는

"먼저 간 두 同志의 消息이 하도 寒心하기에 不得不 저승길을 밟는 것과 같은 슬픈 걸음을 옮기어 所謂 德雲 龍川이란 정떨어지는 고장에까지 가게 되었다.

그때의 나는 決코 元宗을 主로 하여 일하려고 固執을 세우지는 않았건만 自來로 물어뜯고 잡아먹고 하기로만 일삼던 그 버릇을 오히려 悔改할 줄 모르는 派閥鬼들은 泰山같이 높이 믿고 나온 먼 나그네에게 限 없는 落心을 주었다. 德雲 龍川같이 정떨어지는 고장에서도 露領等地의 運動消息은 아주 徹頭徹尾하게 잘 들어 알게 되었다. 나는 너무나 識見없는 나의 속을 혼자 스스로 비웃으면서도 오히려 백판 거짓말인 內道山의 大準備消息을 한 一二分이나마 그려보면서 旣定方針을 그대로 取하여 足尖을 左向의 길로 옮기게 되었다. 德雲龍川에서 이미 檄文도 보았고 請聘使도 맞이 한적이 있었던 지라 琿春엘 지나는 길에 大六道溝의 獨立團을 訪問하지 않을 수가 없었다. 나는 그들을 瞥見하는 同時에 卽時 그 可矜한 同胞를 나의 腹案에 있는 多福式으로 引導하려 하였다."

라고 하였고 이때 풍운(風雲)이 거세게 몰아치고 있던 세계의 급변 속에서 선생의 독립운동도 마음 같지만 않았다.

21.구라파 전쟁은 터지고

어딘가에서 터졌으면 하던 전쟁은 구라파에서 먼저 터지니 선생의 작전계획은 심사숙고를 요했다. 자서전에서는 쓰기를,

"그 해에 마침 歐洲大戰이 터졌다. 아--- 나는 誤見이었었다.

時代의 右傾과의 嶺마루턱에서 前世紀와 後世紀와의 分野를 建元의 해로 定해 놓고 後世紀로 向하여 復本의 길을 떠나 左傾의 걸음을 재촉하는 號砲를 東洋에 期待한 그것이었다. 그것은 戰興日本의 第三甲은 또 다시 朝鮮으로 紹介하여 불집을 터지게 되리라는 너무나 非科學的 推算에서 나온 誤錯이었다.

그러나 어디서든지 기다리던 號砲가 터지기는 터졌다.

나는 直히 카이젤을 二十世紀의 奈破崙으로 指名하고 大戰뒤에는 世界 情勢가 크게 變動될 것을 어슴프레하나마 推算한 바가 있었다.

「아아! 時代는 재촉하는데 사람은 無消息이라」 (京城에서 有約한 某某)라고 혼자 歎息한들 어찌하리오? 「그렇다고 가만히 있겠느냐?」라고 自責을 해가면서 大戰뒤의 朝鮮을 그려보기를 마지 않았다.

나는 大戰뒤의 日本을 너무 弱하게 본 바 그때의 朝鮮을 文便으로 보지않고 武便으로 보았다. 그때에 應할 準備를 急히 해야 되겠는데 이미 間島의 情勢도 試驗해 본 바가 있고 또는 露領의 消息도 잘 알고 있는지라 「에라! 나는 나대로 해야 되겠다!」라는 過大한 自信을 가지고 비로소 무슨 큰 決策이나 하노랍시고 하였다.

지금 생각하면 그게 다 空然한 夢想的 費心뿐인 可笑로운 일이었다.

實行도 못하는 所謂 多福式 政策을 새로 세워 가지고 長白山 黑林中에 잠겨진 것은 東南北滿及朝鮮의 四中地點을 根據로 하여 그 政策을 實現하려던 것이었다.

勿論 그 計圖는 雄大하였으나 그를 實現할 其人이 와 주지 않았음에 奈오? 建元三年을 安圖縣 道田洞에서 숨어 지내인 內意는 全혀 無意味하게 사라져 버리고 四年春에 瀋陽을 云云하다가 그만 北間에 옮기어 法會總司를 열고 일에 實手를 대이기는 하였다. 그러면서도 뜻은 東滿에 있어서 歐洲의 消息을 察知할 兼行으로 暫間 延吉에 出하였다가 日領事犬의 臭探이 突然緊張해진 機動을 보고 그만 忙忙히 安圖로 다시

미끌어져 多福式의 決策을 더한層 굳히고 있었다."

라고 한 것은 당시의 간도 사정을 말해 준 것이다.

안도지역은 북간도와 서간도의 접경지역으로 백두산록의 삼림 오지였다. 안도현 내도산은 의병운동의 근거지였다. 그러나 이 시기에는 의병운동 세력도 잠잠하였다.

함남 영흥에서부터 소래선생을 따라 이주해온 윤기섭, 안덕영, 이성오, 이성지 등과 1차 세계대전이 끝난 뒤의 일을 준비하기 위하여 여러 가지 계획에 착수하였다. 안도현은 봉천성의 동북쪽 백두산 북쪽 구릉지대의 산간벽지에 속한다. 이곳은 교통이 불편하고 한인촌 사이에 간격이 넓고 홍범도 의병부대가 무장투쟁을 벌인 시기 활동 근거지였다.

소래선생이 1919년 3·1운동 전후 시기까지 6년 동안 활약하였던 안도와 장백부는 압록강 상류지역으로 서북간도의 접경지역이었다. 안도현 도전동의 동부는 두만강 상류를 사이에 두고 함경북도 무산에 인접하고, 북부는 노야령 일맥의 성계를 가운데 두고 북간도와 인접하였다. 1911년 장백부를 분활해서 현을 두었는데 송화강 상류인 토문강의 남쪽변에 위치하였다. 동남은 280리 노야령의 험준을 지나 무산에 통하고, 서는 2백리 양강구를 지나서 화전현 자피커우에 통한다. 또 서쪽으로 270리 대산림을 횡단해서 서간도 무송현에 도달되고, 동은 와집령을 경계로 하여 연길현에 접하고 280리 북간도 두도구에 통한다. 안도는 산세가 광대한 백두산을 등에 지고 노야령이 여기서 뻗쳐간다. 현내의 지세는 고원으로 면적의 8할은 울창한 산림으로 인연이 희소하였다. 도처에 개간할만한 황무지가 많았으나 인구가 희소하여 겨우 하천유역을 개간하는데 그쳤다.

제8편 덕수(德水)에다 원종촌을 건설하고 농촌주의를 펴며 독립운동 하다.

22. 재래의 모든 것은 파괴하고 새 문화를 건설하려 하다.

> 소래선생은 고향에서 원종(元宗)을 선포한 뒤 그 구체적 실천은 서간도 장백부의 덕수(德水)에다 비로서 실행하였는데 이는 다복식 시책으로 농촌주의 구체안에 입각한 공작분유(共作分有)제 농민 조직이었다.
>
> 여기서 특이한 점 몇가지는 재래의 전통과 문화와 생활제도를 모두 부인하고 파괴위에 건설한다는 주의로 우선 역법(曆法)을 바꾸고 문자체계(文字體系)를 바꾸며 명절 풍속을 일신 새기원과 새역법과 새풍속을 만들었다는 점이니 몇가지 예를 들어 보면,

모든 면에서 창안, 창시자로서 과거문화의 불편 불합리를 고쳐서 이용후생(利用厚生)에 쓸모 있는 제도를 만들려고 애썼으니,

(1) 국문자를 새로 배열하고 횡서법을 쓰되 새로운 자형을 창안하였다.

비록 종서 할 때도 좌로부터 우로 써 나갔는데 그것은 붓으로 쓸때도 편리하고 쓰면서 읽기도 손이 가리워지지 않아서 시각적으로 효과적이요. 구라파 문화와도 접해진다는 것이다.

이제 선생이 창안한 문자제도와 그 배열순서를 보면,

자음(子音) 14자는 음은 본래대로 두고 배열 순서와 자명(읽기)를 바꿨다.

즉 가, 다, 자, 바, 사, 나, 라, 마, 하, 아, 카, 타, 차, 파로 읽되 글자는 『ㄱ, ㄷ, ㄱ, ㅂ, ㄇ, ㄴ, Z, α, ō, ㅇ, ㅋ, ㅌ, ㅋ, Ū』인데 여기에서 10자는 모음을 겸하고 또 숫자로도 겸용하는 방식이었다.

즉 ㄱ은 자음 ㄱ인 동시 모음 ㅏ요 동시에 숫자의 1이 되며, ㄷ은 ㄷ인 동시에 ㅑ요, 2가 되며 그런 순서로 ㅇ은 자음 ㅇ인동시 모음 ㅣ이고 숫자 ㅇ가 된다. 이것을 표로 보이면 아래와 같다.

(2) 역제(歷制)를 바꿔서 새로 창안했다.

일년을 구개건(9個建) 365일$\frac{1}{4}$로 하고 따라서 1월, 2월, 3월이 아니고 1건(建), 2건(建), 3건(建)으로 불렀다.

1건(建)은 40일인데 1년이 360일이 되고 나머지 5일은 공일(公日 無曜日)

로 하고 윤일(閏日)은 항상 4년에 1회씩 365일 다음날로 했다.

1주(週)는 9일(이것은 수(數)의 핵(核)이 9이요 또 극원철학(極元哲學)에서 법상(法象)이 9임.) 연시(年始)는 과거의 동지(冬至)날로 고치고, 그리하여 남회귀선인 동지(冬至)는 세일(歲日), 북회귀선인 하지(夏至)를 항세일(亢歲日)이라 했고

극원철학(極元哲學)의 구상(九象)이란 ㅌ(껌트),ㅌ (떼스), ㅋ (짬크), ㅋ(뻬쓰), ㅛ(쌈푸), ㅠ(노라크),ㅠ (레이스),ㅠ (나이푸), ㄲ(한크) 이상을 음(音)으로는 「추, 휴, 모, 교, 다, 랴, 버, 여, 로」이라고 했다.

그리고 극원철학(極元哲學)은 1913년으로부터 기년(紀年)하고 세일(歲日) 즉 동지요 설날과 항세일(亢歲日) 하지날로 기념하며 일년중 명절이 설날(歲日), 경일(景日=단오), 항세일(亢歲日=하지), 산(山)날(추석), 제일(除日=섣달 그믐) 등으로 고쳤다.

笑來先生의 子母數字表

子音順(活字體) : ㄱ ㄷ ㄱ ㄴ ㅁ ㄴ ㄹ ㅿ ㅎ ㅇ ㅋ ㅌ ㅋ ㄲ
(ㄱ) (ㄷ) (ㅈ) (ㅂ) (ㅅ) (ㄴ) (ㄹ) (ㅁ) (ㅎ) (ㅇ) (ㅋ) (ㅌ) (ㅊ) (ㅍ)

橫書(펜)體 :

母音으로는 :
(ㅏ) (ㅑ) (ㅓ) (ㅕ) (ㅗ) (ㅛ) (ㅜ) (ㅠ) (ㅡ) (ㅣ)

數字로는 :
(1) (2) (3) (4) (5) (6) (7) (8) (9) (0)　　… 縱書하면 1. 2, 3, 4, 5로 됨

合字例 : (국)은 ㄱㄹㄱ , (방)은 ㅂㅏㅇ. (심)은 ㅅㅣㅁ, (껄)은 ㄱㄹㄴ 135 능

소래선생은 안도현(安圖縣) 도전동(道田洞)에 숨어 1년간을 관망하다가 이 지역에서 비교적 한인촌이 큰 덕수(德水)로 근거지를 옮겼다. 덕수는 백두산 서쪽 산록으로 안도현 십육도구(十六道溝)로 장백부(長白府)에 속하였다. 대종교 교주 김교헌이 한때 이곳에 근거지로 삼았던 곳이기도 하다. 덕수로 근거지를 옮기게 된 까닭은 1916년 봄 소래선생은 안도현 도전동에서 원종을 전파시키기는 너무도 깊은 산골이어서 북간도 북구에 진출하여 북간도에서 첫 법회총사를 열었다.

원종을 통한 사회 결사운동, 인재양성 등을 실천하기 위해서는 도전동같
은 오지에서는 불가능하였기 때문이다. 그러나 북구에 법회총사를 열자 곧 중
국관헌의 조사와 간섭을 받게 되었다. 총사의 기밀서류는 모두 압수당하고 경
외 추방이 선언되었다. 소래선생은 1916년 여름 장백산맥의 밀림지대를 맨발
로 횡단하여 왕가동을 거쳐 덕수에 도착하였다. 덕수에 도착하여 소래선생은
건원학교를 세우고 원종촌을 건설하였다. 서간도 지역에서 원종의 주의촌 이
념에 따라 최초의 다복식 정책이 실현된 곳은 덕수였다.

23. 독립투쟁 조직으로 대진단(大震團) 창설

> 소래 김중건 선생이 이끄는 항일독립투쟁단체는 '원종'(元宗)
> 과 '대진단'(大震團)으로 소문나고 일본 제국주의자들 감시를 받
> 아왔는데 3·1운동 이후 대진단의 무장 투쟁은 눈부시게 전개되
> 고 있었다.

소래선생은 덕수에 도착하면서 무장단체 대진단(大震團)을 창설하였다.
대진단은 3·1운동 이후 안도현 흥도자에서 군사력을 갖춘 무장단체로서 활
약하는데 항일독립운동 단체로서 군사훈련을 받게 된 것은 1916년부터이다.
대진이란 명칭은 발해의 이명으로 고조선, 고구려, 부여, 발해 등 만주에 있
었던 우리민족의 역사전통을 계승한다는 의미가 포함되어 있다.

소래선생은 원종이 전파된 각 지역에 대진단의 지단을 설치하였고 군사훈
련을 받게 하였다. 3·1운동 이후 서북간도 각 지역에는 무장독립운동 단체
가 50여 조직으로 발전하였다. 이 시기 대진단은 러시아식 보총과 권총으로
무장력을 강화하였다. 대진단은 장백현에 근거를 둔 군비단, 흥업단, 태극단,
광복단 등과 무장대연합회를 구성하여 공동 투쟁을 전개하였고, 1921년 10월
에는 대한국민단으로 발전하였다.

소래선생은 백두산산록 노야령의 삼림속에서 6년간 3·1운동을 맞이할

준비에 임하였다. 선생의 독립운동 방략은 원종을 통한 사회결사운동, 교육운동, 무장독립운동을 위한 군사훈련이었다. 무엇보다도 이 시기에 선생은 함께 독립운동을 전개할 동지와 원종의 동지자들을 만날 수 있었는데 함경도에서 동지로 북간도에 망명한 세력 외에 안도현과 장백부의 덕수, 왕가동, 자피구의 이주 한인사회에서 원종의 교리를 전법하고 전파하여 열매를 거두기 시작하였다.

24.학원을 설립하여 교육활동도 겸해

> 원종의 주의촌에서는 논본주의 실천과 함께 인재양성책으로 3·1운동 때까지 6년 동안 건원(建元)학원, 덕수(德水)학원, 도전(道田)학원, 복구(福溝)학원, 왕가(王哥)학원 등 실로 다수의 학원을 설치했는데 이는 원종의 지방법회의 종립학교 역할까지 하였다.

이 시기 규합된 인재들은 원종을 전파하는 일, 농촌주의를 실천하기 위한 주의촌을 건설하는 일, 교육활동, 항일무장활동에 이르기까지 소래선생과 함께 헌신하였고 일제로부터 탄압도 함께 받았다.

원종의 주의촌에서 건립한 건원학원, 덕수학원, 도전학원, 복구학원, 왕가학원은 지방법회, 종립학교 역할까지를 함께 함으로 원종의 교세는 확대되었고, 이주 한인사회에 확고한 자리를 잡게 되어 갔다.

소래선생은 망명하면서 경제적으로 자본을 준비하지 못했다. 그래서 선생은 "무자본주의(無資本主義로) 일할 것을 결책(決策)했다."고 했었다. 추종세력이라고 할만한 조직도 없었다. 그러나 안도현과 장백부 일대의 이주한인 사회에서 존경받는 인물로 부상하고 주의촌을 건설하였고, 한인자제 주의촌의 농우들을 교육시키기 위한 학교를 세울 수 있었다.

선생은 독시주의(獨是主義)를 내세웠기 때문에 여타 독립운동세력이나, 중국관헌의 비호가 없었다. 영사관, 경찰, 중국당국, 마적 등의 방해와 위협

속에서 안도현과 장백구 각처에는 원종촌이라는 배일촌락이 성립되고 독립운동 기지가 되었다. 이도하자의 내두산은 백두산 아래 첫 한인촌이었는데, 의병활동의 근거지였다가 배일 원종촌으로 자리잡았다. 일제는 장백부에 영사관 또는 분관을 설치하여 조선통치를 위해 화근이 양성되지 않도록 해야 한다고 복명하고 있다(총독부 문서, 청국국경부근관계사건철, 불령선인 취재관한 의견).

소래선생이 대진단을 조직하여 훈련시킨 인재들은 김호가 이끈 대한국민단, 김좌진의 북로군정서, 신민부 등에서 활동하였고, 혹자는 무정부주의 단체, 한인청년연맹에 가담하기도 하였다. 대진단은 원종의 이념화, 의식화시기에 조직된 정신단체요 사상훈련이 목적이었다.

일제 경찰, 마적, 중국관헌, 토호, 지주의 횡포에 대항하기 위한 자위수단으로 조직된 단체이지만, 젊은층을 중심한 독립정신, 민족의식을 양성하는 정신 훈련소였다.

그 명칭이 「대진」인 점에서 민족의식을 살필 수 있다. 장백부 덕수시대 5년간은 폐쇄적 신앙집단의 독시주의가 관철된 시대였다.

그러나 하루도 마음놓고 지내는 날은 없었다. 본래의 위장병으로 건강은 극도로 악화된데다 옷이란 무명옷 한 벌이요, 신발이 없어서 눈길을 볏짚 묶음 세 개로 번갈아 놓아가며 달렸고, 더운 끼니 한번 제대로 못 먹었다고 문하생들이 전하고 있다.

거기다가 1919년 여름에는 3.1운동 준비 일로 산림 속을 일행 30명과 함께 행군하다가 중무리(中武里)에서 마적을 만나 구사일생 했는가 하면 1920년의 토벌란(討伐亂) 때는 혼자만 곤욕을 당할 뿐만 아니라 주의촌이 쑥밭되고, 동지 전정락(田正洛)은 총살 당했고, 1920년 가을의 천보산(天宝山)에서 체포되었다가 간신히 빠져 나왔고 경신년(1920) 3대 참변은 이루 다 말할 수 없는 고초였다.

독립운동을 사상운동에서 출발하고자 하는 소래선생은 먼저 이념적으로 투철한 마루진들을 키워야 했는데 사실 그들은 선생의 이념에 공명하면서 그들 자신 모두가 "소래"가 되었다고 보여진다. 독립군기지 창건을 시작하면서, 이상사회 무국의 시대를 쟁취하기 위한 준비기간은 원종촌으로부터 시작되어 가고 있었다.

제1차 세계대전의 종전 직후로부터 일어난 3·1운동은 서북간도에서 70여만에 달하는 한인사회를 기반으로 무장운동으로 전개되었다.

1910년대 소래선생과 수많은 민족운동가들이 이주 한인사회를 기반으로 교육운동, 종교운동, 사회운동 등을 일으켜 민족의식의 창달과 민족역량의 배양에 힘썼기 때문에 서북간도 각 지역에서는 5년여의 제1차 세계대전이 끝남과 동시에 운동의 준비가 시작되었다. 북간도 용정의 3·1운동은 노령의 지역과 연계하여 추진되었고, 서간도는 가장 한인들이 많이 거주한 즙안현과 조직적인 민족운동이 활발한 유하현, 그리고 의병활동의 근거지였던 장백현에서 본격적인 운동을 일으켰다.

장백현 각사에는 독립선언서가 배포되었고 4월 10일경에는 천도교도, 기독교도 등이 주동이 되어 장백부를 출발, 국내 혜산진으로 시위를 벌일 계획을 세웠다. 그러나 4월 중순 이후 일제의 감시와 중국관헌의 탄압으로 운동의 본거지는 통화 무송현으로 옮겨졌다.

제 9 편 원종사업의 3대 환난(患難)

25. 중무리(中武里) 마적사건과 경신(庚申) 대 참변

소래선생이 이끄는 원종주의촌 사업은 한창 발전기를 맞고 있었는데 선생은 1919년 3·1운동 준비로 용정(龍井)으로 행군하다가 일행 30명과 함께 마적에게 감금당했다가 구사일생으로 탈출하였고, 1920년(庚申年) 일본군이 천보산(天寶山)에서 일대 토벌의 작전을 벌릴 때 난을 당해서 겨우 탈출하니 두번째 환난이었다.

당시 소래선생의 원종세력은 장백부 덕수 깊은 삼림속에 웅거하고 있었기 때문에 간도내 각 단체의 대표자들이 북간도 이주한인사회 중심지 용정에 모여 독립을 선언하는 귀중한 자리에 참여할 수 없었다. 당시 서간도지역에 있었던 소래선생은 3·1운동 소식이 전해지자 덕수에서 가장 가까운 현성의 큰 도시인 안도로 출발하였다.

그러나 도중에서 1919년 여름 중무리(中武里)란 고장을 지나다가 일행 30여인과 함께 마적에게 잡혀 죽을 고비를 넘기며 한달 여를 구금상태에서 지내다가 다시 덕수로 돌아왔다. 중무리에서 마적에게 포로가 된 사건은 원종이 당한 3대 환란 중 첫째가 된다. 서북간도 전체는 완전해방구가 되었다. 독립운동의 기세는 활기차게 전파되어 연길현, 화룡현, 왕청현, 훈춘현, 동녕현까지 3월부터 4월말까지 40일간 1백여 회의 집회가 있었고, 수만 이주한인들이 시위운동에 참가하였고 시위운동의 성격도 평화적인 만세시위에서 무장운동으로 변화되어갔다.

소래선생은 그간 훈련시킨 청년들을 중심으로 대진단(大震團)을 조직, 결성하여 청년단원 2백명 내외를 무장시켜 장백산 일대에서 무장투쟁을 벌였다. 이때의 서간도지방에는 1920년 5월경부터 한족회(부민단), 서로군정서(군정부), 신흥학우단, 대한독립단, 대한광복군사령부, 대하독립군비단, 광복단, 의성단, 천마대, 태극단, 소년단, 향약단, 백산무사단, 농무회, 보합단, 한교공회 등 수많은 무장부대가 출현하였다. 북간도에는 대한국민회, 훈춘대한국민의회, 북로군정서, 충열대, 건국회 등 수많은 무장부대가 출현하였다.

각 단체는 하나의 독립군영으로 통합되지 못한 채 연합전선, 합동작전 등으로 항일전을 계속하였다. 삼림지대나, 도시, 농촌을 막론하고 간도 전지역은 전쟁터가 되었다. 그러던 중에 봉오동승첩, 청산리대첩이 일어났고, 일제는 경신대참변(1920)을 일으켜 죄없는 수많은 한국인을 무차별 살해하였다. 국민회군은 기독교도의 후원으로, 북로군정서, 중광단은 대종교의 후원으로 활동하였다. 대종교도와 한말의병, 공교도들은 서로 연합하여 정의단을 만들어 활동하였다.

　이러한 중에 1920년 10월 경신대참변사건이 발생하여, 북간도 장인강에
와서 원종과 대진단의 활동을 돌보던 소래선생은 일본군에 체포되어 천보산
(天宝山)에 끌려갔고, 총살 일보 전에 구사일생으로 탈출하여 죽음을 모면하
였다.
　이것은 원종의 두 번째 환란이었다.

26. 홍공포증이 창궐하여 원종촌민 대부분이 참사

　만주에서 독립운동이 죽음의 고행길인데다가 무서운 유행병
인 홍공포증(紅恐怖症)이라는 병마에까지 시달려야 했으니 소래
선생은 이 세번째의 환난(患難)을 당하고 있었다.

　간도 전체를 무력으로 장악한 일본군과 경찰은 한인들에 대하여 무차별
학살을 자행하고 있었다.
　이때 간도에 출동한 일본군은 약 1만8천 내지 2만명에 달했다. 소래선생
은 다시 안도현 삼림속으로 들어갔다. 그러나 일본군의 간도한인대학살 사건
이 끝나자 이번에는 전쟁의 와중에서 질병이 유행하여 홍공포증(紅恐怖症)으
로 온 교도 전부가 죽음을 맞이하게 되었다.
　이것이 원종의 세번째 환난이었는데 그 피해는 말할 수 없이 컸던 것이다.
　일본군 2만여명은 간도 각처에서 이주한인촌을 소각하고 학살을 자행하였
는데, 참변속에서 학교와 교당들의 피해가 컸다.
　무장독립군들도 모두가 북정에 참여하여 떠나갔다. 남북만주 특히 북간도
의 각 독립군 부대는 근거지를 떠나 백두산록 혹은 중소 국경지대, 밀산으로
향하였다.

27. 원종주의촌을 삼도구(三道溝) 원화동(元化洞)으로 옮기다.

> 삼난(三難)을 겪으면서도 좌절하지 않고 소래선생의 원종촌과 독립운동은 계속 활발하였고 1921년에는 그 근거지를 삼도구(三道溝)의 원화동(元化洞)으로 옮겼으니 이는 두번째 건설된 원종주의촌이었다.

1921년 가을 소래 원종(元宗)의 근거지를 북간도로 이동하였다.

서간도 장백부 일대는 일군에 의하여 삼광작전으로 크게 피해를 입었고 살 수 없는 곳이 되었다. 북간도 화룡현 삼도구 일대 원화동에 자리잡았다.

북간도지역에서는 원화동은 도시에 가까운 곳이 아니고, 청산리 삼림지대에 가는 길에 위치한 산골이지만, 두만강 상류일대 농민들이 집결하는 교통의 중심지였다.

사람들이 모이는 곳에 원종총사를 설치하고 지방법회를 대폭 강화하면서 조직에 박차를 가하였다. 장백현의 왕가동교당, 덕수동교당, 안도현에 항도자교당, 북구교당, 도전동교당, 장인강교당, 자피구교당 외에 화룡현에 삼도구교당, 내수동교당, 청두구교당, 천평촌교당, 태평구교당, 원화동교당 등 15처에 교당조직을 정비하였다.

소래선생은 경신참변의 환난중에 법훈(法訓)을 발표하여 원종(元宗)과 조선의 관계를 확연하게 설명하였다. 조선을 새 이즘위에 건설한다는 것이다. 조선과 원종은 둘다 버릴 수 없는 것이라 하였다.

원종은 조선의 농민, 조선민족의 해방을 위하여 중국관헌, 일본군, 친일파와 싸워야 한다는 것이다. 원화동의 원종총사는 일본 영사관에 의해 독립운동단체로 주목, 감시받다가, 1921년 가을 소래선생은 체포되어 1922년초 일본의 용정(龍井) 영사관에 의해 중국체류금지처분 3년을 선고받게 되었다.

제10편 환난에 중국 재류금지 처분까지

28. 중국재류금지 처분을 받고 고향에 돌아왔으나

　　재류금지 3년을 선고받고 회령(會寧)감옥에 수감되었다가 9년
만에 고향에 돌아와서 일본경찰에 의해 고문당한 부모와 처자 그
리고 가족들의 참담한 모습을보고 단장의 아픔에 넋을 잃었고 또
한 매일같이 수색당하고 신음하고 있는 마을 가가 호호에서 깊은
수심을 멈추지 못하여 신경쇠약까지 겹쳐서 헤어나기 어려웠다..
　　이 때의 전후 사정을 자서전에서는 다음과 같이 쓰고 있다.

"討伐亂을 지내고 在留禁止를 받아"

⑴ 建元八年春에 비로서 東滿에로 나왔다. 그러나 때는 이미 늦었다.

내가 東滿엘 이렇게 늦게 온 것은 如干한 失策이 아니라 하겠다.

莫無可奈로 事情이 그렇게 되었던 것이지만 何如間 狼狽인 것이다. 그때는 多福式 政策을 할 수 없이 留案하게 되었던 것인지라 敎育政策의 곁에다가 社會政策을 껴 세워가지고 長仁岡이란 곳에 一時 根據를 두었다. 그는 確實히 奇策이던 것이었다.

그때 東滿의 社會狀態를 보아 좀 밝은 眼目을 가진 사람은 다 나의 處事를 六七分 是認하였었다. 大震團으로 하여 法訓을 發布하니 그는 元宗의 朝鮮에 對한 政策과 關係를 解明한 것이었다.

그 해 가을에 所謂 討伐亂을 겪게되니(첫 主人 XX의 집이 火飛하고 田의 아우 正洛이 銃殺되다) 우리 主義運動의 大挫折은 實로 여기서 重大한 打撲傷을 받음에서 致한 것이었다.

그 法訓이 日軍에게 發覺되어 나는 天寶山에 잡혀가 銃殺을 當하기에 當面하게 되었다. 그때 그 銃口앞에 서서 演說하던 일과 그 九死一生의 刹那를 通過하던 일과 를 回憶하면 只今까지도 오히려 無量의 感慨를 맛보게 되는 것이다. 그때의 殺亂은 全間島朝鮮人에게 큰 洗鍊을 주는 것이요, 朝鮮獨立運動 앞길에 一大 方向轉換을 재촉하는 것이었었다. 나는 그 多數한 生徒들을 그대로 데리고는 間島에서 到底히 베겨내지 못하게 되었는데 또한 다 解放해 버리기도 딱한 것이었다.

그때 나에게 이렇게 勸하는 人士가 있었다.

龍井에 가서 總領事館의 諒解를 얻어 가지고 일하는 것이 上策일지니라. 바깥사람 보기에는 實로 上策은 上策이었다.

162

東滿일은 龍井에 根據를 두는 것이 勿論 必要한 것인 때문에 그것이 上策이다. 그러나 그는 나를 모르는 사람이다. 또는 元宗을 모르는 사람이다.

1. 日本人에게 歸順을 伏乞하는 것과 같은 妥協的 諒解要求와

2. 農村主義로부터 變節하여 都市主義로 옮기는 것과 같은 沒主張的 趨勢

이것은 斷然히 나의 할 바 아니다. 일을 爲해서는 그러한 一時的 權變도 잘 할 수가 있어야 된다는 것도 생각하겠지마는 設使 그것을 굳이 하려고 할지라도

1. 나의 身分으로 보아서 領事館의 諒解는 決코 可得치 못할 것이요,

2. 元宗의 內容이 日本人 官 當局과 妥協될 可能性이 絶對없는 同時에 萬一 表面만으로의 諒解를 얻는다면 元宗은 반드시 狗皮를 둘러써야 될 것이니

나로서는 또한 長天白日과 같은 元宗의 새 이즘으로서는 絶對로 안할 것이오. 또는 하려야 그 可得치 못할 것이다. 나는 討伐 불에 다 타죽을뻔 한 生徒들을 幸여 다 保全 해 데리고 建元九年 劈頭에 避身삼아 다시 安圖로 移轉하였다. 이것도 豫算으로는 奇策이였으나 結果로는 또한 失策이 되어 버리었었다.

1. 東滿에서 세웠던 社會政策을 安圖에서 다시 써 보려는 것.

2. 南來北散의 靑年 獨立軍을 網羅하여 敎育 政策下에 吸收하려는 것.

이 두가지 條件으로 하여 長白山脈의 그 무서운 荒林中으로 새 이즘의 일꾼들은 수없이 헤매고 다니었다.(ㅁㅅ ㅊㅎㄷ ㅅㅈㅈ ㅂㅊㄹ ㅅㅈ ㅎㄷ ㅅㄱ 其他諸人)

(2) 그러나 그것은 다 빈 苦楚뿐에 그치고 말았다. 그 해에 所謂 紅恐怖症이란 무서운 病魔가 일어나 사랑하는 나의 生徒 여럿의 生命을 빼앗아 가는 同時에 나는 하룻밤 죽었다 살아난 것이다. 다시는 甦復될 수 없는 거의 準廢人이 되고 말았다. 나에게 最大의 打擊이 이것이다.

(여기서 揷話삼아 말해 둘 것은 그 病魔에서 沒落된 徐宗老네 家庭 이야기다. 내가 처음 安圖에서 驅逐되어 從者 五六人을 데리고 將乞行食으로 長白에 이르러 한참 依支없이 헤매던 때에 우연히 徐永達翁을 相逢하였는데 兩側은 一見如故로 믿음을 合하게 되어 그 家庭은 마침내 在滿元宗의 基本이되고야 말았다. 처음 王介洞이란 곳에서 우리 一行을 맞이하여 全家庭을 모두 바치고 일을 보다가 後에 함께 德水에 옮기고… 또 그後에 安圖에 옮기어 始終이 一日같이 元宗의 基礎家庭이 되고있다가 그만 紅恐怖症을 처음으로 만나서 翁이 先亡하고 그 다음 그 三子 商煥 商俊 商彦이 具

亡하고 오직 翁의 老妻 尹宗夫人 한 사람만이 남았다ー. 아아! 運命의 咀呪 어찌 이렇 듯이 至毒한 것이드냐!)

馬賊의 變, 討伐의 亂, 紅恐怖症 이 所謂 三厄을 해마다 잇달아 겪고나니 무슨 큰 惡한 運命神의 咀呪나 받음인가 싶었다. 그 해 가을에 다시 東滿으로 옮기려는 것은 討伐亂後의 新興敎育熱을 따르는 것이었다.

三道溝 元化洞이란 山村에 가 앉아서(새 主人 XX의 집) 얼었다 달았다 하는 紅恐 怖症에 깨진 가슴을 싹싹 허비면서 萬般의 새 準備를 하기 始作하였다. 그러나 우리 일에 對한 大惡魔는 나의 豫言과 같이 總司를 襲擊하게 되었다.

나 外의 儂者三人이 頭道溝 日領事館에 檢擧되었다가 그 이듬해 建元十年 劈頭에 龍井總領事로부터 中國在留禁止命令을 받게되었다.

이것은 그 者들이 大震團을 口實로 하여 나의 未來를 豫防한다는 惡手段이었던 것이다. 그러나 그의 導火線은 나도 모르는 무슨「總軍團副團長XX」이란 名義로한 秘 密文書를 가진 北來의 拳銃靑年을 逮捕한 그것이었다.

出家한지 九年만에 비로서 집에 돌아오게 되었다.

德水 書信問題로 憲兵놈의 亂杖아래에 終身의 瘀血을 받으시고 怨恨의 呻吟中에 계신 父親께 보일 때 그 얼마나 罪悚하였으랴?

날마다 時時로 이 못난 不肖孫子를 苦待苦待하시다가 눈이 어두워지시고 속이 다 상해버리신 黃氏 祖母任墓所에 절할 때 그 얼마나 悲痛하였으랴? 五年동안이나 憲警 의 搜索과 恐喝에 怯을 먹어 鬼神이 다 된 妻가 自己를 爲하여 九年동안이나 貞操를 지키고 있는 나를 疑心하여 한심한 하소연을 할 때 그 얼마나 可矜하였으랴? 二一結 義團事件으로 永興에서 四十餘名의 大檢擧를 當하고 그 後로 德水書信을 繼續하고 그 後로 軍資募集嫌疑까지 兼해서 蓮洞을 家家搜索 人人取調를 날 건너로 받으면서 그 무시무시한 警戒網속에 五年間이나 눌리어 있었다는 實話를 들을 때 그 얼마나 憤 慨하였으랴?

何如間 우리 家庭은 一時 喜悅에 차있었는데 反하여 나의 病勢도 좀 더 하지나 않 을까 하였다. 그러나 이 뒤에는 더 무서운 奇別이 襲擊해 들어올 것을 나는 몰랐다. 나의 셋째 동생 中磩이 집에 있을 때 憲兵隊에 갔다가(父親께서 잡혀 가실 때) 놈들에 게 된 매를 맞고 病을 품게 되었는데 建元八年에 집에서 逃脫하여 長白으로 安圖로

하여 東滿에 왔다가 討伐亂에 내가 天寶山에로 잡혀가는 바람에 喫怯因症하여 앓게 된 몸으로 安圖에 옮기어 있다가 내가 日領事館에 逮捕된 奇別을 듣고 病勢添增하여 九年末에 들어서 그만 애달픈 죽음을 죽게되었다. 나의 病勢를 걱정하는 同志는 이 事實을 감추고만 있었다. 그러나 내가 還家한 後 차차 風傳이 되어 마침내 그것은 露出되었다.

나의 病勢는 極히 篤勢로 轉加되고 우리 家庭은 그만 다시 慘黑의 웅덩이에 빠져버리었다.”

라고 술회하고 있다.

29. 원종총사(元宗總司)는 오히려 활발히 운행

> 원종주의촌을 총 관장하는 본부를 원종총사(元宗總司)라고 하였는데 소래선생이 중국재류금지 3년간을 받고 고향에 돌아와서 거짓 광인 생활을 하던 1922년부터(체포된 것은1921년 가을)1924년의 사이에도 원종촌의 농촌주의 시행과 교육활동 및 독립운동은 오히려 활발하게 전개되고 있었다.

3·1운동의 참담한 실패로 서북간도 한인들은 모두 실망속에 낙망하였다. 그런데 소래선생은 이 시간을 개벽의 순간으로 포착하고 원종(元宗)의 활동을 개시하였다. 함남 영흥으로 쫓겨와 있는 동안 북간도의 원종총사는 오히려 활동이 활발하게 진행되었다. 원종의 교단 조직이 가장 크게 발전한 시기는 3·1운동 이후의 시기다. 교단의 종교운동뿐만 아니라, 교육운동도 활발히 전개하여 이주 한인사회속에 큰 세력으로 자리잡게 되었다. 서북간도·합경도 지역에는 40개소의 원종의 지방조직이 이루어졌고, 학원이 설립되어 청소년교육, 농촌대중교육, 남녀반계몽대 등 활동이 진행되고 있었다.

30. 고향에 앉아서 원종총사 새구상

> 고향에서의 의태광인 생활은 헛된 세월이 아니었다. 연동리 명소인 연대봉(蓮坮峰)에 올라가 앉아서 원종총사의 다음 일을 경륜하였다.

소래선생은 재류금지 3년간 고향 연동리에서 일본 경찰의 눈을 따돌리기 위하여 거짓 미치광이 행세를 하면서 다음에 실시할 원종총사의 일과 독립운동에 대한 치밀한 계획을 세우고 있었으니 1924년에 고향에 앉아서 법훈 3대 안을 발표하였다. 그 첫째가 지금까지 원종총사가 위치한 삼도구 원화동은 산골이므로 용정과 국자가 중간인 평강벌 개척리로 옮긴다는 것이고 옮길뿐만 아니라, 총사대건축을 강행하며, 지금까지 실시해온 교육의 수준도 높여 건원중학과 교리강의를 담당할 민종학원을 설립한다는 것이었다. 그러나 소래선생이 3대 법훈을 발표한 1924년은 유명한 갑자년 가뭄으로 인한 대흉년 때문에 이 법훈을 실천하는 데 어려움이 컸다. 그러나 원종의 교도들은 분발하여 1925년 초 원화동에서 평강벌 개척리로 총사를 이전하고 총사건물을 완공하였다.

제11편 세번째 주의촌 개척리(開拓里) 건설

31. 원종총사를 용정근처 평강(平崗)에 옮기고 개척리라 하다.

> 용정(龍井) 근처 평강(平崗)벌에 주의촌을 옮기고 개척리라고 하니 이는 세번째의 원종주의촌이요 원종총사 안에 고등교육기관으로 농대학원을 설립하고 남녀 교육기관을 개설하여 경리원(經利院)을 신설하고 종우회(宗宇會) 여성종우회(女性宗友會)를 조직하고 새바람 잡지를 발간하며 총사대건축(總司大建築)을 감행하고 뒤이어 종우회는 종우총연맹(宗友總聯盟)으로 개편 하는 등 개척리 원종촌의 발전이 눈부시었다.

1925년 소래선생은 다시 북간도로 돌아오면서 만종(萬宗)학원과 건원중학을 병합하여 농대학원을 설립하였으니 이것은 조선민중의 교육수준을 높이자는 의도였다. 이 시기 북간도지역의 일반교육은 중국과 일본의 간섭으로 위축당하고 축소 되어가는 형편이었다. 유명한 북간도 민족교육의 상징적 학교였던 명동(明東)중학이 문을 닫은 해에 소래선생은 농대학원을 연길현의 옆 평강벌 개척리에 설립하였던 것이다. 또 교도들을 중심으로 종교적, 사회적 결사로서 종우회와 여성종우회를 조직하였다.

선생은 자서전 '나의 還司와 總司大建築'이란 항목에서 이때의 상황을 다음처럼 쓰고있다.

"나는 나의 人生觀이 흔들림에 따라 또한 總司에 대한 中外事情이 不利한 것을 보아 自來의 敎育政策을 버리고 새로이 集中的 高等敎育을 施하여 主義者養成을 하면서 同時에 無資本主義에서 나아가 總司의 經濟的 基礎를 다지기로 決策을 하였다. 그래서 1. 經利院施設, 2. 總司大建築, 3. 建元中學及 萬宗學院創立等等 所謂 三大案의 法訓을 發表하였다. 間島에 在한 同人들은 이 法訓에 대하여 한참 잘 活動하던중 不幸히도 間島 未曾有의 큰 凶年을 만나게 되어 더 할 수 없이 그만 留案되고 말았다. 그때에 總司는 이미 元化洞으로부터 開拓里란 곳에 搬移하였다는 報告를 들었다. 나에게 三個年이란 在留禁止期間은 거의 다 지나가고 總司로 復任할 準備는 날마다 재촉되는데 總司에서 買收하던 土地가 全部 잃어지고 말았다는 消息이 들리어 왔다. 괘씸하기도 하고 落望도 되던 것이었다. 아무리 無資本主義라고 하기로니 物質의 基礎가 全部 陷沒된 總司일을 어찌할 道理가 있으리오? 時代風潮에 麻醉되어 本來의 元宗心이 다 잃어진 靑年弟子들을 데리고 그렇게 쓸쓸한 寒村에 있으면서 四方에서 壓倒的으로 들이치는 外勢를 對抗하면서 物力이 全空한 그 일을 支撐하기는 到底히 어려운 일이라고 보았다.

建元十三年 劈頭에 그 周密한 要視察網을 突破하며 오기도 싫은 開拓里로 오기로 하였다. 도무지 맘이 붙지도 않는 것을 가지고 힘을 들이기는 하나 別로 큰 發展은 해낼 可望이 없었다.

나는 그곳에서 男性便으로보다 女性便으로 主義化 시킬 힘을 傾注하기로 하였는데 그것이 좀 可能性이 있어보이는데서 自然히 趣味가 붙게되어 病勢는 別로 더하지는 않는 듯 하였다.

事務에 들어 在來 모든 廢點缺點을 大改革할 決心으로 먼저 사소로운 各地方法會를 取消하고 거기 따라서 各小學校들을 떨어버리려 하였으나 이미 三大案에 重大한 關係가 있게되어서 그것을 急斷치 못하고 無言中에 徐徐히 手段을 取하기로 하였다.

同時에 모든 書類, 制度, 儀式等等을 다 깎듯이 整理하면서 一方으로 새로운 組織, 運動, 訓練을 썩 잘 展開하려고 비록 低能한 手腕이나마 힘껏 써 보려고 하기는 하였다. 그러나 別로 자랑할만한 成績은 보게되지 못하였나니 그는 種種의 다른 原因도 있거니와 거의 唯一한 原因이라고 볼만한 것은 암만해도 나의 頭痛 胸痛이 나의 興奮을 돌아주지 않는 그것이었다.

그러나 總司는 大建築을 시작하였다. 너무나 엉터리없는 그저 눈 꽉 감고 果斷을 내린 것이었다. 建築에 全力하게되자 더욱 極히 奔忙하기는 하면서도 나의 身度는 꽤 活潑하게 되었다. 많은 돈과 힘을 犧牲해 가면서 밤낮 애쓰고 짓는 이 집은 반드시 「尾大難掉」의 顧慮가 있다고 혼자 속살속살 하는 데도 그러나 더욱 크게 높으게 建築은 하려 하였다. 안할래야, 안 할 수 없는 일이요 旣往하게된 것인지라 그만큼이나 크게 지을 必要條件 몇 가지 中에 내가 그곳에 오래 있지 않으려는 秘密心契가 가장 큰 條件이던 것이었다. 그곳은 實로 나를 一年以上 더 머물러 두지는 못할 땅인 것을 나는 잘 알았다. 그럴지라도 總司는 그곳에 오래 있지 않으면 아니되어 있는 것이다. 그러나 建築途中에 永興 端川等地의 各主義地方이 日警의 高壓에 죄다 찌글어진것과 長白, 元化等地方이 中官의 橫暴에 죄다 解放되게 된 일과 其他 새삼스러운 敗數가 一時에 并發하여 建築의 豫算이 무척 깍이어 버리게되자 그 집의 完全 成功은 長久한 時間을 기다릴 밖에 다른 수가 없이 되었다. 어쨌든지 그해 歲末에 그 建築物의 上層에 總司는 移徙하게 되었다.

建元十四年 初夏에 自來로 벌려오던 萬宗學院과 建元中學은 混合하여 新建總司 안에 農大學院이란 別名으로 열리게 되었다. 이것은 集中的 高等教育政策을 實現하려는 것이었으나 周圍事情이 그것을 아예 許 해주지 않는 것을 안 할 수도 없어서 굳이 試驗삼아 着手한 것이었다.

東滿靑年總同盟이란 赤派의 惹鬧는 農大學院 때문에 더욱이 急해진 것이었다.

自來의 내 敎育은 「百魚一龍을 기다리도다!」라는 意味의 所謂 偉人主義敎育이었었다. 나는 生徒들로 하여금 物質的 氣風에서 超越하여 物質的 氣風을 支配할 수 있는 사람이 되게 하려고 애써 가르친 것이었다."

라고 한 것은 선생이 평강(平岡)에다 주의촌을 건설했을 때의 활동상과 교육이념을 표출한 회고문이다.

32. 원종총사의 근대교육정책과 좌파의 질투

> 건원(建元) 14년(1926) 연길현(延吉縣)의 평강(平岡)벌 개척리로 다시 들어온 소래선생은 원종총사 안에 만종(萬宗)학원과 건원(建元)중학을 혼합하여 농대학원을 열고 고등교육 정책을 실시하니 동만청년동맹(좌파)의 질시 아료가 심해졌다.

원종의 교육은 근대교육, 민족주의교육에 고등교육 수준으로 민중집단을 끌어올리면서, 신앙공동체이면서 특별강좌, 순회연극 등 이웃과 함께하는 조직체로 발전하였다. 이처럼 원종이 이주한인사회안에 인기를 얻으면서 중요한 세력으로 등장하자 용정에 자리잡은 공산주의 조직인 동만청년총동맹의 습격을 당하기도 하였다. 모스크바 공산대학 출신으로 동만청년총동맹의 선전부장을 맡고 있는 이인구는 소래선생과 논쟁 끝에 그의 이론앞에 설복당하고 물러난 사건까지 있었다.

33. 개척리 농촌주의촌의 발전과 기관지 '새바람' 잡지 발행

> 평강벌 개척리의 공작분유(公作分有)제도의 농촌주의 실행은 대중의 환영을 받고 발전하고 기관지까지 발행하고 있었다.

원종 주의촌은 원종총사와 지방조직으로써 종교활동과 독립운동을 벌이며 기관지로 「새바람」 잡지를 발간하고,(연9회 ; 원종의 1년은 9개월) 순회강연, 연극활동으로 사회계몽운동을 실행하며 고등교육을 실시함으로 교육의 질을 향상시켰으며 종우회, 여성종우회 등 종교적 성격을 띤 조직운동으로 농민들의 지지기반이 점차 높아졌으므로, 소래선생의 항일혁명사상은 용정의 한인사회에 큰 감동과 영향력을 주었고 북간도 이주한인사회에 민족진영을 대변하는 상징적 인물로 등장하게 되었다.

좌익단체인 동만청년총동맹의 청년들과 수차에 걸친 사상투쟁, 논쟁으로 그들로부터도 내심으로 존경을 받게 되었으나 그들은 오히려 질시했다.

1927는 소래선생은 각 지역 교당의 종우회(宗友會) 활동이 크게 성황하자 그들을 묶는 종우총연맹(宗友總聯盟)으로 개편하였다. 1927년 국내에서는 정우회가 해산되고 사회주의, 민족주의 양대진영이 통일전선을 이루는 신간회 조직 소식이 전해졌다.

소래선생은 지금까지 민족해방을 위해서는 어떤 이름도 서로 연합해야 된다는 생각을 갖고 있었다.

선생은 1927년 벽두에 있은 3 · 1절 기념석상연설에서 학수고대하던 전민족의 총단합이 이루어졌다고 외치고 이제 북간도지역의 원종운동도 마감하고 북만지역으로 근거지를 옮기자는 방향의 대전환을 제안하였다.

제12편 '새바람' 잡지 사건이 터지다.

34. 좌파의 무고 투서로 '새바람' 잡지등 압수되고 6명이 검거되다.

> 개척리의 주의촌에서는 기관지로 '새바람' 잡지를 1년에 9획씩(원종의 1년은 9개월) 발간하였는데 이를 질투한 적파의 무고, 두서로 잡지와 인쇄기와 저술 등 각종 서적은 압수되고 소래선생과 다른 5명이 검거되었다.

북간도는 1920년대 일본자본주의세력이 크게 자리잡고 독립운동 세력은 위축되었다. 단지 소래선생의 원종만이 활기있게 움직여왔다. 선생은 1927년 첫여름 기관지 '새바람' 사건으로 일제의 용정영사관에서 검거, 체포되어 공판을 받고 경성 복심법원으로 압송되었는데 이때 북간도시기 독립운동의 특징인 사상투쟁으로 "나는 종교인으로, 철인으로 혁명이론을 주장하였을 뿐, 혁명을 도모하지 않았다"는 논리를 펴 무죄로 방면을 받게 된다. 원산을 거쳐 고향인 영흥에 들렀다가 다시 북간도로 돌아온 소래는 독립운동의 마지막 장을 준비하기 위하여 북만으로 향하였다.

35. 용정(龍井)의 일본 영사관에서 무죄판결이 났으나

> 1927년 초부터 적파(赤派)의 야료(惹鬧)는 날로 극악해지다가 초여름에 원종주의촌인 개척리의 기관지인 '새바람' 잡지가 일본 경찰에 압수되어 반일독립운동과 혁명활동의 혐의를 받고 소래선생과 외 5명이 함께 검거되고 석판 인쇄기와 저서 및 서적 모두를 압수당하여 일본의 용정영사관(龍井領事館)에서 재판 받으면서 선생은 "나는 혁명에 관한 이론가이며 혁명을 주도한 일은 없다."고 주장하여 무죄 판결을 받았으나 검사가 항고하여 경성 복심법원에 송치되고 선생 일행은 서대문형무소로 이감되어 있다가 가을에 경성복심법원에서 공판받았다.

1927년 '새바람' 사건에 관한 선생의 자서전 기록을 보면,

"十五年 劈頭에 東靑은 다시 總司에 와 惹鬧를 하였다. 이것은 正히 思想團體風에 醉한 者들의 斷末魔的 最後肉迫이던 것이었다. 한참 떠난다 떠난다 하는 나에게 「正友會는 解體되고 新幹會가 形成되어 民族的 單一戰線黨을 促成한다!」라는 좋은 寄別이 傳하여 왔다. 나는 總司에 열린 三一運動紀念會席上에서

「나의 苦待하던 民族的 單一戰線이 促成되게 되는 이 날에 있어 우리 ABC運動도 亦是 方向을 轉換하여 그들과 한 길로 나아가리라!」

라는 聲明을 發布하였다.

『이제는 獨是主義도 버려야 된다!』『敎育政策도 바꿔야 된다!』…

그러면서도 사소한 殘務에 걸리어 今日 明日하다가 보니 문득 새바람事件은 또 일어나게 되었다. 石版印刷機 새바람雜誌外 各種 書籍을 죄다 押收 當하고 나外의 여섯同人이 逮捕되어 頭道溝領事分館警察에게 取調를 받고 龍井總領事館檢事係로 押送을 當하게 까지 되었다. 남의 不幸을 幸으로 하여 그때 우리를 모함하는 惡宣傳들은 누구나 다 그렇게 甚하게 하였던가? 日官에게 告惡投書들은 누구들이 다 한 짓이었던가? 그것이 바로 赤派 東滿靑年同盟의 罪惡이었던 것이다. 아아- 人間이 어찌 이렇게까지 惡한 것이드냐? 人間으로 하여금 이렇게까지 惡하게 한 것도 社會制度의 過失이라면 아주 더 말할 것도 없을 일이겠지? 龍井總領事館에서 公判할때에 所謂 朝鮮人新聞記者는 왜 一人도 와 주지 않았는가?

怪惡한 世上人心은 實로 쓰기도 하고 맵기도 한 것이다.

檢事의 三年求刑은 타잘 것도 없이 畢竟 無罪言渡를 받게 되었다. 그러나 다시 檢事의 附帶控訴를 받게 되어 京城엘 가서 西大門刑務所의 囚徒노릇을 하게 되었다.

獨房에 들어앉으니 도리어 世上보다 滋味있는 듯 하였다. 身病을 얼마동안 잘 療養을 해서 매우 效益이 있는가 싶었던 것이 새삼스러운 딴 걱정이 생기어 紅恐怖症의 更起로 하여 좀 더 하더면 그만 말아버리고 늘 憧憬하던 虛無國의 나그네가 될 뻔 하였다.

覆審法院의 公判은 이틀이나 받았으나 마침내 檢事로부터 公訴取下를 當하여 放免되게 되었다.

平岡벌 陽春白雪의 눈보라 속에 어너털면서 잡혀간 것이 나오고 보니 벌써 北岳 丹楓이 滿長安한 늦景致를 자랑하는 쓸쓸한 가을이었다."

라고 술회하고 있는데 이 '새바람잡지' 사건은 동만청년동맹이라는 적파의 시샘과 무고와 투서로 인한 사건이었다고 선생은 단정했다.

36. 경성복심법원에서 결심 공판을 받고 방면되다.

용정의 일본 영사관에서 무죄판결을 받았으나 검사의 항고로 다시 경성복심법원에 항고되어 선생 일행 6명은 서대문형무소에 이감되었다가 1927년 7월 8일과 10월 4일 및 8일의 결심공판을 거쳐 일장 연설로 무죄판결을 받고 방면되었는데 이때 공판 광경은 재판 법정이라기 보다 일장 강연장이었다고 당시의 신문은 보도했다.

당시의 동아일보는 1927년 7월 9일자 2면의 5단 전면 기사로 보도 했는데

1. 특호활자로 뽑은 첫표제는 5행을 할애하여
"極元哲學 滔滔 講說
法廷은 宛然 講演場
萬年後는 原始時代로 도라간다는
無類한 無國主義 元宗事件의 公判
◇主犯 金中建부터 審理開始"라 쓰고
2. 중간 표제 특호활자 4행으로
"人乃天에 不服
「九元字」完成
◇원종은 원래 무본주위◇
紀念年號「建元」까지 製定"라 하고
3. 중간 표제 특호활자 4행으로
"小共和國 - 大共和國
畢竟 無國에 到達
긔관잡지 발행 교육긔관 설치라고 쓴 다음
腹痛으로 倚子에 안저 陳述"
4. 끝 표제 특호활자 2행으로는
"不農不食
개척리의 생활"(이상 책 앞쪽의 화보에 보였음)

라고 대서 특필하고는 본문활자로 기사를 쓰고 있는데 그대로 옮겨 적으면,

"약 만년후에는 人類社會가 절대자유평등의 原始時代로 도라간다는 元宗이란 새로운 종교를 창설하고 북간도 연길현에서 그 종교를 포교하다가 간도령사관에 체포되야 검사사무취급이 삼년 혹 이년의 구형을 하엿스나 판사사무취급인 부령사 위손

으로 무죄의 판결을 나리엿슴으로 검사사무취급은 다시 경성복심법원에 공소를 신립하야 올라온 치안유지법 위반사건의

原籍 咸南 永興郡 現在 間島 延吉縣 平岡 開拓里

無職 金中建(39), 學校敎師 李春郁(30), 農業 金東英(31),

雜誌主筆 金龍澤(23), 農業 金正極(37), 敎師 金貞夏(37)

등 여섯명에 대한 공소 공판은 예정과 가치 작 팔일 오전 아홉시 반부터 경석복심법원 제삼호 법뎡에서 말광(末廣)재판댱의 심리와 하촌(河村)검사의 립회로 개뎡되엿는데 변호사한국진(韓國鎭)씨가 특히 무료로 이 사건을 변론코저 립석 하엿스며 사건이 세계에 업는 「무국주의」라는 것으로 그나마 치안유지법에 걸리어 판사는 무죄 검사는 유죄로 해석이 각각 다른 사건임으로 넓은 삼호 법뎡 방텽에도 호긔심에 끌리어 온 방텽객으로 만히 안자 잇섯는데 「원종」창설가인 김중건(金中建)은 재판댱의 신문에 대하야 자긔가 주장하는 극원철학(極元哲學)에 의지하야 「원종」이란 종교의 교지(敎旨)를 긔탄업시 설명하엿슴으로 공판뎡은 완연히 철학강연댱(哲學講演場)갓흔 현상을 이루엇섯다.(사진은 출뎡하는 피고들)

재판장은 몬저 피고 여섯명을 불러 세운후 례에 의하야 주소 성명 직업 연령과 전과유무를 뭇고 처음으로 전기 김중건을 불러 심문하기 시작하였다. 피고는 종교 창설자의 태도로 화평한 얼굴에 때때로 미소(微笑)를 띠워가며 재판장의 뭇는 말에 일일이 대답하엿는데 그의 말의 요령을 듯건대 자긔는 스물한살 때에 텬도교(天道敎)를 밋기 시작하야 당시 고 손병희(故 孫秉熙)씨의 문하로 경성 텬도교본부에 와 잇섯든 바 텬도교의 인내텬(人乃天)이란 교지에 불평을 품고 구원자(九元字)라는 것을 연구하야 스물두살 때에 그것을 완성하는 동시에 대종원부경(大宗元符經)이란 책을 뎌작하엿다 한다.

그리하야 이 구원자를 완성하는 동시에 「원종」이란 종교를 창설하는 긔념으로 건원(建元)이란 년호(年號)를 졔뎡하엿는데 금년이 「건원」 십오년에 해당한다 한다.

원래 다른 종교는 신(神)에 의뢰하야 복을 비나 이 「원종」이란 종교는 구원(九元)을 고수하야 텬지자연의 리세에 사람의 장래 행복을 맛기는 것으로 농업은 텬하의 대본이요 효도는 백행의 근원이 된다 한다.

「원종」은 무본주의(務本主義)라는 것을 말한후 구원(九元)은 텬디만물의 근본이라

고 주장한 후, 따-윈의 진화학설은 평면적(平面的)임에 대하여 이 원종에서 주장하는 진화학설은 곡선적(曲線的)으로 순환한다고 결론을 하엿다.

재판장은 계속하야 원종에는 무국주의(無國主義)라는 것이 잇서서 국가 정부는 인류사회의 질서를 도저히 문란케하는 것이라고 선뎐한 일이 잇느냐 물음에 피고는 역시 이것은 진화설에 의하여 원래 현재 국가는 소공화(小共和)로부터 대공화(大共和)의 경로를 밟아가지고 무국(無國) 령역에 일은다고 변명하고 재판장의 뭇는 말에 따라 원종안에는 종우련맹(宗友聯盟). 원종총사(元宗總司)등 긔관이 잇서가지고 잡지 「신풍」(新風)을일년에 아홉 번식 발행하엿다는 것을 말하엿다.

이 때에 피고는 복통(腹痛)이 심하야 재판장의 허가를 어더가지고 의자에 안자서 진술을 계속하게 되엇는데 전기 피고들이 사는 개척리(開拓里)에는 여자교육긔관으로 건원학원(建元學院) 남자교육긔관으로 현신학원(玄新學院)이 있고 중등교육긔관으로 농대학원(農大學院)이 있다는 것을 말하엿다.

피고는 직업이 업서 무엇을 먹고 사느냐고 재판당이 물음에 원래 원종을 밋는 교도는 누구든지 농사를 짓지 아니하고는 먹지 못하게 제도가 되어잇스므로 피고나 긔타 여러사람이 모다 종교의 일을 보는 한편으로 각각 농사를 지어 그 수확으로 살아 간다고 진술하야 「개척리」 조선사람 살아가는 형편을 말하얏는데 재판장은 임시 휴계를 선언하니 때는 오후 열두시엿다"

고 쓰고 있고,

또한 동아일보 1927년 10월 4일의 (3일의 공판) 기사와 10월 9일의 (7일의 결심) 기사를 옮겨보면,

1. 특호활자 표제 3행(10월 4일 2면)
"法廷에서 學說 講義
「혁명의 성공은 피갑과 정비」
無國主義 金中建 公判"
라는 제하에 본문 기사로는
"무국주의(無國主義)라고 하야 세상의 흥미를 끌게하든 소위 원종교(元宗敎) 창립자 김중건(金中建)외 5명의 치안유지법위반 공판은 삼일 오전 아홉시부터 경성복심

법원 데이호 법명에서 말광(末廣)판사의 심리로 개명되엇는데 피고 김중건은 자기네는 결코 혁명을 주장한 것이 아니라 혁명의 성공은 혈가(血價)와 정비례된다는 것과 세계의 진화는 경제 조직의 개조에 잇스며 「따-윈」의 인류 진화는 인생을 평면덕으로 본것이나 자긔는 립톄덕(立體的)으로 본다는 등 해석하기 어려운 진술하야 통역을 괴롭게 하엿더라.

　2. 특호활자 표제 5행(10월 9일자 2면)

　"檢事가 控訴取下

　六名 全部 白放

　공판중에 검사가 돌연 공소취하

　전부 여섯명이 무죄로 백방되여

　無國主義者公判 續行中"

　라는 제하에 본문 기사는

　"무국주의를 표방하고 원종(元宗)이라는 종교를 창립한 김중건(金中建)외 다섯명의 치안유지법위반사건은 일심에서 무죄판결을 바든 것을 검사 공소로 경성복심의 심리에 부텨 지난 삼일에 경성복심법원 데이호 법명에서 공판이 열리엇다 함은 긔보한바어니와 그간 복심심리가 두 번이나 계속된 칠일에 이르러 복심법원 하촌(河村)검사가 돌연 공소를 취하하야 즉시 전부 무죄 방면이 되엇는데 백방된 피고의 씨명은 다음과 같다.

　間島 延吉縣 宋信鄕 平岡面 拓里(開拓里)

　金中建(39), 同上敎師 李春郁(30),

　同上 農 金東英(31), 同上 雜誌主筆 金龍澤(23)

　同上 農 金正極(37), 同上 敎師 金貞夏(37)"

　라고 보도하고 있다. 이 동아일보 기사를 상세히 옮겨 적는 뜻은 원종교(元宗敎)라는 종교단체를 가장하여 만주 간도에서 독립운동을 하여 오고 한편 선생의 꿈이던 대공화무국(大共和無國)으로 이끌어 갈 첫 단계인 농촌주의 시책을 실천하는 원종촌을 건설하여 기관지인 「새바람」잡지가 문제되어 체포되어 공판받는 사건인데 내용을 잘 모르는 당시의 신문이지만 객관적 자료가 되겠기에 기술한 것이다.

소래선생은 1927년 첫여름, 기관지인 잡지 '새바람사건' 으로 일제의 용정 영사관에서 공판을 받고 경성 복심법원으로 압송되었다가 서대문 형무소에 감금되어 있으면서 결심공판을 받았다. 이때 소래선생은 북간도시기 독립운동의 특징인 사상투쟁으로 "나는 종교인이며, 철인으로써 혁명이론을 주장하였을 뿐, 혁명을 도모하지는 않았다"는 논리를 펴 무죄로 방면을 받았었다.

원산을 거쳐 고향인 영흥에 들렸다가 다시 북간도로 돌아온 선생은 독립운동의 마지막장을 준비하기 위하여 북만으로 옮겨갈 구체안을 세우고 있었다. 이는 원종사업의 방향을 전환하는 계기가 되었다.

제13 편 북만 팔도하자(八道河子)에 어복촌(魚腹村)을 건설하다.

37. 원종사업을 재검토하고 주의촌을 북만 팔도하자로 옮기다.

선생은 '새바람' 잡지 사건 후 원종총사 사업을 재검토하여 방향을 전환하기로 하였는데 원종주의 실천에 있어서 실패 원인을 규명하고 재만의 독립운동단체의 통합기구가 요망되었고 평강(平岡)의 개척리는 일본의 영사관이 있는 용정(龍井)이 가까우므로 북만으로 옮겨야 하겠다고 결심하고 북만의 팔도하자(八道河子)로 원종총사를 옮기니 네번째의 주의촌의 이동이었다.

소래선생은 자서전의 '우리 사업의 실패' 라는 항목에서 다음과 같이 쓰고 있다.

"나는 出監하는 길로 元山에 가서 總司로부터 宗法會議를 召集하라는 指令과 宗法會議에 對한 法訓을 말하였다.

그는 勿論 우리 運動의 方向轉換과 내가 總司 모든 일을 다 내놓은뒤 收捨을 根本的으로 解決하려는 것이었다. 나는 蓮洞에 돌아와 나의 罪로 말미암아 날마다 뼈를 앓고 계신 父母의 얼굴이나 旣前보다 믿음이 떨어져서 나를보면 어쩔줄 몰라하는 어떤 弟子들의 얼굴이 나를 바라보면서 無限히 가슴 아픈 것을 느끼었다.

東滿의 원종은 나의 在監中에 東靑의 密計에 依하여 그 內部가 깊이 깊이 곪아 있던 것으로 이 해 中冬에 나의 還司를 機會로 하여 이것은 宗法會議 豫備會議席上에서 그만 破裂되었다.

그런데 종기를 險하게 짜고 險하게 씻어내는 것이 良醫의 手段일 것이다. 病者의 一時的 苦痛을 무서워 어물어물 어루만지기만 하다가는 마침내 온몸이 모두 곪아나고야 말 것이다. 어쨌든지 나는 法訓의 內意에 依하여 絕對不干涉의 態度를 取하고 있어 보기만 하였다. 東靑의 密嗾에 依하여 反逆者들은 어떻게든지 宗法會議가 못 되도록만 惡戲를 부리던 것이었다. 아무리 보아도 宗法會議는 法訓의 內意와 같이 完美하게 되기는 可望없는 일인지라, 나는 차마 그 支離滅裂한 꼴들을 그대로 버려두고 떠날 勇氣는 없었다.

十六年 劈頭에 나는 提告文이란 聲明을 發布하여 우리 運動의 方向轉換과 民族的 單一戰線으로 나아갈일과 等等 條件을 例示해주었다.

十有餘年을 죽도록 心血을 태우면서 하던 敎育의 結果는 마침내 이른바「齎寇兵而資盜糧」으로 떨어져 버리고 말았다.

이것이 숙숙히 나의 過失일 것이다!. 조금도 過失이 남에 있다고 나는 생각지 않는다. 그러나 나는 自來로 弟子들에게 利己主義的 무엇을 要求한 바는 아예 없었다. 다만 自己들의 人格向上만을 希望하였나니 世人이 나에게「弟子에게 屈從을 要求하고 神聖事를 希望한다」고 誹謗하는 者가 있었다고 하나 내가 그렇지 않다는 것은 密雲集이란 글월이 있어 그를 雄辯으로 證明하지 않는가? 나는 그들에게 密雲集을 가르쳤기 때문에 그들이 아무리 나를 차버리고 갔더라도 나는 實로 그에 對하여서만은「仰不愧天, 俯不怍人」한 사람인 以上 나의 過失이란 것은 내가 그들을 잘 가르치지 못하고 잘 感化시키지 못했다는 그것뿐이다.

마지막으로 十五年 以來 우리 事業의 失敗된 原因 몇가지만 좀 들어내보자.

1. 내가 너무도 지려 神經衰弱에 걸린 일.

2. 부産임을 不顧하고 元宗을 지려 考案에서 들어내 놓은 일.

3. 人物中心主義政策을 誤用한 일.

4. 其人主義를 버리고 造人主義를 取한 일.

5. 敎育政策에 元宗을 表面으로 한 일.

6. 내가 陳頭에 서 가지고 敎授에 專力하여 他에 눈 뜰 겨를이 없는 일.

7. 曆法 數字等이 남과 다른 일.

8. 獨是主義 無資本主義가 잘못 미끄러진 일.

9. 내가 東滿에서 늦게 와서 이어 討伐亂과 在留禁止를 當하게 된 일.

10. 元宗은 歸納的 客觀的으로 訓練하지 않고 演澤的 主觀的으로 한 일.

11. 일마다 반드시 自然生의 惡戲가 맞서게 된 일.

等等이었다. 그러나 다시 보면 이것은 다 그 實質 又는 경우로 보아 거의 다 原因 아닌 原因인 것이니 그 眞實한 原因의 原因을 探究해 본다면 도무지 세가지 큰 矛盾이 있음을 發見하게 된다.

1. 나의 人生觀이 唯我哲學의 適善說과 矛盾된 것.

2. 모든 方法이 極元哲學의 復本說과 矛盾된 것.

3. 人物中心主義가 나의 人道上立場과 矛盾된 것.

이 세가지 矛盾이 우리 事業을 妨害하게 된 것은 一曰 나의 잘못이오, 二曰 경우가 나로하여금 우리 事業을 學說化 시키기를 許치 않은 까닭이라 하겠다.

그러나 過去의 元宗은 너무나 早産으로 準備時代에 있었기 때문에 그만한 矛盾은 免할 수 없는 事情일 것이다.

如何間 그(元宗)는 나로 더불어 이 世上에 超然 獨立의 것이었나니 비록 困窮하였을지언정 極히 高尙한 것이었으며 正히 精潔한 것이었었다. 喞喞하는 群小輩의 惡口가 아무렇기로니 一心의 나에게나 萬世의 元宗에나 그 무엇이 關係되랴?. 아아! 알아지이다!.

今後의 元宗과 나는 어떠한 길을 밟게 되려느냐?"

라고 1927년(건원15년)에 출옥하면서 원산에 들려 종법회의를 지령하고 1928년 초에 제고문(提告文)이란 성명을 발표하여 원종운동의 방향전환을 결심하였던 것이다.

38. 북만에다 어북촌을 건설하고 조선혁명지도처를 두다.

> 북만 팔도하자(八道河子)에다 원종주의촌을 건설하고 어복촌(魚腹村)이라는 이상촌을 만들어 항일운동과 '농촌주의구체안' 인 공작분유(共作分有)를 실천하면서 조선혁명 지도처를 구상하고 있었다.

소래선생은 조선에서 일본 제국주의를 축출하려면 무력항쟁을 해야 하는데, 만주에서 공격과 후퇴가 가능한 지역은 북만으로 판단하였다. 북만은 백두산에서 소련국경까지 산삼림으로 뻗은 노야령대산맥을 끼고 있다. 노야령대산맥의 지리적 이점을 이용하여 주의촌(主義村)을 건설하고자 하였다.

이 때의 원종의 이동 실정을 선생의 자서전에서는 다음과 같이 쓰고 있다.

"北滿의 첫길

우리 ABC運動은 이제 方向을 轉換하게 되었다.

1. 自來의 道德的 人格修養으로부터 이제 獨立的 政治運動 옮기인 것.

2. 自來의 獨是主義 敎育政策을 버리고 새로 民衆主義 社會政策을 取하게된 것.

3. 魔化一通本則을 눌러두고 震元宗主義를 앞세우기로한 것.

이것을 總司에서 委託해두고 나는 數年 내내 벼르던 療養과 또는 새 局面의 打開를 爲하여 十六年 早春 떠나게 되었다.

나는 實로 元宗의 舊緣을 벗어버리고 外界의 새사람을 찾아 脫身獨行을 하였다. 그러나 蜂蜜碯子(元宗地方)에 와서 「어린이 元宗」을 쓰는 數日間에 同志 三人은 追隨하여 왔다. 哈尒巴嶺에 올라서 잔잔한 春風속에 南國을 바라보고 過去 二十年間의 그 支離한 苦行을 回憶하는 同時에 未來의 새 길에 나아가는 벌써 갓마흔살의 自己를 反省하여 無量의 浩歎을 밟아내었다. 哈尒巴嶺을 넘는 나의 생각은 南北滿에 있는 各 獨立運動體를 다 解體시키는 同時에 새로이 「個人本位合法的 在中單一運動線」의 結成을 그리고 있었던 것이다.

그것이 아예 될 수 없는 것이라면 다시 方向轉換 後의 元宗을 움직일 밖에 없겠다고 한 구석에는 이 생각을 심어두기도 하였다. 나는 敦化에 이르러 各 獨立團의 한 뿌리와 및 그에 對한 民衆의 態度를 瞥見하고 急急히 療養을 爲하여 北滿의 勝地라는

鏡泊湖를 찾게 되었다.

가기는 가면서도 敦化를 내놓기는 아까웠나니 그는 그땅이 東南北滿의 要中點에 있어서 우리 運動에 큰 勝算을 줄 수 있기 때문이다. 그러나 경우는 나로하여금 그 勝算을 勝算으로 옮기기를 許치 않았다. 鏡泊湖에 이르기는 하였다. 그리도 마음을 졸이면서 찾아온 鏡泊湖는 나의 바라던 것보다 좀 遜色이 보이기는 하나 그래도 自然美가 몹시도 그리운 東滿에서 보기보다는 흠썩 爽快한 느낌을 주었다.

바닷물 한방울은 온 바다의 짠 것을 證明하는 것이다!「梧桐 힌 잎사귀가 온 天下의 새 가을을 報催하는 것이다!」이 말과 같이 南湖頭半日酒에 北滿運動界의 消息을 거의 抽象的만이 안되게 잘 보았다.

나는 鏡泊湖의 勝景을 翫賞하고 療養의 땅으로 卜하려 하였으나 (一)凶年, (二)派鬼의 亂鬪, (三)同人의 亂離等等 不利한 경우가 마침내 蹉跎軟軻한 나에게 그만한 大自然의 美나마 許해 주지를 않았다. 小城子라는 岬頭에는 어느 한 옛날에 쌓았던 土城인지? 그 끼친 자취가 오히려 完然히 보이고 있는데 傳說에 依하면 그는 渤海國 始祖 大祚榮이 十二年間이나 隱居하던 곳이라 한다. 나는 無意識中에 旣往 琿春에서 어느 古城을 보고 부르던「觀感小調古城韻」을 불러보았다.

그 노래소리의 밑뿌리에서 움직이고 있는 나의 感味는 그때(琿春 어느 古城을 보고 노래 부를 때)보다 分明히 冷血性인 것을 깨달았다. 떠나기도 哀惜한 鏡泊湖를 여히고 나에게 늘 歷史的 깊은 感慨를 많이 주고있던 大渤海王國의 옛날 東京城에까지 가게 되었다.

다시 下窯子에 이르러 오래 그립던 德水의 옛 法徒들을 보고 다시 北滿運動의 앞길을 決策하였다. 敦化에서 決定한대로 먼저 新民部交涉의 길을 찾아 孤家子, 缸窯溝에까지 이르러 그야말로 脣焦口焦하도록 朝鮮運動의 新方向을 말하였다.

보건대 北滿運動의 그 人物을 가지고 나의 新方略을 옮겨보기는 千萬인 것인 同時에 處處의 派閥鬼싸움은 정말 極惡凶升인지라.

나는 下窯子로 새로운 運動體-主觀性의 것-를 두고 그에 依하여 拓殖政策을 내세우고 먼저 農村主義實驗兼 우리 運動根據地의 確立을 必要로 하여 主義村 建設案을 作成하였다. 나는 다시 某地方으로 向하여 北滿運動界의 頭領들을 만나 보았다.

하도 어이가 없어서 그만 내버리고 말까? 하다가 다시 寧古塔에다가 朝鮮民社를 세우고 나의 主張하는 體用論에 依하여 各 獨立團과 思想團體들의 糾合을 策勵하려 하였다. 그러나 그것인들 어찌 無人自行할것이랴? 派鬼의 惡爭은 刻一刻으로 危險化 하여가고 그때 한참 紛紛히 떠들던 所謂 唯一黨論은 하나도 政治的 意識을 갖지 못한 者들의 各其 派閥壁壘를 增築하는 便法에 不過하는 狂吠들일 뿐이었다.

缸窯溝에서 儂友講座를 열고 그 가운데서 派閥鬼 박멸균을 多少間이라도 編制해 내세울까 했던 것이 그것조차 틀려먹게 되었으니 그만 다 떨어 버리고 主義村建設을 보기 爲하여 豫定과 같이 八道河子로 오고 나니 때는 벌써 建元十七年 새봄이 되었 다. 모르거라! 이 뒤의 나는 將次 어떠한 경우와 싸움을 하게될런고?"

선생의 자서전은 여기 1929년(건원17) 새봄에서 끝나지만 소래선생은 어 딘지 모르게 불안을 느끼면서 결국 북간도 팔도하자(八道河子)에 원종촌인 반 농반병(半農半兵)의 촌민으로 이루어지는 공작분유(共作分有)제도의 이상촌 을 건설하였다.

1920년대 북만 영안현 영고탑은 민족운동의 근거지로 발달하고 있었다. 1920년대 북간도는 일제의 통치가 지배되는 곳으로 민족운동을 전개하기 어 려웠다면 영안은 독립운동을 꿈꾸는 이들이 사상을 막론하고 모여드는 곳이 었다. 현처묵, 김좌진, 조성환, 김동삼 등 민족지도자들이 이곳을 거점으로 활약하였다. 영고탑의 한인사회는 군정서, 학우단, 적기단 등 세력들이 서로 자웅을 겨루고 있었다. 영안 주위 50리 안팎에는 이주한인촌이 수없이 형성 되어 있었다. 위로는 산시, 해림, 목단강 등이 있고, 아래로는 동경성, 경박 호, 발해진 등이 있는 곳이요, 또 좌측으로는 신안진, 영고탑, 밀강, 구가 등 지가 있고 우측으로는 황기둔, 철령하 등지가 있는데, 영안을 포함하여 이상 의 지역에는 모두 이주한인촌이 1920년대 초반부터 형성되어 있었고, 이곳에 대종교 세력들이 진출하여 독립운동 기지로 삼았다. 북만에서 영안은 민족운 동의 중심지가 되었다.

북만으로 건너간 소래선생은 1928년 제일 먼저 지리적으로 중요한 영고탑에 조선민사를 세웠다. 이주 한인사회를 결속시키고자 하는 의도가 있었기 때문이 다. 신민부는 영안을 중심으로 북으로는 흑룡강, 남으로는 백두산, 동으로는 장춘, 서로는 구참에까지 넓게 퍼진 북만지역의 이주 한인사회를 통합시키고자 하였다.

그리하여 소래선생은 노야령 산록 팔도하자(八道河子)에 원종(元宗)의 중앙본부를 두고 남북으로는 여순·대련에서 흑하를 관통하고 동서로는 수분하에서 만주리를 연결하는 동청철도의 중요역에 비밀조직을 두고 두 동서 남북 철도가 만나는 하얼빈에 국제 정세를 직간접으로 파악하는 연락처를 설치한다는 것이었다.

그리고 이곳에서 얻어진 정보는 상해의 임시정부로 보낸다는 계획을 세웠다. 중동선 일대에는 이주 한인들이 개척한 농경지가 발달하였고, 러시아는 중국과 철도의 운영권을 놓고 서로 싸우고 있었다. 1920년대는 중국의 동북 정권이 이 철도를 관리하였으나 1930년대는 만주국과 일제가 관할하였다.

북만으로 이주하는 한인들은 수전농업과 관련하여 중동철도 연선을 따라 한인촌을 건설하였던 것이다. 그러나 만주사변이 일어나고 이 지역에 중국 구국군과 한인독립군의 연합부대가 일만군과 싸우다 퇴각한 1933년 이후에는 중동철도 연선은 더 이상 한인들의 독립운동 거점이 될 수 없었다. 이제는 독립운동 세력들은 러시아령으로 넘어가든지 더 깊은 산간 오지의 삼림(森林)으로 아니면 중국 관내(關內)로 이동해야 했다.

노야령 산맥을 독립운동가들은 할배고개라 불렀고 호위령은 호랑이 고개라고 불렀다. 노야령은 북간도와 북만을 가르는 장백산맥의 줄기 가운데 있고 동쪽으로는 태평령이 북간도와 북만을 가르는 장백산맥의 줄기 가운데 있으며 동쪽으로는 태평령이 북간도와 북만을 경계로 하고 태평령을 넘으면 나자구와 동령에 이른다.

39. 진우회(震友會)를 창립하고 전 농우동맹의 총궐기를 호소

어복촌에 진우회를 창립하고, 1931년에는 조선혁명지도처를 두었고 북만 독립운동단체의 연합, 결속을 호소했다.

소래선생이 제안한 만주대십자가 정책이란 중동선을 이용한 독립운동방략이었다. 북만의 중동선은 대종교, 북로군정서, 신민부, 한족총연합회, 한국독립당 등이 활동한 무대였다.

소래선생의 조선혁명지도처와 연합하여 싸우고자 하였던 동녕현의 독립단 영수 강국모는 동녕현 지역을 중심으로 활동하였다.

동녕은 "동쪽의 영안"이란 뜻으로 러시아 지역 연추를 거쳐 북만지역으로 들어올 때 첫 도착지가 되는 곳이다. 북민지역 최초의 한인사회가 성립된 곳은 동녕 고안촌이다.

동녕과 러시아 사이에 국경지역이 삼차구인데 이곳은 북간도에서 북만에 들어오는 루트가 된다. 노령 연해주로 이주한 한인들이 연추를 거쳐 동녕과 북만으로 들어왔다.

그러므로 소래선생이 자리잡은 팔도하자, 어복촌은 노야령을 등지고 동경성 하음자 두은구 이도하자의 농우동맹 주의촌과 함께 동서남북 진퇴가 유리한 지역이었다.

1930년 9월 소래선생은 어복촌에서 진우회(震友會)를 창립하고 전 농우동맹의 총 궐기를 호소하였다. 그리고 1931년에는 조선혁명지도처를 중앙부에 두고 농우동맹의 백만결속운동을 일으켰다. 어복촌은 노야령을 따라 남으로 가면 북간도 왕청·돈화에 이르고, 동으로는 동녕으로 노령으로 나갈 수 있으며, 북으로 영안을 거쳐 목단강 팔명통 밀산 흑하에 이를 수 있는 곳이었다.

소래선생은 1928년 제고문(提告文)을 통해 북만행을 결심하면서 조선혁명세력을 총결집시키는 계획을 북만에서 성취시키고자 하였다.

그러한 뜻으로 북만민족운동의 지도자중 신민부를 이끌던 김좌진, 대종교의 윤세복 등을 만났다. 그러나 현실적으로 원종세력과의 통일전선을 구축할 수는 없었다.

소래선생은 북만운동에서도 그가 지금까지 구축하여 오던 주의촌(主義村)을 건설하고 주의촌을 중심으로 뭉칠 수 있는 방안을 생각했다. 1920년대 원종운동의 반성으로 세계혁명의 대공화, 무국의 시대는 조선혁명의 소공화없이는 이룰 수 없는 꿈이라 생각했다. 소공화 운동의 첫째 요인은 북만독립운동세력들이 한길로 나아가는 일치요 연합이었다. 그러나 1920년대 중반 이후 만주전역은 신민부, 정의부, 참의부로 나뉘어져 있었다.

국내 신간회운동과 함께 1928년 5월 3부 통합의 유일당운동이 길림에서 진행되고 있었다. 그러나 그 조직 방법 때문에 진전이 없는데 소래선생의 생각은 지금까지의 모든 독립운동 단체가 해산하고 개인본위로 다시 모였으면 하였다.

민족의 해방과 독립을 최고의 목표로 한다면, 또 지금까지 조선혁명을 위하여 희생되어온 혁명선열을 생각한다면 단체본위 조직론, 단체중심 조직론, 개인본위 조직론 등의 의견은 서로 다툴 일이 아니라고 생각하였다.

3부통합은 만주의 모든 독립운동자들의 한결같은 염원이었음에도 불구하고 내부 분열과 파쟁으로 좌절되고 있었다.

소래선생이 찾아온 북만은 신민부도 민정파와 군정파로 나뉘어 있었고, 거기다 북만청년총동맹, 동만청년총동맹 등 공산주의 세력도 있었다.

이념적으로는 민족주의, 무정부주의, 대종교, 공산주의 등이 서로 주도권을 다투고 있었다. 신민부는 3부통합에 앞서 자체 통합이 더 중요했고 군정파는 무장투쟁 우선주의를, 민정파는 교육·실업 우선주의라는 독립운동 방법을 각기 내세웠다.

소래선생의 입장으로는 두 방법에 우선순위가 없었다.

북만지역이 지금은 일제의 세력권 밖에 있지만 곧 이 지역도 일본이 지배하게 될 것이라 생각할 때 싸울 시간이 없는 때라고 생각하였다. 그러나 당시 북만 한인사회는 이념적으로 좌우 분렬의 골이 깊어 민족운동자들은 자기 진영의 조직 세력권 외에는 마음놓고 다닐 수가 없었다.

북만은 중동선일대 영안을 중심으로 남으로 안도까지 신민부 관할이었다면, 공산주의 세력은 황기둔 동경성을 중심으로 조직을 확대하였다. 특히 농민과 청년층을 파고들고 있었다. 또 목단강에서 일면파 지역은 친일단체 조선인민회가 활동하였다. 신민부의 중요거점은 영안인데, 1926년부터 영안에 조선공산당 만주총국이 설치되어 한인사회를 놓고 그 지도권을 누가 장악하느냐 문제로 신민부와 공산주의자들이 상호대립이 극심하였다.

소래선생이 북만으로 옮겨온 1929년에 북만인민대표대회가 열렸고, 신민부 군정파 혁신의회 세력들은 대종교 세력, 무정부주의 세력들과 제휴하여 한족총연합회를 결성했다. 그들은 경제공동체로서의 농촌 자치조직과 그 교육 및 훈련에 관심이 많았다. 한족총연합회는 북만에 이주한 조선농민의 곤궁, 유리, 기아, 동사 등 어려움을 개선하고자 여러 가지 사업을 도모하였다.

제14편 큰 별은 지고 철학과 사상만 남다.

40. 적파의 모략과 암투는 날로 심해져

> 김좌진 장군도 한족총연합회를 조직하여 활동하다가 공산주의자들에 의해 1930년 영안(永安)의 산시역(山市驛)에서 암살되었다. 소래선생은 자서전에서 "적파(赤派)의 야료와 '새바람' 사건"이라고 제목하고 독립운동 기관지인 '새바람 잡지'와 독립군 고급 교육기관인 '농대학원'에 대한 시기, 무고, 투서가 모두 적파인 동만청년동맹의 짓이라고 하였다.

1929년 10월 김좌진이 산시에 정미소를 설치 운영한 것도 중동선 일대의 농민들을 위한 것이었고 한족총연합회는 농민들을 위해 농촌의 자치조직, 공동판매, 공동구매, 상호금고의 설치 등 계획을 시도하였다. 생활개선, 직업훈련에 관한 순회강좌도 있었다.

그러나 1930년 1월 김좌진이 공산주의자에 의하여 암살되면서 한족총연합회도 그 활동이 중지되었다.

공산주의자들의 책동 이외에도 한족총연합회 내부에는 대종교 민족주의자와 무정부주의자들의 대립이 있었던 것이다.

소래선생이 추구하였던 북만운동에 일치는 어려운 일이었다. 한족총연합회는 일제의 구축이라는 항일 무장투쟁을 위한 전략은 신민부 군정파들에 맡겼고, 농촌자치조직 건설운동, 학교 설립운동 등은 무정부주의자들이 맡아서 추진하였다. 그러나 그 모두는 실효를 거두기에 시간이 짧았다.

1920년대 말에서 30년대 초 북만의 정세는 급박해지고 있었다. 1929년 전후 대공황은 일제에 심대한 타격을 주었다. 공황으로 위기에 봉차한 일제는 만주를 침략함으로 문제를 해결하고자 하였다. 북만은 1930년대에 접어들면서 전쟁발발의 위기가 한층 고조되었다. 이러한 위급한 상황속에서 재만 한인의 자치기관 건설과 무력투쟁역량의 강화가 요청되었다.

소래선생은 지금까지 축적한 역량을 바탕으로 민족운동 진영의 대동단결을 계획하게 되었다. 공산세력은 민족주의 진영에 각 파별로 분산하여 편입하여 왔다. 그 결과 민족주의 진영의 청년층들이 상당수가 좌경화되어 민족주의 진영은 약체화되었다. 무엇보다도 재만한인들은 열악한 사회·경제적 처지 때문에 민족문제보다는 계급문제를 앞세우는 공산주의자들의 논리에 현혹되었다.

대일 무장항쟁과 반공투쟁을 적극적으로 수행하기 위하여 한국독립당을 결성하게 되었는데 한국독립당은 북만지역의 한족총연합회 세력과 오상, 서란, 길림 지역에서 활동하던 「생육사」 세력들이 연합함으로 재만 농민의 경제적 지위 향상과 항일무장투쟁을 목표로 1931년 2월 결성하였다.

그들은 반농반병(半農半兵) 둔전제를 실시하고자 하였고. 민본정치 노동본위 경제 민본문화 건설을 실시하되 한족자치연합회가 이러한 일을 담당하고, 일제의 구축 치안유지 일제주구배 숙청 등은 한국독립당의 군대가 맡기로 하였다. 일제의 만주침략은 중국본토의 침략으로 발전할 것이며, 항일전은 대규모 정규전으로 장기전화할 것으로 판단되었다. 한국독립당은 밀산, 호림, 동녕, 왕청, 영안, 목릉, 화룡, 훈춘, 길림, 서란, 오상, 아성, 돈화 등지를 군구로 삼아 군자금을 징모하고 군인을 징발하였다. 그러나 북만지역의 경제적 어려움으로 국민적 기반이 약해 무장세력을 이끌어가는 데는 어려움이 많았다.

41. 북만 어복촌은 원종주의 이상향의 사회가 건설되다.

> 주의촌인 어복촌에는 진우회(震友會), 농우동맹(農友同盟), 조선민사(朝鮮民社)등 북만 이주농민 결속체가 있었고 청년단, 소년단, 장년단, 부녀단등 교육과 군사훈련의 단체가 조직되어 있었으며 농촌주의 실제 제도는 공작분유(共作分有) 방식으로 동대(動隊)로 편성된 공동노작에 배급카드로 하는 배급제였고, 북만 각처에다 법회(法會)를 열고 교양과 주의 사상을 전파하였으며 1931년 9월 만주사변이 일어난 뒤로는 각 조선독립군에다 물자와 군비를 보급하며 한때 병력 50여명을 파견하여 일본군을 압박했다.

소래선생이 북만 팔도하자(八道河子) 어복촌(魚腹村)에다 이상촌을 건설하였던 1928년 이후 1933년까지의 활약상을 수제자이던 고 이원규(故 李元揆 법무사)씨는 다음과 같이 술회하고 있다.

"선생은 1928년에 북만 영안현(寧安縣)에서 독립운동 지도자이며 신민부(新民府) 총사령관인 김좌진(金佐鎭)장군과 대종교교주(大倧敎敎主) 윤세복(尹世復)과 반일운동 방략등을 토론하고 항요구(缸窯溝)에서 유운초(劉雲樵)등과 독립운동 단일전선을 형성하려 하였으나 무모한 정책과 개영웅주의에 사로잡혀 있음을 보고 소인배들과 불가여모(不可與謀)라 개탄하고 홀로 다시 십년생취(十年生聚) 십년교훈(十年敎訓)의 기틀을 닦아 진가이공(進可以攻) 퇴가이수(退可以守) 할 수 있는 총본영건설을 도모하여 노야령(老爺嶺) 산록에 처하고 있는 팔도하자(八道河子)에다 주의촌(主義村) 건설에 착수하셨다.

1929년 봄 어복촌(魚腹村)이라 명명하고 중앙부에 이운(李雲) 김대용(金大用) 장제민(張濟民) 신흘(申屹) 조(趙)모등으로 각부서를 담당케하고 농촌주의(農村主義) 공작분유(共作分有)제도에 의하여 동대(動隊)편성과 배급카드제실시 청소년단 장년단 부녀단의 조직훈련과 일몰후는 독서강좌로 즉 주경야독(晝耕夜讀)을 실천하였다. 일방으로는 하음자(下蔭子) 이도하자(二道河子) 두은구(斗銀溝)등 지방에 농우동맹을 조직하고 농촌주의 깃발아래 집결시키었다. 이 무렵 어느날 괴한 8명이 나타나서 중앙부 요인들을 권총으로 위협하며 당신네들의 지도자 김소래선생을 만나러 왔으니 속히 불러 오라고 호령이었다.

아무 준비 없던터라 선생님께 이 사실을 보고한즉 즉시 선생님께서는 태연히 괴한들을 맞아 주었다. 그네들은 두다리를 제각기 틀어 올리고 오만불손하며 기고만장하여 권총을 슬슬만지면서 공산주의 노선을 추종하라는 위압이었다. 이때 선생님께서는 안색하나 변함 없이 극히 조용한 어조로 현재 우리 민족이 나아갈 길은 각층 각파가 단결하여 먼저 적을 퇴치하고 뒤에 건설을 논할 것이라는 요지로 일장 설파하자 살기등등하던 권총 괴한들은 차츰 태도를 바꾸어 무릎을 꿇고 머리를 조아리면서 「예! 예! 잘알았습니다. 예! 많은 지도를 받겠습니다.」하면서 슬슬 꽁무니를 빼어 돌아가고 말았다. 이렇듯이 설복력(說服力)과 감화력(感化力)은 총탄도 무색할 정도였다.

1930년 9월 1일에 震友會 조직과 동시에 재만 동지들에게 돈이나 몸이나를 모두 조국광복을 위해 바치라는 命令을 내리셨다. 당시 일제의 침략은 전만주를 휩쓸게 되었고 만주 각처에서는 구국운동이 일어났고 그 중 가장 강력한 존재가 중국구국군이었다. 이때를 따라 진우회 산하에 조선혁명운동지도처(朝鮮革命運動指導處)를 창설하고 정세 긴박함에 따라 총궐기를 웨치셨다. 동지 규합과 무기 군자금등 조달을 목적으로 동남북만에 특파원을 파견하였다. 여기 제일진을 약술하면 특파원에 김대용(金大用) 이춘욱(李春郁) 이원규(李元揆) 박동욱(朴東郁)등이었고 목적지는 소만국경인 동녕현(東寧縣) 일대이었다. 사명은 중국구국군 총사령부와 밀접한 전선촉성과 독립단체 흡수합작과 동지규합 및 무기조달등이었다. 당시 중국구국군 총사령부는 동녕현에 있었고 총사령관 왕덕림(王德林) 부사령관 공헌영(孔憲榮) 전방사령관 오의성(吳義成)등이 그 곳에서 작전지휘하고 있었으므로 그분들과 연합전선 촉성공작을 하는 한편 무기수집과 동지규합에 전력을 다하였다. 특히 소령지방에서 월만(越滿)한 독립단영수 강국모(姜國模)와 접선되어 우리 지도처에 합세하여 무장이 되는데로 선생님의 직접 지도하에 두기로 하였더니 그러나 단일전선을 형성하려는 이때 적귀(赤鬼)의 마수는 모처럼 묶어 놓은 이 단체를 이간 모략하여 분열을 시켰고 중국구국군 사령부까지 모략선전하여 반목불신(反目不信)케 하였다.

아! 우리의 적은 과연 일제놈들이냐? 적귀들이냐? 그러나 특파원들은 동녕(東寧) 지방에 있는 기독교회의 호응으로 우리 전선에 가담케하였고 청소년운동도 기반이 튼튼했다. 그러는 사이에 일군토벌대는 벌써 최후거점인 동녕(東寧)에 진격해 오니 반격전선은 붕괴되기 시작하였다. 이에 전격적으로 진공하는 일적(日敵)의 총봉을 피하여 노흑산(老黑山) 방면으로 퇴거하던 우리 특파원들은 산중에서 일본토벌대에 포로가 되었다. 일군헌병대에 넘겨졌다가 혹심한 고문 끝에 총살을 당하게 되었는데 기적적으로 탈출하여 천신만고로 본부까지 돌아와 보니 모든 정세는 이미 틀려졌었다. 아! 애통함이여!" (李元揆)

라 했고, 독립운동 연구가 서굉일교수는 그때의 북만 사정에 대하여 다음과 같이 쓰고 있다.

"소래는 1928년 원종(元宗)의 근거지를 북간도에서 북만으로 옮기고, 노야령 북록 팔도하자(八道河子)에 황무지를 개척하여 어복촌을 세웠다. 이 마을은 농사를 하면서 사상을 학습하는 주의촌(主義村)이었다. 소래선생의 「농촌주의 구체안」에 의하여 공작분유(共作分有) 제도를 실시하였다. 농사를 포함한 모든 노동은 동대(動隊)를 편성하여 공동으로 수행하고, 분배는 배급카드제를 실시하였다. 공동체 안에는 청년단, 소년단, 장년단, 부녀단이 있어, 함께 교육을 받고 군사훈련에 임했다.

원종은 교단을 재정비하고 동경성 하음자 두은구 이도하자 등지에 법회를 조직하였다. 1931년 9월 만주사변이 일어났을 때 소래선생은 한국독립군을 위해 군비와 물자를 공급할 수 있었다. 병력도 50여명이나 파견할 수 있었다.

소래가 북만에 와서 건설한 새로운 운동체의 핵심에는 어복촌이라고 불리우는 주의촌이 있어 진우회, 농우동맹, 조선민사를 중심으로 북만 이주 농민들의 결속을 도모하였다. 또한 구체적으로 무력전을 준비하면서 만주를 대십자정책으로 나누어 요소요소를 경계하며 일제에 맞서 싸울 것을 호소하였다. 이때에 중국의 국민당, 인도의 간디, 월남 등지의 수령들과 함께 모여, 동방 약소민족의 대연맹구축을 통한 민족해방계획을 구상하고 있었다."

42. 민족의 큰 별은 좌익에게 어처구니 없이 참해되고 말았다.

소래 선생은 1933년 3월 24일에 북만에 출몰하던 조선공산당의 이광(李光) 부대에 의하여 참혹하게 살해당하니 큰 별은 어처구니 없이 떨어지고 이 민족을 소공화, 대공화, 무국의 이상적 평화사회를 건설하려던 꿈도 사라지고 말았다. 이때 외아들 도경(道經)과 며느리 황전경(黃田經)도 함께 살해되었다. 결국 소래선생은 한 몸과 한 집안을 송두리째 조국 광복 투쟁에 바치고 말았다. 그리하여 순국정신과 소래철학만 후세에 남았다.

이때의 참변 상황을 수제자이며 현장 목격자인 염형석(廉亨錫)옹은 다음과 같이 기록하고 있다.

3월 24일 사변실기(事變實記)

"1930년(건원18년) 만주사변이 일어나자 우리 어복촌(魚腹村) 일명 주의촌(主義村)에는 마적과 중국구국군의 내습이 꼬리를 물고 잇달았다. 그 中에도 구국군인 왕덕림(王德林)부대 천여기가 내주하였을때엔 우리 조선혁명지도처(朝鮮革命指導處)와 항일전선을 함께 벌린 일도 있었으나 그 구국군이 동녕(東寧)으로 철수한 뒤 중공군부대가 천여명이 내주하자 모스크바공산대학출신인 장(張)참모라는 자는 우리 어복촌의 실력과 사상관계를 교묘한 수단으로 조사하고 있었다.

소래선생께서는 이 중공군부대가 내주하자 고뇌하시는 기색이 신상에 나타나고 각별히 제자들의 무각무모한 사람이 없기를 당부하셨다.

중공군부대에서는 우리 어복촌을 그들의 공산전선으로 끌어 들이려했고 특히 소래선생을 매수하려는 눈치가 역력하였다.

1933년(건원21년) 3월 20일경

「퉁재궈」에 있는 조선인공산군 이광(李光)부대가 자주 넘나들더니 소래선생을 납치하려는 기미가 보였다. 선생은 불길한 생각이 들어 일시 덕성산(德成山)으로 피신한 일도 있었으나 일이 심상치 않음을 알고 돌아와서 순서(舜瑞) 원(瑗) 두옹에게 공

산주의자들의 흑심을 말씀하시며

「민중 구하기는 쉽고 지도자를 얻기는 어려우나 하는 수 없이 자기는 군중을 구하기 위하여 희생되어야 한다」

고 말씀하셨다. 그때 원(瑗)옹이 묻기를

「정말 말 안들으면 총살할까요?」하니 선생은

「나는 총살도 아니고 아마 타살 당할것이라」하였다.

3월23일 오후 1시경 이광부대의 이욱(李旭)이란 자와 다른 2명의 중공군과 합세하여 마루진(소래선생)과 순서(舜瑞) 동욱(東郁) 도경(道經) 용환(龍煥) 창봉(昌鳳) 여섯분을 포박하여 그 아랫마을 중국인 장해(張海)의 집에 가서 고문을 시작했다. 소래선생께서는 맑스주의를 신랄하게 비판해 왔음으로 사상적 대립이 극도에 달했으니 적은 잔인하게도 이런 수법으로 나오게된 동기였다.

그들은 구실을 붙이되 김소래는 혁명운동간판 밑에서 일본영사관의 돈을 먹었느니 민생단(民生團)을 조직한 것은 일본의 앞잡이라느니 별 소리를 다하며 고문했으나 마루진께서는 정연한 이론과 사실의 철저함을 설득시켰으나 그들의 목적이 다른지라 허위문서를 꾸미서 폭력행위로 나왔다. 당시로서는 그 지방의 실정으로 중과부적(衆寡不敵)이어서 그들에게 무력적으로나 수로 당할 수가 없었다. 그들은 허위문서를 승인하라고 하며 중국인 약도(藥刀)로 머리를 난자하여 유혈이 낭자하였다.(그때 그들이 지참한 동지명부는 어복촌 청년단원으로 있던 희범(希範)이란 자가 촌에서 범죄를 짓고 단의 책벌을 받고 감정으로 이광(李光)부대에 밀고한 것임) 놈들의 요구를 마루진께서는 듣지않으니 동욱(東郁)동지에게 손톱 발톱에 죽침(竹針)질까지하며 고문했으나 종시 부인하니 놈들이 할 수 없이 순서(舜瑞)에게 극심한 고문을 가하자 고문에 못이겨 그들 요구에 억지로 승인하는 형식이 되었었다. 그들이 소래선생을 살해하려는 목적은 맑스주의의 적이라는 것. 혁명운동에 있어서 반공산노선에 철저하다는 것. 회유의 여지없고 적화(赤化)운동에 방해적 존재가 된다는 것이다. 그러나 그들은 다음과 같은 허위문서를 꾸미며 억지로 고문 끝에 승인받은 형식을 취했다. 순서(舜瑞)라는 동지가 가장 약하고 겁이 많아 보였기 때문에 그를 고문했던 것이다.

1. 김소래는 용정총영사관의 기밀금을 받아먹고 민생단(民生團)을 조직하였다는 것.

2. 김소래외 25명은 민생단 결사대원이라는 것.

3. 어복촌 주민은 전부 민생단원이라는 것.

4. 다수의 혁명동지를 살해하였다는 것.

이상의 허무맹랑한 허위문서를 순서(舜瑞)가 승인하자 마루진께서는 장탄식을 하시면서 일이 범상치 못한 사세를 판단하시고 비상한 결의를 하셨다. 즉 어차피 당하는 판에 혼자만 희생되리라 하고 결심하신 듯 그놈들에게

「옳다 그렇다! 그러나 기밀금도 나혼자 받아먹은 것이니 다른 사람은 모른다. 결사대원과 촌민에게는 죄가 없다. 또는 이 자리에 앉은 창봉(昌鳳)이도 죄가없고 일개 농민일 따름이며 용환(龍煥)이는 방금 조선에서 온지 불과 수삼일이니 이 두사람에게는 하등 죄될바 없다.」

고 말씀하고 그날은 끝났다.

그날밤 마루진께서는 오인좌중에서 창봉(昌鳳)동지에게 너는 죽지 않을 터이니 나가거던

· 각처에 파견된 동지에게 돌아 오지말게 할 것.

· 우리 중요사상서적(重要思想書籍)을 미국 컬럼비아대학 도서관에 보낼 것.

· 후세에 동지중 오용하기 쉬우니 원자경(元字經)을 소각할 것.

· 무기구입에 쓰던 자금과 척식민(拓殖民) 예산으로 저축한 양곡은 혁명운동에 쓰려던 것이니 조선독립운동의 그 자금으로 쓰도록 할 것.

· 내가 죽거던 산 뒤「노루아기무덤」곁에 묻어줄 것.

이상이 곧 유언이 되었다. 천추에 잊지 못할 3월 24일이 다가왔다.

창봉(昌鳳)동지는 석방되었으나 새로히 전경(田經) 옥선(玉仙) 두 여성동지를 체포하여다가 자기네 동무가 되어 달라고 갖은 감언이설로 회유 애소 위협 공갈 고문까지 하다가 정오경 전경(田經)동지를 뛰라고 하여놓고 뛰는 것을 뒤로 사격하여 바른 편 다리를 맞고 넘어진 것을 다시 총창으로 난자하여 죽였다. 오후 한시경 전촌민을 서부광장에 모아놓고 촌민주위에는 살기에 찬 중공군이 총검을 들고 삼사중 겹겹 포위하였다. 촌민앞에 나타난 조선인 공산당 2명은 손에 종이를 들고 호명하였고 맨 앞으로 나앉은 촌민중 몇사람에게

「이자리에는 이론이 필요없다. 이 앞에 앉은 너희 20명은 김소래와 같이 민생단 결사대원이니 사형이다.」

하고 호통쳤다. 촌민들은 겁에 질려서 아무 말도 못하고 떨고 있었다. 잠시후 놈들은

「김소래가 너희들을 속였다 하니 용서한다」

고 하고....

「그리고 김소래와 결사대기인은 사형할터이니 어떤 방법으로 하는 것이 좋으냐」

고 대중에게 묻자 중공군 일인이 뛰어나와 하는말이

「옛날 오차법으로 죽여서 이 촌주위 나무에 걸어두자」

는 말을 했다. 그러자 방금 사형받을 김무열(金武烈)동지가 일어서서 사람은 죽으면 그만인데 촌의 유아와 부녀자들의 간담을 놀라게 할 필요없이 총살하는 것이 좋을 것이라고 하니 대중의 의견을 묻는다는 놈이

「그런 나쁜 놈들에게 귀한 총을 쓸 필요없이 타살하는 것이 좋지」

하면서 군중을 향하니 누가 말하리오. 놈은 이어

「여러분은 김소래에게 속은 원수로 여러분 자신들이 타살하라」

고 명령하고 중공군 엄호하에 촌민을 몰고 사형할 곳(남부와 공회당사이)으로 가서 돌려 세우고 그뒤에는 중공군이 겹겹이 서 있고 남부2호로부터 당장 사형당할 분들이 나타났는데 그 태도는 글자그대로 태연자약했었다. 사형장에 다달은 마루진께서는 덕성산(德成山)을 바라보고 서서 놈들을 질책하였다.

그러자 놈들은 촌민에게 타살하라고 싸창으로 지시하였다. 총부리 앞에 선 군중들은 할 수 없이 곤봉 난타가 시작되었으나 차마 크게 때리지 못했다. 선생은 여전히 서계시며

「나를 생각하는 사람이 있거던 단 매에 죽여 주려무나......」

가 최후의 음성이었다. 놈들은 드디어 권총으로 등을 향해 발사하였으나 아직 절명되신 것 같지않은데 또한 놈이 도끼를 가지고 달려들어 목을 찍고 또 허리를 찍고 또 다리를 찍은 다음에야 바른 손목을 찍어 들고

「이 손으로 글을 썼겠지」

하면서 멀리 던졌다. 다음에 망미봉(望美峰)을 향해 앞으로 순서(舜瑞) 동욱(東郁) 도경(道經) 세분을 일열로 앉히고 등 중심을 향해 사격하니 총성과 함께 순서(舜瑞) 동욱(東郁)은 좌편으로 쓰러지고 도경(道經)은「개죽엄을 죽노라」하는 최후의 한마디를 남기고 쓰러지자 놈들은 총창을 들고 세분을 골고루 쑤시니 세분은 발발떨었다. 다음 용환(龍煥)동지는 그 자리에서 석방되고 옥선(玉仙)양을 내세우고 부드러운 말로

「그대 주의를 버리고 우리 주의를 따른다면 살려 주겠다」

고 생명욕을 유혹하나 양은

「너희 개주의를 따라 살아서 너희들같은 악독한 비인간을 낳을까 두려워하니 어서 빨리 죽이라」

고 하니 흥분된 놈들은 곧 머리를 사중하니 총성과 함께 앞으로 두 번이나 곤두박질 하였다. 이때 촌민은 물론이고 중공군들까지도 너무나 무참하고 놀랍다는 표정이었다.

놈들은 소래선생 저서(著書) 전부를 불살라 버렸다. 한발 남짓한 서산 햇빛은 붉으스레하게 실색하였었다. 학살시체중 동욱(東郁)선배는 수시간 뒤 소생하여 창자가 나온 것을 다시 자기 손으로 넣고 있는 것을 보고 놈들은 큰 돌로 머리를 쳐서 다시 죽였었다. 놈들은 의기양양해서 아까 쓰던 도끼를 메고 소를 찍어 잡아 먹었고 그날 밤에 촌민을 모아놓고 저희끼리 날뛰며 노는 꼴은 목불인견이었었다.

다음 25일 세트, 운산(雲山) 원(瑗)등 4-5명이 놈들에게 말하여 시체를 옮겨 동부쪽 옥수수 밭을 약간 파고 임시매장 하였다. 장순은 소래선생, 순서, 도경과 전경합장, 옥선, 동욱 이렇게 여섯분 다섯묘였다. 놈들은 또 제2차 체포를 준비한다는 외무행 조영섭(趙永爕)씨 보고를 접한 간부들은 피신할 틈을 찾는 사이 이밤을 지냈고 촌민중에서는 벌써 살기 위해서지만 놈들을 따라 개인 혹은 가족전체로 〈퉁재거우〉로 넘어가는 형편이었다. 이 때는 과거에 친했던 동지도 의심하리만치 혈안으로 대하게 되자 촌내는 살기등등 하였다. 다음 26일 조반시에 돌연 일군이 포격을 개시하자 중공군은 뒷산으로 도주하니 우리는 피신의 기회는 좋아 졌었다. 일군은 종일 산림을 향하여 대포 기관총 소총등으로 사격을하다가 오후 2시경 전촌 가옥을 불지르고 철수하고 동지 8명이 희생 당하였다.

오호 통재! 백년대계를 준비하던 어복촌은 한오리 역사를 남기고 재떠미로 화하고 말았다. 그 비절 참담한 처경이야 어찌 필설로 이루 다 말할 수 있으리오." 廉亨錫

라고 회고 증언했고

독립운동연구가인 서굉일박사는

"소래 김중건과 만주지역 항일독립운동"이란 연구논문 말미에서 그 의의에 대하여 쓰기를

"한국독립군 부대에 파견된 군대는 길림구국단 왕덕림부대와 손을 잡고 동녕현전투에서 항일전을 벌였다. 또한 노령에서 건너온 독립단의 강국모부대와 연합전선을

펴기도 하였다. 구국군이 일본군에 밀려 중소 국경으로 퇴각하자 소래 부대는 노흑산으로 철수하였다.

한국독립당과 한족총연합회가 하고자 하였던 민본정치 자치제실시 노동본위 경제민본문화건설 등은 모두 소래의 주의촌에서 실제로 행해졌다. 팔도하자 어복촌에서 설치된 노동공동체의 5년간의 역사 경험은 북만 이주한인들이 나아가야 할 경제적 향상과 자주 자립의 생활에서 가장 모범적인 사례였다고 생각된다.

소래는 공산주의와 함께 할 수 없다는 생각을 가지고 있었기 때문에 결국 살해되었고 어복촌은 불탔으며 농우(農友)들은 강제 해산되었다. 비타협적 민족주의 노선으로 독립운동 전선에서 일생을 보냈던 소래를 민생단원으로 그 죄목을 씌워 살해한 것은 너무도 부당하고 애석한 민족적 비극이었다.

만주에서 종교운동, 교육운동에 임하면서도 결코 일제에 타협하지 않았던 유일한 인물이 있다면 원종의 소래일 것이다.

소래는 1910년대 북간도에 망명(亡命)하여 백두산의 밀림속에 들어가 덕수와 왕가동 등지에 독립운동(獨立運動) 기지를 구축하였다. 일제의 기록에 의하면 건원학교와 왕가동의 학교는 모두 혁명자를 훈련시키는 곳이라 하였다. 독립전쟁을 위해 그는 인적, 물적 토대를 준비하였고, 무엇보다도 원종과 새주의(主義) 새바람 등 이념으로 독립정신의 기초를 준비하였다.

1919년 3·1운동이 일어나자 그는 대진단을 조직하여 적극적으로 서복간도에서 무장운동을 일으켰으며, 3·1운동 이후에는 북간도 이주한인들이 모두 희망을 잃고 절망하고 있을 때 원종총사를 세워 종교운동과 교육운동에 매진하였다. 민중을 의식화하고 조직화하는 데 쉽지 않았다. 그의 민족적·근대적 민중교육은 인재양성을 목표로 삼으면서도 고등교육을 실천하였다. 사회계몽 방법도 독특하여 강연뿐만 아니라 토론, 연극, 집단훈련 등 정신개조를 위주로 하였다. 일제가 지배하고 있었던 1920년대 북간도에서 소래는 전혀 위축되지 않았고, 이주한인들에게 늘 힘과 용기를 주었다. 그는 1920년대 말 지금까지 수행해온 교육운동, 사회결사운동, 계몽운동, 종교운동을 총집결하여 나아가 직접적인 독립운동에 투신하기 위하여 북만으로 거주지를 옮겼다.

북만에서 5년간 소래는 원종(元宗)의 이념을 실천하는 이상촌을 건설하였다. 소래는 역사는 인간이 그 환경을 어떻게 극복하는가에 의하여 발전한다고 믿었다. 국제적 변화의 닥쳐오는 시운에 맞서 그 환경을 극복하고자 온갖 노력을 기울였다. 그는 항상 지리적 이점과 그 시대 상황을 파악하였고, 자신이 지닌 사상을 무기로 대응하였다. 1930년대 북만은 항일무장운동의 시기가 도래한 때다. 먼저 소래는 북만 독립운동단체의 지도층의 결속과 백만농민의 단결을 위해 조선민사와 진우회 농우동맹을 조직하였다.

만주 전역을 대십자정책으로 묶고 중국과 인도, 베트남 등 아시아의 연대까지를 구상하였다.

소래는 대공화무국주의 사상가였지만 그가 진정 사랑한 것은 원종(元宗)과 조국이었다. 소래의 전 독립운동은 조선을 원종위에 건설하는 것이어으며 원종(元宗)의 이념을 조선농민에게 주는 것이었다. 그는 조선의 농민, 조선민족의 해방을 위하여 일제, 중국관헌, 친일파, 공사주의자들과 싸웠다.

종교, 사상, 주의, 철학, 이념, 진리를 무기로 삼아 민족의 독립운동을 추구한 유일한 인물이며, 원종(元宗)과 조선 둘 중에 하나를 선택하거나, 우열·선후를 둔 것이 아니라 두 가지를 함께 가지고 독립운동에 매진하였다.

결국 그는 조선을 새 이즘(원종)위에 건설하는 과정에서 항일민족운동을 실천하였던 소래 김중건 선생의 일생은 제세구국(齊世救國) 이념의 일생이요 그 화신이었다." 서굉일

라고 안타까워 하였다.

43. 소래선생의 가족과 인상, 생애의 고경상

소래선생은 주로 만주 간도지방에서 항일독립혁명 운동과 주의촌을 건설하며 농촌주의를 실행하였기 때문에 고향 사람들이나 그 족친들은 선생의 사생활에 대하여는 자상히 모른다. 단지 저술과 문하생들의 증언을 통해서 아는 것이 더 많고 실상에 방불하다. 그러나 소래 김중건 선생은 고향에서는 천재적이고 생이 지지한 전설적 인물이었다.

　　소래선생이 혁명투사요 사상범이었으므로 선생의 선친은 일본경찰의 고문으로 일찍 작고하셨고 선생의 계씨인 중립씨는 선생과 함께 동만에서 혁명운동하다가 역시 비명에 갔고 선생의 독자 도경(道經)과 자부 황전경(黃田經)은 3·24때 함께 학살당하고 향리에 선생 미망인 차(車)씨는 독녀 정완(貞妧)한 사람을 데리고 일제말엽까지 수절하다가 외로움과 가난속에서 고생 끝에 작고하고 다만 선생의 동생 한 분 중득(中得)이 향리에서 두문불출로 살아 갔으나 지금은 그 생존여하조차 알길이 없다. 선생의 출생과 형제관계를 족보에서 찾으려 했으나 1920년에 조성한 족보에는 선생관계는 아주 탈락되어 버리고 다만 선생의 선친 기사밖에 없다. 그도 그럴것이 그 무렵 일제의 관헌은 선생 선친을 구속 문초했을 뿐만 아니라 향리인 연동일대 가가호호를 매일같이 모조리 수색하면서 서적이나 사상관계를 모조리 탐색 해 내느라고 수라장을 만들고 살벌한 분위기가 몇 년 동안 계속되었으니 그 무렵 족보에 소래선생을 수단할 여지가 없었을 것이다. 그 뒤 족보에는 상세히 기록해 넣었지만 따라서 족친들은 선생의 가족들 관계는 알지만 일상생활에 대해서는 자세히 모른다. 이제 선생의 용모와 사생활과 특히 혁명투쟁과정에서의 고통스러웠던 모습을 선생의 수제자인 이평림(李平林)옹의 회억을 빌어서 적는다.

　　선생의 유복녀라 할 정완(貞妧)은 중국 국적으로 하얼빈에 살다가 1997년에 작고했다.

인상(印象)

　　"선생의 신장은 오척팔촌에 골격은 건장 어깨는 독수리 죽지처럼 높고 팔이 특히 길고 이마는 넓고 눈은 움푹하며 동광이 특히 빛났다. 코는 우뚝 솟고 관골은 높다. 입은 크고 입술은 두텁고 매우 붉었다. 붉은 수염은 카이젤처럼 들어 올렸다. 귀는 크고 희며 얼굴 빛은 매우 희었다.

　　유식한 노인들은 보고 나서

　　"과연 선풍도골(仙風道骨)이시군!"

　　했다. 노하신 때엔 누구도 그 빛난 안광(眼光)을 마주 보지 못했으며 웃으실때엔 화기가 넘쳤다. 누구나 모르고 봐도 저분이 어떤 분인가하고 놀랄민치 위의와 풍채가 특이 하셨다. 술은 대량이시며 그 음성은 크고 맑아서 수많은 제자중 한사람도 따를 수 없었다. 자시자곡(自詩自曲)으로 노래 부르며 춤추실때엔 아주 찬란했다. 웅변할땐 웃기고 울리고 또는 주먹쥐게하고 또는 벌벌 떨게 했다.”

생애(生涯)의 고경상(苦境相)

“늘 농촌에 계시면서 잡곡과 감자밥이 고작이고 쌀밥은 극히 드물었으니 그때 간도(間島) 농민의 생활이 그러했었다. 저술(著述)하실 때는 자꾸 쓰셨고 추고(推敲)하는 일은 별로 없었다. 남의 유명한 책을 보실 때에는 빠르기가 자꾸 책장을 넘기는 속도로 읽고 다음에 논평을 내리셨다. 어느때 저술하시는 모양이 하도 피곤해 보여서 어느 제자의 부인이 계란 한 줄을 드리니 그 뒤에 쓰신 글은 길었다고 하였다. 옷은 광목(廣木)에 물들인 것인데 어느 제자나 헌 옷으로 나들이 할때는 당신 옷을 벗어 주신적이 많았다. 신발은 짚신으로 깊은 눈길을 달리는데 볏짚단 세덩이를 새끼줄에 얽어매고 연신 바꿔놓아 가며 눈속에 발이 빠지지 않게 뛰었다는 사실은 유명하다. 하루밤에 세시간 정도밖에 안주무시는 정력가로서 늘 홀아비 생활이었다.

손문(孫文)학설을 강의하시던 중

“손문(孫文)은 참 부러운 분이야 출중한 동지들이 많았고 운동비가 있었고 좋은 부인이 있었고 자기 생전에 어느 한 성공했으니 말이야…”

하시면서 그 안면에 어두운 그림자가 지나갔었다. 그때 우리들은 눈시울을 적셨다.

고금을 통해 이 어른처럼 처참한 분은 없는가 한다. 이 글을 쓰면서 그 곤쵀(困瘁)하시던 모습에 연민한 눈물을 막지 못하는 바이다.” 李平林

〈참고 1〉

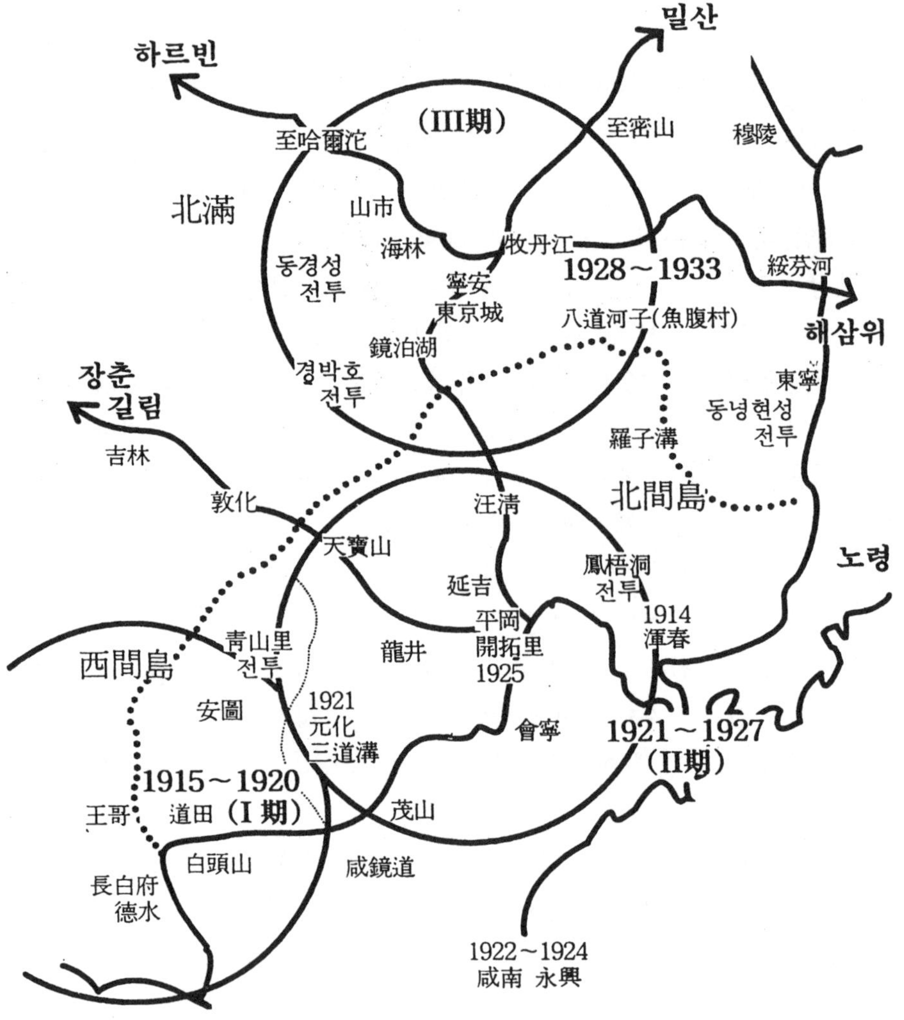

제15편 독립운동가에 철학가, 사상가, 저술가인 소래선생

44. 철학저술 외의 저작과 수필집에 담긴 원종사상

> 소래선생의 원종(元宗)사상의 바탕은 먹는 일이 으뜸(元)이요, 사람 질이 마루(宗)되며 꿈꾸던 사회제도는 꽃은 웃고 나비 춤추는(花咲蝶舞)것과 같은 제도인 대공화(大共和) 무국(無國)의 사회였다. 선생의 철학저술이 그 이론서요, 그밖의 저작들이 이러한 주의사상과 정신을 구체적으로 논술한 것이다. 1968년에 발간한 「소래집」 1, 2 2권에는 유고 15편이 수록되어 있고 천도교회 월보에는 논설 등 10편이 남아있다. 여기에 자서전과 극원철학서 3편과 노래집 등 5편은 연구자료서로 부록으로 발간하지만 그밖의 10편에 대하여는 이 15편에서 해제 소개하려 한다.

소래선생은 다작다술(多作多述)한 문필가이기도 하여 22세때인 1910년에 「천기대경」이라는 대 철학 저술을 저작한 이후 45세때인 1933년까지 무려 200여 편의 철학서와 사상집을 비롯하여 창가와 수필집, 강의록 등을 써서 모았는데 일본 경찰에 압수되고 또한 참살 될 때 불타고 혹은 해방후 간도지방에서 파묻어 두었다가 없어지는 등 하여 1968년에 겨우 15편을 건져서 「소래집」(笑來集) 1, 2 두책을 발간한바 있는데 이 속에는 선생의 자서전인 「나의 40년」과 원종철학인 「천기대경」(天機大經), 「대종원부경」(大宗元符經), 「도경」(道經)등 철학저술 3편과 원종사상의 근본이념 및 건원(建元)의 선포 과정을 기술한 「연산집」(蓮山集)과 주의·사상을 구체화 한 「농촌주의 구체안」(農村主義 具體案), 「새 주의」(主義)(1), 「새 주의」(主義) (2)와 수필집인 「쪼각 사상」(思想), 「밀운담」(密雲譚), 「몰라집」(沒那集), 「신강록」(晨講錄)이 겨우 찾아져서 책에 실었고 또한 당시 서구의 10대 사상가로 알려진 문학, 철학, 경제학자들을 소개하고 평론한 평론집인 「사상집」(思想集)과 창가 90여편 841

수가 발굴되어 '노래집'으로 실리고 그리고 기독교의 평론인 「여호와 평」(評) 등 15편을 함께수록하게 되었으니 이는 선생의 사상이요, 구국(救國), 제세(齊世)의 이념이며 선생의 박애정신이 담긴 금과옥조(金科玉條)인 것이다.

그리고 소래선생 저술에서 특기할 사실은 천도교회월보에 1910년대부터 극원철학의 논술을 논문처럼 써서 발표한 사실이다. 천도교회월보는 1910년 8월 15일에 그 창간호가 나왔는데 제2호인 1910년 9월15일호부터 1912년 봄까지 10회에 걸쳐 천도교 교리처럼하여 자기 철학인 「천기대경」(天機大經)의 여러 요목들을 설명하며 발표하였다.

동학란 100주년을 기념하는 행사때(1995) 국내외에 흩어져 있는 천도교회월보를 총 수집하는 과정에서 이 논설문이 발견되어 「소래집」에는 미쳐 수록하지 못하고 뒤에 '개혁의 이론과 독립운동' 제2집에 수록하면서 그 문필의 참 모습을 대할 수 있었다.

이제 그 유고에 담긴 내용과 정신을 대충 소개해 보고자 한다.

※ 笑來集 1, 2에는 「나의 四十年」, 「天機大經」, 「大宗元符經」, 「道經」, 「蓮山集」, 「農村主義 具體案」, 「새 주의 1, 2」, 「쪼각 思想」, 「密雲譚」, 「沒那集」, 「晨講錄」, 「思想集」, 「노래집」, 「여호와의 評」 등 15편이 수록되어 있으며 「나의 40년」, 「천기대경」, 「대종원부경」, 「도경」, . 「노래집」은 이 전기에 부록으로 다시 싣는다.

45. 저작과 수필집과 그 내용 및 사상

(1) 「연산집」(蓮山集)에 나타난 대공화(大共和) 무국(無國)이념

소래 선생의 활동은 크게 독립운동과 사회 개혁운동으로 구분할 수 있다. 원종사상 창시자로서 심오한 사상을 체계화하고 공동체를 형성하여 자신의 이념에 따라 지도했으나 이는 종교적인 포교 수단이기보다는 항일·독립운동의 위장책이었고 사회를 개혁하기 위한 또 다른 방편이었던 것이다.

소래 선생의 원종사상을 바탕으로 하여 출현한 대공화무국주의는 그의 정치·사회에 관한 이상을 말한 것이다. 소래 선생은 인간의 가장 근본적인 문

제인 물질과 인격 문제를 '먹는 일'과 '사람 질'이라고 개괄하고, 이 두 가지 일을 실현하고자 인간사회형태를 세 단계로 구분하였다. 즉 첫 단계가 '조선농촌주의실현'(朝鮮農村主義實現)이고, 다음 단계가 '농촌연맹세계1국건설'(農村聯盟世界一國建設)이며 그리고 마지막 단계가 '연맹해체전적해방'(聯盟解體全的解放)인 것이다. 각국 저마다의 농촌주의건설 시대를 '소공화(小共和)' 시대라 하고 농촌연맹세계1국시대를 '대공화(大共和)' 시대라 하였으며 연맹해체전적해방의시대를 '무국(無國)' 시대라 명명하였다.

소래 선생이 지칭하는 무국이란 결국 어떠한 세계를 의미하는가? 선생은 다음과 같이 언급하고 있다.

極元을 研究함에 便利한 方法으로 物的方面을 末로 보고 非物的方面을 本으로 보아야 됩니다. 本은 一이요, 平이요, 合이요, 原이요, 造이며, 末은 非一이요, 不平이요, 分이요, 端이요, 化이니 이것을 深察한 抽象圖案이 곧 所謂 九元字란 것입니다. 이 圖案의 格을 數로 미루어 세계가 어제까지는 演繹法 臨末의 運이 지나고 오늘부터 歸納的 復本의 運에 當하여 마침내 一 · 合 · 平 · 原의 大共和 及 無國에 이를 것을 말하게 되었습니다.(蓮山集 19항)

무국은 국가가 사라진 상태로, 앞으로 다가올 이상세계를 의미한다. 지금 당장에 실현되는 무국이 아니라 복본의 운세를 맞이하여 노력할 때 대공화의 세계를 지나 무국에 도달되는 것이라 했다.

소래 선생의 무국사상에는 두 가지 특징이 있다. 첫째, 무국은 종교적인 용어로 말세 이후에 저 세상에서 이뤄지는 것이 아니라 현실적으로 살아가는 이 세상에 지상천국, 유토피아가 형성된다는 것이요. 둘째, 무국은 초자연적인 힘에 의하여 도래되는 것이 아닌 깨달은 사람, 즉 인간의 힘으로 형성된다는 것이라고 하였다.

그러나 무국은 일시적으로 도래하는 것이 아니라 단계적으로 이뤄지는 것으로, 우선 소공화(小共和)로 나아간 후 대공화(大共和) 그리고 마지막으로 무국이 이뤄지는 것이라고 했다.

1) 소공화(小共和)

첫 단계인 소공화국은 각 국가 또는 민족 단위로 형성되는데 이는 경제제도의 개혁을 통해 불평등을 해결하며 각 개인의 개성과 자유를 존중하는 민주주의 사회로의 발전을 의미한다. 특히 현실적으로 일제 식민지로부터 해방 독립된 민족단위의 국가(조선독립국)로 가장 우선적으로 실현해야 할 대상으로 설정되어 있다.

2) 대공화(大共和)

대공화는 독립국가의 연합을 의미하는 것으로, 국제간의 분쟁이 해소되면서 정치적으로 세계가 하나의 국가로 되고 각 개인의 개성과 공적 권리가 실현되는 단계이다.

3) 무국(無國)

'세계가 큰 한 집'이 되는 세계 연합 형태를 의미하는 것으로, 자연의 이치에 따라 살면서 각 사람이 평등한 물질생활과 자유로운 정신생활을 누리는 사회이다. 즉 화소접무(花咲蝶舞)의 선자연(善自然)과 같은 사회 구조이다.

「연산집」저술은 소래선생이 향리(鄕里)인 영흥(永興)의 연동리(蓮洞里)에서 처음 원종(元宗)을 선포(宣布)·전법(傳法)할때부터 서울 만주등지를 동분서주하면서 집단적으로나 개별적으로 원종의 교리(敎理)를 해설하고 선생의 주의사상을 광포(廣布)한 것을 모아 엮은 소론집(小論集)이다.

원종(元宗)은 극원(極元)의 체리(體理)를 얻어서 정도대법(正道大法)의 새 주의(主義)를 창도(唱導)한 것인데 「대종원부경」(大宗元符經)에는 이 극원(極元)의 비리(秘理)가 설파(說破)되어 있다.

공자가 천하를 철환하면서 인륜도덕을 설득하였다면 소래는 두만강 압록강을 개울처럼 내왕하면서 국내나 만주에다 원종의 교리와 극원의 철학을 설파했던 것인데 이 많은 여정(旅程)에서 강연·설명한 논설들을 한데 묶어서 「연산소어초고」(蓮山小語草稿)라고 이름 했으나 모두 산질되고 남은 것만 모아 초록한 것이 이 「연산집」(蓮山集)이니 실로 빙산의 일각에 불과한 분량이다.

유고로 모두 40 조목이 남아서 「소래집」(笑來集) 1권에 수록되어 있지만 여기서는 그 내용을 짐작토록 두 세편만 보기로 붙여두고 40편 목록을 옮겨 적는다. (「소래집」 2권에 수록되어있다)

첫부분을 인용한다.

「이 글은 蓮山小語草稿에서 그 內意만을 抄錄한 것이다.」

"元宗을 처음 盟誓하는 그날 새벽 盟壇 앞에서 ○○子에게

내 이제 極元의 體理를 얻어서 正道大法의 새 主義를 唱導하니 그 이름은 가로되 元宗이니라. 實로 元宗은 宇宙를 통틀어 실은 큰 수레요, 世界가 고르게 나아갈 바른 길이니라. 在來의 모든 宗敎는 邪道이였고, 現行의 모든 制度는 小法이니 그것을 죄다 否認하는 것이 正道大法이요, 다시 世界가 가지런히 잘 살 수 있는 새 건설을 하려는 것이 正道大法이니라.

나는 이것으로 現在의 것을 파괴해 버리고 새 天地에 새 世界를 創造하려 하노라. 世界는 卽今 邪道에 咀呪받고, 小法에 犧牲되어 方將破滅의 웅덩이로 떨어져 들어가고 있나니 이것이 正道大法이 아니고 무엇으로 能히 건져 낼 수 있으리요? 그러나 내가 敢히 元宗을 强作함이 아니라 極元으로부터 暗示된 時代의 要求로 하여금 한 것이다. 그런즉 元宗은 결코 나의 自家事業이 아니니 君子여 世界大衆을 위하여 나와 더불어 몸을 이에 던지고져!

元年 봄에 山齋에서 내려와 蓮洞에 法會創立會를 열고 諸儂에게

새 살림을 차리려는 새 집은 마땅히 새 材木으로 지을 것이니라. 그러함으로 새 世界에 새 社會를 創造하려는 새 主義者 諸君은 반드시 새사람이 되어야 할 것이니라. 在來 모든 것에 대한 반역자가 되라! 未來 새 建設에 대한 創案者가 되라! 反逆이 없는 곳에 어찌 破壞가 있으랴? 破壞를 못하는 곳에 建設을 손 대이랴? 反逆은 反逆을 위하는 反逆이어서는 안된다. 眞實로 順理를 위하는 反逆이라야 할 것이요, 破壞는 破壞를 위하는 破壞이어서는 안된다! 반드시 建設을 위하는 破壞라야 할 것이다. 그러면 正道大法이 아닌 反逆-破壞-建設- 그것은 도리어 罪惡일진저! 그러나 新人

이 아닌 者로서는 결코 그 能하지 못할 것이다.

아아 諸儂아 다시 나라.

元年 봄에 새 主義의 첫 宣傳을 떠나 關東으로하여 京城까지 行할제 旅苦가 심한지라 從行하던 ㅊㅇ子를 대하여

自古로 事業의 앞길은 반드시 艱苦의 수풀이니라 이길에 나선者-險을 볼 때 志氣를 다시 가다듬고 惡을 當할 때 德氣를 먼저 베풀 것이니 이로부터 外險이 더할수록 內誓는 더욱 굳어지고 他惡이 심할수록 自德은 두터워져서 마침내 그 두터움은 쉬히 烈火中에 던져도 오히려 타지 않을 만 하기에 이르나니 다른 날에 거룩한 業果는 正히 이 程度의 收穫이니라.

우리 主義가 이때에 어려울 것을 내 이미 헤아리는 바 인즉 困苦의 클 것을 두君 儂友-또한 알아 둘 것이니라. 困苦는 事業者를 覺悟시키며 業績을 玉成하나니 志者-마땅히 困苦를 師事할 지니라. 일이 클수록 困苦가 크고 困苦가 클수록 榮譽가 크나니 大志의 慷慨兒-마땅히 大困苦를 歡迎하나니라. 우리 主義의 서기 못 서기는 時代 境遇에 있거니와 세우기 힘 씀은 오직 우리의 일이다. 建元 처음부터 困苦를 싫어하면 안될줄 豫測하여 人事를 廢함을 어찌 우리의 甘爲할 바이리요. 예들어 안 될 일이라 하여 안함에서 더한 墮落이 없으며, 困苦를 무서워 못함에서 더한 失敗가 없나니 우리 反逆의 同舞는 마땅히 이를 嚴懲할 것이니라."

라고 시작하였으며 그 40항의 목차는

1. 元宗을 처음 盟誓하는 그날 새벽 盟壇앞에서 ㅇㅇ子에게
2. 元年 봄에 山齋에서 내려와 蓮洞에 法會創立會를 열고 諸儂에게
3. 元年 봄에 새 主義의 첫 宣傳을 떠나 關東으로 하여 京城까지 行할제 旅苦가 심한지라 從行하던 ㅊ ㅇ子를 대하여
4. 古今과 事物에 對한 知를 말함이라
5. 天이나 人이나 縱으로 橫으로 다 防域이 없는 것이라
6. ㅊ ㅇ子가 服飾의 廢落함을 걱정함에 대하여
7. 或이 弓弓乙乙을 물음에 對하여
8. 京城에서 많은 선배가 나에게 돌아올 때 그것을 致賀하는 主人(匿名)에

206

게 對하여

9. 非常은 至誠에서 나는 것이다.

10. 남의 좇지않음을 慍하지 말고 反省하라

11. 慈誠과 孝誠의 哲理

12. 나는 元宗의 所有主가 아니라 實로 元宗의 公主人이다

13. 京城에서 專修學校(法專)生徒 十餘人이 와 訪問함에 대하여

14. 普成中學生 某(익명)가 從容히 訪問함에 대하여

15. 姜承旨 道를 물을 때

16. 李校理가 道를 물은데 대하여

17. 金司果 道를 공부하다 못한 質疑에 對하여

18. 黃州方士-道를 물음에 대하여

19. 멀리 찾아온 三陟朴老를 대하여 極元哲學을 말 함이라

20. 友人 ㅈ ㅂ에게 責善을 주는 말

21. 現代 文明에 對한 感想을 말함

22. 京城을 버리고 집에 돌아와 出滿 準備할 때 仲弟 ㄷ에게

23. 建元 二年 春에 ㅈ ㄱ外 一人을 데리고 東滿에 나올 때 局子街 江岸에 와서

24. 琿春에 머물 때 基督敎友會에 長書를 보내어 協同應合策을 말한 뒤 한 참 說客이 遝至하더니 主人 蔡氏 基督敎를 勸하더라

25. 琿春에서 德雲龍川에로 갈 때 三道朴氏 길의 험함을 근심하여 挽留하더라

26. 德雲龍川에 留할 때 三道朴氏가 와 보임에 대하여

27. 李營長(德雲龍川 河西에 朝鮮人 自治營村이 有함) 治民의 道를 물음

28. 歐洲爭亂이 일어난 報道를 듣고

29. 德雲龍川에서 돌아와 琿春엘 지날 때 大六道溝 獨立軍의 魁師金을 보고(그 부하가 나를 달래려 德雲龍川에 까지 간 일이 있었다.)

30. 大六道溝 主人 申氏더러

31. 내 몸은 五大洋 風浪中의 一孤舟와 같도다

32. 建元 三年 春에 安圖縣 道田洞에 들어 雪壇에서 諸儂과 盟誓할 때

33. 唯心的으로 내될 道나 唯物的으로 둘이 될 道나 마침내 唯我에 合하기는 一般이다

34. (失傳)

35. 사람의 善惡을 矛盾律과 因果律에 準하여 批判하는 말

36. 建元 四年 처음에 道田洞에서 北溝에 나와 總司를 열고 여러 新儂에게

37. 安圖縣 知事에게 檢擧되었다가 필경 退去命令을 받을 때

38. 長白縣 王苟洞에 머물 때 主人 尹氏 在前에 예수敎를 믿던 남은 생각으로 天堂地獄說을 물을 때

39. 我 道의 三大條件

40. 얼굴 닥대질도 唯物이냐 마음 잡 쥐는 것도 唯心이냐

(2) 「농촌주의구체안」(農村主義具體案)과 중농주의 사상

소래 선생의 「농촌주의구체안」(일명 첫 階段)은 그의 유아철학(唯我哲學)에 근거를 두고 인간 사회에서 발생하는 제반 모든 일에 관하여 인간의 공통적 개성에 순응하고자 하는 것이다. 이는 소래 선생의 철학과 경륜의 구체적인 실천 형태를 실현하는 과정에 있어 그 첫 단계를 개별적으로 설명한 것이며 그의 무국주의(無國主義)에 이르는 입문이기도 하다.

소래선생은 그 서문의 강령(綱領)에서

1. 全民衆의 平等한 物質的 生活과 自由로운 精神的 希望과를 아울러 고로히 누리기 위하여 共作分有 自治農村聯盟의 새 社會를 建設할 事

1. 共作分有 自治農村聯盟은 將來할 世界 大共和 社會의 準備的 역할을 當할 事

라고 하여 농촌주의 구체안의 목표를 강령에서 밝히고 있는데, 이는 전 민중의 평등한 물질적 생활과 자유로운 정신적 희망을 고르게 누릴 수 있도록

하기 위하여 '공작분유 자치농촌연맹'(共作分有 自治農村聯盟)의 새로운 사회를 건설한다는 내용으로 되어 있다. 이는 장래 '세계대공화사회'(世界大共和社會)를 준비할 수 있도록 역할을 수행하려는 것이다.

여기서 '농촌주의'(農村主義)는 '무국'을 실현시킬 수 있는 방안으로, '도시주의'(都市主義)의 상대적인 개념을 뜻한다. 도시주의란 자본주의적 경제 제도와 제국주의 그리고 이를 옹호하면서 민중을 속이는 기성 종교집단을 가리키는 것으로, 도시주의의 주체는 대지주, 부르조아지 그리고 부르조아지에 붙어 기생하는 자들이다. 소래 선생이 파악한 당시 사회는 봉건사회의 최대 모순인 지주 전호제가 계속 농촌을 짓누르고 있는 상황에서 도시를 중심으로 자본주의와 제국주의의 세력이 상업과 제조업을 장악하고 농산물과 제조업을 통한 각종 제품을 교환하는 체제를 통해 농민의 피땀을 착취하여 막대한 이익을 보고 있는 사회였다.[1]

농촌주의구체안에서는 특히 농촌을 중심으로 무국주의를 실현해 나아가는 과정을 구체화한 것으로서, 사회 조직으로 촌(村)·읍(邑)·국(國)의 3단계의 행정 구역을 설정하여 각각 촌회(村會)·읍회(邑會)·국회(國會)를 두어 각 개인을 단위로 하는 연결 기구였다. 구역을 나누어 민중을 집단으로 거주케 하여 동대(動隊)를 조직하여 생산하게 하고 동대는 소중대대(小中大隊)로 편성하여 종적 계통을 세우고 각 촌(村)끼리 연맹체를 만들어 횡적 연락을 하게 된다. 즉 촌에 동대(動隊)를 편성하여 공작분유(共作分有)로서 각자 개인의 평등한 물질적인 생활과 자유로 정신적인 희망을 향유케 하자는 것이다. 분배에 있어 생활 필수품을 공유(公有) 분배하되 그 분배의 가치 기준을 시간에 둔 것은 공산주의 경제 가치 이론을 따른 것이나 다만 절약에 의해 저축이 가능한 허용 범위는 자본주의 형태를 가미한 것 같고 특히 가옥(家屋) 기구(器具)의 사유를 인정한 것은 그 특색이다. 그러나 그것이 본인 죽은 후에는 공유(公有)로 돌아감은 물론이다. 이것은 유물론(唯物論)과 유심론(唯心論)을 종합 지양

註1) 조성윤, 「소래 김중건의 사회사상과 독립운동」, 『개혁의 이론과 독립운동』 1983, p.79

한 소래 선생의 철학의 이상적 실천 형태였다. 이런 공작분유 자치농촌연맹(自治農村聯盟)의 제도는 장차 세계대공화사회건설(世界大共和社會建設)이란 그의 무국주의 유토피아에 이르는 첫 과정이다.

한편 농촌주의 구체안이라고 하지만 그 실제 내용은 농업뿐이 아니고 공업·광업·어업·목축·운수·교통 전반에 걸친 것이다. 전국을 농사구역에 따라 구분하고 구내의 특정 지역을 설정하여 대농촌(大農村)을 건설하도록 했으며 이를 공유로 설정했다. 각 촌에는 의회, 행정, 사법, 경찰 등 온갖 법무기관을 설치하여 자치적으로 운영토록 했다.

그 저술 내용을 짐작토록 하고자 목록과 서문을 붙여둔다.(「소래집」 2권에 실려있다)

△ 農村主義 具體案(一名 첫 階段) 목차

序　　條件

1. 區域分定　　2. 村의 施設　　3. 議會　　4. 各務部 會議

5. 各務部 執行委員會　　6. 共作　　7. 動隊編成　　8. 動員取扱

9. 聯盟組織　　10. 邑의 職權範限　　11. 國의 職權範限　　12. 村邑 國會

13. 分配　　14. 消費店　　15. 票札　　16. 行政機關　　17. 裁判과 警察

※ (例文)

그리고 그 서문의 첫머리를 보면,

"우리 ABC 새 主義는 唯我哲學에 근거를 두어 人間社會의 모든 일을 다 人間的의 共通的 個性에 順應하여 하려는 것이다. 現在의 帝國主義 集權政治와 資本主義 經濟制度와 共産主義의 强壓政治를 全혀 다 否認함은 그것들이 大衆의 共通的 個性을 너무나 잔학하는 때문이오 장차 새 主義의 큰 社會를 건설하려 함은 실로 大衆의 공통적 個性이 잘 暢達되도록 滿世界의 고른 生活을 提供하려는 것이다. 그렇다면 「人間의 個性이란 元來 齊一한 것이 아닌즉 그것을 順應한다는」것은 아무리 새 制度라 할지라도 필경 自由競爭을 承認하는 制度에서 별로 다름이 없을 것이라고 批評할지도 모른다. 「또는 齊一하지 못한 個性을 暢達시킨다면 우리 ABC 運動의 最大目的인

齊世主義에 큰 모순이 될 것이다」고 疑問을 품은 이도 있으리라, 그러나 現制度의 承認하는 바 자유경쟁이란 것은 小數의 우월한 個性으로 多數의 低劣한 人格을 壓制하기에까지 이른 것이니 大衆의 共通的 個性을 本位로 하는 새 制度가 어찌 그것과 같을바 있으리오? 또는 齊世란 億個의 人間性을 강제로 꾸부리어 世上을 가지런히 한다는 것처럼 알아서는 안되는 것이다.

人間이란 그렇게 함부로 짓밟힐 무엇도 아니오, 또한 그렇게 쉬히 짓밟힐 무엇도 아니다. 人間性이란 原來 齊一될 수 없는 難化의 것이라면 그는 千萬 誤解인 것이다. 社會의 變遷改造에 따라 자꾸 變化해 나가는 것이 人間性의 本質이니 말하자면 共通的 個性의 要求에 順應하는 物質的 條件이 바로 서게 된 그 환경안에서는 人間이란 그는 점차 우열의 차, 善惡의 別, 그러한 것이 스스로 平해지면서 各人의 個性我가 서로 나아가 마침내 一通의 社會我 하나로 化해버릴 수 있는 그런 性을 所有하고 있는 것이니 이는 결코 强屈의 힘 만으로 능히 그는 可히 할 바 아닌 것이다.”

(3) 「새 주의 1, 2」에 담겨진 원종(元宗)사상

‘새 주의(主義)는 (1), (2) 두권으로 나누어 저술하였는데 (1)은 원종(元宗)사상에 깔려 있는 무본(務本)주의등 10여가지 주의와 원종에 대한 해설이 내용이고, (2)는 1부분은 실전이나 화소접무(花咲蝶舞)의 이상사회 건설과 맑스주의 및 삼민(三民)주의에 대한 비판이 기술되어 있다.

「새 주의」는 소래선생 25세때 원종을 선포 할 때의 저술로 그 근본 취지를 첫머리의 ‘宣言’ 에서 볼 수 있으므로 옮겨 적고 목록을 붙여둔다. (「소래집」2권에 수록되어 있다)

“우리는 삶을 求한다. 더욱이 사람다운 삶을 求한다.

죽도록 벌어도 굶음 밖에 차려지는 것이 없고 혹은 겨우 굶음을 면한다 할지라도 이끝 저끝으로 부딪혀 견디기 어려운 우리와 같은 빈약한 민중에게는 오늘 마침내 죽음 하나 밖에 없는 決定의 斷崖에 臨迫하게 된 것이다.

或은 오히려 이 경우에까지는 이르지 않고 간신히 그날 그날의 삶을 꿰어매갈 수 있다 할지라도 그것은 결코 사람의 삶이 아니라 牛馬의 삶일 것이다.

그러면 우리는 이대로 죽고 말아야 可할 것인가? 그렇지 않으면 牛馬의 삶을 살아야 可할 것인가? 아니다! 살아야 된다. 더욱이 牛馬가 아닌 사람으로 살아야 한다.

그러면 어떻게 하여 그러한 삶을 얻을 것인가?

貧弱한 남을 짜 먹고 짓밟고를 꾀할 것인가? 그것 亦是 사람의 삶이 아니다.

그것은 곧 惡魔의 삶이니 사람으로 보아 千萬容恕할 수 없는 것이다.

그 따위 惡鬼의 삶을 자꾸 向上 또는 한껏 連長하려고 한참 發狂을 하고 있는 現下의 資本主義 帝國主義 그것은 卽 우리에게 이렇듯이 무서운 죽음과 그렇잖으면 너무나 억울한 牛馬의 삶을 支配하고 있는 罪惡의 怪物인 것이다.

우리가 이 怪物과 더불어 이 세상에 아울러 서지 못 할 것은 이미 決定된 嚴肅한 事實인 同時에 또한 彼等과 決死的 鬪爭을 하지 아니치 못하게 된 것도 大勢에 이미 決定된 運命인 것이다.

이러한 〈모멘트〉에 있어 滿天下의 貧者 弱者들은 一時에 떠들고 일어나게 된 것이다.(일부)"

라고 시작했다. 목차를 보면,

宣言　辯言

새 主義 一卷 目錄

諸主義의 看色

1. 順理主義-務本主義　　2. 人道主義와 自然主義

3. 無國主義　　4. 農是主義　　5. 唯我主義　　6. 有爲主義

7. 唯實主義와 法名 除姓　　8. 黃金塔(農村主義 初步訓練)

9. 돈 없이 살자!　　10. 金本位主義와 米本位主義

11. 鬪爭의 첫 걸음　　12. 人本主義(勞動本位主義) 金本位主義

13. 農民의 哀怨　　14. 農村 푸로컬트 敎育

15. 元宗을 왜 元宗敎라 하는가　　16. 원종과 世界大運

17. 無資本主義와 獻身主義　　18. 倫敎政治小論-人道主義

새주의(2)의 目次

1. 2는 失傳

3. 主義란 이런 것이다   4. 君은 누구뇨? 君은 무엇을 하느뇨?

5. 먹을 일이 먼저냐1 사람 노릇이 먼저냐! 6. 困況慘憺한 移徙群을 보고

7. 花笑蝶舞圖說   8. 無理한 남의 욕을 받고 있는 靑年團을 責함

9. 社會主義, 맑스主義 批評   10. 오직 誠!

11. 孫中山과 中國革命   12. 三民主義를 우선 이만치 알아두자

13. 不共戴天 할번한 者여!   14. 人道主義

15. 사람으로 살라   16. 人本主義

(4) 「밀운담(密雲譚)」과 소래선생의 위인관(偉人觀)

「밀운담」은 소래 선생의 위인관과 정치·사회현상을 논한 수필집으로, 일종의 소래 선생의 경륜(經綸)을 논술한 것이다. 그는 이상적(理想的) 위인(偉人)을 모델로 정치, 경제, 사회를 논하고 있다. 소래 선생의 위인관(偉人觀)에 의하면, 인류의 역사상에 나타난 여러 가지 유형의 위인들을 들어 그들 위인이 사실은 위인이 아니라 인류 공존에 있어 커다란 죄악을 저질렀다고 지적한다.

사람들은 시대 변천과 사회 경제 구조상 그 당시의 민중의 지도자를 위인시하지만 그런 지도자의 위인이란 그 당시 그 사회의 그릇된 도그마로 말미암은 것이고 자기가 그리는 진정한 지도자인 위인은 민중의 참다운 의지자(倚支者)로서 모든 민중을 위한 모든 민중에게 진심으로 추대 받을 수 있는 지도력을 구유(具有)하여야 한다는 것이다.

소래 선생은 만인(萬人)의 공생(共生)을 위하여 참다운 이상을 가진 사람으로 진정으로 공존(共存) 공생(共生)을 꿈꾼 사람이다. 여기서 그는 종래의 유심론적(唯心論的)인 철학이나 유신론적(有神論的)인 종교에 반대하여 생활(生活)의 근거가 확보되지 않은, 다만 유심론적인 열락(說樂)이나 허구된 천국 사상의 영생에 관해서는 통렬히 반박하고 있다.

또한 종래의 유물론적인 철학이나 변증법적 발전을 신봉하는 공산주의 종교를 배격하고 마음으로 심적인 자유가 보장되지 않는 유물론적인 보명(保命)

이나, 신체적으로 억압된 동물원적(動物園的) 공생을 지양하고 있다.

이는 결국 생물진화론의 입장에서 또는 환경 순응의 원칙에서 사람이 모두 다 잘 살자면 유심유물(唯心唯物)을 초극하여 자유와 생활을 두 가지 함께 누릴 수 있는 경제 체제를 이루어야 한다는 것이다. 여기서 소래 선생은 맑스의 공산주의를 한편 칭찬하면서도 자유가 없는 그 억압에 관해서는 반대하여 공산주의보다 오히려 한 걸음 더 나아 간 것으로 생각되는 무정부주의(無政府主義-그의 이른바 無國主義)를 찬양하고 내세운다. 이와 같은 소래 선생의 철학적 기반은 그가 사모하는 노자(老子)의 도사상(道思想)의 무위(無爲) 자연(自然)이기도 하다.

그러나 선생은 자신이 동경하는 무위 자연의 사회를 노자가 이룩하지 못했던 것으로 보고, 노장(老莊)을 오히려 진정한 자연의 사회 건설에서 도피했었다고 비난하고 있다. 다시 말해 성인을 내세우다가 반비례적으로 도적이 횡행하게 된 유교사상을 질책하는 것이다.

요는 소래 선생이 생각하는 위인이란 무위자연을 체득한 노자와 같은 사람이요, 그가 이룩하고자 하는 세계는 지배와 피지배가 소멸된 세계로 이러한 유토피아를 그리며 그의 모든 심신을 바쳤던 것이다.

소래 선생은 '서언(緒言)'에서 현대 민중에게 필요한 위인에 관해 언급하면서, 국가와 사회의 모든 기반들이 민중을 위해 이뤄져야 함을 전제하면서 지금껏 전제적(專制的) 위인주의(偉人主義)을 토대로 한 사회제도를 근본적으로 개조 할 것을 강조하고 있다. 그러면서 자신의 실천 과제인 첫 단계의 혁명으로부터 전 세계혁명에 이르기까지 사업을 책임지고 수행할 수 있는 것은 청년들로, 이들이 올바른 길로 인도하기를 희구하고 있다.

또한 '개인으로 본 위인'에서는 위인의 자격에 관한 위인론에 관해 언급하고 있다. 우선 위인은 세계 앞에 특출한 사람이 되어야 한다. 만인을 꿰뚫어 볼 수 있는 투시력과 온 바다를 마시고도 남을 배포, 태산을 보고도 눈썹 하나 까딱하지 않을 배포와 지력(智力) 그리고 넓은 덕량을 지녀야 한다.

자신이 속한 사회에 관해 자신이 빠질 수 없다는 적극적인 소속감과 아울러 타인의 존재에 관해서도 인정할 줄 아는 사람이어야 한다. 다른 사람의 의견을 인정하고, 말을 잘 들어주어야 한다.

위인은 성공을 하지 못할까봐 두려운 것이 아니라 실로 성공을 초월하여 지성으로 인도(人道)를 다함으로 만족을 느끼는 사람이어야 한다. 인도를 위해서라면 자신을 버릴 수 있어야 하는데 이로 말미암아 의리(義理)를 이룰 수 있는 것이다.

인격은 천품(天品)과 인교(人敎)의 조화로움이라 할 수 있는데, 위인이란 결국 이와 같은 조화로움을 원만하게 이룬 사람으로, 사람의 가르침이나 배움을 통해서라기보다 대자연으로 말미암아 형성되어짐을 언급하고 있다.

그러나 무엇보다 중요한 것은 그러한 위인이 우리와 같은 평민이어야 한다는 것이다. 초월적인 신성(神聖)을 지녔다든지 혹은 전형적인 봉건적 천강위인(天降偉人)일 필요가 없다. 우리가 필요로 하는 위인은 당면된 문제를 해결하는 지도자일 뿐만 아니라 제세(齊世)의 꿈을 키우는 우리 민중에게 인격을 향상시킬 수 있는 표준과 인교(人敎)의 사표가 되어야 한다고 한 위인론이다.

'사회로 본 위인'에서는 역사상 위인이 사회를 발전시키는 동력 가운데 하나인 중심인물로 작용해 왔음을 언급하고 있다. 사회와 민중을 위하여 희생을 감수하는 위인에 대하여 환영해 마지않았다. 역사 가운데 많은 경우 위인은 민중을 소기의 목적대로 유도했으나 오늘날에는 민중이 위인을 의도하는 방식대로 유도하고 있다.

그러면서 소래 선생은 우리가 지금 민중을 지도할 위인을 기다려야 할 것인지 혹은 위인을 부릴 민중을 기다려야 할 것인지에 관해 되묻고 있다. 민중은 후자에 무게 중심을 두겠지만 우리는 먼저 위인을 부릴 민중이 스스로 되어야 한다고 지적하면서 위인을 부릴 수 있는 사회에는 반드시 위인이 등장할 수 있다고 언급하고 있다.

한편 종교적 유심론적인 예수교의 예수와 과학적 유물론적 개조를 역설하는 맑스를 들고 있다. 소래 선생은 예수는 예수주의의 대위인(大偉人)으로, 맑스는 맑스교의 대위인 일지언정 결코 합리적인 모든 사회의 대위인으로 볼 수 없다고 평가하였다. 특히 맑스에 관해서 물질적 평등을 주장하면서 정신을 물질에 종속시키는 우매함를 범했다면서 동서고금에 막대한 죄악을 저질렀다고 지적하고 있다.

예수교에 관해서도 정신적인 평등을 주지로 하여 구세주의(救世主義)를 표방하였지만 이 역시 잘못된 것이라고 혹평하고 있다. 결국 목적 의식을 상실하였다면 그것은 사회에 존재해야 할 의의가 없다고 논하면서, 그러나 예수가 신도 개개인에 한해서는 위인이 될 수 있으나 사회의 전반적인 위인은 될 수 없다고 부정적인 결론을 내린 것이다.

「밀운담」에 담긴 위인관과 저술 모티브를 잠작토록 그목록과 서언의 밀운곡을 옮겨 적는다.

密雲譚 목록

1. 個人으로 본 偉人   2. 社會로 본 偉人

3. 偉人과 事業   4. 偉人과 世界觀

密雲譚 緒言의 密雲曲

구름은 빽빽해도 비는 안오니   피마른 天下大衆 미처 뛰노나

龍없는 低氣壓은 믿지도 말고   重心찬 陰陽中和 기다리거라(「소래집」1권)

(5) 「신강록(晨講錄)」과 교육 비평

「신강록」은 소래선생의 학문과 진리를 제자들이 기술한 교육 논설집으로, 강의록을 모은 명언집이다. 1930년경에 수강한 내용 가운데 오늘날 그중 일부만 전해 내려와 전모를 알 수 없는 것은 유감스러운 일이다.

이 강의 속에는 소래 선생의 박학다식한 철학과 종횡무진의 진리가 담겨 있다. '무용시대용'(無用是大用)이란 파라독스적인 명제에서 시작되어 '지기'(知己)는 보통 붕우(朋友)보다 가치가 있어 원수간에도 있다 하였고, 동서고금을 통하여 위대한 사상은 실로 '수양'(修養)을 통해서만 나온다고 갈파하였다. '치'(治)라는 이념은 '도'(道)라 하였고 이 '치'의 종(縱)으로의 입체적 관찰로는 미치(未治) · 선치(先治) · 원치(原治) · 강치(强治) · 와치(瓦治) · 임

216

치(任治)·무치(無治)로 나눴고, 횡(橫)으로의 평면적 관찰로는 의치(儀治)·
율치(律治)·가치(家治)·사치(社治)·국치(國治)·세치(世治)·법치(法治)·
종치(宗治)로 나누어 천치(天治)의 소질을 갖지 못한 이상 먼저 인치(人治)로
출발하여 천치에 옮겨야 한다고 하였다. 곧 유심(有心)의 괴로운 경로를 지나
서 이것이 체화(體化)되어 무심(無心)의 자유 의지대로 할 수 있는 인격에 나
아가야 한다고 하였다.

다음 '유심무심'(有心無心)은 웅위(雄偉)를 체득하려는 청소년은 정신을
가지고 사고(思考) 수양(修養)하라했고, 비열(卑劣)한 사상 속에는 아무 것도
구해 볼 것이 없는 고로 웅위(雄偉)를 함양(涵養)한 뒤에 현실에 입각해야 된
다고 설파하였다.

'알은 소리 없이 우는 닭이요, 번데기는 날음 없이 나는 누에' 라는 인간
사회의 근본 원리를 해명하였고, '조백로흑'(鳥白鷺黑) 이라는 궤변 같은 논
지는 객관적 관찰보다 주관적 관찰로 타당한 이론이라 하여 세태의 표리부동
흑백무상(表裏不同黑白無常)한데 대한 자아의 고결하고도 위대한 인격을 닦
기 위하여 내외통백(內外通白)을 힘써야겠다고 하였다.

마지막으로 '운명'(運命)은 '인간을 휩싸고 흐르는 시간의 파랑(波浪)이
다' 라고 하며 '안분'(安分), '순명'(順命), '운명에의 초월' 을 하여 무심(無心)
의 탑(塔)으로 돌아가 버리라는 것이다. 이 용단을 위하여 수단 방법을 가릴
것 없이 나아가라는 것이다.

현재 남아 전하는 항목을 목차로 붙여둔다.(「소래집」 2권에 수록)

△ 晨講錄 목차

1. 無用是大用　2. 知己　3. 修養
4. 예수는 사탄과 通하고 孔子는 盜跖과 通한다
5. 治　　　　縱으로 治의 槪觀　横으로 治의 槪觀
6. 有心無心
7. 알은 소리없이 우는 닭이오 번데기는 날음없이 나는 누에다
8. 鳥白鷺黑　9. 運命

(6) 「쪼각사상(思想)」과 일상적 교훈

「쪼각사상」은 일종의 사상집으로 인생, 사회, 정치, 경제 등 전반에 관한 편상(片想)을 모은 수상록이다. 소래 선생의 원저(原著) 『일일(日日)의 법화(法話)』를 개제한 것으로, 때로는 성현의 명구 같기도 하고 때로는 지사의 통곡 같기도 한, 절절히 피가 맺힌 교훈이다.

자신은 아무 데도 굽히지 않으나 오직 진리 앞에서는 허리를 펴지 않는다는 구절에서 시작하여, 오늘의 선(善)이 내일에 악(惡)이 되며, 갑(甲)에서의 악이 을(乙)에서는 선이 되는 것은 다 처해진 환경에 따라 그렇게 된다는 것이다. 그러므로 도덕은 고정된 일대평면(一大平面)이나 입체(立體)가 아니라 대(大)로의 활동체(活動體)이며 소(小)로의 편편물(片片物)이라 하였다.

또한 소래 선생은 사회적인 처세의 기만이나 허위를 통박(通駁)하고 자기 자신의 안일을 위해 타인에게 봉사를 강요하는 윤리도 거부했다. 추상적인 도학자적 이론에만 치우친 것이 아니라 때로는 철두철미한 생활인의 철학을 갈파하기도 했다.

한편 땀은 움직임의 성액(聖液)이요, 움직임은 목숨의 본질적이고 근본적인 힘이 되고 있는 만큼 일을 싫어하는 사람은 살기를 싫어하는 사람이라고도 언급하였다.

그런가하면 연애(戀愛)의 근본 원리를 가르치면서, 연애란 인간의 종족을 번식(蕃殖)시키려는 천도(天道)로서 양성(兩性)을 강하게 교접(交接)하게 하는 정욕의 요화(妖花)라고 지칭하였다. 인도(人道)는 이를 억제할 것이 아니라 다만 조절할 것이요, 때로는 절망을 방지하며 지기(志氣)를 고무(鼓舞)한다고 하였다. 그러니 연애는 술과 같고 아편과 같아 과음(過飮) 남용(濫用)하지 말라고 충고했다.

유심론자(唯心論者)나 유물론자(惟物論者)는 진정한 철학에 대한 강간(强姦) 미수(未遂)라고 아이러니컬한 표현을 하기도 하고, 인생이란 먼길을 가는 여행과 같아서 어려운가 하면 쉽기도 하고, 웃음으로 마치기도 하는가 하면 울음으로 마치기도 한다고 언급했다.

소래선생 37세인 1925년(建元13년) 2월 3일부터 8년간의 원종주의와 제세(齊世)사상의 어록이라 할 이글은 모두 290항목이 전하며 그 보기로 5, 6편을 옮겨 적는다.(「소래집」1권에 수록되고 있음)

"建元13年(1925) 2月 3日부터

1. 나는 아무래도 굽히지 않는다. 그러나 오직 眞理의 앞에는 敢히 허리 펼 다른 땅을 찾지 않는다. 그는 「나의 眞理化」를 가르치는 나의 方法의 指導者이다.

2. 웃음속에도 殺氣가 있고 칼집 안에도 生氣가 있다.

3. 諒解가 깊으면 怨讐도 兄弟가 될것이요 疑心이 굳으면 兄弟도 怨讐가 될 것이다.

   前者는 客觀的나의 積極化를 意味함이요 後者는 主觀的나의 消極性을 表現함이니 사람은 당당히 疑心의 아득한 나루를 건너 諒解의 넓은 들에 오르는 것으로 나의 社會的 참된 나 大我를 찾는 앞길을 삼음이 可할 것이다.

4. 富强者를 尊敬하고 貧弱者를 侮蔑하는 者는 개와 같고 貧弱者를 尊敬하고 富强者를 侮蔑하는 이는 眞人이다.

   時俗을 몰라 개로부터 사람에 나아가기를 재촉하는 것이 儂法에 人道主義인 것이다.

5. 山이라고 높은것도 아니오 들이라고 낮은것도 아니다 다만 그 땅에 局限된 나의 눈이 높거나 낮거나 할 뿐이다.

   어찌 山과 들만이 그러하랴 世上에 是非도 그러하고 成敗도 그러하니라.

6. 道가 없는 때에는 사람이 곧 짐승이요 돈이 있는 곳에는 君子도 또한 盜賊이니 이 짐승을 馴化하고 이 盜賊을 退治하려는 齊世主義 이것이 實로 元宗일진저"

(7) 몰라집(沒那集)과 정치·사회 비평

「몰나집」은 소래 선생의 사상에 입각하여 정치·사회·경제 등 각 분야에 걸쳐 비평한 수상적 에세이집이다. 소래 선생은 서두에서 이 글이 "건원18년(1930년)의 1년간 무사소견(無事消遣)할 때에 파적(破寂)꺼리로 만필(漫筆)을 휘(揮)한 것"이니 대체로 무국주의(無國主義) 사상을 설파한 것이라 하였다. 또한 "인격 향상의 동력은 환경의 적을 전취(戰取)하는 개아(個我)의 활동에 있으며, 인류의 역사는 인격 투쟁의 기록이다"라고 쓰고 있다. 따윈의 적자생존설(適者生存說)이나 진화론(進化論)을 연상하게 하는 항목들이 모두 진리를 토로한 수필이며 우화집이다. 소래 선생은 모든 이치나 현상을 동물을 의인화하여 재미있게 설명하고 있다.

28개 항목으로 쓰여진 「몰라집」의 목록은 다음과 같다. 몰라(沒那)는 소래 선생의 별호이며 「소래집」1권에 수록되어 있다.

△ 沒那集 목록

1. 靑尨譚　2. 除足論　3. 呼龍見熊　4. 糞難

5. 復乳論과 除乳論　6. 松과 苧　7. 排鶴同盟　8. 造物主의 退訴訓

9. 鳩見鴈　10. 蜘蛛의 訴話　11. 設廢無道喩　12. 四聾爭路

13. 惡尾滅身　14. 春神 秋神　15. 류마치스 自何生　16. 忘子古譚

17. 鳴難　18. 用의 道　19. 夢王譚　20. 無大無小論

21. 夢中之夢　22. 三角是非論　23. 鶯粟子　24. 凶物論

25. 雀獵軍古譚　26. 烏白鷺黑　27. 不相食同盟과 共食同盟　28. 乘客의 主見

46. 「사상집」(思想集)과 작가론(作家論)

(8) 『사상집(思想集)』의 작가론 효시적 양상

① 『사상집』의 작가론적 양상

소래선생의 10대 사상가 평론(사상집에는 8대가만 들어있음)에 관해서는 중국 연변의 조선족 문학평론가인 임연(林淵)씨가 '유토피아적 지향과 작가론의 효시' 라는 역작논문을 발표(통일문학 2003. 제2, 3호)하였기에 그 논설을 대부분 인용하면서 소개하려 한다. 임연씨는 먼저 『사상집』은 '제가소평(諸家小評)' 이라 하여 이른바 '세계개조10대사상가' 가운데서 8명의 사상가만 대상으로 삼아 소평하고 있다. 『사상집』에서 다루고 있는 사상가들은 사실상 세계적으로도 유명한 작가, 시인들이다. 소래 선생 자신도 비록 당시에 간행되었던 팜플렛이 '방황함과 같은 미혹'을 체험할까 우려되어 '나의 사상에 의한 그에 대한 소평을 부하여서 이제 이 소책을 편성하기에 이른 것'이라고 했지만 『사상집』의 실상은 그 사상가들에 대한 평가도 되면서 문학적 시각에서 보면 결국 작가론적 대평이 되기에도 손색이 없는 역작이다.

소래 선생이 『사상집』에서 다룬 영국의 루쏘, 러시아의 톨스토이, 노르웨이의 입센, 인도의 타골 등은 너무나 유명한 작가, 시인들이다. 문학적으로나 사상적으로 동방에 많은 영향을 준 위인들이다. 그리고 에드워드 카아펜터, 버트런트 럿셀, 엘렌 케이, 윌리암 모리스 같은 사상가들도 역시 작가이자 시인들이었다. 그리고 에드워드 카아펜터·버트런트 럿셀·엘렌 케이·윌리암 모리스 같은 사상가들도 작가이자 시인들이었다. 그중 카아펜터(1844~1929)는 영국의 시인이자 평론가로서 그의 「테크타시를 향하여」, 「문명의 기원과 구제」 등은 사회주의 사상계에 큰 반향을 불러일으켰는바 기계문명을 하나의 병으로 보고 비판하였다. 자서전적인 시 「나의 날 나의 꽃」도 유명하다. 이밖에 미술, 종교, 음악, 부인문제, 국제문제 등 광범위한 저술이 있다. 럿셀(1872~1970년)은 영국의 수학자이자 철학가이며, 평론가이고 작가이기도 한데, 제1차 세계대전 후 영국을 떠나 중국, 쏘련, 일본 등지를 여행하기도 하였다. 그는 대작 {수학원리}에 의해 수리철학 및 기초논리학에 공헌을 하였다. 그는 일찍 북경대학 교수(1920~21년)로 있었고 전후로 시카고대학 간사(1838년)로, 켈리포니아대학 교수(1939년)로, 뉴욕사립대학 객원교수(1940년)로 있었으며 1944년 이후에는 트리니의 칼레지 특별연구원으로 있었다. 그리고 1950년에는 노벨문학상 수상자가 되기도 하였다. 케이(1849~1926년)는 스웨덴의 사상평론가이고 여류작가이며 세계 각국을 다니면서 강연을 한 근대 부인운동의 제1인자이다. 주로 부인운동과 아동복지에 전력했는바 사회문학 특히 부인, 육아문제에 탁월한 견해를 피력한 『어린이의 세기』는 20세기 초 신교육운동의 표어가 되었다. 생물학적 진화론의 입장에서 자유적 이상주의를 주장하였다. 모리스(1834~1896)는 영국의 시인이고 공예예술가인데 옥스포트대학을 졸업하고 건축을 전공했으나 화가로, 시인으로도 활약하였다. 1858년에 첫시집 『기니비야의 번호』를 출판하고 1861년에는 로제티 등과 장시미술상회를 결성하였다. 그후 중세문명을 구가한 설화시 「지상의 낙원」(1868, 1870년)을 출판하였다. 1883년 그는 '민주연맹'에 가입했다가 그 동맹이 분열된 후 '사회주의지동맹'을 창립했다. 그는 로제티의 영향을 받은 미술의 탐구자였으나 '미를 위한 미'에 만족하지 않고 실생활의 미화에 전력한 종합적인 예술가였다.

『사상집』은 집필의 동기로 보아 '세계개조10대사상가'란 낡은 팜플렛에 나오는 10대사상가를 모두 논하려고 했으나 『사상집』 속에는 톨스토이를 위시하여 루쏘나 모리스까지 8대사상가들만 소개, 비판하고 맑스나 다윈은 빠져 있다. 맑스와 다윈은 소래 선생의 별저 「새주의」에서 논한 바 있으므로 『사상집』에 수록하지 않았다고 하는데 10대사상가라는 시각에서는 그 어떤 유감이나 결함을 빚은 것이라 보이지만 『사상집』은 하나의 작가론으로 집성하는 데는 오히려 문학성을 강화한 격이 되었다. 물론 다윈이나 맑스의 경우, 그들에게도 문학사적인 측면이 전혀 없는 것은 아니지만 진화론이나 공산주의 창시자로서의 위대함에 비하면 그들의 문학이란 무시할 정도로 왜소한 것이다.

소래 선생의 『사상집』은 이처럼 하나의 작가론이라 할만큼 문학적인 비중이 클뿐만 아니라 그 분량면에서도 거의 25만 자에 달하니 부피가 그리 작은 것은 아니다.

소래집 발간사에는 다음과 같이 쓰여 있다.

아직 西歐의 文物思潮가 지금처럼 傳播普及되지 않고 있던 당시, 더구나 歐羅巴에 旅行한 일조차 없던 先生이 이처럼 자세하게 各作家, 思想家, 哲學者들을 熟知하고 달관하고 있다는 것은 先生의 새로운 文化에 대한 受容熱과 多讀의 功뿐아니라 그 千里眼的 叡知와 推一知十의 英特性을 말해주는 것이다. 「소래집」 중 '사상집' 평설

『사상집』의 집필은 1931년이라고 소래 선생 자신이 밝히고 있는 바 1920년대에서 1930년 초반까지에 이르는 그 시기에 소래 선생이 선각자의 천리안과

영성으로 『사상집』 같은 작가론을 펴냈다는 것은 조선민족의 문학권내에서 특이한 일이 아닐 수 없다. 중국 대륙의 한민족 역사에서는 물론 한반도에서 분량에서는 물론 비평문학적인 견지에서 그 시기에 『사상집』과 비견될 만큼 세계적인 작가들에 대한 작가론을 집대성한 일은 없었다. 이러한 사실은 『사상집』이 중국 조선족문학비평사에서 작가론의 효시가 되고 있음을 말해 준다.

②『사상집』의 기본구조와 논술특징

소래 선생의 『사상집』은 '세계개조의 10대사상가' 들 가운데서 톨스토이를 비롯한 8명의 사상가(작가, 시인)들의 인생관, 세계관, 문학관 등을 일일이 검토하면서 그들의 사상이 '서로 모순 또는 갈등' 을 이루는 현상과 '동일 또는 상쇄' 되는 갈래를 지적하고 '나의 사상에 의한 소평' 으로 자신의 세계 개조사상과 문학적인 소신을 천명하고 있다. 소래 선생은 8대사상가들을 1. 레오 톨스토이, 2. 헨리 입센, 3. 에드워드 카아펜터, 4. 버트랜드 럿셀, 5. 헬렌 케이, 6. 라벨뜨라나트 타골, 7. 산작크 룻소, 8. 웰리암 모리스 등 순으로 논술하였다. 그리고 소평을 전개함에 있어서는 대개 그들의 생애, 문학작품, 사상, 철학저서 및 그 사상을 기술하고 '나의 사상' 의 입장에서 소평하거나 자기의 주의 및 사상들을 천명하고 있다. 그 전개 양상의 기본구조와 취급하고 있는 내용은 『사상집』 서언과 총목차 및 제1, 제2, 제3편의 소제목만 보아도 알 수 있다.

"내가 지난 겨울 東京城下에서 지낼 때 여러 靑少弟子들이 所謂「世界改造 十代思想家」란 낡은 팜프렛을 외는 것을 보았다. 그들은 이것 외우고 나서 무엇을 感想으로 하였을까?

名家의 主張이 다 그럴듯한 것으로 보이는 同時에 도한 各家의 思想線이 서로 矛盾 又는 갈등되는 것을 보았을 것이오. 다시는 各線의 그것이 서로 同一 又는 相襲된 것 까지도 보았을 것이다.

그렇다 그에 대하여 적지 않은 회의를 갖게 되어서 마치 擾擾紛紛한 岐路上에서 갈 바를 몰라 彷徨함과 같은 迷惑을 體驗하였을 것이다.

나는 이것을 顧慮하여 곧 그들에게 破惑의 資를 줄 것을 생각하였다. 그리하여 곧 그 最近 書類를 갖다보고 그에 기록된 그대로를 根據 삼아서 나의 思想에 依한 그에 對한 小評을 付하여서 이제 이 小冊을 編成하기에 이르는 것이다.

그러나 이것이 도리어 靑少弟子들에게 더구나 迷惑의 길이 되어 주지나 않을른지 모르겠다.

나는 原來 나의 思想만이 옳은 것을 몰라한다. 故로 언제든지 弟子에게 나의 것만을 强勸하려는 사람은 아니다.

이제 이 册에 付하는 小評도 다만 「나의 意見이 이렇다」 함에 그치려는 것이다. 그런것인즉 讀者는 반드시 이 小評을 그대로 믿어둠에 그치지 말고 또한 각기 自己들의 意思에 依하여 스스로 評을 내려 보는것도 좋은 일이라고 이제 이것을 다시 한번 일깨워 둔다.

建元 十九年 三月 十二日(西紀 一九三一年) 불페씀"

△ 思 想 集 목차

諸家思想小評

    1. 레오 · 톨스토이　　2. 헨리크 · 입센

    3. 에드워드 · 카아펜터　　4. 버트랜드 · 럿셀

    5. 엘렌 · 케이　　6. 라벤뜨라나트 · 타골

    7. 잔작크 · 룻소　　8. 웰리암 · 모리스

제1편 레오 톨스토이

    1. 톨스토이의 일생　　2. 부활에 나타난 사회비평

    3. 혁명운동과 톨스토이　　4. 톨스토이의 사회사상 개조

제2편 헨리크 입센

    1. 입센의 일생　　2. 입센의 근본사상

    3. 뿌랜뜨의 경개　　4. 제3제국의 사상　　5. 부인 문제

제3편 에드워드 카아펜터

    1. 카아펜터의 생애　　2. 카아펜터의 근대과학관

    3. 카아펜터의 예술관　　4. 카아펜터의 현대문명관

『사상집』은 이와 같이 한 작가를 논함에 있어서 4항이나 5항의 항목으로

나누어 고찰하고 대개 작가의 주요한 사상적인 측면과 주요작품을 논하고 있는데, 제6편 라벤뜨라나트 타골의 경우는 1. 타골의 위인 2. 개인과 우주 3. 영혼의식 4. 선악문제 5. 자아문제 6. 애철학 7. 무한의 실현 등 7개항으로까지 전개되고 있다.

소래 선생은 『사상집』에서 거의 40여개에 달하는 항목(소제목)에서 사상, 철학, 종교, 문학 등 광범위한 내용을 다루면서 자기의 독특한 사고방식과 사유질서를 세우고 거기에 합당한 문학적인 방식을 설정했다. 그것은 대개 문학작품의 경개에 대한 간략한 서술에 이어서 거기에 표출되고 있는 작가의 사상을 지적하고 그 사상의 염원과 '서로 모순 또는 갈등' 이 발생하는 갈래를 찾아내어 '나의 사상' 과 결부시키는 것이다. 그 거시적인 시각과 미시적인 고찰의 결합, 논리 정연하면서도 자유분방한 필치, 상세한 분석과 치밀한 문맥, 대담한 비판과 진솔한 성찰 등이 서로 어우러지는 특성이 『사상집』 전편을 관통하고 있다.

(2) 『사상집』의 무국사상과 민중문학관
① 철학가의 자서전과 사상가의 자화상
『사상집』은 그 책자의 제목이 시사해주는 바와 같이 이른바 '세계10대사상가' 라고 하는 위인들의 사상에 치중하여 다루고 있다. 그들이 모두가 세계적인 대사상가였던 만큼 『사상집』이 다루고있는 사상적 제 측면도 모두가 인류사회의 발전에 중대한 영향을 미치는 사상, 철학적 명제들이었고 그 내용 또한 『사상집』이 사상적 혹은 철학적 대 집성이라 할만큼 풍부하고도 다채로운 양상을 나타내고 있다.

『소래집』의 논의의 대상은 주로 사회개조와 인간향상에 직접적인 영향을 미치는 사상이나 주의들인데 대개 '제3제국의 사상' 들을 비롯한 유토피아사상(무국사상), 인도주의, 자연주의, 낭만주의, 영(靈)과 육(肉), 지(知)와 정(情), 선과 악, 인생관, 자연관, 도덕관, 부녀관, 인간과 자연, 인격과 환경, 위인과 민중, 고독과 우울, 감정과 이지, 이상과 현실, 복수와 반항 등으로서 실로 작자가 그 시대를 풍미하고 있던 사상과 과제들을 거의 모두 섭렵하고 통달하고 있음을 보여 준다.

소래 선생은 '작품을 평하려는 자'가 아니라 '사상과 주장을 보는 자'라는 시각으로 『사상집』에 수록한 사상가들의 사상과 주장 및 그 사상의 진보성과 국한된 것을 일일이 검토하고 비판하였으며 대사상가들을 거울로 삼아 자신의 사상이나 주장을 비춰보는 과정에서 자신의 사상 발전의 경로와 국한된 것을 성찰하고 검토, 반성하였다. 따라서 그러한 성찰과 검토를 거치는 와중에 특히 자기의 사상이나 주장을 선명히 하고 확고히 수립하기에 전력하였다. 그러므로 『사상집』을 보게 되면 동양적인 사고와 사유방식의 극원철학이나 「천기대경」과 같이 난해한 표현으로 된 소래 선생의 무국사상이 『사상집』에 일정한 체계를 이루면서 재현되었고 비교적 알기 쉽게 풀이되고 있다. 이러한 의미에서 『사상집』은 결국 소래 선생의 사상을 집대성한 것이자 그 사상의 맥락을 더듬은 자서전이며 그 사상이나 주장을 그려낸 사상가, 철학가의 자화상이라 할 수 있다.

② 『사상집』의 사회개조사상과 인격향상

소래 선생은 무국사상이라는 일종의 강렬한 유토피아적 지향을 『사상집』의 주조이자 주전 율로 가다듬고 그와 일맥상통하는 사상가들의 사상이나 주장들을 일일이 비교 검토하면서 가히 일가를 이룰만한 사회개조사상과 인격향상의 문명관을 창조하였다.

그는 자기의 무국사상으로 톨스토이의 인도주의, 루소의 자연주의, 입센의 우상파괴정신과 제3제국사상, 모리스의 미술사회주의화 등을 분석하고 비판하였으며 그 과정에 인격향상을 비롯한 가기의 사회개조사상을 내어놓았다. 톨스토이론에서 그는 톨스토이의 인도주의가 고독에서 출발했다고 보고 그 예로 톨스토이의 '유년 소년 및 청년'과 「지주의 조」라는 작품을 들면서 '그의 생활과 사상의 변천을 알고자 할진대 반드시 그의 작품에 의함이 편할 것으로 안다'고 하였다. 이것은 문학작품에 반영된 작가의 사상을 찾아보자는 시각이다. 그는 톨쓰토이의 작품 가운데서 「전쟁과 평화」, 「안나까레니나」

등이 세계적인 명작임을 알면서도 톨스토이의 사상을 보자면 그래도 그의 자서전적인 작품은 「부활」이라 판단하고 그에 대한 분석과 비판을 진행했다. 그는 우선 「부활」의 주인공인 레호류또브가 바로 톨스토이 자신이라고 단정하고 '그의 정치, 경제사상의 일대모순'과 사회개조에 있어서 '종극개조의 근복적 해결'을 생각하지 못하고 있음을 지적하였다. 그리고 이러한 분석과 판단에서 이루어진 견해에 따라 자기의 '농촌주의설'과 비교하고 '근사한 점'과 '차친되는 바'를 지적하였다. 소래 선생의 견해에 따르면 예술가로서 종교적 애의 인도주의자였고, 혁명가적 건설자는 아니었다. 그는 사상가로서의 톨스토이와 예술가로서의 톨스토이를 구분하면서 비록 '남을 위하여 살라'는 그의 인도주의가 역사적으로 청년들을 '비장한 혁명운동가'로 인도하였으니 '폭력으로서 악에 저항하지 말라'는 인도주의의 취약성을 자연의 섭리를 빌어 지적하였다. 그러나 톨스토이가 그러한 사상적 갈등과 모순이 있으면서도 '당시의 교회 또는 국가에 대하여 열렬한 반항을 쉬지 않았다'고 찬양하였으며 톨스토이를 '로써아 혁명의 거울'이라는 레닌의 유명한 평가와 다름없는 견해로 민중을 혁명의 길로 나아가게 한 톨스토이의 공적을 다음과 같이 높이 평하였다.

> "참말로 그는 問題의 解決者보다는 문제의 提供에 더 힘썼으며 如何는 하잘 것도 없이 提供한 바 그 問題의 앞에서 大衆의 良心을 刺戟하여 反抗의 길로 鞭驅한 功은 實로 偉大하다 할 것이다."(소래의 톨스토이 평)

물론 이 평가는 크로포토씬이 톨스토이에 대한 평가에 공감되어 공명한 것이지만 그러한 공감과 공명은 결국 소래 선생의 사회개조사상을 보여준 것이었다. 소래 선생은 톨스토이의 사회개조사상을 '역시 사회주의 그것이라 하겠다'고 하면서 '사회적 양심을 자극한 위대한 자'에 더 공감하고 반복하였던 것이다. 그는 톨스토이의 작품의 가장 장점은 그 심리묘사라 보고 문학작품에서 '정신적 향상'의 경향이 로써아의 젊은이들로 하여금 헌신적 감정을 가지게 하여 마침내 비장한 결심을 내리고 혁명운동자가 되게 하는 것을

‘남을 위하여 살라’는 톨스토이의 인도주의라 단정하였다. 이 같은 그가 일관적으로 주장해온 인격향상설과 정신적향상설이 결국 톨스토이의 인도주의사상과 일맥 상통한 사상이라는 것을 시사해 준다.

③ 무국사상과 자연주의, 제3국사상

『사상집』은 자연주의를 인도주의와 마찬가지로 인격향상의 한낱 ‘도법’으로 간주하고 인격향상의 과정을 ‘종자연(終自然)’에 이르는 과도기, 문명기로 보면서 ‘문명의 고개’라는 표현을 쓰고 있다. 『사상집』에서 루쏘의 자연주의를 논할 때에는 역시 톨스토이의 인도주의를 논하던 것과 같이 루쏘의 유명한 작품인 『참회록』을 거론하면서 그의 성격의 형성과정과 원인을 밝히고 ‘자연에 귀(歸)하’고 ‘인생의 본질에 귀(歸)하다’에서 루쏘 사상의 모든 방면에 일관되고 있음을 지적하였다. 그리고 루쏘의 자연주의가 역사적으로 진보적인 역할과 영향을 일으킨 것을 높이 평가하였다. 그러면서도 소래 선생 자신의 무국사상은 무국자연으로 표현하고 그와 비교, 검토하면서 그는 정지합조(情知合調)의 자연주의를 주장하였다. 그는 루쏘의 자연주의적 낭만주의의 특징이 ‘지(知)를 배척하고 정(情)을 주중(主重)하는 것’으로 보아 이러한 주장을 한 것이다. 그는 루쏘가 부르짖는 자연은 감정적, 맹목적 자연으로서 현지적(現知的) 자연도 아니고 과학적 자연도 아니라고 비평하였다. 『사상집』에서 소래 선생은 자기의 인도주의를 합자연한 인도와 합인도한 자연의 조화라고 하고 자연주의를 논할 때에는 정과 지의 조화라고 하면서 이 ‘두 주의가 다 인간의 복본(復本)을 선도하는 도법(道法)’이라고 하였는데 이는 결국 ‘문명의 고개’로 넘자면 반드시 인격향상의 과정을 거쳐야 함을 의미하는 것이다. 이러한 사회개조사상은 또한 입센론에서 ‘영(靈)과 육(肉)의 조화(調和)’ 즉 헤브라이즘과 헬레니즘의 합치 위에 건설된 것으로 표현되고 있다.

소래 선생은 모리스의 산문소설 「무하유향(無何有響)의 소식(消息)」의 경개를 소개하고 나서 ‘미래 유토피아의 꿈이야기’가 비록 ‘진화된 인류군’ 사회를 그린 것이나 그것이 충동자재의 사회인만큼 화서씨(華胥氏) 나라나 다름없다고 비판하였다.

『사상집』은 모리스론에서 인간은 감정적 동물인 동시에 의지적 동물이라고 보고 의지의 감정화, 감정의 의지화를 주장하였다. 그 이유를 소래 선생은 다음과 같이 명확히 밝히고 있다.

人類의 감정은 意志에 의하여 익어간다. 거기에 따라 행동도 함께 익어간다. 이것이 곧 인격향상이다.

이것은 곧 인격향상에 의하여 인간의 의지의 감정화, 의지화가 이루어질 수 있고 인류군이 그러한 진화를 거쳐야 마침내 일아화(一我化)가 된 무국세계를 이룰 수 있다는 소래 선생의 일관된 주장을 의미한다.

소래 선생의 무국사상은 이와 같이 일종의 소래 선생 방법의 인격향상설을 창조하고 있으며 '문명의 고개' '문명의 바다' '진화된 인류군' 등 표현을 거듭하고 있는데 이것은 사회개조에 있어서 인격향상 즉 정신문명건설이 얼마나 중대한 과제인가 하는 것을 시사해 주고 있다.

④ 소래 선생의 민중예술관과 문학사상

예술은 민중적이어야 하고 예술이 민중화되기를 바란다고 주장한 소래 선생의 민중예술관은 어디까지나 그의 무국사상과 철학적 사유의 발상이었으며 민중예술의 구경 의의에 대한 탐색에서 비롯된 것이었다. 그의 민중예술관은 카아펜터를 논하는 자리에서 집약적으로 드러나고 있다.

카아펜터는 大體上으로 톨스토이와 共通되는 藝術觀을 가졌으니 即 藝術은 人生에 生生한 새로운 感情을 주어야 한다는 것과 藝術은 民衆的이라야 한다는 것과, 그것은 물론 '리아리즘' 이것과 그것이다.

내가 人本主義 無國主義를 말하는 것은 人生으로 하여금 어서 第一義的 個性生活에 돌아가려는 것이니 그것이 어느 정도까지의 人格向上이 아닌데서는 千萬不可能한 일이라고 생각한다.

모든 리아리즘의 藝術家들은 다 人生의 第一義的 生活로 還元을 힘써 主張하거나 나는 그보다도 그의 준비로 各人 各自我의 個性善化를 企圖하여 藝術도, 宗敎도, 또는 기타 무엇도가 다 그 民衆化되기를 바라는 바이다.

나는 바란다.… 個性의 善化와 社會의 改造와에 注心을 두는 藝術이 있어지기를 다시 바란다. 나는 民衆藝術의 究竟意義를 여기서 구한다.

이와 같이 소래 선생은 민중예술이 '개성의 진화와 사회개조에 중점을 두기'를 바라면서 민중예술이란 '일개 자아의 표현과 만개 자연의 표현의 관계, 소위 자아의 표현'은 진의미상(眞意味上)의 민중의 예술이라고 하였다. 그는 개아(介我)의 사회화에 이르자면 억만 민중이 성숙된 자아에 이르는 것이라고 보았는데 이를 '과실이 익은 뒤' 라는 생동한 표현을 빌어 설명하였다. 그리고 민중예술은 일개 자연의 표현이 만개 자연의 표현으로 될 때라야 '개아(介我)의 사회아화(社會我化)인 동시에 무국은 진실로' 될 것이라고 전망하였다.

『사상집』에는 또한 민중예술이 민중적, 민중화되자면 사회개조와 병행해야 한다는 주장을 천명하고 있는데 이는 또한 민중예술관의 전진적인 측면을 시사해주는 것이라고 할 수 있다.

社會改造라는 것은 自我의 人格이 自我의 表現을 企圖함에서 나오는 訓練이니 이들은 因果가 되는 것으로 마침내 唯我를 위함에는 一也로 되지 아니치 못하는 것이다. 自我表現만을 위함에서 自我表現이 되는 것이 아니라 社會改造에 伴하여 그것도 되는 것이오, 社會改造만을 구함에서 社會改造가 되는 것이 아니라 自由表現에 伴하여 되는 것이니 故로 나의 儂主義는 이 둘의 並行을 主張한 것이었다.

소래 선생이 살고있던 그 특정된 시대에 벌써 사회개조와 더불어 자아표현(개성선화, 인격향상)의 병행을 주장했다는 것은 물질문명과 정신문명을 동시에 진행하여야 한다는 오늘의 이론과 별로 다름이 없는 것이니 일찍부터 그 이론을 창도하고 주장한 소래 선생의 원래 견해에 실로 경탄하지 않을 수 없을 것이다.

소래 선생의 민중예술관은 그의 무국사상과 인격향상설에 의한 발상의 소산이고 톨스토이의 인도주의, 루쏘의 자연주의 등 문학사상이나 주장을 비판, 검토한 과정에서 수립된 것이었다. 그리고 민중예술관에 의한 문학주장이나 사상은 결국 소래 선생 자신이 '이것과 그것이다' 라고 지적한 '리알리즘' 임을 알 수 있다.

그는 문학작품을 생활과 사상의 변천자로 인식하고 '예술은 시대의 산물' '환경의 산물' 이라고 하였다. 예술은 생활의 반영이라는 견해는 『사상집』의 이모저모에서 드러나고 있지만 카아펜터론에서 언급한 예술에 사유되는 세 가지 자료 가운데 '자연과 실생활' 이 바로 제1위식인 창작인 원천이라는 견해에서 더욱 분명히 시사되고 있다. 예술의 기능과 역할을 주장함에 있어서는 예술이 민중을 위하는 예술이 되어 '문학적대사회' 를 형성하는데 이바지해야 하며 '개조의 무기' '종교의 복음서' '우상파괴의 철봉' 이 될 것을 기대하였다.

그는 '자아의 표현' 을 주장하면서도 '만개 자연의 표현' 이 아닌 자아표현만 주장하는 것을 민중예술이 아니라고 하였다.

소래 선생은 자아표현에 빠진 예술을 위한 예술을 승인하지 않았다. 그는 '예술은 인생에 생생한 새로운 감정을 주어야 한다' '인생을 위하는 예술이 요구된다' 고 하면서 그래야만 '예술은 그때 그 땅의 그 인생의 기도한 바를 위하여 공헌할 수 있을 것이다' 라고 하였다. 그리고 그는 생활을 반영하는 예술은 반드시 '새로운 감정' 과 새로운 지향을 반영할 것을 주장하였다.

소래 선생은 예술(문학)이 생활을 반영함에 있어서 자연을 존중하고 개인의 인격을 존중하며 직접경험을 더욱 존중할 것을 주장하였다. 그는 루쏘를 자연주의의 제1인자로 보고 '적나라하게 자기의 경험을 묘사한 그 솔직하고 무기교한 필치' 에 탄복하면서 직접경험 존중은 자연주의 특색이라고 지적하였다. 그리고 지를 경히 여기고 정을 중히 하는 것을 낭만주의 특색이라 하면서 그것은 일종의 감정적 자연이요 주관적 자연이므로 자연에 대한 객관적 추구가 없다고 비판하였다.

이러한 검토와 비판과정을 거쳐 그는 자기의 자연주의를 인위를 부인하는 자연주의가 아니라 정지합조, 영육일치라고 하였다.

문학작품이 개인의 인격을 존중해야 하고 인격향상의 주제를 다루어야 한다는 소래 선생의 문학적 주장은 우상파괴자인 입센의 유명한 극문학작품 「인형의 집」에 대한 평가에서도 여실히 드러나고 있다.

소래 선생은 입센론에서 「인형의 집」의 여주인공 노라가 그의 남편 해루마의 이혼을 제기하는 장면, 서로 대립적인 관념과 의식의 대결을 보여주는 대목을 들면서 '노라는 재래의 결혼도덕의 우상을 일봉으로 때려 부신 자이다'라고 「인형의 집」의 진보적 사상을 높이 평가하였다.

노　　라 : 나의 第一 神聖한 義務란 무엇일까요?

헤루마 : 그것을 나에게 물을 必要가 무엇이냐? 남편에게 대하여 자식에게 대하는 것이 너의 義務가 아니냐?

노　　라 : 나에게 神聖한 義務가 또 있습니다.

헤루마 : 그럴리가 있느냐? 무슨 義務란 말이냐?

노　　라 : 나 자신에 대한 義務이지요.

헤루마 : 무엇보다 너는 아내요, 어머니다.

노　　라 : 그것은 벌써 맞지 않습니다. 무엇보다도 第一에 나는 사람이외다. 당신과 같습니다. 이제부터는 그렇게 되려고 합니다.

노라의 인물형상이 근대문명사에 있어서 19세기 서방은 물론, 근대 동방의 여성들에게 남녀평등사상으로 계몽되고 부녀해방운동에 투신하도록 충동하는데 심원한 영향을 일으켰다는 것은 주지의 사실이다. 그러나 소래 선생은 이 20세기 30년대 초에 부녀문제를 『사상집』의 한 절로 전문 취급한 사실을 통하여 그의 작가정신의 진보적 측면을 읽을 수 있다.

소래 선생은 문학이란 생활의 반영이므로 작가는 생활에 침입하여 직접적인 경험을 쌓아야 진정한 문학작품을 창작할 수 있다는 견해를 '자연에 부합하여 천진(天眞)을 몸으로 삼고 영해(靈海)에 유영하는 각자(覺者)의 시'가 되어야 한다는 도리로 천명하였다. 카아펜터론에서 '진정한 시'에 대한 논의는 그의 문학사상을 집약적으로 보여주는 일례이다.

　自然히 湧出되는 詩想을 조금도 修飾矯正을 아니한 채로가 그것이 眞正한 詩이다. 詩일수록 거짓이 있어서는 안 된다. 詩와 人生과 相離한 것은 안 된다. 수식 교정한 詩는 知의 詩이다. 그러나 詩는 知의 것이어서는 아니 된다. 情의 것이라야 된다. 智識的으로가 아니고 意識的으로라야 된다. 修飾矯正한 詩는 淫華虛榮한 俗輩의 詩이니 自然에 投合하여 天眞을 몸 삼고 靈海에 遊泳하는 覺者의 詩는 아니다. '神工不彫'이란 古詩와 같이 都市主義的 技巧 文明에서 벗어나서 自然에 歸合된 그 사람의 詩는 勿論 神工的으로 아무 조각할 바를 생각지 못할 것이다.

　어찌 詩만을 그렇다 하리오? 무슨 글, 무슨 말 또는 짓이랄 것 없이 그 보다도 製造品 또는 方式도 다 그러할 것이다.

　종적으로 『사상집』은 그 작가론적 양상이나 그가 다루고 있는 문학이론과 사상의 풍부함으로 말미암아 비평문학의 역작이 되기에 손색이 없다. 작가론으로 작가의 정신적 구조에서 문학사상의 연원을 찾아내고 작품에 반영된 작가의 사상과 문학에 관한 견해를 끄집어내는 일례는 20세기 30년대에 이르는 우리민족의 문학사에서 아마 또다시 찾아볼 수 없을 것이다. 더욱이 소래선생이 독학으로 그처럼 박식다재하고 철학적으로 하나의 일가를 이룰 정도로 무국사상을 이론화한 사실이야말로 세인이 경탄하지 않을 수 없을 것이다.

　실로 『사상집』은 중국조선족의 문학비평사에 그 단초를 여는 작가론의 효시이며 문학비평의 형식면에서도 귀한 경험을 남겨준 보물고라 하여도 과언이 아닐 것이다라고 임연씨는 매듭지었다.

(9) 「여호와 평」(評)과 기독교 비판

「여호와 評」은 소래선생의 기독교에 대한 평설이다. 인류의 평등과 안녕·질서를 위해 평생을 살면서 그 이념으로 철학과 사상과 주의의 여러 저술을 쓰면서 치국평천하의 가장 귀중한 사상으로 예수, 석가, 공자의 사상을 높이 평가 하면서 그러나

"宇宙의 모든 것은 矛盾으로부터 시작하여 모순으로 변화 발전하다가 모순으로 끝난다"고 보았고, 그 가장 위대한 것일수록 모순이 많으니 따라서 종교가 가장 모순이 많은 것이되며 종교중에서도 기독교가 가장 공효(功效)가 많았으므로 모순도 많다는 것이다. 이 평설은 그러한 뜻으로 기독교를 평론하고 있다. 그러나 미완성으로 그쳤다. (「소래집」2권에 실려 있다.)

47. 창가로 부른 철학과 사상

(10) 「노래집」의 창가 90여편에 나타난 원종(元宗)사상 과 개혁이념

근대전환기의 시가(詩歌)에는 개화파들의 개화사상이나 대중적 각성을 촉구하는 실천 운동방향이 나타나 있는데, 이는 합리적 사회건설로의 개화정책에 관한 계몽임을 알 수 있다. 서구 열강들이 문호개방을 강요하는 현실 세계는 약육강식 적자생존의 질서가 지배하는 세계로 파악된다. 따라서 이러한 현실을 극복하기 위해 근대전환기의 많은 작자는 문학을 자신의 사상이나 이념을 표출 하든가 혹은 계몽의 일환으로 사용한 경우가 많다.[1]

이제까지 소개된 소래선생의 문학작품으로는, 수필적 성격을 띠는 작품으로 「연산집」에 들어있는 수필·수감이 40편, 「몰나집」의 사상에 관한 수필이 280편, 「쪼각사상」의 격언과 시사평론적 수필이 290편이 들어 있어 전체 610편에 이르고 또한 노래(창가)가 소래집에 전하는 작품만 90여편에 840여절이고 한시도 10여편에 이르고 있으며, 문학적 가치와 시가사적 비중이 큰 것이 있다. 여기서는 주로 소래 선생의 사회 개혁과 독립운동을 고찰하면서 이러한 혁명과 항일의식이 시문학 가운데 어떻게 수용되어 나타나는지 살펴보도록 한다.

---

1) 1910년대 최남선과 이광수의 시는 계몽의식과 민족주의 사상이 핵심을 이루고 있다. 이들의 시는 신문학운동이 전개되던 시기의 계몽적 요소를 그대로 발전시켜 한층 더 강렬하고 통일된 민족의식을 드러내었다. 한편 「소년」「청춘」「태서문예신보」 등 종합잡지의 발간은 신문학 발전의 토대를 마련하는데 기틀이 되었다.

1) 농촌주의 사회개혁의 문학적 형상화

소래 선생의 문학적 특성은 벌써 11세 때 지은 한시에서 엿보인다. '벽에 기대어 문득 초나라 군사의 노래를 들으니 후닥닥 일어서 장검을 빼어들고 휘둘러 보도다'(依壁忽聞楚軍歌 起把長劍姑徘徊)에서와 같이 나라를 생각하는 마음과 한편 호방한 기질을 엿볼 수 있다. 그런가 하면 당시 일제의 식민치하에 놓여 있으며 약탈과 착취, 도탄 가운데 빠져있는 농민들에 관한 끊임없는 애정을 엿볼 수 있다. 이러한 그의 기본 사상은 농촌주의에 나타난다.

> 사람은 사람이다 사람된道理에서
> 우리의 人道主義 天下에 으뜸이라.
> (바침)
>
>
> 사람이 사는길은 農事가 大本이니
> 우리의 農村主義 世界의 맑이로다.
> ―「儂友同盟歌」 일부(p.474)

위의 시에서는 인간의 기본 도리를 인도주의에 두고 있다. 사람이 사람답게 살 수 있는 도리로써, 소래 선생은 인도주의를 '사람에게 가장 유리하고 정당공평(正當公平)하고 정돈(整頓)되고 가상(嘉尙)한 것만을 뽑아낸 것'이라고 보았다. 또한 인도주의를 '인간에게 있어서 최고의(最高義)가 되게 된 것으로, 사회의 향상발전·정돈·합리화·낙원화'를 이룰 수 있다고 보았다. 이와 같은 낙원은 종교적인 사후의 세계를 의미하는 것이 아닌 정치·사회 제도의 개혁을 통한 현실 구원을 의미한다. 인도주의의 실현에 있어서는 톨스토이의 '남을 위하여 살라'라는 말을 인용하면서 자신이 먼저 참다운 인간이 되고, 자신으로 인하여 사회와 타자를 위하는 길이라고 제시하고 있다. 나아가 자신을 '진화(眞化)·선화(善化)·미화(美化)·대화(大化)·일화(一化)시키기 위하여 남을 살리고 나를 죽이라'고 말하고 있다. 결국 타자와 보다 큰 가치를 위해서 자신의 희생과 인내를 감수해야 하는 인도주의야말로 가장 가치가 있다고 보는 것이다.

또한 '농자는 천하지대본'(農者는 天下之大本)이라는 농경사회의 슬로건을 제시하고 있지만, 이 역시 단순한 유교적 전통사회의 용어가 아닌 선생의 농촌주의를 내포하고 있다. 농촌주의는 소래 선생이 추구하는 이상향으로 나아가는 첫 단계를 지칭한다. 농촌을 중심으로 한 사회 개혁을 통해 유토피아인 '무국'(無國)을 건설하자는 것이다. 사회조직으로서 촌(村)·읍(邑)·국(國)의 3단계의 행정구역을 설정하고 각각 촌회(村會)·읍회(邑會)·국회(國會)를 두어 각 개인을 단위로 하는 연락기관을 삼는 것이다. 농촌의 촌락 단위로 자치 기구를 조직하고 이들을 연합하여 자치농촌연맹을 성립시킨 후 그 최고 기구로 '국'(國)을 두는 것이다. 이와 같은 농촌주의는 다른 작품에서도 등장한다.

> 農村主義 큰旗발아래   같한우리가 둥글게모아서
> 農村運動을 일으키게되니 正義의 싸움이여 어얼널널이.
>
> 農村運動 紀念하려고   農村데—를 오늘로定하니
> 社會改造의 첫幕이열었다 힘차게날뛰자 어얼널널이
> ―「農村테-頌」 일부(pp.468~469)

소래 선생의 농촌주의라는 이념 하에서 농촌운동이야말로 모순된 사회를 바로잡고 개혁시키는 동력으로 작용하고 있다. 농촌운동을 통한 공동체를 제시하고 있는데, 이에 관한 실제 범위는 농업뿐만 아니라 공업·광업·어업·목축·운수·교통 등 전반에 걸친 민중의 재화 생산을 공동노작(共同勞作)·공동분배(共同分配)를 통해 평등화를 실현하는 것이다. 이를 위해 촌(村)에 동대(動隊)를 편성하여 함께 일하고 소득을 분배하는 '공작분유'(共作分有)를 실행함으로써 각자 개인의 평등한 물질적 생활과 정신적 희망을 향유하고자 했다. 또한 '농촌주의'는 '도시주의'와 대립되는 개념이다. 따라서 이를 부인하는 농촌주의는 당시의 제국주의 집권정치와 자본주의 경제제도, 공산주의의 강압정치를 모두 부인하는 의미를 내포한다.

> 온世界가 아무리 다 共産이돼도 農村살이 쓸쓸하기 如前하리라.
> 어떤사람 都市生活 繁榮스럽고 僻村에서 묻혀살자 누구있을고.
>
> 都市主義 그대로둔 社會에서는 언제든지 사는꼴이 못고르려니
> 大農村에 都市 겸한 自治制度로 이게所謂 大元宗의 農村主義라.
> —「농촌주의 노래」 일부(p.467)

도시는 현 사회의 모순을 상징하는 공간이며, 도시의 주체는 대지주나 부르조아이다. 당시 사회는 봉건사회의 모순인 지주 전호제가 농촌을 짓누르고 있고, 도시를 중심으로 자본주의와 제국주의의 세력이 상업과 제조업을 장악하고 민중을 착취하는 사회이다. 특히 조선을 비롯한 대다수 약소민족은 제국주의의 식민지 상황에서 억압당하고 있다고 보았다.[2] 이러한 도시주의가 지상에 존재하는 한 빈부의 격차와 지주의 착취가 횡행할 수밖에 없다.

소래 선생의 사회 개혁 방안은 세 단계로 구분할 수 있다. 첫 단계가 조선 농촌주의 실현을 통한 소공화(小共和) 형성인데, 이는 각 국가 또는 민족 단위로 경제제도의 개혁을 통해 불평등을 해결하며 각 개인의 개성과 자유를 존중하는 민주주의 사회, 즉 공화(共和)를 실현하는 단계이다. 둘째 단계가 농촌연맹 세계일국 건설(農村聯盟世界一國建設)로 대공화(大共和) 형성인데, 이는 국제간의 분쟁이 해소되면서 정치적으로 세계가 하나의 국가가 되고 각 개인의 개성과 공적 권리가 실현되는 단계이다. 셋째 단계가 연맹 해체 전적 해방으로 무국(無國)을 이루는 것인데, 자연의 이치에 따라 살면서 각 사람이 평등한 물질생활과 자유로운 정신생활을 누리는 사회에 해당된다.[3] 이와 같은 농촌주의를 이뤄 가는 구체적인 내용은 우선 구역을 분배하여 민중을 집단 거주케 하고, 공동 생산할 수 있는 동대(動隊)를 조직하여 소 · 중 · 대로 편성하여

---

2) 조성윤, [소래 김중건의 사회사상과 독립운동], {개혁의 이론과 독립운동}, 1994, p.45.
3) 조성윤, 위의 논문, p.77참조.

종적인 상하간의 계통을 세우고 각 촌(村)끼리 연맹체를 만들어 횡적으로 연락을 취하게 만든다. 이와 같은 자치제도를 완성함으로써 대원종의 농촌주의를 완성할 수 있는 것이다. 이는 대공화 무국주의로서 현존하는 사회의 모든 불평등한 제도를 파괴하고 세상 사람들이 고르게 잘 사는 압박과 착취가 없는 이상적인 사회제도를 건설하는 것이다. 이 시에는 이러한 소래 선생의 자유와 평등사상을 잘 표출하고 있다.

2) 혁명의 이상과 항일 · 독립운동의 문학적 형상화

소래 선생은 불평등 · 계급적 차별 · 특권계급을 일체 부인하는 제세주의의 사상을 매우 강하게 가지고 있다. 따라서 선생은 인간의 사회 구조와 자연과의 상보적 관계를 연쇄보응(連鎖報應)의 악자연적(惡自然的) 형태와 자연보응(自然報應)의 선자연적(善自然的) 형태로 크게 나누어 구분하고 있다. 이를 관찰하면서 인류 역사에 있어 과거와 현재의 사회 구조가 약육강식이나 연쇄상식(連鎖相食)의 형태를 유지한다면, 앞으로 미래에는 선자연적 사회로 복본(復本) 또는 무본(務本)해야 한다고 주장한다. 자연보응적 선자연 즉 상리공존(相利共存)의 한 예로 '화소접무'(花笑蝶舞)의 양상을 들고 있는데, 자연계에는 꽃과 나비 말고도 악어와 악어새 등 너 · 나(自他)의 공생(共生) · 공영(繁榮)을 영위하는 식물과 동물이 있듯이, 인간에게 있어서도 웃으며, 춤추면서 서로 돕고 사는 사회가 가능하니, 이것이 선생이 꿈꾸는 이상사회인 것이다.[4]

이러한 이상사회를 이뤄나가는 소공화(小共和), 대공화(大共化), 무국(無國)의 과정에 대하여 A, B, C로 나누어 설명하고 있다.

"이 制度는 장래 세계의 어디를 물론하고 반드시 다 한가지로 實施되고야 말 것이니 나라마다 각기 現制度로부터 이에 옮기게 되는 過程을 A라하고 全世界가 한 組織體로 이렇게 되어가는 過程을 B라 하고 사람마다 B에서 익어져 社會的 一我化 된 데에는 스스로 그 制度를 잊어버리고 自然道德으로만 그렇게 살게 될

---

4) '새主義 2' p.105 화소접무도설(花笑蝶舞圖說) 중에서.

것이니 이 過程을 C라 하고 이것을 農道過程의 三段階라 한다"「새주의(2)」중 '
花唉蝶舞圖說' 일부

이는 소래 선생의 '농도과정의 3단계' 이론으로, 여기에는 국가관과 세계 관을 내포하고 있다. 소래의 이상은 국가를 초월해 전세계가 하나로 통일된 유기체 형식으로 자연의 섭리를 전제로 한 지상천국의 구현에 뜻을 두고 있 다. 이는 당시 약육강식의 국제적 질서를 재편하고 다 함께 공생(共生)·공영 (共榮)주의를 실현하고자 한 것이다. 실제로 북만주에 공동체(일명 魚復村)을 만들어 이상을 펼치고 있다.

한편, 소래 선생은 조선의 독립을 위하여 항일 운동을 전개하였다. 일찍이 천도교를 중심으로 영흥에 '21결사단을 조직하고 '천도교 청년 강학회'를 조 종하였다. 선생은 독립 운동은 주로 만주 간도 지방을 중심으로 활동하였는 데, 북간도에 법회 총사(法會總司)를 열고 본격적으로 항일 운동을 시작하였 다. 1919년 3·1운동이 일어나자 선생은 동참하고자 덕수를 떠나 안도현으로 가는 도중 마적에게 붙들려 고초를 겪는가 하면, 1920년에는 장인강을 근거 지로 대진단(大震團)을 조직하여 활동하다 일본군에게 발각되어 체포, 총살의 위기에서 도달했으나 일장 연설로 위기를 모면·탈출한다. 1921년 연해주와 북만주 지역에 흩어졌던 반일단체들이 총군단(總軍團)을 조직하고 총군단 부 단장에 소래 선생을 임명했으나 일본 경찰에 체포되어 연금 되었다. 1927년 '새바람 사건'으로 체포, 석판 인쇄기, 『새바람』 잡지 등을 압수 당하고, 용정 총영사관의 재판을 거쳐 경성 법원까지 압송된다. 1928년에는 농우동맹을 조 직하여 일제의 척식정책에 의해 이주하는 이주민을 인도하고 농촌주의촌을 건설했으며, 1929년 어복촌이라 명명하고 항일 운동을 전개하였다. 1930년 에는 진우회(震友會)를 조직하여 독립 운동 단체의 총궐기를 유도하였다.

이와 같이 소래 선생의 항일·독립 운동은 1933년 선생이 45세의 일기로 좌익 분자들에 의해 살해될 때까지 지속되었다. 이러한 선생의 발자취와 더불 어 문학적 정취가 선생이 남긴 많은 시가(詩歌) 가운데에 드러나 있다.

우선 「망국제가」를 보면

"庚戌年이달이날 大韓나라에 半万年 긴 歷史가 끝장이 날 때
錦繡江山三千里 倭터이되고 神聖民族 二千万 倭종이 됐네"

라고 탄식하며, 경술국치로 인한 우리 나라의 반만년 역사가 단절되고 금수강산이 일제의 침략에 짓밟히며, 천민으로 선택받은 우리 민족이 학대받는 안타까움을 형상화하고 있다. 그러면서 조국을 잃고 만주 땅으로 쫓겨가는 민족을 바라보며 시적 화자는 '스므산'이 막힌다고 말하고 있다. 이는 화자 앞에 가로놓인 평면적인 산이면서 또한 민족이 걸어가야 할 고난의 상징이기도 하다.

간다간다 나는간다 먼데먼데로 모든사람다여이고 나는가도다
離別한뒤가슴쓰린 나의눈물은 비가되어저마당에 뿌려주리라.

情깊으고사랑많은 나의蓮洞은 山도좋고물도좋고 風景도좋다
父母妻子兄弟親戚 다내버리고 이린좋은내故鄕을 왜떠나는고
—「떠나는 눈물」 일부(p.406)

소래 선생은 민족의 독립과 해방을 쟁취하기 위해 북간도와 동북만주지방을 중심으로 활동을 전개하였다. 따라서 여러 차례 고향의 부모형제와 처자를 떠나게 되는데, 이 시에서는 고향인 영흥의 연동리(蓮洞里)가 등장한다.

우리 문학의 정서 가운데 특히 이별을 소재로 한 작품은 멀리 고대 「황조가」에서부터 찾을 수 있다. 황조가에서는 화희와 쟁투를 벌이고 떠나간 치희를 따라간 유리왕의 탄식 어린 고백이 있다. 또한 고려가요 가운데 이별의 정한을 노래한 「가시리」, 우리 나라의 대표적 민요인 「아리랑」, 최근세 김소월의 「진달래꽃」에 이르기까지 이별의 정한을 읊은 예는 허다하다. 이들 노래 가운데는 시적 화자가 대부분 여성으로 등장한다.

위 시에서도 역시 떠나는 별리를 노래하고 있다. 그러나 작자 소래 선생

은 특별한 문학적 장치를 거부하고 자신의 처지를 직접 서술하고 있다. 전통 시가와는 달리 '妻子'라는 표현의 사용으로 화자가 남성임이 드러나고, 떠나가는 님을 아쉬워하는 것이 아닌, 떠나는 자신의 심정을 토로하고 있다. 그것도 자신의 의지가 아닌, 타인과 처해진 상황에 의해 불가피하게 이별을 나눠야하는 안타까움이 깃 들어 있다. 누군가를 향해 '내 고향을 왜 떠나느냐'는 물음은 혼자만의 울림이기에는 반향이 너무 크다. 이별 후 안타까운 눈물을 마당에 흩뿌리겠다는 구절은 마치 조선조 군은(君恩)을 향한 충절을 노래한 정철의 가사 구절을 듣는 듯하지만, 이는 나라와 민족을 위한 독립운동가인 소래 선생의 외침이면서 뿌리 뽑힌 채 유랑하는 자의 절규일 수도 있다. 이러한 이별의 정서는 또 다른 작품에서도 계속된다.

저건너 兄弟峯에 물안개돌더니
나의 가슴속에 피눈물이돈다.
사랑하는 우리兄弟여 生離別이 웬말인가.
언제나 언제나 우리兄弟를

앞밭에 송아지는 어미를 잃고서
夕陽찬바람에 슬피울고섰네.
송아지야 너도나같이 父母離別 怨痛하구나
언제나 언제나 우리父母를

南山에 구새나무 너는어찌하여
나와 한가지로 속이다 썩었나
썩고다시 썩은 이내속 뉘를향해 풀어볼소냐.
언제나 언제나 썩은내속을

西窓에 비친 明月 多情도하다.
우리는 언제나 저달과같이

明月밖에는 뉘가알소냐
언제나 언제나
———「生離別」 전문(pp.394~395)

위의 시는 각 연마다 4행으로 되어 있으며, 전통적인 4·3음보 형식을 띠는 정형시이다. 이 작품 역시 이별의 모티브를 주제로 나타내는데, 한편 시적 화자의 심리 상태를 사물에 투사하고 있다. 각 연의 서두에는 '저 건너 兄弟峯에' '앞밭에' '南山에' '西窓에'와 같은 처소격을 배치하고, 이어서 '물안개' '송아지' '구새나무' '明月'과 같은 주격 사물을 배열하였으며, 각 연 끝에는 '언제나'라는 어구를 반복하여 정형성을 강조하면서 '우리 형제를' '우리 父母를' '썩은 내속을' 이라는 말로 끝맺고 있다. 또한 각 연마다 '물안개' '송아지' '구새나무' '明月'과 같은 사물에 시적 화자의 이별의 정한을 대비시켜 묘사함으로써 시적 정감을 한층 가중시키고 있다. 작품 가운데는 부모형제와 이별하고 기약 없이 떠나는 작자의 안타까운 심정이 내재되어 있다. 우리는 이 작품에서 작자의 사상이나 일상적인 이력을 논하는 것보다 작품을 있는 그대로 바라보며 이별의 정한을 반추하는 것이 오히려 작자 소래선생의 문학성을 한층 더하게 할 것이다.

저南山에 붙는불은 검은연기 뭉게뭉게
나의속에서 타는 불은 煙氣도없이 肝만탄다.

四面胡林 깊은속에 갈길마다 칼고개요.
時時듣는바 胡賊뿐이니 나의갈길은 山川이아득
———「想思曲」 일부(p.394)

연기도 없이 타는 시적 화자의 안타까움은 무엇일까. 숲 속에서 길을 잃고 헤매는 시적 화자의 앞길은 가는 길마다 목숨을 노리는 칼고개요 호적뿐이다. 따라서 작품 가운데 투영된 작자의 앞길은 막막할 따름이다. 이는 물론 작자가 처해진 시대적인 상황과 다르지 않다. 이미 조국의 운명은 일제 치하의 속박 가운데 희생의 길은 보이지 않고 사방을 둘러봐도 기회를 엿보는 주변 열강들의 침략의 마수가 기다릴 따름이다. 그런 가운데서도 작자의 의식은 아직까지 꺼지지 않고 홀로 빛을 발하고 있는 것이다.

이렇게 나라와 민족을 향한 작자 소래선생의 고뇌는 다른 작품에서도 계속된다.

사랑하는 모든倧子 이제어데 다갔는고

날버리고 흩어진사람 내속과같이 쓰라리겠지 –「想思曲」일부–

이와 같이 나라를 염려하는 작자의 의식의 순례는 끊이지 않는다. 그러한 그가 찾아가는 곳은 선죽교요 백마산성이다.

臨津江에 배를매고 / 善竹橋를 찾아들어 / 泣碑閣에 절하도다

암음 그렇지 忠信君子 –중략– 鴨綠江에 배를매고

白馬山城 올라가서 / 林慶業將軍 만났도다

無窮無窮한 不遇之嘆「古之人」일부,

그곳에서 작자 소래선생이 만나는 이는 고려의 충신 정몽주요, 임진왜란 때의 임경업 장군이다.

한편 이외에도 「꽃묶음」이란 작품에서는 맑스와 레닌, 중국의 손중산을 찬양하면서 현실사회제도에 대한 반항정신과 대중에 대한 동정심을 나타내고 있다. 「방아소리」에서는 불합리한 사회제도의 파괴와 새로운 혁명적 개조를 주장하고 있다.

소래 선생은 조선의 독립을 위하여 항일 운동을 전개하였다. 이러한 선생의 발자취와 더불어 문학적 정취가 선생이 남긴 많은 시가 가운데에 드러나 있다.

소래선생의 시 작품은 특별한 수사법이나 문학적 장치를 이용하지 않고 직설적으로 서술하고 있다. 이는 작품 구조면에서 단순하게 비춰질 수 있으나 다른 한편 그 만큼 호소력을 지니고 있다.

결론적으로 말해, 소래선생은 우리 나라의 근대전환기에 있어 철학가이자

사상가이며, 교육가이자 문학가이기도 하며 극렬한 항일·구국운동을 펼친
애국지사이며 방대한 저술을 남긴 저작가이기도 하다. 선생은 「천기대경」(天
機大經) 등을 저술하여 극원철학(極元哲學)을 수립하였고, 독립과 사회 개혁
을 위해 원종사상을 창설 실천하였다.

제16편 부록

- 笑來學 연구를 위한 資料 -

나의 四十年

이글은 나 마루진이 元宗을 主唱하게 된 動機와 또는 그 經路 및 建元以後 十五年동안의 나 마루진과 元宗과 더불어 歷史的 關係를 敍述한 것이다.

1. 나의 十歲 前後

나는 不幸한 家庭의 陰鬱한 雰圍氣 그 속에서 아주 不祥스럽게 자란 한個 先天的 神經質의 弱子 隨落者이었다.

어머님 젖끝에서 떨어지기도 前에 벌써 悲哀와 怨恨과 孤寂과 恐怖의 凶風에 휩싸여 있는 從伯母의 繼養子로 들어 가게 되었다. 나를 낳은 집이나 나를 기른 집이나 다 한가지로 그만한 不幸에 咀呪받고 있었으니 그 무서운 陰鬱과 悲哀가 나의 先天에 그 얼마만한 侵襲을 주었으랴!

어릴때부터 까닭없이 煩悶와 恐怖를 자꾸 느끼면서 自然 이 世上 모든 것으로 悲觀하게 되는 同時에 늘상 엉터리 없는 出世間的 아득한 生覺을 품고있게 되었다.

나에게 虛無한 空想과 極左傾的 超越心은 너무도 일찍이 이 때에 벌써 깊게 마음속에서 자리를 잡게 되었던 것이다. 소(牛)등에 앉아서도 터무니 없는 딴 世界를 많이 憧憬해 보았으며 性풀이 삼아 類달은 장난을 많이 해서 온 洞里의 口舌도 트름나리만치 도맡아 먹어 보았다.

七·八歲 되던 때부터 글이라고 외이기는 하였으나 그것은 겨울마다의 장난 禁止에 不過한 것이었다. 봄이나 가을이나 노란다박 머리가 솔가지(松枝) 한묶음을 올갬이 해진 채로 山 임자에게 쫓기다가 가시덤불에 엎어져서 하느님을 부르짖으며 痛哭하던 일은 지금도 記憶에 남아있는 것만도 오히려 연동 以上이나 되는 것이다. 어떤 때 나무 그루나 낫날에 다치어 무섭게도 뜨거운 피가 철철 흐르는 손을 부등켜 쥐고 바르르 떨면서

오오! 世上이란 本來 이런 것이더냐? 大處놈 아이 새끼들은 무슨 팔자를

타고나서 그리두 잘 너덜거리느냐?

나는 무슨 罪로 날마다 이런 무서운 피를 흘리게 되느냐? 世上이 어째서 이리두 고르지 못하랴? 나는 아무것도 바랄것이 없다.… 그만 죽어나 버렸으면…

이런 意味의 애끓는 하소연을 한적도 여러번이었나니 三十餘年을 지낸 至今에 있어서도 오히려 그 때 그 땅의 不祥한 光景이 나의 幻像속에 依然히 보이고 있는 것이다.

지금 나의 齊世主義 反都市思想은 그 때에 이미 까만 씨가 깊이 박히었던 것이다.

그때 萬一 나에게 피 흐르는 그 손을 움켜쥐고 울면서 집에 돌아와 어머님께 그 아픔을 엉석받을 여유만 있었던들 어찌 혼자 빈 하늘을 쳐다보면서 이런 이런 애달픈 하소연을 함이 있었겠는가. 나는 이 때부터 不得不 人生을 懷疑하게 되었으며 在來의 制度를 怨望할 밖에 없이 되었나니 이는 父母에 對한 信賴心 이 떨어지고 所謂 繼養에 많은 苦味를 느끼게 됨으로써 이었던 것이다.

나를 사랑하시는 父母의 마음은 實로 山高海深이었것만은 다른 데로부터 울며 돌아오는 나의 엉석을 받아 줄 法은 絶對로 없었던 것이며 나 亦是 그것을 바라 본적은 當初부터 없엇던 것이다. 아아! 이것이 나로 하여금 다른 날에 온 世界를 가쯘히 하려는 큰 主義를 主唱하게 한 가장 밑의 動機일 것이니 나에게 父母의 恩惠가 山高海深보다 더하다 할 것도 正히 이 點에 있는 것이다. 本然한 先天性的 煩悶悲觀의 나는 當初 이만한 苦痛에서 出發하여 그 無盡한 懷疑慾望을 더듬어 다시 否認으로 하여 마침내 創造에까지 이르게 되었다.

2. 讀書의 經過

나는 十二歲때에 벌써 結婚을 하였다.

나 一生의 不幸은 이에서 이미 決定된 것이오. 그 되지 못한 懷疑慾望도 이에서 더욱 急히 커진 것이다.

古文前後集卷이나 외이다가 나니 벌써 否認의 싹이 깊어지면서 그 豪放曠達한 李白의 思想行動을 欽羨하였으며 馬子才의 浩浩歌를 耽詠하기를 가장 좋아 하였다.그로 因하여 그때말로 所謂「胡虜子息」이란 惡評을 雷電맞듯 하면서 우습게도 어린 酒酊客 이 되어 버리었다.

「어린아이놈이 쩍하면 술 酒酊이라니?」— 이렇게 門中父兄네가 죽이리 살리리 四方에서 아우성을 친대야 그것은 아여 사람의 소리로 들려지지 않았던 것이다.

史略을 읽을 때에는 왜 그런지 自然히 群英諸哲을 깊이 思慕하게되면서 旣往보다 生覺이 퍽으나 右傾된 셈이었다.

나의 英雄史觀은 그 때에 이미 뿌리박힌 것이었다.

古來로 世上이 고르지 않고 平安치 못한 것은 오직 暴君亂臣놈들의 罪惡이라고만 生覺하는 同時에 堯舜의 禪讓云云을 讚美하면서도 그 後의 君主世襲에 對하여 아무 懷疑도 하지 않고 있었다.

나는 實로 그렇게까지 聰明한 兒童도 아니었거니와 爲先 그 때의 나는 통째로 史上의 群英諸哲을 愛重하는 虛榮心에 征服된 까닭에 그러하였던 것이었다.

겨우 天子 二字를 否認함과 禹湯. 文武를 疑心함이 있었을 뿐이었다.

大學에 들어가서는 그 三綱領·八條目을 얼마큼 是認은 하면서도 治國平天下할 實際方法이 終乃 意識되지 않음에서 마음이 뒤쳐지면서 「정말 平天下할 무슨 새 道를 하나 創造해 보았으면…」이란 엉큼한 生覺이 싹트게 되었나니 이것이 나에게 救世思想이 들게 된 最初의 動機가 되는 것이다.

孟子에 들어서는 얼마큼 滿足하였다.

그러나 史略에서 「干羽의 舞로 白登의 圍를 풀지 못한다」라는 崔湜의 말을 잘 느낀바 있었던지라 孟子가 「仁政」을 말함에 每樣堯舜禹湯文武의 일을 들어 證明을 세운 것에 대하여 「戰國의 그 때가 民皆讓畔하던 옛날과 같을까?」라는 疑心이 漸次 커지게 되자 벌써 否認으로 떨어져서 마저 외지도 않고 中途에 그만 내버리고 말았다.

父親께서 하시는 東學을 자주 엿들을 때 「廣濟蒼生」소리가 귀에 좀 솔곳하기는 하나 무슨 祭祀를 자주 지내는 것이 몹시도 미워 보이던 것이었다.

詩傳이란 것을 좀 읽어 보기는 하였으나 아예 아무 느낌도 얻지 못하고 치워 버리었고 書傳에 들어가 治天下之大 經大法이 皆在此書라는 그 序文을 읽을 때에는 無限히 寄喜 하던 것이 정작 그 內容을 들어가 罔然히 失望의 한숨을 쉬던 그 때의 心境은 지금에도 오히려 記憶에 낡아지지 않는 것이다.

그 때부터 뜻도 모르면서 아무 條件도 없이 儒學이라면 죄다 否認이었다. 나는 그때 實로 우습게도 借妄孟浪한 妄少年이었다. 그뿐 아니라 너무도 無識한 頑固村翁을 先生으로 섬길 밖에 더 할 수 없는 그까짓 授業 따위는 다시 하기가 싫었었다.

그러나 外家書란 것을 좀 自劚해 보아야 할 터인데 그 機會를 잘 만날 다른 方便이 있지 못하기 때문에 無可奈何라 이미 배우던 그 書齋에 눌러 앉아서 訓長 노릇을 하게 되었다.

六韜三略·孫武子·三國演義·楚漢記를 읽는데서 많은 意思의 洗鍊을 받기는 하였으나 別로 滿足하게는 生覺되지 않았고 다시 所謂「奇聞遁甲」이란 것을 하노라고 무슨 妖鬼의 소리인지도 모를 怪文속에서도 얼마동안 헤매다 말았다. 그러면서도 古來로 有名한 佛經이나 그때 한참 盛行하던 聖經같은 것은 아예 꿈에도 읽어보고 싶지 않았다.

남의 勸에 못 이기어 周易을 좀 읽으려 하였으나 두세卦나 보고는 그게 다 이미 지나간지 오래인 先天說이라고 그만 더 보지 않고 말았다.

그리고 그때말로 所謂「新學問」이란 것은 아예 이름부터 듣기를 憤怒해 하였나니 그는 新學問이라면 勿論「倭 놈의 글」이라는 誤解로부터 發動된 그 몹시도 偏狹된 敵愾心의 所致이었다. 그때 한참 「世上이 다 亡한다」고 뒤떠드는 가운데서 終乃 救世의 道를 얻어 낼 길은 찾아지지 않고 自家 固有의 陰鬱煩悶으로부터 일어나는 厭世症과 아울러 李白의 술에 醉하여 馬子才의 노래를 부르고 싶은 그것 밖에는 아무 것도 하고 싶은 것이라고는 없었다.

돈에 對한 慾求라고는 털끝만치도 生覺하여 본 적이 없고 色에 對해서는 좀 熱情的이기도 하였으나 나 스스로가 그것만은 불끄듯이 制禦하였었다.

그것은 歷史上에서 色으로 하여서 大事를 失敗한 사람이 하도 많은 것을 보고나서「色界에 英雄烈士가 없다!」라는 格言을 깊이 服膺한 까닭이었다.

너무나 落心千萬하던 나머지에 나 스스로「救世의 眞訣」을 하나 創造해 보려는 엉터리 없는 妄想에 끄을려 한동안 남 모르는 밤 이슬도 잘 맞아보았다.

實로 腰折할 일이 많았던 것이었다.

그러다가 모르거라 어느날 밤에드냐? 문득 나의 迷妄은 大覺醒하기에 이르렀다. 따라서 過去의 그 僭妄孟浪한 夢想과 虛榮心을 뉘우쳐 스스로 부끄러워 하기에 이르렀다. 하도 無聊해서 어쩔줄 모르고 헤메이던 즈음에 한날엔 그때 한참 잘 돌아다니던「大韓每日申報」란 것을 두어장 얻어 보게 되었는데 그 中에서「討國民新報」란 社說을 읽고나서

오오! 開明이란 이런 것이다. 倭놈의 것은 아닌가 보다! 에라 그게나 좀 해보자!

이렇게 決心되자 그 자리에서 곧 가르치고 있던 그 書齋를 차 던지고 집에 돌아와 한 五十餘名이나 되는 牧竪樵夫를 嘯聚해 가지고 所謂「鍊明學校」란 것을 열었었다.

그러자 온 洞里가 악을 쓰고 달려들어 總攻擊을 하게 되어 날마다 殺風景을 일으키기는 하였으나 그럴수록 나는 더욱 氣高萬丈하여 그때 父兄네가 가장 駭怪罔測하게 보는 運動體操(그때말로)란 것만을 거의 專門으로 시키고 － 알지도 못 하면서 －있었다.

하도 어이가 없으니까 아무리 特權階級的인 嚴父兄들일지라도 敢히 다시는 後論부터 못할 것을 覺悟하게 되었다. 이때 나이(年) 벌써 少年이라고만 볼 수 없는 갓 스무살이란 고개로 向하여 올라서게 되었는데 그야말로 나의 一生에 있어서는 一大 方向轉換이라고 볼만한 이 고개에서 멀리 洋洋한 앞길을 내다보면서 萬重의 自負心을 달리던 나의 意氣는 자못 更生의 기쁨을 느끼게 되었다.

어제까지 무서운 頑固少年訓長이 그날로 문득 熱烈한 時代思想兒가 되게

된 것은 碌碌한 나 따위로서의 如干치 않은 覺悟있는 果斷이라 할 것이다.

몸이구 집이구 막 들어 부수기로 盟誓하고 大韓匡救를 生覺하여 悲憤한 눈물을 쫙쫙 흘리면서 외치고 날뛰던 그때 한 겨울동안이나 나는 自來 엉터리 없는 救世思想의 夢想兒로부터 突然히 愛國思想의 新靑年으로 翻한 것이었다.

나의 對日本帝國主義의 反抗行動은 實로 이때부터 出發하였으니 그 後 於焉 한 二十年 其間에 모르거라 한 일이 그 무엇이던가?

3. 天道敎의 三年

翌年春에 나는 天道敎를 믿어가지고 京城에 가서 孫氏의 門徒가 되었다. 旣往 날 書齋에서 「討一進會」란 辛嚴한 論文서껀 읽은 일이 있었는데 오늘에 「東學이 一進會를 하다가 天道敎로 翻져진 것」을 잘 알면서 새삼스럽게 天道敎를 믿게 된 것은 그 무슨 理由였던가?

1. 在來의 東學이나 一進會나 그 나쁜 것은 다 孫氏가 日本가 있는 사이에 다른 假信者들이 한 짓이고 孫氏가 還國하여는 眞實로 「保國安民廣濟蒼生의 道를 實行한다.」라는 宣傳에 넘어 간 것.

1. 그때의 社會情勢가 宗敎界에 外하고는 別로 容身할 곳이 없는 것을 본 까닭.

이 두가지 條件으로 하여 그렇게 된 것이었다.

如何튼 첫 해에는 아주 到底한 信徒이면서 孫氏의 寵愛를 받았겠다. 皮面上種種의 懷疑又는 否認할 것이 있는 것도 자꾸 눌러두고 모든 것을 다 承認해 주었었다.

大神師與上帝問答說, 大神師還到說같은 것에 對해서도 「그러한 手段 方法까지도 있어야 된다.」고 혼자 웃고 말아 두었다.

그러나 나는 그런 等等의 鬼說을 차마 다른 사람과 말해 보지는 못 하였다.

어쨌든 첫 해에는 天道敎 上部構造만 보고 그 妖스러운 꽃이 얼마만한 不

忍의 피기름 또는 어떤 民衆의 피기름이 搾取되어 온 것인가 그 根本은 도무지 살펴보지 않았던 것이었다. 그러나 다시 地方에 내려와 慘酷하게 된 迷神鬼卒들의 搾取받고 있는 꼴아지를 보고 이듬해에 또 다시 孫氏及 其付隨群의 淫奢無限한 꼴아지를 京城에 가 볼 때에 나는 그만 落魄하게 되었다.

나는 비로서 前年과 다른 對天道敎의 客觀的 批判的 意識이 들게 되어 그의 모든 不正大한 것을 反逆하려 하는 同時에 또한 「人乃天」說 弓乙圖案等 學說을 否認하게 되었다. 그러나 敢히 發表는 못하였다. 그는

1. 모든 幸福의 資力을 다 버리고 千苦萬辱을 强忍해 가면서 무슨 큰 수나 나올 것을 苦待하시는 아버지께 너무나 큼직한 落心을 致해드리기 惶恐하였던 까닭이요.

1. 기왕 발잠근 바에는 그것을 좀 바로 만들어 보려는 豫算으로 하여

1. 그처럼 잘 묶어 놓은 百萬 團體를 그냥 내 버리고 나오기는 차마 못할 일이라 하여.

라는 等의 條件으로써 이었었다. 何如間 모든 宗敎에 對한 反意는 이 때에 아주 굳어지면서, 이 世上에 참것이라고는 아주 없는 것을 비로서 깨달은 줄로 妄斷하였다.

斷食 或은 生食을 해 가면서 가만히 大宇宙를 思索하여 極象의 九字를 棄出하고 곧 그것을 推演하여 「天機 大經」을 草하고 다시 大共和無國을 創論하기에 이르니 때는 나의 나이 스물 두 살 되던 해 겨울이었다. 나는 다시 極元의 體理를 들어 「本極의 唯一임과 支極의 萬差임」을 說明하는 同時에

「이 世上을 건지자면 어떻든지 歸一을 시켜야 될 것이오. 歸一을 시키자면 支極으로부터 本極에 復하는 的의 主義 道法이 아니어서는 안된다!」고 생각하면서

이 때부터는 復本이니 務本이니를 力說하게 되었다.

그리고 極元의 抽象속에 잠겨져 있으면서 이 世上의 善惡紛紜한 것을 들여다 보고 나는 「그럴것이다! 다 옳다!」라고 모든 것을 다 承認하는 同時에 스스로 興味에 醉해서 혼자의 웃음을 웃었다.

그래서 道號를 獨笑라고 지었다.

이 때부터는 世上을 悲觀하지 않았다.

「世上은 復本시킬 수 있는 것이오. 復本의 길로 돌아서면 齊一하게 잘 살 수 있다.」고 아주 鐵石같이 굳은 自信을 가지게 되었다.

나는 다시 「이렇게 抽象 속에서 獨笑만으로 있을 것이 아니라 世上을 復本의 길로 引導하기 위해서 大共和主義를 메고 具體上으로 나가야 될 것이다.」라고 그래서 獨笑라고 지었던 道號를 한번 불러보기도 前에 곧 이어 笑來라고 稱하게 되었던 것이다.

그래서 天道敎로 하여금 不知不識間에 그만 極元哲學化 大共和政治化-그것이 되게 하려고 말하자면 野心이라 할른지 이만한 엉큼한 生覺을 가지게 되었던 것이었다. 그러나 그것 亦是 夢想이었다. 그때 一方으로 若干한 家産을 막 밀어 滿洲에 내어다가 將來의 根據地를 準備하려고 아버지 앞에 長文 陳情을 여쭈어 보았으나 그것조차 또한 叱退를 當하고 말았다.

이것도 나의 앞길에 大 不幸이었나니 天道敎에 對한 나의 態度를 疑心스럽게 보시는 아버지의 마음에 爲先(달리도 不許할 理由가 있지만) 이것을 承認할 理가 萬無하였다.

따라서 天道敎의 所謂 頭目이란 그들은 많은 嫉妬와 疑心을 일으켜 가지고 나의 心算을 옮겨 볼 곳이 없도록 發惡을 하였다.

나는 다시 天道敎 靑年界에 對하여 「廣濟蒼生이란 거짓 問題 아래에서 빠져죽는 蒼生을 건져내자!」라는 口號를 앞세우고 露骨的으로 天道敎 改革을 運動하였다. 그때 나의 救世思想은 지난 때의 夢想으로부터 제법 順序있는 理想的 現實에 나아가려 하였던 것이었다. 天道敎를 改革하여 그것으로 朝鮮革命의 本陣을 삼고 朝鮮을 獨立하여 그것으로 救世事業과 地盤을 삼으려고……

永興에 二一 結義團이란 極秘密結社를 두어 天道敎靑年의 革命訓練의 本營을 삼고 다시 京城에 가 天道敎 靑年講學會(지금 靑年同盟과 同義)를 操縱하려 하였다.

그러나 벌써부터 나의 態度를 嚴重警戒하고 있던 天道敎 幹部側에서는 나를 相對로 「公金幻弄」이란 터무니도 없는 誣를 시키어 가지고 나도 모르게 出敎를 宣告하였다.

4. 改敎運動의 失敗

그까짓 出敎宣告와 같은 奸策따위로는 天道敎가 나에게 아무 制裁도 줄 힘을 갖고 있지 못하였던 것이었다. 그러나 이때부터 아버님과 나와는 世上에서 다시 만나지 못할 끝없는 다른 길로 걸음을 나누이게 된 것이니.

아아! 어찌 人情上 痛心에 能堪할 수 있는 일이겠는가?

그러나 나는 조금도 멈추지 않았다. 나는 改革의 豫備運動을 極秘密裡에 如前繼續하는 同時에 他一面으로 元宗의 考案도 날로 익어가기를 마지 않았다.

京城으로부터 蓮洞에 돌아와 山堂에서 여러 同志를 가르치면서 大宗元符經을 著述하고 天道敎 新人會發起의 具體案을 作成하였다.

처음으로 咸南 天道敎 靑年大會(天道敎新人會發起會)를 咸興에 開催하려고 活躍하던 그때 걸음에 咸關嶺에서 나를 暗殺하려던(或 强盜가 아니었던지도 모르나) 무서운 白兵劍을 幸여 벗어나던 그 瞬間- 北靑 洪原을 다녀 오던 길- 그 땅의 光景은 오늘날까지 오히려 남은 몸 소름이 치는 것을 느끼는 것이다. 咸興에 이르러 有約한 同志들의 몸을 아끼는 꼴아지를 보고 다시 몇 개 頑强鬼頭들이 나를 警察의 손에 밀어 넣을 密議를 한다는 警報를 듣게 되자 나는 그만 딱 힘이 풀려서는

「아아!」소리를 치면서 그 자리에서 곧 方向을 大轉換하기로 立斷되었다.

그렇게 쉽사리 내세우지 마자던 元宗이 이러구러 率直히 이 世上에 무産으로 誕生하게 되었다.

나는 그때에 깨달았다! 孫氏를 天神으로 믿는 그때의 天道敎의 靑年으로는 그것을 到底히 못해 낼 일인 것을…… 내가 原來 일을 서두르기도 하였지마는 아무리 잘 한대야 잘 될 일이 아니던 것이었다.

나는 「아아! 難得의 百萬團體 可惜하고나!」라는 慷慨한 그 노래를 부르면서 곧 故鄉에 돌아와 九而峰 山室에 잠겨지게 되었다.

天道敎 三年의 結果가 이렇게 된 것은 나 一生의 大 失敗인 것이니 우리 家庭의 偏道와 經濟가 이에서 慘落되었었으며 나의 腦神經衰弱이 이에서부터 急轉直下의 내리막 걸음을 옮기게 되었었다.

天道敎에 對한 나의 잘못도 勿論 많았겠지만 東學以來 그때까지 그네들의 쌓아온 罪惡을 生覺하면 어찌 피 있는 人間으로 能히 잊음이 있어 낼 수가 있을 것이랴?

5. 建元의 첫해

九而峰 山室에서 그 이듬해 一月一日 새벽에 同志某의 立證한 앞에서 비로서 元宗이라는 正道大法의 새 主義를 創建함을 盟誓하였다.

이는 實로 極元哲學을 体하여 世界에 大共和 한 집을 形成하려는- 마지막으로 無國 까지 實現하려는 世界唯一의 새 主義인 것이다.

때는 西曆 一千九百十三年 卽 나의 나이 스물 다섯을 맞이하는 해 이었었다.

나는 이것을 發展하려고 山室에서 내려와 여러 同志를 가르치면서 그의 根本方針을 討議하게 되었다. 나는 山室에서 이미 모든 宗敎를 反逆할 것을 自盟까지 又는 여러 同志에게 宣傳까지 하였건마는 이 主義를 처음 發展하겠음에 그때 朝鮮의 政治的 情勢에 견디어 낼 必要를 生覺하여 無可奈何로 所謂 宗敎政策을 쓰게 하였다. 그때 寺內武斷總督의 暴壓아래에는 宗敎一色 以外의 것은 무엇이든지 다 엄두도 낼 수가 없게 되었던 것이었다.

첫해 여름에 나는 傳法行次라는 名分을 세워 가지고 京城엘 갔었다. 마침 東濟社組織의 秘密運動에 마중 받아…… 關西各地를 巡訪하게 되었는데 天道敎에서는 나를 그때 한참 떠드는 所謂 天道敎 革新會의 參謀인줄로 誤解하여 나의 活動에 많은 誤解를 주었다. 그때 한참 京城에 잠겨진 不平分子들은 다

朝鮮運動의 앞길을 宗教門牌아래에서 開拓하려 하엿던 것이었다.

그중의 一派는 나를 묶어 세우고 무슨 教란 看板下에 모아 서 보려고 많이 運動이 되기는 되었었으나 그러나 나는 그렇게 偶像的 代身者가 될만한 神聖 似한 人物도 못 되는 者이거니와 爲先 그것을 絕對로 許諾치 않을 나이었으며 또는 一時라도 教字를 탈 삼아 쓰고 나앉을 生覺은 아예 없었던 것이었다. 무슨 運動機關을 하나 組織하려 할 때에는 教字問題에도 말썽이 되어 나는「極元哲學에 固有한 法字 道字만 써도 官은 반드시 教로 看做할 것이라」고 力持하여 마침내 傳法會란 名義를 取하게 決定되었던 것이었다.

그러나 그만 그것도 初頭에 벌써 總督府 高等囑託 孫 무슨놈의 눈초리에 걸리게 되었다.

나는 朝鮮안에서 일하기 틀린 것을 覺悟하였다.

놈의 눈살이 日復日 더 緊張해지는 것을 보고는 同時에 또 同志들의 덤비는 꼴아지가 하도 조마조마하여 나는 速히 다른 動法을 生覺하게 되었다. 이에 滿洲에 나와 農村主義(表)의 깃발 아래에서 無資本主義로 일 할 것을 決策하고 곧 鄕湖에 돌아와서 擬態方法으로 酒色界에 放狂하다가 二年春에 살짝 東滿으로 벗어져 버리었다.

姓名을 元伯으로 變하고 元宗을 裡面에 품고 먼저 右路를 取한 것은 무슨 意味이었던가?

世紀의 前後가 갈라지는 이때를 暗示하는 時運의 큰 號砲가 터질 것을 期待하던 甲寅年……

「이 해에는 꼭 動兵해 나온다……」라는 沿海州獨立運動의 큰 消息! 이것이 나의 걸음을 右向 시킨 唯一의 條件이었다.

琿春에서(城外 새풍이란 村에서 學校 訓長 노릇을 함) 이미 들은 消息은 全部가 虛報인 것을 알았다.

그렇다고 말 일도 아닌지라 基督教友會에 長文의 策書를 보내어 所謂「協同應合策」을 말하였더니 그들은 熱狂的으로 나를 歡迎하였다. 그러나 猜忌 嫌疑 離間 中傷으로 本能을 삼는 派閥鬼들은 나를 天道教의 某라고 局子街方

面으로부터 誣陷, 謗毀의 四面楚歌가 基督教友會에 侵入하여 마침내 나로 하여금 失望의 苦笑를 앞세우고 떠나게 하였다.

右向의 걸음을 다시 걸을 必要가 없는 것을 잘 覺悟는 하였으나 먼저 간 두 同志의 消息이 하도 寒心하기에 不得不 저승길을 밟은 것과 같은 슬픈 걸음을 옮기어 所謂 德雲龍川이란 정떨어지는 고장에까지 가게 되었다. 그때의 나는 決코 元宗을 主로 하여 일하려고 固執을 세우지는 않았건만 自來로 물어뜯고 잡아먹고 하기로만 일삼던 그 버릇을 오히려 悔改할 줄 모르는 派閥鬼들은 泰山같이 높이 믿고 나온 먼 나그네에게 限 없는 落心을 주었다.

德雲 龍川같이 정떨어지는 고장에서도 露領等地의 運動消息은 아주 徹頭徹尾하게 잘 들어 알게 되었다. 나는 너무나 識見없는 나의 속을 혼자 스스로 비웃으면서도 오히려 백판 거짓말인 內道山의 大準備消息을 한 一二分이나마 그려보면서 旣定方針을 그대로 取하여 足尖을 左向의 길로 옮기게 되었다.

德雲 龍川에서 이미 榜文도 보았고 請聘使도 맞이 한적이 있었던 지라 琿春엘 지나는 길에 大六道溝의 獨立團을 訪問하지 않을 수가 없었다. 나는 그들을 瞥見하는 同時에 卽時 그 可矜한 同胞를 나의 腹案에 있는 多福式으로 引導하려 하였다.

6. 實行도 못하는 多福式 政策

그 해에 마침 歐洲大戰이 터졌다. 아- 나는 誤見이었었다.

時代의 右傾과의 嶺마루턱에서 前世紀와 後世紀와의 分野를 建元의 해로 定해 놓고 後世紀로 向하여 復本의 길을 떠나 左傾의 걸음을 재촉하는 號砲를 東洋에 期待한 그것이었다. 그것은 戰興日本의 第三甲은 또 다시 朝鮮으로 紹介하여 불집을 터치기 되리라는 너무나 非科學的 推算에서 나온 誤錯이었다.

그러나 어디서든지 기다리던 號砲가 터지기는 터졌다.

나는 直히 카이젤을 二十世紀의 奈破崙으로 指名하고 大戰뒤에는 世界 情勢가 크게 變動될 것을 어슴프레하나마 推算한 바가 있었다.

「아아! 時代는 재촉하는데 사람은 無消息이라」(京城에서 有約한 某某)라고 혼자 歎息한들 어찌하리오?「그렇다고 가만히 있겠느냐?」라고 自責을 해 가면서 大戰뒤의 朝鮮을 그려보기를 마지 않았다.

나는 大戰뒤의 日本을 너무 弱하게 본 바 그때의 朝鮮을 文便으로 보지 않고 武便 으로 보았다. 그때에 應할 準備를 急히 해야 되겠는데 이미 間島의 情勢도 試驗해 본바가 있고 또는 露領의 消息도 잘 알고 있는지라

「에라! 나는 나대로 해야 되겠다!」라는 過大한 自信을 가지고 비로서 무슨 큰 決策이나 하노랍시고 하였다.

지금 生覺하면 그게 다 空然한 夢想的 費心뿐인 可笑로운 일이었다.

實行도 못하는 所謂 多福式 政策을 새로 세워 가지고 長白山 黑林中에 잠겨진 것은 東南北滿及朝鮮의 四中地點을 根據로 하여 그 政策을 實現하려던 것이었다.

勿論 그 計圖는 雄大하였으나 그를 實現할 其人이 와주지 않았음에 奈何오?

建元三年을 安圖縣 道田洞에서 숨어지내인 內意는 全혀 無意味하게 사라져 버리고 四年春에 審陽을 云云하다가 그만 北間島에 옮기어 法會總司를 열고 일에 實手를 대이기는 하였다. 그러면서도 뜻은 東滿에 있어서 歐洲의 消息을 察知할 兼行으로 暫間 延吉에 出하였다가 日領事犬의 臭探이 突然緊張해진 機動을 보고 그만 茫茫히 安圖로 다시 미끌어져 多福式의 決策을 더한層 굳히고 있었다.

그러나 有約의 赤巾短杖은 終乃 와 주지 않았다. 그러니 일은 無味할 밖에…… 그러나 개가 아니면 獵夫가 어찌 이리 族을 들춰내랴?

縣知事로부터의 檢擧及 驅逐命令은 正히 自們人의 誣陷에서 나온 것이었다. 그때 有約의 同志들을 찾아 瀋陽으로 옮기려고 主張하는 一派와 虎子를 探하여 虎穴에 入하는 格으로 東滿 으로 옮기기를 希望하는 一派와 갈리어서 얼마큼 議論이 오르내리다가 最後로 長白說이 위의 兩說에 折衷된 것으로 認定되어 그 해 여름에 그 무서운 長白山脈의 密林地帶를 洗足으로 橫斷하여 처음 旺開洞이란 곳에 이르렀다가 다시 德水란 곳에 옮기어 一時 푸자리를 잡기

로 하였다. 이때에 가장 有力同志는 劉××이란 사람이었다. 德水는 純全히 元宗村이 되기는 되었으나 多福式을 實現하기는 아예 꿈도 꾸어보지 못할 땅이었다. 나는 그만 落魄하여 더 별 수 없이 一時 敎育政策에 미끄러지게 되었다. 在來 弱하디 弱한 몸으로 게다가 營養不足이란 그 窮境에 빠져 가지고 가르쳤으며 其他 여러 가지 걱정 兼해서 極에 넘어가는 困狛를 겪다가 보니 어느새 벌써 이렇게도 무서운 胃病腦病이 一生 難治의 勢로 나의 새파란 앞길에다가 된 서리를 쳐 주게 되었다. 敎育 이래야 아무 成績도 못 보면서 나 一生의 大價值인 그 좋은 興奮을 이렇게도 無慘히 죽여 버린 것은 너무나 痛惜에 未堪할 일이었다.

7. 獨是主義와 時局의 對策

그때부터 참말 獨是主義란 固執을 가지게 되어 外俗사람에게만은 誤解와 非難을 받게 되었다. 그것은 그때 長白縣 社會의 現狀을 보아 (1) 그 더러운 派爭中에 섞이지 말 事 (2) 되지 않은 일에 連累되기 쉬운 것을 謹避 할 事 (3) 日官의 눈에 일 없는 嫌疑를 보이지 말 事 (4) 아직 基礎잡히지 않은 때의 우리 主義 內容을 그들에게 알림이 不可 할 事.

이러한 理由에서 策定한 一時的 方便이었었다. 그 보다도 깊은 內意가 있었나니 卽 아직 客觀的 運動局에 나아갈 길이 없는 동안에 어서 바삐 元宗의 運動基礎及 人物을 장만해 두고 내가 나아갈 다른 날의 時機를 기다리는 것이 或은 짓는 것이 上策이라는 것이었다. 그러나 이 方便은 그렇게 機會좋게 轉換할 것을 境遇가 許치 않기 때문에 그로해서 도리어 많은 方便을 잃어 버리기도 하였다.

그러나 「언제든지 同民族의 一致한 運動이 일어나는 때라면……」

意味深長한 抱負만 가지고 그냥 가르치고 쓰고에 더욱 熱中하였다. 私情 없이 빠른 것은 光陰인지라 歐洲의 血雨腥風은 어느듯 五年이라는 짧지 않은 時間을 通過하여 五年만에 卽 建元六年에 들어서야 비로서 개이게 되었다. 나는 늘 安圖의 多福式을 잊지 않는지라 이해 봄에 所謂 復本運動을 稱托하고 다시 安圖에 와 보기는 하였으나 아예 아무 可望도 없었다.

그래도 或 後備나 될까해서 거기다가 또한 敎育機關 하나를 두기로 하였다. 歐戰이 終熄될 때 美國 白堊館으로부터의 正義人道 民族自決의 우렁찬 부르짖음은 全世界 被壓迫大衆의 鬱憤을 爆發시켰다.

나는 新聞紙 한 조각도 못보고 파묻혀 있으면서도 全世界及 朝鮮의 大衆心理가 물끓듯하는 것을 想像해 보고 惘然한 浩歎을 禁할길이 없었다. 다시 德水에 돌아와 人事를 살펴보고 時代에 應할 것을 더듬을 때 過去 五年間에 아무 準備도 해싸운 것이 없이 무서운 胃病腦病에만 呻吟하게 된 것을 生覺하니 甚히 悲憤하기도 하고 부끄럽기도 하던 것이다. 부질없는 짜증과 까닭모를 눈물만 때때로 내게됨에 對하여 世上 모르는 弟子들이 나 여기에 무슨 慰安이나 줌이 있었으랴?

建元七年에 三一運動이 일어났다는 風說을 들었다.「朝鮮獨立宣言書」를 보았다. 나는 적이 懷訝하였다. 孫氏는 勿論 物質的 後備가 있어가지고 그것을 해야 可한 사람인 以上「孫氏에게 무슨 後備가 있을 수 있었던가?」가 疑問이었다. 何如間 南滿 어디인지 그 運動의 策源處가 있다는 곳을 찾아가 보려고 秘密理에 旅費調達을 策하다가 孫氏外 四十餘氏의 消息을 徹底히 들었다. 빈손 들고「萬歲!」소리나마 치는 것이 壯快하다고 生覺은 하면서도 어째 그런지 아무 興奮도 나지 않아서 며칠간 선하품질만 하면서 누워 있었다.

날마다 찾아와서 나의 動하기를 기다리는 나그네들은 다 한가지로

「滿洲其他 各地에 일어난 獨立團은 다 上海臨時政府의 號令 아래에 統一되어 있다」

라고 말하기는 하나 나의 귀에는 別로 곧이 들리지를 않았다.

그러나 何如間 時勢를 알아도 보아야 하겠고 또는 다른 意味의 條件도 있어서 人員– 열트 趙基伯을 撫松에 派遣하여 두고 나는 그냥 잠자코 있었다. 그러니 나의 動하기를 날로 두고 기다린 나그네들은 다 失望을 하고나서 疑心하는 者도 많았고 誹謗하는 者도 많았겠다.

쩔쩔 끓는 三伏 한 철을 겪는 때에 派遣한 撫松人은 無消息이고 駐在하던

安圖人- 야무진이 왔었다.

들건데 그 時機를 놓치지 말아야 할 것이다. 突然히 德水에서 떠났다. 그래도 未安해서 德水의 機關은 깊은 뿌리를 심어두고 敎育한 部分을 갈라지고 떠났다. 그러나 運命은 그만한 機會나마 나에게 許諾을 아니하였다. 中武里란 곳에서 馬賊의 捕虜가 되어가서 거의 죽다가-ㄷ, ㅈ 外三十餘人과 함께- 一個月 남은 뒤에 多幸 살아나오고 보니 아아! 일은 벌써 나의 알 바 아닌 것으로 되어 있었다. 일이 이렇게 된 以上에는 獨是主義는 더 延長할 수 밖에 없게 되어서 그에 對한 應變法으로 비로서 大震團 三字가 出世를 하게 되었다.

8. 나에 對한 世人의 批評

大震團은 이름만에 그치고 있게되니 同人中에는「왜 이름만 지어두고 實際로 일하지 않는가?」라고 懷疑深尋한 者 多多하였고 남들은 다 나의 野心에 依存한 한 個 派閥이라고 指目하였다. 그러나 나는 大震團은 別로 念頭에 두지 않았다. 그때에 이름만도 미처 記憶하기 어려운 많은 獨立團들은「銃도 없고 暴行도 할줄 모르는 大震團인 것을 업신여겨서 自家네 團에 倂合 或은 征服하려고 많이 策動들은 해 보았으나 그렇게 碌碌히 될 일은 아니던 것이었다. 그러자 심술궂은 性풀이 삼아 나에게 別別口舌을 다 더하게 되었다. 그러나 나는 그만 口舌이나 쫓아 다니며 辨明할 마음은 아예 없었다. 그때 나에게 對한 批評은 實로 紛糾하였나니 그 大要를 들어 보면 이러하다.

1. 가만히 自己가 받을 崇拜벌이나 하고 않았는 者이라
2. 自己의 무슨 主義만 崇尙하고 祖國을 벌써 잊어버린 者이라
3. 아직 때가 안되었다고 가만히 있어 觀望만하는 機會主義 者이라
4. 自己네대로 딴나라에 獨天下를 차리는 者이라
5. 如來基督을 꿈꾸는 엉큼한 夢想家라
6. 獨立이 아예 안 될 것을 判斷하고 그만 斷念해버린 墮落者이라

이밖에도 種種의 批判꺼리가 많이 있었으나 別로 掛齒할 것이라고는 없었

다. 그것은 莫說하고 以上에 列擧한 批評의 몇 個 條件을 좀 批判해 보려한다.

1에 對해 말하면 崇拜 그것은 사람마다가 다 싫어 하는 것은 아니니, 나 亦是 그것을 싫어하지는 않으리라! 그러나 崇拜만을 貪 한다면 그것을 어찌 어린 兒童들과 더불어 묵은 밭고랑에서 가만히 있어 벌을 것이겠는가? 나는 崇拜 그것은 언제든지 벌어 얻으려는 者에게는 차려져 주지를 않는 것인줄 안다.

「龍心豈足王魚國」내가 비록 龍은 아닐지언정 龍心은 있는 者이니 雲行雨施를 하여 가물에 죽는 世界를 살리려는 마음에 어찌 밭고랑에서 어린 兒童의 崇拜 받기를 즐겨 할 것이겠느냐? 아아! 腰折할 말이다.

2에 對하여 말하면 할듯한 말이다. 우리 元宗은 祖國이 없다.

그러나 나의 경우가 元宗의 새 이즘을 孕生한 祖國이 없으면 將次 大共和를 成功할 새 이즘이 있지 못할 것이다. 아아- 새 이즘을 아는 者 반드시 祖國을 알 것이니라! 맑스는 「勞動者에게 鄕土가 없다.」고 말하였으나 레-닌은 自己의 祖國으로서 共産의 祖國을 삼았었나니라.

3을 말하면 무릇 무슨 일이든지 機會를 엿보며 形勢를 觀望하며 全혀 否認해서는 不可한 일이다. 그러나 나는 機會主義者는 아니다. 原來 機會란 準備를 쌓아 놓고야 기다릴 것이니 그때 나에게 무슨 機會를 볼만한 準備가 있었던가?

4를 말하면 野心으로 그러한 者도 있겠지만 堂堂한 主義主張으로 그러함도 있을 것이다.

世上이 다 내 비위에 맞지 않으면 나혼자 靑年出關이라도 할 것이오 비위 맞는 者끼리가 따로 모아 딴 世界로 살기도 할 것이다.

大衆을 爲하여 나의 主義를 犧牲도 하겠거니와 살기 싫은 남의 世上에서 꾸벅꾸벅 짓밟히는 것은 人間으로서는 단단히 아니 할 것이 아니겠는가?

田橫이 海島에 들어간 것이 野心이라면 洛陽客舍에서 自刎死한 것도 野心이 겠느냐? 아아! 아니다. 그것은 義 가 있는 人間인 까닭이니라!

露西亞의 黑旗를 野心의 빛으로 보느냐? 希臘敎堂의 鍾을 野心의 소리로 듣느냐? 아아! 아니다. 그것은 義가 있는 人間인 까닭이니라!

그것을 누가 敢히 짓밟을 수 있겠느냐? 그것을 짓밟는 者 天下에 罪惡일지니라. 나는 그때 내 비위에 맞지 않는다고 獨立軍이 되지 않은 것은 아니다마는 獨立運動을 모르는체 하고도 獨天下를 차릴 수 있으리라고 이 작자가 생각했을까? 아아! 苦笑로운 말이다.

5를 말하는 사람들은 다 牟尼, 예수가 다 어느 敎祖인 것만 알았을 뿐이오. 그 能히 如來 · 基督이된 所以는 모르는 者이다. 나는 그들의 偉人임을 잘 承認한다. 오늘에 不適하다고 그의 自體 人格을 否認할 수 없는 以上 그들을 欽慕하는 것만은 事實이다. 그러나 나는 오늘에 來日 又는 모레를 생각하는 者이니 現下에 곧 如來 · 基督이 復活해 와서 나와 더불어 二千年前 三千年前으로 같이 가자고 强히 끈다 할지라도 나는 斷然히 그를 拒絕하지 않을 수 없는 者이다. 孔子는 紀元 五六百年前 周로 가고싶어서 周公을 꿈꾸었다지만 나는 世紀의 한 끝을 憧憬해서 無國을 꿈꾸는 者이다.

6을 말하는 者는 나에게도 眼目이 있다는 것을 認定하는 셈이겠지만, 참말 그때의 運動으로 獨立이 못 될 것은 누구의 눈에든지 決定的으로 나타난 것이 아니었던가? 그러나 나는 될 일이 아니면 안한다는 그런 功利主義者는 아니다. 나는 義를 아는 者이다. 반드시 될 일이라도 義가 아니면 決코 안할 것이오, 아예 안 될일 이라도 義의 所在라면 반드시 할 것이다. 그도 일에 달렸지만- 나는 獨立運動을 義에 堂堂한 일이라고 보았다. 獨立이 못 되리라고 獨立戰爭 한 판도 안하려는 그런 沒義氣한 나는 아니다. 文天祥이 燕獄에서 죽고 鄭成功이 海島에서 울었음은 그때에 있어서 가장 義로운 일이라 한다. 깐듸, 金玉均도 그러하고 떼벨레라, 아기랄도도 그러하다.

그들이 다 꼭 될일 이라고 한 것은 아니다.

人事에 마지못해서도 할 것이오. 義憤을 참지 못해서도 할 것이다.

어찌 獨立뿐이 그러하랴? 쏘시알니즘에도 그러하고 아니키시즘에도 그러하리라!

다른 主義도 그러하거든 하물며 有爲主義의 나로서겠느냐?

所謂 抑强扶弱한다는 震元宗主義의 우리 法으로 서겠느냐?

偏狹한 愛國心은 感情的이라고나 하려니와 大共和의 첫 階段을 朝鮮에 定하려는 일 順序만으로도 朝鮮은 우리 새 이즘의 사랑이오, 또한 나의 사랑이다. 그러나 나는 우리 새 이즘을 아주 죽여버리는 獨立運動者가 될 수는 千萬 없는 것이다. 뿐만 아니라 그많은 各派 獨立團의 派爭 웅덩이에 빠져서 저들끼리 물어뜯는 개싸움질을 즐겨할 내가 있다면 그는 참말이지 거짓 笑來先生일 것이다.

나는 언제까지든지 派爭의 웅덩이에는 決斷코 빠지지 않으려는 固執쟁이다. 나의 몸 더럽히고 主義죽이고 獨立도 못할 그런 짓을 내가 차마 許할 理 있을가보냐?

아아! 誤解잘하고 毁謗잘하는 「擾擾路傍子」들아!

9. 討伐亂을 지내고 在留禁止를 받아

建元八年春에 비로서 東滿에로 나왔다. 그러나 때는 이미 늦었다.

내가 東滿엘 이렇게 늦게 온 것은 如干한 失策이 아니라 하겠다.

莫無可奈로 事情이 그렇게 되었던 것이지만 何如間 狼狽는 狼狽인 것이다. 그때는 多福式政策을 할 수 없이 留案하게 되었던 것인지라 敎育政策의 곁에다가 社會政策을 껴 세워가지고 長仁岡이란 곳에 一時根據를 두었다. 그는 確實히 奇策이던 것이었다.

그때 東滿의 社會狀態를 보아 좀 밝은 眼目을 가진 사람은 다 나의 處事를 六七分 是認하였었다. 大震團으로 하여 法訓을 發布하니 그는 元宗의 朝鮮에 對한 政策과 關係를 解明한 것이었다.

그 해 가을에 所謂 討伐亂을 겪게되니(첫 主人 XX의 집이 火飛하고 田의 아우 正洛이 銃殺되다) 우리 主義運動의 大挫折은 實로 여기서 重大한 打撲傷을 받음에서 致한 것이었다.

그 法訓이 日軍에게 發覺되어 나는 天寶山에 잡혀가 銃殺을 當하기에 當

面하게 되었다. 그때 그 銃口앞에 서서 演說하던 일과 그 九死一生의 刹那를 通過하던 일과를 回憶하면 只今까지도 오히려 無量의 感慨를 맛보게 되는 것이다. 그때의 殺亂은 全間島朝鮮人에게 큰 洗鍊을 주는 것이요, 朝鮮獨立運動 앞길에 一大 方向轉換을 재촉하는 것이었었다. 나는 그 多數한 生徒들을 그대로 데리고는 間島에서 到底히 배겨내지 못하게 되었는데 또한 다 解散해 버리기도 딱한 것이었다.

그때 나에게 이렇게 勸하는 人士가 있었다.

龍井에 가서 總領事館의 諒解를 얻어 가지고 일하는 것이 上策일지니라. 바깥사람 보기에는 實로 上策은 上策이었다.

東滿 일은 龍井에 根據를 두는 것이 勿論 必要한 것인 때문에 그것이 上策이다. 그러나 그는 나를 모르는 사람이다. 또는 元宗을 모르는 사람이다.

1. 日本人에게 歸順을 伏乞하는 것과 같은 妥協的 諒解要求와

2. 農村主義로부터 變節하여 都市主義로 옮기는 것과 같은 沒主張的 趨勢

이것은 斷然히 나의 할 바 아니다. 일을 爲해서는 그러한 一時的 權變도 잘 할 수가 있어야 된다는 것도 生覺 하겠지마는 設使 그것을 굳이 하려고 할지라도

1. 나의 身分으로 보아서 領事館의 諒解는 決코 可得치 못할 것이오,

2. 元宗의 內容이 日本人 官當局과 妥協된 可能性이 絶對 없는 同時에 萬一 表面만으로의 諒解를 얻는다면 元宗은 반드시 狗皮를 둘러써야 될 것이니

나로서는 또한 長天白日과 같은 元宗의 새 이즘으로서는 絶對로 안할 것이오. 또는 하려야 그 可得치 못할 것이다. 나는 討伐불에 다 타 죽을뻔 한 生徒들을 幸여 다 保全 해 데리고 建元九年 劈頭에 避身삼아 다시 安圖로 移轉하엿다. 이것도 豫算으로 奇策이였으나 結果로는 또한 失策이 되어 버리었었다.

1. 東滿에서 세웠던 社會政策을 安圖에서 다시 써 보려는 것

2. 南來北散 의 靑年 獨立軍을 網羅하여 敎育 政策下에 吸收하려는 것

이 두가지 條件으로하여 長白山脈의 그 무서운 荒林中으로 새 이즘의 일

꾼들은 수없이 해매고 다니었다.(ㅁㅅ, ㅊㅎㄷ, ㅅㅈㅈ, ㅂㅊㄹ, ㅅㅈ, ㅎㄷ, ㅅㄱ 其他諸人)

그러나 그것은 다 빈 苦楚뿐에 그치고 말았다. 그 해에 所謂 紅恐怖症이란 무서운 病魔가 일어나 사랑하는 나의 生徒 여럿의 生命을 빼앗아 가는 同時에 나는 하룻밤 죽었다 살아난 것이다. 다시는 甦復될 수 없는 거의 準廢人이되고 말았다. 나에게 最大의 打擊이 이것이다.(여기에 揷話삼아 말해 둘 것은 그 病魔에 沒落된 徐宗老네 家庭 이야기다. 내가 처음 安圖에서 驅逐되어 從者 五六人을 데리고 將乞行食 으로 長白에 이르러 한참 依支없이 헤매던 때에 偶然히 徐永達翁을 相逢하였는데 兩側은 一見如故로 믿음을 合하게 되어 그 家庭은 마침내 在滿 元宗의 基本이 되고야 말았다. 처음 王介洞이란 곳에서 우리 一行을 맞이하여 全家庭을 모두 바치고 일을 보다가 後에 함께 德水에 옮기고…… 또 그 後에 安圖에 옮기어 始終이 一日같이 元宗의 基礎家庭이 되고있다가 그만 紅恐怖症을 처음으로 만나서 翁이 先亡하고 그 다음 그 三子 商俊 商後 商彦이 具亡하고 오직 翁의 老妻 尹宗夫人 한 사람만이 남았다.)

아아! 運命의 咀呪 어찌 이렇듯이 至毒한 것이드냐!

馬賊의 變, 討伐의 亂, 紅恐怖症이 所謂 三厄을 해마다 잇달아 겪고나니 무슨 큰 惡한 運命神의 咀呪나 받음인가 싶었다. 그 때 가을에 다시 東滿으로 옮기려는 것은 討伐亂後의 新興敎育熱을 따르는 것이었다.

三道沟 元化洞이란 山村에 가 앉아서(새 主人 ××의 집) 얼었다 달았다 하는 恐怖症에 깨진 가슴을 싹싹 허비면서 萬般의 새 準備를 하기 始作하였다. 그러나 우리일에 對한 大惡魔는 나의 豫言과 같이 總司를 襲擊하게 되었다. 나 外의 儂者三人이 頭道溝 日領事分館에 檢擧되었다가 그 이듬해 建元十年 劈頭에 龍井總領事로부터 中國在留 禁止命令을 받게되었다.

이것은 그 者들이 大震團을 口實로 하여 나의 未來를 豫防한다는 惡手段이었던 것이다. 그러나 그의 導火線은 나도 모르는 무슨 「總軍團副團長××」이란 名義로한 秘密文書를 가진 北來의 拳銃靑年을 逮捕한 그것이었다.

出家한지 九年 만에 비로서 집에 돌아오게 되었다.

德水 書信問題로 憲兵놈의 亂杖 아래에 終身의 瘀血을 받으시고 怨恨의 呻吟中에 계신 父親께 보일때 그 얼마나 罪悚하였으랴?

날마다 時時로 이 못난 不肖孫子를 苦待苦待하시다가 눈이 어두워지시고 속이 다 상해버리신 黃氏 祖母任 墓所에 절할 때 그 얼마나 悲痛하였으랴?

五年동안이나 憲警의 搜索과 恐喝에 怯을 먹어 鬼神이 다 된 妻가 自己를 爲하여 九年동안이나 貞操를 지키고 있는 나를 疑心하여 한심한 하소연을 할 때 그 얼마나 可矜하였으랴?

二一結義團事件으로 永興에서 四十餘名의 大檢擧를 當하고 그 後로 德水 書信을 繼續하고 그 後로 軍資募集嫌疑까지 兼해서 蓮洞을 家家搜索 人人取調를 날 건너로 받으면서 그 무시무시한 警戒網속에 五年間이나 눌리어 있었다는 實話를 들을때 그 얼마나 憤慨하였으랴?

何如間 우리 家庭은 一時 喜悅에 차있었는데 反하여 나의 病勢도 좀 더 하지나 않을까 하였다. 그러나 이 뒤에는 더 무서운 奇別이 襲擊해 들어올 것을 나는 몰랐다. 나의 셋째 동생 中砬이 집에 있을때 憲兵隊에 갔다가(父親께서 잡혀 가실 때) 놈들에게 된 매를 맞고 病을 품게 되었는데 建元八年에 집에서 逃脫하여 長白으로 安圖로 하여 東滿에 왔다가 討伐亂에 내가 天寶山에로 잡혀가는 바람에 喫怯因症하여 앓게 된 몸으로 安圖에 옮기어 있다가 내가 日領事館에 逮捕된 奇別을 듣고 病勢添增하여 九年末에 들어서 그만 애달픈 죽음을 죽게되었다. 나의 病勢를 걱정하는 同志는 이 事實을 감추고만 있었다. 그러나 내가 還家한 後 차차 風傳이 되어 마침내 그것은 露出되었다. 나의 病勢는 極히 篤勢로 轉加되고 우리 家庭은 그만 다시 慘黑의 웅덩이에 빠져 버리었다.

10. 나의 墮落的 左傾

나는 强忍해 가면서 그 멸치그물같은 要視察網을 쓴 채로 蓮洞을 開化하기에 힘을 쓰고 있었다. 그러나 집에 돌아오는 그때부터 思想이 갑작으로 기울어 떨어지는 것을 잘 느끼었다.

한쪽으로 極左傾的 虛無思想에 陶醉하여 어서 온 宇宙를 불살러 버리고 싶어 못견딜 地境이던 것이었다. 사람 對하기와 말하기와 글쓰기와 같은 일은 極히 싫은 것이었다. 사람의 그림자나 사람의 소리가 아주 없는 어떤 芳草언덕에 누워서 구름 한 점 없는 蒼天을 바라보면서 멀리 그 밖을 生覺할 때엔 胸痛頭痛이 훨씬 덜해지는 것이었다. 그러다가도 사람의 소리나 그림자나 또는 사람이나 사람의 노릇이 나를 느끼게만 되면 벌써 陰鬱 煩悶 怔忡 疼症이 一時에 閃發하여 發狂할 地境이 되어서 同時에 虛無가 그리워서 막 발버둥질을 하게 되었다. 實로 발버둥질을 하면서 어리광스럽게 「엉엉!」 운 적도 累次이었나니 그때에 누구 본 사람이 있었다면 얼마나 나의 어리석음을 嘲笑하였으랴.

蓮台峰 곬에 올라가 놀 때에는 좀 괜치 않던 가슴도 머리가 마을로 내려올 걸음을 始作할 때 刹那間에 벌써 네 방망이를 치게되는 것이다.

虛無가 있어질 수 없다면 純自然이나마 차레져 주기를 피 마르도록 憧憬하였다.

湖山間 에 放浪하면서 自然의 술에 醉하여 虛無의 노래만 부르고 있었다. 自殺을 生覺 한적도 여러번 이었으나 그래도 오히려 뒤에 계신 人道主義의 嚴訓을 잘 들었기 때문에 그런 무서운 일을 決心까지는 한적이 없었다.

그러면서도 生의 欲求는 着味해 낼 수 없으며 「自殺은 神聖한 人間의 大自由」라고 말하는 맛은 痛快한 것 같았다. 如何間 人間에 있기는 極히 싫어서 峻陽湖의 뱃노리와 釋王寺 梁泉寺의 齋밥 먹기는 그래도 좀 괜찮던 것이었다.(그때 내가 峻陽湖에서 타고 누었던 조각배는 이름이 笑而丸이었나니 이 笑而 두字가 나, 그때의 生覺을 한分 代表하던 것이었다)

그러나 超越力이 不足한 나로서는 그 怨讐보다 더 싫은 人間과나마 接觸하지 않아 낼 수가 없었나니 그는 蓮洞의 將來 元宗을 爲하여 峻陽學院을 바로 잡아야 하기 때문이었다. 本來 弱者의 屬性인지라 人間을 그리 싫어하면서도 總司에 있는 同人弟子들을 보고싶은 生覺은 그야말로 時時刻刻으로 눈이

캄캄해지기를 마지않았던 것이었다. 討伐亂을 지난뒤의 間島의 一凶變이라고 볼 수 있는 腸窒扶斯란 모진 病이 또다시 總司를 襲擊하여 날마다 보고 싶어 애태우던 某某가 죽었다는 寄別은 하도 오래 지난 뒤에야 들었다.(여기서 또 다시 揷話로 조금 말해 둘 것은 이 속에도 商興 中砸等 先亡者와 더불어 오래 오래 나의 가슴을 쓰라리게 하여주는 한 弟子가 있었나니 그는 卽 安圖의 옛 主人 黃雲中의 아들 宗彦이었다)

그 中에도 가장 心骨에 悲痛을 느낀 것은 XX의 죽음 그것이니 그는 總司를 自家에 두고 多數한 重病者를 救援하기에 無盡한 誠力을 다하다가 同志를 다 救生한뒤 마지막으로 사랑하던 그 딸 하나까지를 앞세우고 그만 멀리멀리 아주 돌아오지 못할 길을 떠난 그것이다.

兄弟親戚도 돌아보잘 것 없이 그 어린 子女의 將來를 總司에 委託한 그 悲切하고도 甚深한 그의 遺言은 멀리에서 傳聞하는 나의 가슴 속에 永遠히 잊어 낼 수 없는 깊은 慷慨의 씨가 박혀진 것이다.

南滿元宗의 첫 主人인 永達 又는 安圖의 새主人 雲中과 東滿 元宗의 새主人 XX과의(宗産이 먼저) 남에 없이 그런 不幸에 빠지게되는 것은 캄캄한 橫厄의 運命이 나에게 무엇을 暗示함인가? 그때의 東滿의 時態는 急激히 變化되었는데 나의 피 뜨거운 사랑속에서 길러난 弟子들 中에서 그 時態에 따라 續續히 變節하는 者가 있다는 말을 듣게 되었다. 人間을 딱하게 슬퍼하는 가슴속에 그런말이 닥치자 모든 弟子들에 對한 前日의 熱情이 次次 식어지기 始作하면서 나의 人生觀은 달라지려고 했다. 아무리 작은 사람일지라도 그 만일 悲觀할 것은 아니겠지? 그러면 나의 腦神經이 그때 얼마나 病衰하던 것을 여기서 足히 證明할 수 있는 것이다.

11. 나의 還司와 總司大建築

나는 나의 人生觀이 흔들림에 따라 또한 總司에 對한 中外事情이 不利한 것을 보아 自來의 敎育政策을 버리고 새로이 集中的 高等敎育을 實施 하여 主義者養成을 하면서 同時에 無資本主義에서 나아가 總司의 經濟的 基礎를 다지기로 決策을 하였다. 그래서 1.經利院施設, 2.總司大建築, 3.建元中學校及 萬宗學院創立等等 所謂 三大案의 法訓을 發表하였다. 間島에 在한 同人들은 이 法訓에 對하여 한참 잘 活動하던中 不幸히도 間島 未曾有의 큰 凶年을 만나게 되어 더 할 수 없이 그만 留案되고 말았다. 그때에 總司는 이미 元化洞으로부터 開拓里란 곳에 搬移하였다는 報告를 들었다. 그러나 그때 開拓地方法會와 그곳 靑年會와의 사이가 좋지 못한 것을 그대로 두고 總司를 거기로 移動하는 것은 우리 獨是主義에 對한 客觀的 社會環境을 보다 如干히 見識없는 일이 아니라고 그것을 樂觀치 않았다. 原來 地里上으로 보아 爲先 우리일의 策源地는 到底히 아니었다. 나에게 三個年이란 在留禁止期間은 거의 다 지나가고 總司로 復任할 準備는 날마다 재촉되는데 總司에서 買受하던 土地가全部 잃어지고 말았다는 消息이 들리어 왔다. 괘씸하기도 하고 落望도 되던 것이었다. 아무리 無資本主義라고 하기로니 物資의 基礎가 全部 陷沒된 總司일을 어찌할 道理가 있으리오? 時代風潮에 麻醉되어 本來의 元宗心이 다 잃어진 靑年弟子들을 데리고 그렇게 쓸쓸한 寒村에 있으면서 四方에서 壓倒的으로 들이치는 外勢를 對抗하면서 物力이 全空한 그일을 支撑하기는 到底히 어려운 일이라고 보았다.

建元十三年 劈頭에 그 周密한 要視察網을 突破하여 오기도 싫은 開拓里로 오기로 하였다. 도무지 맘이 붙지도 않는 것을 가지고 힘을 들이기는 하나 別로 큰 發展은 해낼 可望이 없었다.

나는 그곳에서 男性便으로보다 女性便으로 主義化 시킬 힘을 傾注하기로 하였는데 그것이 좀 可能性이 있어보이는데서 自然히 趣味가 붙게되어 病勢는 別로 더하지는 않는 듯 하였다.

事務에 들어 在來 모든 廢點 缺點을 大改革할 決心으로 먼저 사소로운 各 地方法會를 取消하고 거기 따라서 各小學校들을 떨어버리려 하였으나 이미 三大案에 重大한 關係가 있게되어서 그것을 急斷치 못하고 無言中에 徐徐히 手段을 取하기로 하였다.

同時에 모든 書類, 制度, 儀式等等을 다 깍듯이 整理하면서 一方으로 새로운 組織, 運動, 訓練을 썩 잘 展開하려고 비록 低能한 手腕이나마 힘껏 써 보려고 하기는 하였다. 그러나 別 로 자랑할만한 成績은 보게되지 못하였나니 그는 種種의 다른 原因도 있거니와 거의 唯一한 原因이라고 볼만한 것은 암만해도 나의 頭痛 胸痛이 나의 興奮을 돋아주지 않는 그것이었다.

그러나 總司는 大建築을 始作하였다. 너무나 엉터리없는 그저 눈 꽉 감고 果斷을 내린 것이었다. 建築에 全力하게되자 더욱 極히 奔忙하기는 하면서도 나의 身度는 꽤 活潑하게 되었다. 많은 돈과 힘을 犧牲해 가면서 밤낮 애쓰고 짓는 이 집은 반드시「尾大難悼」의 顧慮가 있다고 혼자 속살속살 하는 데도 그러나 더욱 크게 높으게 建築은 하려 하였다. 안할래야, 안 할 수 없는 일이요 旣往하게된 것인지라 그만큼이나 크게 지을 必要條件 몇가지 中에 내가 그곳에 오래 있지 않으려는 秘密心契가 가장 큰 條件이던 것이었다. 그곳은 實로 나를 一年以上 더 머물러 두지는 못할 땅인 것을 나는 잘 알았다. 그럴지라도 總司는 그곳에 오래있지 않으면 아니되어 있는 것이다.

그러나 建築途中에 永興 端川等地의 各主義地方이 日警의 高壓에 죄다 찌글어진것과 長白 , 善化等地方이 中官의 橫暴에 죄다 解散되게 된 일과 其他 새삼스러운 敗數가 一時에 并發하여 建築의 豫算이 무척 깎이어 버리게 되자 그 집의 完全 成功은 長久한 時間을 기다릴 밖에 다른 수가 없이 되었다. 어쨌든지 그해 歲未에 그 建築物의 上層에 總司는 移徙하게 되었다.

12. 赤派의 惹鬧와 새바람事件

建元十四年 初夏에 自來로 별러오던 萬宗學院과 建元中學은 混合하여 新建總司안에 農大學院이란 別名으로 열리게 되었다. 이것은 集中的 高等教育政策을 實現하려는 것이었으나 周圍事情이 그것을 아예 許 해주지 않는 것을 안할 수도 없어서 굳이 試驗삼아 着手한 것이엇다. 東滿青年總同盟이란 赤派의 惹鬧는 農大 때문에 더욱이 急해진 것이었다.

自來의 내 敎育은「百魚一龍을 기다리도다!」라는 意味의 所謂 偉人主義敎

育이었다. 나는 生徒들로 하여금 物質的 氣風에서 超越하여 物質的 氣風을 支
配할 수 있는 사람이 되게 하려고 애써 가르친 것이었다. 우리 새主義는 먼저
그만한 偉人을 期待치 않고는 아니 된다고 當初에 生覺한 까닭이었다. 그러나
그는 마음뿐이었나니 一曰, 敎育家的本能을 갖지못한 나로서 二曰, 被敎育者의
周圍를 싸고 있는 環境의 强制와 三曰, 物質의 用途가 全空인 그것을 가지고
그런 意味의 敎育을 한다는 것은 도무지 可笑로운 일인 同時에 또한 天品을
가지고 오는 者도 거의 없었던 까닭이었다. 敎育에 크게 落望한 나는 날마다
總司에 열리는 聯合朝會席上에서 나의 人生觀의 誤點을 累累히 말하면서 敎
育方針도 偉人主義敎育으로부터 民衆主義로 옮긴다는 것을 公言하였다. 따라
서 「나는 다시 敎育에 손대지 아니할 것」을 다시 覺悟하였다.

原來 나의 人生觀과 實際에 있어서 人生을 대함과는 크게 矛盾됨이 있었
나니 例로 말하면 나는 自來로 남들의 性善說이나 性惡說을 다 否認하고,

『人生은 無善無惡한 것이니 그 環境의 適, 不適을 따라서 善惡이 決定된
다』

라는 唯我哲學의 適善說(適者善 不適者惡)을 힘써 말은 하면서도 그때 사
람들의 나에 對한 心理를 그저 善으로만 取扱하려 하였던것이다. 그때 우리에
對한 東靑의 惡意를 들여다 보잘 것도 없이 「나의 옳음에 저들이 구태여 어찌
하랴?」라는 主觀的 自信만으로 泰然히 있었나니 이런 點에서 보아서 나는 너
무나 無能한 墮落的 道德家같은 者라 하겠다. 原來 處世術을 모르고 社交를
싫어하며 남의 惡을 不關하는 先天的 無國主義性의 나이니 나혼자의 君子인
것을 惡者가 어찌 알아줄 이때이겠는가? 이해 여름에 東靑은 생 惹鬧 할 者와
僞證 설 者와를 부리어 우리에게 挑戰을 하여 왔다.

聲討를 하느니 埋葬을 하느니 甚至於 新聞紙上에서 거짓 事實을 더덕더덕
붙이어 記載를 시키었다. 그러나 우리는 그것을 冷靜히 取扱하였나니 저들이
아무러기로 그것을 「以暴易暴」으로 대할 수는 千萬 없는 것이었다.

「黨員벌이를 하노라고… 무슨 忠誠을 어디다 바치려고… 그 者들이 그리
는 것」이라고 나에게 귀뜸해 주는 사람이있으나 나는 참아 곧듣고 싶지를 않

던 것이었다.

이해의 事務도 昨年만치 陰沒한 中에 나는 肉體動作을 昨年만치 할 機會가 없고 아무 興奮없는 精神動作에만 盡力하게 된 거기다가 營養不足이 더욱 甚해서 病勢는 차츰 더하게 되었다. 무엇보다 이것을 治療할 것이 大急務요, 또는 우리 主義의 다른 새 길을 開拓하려는 心算도 成熟된지라 나는 斷然히 司事全部를 통틀어 宗友會에 委讓하고 어디로 떠날 것을 準備하고 있었다.

十五年 劈頭에 東靑은 다시 總司에 와 惹鬧를 하였다. 이것은 正히 思想團體風에 醉한 者들의 斷末魔的 最後肉迫이던 것이었다. 한참 떠난다 떠난다 하는 나에게「正友會는 解散되고 新幹會가 形成되어 民族的 單一 戰線黨을 促成한다!」라는 좋은 寄別이 傳하여 왔다. 나는 總司에 열린 三一運動紀念會席上에서

『나의 苦待하던 民族的 單一 戰線이 促成되게 되는 이 날에 있어 우리 ABC運動도 亦是 方向을 轉換하여 그들과 한 길로 나아가리라!』

라는 聲明을 發布하였다.『이제는 獨是主義도 버려야 된다!』『敎育政策도 바꿔야 된다!』나는 어서 떠나려 하였다.

그러면서도 사소한 殘務에 걸리어 今日 明日하다가 보니 문득 새바람事件은 또 일어나게 되었다. 石版印刷機 새바람雜誌外 各種書籍을 죄다 押收當하고 나外의 여섯同人이 逮捕되어 頭道沟領事分館警察에게 取調를 받고 龍井總領事館檢事係로 押送을 當하게 까지 되었다. 남의 不幸을 幸으로 하여 그때 우리를 謀陷하는 惡宣傳들은 누구나 다 그렇게 甚하게 하였던가? 日官에게 告惡投書들은 누구들이 다 한 짓이었던가? 그것이 바로 赤派 東滿靑年同盟의 罪惡이었던 것이다. 아아! 人間이 어찌 이렇게까지 惡하게 한 것도 社會制度의 過失이라면 아주 더 말할 것도 없을 일이겠지! 龍井總領事館에서 公判할 때에 所謂 朝鮮人新聞記者는 왜 一人도 와 주지 않았는가?

怪惡한 世上人心은 實로 쓰기도 하고 맵기도 한 것이다.

檢事의 三年求刑은 타잘 것도 없이 畢竟 無罪言渡를 받게 되었다. 그러나 다시 檢事의 附帶控訴를 받게 되어 京城엘 가서 西大門刑務所의 囚徒노릇을

하게 되었다.

獨房에 들어앉으니 도리어 世上보다 滋味있는 듯 하였다. 身病을 얼마동안 잘 療養을 해서 매우 效益이 있는가 싶었던 것이 새삼스러운 딴 걱정이 생기어 紅恐怖症의 更起로 하여 좀 더 하더면 그만 말아버리고 늘 憧憬하던 虛無國 의 나그네가 될 뻔 하였다.

覆審法院의 公判은 이틀이나 받았으나 마침내 檢事로부터 控訴取下를 當하여 放免되게 되었다.

平岡벌 陽春 白雪의 눈보라 속에서 어너털면서 잡혀간 것이 나오고 보니 벌써 北岳 丹楓이 滿長安한 늦 景致를 자랑하는 쓸쓸한 가을이었다.

13. 우리 事業의 失敗

나는 出獄하는 길로 元山에 가서 總司로부터 宗法會議를 召集하라는 指令과 宗法會議에 對한 法訓을 말하였다.

그는 勿論 우리 運動의 方向轉換과 내가 總司 모든 일을 다 내놓은뒤 收拾을 根本的으로 解決하려는 것이었다. 나는 蓮洞에 돌아와 나의 罪로 말미암아 날마다 뼈를 앓고 계신 父母의 얼굴이나 旣前보다 믿음이 떨어져서 나를보면 어쩔줄 몰라하는 어떤 弟子들의 얼굴이 나를 바라보면서 無限히 가슴 아픈 것을 느끼었다.

東滿의 元宗은 나의 在監中에 東靑의 密計에 依하여 그 內部가 깊이 깊이 곪아 있던 것으로 이 해 中冬에 나의 還司를 機會로 하여 이것은 宗法會議 豫備會議席上에서 그만 破裂되었다. 그런데 종기를 險하게 짜고 險하게 씻어내는 것이 良醫의 手段일 것이다. 病者의 一時的 苦痛을 무서워 어물어물 어루만지기만 하다가는 마침내 온몸이 모두 곪아나고야 말것이다. 어쨌든지 나는 法訓의 內意에 依하여 絕對不干涉의 態度를 取하고 있어 보기만 하였다. 東靑의 密嗾에 依하여 反逆者들은 어떻게든지 宗法會議가 못 되도록만 惡戲를 부리던 것이었다. 아무리 보아도 宗法會議는 法訓의 內意와 같이 完美하게 되기는 可望없는 일인지라, 나는 차마 그 支離滅裂한 꼴들을 그대로 버려두고 떠날 勇氣는 없었다.

十六年 劈頭에 나는 提告文이란 聲明을 發布하여 우리 運動의 方向轉換과 民族的 單一 戰線으로 나아갈 일과等等 條件을 例示해 주었다.

十有餘年을 죽도록 心血을 태우면서 하던 敎育의 結果는 마침내 이른바 「齊寇兵而資盜糧」으로 떨어져 버리고 말았다.

이것이 숲숲히 나의 過失일 것이다! 조금도 過失이 남에 있다고 나는 생각지 않는다. 그러나 나는 自來로 弟子들에게 利己主義的 무엇을 要求한 바는 아예 없었다. 다만 自己들의 人格向上만을 希望하였나니 世人이 나에게 「弟子에게 屈從을 要求하고 神聖事를 希望한다」고 誹謗하는 者가 있었다고 하나 내가 그렇지 않다는 것은 密雲集이란 글월이 있어 그를 雄辯으로 證明하지않는가? 나는 그들에게 密雲集을 가르쳤기 때문에 그들이 아무리 나를 차버리고 갔더라도 나는 實로 그에 對하여서만은 「仰不愧天, 俯不作人」한 사람인 以上 나의 過失이란 것은 내가 그들을 잘 가르치지 못하고 잘 感化시키지 못했다는 그것뿐이다.

마지막으로 十五年 以來 우리事業의 失敗된 原因 몇가지만 좀 들어내보자.

1.내가 너무도 지려 神經衰弱에 걸린 일.

2.早産임을 不顧하고 元宗을 지려 考案에서 들어내 놓은 일.

3.人物中心主義政策을 誤用한 일.

4.其人主義를 버리고 造人主義를 取한 일.

5.敎育政策에 元宗을 表面으로 한 일.

6.내가 陣頭에 서 가지고 敎授에 專力하여 他에 눈 뜰 겨를이 없는 일.

7.曆法 數字等이 남과 다른 일.

8.獨是主義 無資本主義가 잘못 미끄러진 일.

9.내가 東滿에 늦게 와서 이어 討伐亂과 在留禁止를 當하게 된 일.

10.元宗은 歸納的 客觀的으로 訓練하지 않고 演澤的 主觀的으로 한 일.

11.일마다 반드시 自然 生의 惡戲가 맞서게된 일.

等等이었다. 그러나 다시 보면 이것은 다 그 實質 又는 境遇로 보아 거의 다 原因아닌 原因인 것이니 그 眞實한 原因의 原因을 探究해 본다면 도무지 세가지 큰 矛盾이 있음을 發見하게 된다.

1.나의 人生觀이 唯我哲學의 適善說과 矛盾된 것.

2.모든 方法이 極元哲學의 復本說과 矛盾된 것.

3.人物中心主義가 나의 人道上 立場과 矛盾된 것.

이 세가지 矛盾이 우리事業을 妨害하게 된 것은 一日 나의 잘못이오, 二日 境遇가 나로하여금 우리事業을 學說化 시키기를 許치 않은 까닭이라 하겠다.

그러나 過去의 元宗은 너무나 早産으로 準備時代에 있었기 때문에 그만한 矛盾은 免할 수 없는 事情일 것이다. 如何間 그(元宗)는 나로 더불어 이 世上에 超然 獨立의 것이었나니 비록 困窮하였을지언정 極히 高尙한 것이었으며 正히 精潔한 것이었었다. 喞喞하는 群小輩의 惡口가 아무렇기로니 一心의 나에게나 萬世의 元宗에나 그 무엇이 關係되랴! 아아! 알아지이다!

今後의 元宗과 나는 어떠한 길을 밟게 되려느냐?

14. 北滿의 첫길

우리 ABC運動은 이제 方向을 轉換하게 되었다.

1.自來의 道德的 人格修養으로부터 이제 獨立的政治運動에 옮기인 것.

2.自來의 獨是主義 敎育政策을 버리고 새로 民衆主義 社會政策을 取하게 된 것.

3.魔化一通本則을 눌러두고 震元宗主義를 앞세우기로 한 것.

이것을 總司에 委託해두고 나는 數年 내내 벼르던 療養과 또는 새局面의 打開를 爲하여 十六年 早春 떠나게 되었다.

나는 實로 元宗의 舊緣을 벗어버리고 外界의 새사람을 찾아 脫身獨行을 하였다. 그러나 蜂密礦子(元宗地方)에 와서 「어린이 元宗」을 쓰는 數日間에 同志 三人은 追隨하여 왔다. 哈尒巴嶺에 올라서 잔잔한 春風속에 南國을 바라

보고 過去 二十年間의 그 支離한 苦行을 回憶하는 同時에 未來의 새 길에 나아가는 벌써 갓 마흔살의 自己를 反省하여 無量의 浩歎을 밟아내었다. 哈爾巴嶺을 넘는 나의 生覺은 南北滿에 있는 各 獨立運動體를 다 解體시키는 同時에 새로이 「個人本位合法的 在中單一運動線」의 結成을 그리고 있었던 것이다. 그것이 아예 될 수 없는 것이라면 다시 方向轉換 後의 元宗을 움직일 밖에 없겠다고 한 구석에는 이 生覺을 심어 두기도 하였다. 나는 敦化에 이르러 各 獨立團의 한 뿌리와 그에 對한 民衆의 態度를 瞥見하고 急急히 療養을 爲하여 北滿의 勝地라는 鏡泊湖를 찾게 되었다.

가기는 가면서도 敦化를 내놓기는 아까웠나니 그는 그땅이 東南北滿의 要中點에 있어서 우리 運動에 큰 勝算을 줄 수 있기 때문이다. 그러나 境遇는 나로하여금 그 勝算으로 옮기기를 許치 않았다. 鏡泊湖에 이르기는 하였다. 그리도 마음을 졸이면서 찾아온 鏡泊湖는 나의 바라던 것보다 좀 遜色이 보이기는 하나 그래도 自然美가 몹시도 그리운 東滿에서 보기보다는 흠썩 爽快한 느낌을 주었다.

바다물 한방울은 온 바다의 짠 것을 證明하는 것이다! 「梧桐 한 잎사귀가 온 天下의 새 가을을 報催하는 것이다」 이 말과 같이 南湖頭 半日酒에 北滿運動界의 消息을 거의 抽象的만이 안되게 잘 보았다.

나는 鏡泊湖의 勝景을 翫賞하고 療養의 땅으로 卜하려 하였으나 (1) 凶年, (2) 派鬼의 亂鬪, (3) 同人의 亂離等等 不利한 境遇가 마침내 蹉跎軟軻한 나에게 그만한 大自然의 美나마 許해 주지를 않았다. 小城子라는 岬頭에는 어느 한 옛날에 쌓았던 土城인지? 그 끼친 자취가 오히려 完然히 보이고 있는데 傳說에 依하면 그는 渤海國 始祖 大祚榮이 十二年間이나 隱居하던 곳이라 한다. 나는 無意識中에 旣往 琿春에서 어느 古城보고 부르던 「觀感小調古城韻」을 불러 보았다.

그 노래소리의 밑뿌리에서 움직이고 있는 나의 感味는 그때(琿春 어느 古城을 보고 노래 부를 때)보다 分明히 冷血性인 것을 깨달았다. 떠나기도 哀惜한 鏡泊湖를 여히고 나에게 늘 歷史的 깊은 感慨를 많이 주고있던 大渤海王國

278

의 옛날 東京城에까지 가게 되었다.

다시 下窖子에 이르러 오래 그립던 德水의 옛 法徒들을 보고 다시 北滿運動의 앞길을 決策하였다. 敦化에서 決定한대로 먼저 新民府交涉의 길을 찾아 孤家子, 缸窯溝에까지 이르러 그야말로 脣焦口焦하도록 朝鮮運動의 新方向을 말하였다.

보건데 北滿運動의 그 人物을 가지고 나의 新方略을 옮겨보기는 千萬인 것인 同時에 處處의 派閥鬼 싸움은 정말 極惡凶까인지라.

나는 下窖子로 새로운 運動體-主觀性의 것-를 두고 그에 依하여 拓殖政策을 내세우고 먼저 農村主義實驗 兼 우리運動根據地의 確立을 必要로 하여 主義村 建築案을 作成하였다. 나는 다시 某地方으로 向하여 北滿運動界의 頭領들을 만나 보았다.

하도 어이가 없어서 그만 내버리고 말까? 하다가 다시 寧古塔에다가 朝鮮民社를 세우고 나의 主張하는 體用論에 依하여 各 獨立團과 思想團體들의 糾合을 策勵하려 하였다. 그러나 그것인들 어찌 無人自行할것이랴 派鬼의 惡爭은 刻一刻으로 危險化 하여가고 그때 한참 紛紛히 떠들던 所謂 唯一黨論은 하나도 政治的 意識은 갖지 못한 者들의 各其 派閥壁壘를 增築하는 便法에 不過하는 狂吠들일 뿐이었다.

缸窯溝에서 儂友講座를 열고 그 가운데서 派閥鬼 박멸군을 多少間이라도 編制해 내세울까 했던 것이 그것조차 틀려먹게 되었으니 그만 다 떨어 버리고 主義村建設을 보기 爲하여 豫定과 같이 八道河子로 오고 나니 때는 벌써 建元 十七年 새봄이 되었다. 모르거라! 이 뒤의 나는 將次 어떠한 경우와 싸움을 하게될런고?

나의 四十年 끝

天 機 大 經

經之第一章　天機總說

元一生天, 天者　王卡上自然機, 機者無有間造化極, 極則無極 運極, 景極, 行極, 太極, 五極, 符極, 建極, 有極 是九極, 天機之各部斡關,

按天機之圖, 天機之全體 卍也, 卍之九落端 九極之各極位 是之九極圈 九元字之各位 笑來 姑不現書 今只置無文之圈　何圈 點何字　何字曰何極 以讓了後哲之法手 後之欲會此經者 宜用腦養神 覺而自知 自知此極者 亦可謂法徒也 天機 斡旋故九極 循旋不息, 其極 敏迪均率 靈海波順而涵養 星塊光調而生成 數理度平而交槌, 物事普率而通敷始也 元道現出來腦機中

天機之製造也 極的極神 妙的 斡旋也, 極的 極造化的, 此 天機製造之大匠者, 爾誰 斡旋之大關者, 爾誰耶 必有其主, 其主曰大主也, 天機之極圈 曰極體 極體內流溢汪洋者, 一波靈海 靈海中浮動涵在者, 萬塊日星 日星上蠢蠢匆匆者 萬類生物, 都是一機之製造品斡旋關　一機者 天機的天爲關

塊塊之萬星上 各有其主張者 其所主張者之物 部中結社 結社上家國 家國邊用事 用事上器用, 都是一機之製造品斡旋關, 一機者 天機的人爲關 人爲關之本機 腦機 腦機之本機 天爲關 天爲關之本機天機 天機之本機 大主之隻拳獨 手中專制案, △天爲關 又有無爲關 有爲關之分 靈海之一波汪洋 日星之無時運轉 庶物之動息生滅 氣海之有時作止 是皆有爲關之所始終者也 使其汪洋焉 運轉焉 動息焉 生滅焉 作止焉者 是皆無爲關的所始終者也

其之有爲關 又是工匠的 至若吾地球 亦那關中所以爲者 縣于太陽熱線之係回進動運轉循旋 公轉 成南北之春秋 自轉 成東西之晝夜 是之轉擦動磨 氣海一團包 地成小天 地近受太陽 火核張發 遊龍 升小天降 遠受太陽 火核縮收 遊龍降小天升 北天升則北地冬 南天降則南地夏 南天北天之遊龍升降 地輪之公轉關

地之東天　太光初升 山野爽然 千林玉垂垂 金光星耿耿 地之西天, 太光初降, 一穹蒼落, 星月交輝, 萬家門門 燈燭輝煌 東天西天之太光升降 地輪之自轉關

地受太陽　水分解　蒸臾浮上氣海
更爲水　氣海平寒則　蒸臾爲浮花　花花
爲滴玉　氣海酷寒則　浮花爲降花　蒸臾
之水,　水之蒸水　水之去來關,　浮花之
滴玉降花　水之再來關

地受太陽　氣海稀薄　他之重氣注
來者　曰玄潮,　玄潮者物之呼吸關

其之無爲關　又是政敎的　人之治
化性,　引拒性,　迷信性,　致願性,　皆那
關中所以焉者　世之政敎上　國以法之
社以則之,　佛之蓮花　耶之天堂,　是世

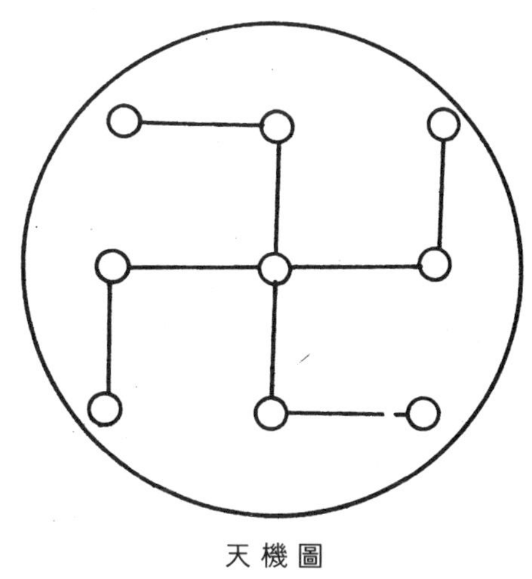

天　機　圖

之有爲之無的關人之關　又有無爲關有爲關之分　亦是政敎的　工匠的　於國治之以
法　於世化之以敎　於身祝之以福者　是其之無爲關之所以焉者也　於水濟之以舟
於陸行之以車　於居門之以家者　是其之有爲關之所以焉者也

天機又有萬端垂垂之物線　是線從天機之斡旋　有縮緩之度　星塊上庶物　都只
是線頭之係果子　物之生長　是線之緩下者,　物之老死　是線之縮上者　其壽之長短
是線之長短也　天機分不留秒不滯者　故線之縮緩亦不休　線末係在者　其物那能留
一點地　故　生物天不留　地不留者　天地之間　達去來之一步　物之在天時　在地時
不過是　一分一妙間

夜深重風動竹　笑來　滿室香炯　以法冠道服　手執松頭笏　默退觀看達坐　那方
一震聲　忽顧眄　上下左右　都無物　上白白下玄玄　左虛虛右寂寂　逐省覺之　那境
是無境境　舞手　觀無手　言發　聽無聲　忽想起何無手何無聲　俄而更顧眄　月到元峯
上　風來楊柳邊　月移峰影移　風飄柳枝飄　萬頭柳枝絲絲綠　月下玉露垂垂結　照月
星星耿　其結漸流下　其下至末落　又觀枝之頭　一結露靈流下　其觀心爽快　樂而忘
觀他,　那又一震聲　忽顧眄櫂左香爐　炯氤氳

神妙哉　造化哉　大主之天機手段也　何乃若此然神妙哉,　何乃若此然造化哉
神妙是極的極造化的神妙也　造化是極的極神　妙的造化也

經之第二章　無極小說

無者 天理之無機無何也 天則無而
觀天之無無　無始無終, 無生無滅, 無
範無圍, 無防無限, 無善無惡, 無落無
端, 無色無相, 無年無壽, 無大無小,
無高無卑, 無上無下, 是之無的境日
無極

按無極之圖 外之一極圈 天理之惟
一無二之極的極, 內之十極字 元體之
無的的之極的極 是極之上 天理之有,
都是無無無無無　無極的上 ⊥丅卜⼀

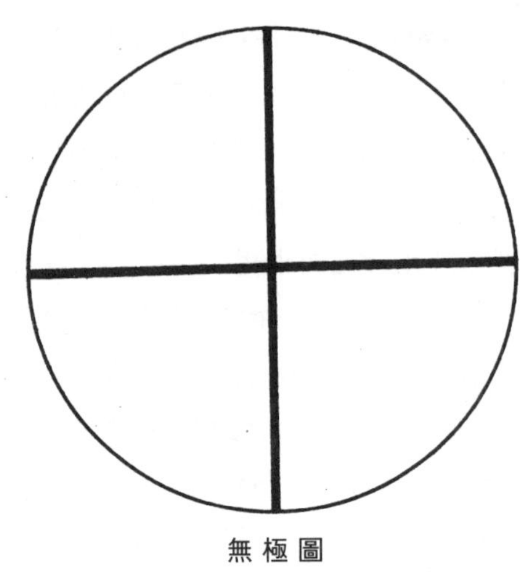

無極圖

天之無幾相 ∟ ⏌丆厂, 天理之無何體 是相是體 元字之無的相 無的體, 是之無
的元之無極 無的之體相 成有的之元字 是元之有極, 十字極 本原之初體 ⊥丅卜⼀
⼀弓弓之無的格 ∟ ⏌丆厂 乙乙之無的格 本極之無機無何 是無的之幻化者也,
十極上之右虛, 巨巨之無極 下之左虛 ⋾⋾之無極 左之上虛 山山之無極 右之
下虛 ⋒⋒ 之無極 極之四實 卍之無極也

本極之無極 是極之無極的理應 是之無幾無何 則乙乙的無頭無尾上所焉者
矣,

或問, 天無幾無何 向經門所云, 極數法文 是那幾那何與　子曰 極數法文 是
我自作出者, 有我則有幾有何 是幾是何, 生無幾無何之天

問天何無始無終與

曰 君子, 試覓其始終, 始始始 始始 而至其始之始, 始始 亦今之天 終終終終
終 而至其終之終 終終 亦今之天 沒觀着始之也地, 故 曰天無始終

問, 天何無生無滅與,

曰 君子, 試觀其生滅 地之物之生滅 都是天之所爲者 天於地曰 物之生 地於
天曰 物之滅 生亦在天中 滅亦在天中 前萬極後萬極 永極敷充　一滴無加生 一刹
無永滅 故曰天無生滅,

問, 天何無範無圍與

曰 君子 試訪其範圍 上上出出 外亦天 下下出出 外亦天 左左出出 外亦天 右右出出 外亦天 天外無外 是一天 天如是無際圈, 故曰天無範圍

問, 天何無防無限與

曰 君子, 試想其防限, 於天內之而物而事, 不固然而日日變 今日生之事物, 明日異今日 又明日 更異明日 中古迥異於上古 現今迥異於中古 未來 迥異於現今 物事之如是變異天 故曰 天無防限

問, 天何無善無惡與

曰 君子, 試想善惡 善惡二以上所生者 天其惟一 向何生其善惡 在於地 善之地, 以則善 惡之地, 以則惡 又生物事, 不特善於此之物事 不特惡於彼之物事, 故曰天無善惡

問, 天何無落無端與

曰 君子, 試看其落端 極體 無落際 極運 無端度 物之去來 軌無端 物之年壽 算無落 天機 無一點之落 天道 無一處之端, 故曰天無落端

問, 天何無色無相與

曰 君子, 試觀其色相 以黑目之 黑然不黑 以白目之, 白然不白 以靑目之, 靑然不靑 以赤目之, 赤然不赤, 以黃目之 黃然不黃, 以花然目之則花也, 以禽然目之則禽也, 以雲然目之則雲也, 以風然目之則風也, 淡之則淡 濃之則濃 觀觀無何樣之定色 何于之定相, 故曰天無色相,

問, 天何無年無壽與

曰 君子, 試算其年壽, 始而無生年 終而無死年 其體無年紀, 古非古非今, 今非今非古, 故曰天無年壽

問, 天何無大無小與

曰 君子, 試測其大小, 只大大而測其大則大大而至小, 只小小而測其小則小小而至大 大非大非小 小非小非大 故曰天無大小

問, 天何無高無卑與

曰 君子, 試度其高卑, 只高高而度其高則高高而至卑 只卑卑而度其卑則卑

卑而至高 高非高非卑, 卑非卑非高, 故曰天無高卑

問, 天何無上無下與

曰 君子, 試步其上下 上上上上上 上上而至下 下下下下下下 下下而至上, 來則去也 去則來也 上非上非下 下非下非上, 故 曰天無上下

問, 天有廣長與　　曰亦無廣長

問, 天有方向與　　曰亦無方向

問, 天, 若是其無幾無何 地則天中生者, 亦無幾無何與

曰 有幾有何之極體法文, 生無幾無何之天　無幾無何之天, 生有幾有何之地 地則而之焉 都是有幾有何. 數文, 若無幾何 天必有幾何 天若有幾何 地必無幾何 子非妄想, 理無逾此 君子, 若不信之 自爾大觀, 天無始終故 地有始終 天無生滅故 地有生滅 天無範圍故 地有範圍 天無防限故 地有防限, 天無善惡故, 地有善惡, 天無落端故, 地有落端, 天無色相故, 地有色相, 天無年壽故, 地有年壽 天無大小故, 地有大小, 天無高卑故, 地有高卑, 天無上下故, 地有上下, 天無廣長故, 地有廣長 天無方向故 地有方向故, 地之有有 化出天之無無中,

人亦地也 其法如天大運 他族 其事如地 君子, 請今之鵲巢 比古之鵲巢而觀之

經之第三章　運極小說

運者 天運也, 天機之運轉循環度曰運極 地運之年建日時 物運之生長老死 天機之無的上, 有的運之大運中小運也, 人運之 平否泰休 世運之文野治朴 天機之無的中有的運之大運中小運也

天機之旋　表地輪之轉而度之, 地運之自轉, 二百○五萬三千一百二十五度 卽天機之一小旋 運之一會, 自轉 一千六百四十二萬五千度 卽天機之一自旋, 運之一原, 地輪之公轉 一百四十四萬度 卽天機之一公旋 運之一建公轉, 二千三百○四萬度 卽天機之一大旋 運之一極,

天機之一小旋 地輪之一會轉 運之一會 地之五千六百二十五年 天機之一自旋, 地輪之一原轉, 運之一原 地之四萬五千年, 天機之一公旋 地輪之一建轉 運

之一建, 地之一百四十四萬年, 天機
之一大旋, 地輪之一極轉 運之一極
地之二千三百〇四萬年. 天運之會之
八日一原, 原之三十二日一建, 建之
十六日一極. 一會者 天年之一時 一
原者 天年之一日 一建者 天年之一建
一極者 天年之一年 八建終之天機換
軸, 如四建終之地輪換軌也,

天者 無的機 故 其輪, 萬度斡換,
其旋, 如常無窮, 地者 有的機, 故 其
軌之換, 比當一極, 其轉, 不常有窮,
塊體必破散 其散分之 更作星塊 法眼中所必觀

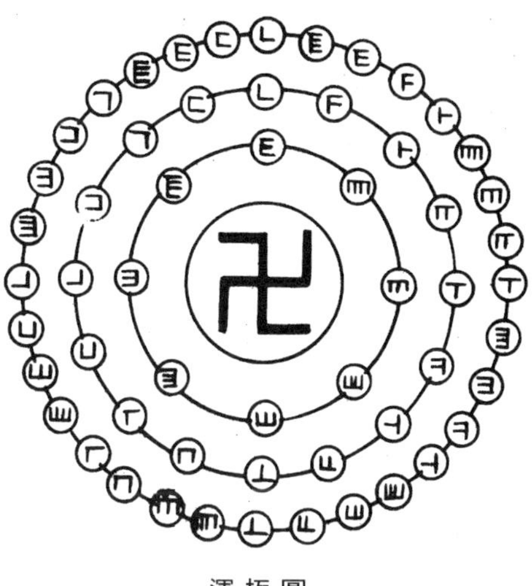

運極圖

天機 左右旋, 故 世運人運 左而右之, 地輪 右左轉, 故 地運物運 右而左之
左右旋者 正極之 ⋿⋿ ⊔⊔ ∃∃ ⫫⫫ 之運, 右左轉者 卡極之 ⫫⫫ ∃∃ ⊔⊔
⋿⋿ 之運 運之往復 物之縱橫, 都只是八元之左之右之也,

按運極之圖 運之開之極頭 ⋿ 也 塞之極終 ⫫ 也 極中極, 天之機之極, 次之
極, 運之會之極 極外極運之原之極 次之極 運之建之極 極之全體 極運之極之
極之之極 一刹浮塵 風前舞

極中極之一度八分度之一 次之極之一圈極, 是一會 次之極之一極 一回, 極
外極之一圈極, 是一原 極外極之一極 一回, 次之極之一圈極, 是一建, 次之極之
一極 一回 是一極 極之槪度 觀左之天運曆,

天 運 曆 一 極

	一 原	地 年
一會 ⋿	八十七數八分數之七有一	五千六百二十五年
二會 ⋿	一百七十五數八分數之六有二	一萬一千二百五十年

三會彐　二百六十三數八分數之五有三　　　一萬六千八百七十五年

四會彐　三百五十一數八分數之四有四　　　二萬二千五百年

五會山　四百三十九數八分數之三有五　　　二萬八千一百二十五年

六會屾　五百二十七數八分數之二有六　　　三萬三千七百五十年

七會𠃌　六百十五數八分數之一有七　　　三萬九千三百七十五年

八會𠃌　七百〇三數八分數之一有八　　　四萬五千年

一建　　　　　　　　　地 年

一原乚　　七百零三數八分數之一　　　四萬五千年

二原匚　　一千四百〇六數八分之數二　　　九萬年

三原彐　　二千一百〇九數八分數之三　　　十三萬五千年

四原彐　　二千八百十二數八分數之四　　　十八萬年

五原𠃋　　三千五百十五數八分數之五　　　二十二萬五千年

六原𠃌　　四千二百十八數八分數之六　　　二十七萬年

七原彐　　四千九百二十一數八分數之七　　　三十一萬五千年

八原彐　　五千六百二十五數八分數之八　　　三十六萬年

九原𠃌　　六千三百二十八數八分數之一　　　四十萬五千年

十原山　　七千〇三十一數八分數之二　　　四十五萬年

十一原山　七千七百三十四數八分數之三　　　四十九萬五千年

十二原屾　八千四百三十七數八分數之四　　　五十四萬年

十三原厂　九千一百四十數八分數之五　　　五十八萬五千年

十四原冂　九千八百四十三數八分數之六　　　六十三萬年

十五原𠃌　一萬〇五百四十六數八分數之七　　　六十七萬五千年

十六原𠃌　一萬一千二百五十數八分數之八　　　七十二萬年

十七原⊥　一萬一千九百五十三數八分數之一　　　七十六萬五千年

十八原山　一萬二千六百五十六數八分數之二　　　八十一萬年

十九原山　一萬三千三百五十九數八分數之三　　　八十五萬五千年

二十　　原山　　一萬四千〇六十二數八分數之四　　九十萬年

二十一原ㅓ　　一萬四千七百六十五數八分數之五　　九十四萬五千年

二十二原ㅋ　　一萬五千四百六十八數八分數之六　　九十九萬年

二十三原ㅌ　　一萬六千一百七十一數八分數之七　　一百三萬五千年

二十四原ㅌ　　一萬六千八百七十五數八分數之八　　一百八萬年

二十五原丁　　一萬七千五百七十八數八分數之一　　一百十二萬五千年

二十六原ㅠ　　一萬八千二百八十一數八分數之二　　一百十七萬年

二十七原ㅔ　　一萬八千九百八十四數八分數之三　　一百二十一萬五千年

二十八原ㅖ　　一萬九千六百八十七數八分數之四　　一百二十六萬年

二十九原ㅏ　　二萬〇三百九十數八分數之五　　一百三十萬五千年

三十　　原ㅑ　　二萬一千九十三數八分數之六　　一百三十五萬年

三十一原ㅐ　　二萬一千七百九十六數八分數之七　　一百三十九萬五千年

三十二原ㅒ　　二萬二千五百〇〇八分數之八　　一百四十四萬年

一極　　　　　　　　　　　　　地 年

一建ㄴ　　二萬二千五百數　　一百四十四萬年

二建ㄷ　　四萬五千數　　二百八十八萬年

三建ㄱ　　六萬七千五百數　　四百三十二萬年

四建ㄱ　　九萬數　　五百七十六萬年

五建ㅗ　　十一萬二千五百數　　七百二十萬年

六建ㅂ　　十三萬五千數　　八百六十四萬年

七建ㄱ　　十五萬七千五百數　　一千〇〇八萬年

八建ㄲ　　十八萬數　　一千一百五十二萬年

九建ㅗ　　二十萬二千五百數　　一千二百九十六萬年

十建ㅛ　　二十二萬五千數　　一千四百四十萬年

十一建ㅓ　　二十四萬七千五百數　　一千五百八十四萬年

十二建ㅋ　　二十七萬數　　一千七百二十八萬年

十三建丁　　二十九萬二千五百數　　　　一千八百七十二萬年
十四建冊　　三十一萬五千數　　　　　　二千〇〇十六萬年
十五建卜　　三十三萬七千五百數　　　　二千一百六十萬年
十六建戸　　三十六萬數　　　　　　　　二千三百〇四萬年

凡五百十二原又千運 凡五十一萬二千週也

運極之度 大抵如是 一極則天之一年 吾地星之一壽始終, 大主之小四事在此 若大四事 則極體內之沒了始終 吾地與極體始終之大事小事 將入他經 而可悉其概

經之第四章　　景極小說

景者 運數之天 天運之循環, 無往不復 無事不應 景生於其中 於人之禍福得失 始終是 無不景之所幹涉者也

景有正景橫景 正景者 天理 橫景者 天數 天理獨不能於人事, 天數亦獨不能於人事 故 天理之天 不能不聽天數之天, 天數之天 不可不從天理之天

命人事於善善者 天理順命而善善者 福而以慶以樂 反命而惡惡者 禍而以譴以罰者 天數也, 命人事於惡惡者 天數順命而惡惡者 警而以譴以罰 反命而善善者 勸而以慶以樂者 天理也, 天理則景之德 天數則景之行 景之德 無善無惡 故 於理之人事 有善無惡, 景之行 有善無惡 故 於數之人事 有善有惡 斯也 可知景之正橫. 人也得數理之合德其命 吉泰 吉泰者 福, 失其合德者 其

景極圖

命 凶否 凶否者 禍, 福則自之德行合德者之所得也 禍則自之德行失德者之所取
也

只自德, 單得天理者 偏德而不行, 只自行單得 天數者 偏行而不德 德而不行
者 天福 行而不德者 人俗天福者 致呆人俗者 易失 大福若不得 致呆吾寧取也
易失 吾不取也

欲福而不欲禍 人之常情, 咨爾世人, 欲遂常情 只務修德立行 不趨不德不行
之地, 不德不行者 數理如網 不容得脫也 然天理 德也, 故 隱乎天而人之去, 稍
遠天數行也, 故 現乎世而人之交, 至密, 故天理猶或避之 天數不可避也

人之不德者 神以罪之 人之不行者 神人共罪 行以不德者 神且罪之, 德以不
行者 人孰罪之, 人乎人乎 恢恢景網愼之戒之.

古哲 曰 天有不測風雨, 人有朝夕禍福, 天有不測風雨者, 天理也 人有朝夕
禍福者 天數也 不測風雨之天 實有所測, 旦夕 禍福之天 實無所測,

按景極之圖 極中極 人之極次之極 年之極 極外極 理之極 次之極 數之極 年
之極之一極, 一回循旋, 數之極之分極, 一度移位 數之極之一極, 一回循旋 理之
極之分極 一度移位 理之極之一極 一回 循旋 數之極 八回循旋 年之極 六十四
回循旋 故六十四年爲一景週也

外極線之八小圈 景之八理也 次極線之八小圈 景之八數也 再次極之八小圈
年之八建也, 建之極 自ㅠ至ㅌ 數之極, 理之極 自ㅌ至ㅠ 字次則數理極相同 旋
方則建數極相同

理之極 從天機之旋 行之左右 數之極, 年之極 應地輪之轉 行之右左 其反對
行行之道, 數理相値之符曰己, 其相値之度, 一景之週間 有六十四巳, 一巳應一
年 故人事之數 每年變通平否泰休 旦夕不測

而觀左之六十四己之列書 每符下註脚之算則 理則以母數 數則以子數 相乘
其積曰 其己之數, 其數逢窮數而生人之事, 逢歲符生年之事 斯裏每年之天事世
事 擧槪秘藏 毫兒無不中 人欲透見其秘 先有觀算之法 若人知其法 於道必有 妨
故姑爾秘之

六十四己 (橫 看)

卦	數	卦	數	卦	數
EE玄逐	十三	∃山京婁	一三五	山∃凌宥	一八六
EE玄胄	十四	∃∏京遇	一五〇	山∃凌后	二四六
E∃玄宥	三一	∃∏京苟	一六二	山山凌孚	二一〇
E∃玄后	四一	∃E宮逐	五二	山山凌婁	二七〇
E山玄孚	三五	∃E宮胄	五六	山∏凌遇	三一八
E山玄婁	四五	∃∃宮宥	一二四	山∏凌苟	三二四
E∏玄遇	五三	∃∃宮后	一六四	∏E戒逐	九一
E∏玄苟	五四	∃山宮孚	一四〇	∏E戒胄	九八
EE乔逐	二六	∃山宮婁	一八〇	∏∃戒宥	二一七
EE乔胄	二八	∃∏宮遇	二一二	∏∃戒后	二八七
E∃乔宥	六二	∃∏宮苟	二一六	∏山戒孚	二四五
E∃乔后	八二	山E鼎逐	六五	∏山戒婁	三三五
E山乔孚	七〇	山E鼎胄	七〇	∏∏戒遇	三七一
E山乔婁	九〇	山∃鼎宥	一五五	∏∏戒苟	三七八
E∏乔遇	一〇六	山∃鼎后	二〇五	∏E干逐	一〇四
E∏乔苟	一〇八	山山鼎符	一七五	∏E干胄	一一二
∃E京逐	三九	山山鼎婁	二三五	∏∃干宥	二四八
∃E京胄	四二	山∏鼎遇	二六五	∏∃干后	三二八
∃∃京宥	九三	山∏鼎苟	二七五	∏山干孚	二八〇
∃∃京后	一二三	山E凌逐	七八	∏山干婁	三六〇
∃山京孚	一〇五	山E凌胄	八四	∏∏干遇	四二四
				∏∏干苟	四三二

景極循旋之度, 如是不避不犯 於天世也 萬事之放收縱橫 平常敏率 天經不
紊, 世波不沸 正道大建, 正道大建則 天地建, 人族建, 古今建, 世事建, 家國建
是建之大機軸 只人, 人使建則建 人不使建則不建 爭奈吾之地 自人生以降哲夫

大傑, 而或降生 眼力未及大宗 只以虛影空想 文之法之 自謂天子, 神聖, 世尊, 救主 欺迷族而驅之 作野習而行之妄 自尊而嘯人爲我 獨肥其身 獨享其譽 曰道 曰宗 只以瞞術爲敎 然而立門者, 比比有之 各曰我右彼左 爭黨瞞嘯, 日益滋甚 道亦然與 宗亦然與 天無二道 宗何多門 子, 斯 無要誅他, 只止呟呟微笑, 斯的 野習, 來來尤熾 魑魂魍魄 敷慣于天 天乃不經不緯 數理失機 天世不治, 迨其久 今兮, 噫及今 道藏法沈 天綱不理 綱下人事, 安能自正 體理則否, 用數則泰 善 者不福 惡者不禍 是數之失理故也

數理 不止相失, 亦有相勝 理之勝數 事事皆正數而非正理也 數之勝理 事事 皆橫數而非正數也. 數理相勝故 人事亦相勝, 相勝曰競爭 釋徒 耶徒 作肉泥 天 道賊魁, 吹砲烟 商湯周武, 名伐罪 漢祖奈翁, 冒血雨 洋海洶湧 活蟹囊

以正義大家之事 論之 救亂誅暴 濟弱扶傾 義之所當爲 單刀匹馬 攻破桀城 紂門 以柔弱 能勝剛强 是理之勝數故也, 以政權家之事 論之 道國 不以其道 以 淫政亂法 蔑紀斁網 有暴官虐吏 殘賢賊民 其國雖欲長存 不亡者未之有 是亦理 之勝數故也

以信仰家之觀 論之, 善者, 個個福 惡子, 個個禍 理之所當然 善者不特福 惡 者不特禍 是數之勝理 故也

以哲學家之觀 論之, 卜卦之吉凶, 卜地之吉凶 卜日之吉凶, 皆是虛妄 理之 所當然 其吉凶 有或中之 是亦數之勝理故也

數之勝理 人慣之所勝天 故 今之天數 不可謂天數, 當可謂慣數 所謂全之元 符者, 人自罹於慣數之網 不敢自由 吾甚憫此 吾甚羞此

人若脫魔則 雖在慣數萬障之中, 不爲其魔之所拘 人常不脫魔而不脫慣數之 障 禍必交至 惟人, 如欲脫魔 淸心辟魔 須臾不忘

可畏者, 人不脫魔 天不勝慣, 理不勝數, 天中世界, 幻作殺海世界 殺海之洶 湧中 魚魚相食 其光慘酷 其聲嚘噁 人孰耐觀哉 人孰忍聽哉

於斯 全不默然 笑來 以正道大法 化而濟之 使海不洶湧而其波澄淸 使魚不 相食 而其居安樂 是曰太平 太平之居 萬世一家

經之第五章　行極小說

　行者 九行 萬物之原品本素 五品之生成性格 故 一物之生 一品之成, 總是九行之合德合行.

　按 行極之圖 上之圖 則外極圈萬物之性之天, 次之極 萬物之質之地 中之極 萬物之體之物 天之四奇行, 四之合 成四偶行, 是之四偶行 四之合成一體物 此則天爲地 地爲物者矣,

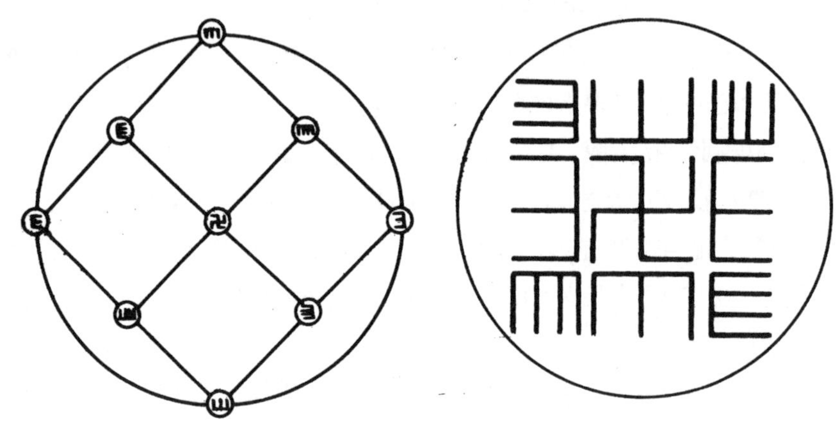

圖極行

　一以看之 外之極 理也 次之極 氣也 中之極 地也 理氣, 會於地上 物自生成者矣,

　一以看之 外之極 氣也 次之極 物也 中之極 地也 氣合則物成 物則無不居地者矣,

　一以看之 外之極 水火也 次之極 土木也 中之極 金也, 土也, 金受水火以性之 得木土以質之 借土以居之者矣,

　元之行之 ㅌㅋㅛㅙ生周生亨貞之性 物之德, 物之生, 是也

　ㅌㅋㅛㅙ, 成潤固蒸利之質 物之行, 物之成是也

　卍持容定之體 容物之而德而生 定物之而行而成 容者理之分之奇的之德 定者物之合之偶的之行,

曰ㅋ山Ⅲ 輕虛通明, 稟萬物之性理 又一奇萬分 持萬物之分體
目ㅋ山Ⅲ 重實健全 備萬物之體質 又萬偶一合 持萬物之合體 卍 四通四塞
持八元奇偶之本機 許萬物分合之本地, 故 萬物, 各得元之九分然後完成一物

下之圖則元一生周也 周重則潤 潤極而變則生 生重則固 固極而變則亨 亨重
則蒸 蒸極而變則貞 貞重則利 利極而變則更周也 容定 是重是極 而容而定者是
八建之迭代極 五品之生成極.

一以看之 卍 五品之生成天, 容定地 水生成於下弓而容定之, 木生成於左弓
而容定之 火生成於上弓而容定之 土 生成於右弓而容定於中弓 金生成於中弓而
容定於右弓 於生成 卍 是天也 於容定 卍 是地也,

一以看之 外極圈 一天也 次之極 萬物也 中之極一地也 大抵萬物, 以萬樣萬
數, 居於天地地間 各自托一地而仰一天,

一以看之 上之圈圖 八行之合來天 萬物之生成地, 是則王 格, 卍之乙乙的,
下之圖八行之生成天, 五品之容定地 是則卡格, 卍之弓弓的盖九行, 五品之理
作, 五品 萬物之性行, 凡地上之天然的巨細縱橫這物物 皆是五品之性 五品之
行, 五品之質, 於世之五品生成也 周生亨貞容 其生之德 潤固蒸利定 其成之行
五品之德萬物之生 五品之行, 萬物之成,

Ⅲ 數之七, 水之德也, 其德尙周 其
行下啓 其德行合之所生者, 水之生,
水之生也 於萬物因泡始生

Ⅲ 數之八, 水之行也, 其德尙潤 其
行下通 其德行合之所成者, 水之成,
水之成也 於萬物因泡始成

ㅋ 數之三, 木之德也, 其德尙生 其
行左啓 其德行合之所生者, 木之生,
木之生也 於萬物因子始生

ㅋ 數之四, 木之行也, 其德尙周 其
行左通 其德行合之所成者, 木之成,

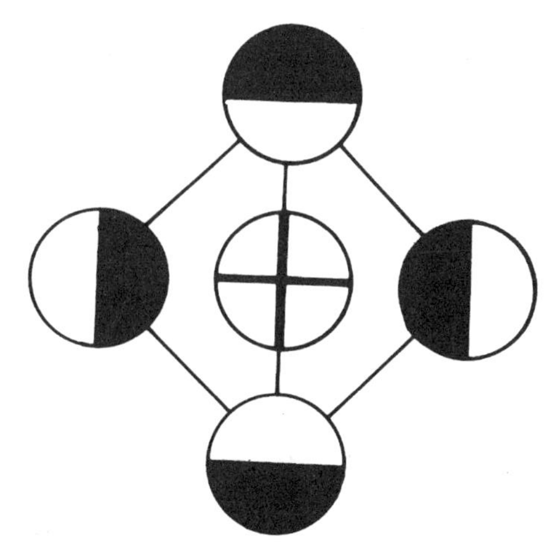

五 品 圖

木之成也 於萬物因子始成

山 數之五, 火之德也, 其德尙亨 其行上啓 其德行合之所生者, 火之生, 火之生也 於萬物果泡始生

山 數之六, 火之行也, 其德尙蒸, 其行上通 其德行合之所成者, 火之成, 火之成也 於萬物果泡始成

弖 數之一, 金之德也, 其德尙貞 其行右啓 其德行合之所生者, 金之生, 金之生也, 於萬物果子始生

弖 數之二, 金之行也, 其德尙利 其行右通 其德行合之所成子, 金之成, 金之成也, 於萬物果子始成

卍 數之九, 土之體也, 其德尙容定 其行 四啓通 其德行合之所成者, 土之世 土之世也 其四品生成之本地.

斯則 五品率成 是萬物之普性普質, 物之色 五品之合色 物之聲 五品之合聲 物之味 五品之合味 物之重 五品之合重, 物之力 五品之合力 物之臭 五品之合臭也,

九行之極 有五品之作數之理 金 一二也 木 三四也 火 五六也 水 七八也 土 九也,

又土 一二也 木 三四也 金 五也 火 七六也 水 九八也, 一之數 五品世居之數也 二之數 五品生天之數也, 然而世之用 用世居之數, 又有五品作人之理, 金 人也 木 獸也 火 鳥也 水 魚也 土 虫也 是曰五族 五族者 地與物之主 也,

五品, 又有所生 水生汽凉 木生風溫, 火生電熱, 金生霜寒, 土生四調 是曰九徵 九徵 生於曆文之上 作天氣年事之預兆

五品, 應行之啓通 有上下左右之虛實 水下實 火上實, 木左虛 金右虛 土四虛四實, 五品之說 閱左而詳悉之,

水生於𭅾, 成於𭅾者 應𭅾之行 天以啓地, 得之行 上以通下 其性之周𭅾之德 其質之潤𭅾之德, 其居之方地之下,

故 水下實 水之塵濁 沈滓於下 深深益其力大 其色黑 下周 以周物之生 下潤 以潤物之成 花長竹苞 是亦水之功

木生於ヨ, 成於ヨ者, 應ヨ之行 地以啓天 得ヨ之行 右以通左 其性之生 ヨ之德, 其質之固 彐之德 其居之方 地之左,

故 木左虛 左 天也, 上森, 呼酸分放天 右地也, 下森, 吸養於地 木之最望 根之實, 右生以生物之生 右固以固物之成 人生風作 是亦木之功,

火 生於山, 成於山者 應山之行 下以啓上 得山之行 地以通天 其性之亨 山之德 其質之蒸, 山之德 其居之方 地之上,

故 火上實 火之其歲 其上益熱 其形 其下稍虛 上亨, 以亨物之生 上蒸, 以蒸物之成 汽升雲消 是亦火之功,

金生於卍 居於ΕΕ者 應Ε之行 左以啓右 得Ε之行 地以通天 其性之貞 Ε之德 其質之利Ε之德 其居之方地 之右,

故 金右虛 右 天也, 得天之水火之虛明 生其腋質 左地也, 得地之木土之重實 成其固質 觀金之體質 其生成, 建天地 四品之中位 右貞以貞物之生 右利以利物之成 雪白松蒼 是亦金之功

土生於Ε, 成於Ε 居於卍者 得卍之行 四啓四通 應卍之德 性以容質以定 其居之方 地之中也,

故 土四虛四實, 四虛以容四品之生 四實 以定四品之成 萬物之動 土德之所以容也 萬物之靜 土德之所以定,

水者 萬物之性, 木生其素 火 通其性 金 成其質 土 容其地 周潤充得七行之共周合資也 雨滴滴河海深,

木者 萬物之質 水生其氣 火 通其脉 金 成其質 土 供其質 定其地 生固, 充得七行之共周合質也 山靑靑原野茂,

火者 萬物之氣 水 亨其性 木 資其生 金 養其氣 土 容其地 亨蒸充得 七行之共周合質也 地不白夜不黑,

金者 萬物之體 水 備其性 木 成其質 火 養其脉 土 供其資 定其地 貞利 充得七行之共周合資也 銀自白銅自黑,

土者 萬物之宅 水涵其性 木 潤其燥 火 蒸其濕 金 補其質 容定, 得八行之共周合資也 山自高野自底.

九行中 周潤之元, 亨蒸之元 其格奇, 故 水 火 持奇體而虛明 生固之元 貞利之元 其格偶, 故 木 金 持偶體而實濁 水 火 物之性 木 金物之質 土 物之所也. 五品, 應行之元之變作 亦有變作 水翻而作火 火倒而作木 木反而作金 金覆而作水 是以 相有迭代 水迭則木代之 木迭則火代之 火迭則金代之 金迭則水更代之 土 分代四迭 溫寒之迭代, 陰陽之迭代, 旱雨之迭代, 盖此五品之迭代也,

九行, 各率其行 五品 相資其品 而之以成萬物 而之以成四時 而之以成歲符 於人之居 其功, 頗莫大焉

經之第六章　太極小說

太者 物之太因太果也 天之太因 地之太果, 是萬物之所以生成, 所以分合者也,

子眼哲 觀物之因果, 太因者 萬物之極父母, 太果者 萬物之極顆子, 極父母 極無天, 極顆子 極有地 極無天, 極有地 是太極之中外極

按太極之圖 極外極 白天, 一神之運化極 次之極 玄天 一理之自然極 再次極 蒼天 一氣之成素極 極中極 黃天 五品之成物極 又五族之生活極 曰赤天, 白天則行之天, 渾渾融融流流然稍稍 合 至玄天而成八行之位 更流流然至蒼天而成五品之父母 更流流然至黃天 而成五品之實體 更作五族之血機 以成赤天 是之五天 萬物一生之始中終天, 天生萬物 八行五品之理 五品之應八行 互無失理反應, 八元之八行父母 八行之五品父母 五品之五族理應, 率得理應 黃天赤天, 於黃於赤. 極外八元之四父母生四顆子 二父母生二顆子 一父母生一顆子之

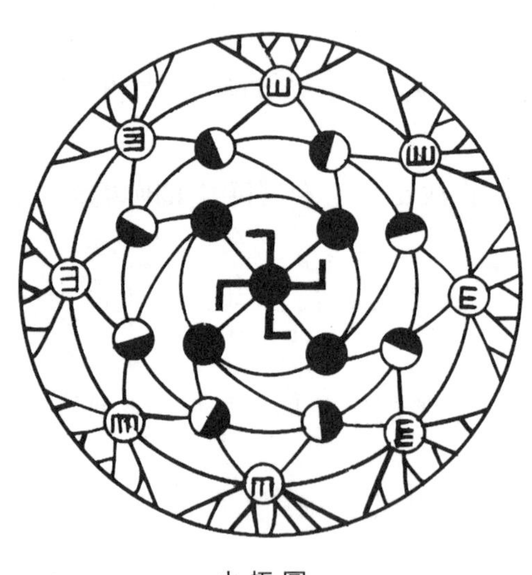

太極圖

他之一父母, 生一顆子之

⊓ 他之一父母生一顆子 ⊓ 他之一父母生一顆子之 E 他之一父母生一顆子之 E 他之一父母生一顆子之 ∃ 他之一父母生一顆子之 ∃ 他之一父母生一顆子之 山 他之一父母生一顆子之 山 斯他八行 始成萬物, 祖此岸而孫於世,

八行, 各分 生成五品之父母⊓也, 兩分 生水父之父, 土母之母E也, 兩分 生土父之父, 火母之母山也, 兩分 生火父之父木 母之母∃也, 兩分 生木父之父 水母之母 此五品之半父母始生,⊓也, 兩分 成水母之父, 水父之母E也, 兩分 成土母之父, 土父之母山也, 兩分 成火母之父, 火父之母∃也 兩分 成木母之父, 木父之母 此五品之全父母是成 故 一水之生成 ⊓⊓∃ 其初父母也 一木之生成 ∃∃山, 其初父母也, 一火之生成 山山E, 其初父母也 一土 之生成 EE⊓, 其初父母也 一金之生成 水火木土, 其父母也, 五品之金 同三位之人也

五族之生成 五品之所稟 其所稟人者 金也 其所稟獸者 木也 其所稟鳥者 火也 其所稟魚者 水也 其所稟虫者 土也

外極之極無無 中極之極有有 萬物之極分奇, 極之偶 極分奇之八元, 生極合偶之五品, 八行之 五品, 生萬父母之一顆子

萬物之世有極 其之一生 各終分歸天無之地, 五品地一顆子, 分歸四父母, 四父母 分歸八行, 八行分歸 三十二父母 父母之三十二, 八行之各八行, 各八行 八元,

地之水, 分水之歸 一父母 分二父母 一父一母 歸 ⊓ 一父歸⊓ 一母歸 山 木之一父, 一母歸 ∃ 一父歸 ∃ 一母歸 ⊓ 土之一父, 一母歸 E 一父歸E 一母歸 ∃ 火之一父, 一母歸 山 一父歸山 一母歸 E 金之一父, 一母 歸 ⊓⊓山山 一父一母歸 EE∃∃ 其歸盡頭 玄天

玄天 八行地 八行分之六十四 萬物之極 分天之萬父母 八行合之四又一 萬物之極合地之一顆子 極分 萬物之明日合, 極合 萬物之明日分 極合則更分 極分則更合 太極之一機作用,

萬物之天以來 萬分因之稍稍合, 萬物之地以去, 一合果之稍稍分 萬物之一世始終 都是合合來分分去, 瞻彼山野 萬樹花 萬草葉, 而作繁界一世, 明日更瞻

花何去葉歸無, 仰瞻彼蒼中 萬花萬葉, 如地然在 在明日在更瞻 萬花萬葉, 那方去 俯瞻黃天上 萬花萬葉 如天然又在在,

天花天葉之昨日天 今日地 今日地明日天 是小太極 一輪機之兩方轉 一輪之轉轉來 收收來 天花天葉 一輪之轉轉去 散散去 世花世葉 花開葉落 只個一輪之轉換軌也,

我亦太極 生者, 其因 八元天 其果 五品地 其因 其果之其距長短, 其壽之長短 其果之大小 其因之大小, 我壽我果 那得知幾何長幾何大之定限 我壽之長 我自長焉 我果之大 我自大焉,

我之五族 其性, 皆一也 其因, 相不同, 故 其果亦不同 生世之萬樣差別

性則渾是一團, 玄天上下 流流蕩蕩 逢人之因則來地而成人之果 逢獸之因則來地而成獸之果 逢鳥之因則來地而成鳥之果 逢魚之因則來地而成魚之果 逢虫之因則來地而成虫之果 人之因 全心一片 四族之因 行元四分

人 太極之原體 其性 八元, 其身 五族 以性之圓 用八行之渾融 以身之方 用五品之成 有主於四族而立地 小個峭立一的人之性身 係其距也, 甚遠而最近, 全送 一片心 心來自天而得神分 至玄天而得 巳ヨ凵冂 是之虛明輕淸 成靈慧的性一團 又得 巳ヨ凵冂 是之實混重濁, 成健活的身一塊, 性身, 密符作一人之全體 占物府中最高位 行正卡間最大事, 自我溯古觀, 我之今日我 極古以降 幾萬父幾萬母之一顆子 今日幾萬明日億億人 我顆子之更父母之一顆子,

大主 萬父母之獨父母, 我, 萬父母之獨顆子, 獨父母 最崇拜, 極敬奉, 我之原本內責任 獨顆子 最貴重極愛育, 大主之初料中本情, 試問 我何是奇幸特福 獨作大主之最貴重 極愛育之獨顆子, 我因全之心, 故 我, 拜全 奉 全 極敬信極致誠 全育我愛我 極恩賜, 極貴恤然 則至聖大雄 是我人, 世界古今 是我魂 雷鼓風震 是我手 山神水靈 是我役, 反則牛馬狗豚, 是我身 蚊蠅蝎蚤 是我友 魖窟魍巢 是我居 啼飢呼寒 是我活 可恐 我不可不與 全親

經之第七章　　符極小說

符子 歲符也 歲周度 曰符極, 觀九行五品之上下, 相値命每年之名號 以建元

元年爲始, 元年卽 笑來 以大主元允 建宗得符之是年,

　按 符極之圖 極中極 地之極 次之極 年之極 極外極 週之極 極中極 一回循旋, 卽次之極之分極一度, 五回循旋 卽 次之極之一回循旋 其間 單五年 次之極, 一回循旋 卽 極外極之分極一度 九回循旋卽極外極之一回循旋 其問 四十五年, 單五年曰一小週 四十五年曰一大週 大週者 人之半世也,

　週之極 旋之左右 年之極 旋之右左 其左右 旋之道 行品相值成符, ㅌ水, 相值 週之首年 卍土 相值 週之末年 又明年 ㅌ水也

　每年之歲符 週景之己而成年事 元年則 ㅌ水 遇玄遂, 四十五年 則卍土 遇凌孚 六十四年則 ㅋ金, 遇干苟, 二千八百八十年則 更ㅌ水, 遇玄遂 首符首己之再遇之其間, 週之往復, 六十四回, 己之循旋, 四十五回也, 故 二千八百八十年 曰一運.

　歲符則是歲父歲母, 行爲父 品爲母, 是行是品, 亦在於日符 爲日父日母 歲事日事, 只是父是母之所之生者也,

　歲父 爲時德, 歲母 爲時行, 德稟人之男, 行稟人之女, 男之體 奇, 女之體 偶, 故男得兩偶而成其年 生年十六 精分 始合, 九 日一度, 天虫始結, 女得兩奇而成其年 生年十五 精血始通 五日一度 月宮 一開,

　而作歲符之算 歲父 以子數 歲母 以合數相乘 乘己之本數 其積, 當年之數也,

　當年之數 年年相別 過一運 然後 其算, 甫值今書之算 其多 複之算 經文不可盡述, 故 其全 故待後哲之算悉 此章 只得一週 之符 列書於左, 其每符之註脚 非但算解中出來者, 亦神秘的降 訣, 只以理算難解其秘,

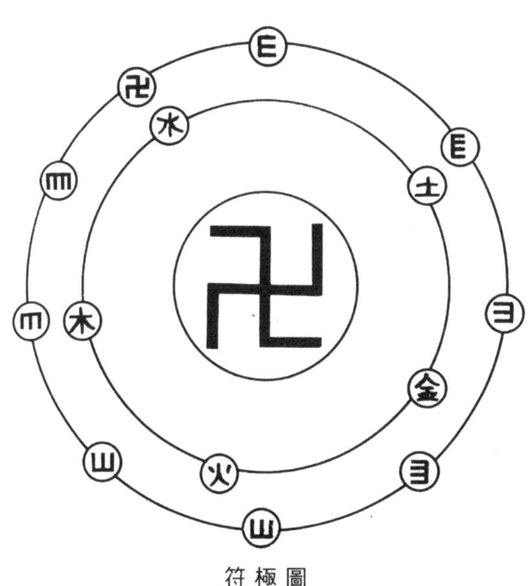

符 極 圖

☲水 金德得水, 小乘 一九五, 己逢玄邌 大乘, 二五三五,
人居首府 鳥獸相親 魚開水國 龍圖大位

☲木 金德得木, 小乘, 九一, 己逢玄胃, 大乘, 一二七四,
人體合德, 魚獸越境, 老羊入罟, 拜虎乞救,

☲火 金德得火, 小乘, 一四三, 己逢玄宥, 大乘, 四四三三,
四獸皆出, 失所奔走 鳳入丹山, 生雛九五,

☲金 金德得金, 小乘, 三九, 己逢玄后, 大乘, 一五九九,
人鳥交友, 兩虫結社, 僧歸山寺, 落日蒼蒼,

☲土 金德得土, 小乘, 一一七, 己逢玄孚, 大乘, 四〇九五,
獸望登月, 虫鳥相食, 蛇登枯木, 回頭盤桓,

☳水 金行得水, 小乘, 二一〇, 己逢玄婁, 大乘, 九四五〇,
一虫移位, 獸立鳥翔, 鰵入龍宮, 門鎖九重,

☳木 金行得木, 小乘, 九八, 己逢玄遇, 大乘, 五一九四,
鳥飛逼人, 蟲獸失所, 虎入巖穴, 免下春郊,

☳火 金行得火, 小乘, 一五四, 己逢玄苟, 大乘, 八三六一,
魚躍獸立, 人困鳥降, 鳥子至孝, 反哺其母,

☳金 金行得金, 小乘, 四一一, 己逢乑邌, 大乘, 一〇九二,
兩人升降, 一虫欲飛, 道者不遇, 釣于東海,

☳土 金行得土, 小乘, 一二六, 己逢乑胃, 大乘, 三五二八,
獸鳥登爭, 人降魚界, 靑蛙隔葉, 朝露垂玉,

彐水 木德得水, 小乘, 四六五, 己逢乑宥, 大乘, 二八八三〇,
魚侵人界, 獸亦失友, 大雨滂沱, 降魚縱橫,

彐木 木德得木, 小乘, 二一七, 己逢乑后, 大乘, 一七七九四,
人魚相待, 虫食困獸, 客犬吠主, 荒楓孤村,

彐火 木德得火, 小乘, 三四一, 己逢乑孚, 大乘, 二三八七〇,
人獸入宮, 魚隊登躍, 鶯飛山澗, 綠陰寂蓼,

彐金 木德得金, 小乘, 九三, 己逢乑婁, 大乘, 八三七〇,

魚占兩宮, 一獸自守, 仙在深山, 採藥雲中,

彐 土 木德得土, 小乘, 二七九, 己逢忝遇, 大乘, 二九五七四,

虫交人鳥, 魚獸相食, 黃蛇出林, 世皆疑龍,

彐水 木行得水, 小乘, 六一五, 己逢忝苟, 大乘, 六六四二〇,

鳥登獸立, 人失友所, 小鰤隱波, 月印江面,

彐木 木行得木, 小乘, 二八七, 己逢京遂, 大乘, 一一一九三,

人拓遠疆, 虫獸相逼, 虎驚野火, 妥尾喘息,

彐火 木行得火, 小乘, 四五一, 己逢京冑, 大乘, 二八九四二,

魚虫犯人, 竄獸從人, 鷄入桑塒, 夜深風微,

彐金 木行得金, 小乘, 一二三, 己逢京宥, 大乘, 一一三三九,

人立獸列, 虫歸本宮, 大將登坍, 號令三軍,

彐土 木行得土, 小乘, 三六九, 己逢京后, 大乘, 四五三八七,

獸登魚立, 鳥獸相爭, 蛙蟄土內, 以待春雷,

山水 火德得水, 小乘, 五二五, 己逢京孚, 大乘, 五五一二五,

一鳥占人, 人鳥相乘, 魚立風靜, 星滿江天,

山木 火德得木, 小乘, 二四五, 己逢京婁, 大乘, 三三○七五,

獸立一登, 魚立鳥離, 猛虎出林, 吼聲如雷,

山火 火德得火, 小乘, 三八五, 己逢京遇, 大乘, 五七七五〇,

鳥登一飛, 魚隊出境, 鶴信天長, 任意翺翔,

山金 火德得金, 小乘, 一〇五, 己逢京苟, 大乘, 一七〇一〇,

人立一起, 魚隊失伍, 至聖所抱, 大濟經綸,

山土 火德得土, 小乘, 三一五, 己逢宮遂, 大乘, 一六三八○,

人魚安宮, 獸鳥相爭, 蠶在繭裏, 成蛾有時,

山水 火行得水, 小乘, 六七五, 己逢宮冑, 大乘, 三七八〇〇,

獸登大宮, 魚國大昌, 龍王設朝, 群臣獻賀,

山木 火行得木, 小乘, 三一五, 己逢宮宥, 大乘, 三九〇六〇,

虫飛攻獸, 一鳥獨鳴, 飢熊下山, 揭石只見,

山火 火行得火, 小乘, 四九五, 己逢宮后, 大乘, 七○八八○,
　魚登大宮, 一登一立, 鵰在籠裡, 意松靑山,
山金 火行得金, 小乘, 一三五, 己逢宮孚, 大乘, 一八九○○,
　人復本宮, 魚虫相交, 老將出劍, 其雄可見,
山土 火行得土, 小乘, 四○五, 己逢宮婁, 大乘, 七二九○○,
　魚登人降, 虫亦不降, 老蛛登網, 只待斜陽,
川水 水德得水, 小乘, 七九五, 己逢宮偶, 大乘, 一六八五四○,
　人鳥拒魚, 鳥獸相爭, 鱸肥松江, 溪沙夕陽,
川木 水德得木, 小乘, 三七一, 己逢宮苟, 大乘, 八○一三六,
　魚飛人降, 獸鳥離交, 麟在春郊, 碧草離離,
川火 水德得火, 小乘, 五八三, 己逢鼎遂, 大乘, 三七八九五,
　魚登逼獸, 虫升鳥降, 鷺立江岸, 風雨凄凄,
川金 水德得金, 小乘, 一五九, 己逢鼎胃, 大乘, 一一一三○,
　人建競息, 獨獸自安, 群聖齊德, 法門大開,
川土 水德得土, 小乘, 四七七, 己逢鼎宥, 大乘, 七三九三五,
　魚登獸分, 虫鳥換宮, 綠蟻作陣, 上下花階,
川水 水行得水, 小乘, 八一○, 己逢鼎后, 大乘, 一六六○五○,
　人立鳥登, 一鳥又起, 鰐浪稍平, 風垂天際,
川木 水行得木, 小乘, 三七八, 己逢鼎孚, 大乘, 六六一五○,
　鳥登首府, 人鳥相爭, 虎睡初罷, 打尾雲中,
川火 水行得火, 小乘, 五九四, 己逢鼎婁, 大乘, 一三三六五○,
　人歸本宮, 獸鳥皆建, 雁陣驚霜, 叫月南飛,
川金 水行得金, 小乘, 一六二, 己逢鼎遇, 大乘, 四三○三○,
　獸占三宮, 兩宮又空, 僧入佛堂, 息鍾參禪,
川土 水行得土, 小乘, 四八六, 己逢鼎苟, 大乘, 三三六五○,
　獸鳥居空, 一登一飛, 玉蟬在葉, 欲脫金殼
卍水 土體得水, 小乘, 一三二○, 己逢凌遂, 大乘, 一○二九六○,

人登又離, 虫升鳥降, 魚有所畏, 只隱波底,

卍木 土體得木, 小乘, 六一六, 己逢凌胃, 大乘, 六一七四四,

鳥登人退, 魚出獸來, 驥在村櫪, 始遇伯樂.

卍火 土體得火, 小乘, 九六八, 己逢凌宥, 大乘, 一八〇〇四八,

魚登侵入, 獸降食魚, 鵬降北海, 只候大風,

卍金 土體得金, 小乘, 二六四, 己逢凌后, 大乘, 六四九四四,

鳥登獸立, 虫獸相爭, 志者在山, 修道靑年,

卍土 土體得土, 小乘, 七九二, 己逢凌孚, 大乘, 一六三二〇,

人立又降, 鳥登食獸, 蛇入深穴, 嚴冬江山,

經之第八章　建極小說

建者 八建 四常迭代之太極的, 八行四品, 各建自位, 自率其度建序不差, 候度分均 極之循旋卽 地之運軌也

八建者 一年之八分度也 四常者 春夏秋冬也 一建 春德 二建 春行 三建, 夏德, 四建, 夏行, 五建 秋德, 六建, 秋行, 七建, 冬德, 八建, 冬行, 冬之極而變曰春 春之極曰夏 夏之極而變曰秋 秋之極曰冬 是四常之成 一極曰建極 一建極 是一歲符也,

按建極之圖 極中極 地也 外之極 天也 極上八圈 八建, 極之左之黑文 春也 右之黑文 秋也 上之白文 夏也 下之白文 冬也,

左文之下尾 春之生 上尾 春之盡 上文之左尾 夏之生 右尾 夏之盡 右文之上尾 秋之生, 下尾秋之盡 下文之右尾 冬之生 左尾 冬之盡 是四文之尾 尾相接 卽四常

建極圖

之始終迭代也

　是極之內之四十五度之五品, 各率九日, 有一日之分度 成一年之四十行 春則水主而率之 夏則木主而率之 秋則火主而率之 冬則金主而率之 是曰年之行率 地輪之運, 轉轉不息 其運轉之度,

　比及作ㅠ 水生而德之, 率五品而經四十五度 有一度之分度

ㅠ 重而作ㅠ 水成而行之 又率五品而經四十五度 有一度之分度

ㅠ 極重始變ㅠ 變則作ヨ 木生而德之 率五品而經四十五度 有 一度之分度

ヨ 重而作ヨ 木成而行之 又率五品而經四十五度 有一度之分度 ヨ極重而始變

ヨ 變而作山 火生而德之 率五品而經四十五度 有一度之分度

山 重而作山 火成而行之 又率五品而經四十五度 有一度之分度 山極重而始變

山 變而作ㅌ 金生而德之 率五品而經四十五度 有一度之分度

ㅌ 重而作ㅌ 金成而行之 又率五品而經四十五度 有一度之分度 ㅌ 極重而始變

ㅌ 變則更作ㅠ 水 更生循轉轍而 更作 自ㅠ至ㅌ, 一年之始終 一年之日之 度 三百六十五度八分度之二也 日之度 是地轉之度 地之一自轉日 一日 地之軌 道向太陽 成楕圓形之線 地以回進動 行之是線之上 自轉 三百六十五度回進 而 地之自體八分之二 續轉則 是年之極初頭也

　以元曆觀之 凡三百六十五日 爲一年 是曰平年 平年過四個年則 零之八分之 二, 合成一日 爲三百六十六日 是曰大年 地之運轉之方, 進退南北 故 南北, 太 陽各受, 四常相反 北也, 天以ㅠ之ㅠ之 地以春德春行 南也, 天以山之山之 地以 秋德秋行 南也, 天以ヨ之ヨ之 地以夏德夏行 北也, 天以ㅌ之ㅌ之 地以冬德冬 行, 極北極南 一年之間 半晝夜 互相反對.

　地有春夏秋冬之四德 生長成藏之四行 自建地之道

　春德　德在水：春德 每年一建一日 始生 冬行之始替初頭, 吾地之南行初日
　　　　建在ㅠ：ㅠ 生水 冬行稍稍占 至一建末日 冬行始盡 始一建之一日, 北 地 日晷始稍長 一陽稍生 外春內冬. 南地 秋德 日晷始稍短 一陰初生 內夏外秋 五行幾遞, ㅠ複水重 春行必立

春行　行在水 ： 春行 每年二建一日 始立 冬行之始盡後頭, 吾地之南中對日
　　　建在ⅢⅠ：ⅢⅠ成水 自專其政, 至二建末日 其行始極 始二建之一日, 北
地 始稍和 萬化方生 內外同春 南地 秋行 氣始稍憲 萬物始成 內外同秋 五行幾
遞,ⅢⅠ橫水變 夏德必生

夏德　德在木 ： 夏德 每年三建一日 始生 春行之始替初頭, 吾地之極中對日
　　　建在ⴺ：ⴺ生木 春行 稍稍占 至三建之末日 春行始盡 始三建之一日
南北地 日夜均長. 北地 一候融蒸 外夏內春. 南地 冬德 一候爽肅 外冬內秋 五
行 幾遞 ⴺ複木重 夏行必立

夏行　行在木 ： 夏行 每年四建一日 始立 春行之始盡後頭, 吾地之北中對日
　　　建在ⴺ：ⴺ成木 自專其政 至四建末日 其行始極 始四建之一日, 北地
候始稍容 萬化方長 內外同夏. 南地 冬行 候稍剛 萬化方藏 內外同冬 五行幾遞
ⴺ翻木變 秋德必生

秋德　德生火 ： 秋德 每年五建一日 始生 夏行之始替初頭, 吾地之北進初日
　　　建在Ⅲ：Ⅲ生火 夏行稍稍占 至五建末日 夏行始盡 始五建之一日. 北
地 日晷始稍短　一陰初生 外秋內夏. 南地 春德 日晷始稍長　一陽初生 內冬外
春 五行幾 遞 Ⅲ複火重 秋行必立

秋行　行在火 ： 秋行 每年六建一日 始立 夏行之始盡後頭, 吾地之北中對日
　　　建在Ⅲ：Ⅲ成火 自專其政 至六建末日 其行始極 始六建之一日, 北地
候始稍憲 萬化方成 內外同秋. 南地 春行 候始稍和 萬化方生 內外同春 五行幾
遞 Ⅲ倒火變 冬德必生

冬德　德在金 ： 冬德 每年七建 一日 始生 秋行之始替初頭, 吾地之極中對日
　　　建在Ⅱ：Ⅱ生金 秋行 稍稍占 至七建末日 秋行始盡 始七建之一日
南北地 晝夜均長. 北地　一候爽肅 外冬內秋. 南地 夏德　一候融蒸 外夏內春
五行幾遞 Ⅱ複金重 冬行必立

冬行　行在金 ：冬行 每年八建一日 始立 秋行之始盡後頭 吾地之北中對日
　　　建在Ⅱ：Ⅱ成金 自專其政 至八建末日 其行始極 始八建之一日. 北地
候始稍剛 萬化方藏 內外同冬. 南地 夏行 候始稍容 萬化方長 內外同夏 五行幾

遞 巨 複金變 春德必生

於四常之德行 迭代 一地之運轉 八建之四品生成 一行之變易 是之運轉變易 曰 地道太極

此則 吾地星之事 他之各星塊 若成完體 四常之度 其槪如吾地星 想是必也

應年之八建 日亦有八度 一度有三時 時時積一度成 度度積一日成 日日積 一行成 行行積 一建成 建建積 一年成 年年積 一週成 週週積 一運成 此積成之間 萬物終生長老死之一世 一世 成文 野盛衰之萬事矣 年有夏冬 日有晝夜 賜吾民作休之其暇吾民利用其暇 養一世之小身 作萬世之大身

經之第九章 五極小說

五者 五族, 五族之同世自活界 曰五極 世之競爭勝敗 强弱得失 喜怒哀樂 顚沛啼笑 都只那五族之自圖生活

按五極之圖 五族各有自德自行 下之左之五極圈 五族之德 右之五極圈 五族之行 上之左之五極圈 其德之元 右之五極圈 其行之元 中之極 五族之所居地也

極外極 人之極 次之極 獸之極 再次極 鳥之極 極中極 虫之極 次之極 魚之極 五族之五極 極數之 自一至九也

以算五族之數 人一二也 一德也 二行也 獸 三四也 三德也 四 行也 鳥 五六也 五德也 六行也 魚 七八也 七德也 八行也 虫 九也 少數德也. 老數 行也 五族合之延數 一百八十九也 單數 四十五也

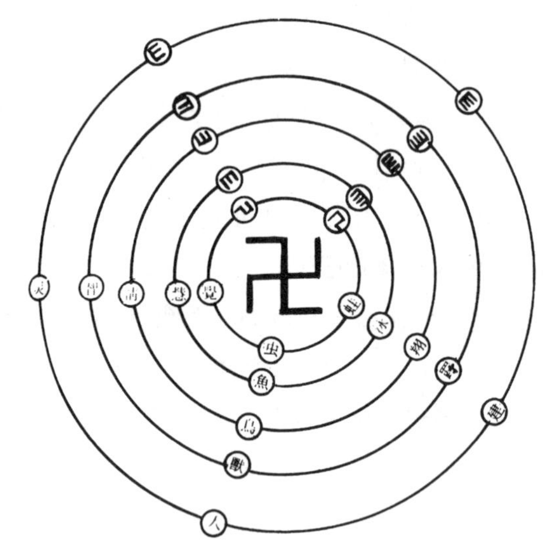

五 極 圖

306

故 三 人之全體數也. 七 獸之全體數也. 十一 鳥之全體數也. 十五 魚之全體數也. 九 虫之全體數也

五族 各以全體之數 乘得五族 人 十五也. 獸 三十五也. 鳥 五十五也. 魚 七十五也. 虫四十五也

獸　其德智, 智之元 ヨ也 其行罘　罘之元 ヨ也 其原質 木也 其體數 則 牡三也 牝四也

鳥　其德情, 情之元 山也 其行翔　翔之元 山也 其原質 火也 其體數 則 雄五也 雌 六也

魚　其德慧, 慧之元 川也 其行泳 泳之元 川也 其地原質 水也 其體數 則, 雄七也 雌八也

虫　其德覺 覺之元 山也 其行好　好之元 山也 其原質 土也 其體數 則九也

人　其德靈 靈之元 ㅌ也 其行健　健之元 ㅌ也 其原質 金也 其體數 則男 一也 女 二也

獸亦自體其德 克率自行 岩穴草原　自安其屈春　秋郊 得意超驤

鳥亦自體其德 克率自行 野渚山林　聚群答話 杳蒼雲霄 凌風翺翔

魚亦自體其德 克率自行 月淵水灘　戒釣愼網 風浪雪波 游泳自得

虫亦自體其德 克率自行潢渠草原　自樂其生 斜陽秋風 飛躍盤蜒

人亦自體其德 克率自行 世界家國　一手自裁 高山巨洋 車飛船走

人則四族之主權者 其居甚欽羨 衣則雲錦風緞 食則金粒玉醬 住則星樓月宇 行則電軒雷舶 用則霹斧虹劍 能主王 卡張率四族 四族俯首聳耳 只待處分

而觀五族之位 人居乎地之中 獸居乎地之左 鳥居乎地之上 魚居乎地之下 虫居乎地之右 鴻飛鯉躍 上下縱, 牛奔蟾跳 左右橫峭豎一居 笑號令施

又觀五族之體 五族是 一 卍之全體 獸之體 左弓 鳥之體 上弓 魚之體 下弓 虫之體 右弓 人之體 中弓 人 生右弓而 居中弓 虫 生中弓而 居右弓

人之稟曰金 金者 中德體 故 四族之德行 人皆兼而能之

虫之稟曰土 土者 四德體 故 四族之初生 其體 皆虫之體也 然則五族之命 皆應原稟之品 若其所命則 五族皆各有二十七命

非但吾之地星 有此的五族 至若他星塊 旣及通運者 雖非獸非魚的別樣者 必有五族 今吾人之五種族 皆是一理也

嗟我五族中人乎 爾是五族中主佐者 爾之所主焉 大主之所命焉 爾兮勿違大主之命 爾德 爾自德 爾行 爾自行 行不失 主位之權 失則他族犯境 正可劫 同族奪將 更甚奈 吾正爲此夜不眠. 五族 皆我族 我族 我不愛 而誰愛之 山罟水網 不可爲 上古黑蛮 相食之習 而今未改 取以食之 慈眼具者 奈不哀 釋氏 不顧席上虱 他族相食 姑舍 是同族相食 爲先大恐 兩砲相擊旅順海上 魚食自足 三家共進赤壁山下 大軍燒滅 此何變耶 大和何日看太平

經之第十章 有極小說

有者 天物之有生有滅 人物之有始有終 天來地 地去天 天地在人 人地在天之其極曰有極也

人之眼人之手 個個有極 人眼中觀八物 多少是有極 人手下裁出器 多少是有極 人觀人裁之其地 天地器物 都是不百年.

按有極之圖 上極之一極圈 九行之渾化一團, 次極之兩極圈 萬物合之父母一配, 中極之一極圈 父母之極果一地 次極之兩極圈 萬物分之父母 一配下極之一極圈 九行之混化一團, 九行之混化一團是天物之有極, 上極之一極圈 天物之質素一氣 次極之兩極圈 天物之各世萬樣 中極之一極圈 人物工廠一手 次極之兩極圈 人

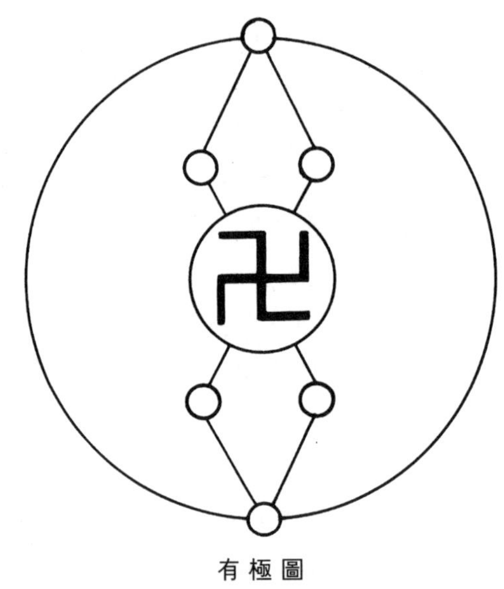

有 極 圖

物之各用萬器 下極之一極圈 人物之萬器耗滅 是人物之有極.

以觀天物之有極 人眼之有觀曰有生 人眼之無觀曰有滅 春風風春雨雨 萬花萬葉之茁茂繁盛地 人眼始有生 秋風風秋霜霜 萬草萬木之蕭瑟零落地 人眼始有滅

今日庭中之花 明日更爲其花之花 今日東川之水 明日更爲其水之水 事實未必也

血生之出胎時 日有生 歸巷時日有滅 今日南江之魚 明日更爲其魚之魚 今日北林之兎 明日更爲其兎之兎 亦事實未必也

又觀人物之有極 器之製成時 日有始 耗滅時 日有終 天來之金木 冶之斧之製成一器 更看耗盡之後 天之內外 其器永無 金之素 木之素 依然在彼中 更合來前日金 前日木 如前又成 人物無間 斷周周備

大主之物生本意 只待人手之有極 若非人手之有極 森羅萬物 皆將終之以天大主不功人事荒廢 天上天下 總是天一朴

人亦生於世也 逢人之有極手 學之行之 成人之資格 以有極之手 行無極之事人若不逢有極之手 蠢蠢呆呆 只馬牛的血一塊也 人之性 無極 其邊 白天 人之心太極, 其邊 玄天 蒼天 人之身有極 其邊 赤天 黃天 人之一極 天極之主體 人之萬用 天機之原品,

人立於無極 以太極 用有極者 然 其眼手有極 易偏歸有極邊 人若偏傾歸 有極邊, 人是不百年有極者 立無極 以太極用有極 人是萬萬秋偉偉生無極者 人乎欲無極生 愼莫偏有極邊

無極者 無幾何也 有極者 有幾何也 無極之像 卍之乙乙 有極之像 卍之弓弓乙無頭尾 故 無極 無幾何 弓有頭尾 故 有極 有幾何 有極者 天之太終地. 天物之有極 天之現於地 藏於天之兩頭一極 是有的天之有的生滅

人物之有極 天之生於腦 成於手 盡於世之三頭一極 是無的天 有的物之有始終 而曰天機則 極機下之有的之弓的極 是工卡以上之萬一之大機, 大小之一機蠅飛蚤躍 是天機也 山靜岩默 亦天機也 露結爲霜 是天機也 花開蜂來 亦天機也何物有不天機者 何事有外天機者哉

子欲得天機而移大步 等等立大虛岸 也縱觀我之立笷地 無彼無此 奈一方
寒來暑往 又一方 張網四面 又一方 雨降風動 又一方 花開葉落 又一方 歲去人
老 又一方 春夏秋冬 又一方 火燒車走 又一方 萬家一壁, 斯須觀仰眼之 條條玄
線 自上垂下 更攀線懸懸上, 一人高坐靈閣上 我之條條分分線 總而一攬之

　　子垂頭想日 是 全 是 全 乃拜前口號日全兮

　　全日而來晚矣 子手中一線, 垂垂作萬條線 萬線頭之萬塊地 一地是一家 而
何分地國之 分族社之 血之角之 事之好事,

　　予甚大憫 侯而久矣 今則予之大命 而克承之 受此寶文 反于而地 以建宗門
大法正道 施之立之 作萬化一叢, 萬地一區 然後 克奏美效

　　子含笑拜受而來 寶文則 極機是也 宗體是也

天機大經　　끝

大宗元符經

1. 大宗元符經總說

和容憲剛, 天德之庸, 春夏秋冬, 地德之通, 仁寬義勇, 人德之建.

開通閉塞, 天行之剛, 生長成藏, 地行之常, 植養裁用, 人行之定.

德之所和, 行無不開, 德之所容, 行無不通, 德之所憲, 行無不閉, 德之所剛, 行無不塞, 德庸行剛, 天之道也.

德之所春, 行無不生, 德之所夏, 行無不長, 德之所秋, 行無不成, 德之所冬, 行無不藏, 故, 德通行常, 地之道也.

德之所仁, 行無不植, 德之所寬, 行無不養, 德之所義, 行無不裁, 德之所勇, 行無不用, 故, 德建行定, 人之道也.

天之道, 天自道焉, 地之道, 地自道焉, 人之道, 人自道焉, 是之使道焉者, 全也, 得道也者, 人也, 全曰大宗, 人曰元符.

九德, 合成三宗, 三宗之唯一宗曰大宗, 一宗之得 一符曰元符也.

神運化, 天也, 和容憲剛, 順其德, 開通閉塞, 成其行.

天地人, 地也, 春夏秋冬, 順其德, 生長成藏, 建其行.

性身心, 人也, 仁寬義勇, 順其德, 植養裁用, 成其行.

神者, 天之德也, 運者, 天之行也, 化者, 天之窮也.

天者, 地之德也, 地者, 地之行也, 人者, 地之窮也.

性者, 人之德也, 身者, 人之行也, 心者, 人之窮也.

天者, 神運化之符之宗, 極體之性也, 地者, 天地人之符之宗, 極體之身也, 人者, 性身心之符之宗, 極體之心也.

三宗, 各爾克率自德自行, 各之其分, 交互應符而成一體, 是曰大宗元符也.

全兮, 建乎大宗, 領三宗而 全之, 人兮 建乎元符, 用三宗而人之, 全位人位之同體一位 曰大宗元符之合極也, 全位人位之上下分位 曰大宗元符之分極也.

合極則 全人一體也, 三位之其分, 互相混化, 只奇偶初分時, 人在全懷之時也.

分極則 全人二位也, 三宗, 各得九德之自分, 是人來支界之時也.

合極則神性化地, 爲一天, 人身天運, 爲一地, 心爲大主而抱人, 是極 分則三宗, 各分其位, 九德中一心, 又爲兩分, 上而爲大宗, 下而爲元符, 宗符全體心爲元兮.

大宗, 全之爲是也, 元符 人之位是也, 然而全之位, 上而無上, 又上則 是人之位也, 人之位, 下而無下, 又下則 是全之位也, 位無上下, 故曰大宗也.

九德, 合成三宗, 三宗, 各具九德之體, 體有極中, 故曰元符也.

大宗, 一乎上, 元符, 一乎下, 一一不二, 皇皇之, 歆歆之, 乾乾之, 洋洋之, 浩浩之, 范范之, 揚揚之, 穆穆之, 活活之, 湯湯之, 雍雍之, 此之謂極體之相, 難狀也, 斯兮. 極體之體, 極也無體也無, 廣而又廣, 非極體之廣, 大而又大, 非極體之大, 體無廣大, 故, 曰極體也.

極體之內, 靈海波順, 日星光調, 萬塊上生族, 一切化育, 大主, 俯而樂其子萬家之活, 生族, 仰而頌其父一德 之愛.

大宗一胞中, 圓圓充充者, 只血一分, 大主持 此血一分垂流之, 血, 汪汪然注來于一虛之界, 彌滿充溢, 血之輕淸者 浮成極體, 是曰靈海, 血之重濁者, 積爲群塊, 是曰日星, 浮積無髮間, 生成, 平其度, 斯也, 大主, 送萬子於各塊而居之焉.

血分一動脉, 自大宗, 流下九德, 滾滾不息, 流流然分分, 細細通過于九德之萬經, 至元符而合成一大靜脉, 更注入于大宗, 其機作, 與人之心臟莊置, 孔彷佛也.

萬塊上巨細庶物, 總是血一分, 花紅柳綠, 血之色也, 蜜甘鹽鹹, 血之味也, 猿哺鵑哭, 血之聲也, 蘭香芳毒, 血之臭也, 羽輕金重, 血之重也, 眼看耳聽, 血之精也, 手舞足蹈, 血之力也, 故, 一木之枯, 一虫之困, 大主之所哀傷也.

是以, 宗門大旨則 叫萬族而歸一, 廉和仁恕忠, 克奉大主, 廣施大法, 至使微動小植, 均頌大主之德, 爲先敎也.

人若至誠參全, 我心與全大化, 至善奉全 我福與天大通, 大化大通者, 是可爲元符者矣.

處於人而想之, 大宗之邊, 我距甚遠, 元符之職, 俄能甚難 雖然, 我則有心者, 我之因, 全心之一半分, 我能觀而得之 得而守之, 守而發之, 發而中之, 中而建之, 是建之地, 元符也, 建而通之, 通而化之, 是化之地, 大宗也.

2. 大宗元符合極圖設

一之建曰宗, 二之合曰符, 是極, 大宗元符未成之時, 故, 只曰宗符.

天則一奇體也, 和容憲剛, 是一德, 地則一偶體也, 春夏秋冬, 是一行,

人則一奇偶體也, 仁寬義勇, 是一窮, 今則大宗元符在於窮地.

合極則天地生人不生時, 全兮居乎中之極, 懷人而作天地, 斯的, 全爲宗, 天地爲符. 故, 全爲王卡之無的心, 人爲　卡之有的心.

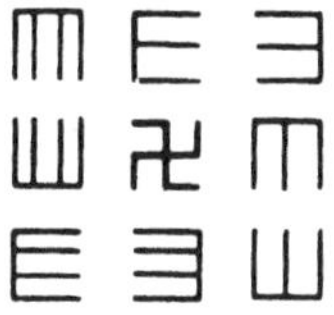

合 極 圖

按合極之圖, 本右則ㅌㅋ山冂, 上下左右, 相應相對, 成ㄱ格而向左, 左則 冊山ㅌㅋ, 上下左右, 相應相對, 成ㄴ格而向右, 間則卍也, 四ㄱ四ㄴ, 相控相抱, 成ㄱㄴ格而建中.

是圖之本義則 全建乎ㄱㄴ格之中格, 是爲宗, 於ㄱㄴ格之中, 生天地而成ㄱㄴ格, 是爲符.

一以按, ㄱ格則人之性也, ㄴ格則人之身也,　ㄱㄴ格則人之心也, 是合極之小格也心爲宗, 性身爲符

一以按之, ㄱ格則　極體之天也, ㄴ格則　極體之地也, ㄱㄴ格則　極體之人也, 是合極之大格也, 人爲宗, 天地爲符.

ㄱ格則 四奇元, 成一天, 天二分, 地一分 人一分也, ㄴ格則 四偶元, 成一地, 地二分 天一分 人一分也, ㄱㄴ格則 四奇偶之一元, 成一人, 人四分 天二分 地二分也.

ㄱ格之四元, 和容憲剛之四德, ㄴ格之四元, 春夏秋冬之四德, ㄱㄴ格之一元, 仁寬義勇之四德, 唯仁寬義勇, 順和容憲剛而天焉, 應春夏秋冬而地焉, 故, 人之體, 其分, 八也.

ㄱ則伏而俯ㄴ, 靈海包日星而降之, ㄴ則翻而仰ㄱ, 日星, 受靈海而載之, ㄱㄴ也, 仰而向ㄱ, 俯而應ㄴ, 靈族, 挹靈海而飮之, 取日星而食之, 天也, 地也 人

也, 爲宗, ㄱ也, ㄴ也, ㄱㄴ也, 爲符.

天則ㅌㅋ一對, 是德之和憲相交也, 凵ㅟ一對, 是德之容剛相交也, 兩交相交而成ㄱ格, 地則ㅟ凵一對 是德之 春秋相交也,

ㅌㅋ一對, 是德之夏冬相交也, 兩交相交而成ㄴ格, 人則ㄱ格兩對, 是德之仁義交也, ㄴ格兩對, 是德之寬勇相交也, 兩交相交而成ㄱㄴ格.

ㅌ 和也, 凵 容也, ㅋ 憲也, ㅟ 剛也, ㅟ 春也, ㅋ 夏也, 凵 秋也, ㅌ 冬也, ㄴ, 仁也, ㅡ 寬也, ㄱ 義也, ㄷ 勇也, 三宗之四德, 皆一德之所變.

天之德, 左右變, 故, 其行, 左自通右, 地之德, 右左變, 故 其行, 自右通左, 人之德, 與天同變, 故 其行 與天同運.

和者, 天之初舒也, 舒之極曰容, 容之變曰憲, 憲之極曰剛, 剛之變則更和也.

德則必行, 行之始, 開也, 開則通之, 通而久則必閉之, 閉則塞之, 塞而久則更必開之.

春者, 地之初開也, 開之極曰夏, 夏之變曰秋, 秋之極曰冬, 冬之變則更春也.

德則必行, 行之始, 生也, 生則長之, 長而久則必成之, 成則藏之, 藏而久則更必生.

仁者, 人之初和也, 和之極曰寬, 寬之變曰義, 義之極曰勇, 勇之變則更仁也.

德則必行, 行之始, 植也, 植則養之, 養而久則必裁之, 裁則用之, 用而久則更必植之.

是故, 久則極, 極則變, 大小之常事也, 萬一之通道也, 斯也, 理的然也, 實的然也.

3. 合極之三宗分設

天

於四德, 和容, 敎化的天性, 行也開之通之, 天一分 地一分 是也, 憲剛, 政治的天性. 行也 閉之塞之, 天一分 人一分是也.

四德之元則ㅌㅋ相對, 天人, 合其德 成其行, 凵ㅟ 相應, 天地, 合其德 成其行, 德是天德, 行是天行.

彐 天也, 時以歔歔, 從以洋洋, 和而開之, 地也, 開而春之, 以生庶物, 人也, 和而仁之, 以植庶物.

玉軒簾初卷, 清晨光分紅風, 習習掃雲來, 翁也 更整衿於然坐.

山 天也 時以皇皇, 從以湯湯, 容而通之, 地也, 通而夏之, 以長庶物, 人也, 容而寬之, 以養庶物.

世間, 日暖萬葉茂, 衆鳥鬪蟬聲亂, 竹陰, 最不長, 翁也 眼足耳亦亂.

彐 天也, 時以玄玄, 從以乾乾, 憲而閉之, 地也, 閉而秋之, 以成庶物, 人也, 憲而義之, 以裁庶物.

西軒松上影, 斜陽山色, 桃花地, 清風發, 天衢遠海容廣, 翁也 隱几觀.

川 天也, 時以雍雍, 從以幽幽, 剛以塞之, 地也, 塞而冬之, 以藏庶物, 人也, 剛而勇之, 以用庶物.

夜寂寂露溥溥, 寒簾垂垂外, 雪朶花花飛, 玉窓孤燈, 翁也 獨悠然.

天, 斯然者, 四奇成 一奇四德, 作一德, 四行, 作一行, 三一合一, 是極體之半符生.

海也浩浩長, 魚小兒可出遊, 波面舟初空, 望洋擡上, 翁也 高坐.

地

於四德, 春夏, 敎化的地性, 行也, 生之長之, 地一分 天一分 是也, 秋冬, 政治的地性. 行也成之藏之, 地一分 人一分 是也.

四德之元則 川山相應, 地人, 合其德成其行, 彐彐 相對, 地天, 合其德成其行, 德是地德, 行是地行.

川 地也, 適以歔歔, 方以洋洋, 順天之以和以開而時 以春而生之, 應人之仁而讓以植之.

夜旣央兮, 星露滿天, 天闕, 戛戛玉樞轉, 宿霧晦月裡, 翁也 持扇出.

彐 地也, 適以蕩蕩, 方以升升, 順天之以容以通而時 以夏而長之, 應人之寬 而讓以養之.

扇風吹溫, 日暖初午天, 花宮清露滴滴, 陽坡芳草, 牛喚犢, 翁也 覺困.

山 地也, 適以乾乾, 方以收收, 順天之以憲以閉而時 以秋而成之, 應人之義 而讓以裁之.

夕陽在乎山, 萬顆大芳陰老, 婦蟬子蛩, 鳴金風, 玉簾垂裡, 翁也 正半眠.

㠯 地也, 適以幽幽, 方以肅肅, 順天之以剛以塞而時 以冬而藏之, 應人之勇 而 讓以用之.

風霜搖落時, 雪岸畔 松獨秀, 天顔碧, 夜色入簾黑, 翁也 點上燭.

地, 斯然者, 四偶成一偶, 四德, 作一德, 四行, 爲一行, 三一 合一, 是極體之半符生, 天半符 地半符 合爲一符.

山也, 千峰起萬峰伏, 細谷屈盤盤, 幽花隱草正茂茂, 九而峰上, 翁也 降于.

人

於四德, 仁寬, 敎化的人性, 行也植之養之, 人二分 天二分 是也, 義勇, 政治的人性, 行也 裁之用之, 人二分 地二分 是也.

四德之元則ㄱㄴ相接, 人地, 合其德成其行, ㄷㄴ相合, 人天, 合其德成其行, 德是人德, 行是人行.

ㄴ 人也, 自化以藹藹, 自感以怡怡, 體天之以和以開而德以仁之, 得地之以春以生而行以植之.

冬餘, 陽初生 春事及(急), 西疇麻南畝牟, 鷄伏蠶起, 庭畔翁也 作散步.

ㄴ 人也, 自化以愉愉, 自感以惻惻, 體天之以容以通而德以寬之, 得地之以夏以長而行以養之.

歲色稍濃, 簾角燕子喃喃 桑麻盛色, 映簾碧, 溫風一几, 翁也 甚喜悅.

ㄱ 人也, 自化以憲憲, 自感以毅毅, 體天之以憲以閉而德以義之, 得地之以秋以成 而行以裁之.

軒角竹影斜, 淸風徐來, 蚊蠅扇以退之, 金蟬玉音入耳長, 西窓畔 翁也 正坐居.

ㄷ 人也, 自化以穆穆, 自感以嫺嫺, 體天之以剛以塞而德以勇之, 得地之以冬以藏而行以用之.

黃昏入窓影, 天畔彤雲來, 欲雪草木脫脫, 風葉撲簾, 玉燭下翁也 有所思.

人也, 斯然者, 四奇偶成一符, 四德, 作一德 四行, 爲一行, 三一合一, 是極體之一宗生.

雨也晴 野外農歌閒, 蛙鼓燕舞有可觀, 新河上一方楊, 翁也 酒眉紅.

4. 大宗元符分極圖說

全之建乎一曰大宗, 人之得乎二曰元符, 大宗則無二宗之宗, 元符則只一符之符. 神運化合作一符, 是之宗曰天, 天地人, 合作一符, 是之宗曰地性身心, 合作一符, 是之宗曰人.

全居乎 乎乎焉焉之界, 統三宗而領之, 人居乎乃諸這的之界, 得三符而用之.

按分極之圖, 上之一極圈, 大宗, 下之一極圈, 元符, 間之九極圈, 九德, 三宗, 爲一宗, 是果大宗, 三符爲一符, 是果元符.

三宗, 係乎大宗之下, 各有自宗之數, 天, 十二也, 地, 十五也, 人, 十八也, 是數也, 九元, 始作九上, 三元, 生, 爲一天, 十二上, 三元, 生, 爲一地, 十五上, 三元, 生, 爲一人, 斯實天三地六人九也, 更作天一 地二 人三也, 三歸一而作元符.

元一生神, 使爾運之, 神也運之, 化自爾生.

化則生天, 滓爾地之, 天也地之, 人自爾生.

人則有性, 因爾身之, 性也身之, 心自爾生

巨之極則巨也, 極而變則彐也, 故, 神也, 運而極則化爲天, 極而變則化爲性, 有天則必有地而生人, 有性則必有身而生心.

天則物物天 事事天, 鳥情魚慧, 是神力也, 風起雲飛, 是運功也, 露結爲霜, 是化工也, 地也斯然爲, 人亦斯然爲.

三宗之極體, 是一全之體也, 天爲全之性也, 地爲全之身也, 人爲全之心也, 古今, 全之所變, 世界, 全心所發.

天, 一力, 力之細細線線, 縱橫織織, 貫組萬地, 地之四外, 四力引之, 地之一中, 一力引之, 運轉之軌度, 分不違失, 地物之其世, 一無遊離, 光之入眼, 音之入

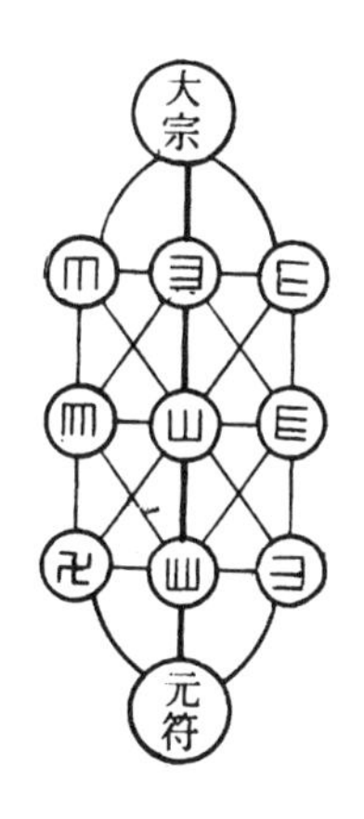

分極圖

耳, 臭之入鼻, 皆是線之傳達, 足可移步, 手可引推, 身不顚沛, 是線之引力.

故, 千日萬星, 皆有自體中引力, 是有的力, 人亦有引力, 是無的力, 有的力, 地最大, 天非者不浮在, 無的力, 人最大, 天與物, 總輸入.

大宗, 亦是線之一統處, 元符, 亦是線之一力處, 一統, 左提右摯之獨裁權一柄. 一力, 四取八扱之獨占權一柄.

天, 一血, 血之細細線線, 懸懸垂垂于地, 我, 是線頭之係下子, 是線, 接我之腦門, 血分, 常注下, 血之靈明者充我性, 生滓者補我身, 腦門, 我之柄.

人, 一苽子體, 腦門, 果柄, 腹門, 花口, 是宗符體之孔肖體, 合極則果柄, 花初來, 分極則苽子稍大, 果柄花口兩端存.

5. 分極之三宗各說

天

天, 靈海也, 其界乎乎, 以法眼觀之, 則部有三德之分, 以理想推之則難窺其分而只無一區也,

靈海則歆歆自靈, 洋洋自力, 無漏無生, 無外無底, 一無萬有, 萬虛一實, 無爲而爲, 自然而然, 難言也, 天乎天乎.

天, 廣包者, 仰之, 耿耿萬係星, 俯之, 紛紛萬地塵, 都只斯內者, 是之極包體曰極體.

天, 本魂者, 烏子之哺其母, 老犬之不吠主, 遊魚之能避釣, 蟻兒之尋本穴, 是皆天魂之所降.

天, 大力者, 日居月諸成道不墜, 萬耿降地一力運動, 是皆天力之所率.

天, 妙工者, 羽者之雪霄翶翔, 鱗族之水界遊泳, 花宮之蜜, 松子之羽, 是皆天功之所造.

天, 普利者, 虫類之自保色, 虎有瓜, 牛有角, 蚤能跳, 蚊能螫, 是皆天利之所賜.

天, 乃斯然者, 中外若虛, 其實充充, 界若寂寂, 其實不寂,

人, 覺則自有妙觀, 不覺則空作胸熱.

於三德, 神, 萬造之白因, 運, 萬造之一力, 化, 萬造之始芽也.

神之元, ㅌ也, 其格則三宗之合體也其德則歆歆的靈分也是大主之血一分.

血, 在乎天生之前, 不色不味, 不鮮不臭, 不流不凝, 不寒不溫, 只深深而不深, 充充而極充, 又淡淡然鏡鏡然 一望無一朵 浮花一刹遊塵.

ㅌ 格也 左厂俯而右ㄴ仰, 括一而啓右, 右, 化也, 左, 運也, 今則ㄱㄴ在位, 運和化容, 成開通之行, 明則ㄱㄴ移位, 運憲化剛, 成閉塞之行.

其ㄱㄴ, 天地之白因, 一, 人之白因, 今則左天右地而人在全胞之時, 是本元之生, 始以自左之同理也.

疎松下一草亭, 仰立觀, 眼簾上下正耿耿.

運之元, ㅌ也, 其格則 三宗之合體也, 其德則 乾乾的力致也, 是血分之通息也.

血, 始作通息, 其充充深深者 洋洋然蕩蕩然, 爲爲然造造然, 理經力線, 錯綜垂網, 境也是春野外, 蒸臾升玄潮過, 氣海蒼中, 寒候帶流.

ㅌ 格也, 右ㄱ俯而左ㄴ仰, 括二而通左, 左, 化也, 右, 神也, 今則ㄱㄴ在位, 化和神容, 成開通之行, 明則ㄱㄴ, 移位, 化憲神剛, 成閉塞之行.

其ㄱㄴ, 天地之自體也, 二, 人之自體也, 今則右天左地而人出全胞之時, 是支元大成而本元, 成右體之同理也.

古寺前一竹軒, 俯立觀, 聳眉拍手一呵呵.

化之元, ㅆ也, 其格則 天人之合體也, 其德則 爲爲的造功也, 是血分之化爲也.

血, 始作化爲, 理經織織, 力線引引, 血之滓爲一塊, 爲大力所破, 爲萬塊, 萬塊爲大力所運, 作轉動, 左顧則千係萬球, 總耿耿, 右觀則千耿萬點, 沒落落, 境也, 是夏日野塘, 蛙卵浮.

ㅆ 格也, 右ㄱ左而左ㄱ右, 括一而啓下, 右, 運也, 左, 神也, 今則兩ㄱ在位, 神和運容, 成開通之行, 明則兩ㄱ移位神憲運剛, 成閉塞之行.

其左ㄱ則 神之體也, 右ㄱ則 運之體也, 一則人之體也, 是神運, 行作造化也, 人呱呱 匍蔔於玉軒上.

天, 只覆體, 神也, 運也, 作化而成天, 廣包萬有, 𠀁也, 彐也, 得冂之能成天之自體矣, 化之元, 俯下格, 故, 天包地而天能下之, 物不能上之, 於地, 有天, 於天, 無地, 天之一奇一偶 今作一奇而成天體之奇矣.

黃昏薄雲微然天, 停笻立, 無語獨作淚漣漣.

右三德, 三宗之第一宗而大宗之第二位也, 其高也, 至高高而不其高也, 其遠也至遠, 遠而不其遠也, 物家想上, 其高遠也, 至高遠, 法家眼中, 其高遠也, 不高遠, 觀觀是大 眞眞極妙妙.

然而據理想之家想得, 如如而其如不達, 其眞妙則 以法通者之大眼, 只觀而其觀, 難可祥道也, 說或祥道, 理想者, 其道也, 不入耳室.

天, 起乎一而更得三而爲四, 更得三而爲七, 全數則十二也, 十二, 三得三則天爲三, 三卽一也.

予自大宗來元符, 至神而只默之, 時則天地潛, 古今潛, 至運而一笑之, 時則天地起古今起, 至化而一啼之, 時則天地死古今死, 死則全之恨, 斯奈斯奈.

地

地, 日星也, 靈海涵裡, 塊塊耿耿者是也, 吾人寄生之此地, 亦地之一小分地也.

地, 天中化出者, 始則一塊熱流體, 被極力之運, 旋之亦極力, 小塊落落, 爲干地, 干地之又落落者爲支地, 支地之又落落者爲隷地, 隷地, 係乎支地, 支地, 係乎干地, 干地, 係乎本地, 本地, 宅乎無基.

塊塊之熱流體, 各受靈海之極寒度極力拒, 其之塵澱, 積爲陸塊, 淸分, 浮爲氣海, 浮積之間, 火蒸上水潤下, 萬物始有生.

地, 普容體, 禽來則容飛之, 魚來則容泳之, 獸來則容走之, 虫來則容蚸之, 風來則枝搖, 彈弓則矢走, 物擊則有聲, 樞動則車走, 是皆地體之普容故也.

地, 能定體, 風息則物不動, 水止則花不流, 一音, 再不聽, 一色, 再見有, 是皆地體之能定故也.

地, 自靜體, 其運運轉轉, 非地之動, 是天動, 如旗脚之飄拂, 非旗之動, 是風之動, 其之容體, 天力之使動中得力也. 定體, 自力之自定中生力也, 故, 容都他來力, 定只自出力.

地, 多事體, 氣升雨降, 風作雲出, 露下霜生, 電閃雷震, 春生秋實, 方旦又暮, 陰寒陽溫, 花落葉開, 何邊何時, 開落無升降息.

地, 萬素體, 得赤之因則生赤色, 得靑之因則生靑色, 得甘之因則生甘味, 得鹹之因則生鹹味, 凡物之如何, 都無不素以者.

地, 各樣體, 木則左右森, 雪則片片白, 鳥則羽以飛, 獸則足以走, 苽則攀鬚生, 蟹則左右行, 物之其樣, 萬別又萬別.

地, 景觀體, 山則峰峰起谷谷茂, 水則江江流海海深, 萬井千閭華麗屋, 氣電萬關巧妙用, 是皆勝景可觀者.

地乃斯爾者, 其個個形, 多少圓體, 其道, 方體也, 天圓以包之, 地方以載之, 人正以立之, 圓頭方足, 可容天可定地.

吾之地, 太陽係之小支星, 值天運之開之中, 萬區一闢, 萬化自湊, 萬化家相持, 開之運, 萬家爲一家, 值通運則萬地通引力路, 朝暮交涉, 甚便, 是時, 電汽都無用, 亞个, 最爲用.

於三德, 天是氣海也, 地是陸塊也, 人是五族也, 氣海, 萬素充充, 陸塊, 萬有載載, 五族, 自作主權.

天之元, 㠯也, 其格則三宗之合體也, 其德則浩浩的氣海也, 氣海之包在陸塊, 如雲錦大章之裡小個玉朵.

陸塊上群庶物族之生死變化, 四常候度之溫熱凉寒, 惚莫非天之造化也.

非天, 聲不聲色不色, 作聲而天, 流入于耳然後, 聲也, 對色而天, 流入于自然後, 色也.

蘭不天而臭不香, 蜜不天而味不甘, 香之味之 之本臭本味, 靈海而臭之味之之香之甘之, 天也.

風之動息, 雷之震震, 電之閃閃, 蟷螂之橫空, 都是天之行作也.

穹羽之翔空, 蒸臾之遊升, 浮花之聚散, 氣球之自弄, 人之行立, 都是天之體力也.

非天, 太陽, 不以熱, 熱則蒸臾升, 天凉則雲忽起, 寒則雨輒降, 天則於地, 最厚, 至至天稍稍薄, 故, 太陽, 熱於地近, 寒於天近.

其景也, 夏則曠野炯霞多, 冬則碧海風波無,

巳 格也, 左ㄱ俯而右ㄴ仰, 括二而通右, 右, 人也, 左, 地也, 今則ㄱㄴ在位, 地春人夏, 成生長之行, 明則ㄱㄴ移位, 地秋人冬, 成成藏之行.

天, 奇也, 故, 天之神, 左ㄱ右ㄴ括一, 地, 偶也, 故, 地之天, 左ㄱ右ㄴ括二, 一, 化也, 二, 人也.

登樓觀, 雙雁孤叫渺然去, 萬里無一雲, 城南秋色上眉碧.

地之元, 山也, 其格則地人之合體也, 其德則屈屈的陸塊也, 陸塊則山山凸, 野野凹, 樹樹綠, 岩岩起.

地之體, 四虛, 地之質, 四實, 四虛故, 萬物能容自世, 四實故, 萬物能自定其位, 凡地上之群庶物族, 總無不自容自定者也.

星係叢中, 間有不地焉者, 氷團者, 石塊者, 液體者, 氣球者, 是也, 此等之星, 比諸地星, 或有始而然者, 或有終而然者也.

地之物, 總是一地之所積, 蒭靑麥黃, 地之第一積也, 豚肥馬脊, 地之第二積也, 花長葉茂果之大, 是地分之登木者, 厥之色味形, 是天之因也.

地之心, 純一是火因子, 是之火力, 甚强, 噴坼而火山作, 暈互而氣海作, 火老則天空水盡, 萬物不復生.

地之心, 天之力最强處, 石沒于水, 地心之引力, 猶勝水面之拒力故也, 浮塵之降, 氣海之拒力, 不勝地心之引力故也 凡百發走矢, 不暫在天而每向地心而落.

太陽之中心力, 猶强於地心力, 地不違周道, 太陰之中心力, 猶弱於地心力, 地能率太陰, 如斯, 各有自心之引力, 互相引拒故, 星係不紊, 群塊不墜, 遊塵滓下, 靈海常淸, 人之親結性排斥性, 各其地力引拒中自然性也.

地者, 妙局, 華麗江山, 錦繡一章, 流峙自畵, 棋道一局, 若九而峰則本元其形, 萬地之獨奇山.

山格也, 右ㄴ左而左ㄴ右, 括一而啓上, 右, 天也, 左, 人也, 今則兩ㄴ在位, 人春天夏, 成生長之行, 明則兩ㄴ移立, 人秋天冬, 成成藏之行.

兩ㄴ, 地之窮成體, 一, 人之初生體, 是天之始分而人自生於其間之同理也.

元是只仰體, 故, 地, 只仰一天而受之載之, 凡地上之物, 孰有不仰上者哉,

孰有不托地者哉.

元之數, 五也, 五者數之極中數, 故, 地也, 居靈海之極中力.

臨高臺, 一俯望, 塵也濛, 一兒, 得何笑, 百兒啼號正兌然.

人之元, ⋔ 也, 其格則天人之合體也, 其德則揚揚的機物也, 是天地之成果者, 大主之送子者.

天地之成果則五族之今生, 岩窟石繭裡, 金兒玉童 呱呱來, 海洲大蛤裡, 銀子珍孫, 匍匐出, 凌風飛, 凌波泳, 山野走, 草澤居, 自室自營之, 自食自圖之, 自息自育之, 自族自結之, 山有家水有國, 世界始有作.

是中有人, 人亦石繭大蛤裡 呱呱來匍匐出者, 他族, 皆是用自機的動物, 人則用他機的動物, 其智覺, 不能用他器, 猿頭蛙身, 赤轉草荒水殘處, 木實蠢虫, 充其腸.

天魂, 其腦門交通, 慧覺自生, 歲祀稍久, 身體奇成, 始以器之家之, 衣之食之, 作部奉尊長, 漸以國家成, 社會結敎育施, 交際通, 倫理明, 今則四族, 不敢犯境, 只己俯首聽處分.

人爲五族中首位者 主權者, 其事則 田則粗, 水則船, 頭則冠, 足則襪, 學則勤, 行則敦, 民則敎, 官則政, 其德則 家則仁, 國則義, 順則寬, 逆則勇, 於山能山之, 於海能海之, 驚則攻, 兎則養, 獺則威, 魚則恩, 事事分不爾位 不稱權不能惡 牙毒爪聳耳俯伏, 總順命.

獸, 能走能觸, 能搏能囓, 人一, 不能, 獸不敢犯人之位, 鳥亦能飛能喙能搏, 人一, 不能, 鳥不敢奪人之權, 虫魚亦皆有所能多, 不欲與人爭,是, 非但四族, 力不能, 人獨最權能, 亦四族, 想不有與人爭, 是想不有, 原是全兮.

觀五族之其因, 因各有異, 宗胞中血分, 始注來, 逢因之靈健者, 生性靈身健的人, 逢因之智罫蹶者, 生性智身罫的獸, 逢因之情翔者, 生性情身翔的鳥, 逢因之慧泳者, 生性慧身泳的魚, 逢因之覺虷者, 生性覺身虷的虫, 人則因 是全因一分, 居乎地上, 性中, 有天體, 身上, 載天事, 四族, 因是支元的行的分, 居乎地上, 性身之間, 只發地一慾.

故, 五族之性身, 只一血分, 五族之死也, 其性分身質, 總混化, 更作第二血,其因則四族之間, 多有混化, 四族與人之間, 合因之理, 實萬無.

人以五族之主, 四族之競爭, 不能禁, 網罟弓釣, 亦使用, 一兒笑則一家啼, 一家笑則萬家啼, 荒野落日哭聲裡, 山臺遊客空斷腸.

ⅢⅠ 格也 右ㄱ左而左ㄱ右, 括二而通下, 右, 地也, 左, 天也, 今則兩ㄱ在位, 天春地夏, 成生長之行, 明則兩ㄱ移位 天秋地冬, 成成藏之行.

兩ㄱ, 天也, 二, 人也, 是人之全盛也, 亦天, 覆人於地之格也.

元是只俯體, 故, 五族, 皆穹然體, 亦流下體, 凡地之族, 孰有不地慾者哉, 孰有不帽天不立之者哉.

地體, 只仰, 故, 人體不得不只俯, 其俯仰之交配相不離, 是兩元字之交配, 作一點墨, 同格也, 地之一偶一奇, 今作一偶而成自體之偶矣.

Ⅲ, Ⅲ之極, 卽化之極, 爲人之理, Ⅲ 之兩ㄱ間之二, 是Ⅲ之兩ㄱ間之一, 是一來天地間, 成一完全人, 人, 卽族主也.

下車入堂坐, 也聞市聲哭, 遂下軒來, 苔花階右蹬戛戛.

右三德, 三宗之第二宗而大宗之第三位也, 其位也, 至近, 其分也, 至物而使人常見.

故, 古今東西之觀理家格物派之諸士學而習之, 實而驗之, 天而測之, 鏡而望之, 分而察之, 合而試之, 而爲之卷册, 播於世界, 其之橫說竪說, 也得多般.

三德中天則一物素也, 地則一物庫也, 人則一物主也, 物主能保主位, 能行主權則風雨雷電, 爲我用, 山川草木, 爲我食, 不能則其生, 旦暮難保, 是之能學爲大 學之天地, 我之家屋, 天地我之手箱.

天則魔魂國, 地則食慾界, 人若不稟眞, 魔魂, 化其腦精, 食慾, 奪其明命, 學不得究不得, 不欲學不欲究, 是也人而從四族可悶.

人若辟魔魂脫地慾, 以本心, 率大性, 得全之本心, 我, 不天不地不人者, 是大天大地大人者, 同床全闕, 分付千係星星地.

地, 開乎二而更得三而爲五, 更得三而爲八, 全數則十五也, 十五, 三, 得三則, 地爲六, 六, 卽二也.

人

人, 亞主也, 大主之特生子, 五族之首位者, 各地上大能最靈者是也, 吾亦人部中一小個人也.

人之分, 性身心三德, 性則乙的德, 身則弓的德, 心則也的德, 以性之靈, 得大天之圓而體之, 以身之健, 取大地之方而用之, 以心之敏, 牽天地而行之, 大宗之位須人得其宗.

人, 極體內最勢力者, 一口之噓, 靈海翻覆, 一手之戲, 群塊弄落, 一愛之發, 風和日暖, 一威之始, 嚴霜江山, 一喊之叫, 旱天霹靂, 一目之開, 日月重明.

玉尺, 度金繩, 月斧, 裁風木, 萬事, 自爾能.

人, 大地上多事業者, 道則非人人不知, 國亦非人不自建, 政亦非人不自行, 法亦非人人不信, 天亦非人不自發, 地亦非人不自荒, 人亦非人不自人. 器亦非人不自器, 人之可事者斯多, 人, 不得不作業.

人, 地之上天德體者, 可以仁則仁而和, 可以寬則寬以容, 可以義則義以憲, 可以勇則勇以剛, 是德, 道德邊大德.

人, 天之下地行體者, 可以植者植之生, 可以養者養之長, 可以裁者裁之成, 可以用者用之藏, 是行, 實事上大行.

人, 天地間最奇貴者, 腦頂天圓, 足面地方, 古今眼中天, 人物口中世, 天圓腦中秘, 地團背上大, 鬼神手下役, 萬品席上至, 是奇貴天天世世中樞者.

人, 全之亞大權能者, 群落落可以濟, 大機碍碍可以斡, 頹天可以撑, 裂地可以縫, 叢關中獨高飛, 大團中單標立, 總是我權能之所能事.

人, 王卡間大法體者, 曰我道正, 曰我教宗 曰我天明, 曰我命大, 曰我慈悲, 曰我廣濟, 總涉閱, 是瞞是偏是邪是妄是違是犯者, 總排退 是大是正的大宗, 可以建.

人, 全關下大責任者, 天地事世界事, 我所任, 發來玄玄天, 拓去黃黃地, 大世爾自哉, 古今爾自織, 大法爾自施, 大國爾自成, 逆我者訓, 順我者揚, 敎人則至聖大傑, 懲人則無道大法, 大命己下, 人乃順順然者,

人, 好精神, 好方法, 好實事, 好欲爲, 好氣慨, 好思想, 好機關者, 萬里穹蒼,

大光冉冉者, 天地古今, 不碍不損者, 建國治世, 大政實行者, 萬丈落梧, 孤鳳刷立者, 大天大地, 我自主張者, 暗天日月, 可以爭光者, 社會家國, 能以開閉者, 總是我精神, 我方法 我實事, 我欲爲, 我氣慨, 我思想, 我機關之總身上原分事.

人乃斯爾者, 存則天地存 世界存, 古今存, 人物存, 家國存, 全亦存, 亡則天地世界古今人物家國社會沒了亡, 全亦亡, 人豈是空爾者, 忽諸者.

試問人以何物, 可斯人焉, 究性則天一團, 身則地一團, 兩團合成團中, 有全之本魂, 本魂在人, 人是可斯者, 離人, 人是同豕地, 天鳥有, 地歸無, 人自空, 本魂, 可愼存, 本魂者, 心也.

於人之三德 性則天也, 身則地也, 心則人也, 天天地地, 人爲中樞, 人心, 爲大關, 究天地人之心, 恰好是大價値兒.

性之元, ㅌ也, 其格則三宗之合體也, 其德則穆穆的天體也, 是大團中所生者, 作靈慧聰明智覺思想之原質.

性, 萬事之大基, 基乎此基, 世界, 可以建家國, 可以築古今, 可以威政法, 可以造, 其他大世盈盈這多少第一物, 總只是性中所出, 故, 日性中世界, 幻出眼中世界.

第二世界, 在乎性中者, 性變則世界變, 自太昊神農之世, 看夏商周秦之代, 自漢隋唐宋之世, 看歐亞今日之代, 性變而進化故世界古今, 代代稍進.

是故, 亦日性無防限, 性以無防限, 同運天之無防限, 人身牛首者作今日人, 黃帝之舟車作今日之舟車, 百里自國者作今日國, 瞞術迷信界, 正道現, 推此觀, 明日之大世景光, 若鑑然眼中在.

性也, 潛則見而不見, 萬丈海底, 小球沒, 萬理萬事, 一是大闔, 是境, 可想其體, 動則日月其光, 霹靂其聲, 萬理萬事, 一是大開, 是境, 可知其力.

人, 善養之, 自性圓圓覺覺, 通則晃晃, 其光, 照天地, 天地大明, 照世界, 世界大明, 照古今, 古今大明, 照國家, 國家大明, 照社會, 社會大明, 照萬器萬物, 器物亦大明, 聖賢, 此精神, 大法廣施, 此影響, 此, 善養則爾爾然, 不養則人乃偶.

此, 何方法, 可以善養, 我大宗大法地, 擇而立, 桃紅柳綠, 不目之, 鶯歌猿嘯, 不耳之, 只以靜觀大默, 默退坐榻岩上, 岩下巨淵深碧中, 深深觀, 斜陽天, 一百玉魚兒可出來.

彐 格也, 右ㄱ俯而左ㄴ仰, 括一而啓左 右, 心也, 左, 身也, 今則ㄱㄴ在位, 身仁心寬成植養之行, 明則ㄱㄴ移位 身義心勇, 成裁用之行.

是, 神之元之變格, 神變而爲性之理也, 然則ㄱ爲性之自體也, ㄴ爲身之原體也, 一爲心之初生也.

向左而俯身, ㄱ則天體, 受天之之神, ㄴ則地體, 受地之之天, 故人有二性也.

一性曰大性, 受天之神者是也, 圓圓通通, 靈靈明明, 大而與神同其範圍, 秘而與神同其玄眞, 不老不死, 不損不昧, 其體品行度, 如天廣容故, 覺則人是法徒也, 通則人可爲法.

一性曰小性, 受地之天者是也, 天久而人老, 天中魔魂, 注入于性之亞身之邊者, 人或有之, 不聰明, 不賢哲, 不靈慧 不精神, 不思想, 不記覺, 不大欲, 不公正, 只柔弱, 只强剛, 只庸劣, 只淫貪, 只鄙吝, 只妄邪, 只浮浪, 只阿諛, 冬則待夏, 飢則想食, 寒則欲衣, 食要甘飽, 衣要華美, 得則喜笑, 失則哀啼, 是小性之影響, 人, 能脫則至聖大雄, 將其人也, 不脫則馬牛豚犬, 必其人也.

然則大性, 性之性也, 是本原性也, 亦天性也, 小性, 身之性, 是慣魂性也, 大性, 受小性之犯, 天亦受犯, 比久矣, 故, 世也瞞術妖法, 黃霧四塞,

全兮悶此, 子亦憂斯, 元宗之出乎世也, 其兆至亦著於草木者多矣.

元之數, 三也, 一 神也, 二 天也, 三 性也, 三卽一也, 神天性之其奇一圍, 亦爲宗符之天, 極體之性.

送市客, 翁也下簾睡, 夜寂寂露重重, 空山明月杜字夢.

身之元, 山也, 其格則地人之合體也, 其德則活活的血機也, 是之血機也, 極體大機中所造出者, 作世界萬機之 原動機.

身者, 發性之機, 水舟陸車, 由身而出, 家國社會, 由身而出, 道德正義, 由身而出, 敎化政治, 由身而出, 凡人以上之地, 只身上由出者.

身者, 不靜之機, 出則動動于萬事之地, 入則閒閒于一息之界, 高枕安席之上, 氣機血管, 自動自爾之機, 性闇心退, 大人, 遊行于法地, 小人, 啼笑于俗地.

身亦性心之宅也, 玄丹精髓淸白裡, 性也, 秘藏在, 心也, 括機存, 身寢則性不發, 身耗則心不發.

身之欲, 安, 安則懶, 懶則事失, 事失而身, 以他手之機, 過百年歲月則自足之而無自嘆者, 事失則可吊者, 人也, 可罪者心也.

身之慾, 又有不飢不寒, 飢寒則身不保, 身不保則亦事失, 只欲飽, 只欲溫, 汲汲屑屑於衣食之役則亦事失.

身之慾, 與禽獸毫無差別, 只順身之慾者, 是雞伍豚班也, 只逆身之慾者, 是人之輩也.

身也健全敏活, 跨天地之大機, 作世界之萬機, 不健全不敏活, 腦精, 亦瘁, 性不靈心不果, 萬事皆休, 設有西頹白日捧來力, 八表落星括來能, 自機, 不能機, 只作襟裡恨, 可憐斯可憐斯.

身, 善養之, 善養則非徒身自活, 靈覺, 亦添生, 其善養方法, 衛生科自在, 至亦勞動者之生脉活潑, 早起早眠, 是亦衛生之一法, 非學問上衛生, 乃天然的衛生, 無見無聞 不想不欲, 塵塵染染, 慣慣于腦, 靈覺之添生, 斯則萬無.

人之最欲, 非性通非心活, 只身榮貴, 身不老, 自不資格而能榮貴, 設或榮貴, 豕頭金冠, 豕不稱, 不老而欲何爲, 不死則更待何.

小人, 欲保其身, 奴顔婢膝, 進退富家, 巧言令色, 阿附貴門, 斯的運動, 華其身, 養其身, 幸耶樂耶, 志者之所斷不爾者.

穀不義則不可食, 帛不道則不可服, 匏粥葛褐, 雖屢空, 委身不處不當然不可爾之地, 只以呆如愚如, 那天一震聲, 生日月爭光之烈, 志者之所可以爲者, 試問順身之慾, 自爲小人, 可乎, 逆身之慾, 自爲大人, 可乎, 人, 特一岐省察者.

山 格也, 右ㄴ左而ㄴ右, 括二而通上, 右, 性也, 左, 心也, 今則ㄱㄴ在位, 心仁性寬, 性植養之行, 明則ㄱㄴ移位 心義性勇, 成裁用之行.

左ㄴ, 地也, 右ㄴ, 身也, 二 地身合成之全身, 是地變而爲身, 身成而人大成之格也, 元乃地之元之極體, 地極而身自生之理也.

只仰而載地在, 如地之不自動無自能, 而每事, 只在性, 其生, 必托地, 凡人之身, 無不聽性不托地者也.

目之觀, 性之所觀焉, 耳之聽, 性之所聽焉, 目, 只是照物鏡, 耳, 只是受音管.

觀而辨其色, 聽而取其聲, 從而辨其事者, 更有他, 性也脫退則 耳不聽目不觀, 只三尺刻木也.

綿麻, 地之所絲焉, 稻麥, 地之所米焉, 得以衣之食之, 是不自得, 地也, 不受, 不自能居空而生活之.

兩ㄴ括二, 二亦ㄴ體, 九德則ㄴ也, 多是而極格, 故, 地之元, 亦是只ㄴ體, 水木金石, 爲其分, 身亦只ㄴ體, 自無一能, 單是血一管肉一塊也.

右ㄴ, 應地之地, 地則地之身也, 左ㄴ, 應天之運, 運則天之身也, 故, 人有二身也.

一身曰法身, 應天之運者是也, 愛大性之率, 持大主之宗法, 運人界之大法, 於色, 觀之以法, 於聲, 聽之以法, 於動 進之以法, 於衣, 服之以法, 於靜, 退之以法, 於食, 饋之以法, 於家, 居之以法, 於世, 行之以法, 凡坐臥屈伸談笑之日身, 莫不以其法也.

一身曰俗身, 應地之地者是也, 聽小性之引, 沈氣海之慣俗, 動塵世之俗地, 於色, 觀之以俗, 於聲, 聽之以俗, 於動 進之以俗, 於靜, 退之以俗, 於食, 饋之以俗, 於衣, 服之以俗, 於家, 居之以俗, 於世, 行之以俗, 凡坐臥屈伸談笑之日身, 莫不而其俗也.

偏於法身者大人, 偏於俗身者小人也, 大人, 於俗, 涉之以法, 小人, 於法 處之以俗, 地與物事那有法俗之原區別.

噫, 今天, 小性升 大性降, 故, 俗身升 法身降, 見小而爭者衆 而聞大而爭者寡, 聞法而進者寡 而見俗而進者衆也.

元之數 六也, 四 運也 五 地也 六 身也 六卽二也 運地身之其偶一團, 亦宗符之地, 極體之身.

風也 一陣過, 雨也 千鞭來, 海也 正洶湧, 小舟浮沈百里波.

心之元, 卍也, 其格則宗符之主體也, 其德則正正的大君也, 是之大君也, 天地之大君, 世界之大君, 萬物之大君.

心也位乎九德之中央, 率性身而人之, 觀天之之神, 率人之之大性, 觀天之之運, 率人之之法身, 觀地之之天, 率人之之小性, 觀地之之地, 率人之之俗身, 使性而用天之神, 地之天, 使身而行天之運, 地之地, 故, 人有二心也.

一心曰宗心, 是全之本魂, 其作用也, 權能也與 全, 小無相違, 仁則天和地春, 天地開萬物生, 義則天憲地秋, 天地閉萬物成.

一心曰亞心, 是性身之交物間自生者, 故, 其作用也, 每作身邊一事, 用性於身之地不天地, 使身於身之地不天地, 匿起殺波之競爭, 掀作兒堅之啼哭, 比今之相角不平, 都係是亞心之所爲者矣.

宗心, 人難存, 有人以來, 宗心之人, 吾未聞見也, 至若亞心, 能而立之, 可以造家國與世界, 不立則一塊肉, 亦難持活.

心不立者, 不勝身之欲, 用小性而命身進俗而爲俗身, 立者, 克勝身之慾, 用大性而命身進法而爲法身,

身, 役之, 欲安之, 飽之, 溫之, 心責而鞭之, 督行之, 以百年之役, 得萬年之食而賜人, 人, 以食, 分而賜身, 使安之飽之溫之.

心, 使身而役大食祿於百年之間, 竟不得, 以身買食者, 或有之, 是故, 大人之心, 於身之讐也.

心孰不愛身, 愛而從其慾, 萬年之食, 姑舍者, 百年之食, 實難得矣.

小人, 心也偏乎身, 用小性而役身於百年之食, 此亦不充得, 白髮露脚, 叱牛歸斜陽村.

人之爲聖爲傑, 心之使爲也, 作仙作佛, 心之使作也, 人其心當立者矣, 何以則心當立, 大宗門大法宅, 一立之, 其諄諄道訓, 記銘之, 膺行之, 但以信信誠誠, 時時日日, 晨始夜終, 着着不離心, 不忍耐者, 忍耐之, 不解脫者, 解脫之, 不能進者, 能進之, 不決斷者, 決斷之, 堅固, 怒斧不能剖, 清淨, 狂塵, 不能蔽, 爾爾之大志兒, 日不蹇時猶甚, 是可爲立心法.

心, 立則萬能力者, 世界家國, 此心之所造者也, 天地古今, 此心之所織者也, 至聖大雄, 此心之所得者也, 得天用地, 此心之所能者也, 落日更挽, 此心之所能者也, 擲雷伐邪, 此心之所能者也, 桃花之一開永紅, 蜉蝣之百世長生, 此心

之所能者也, 斯則不可爲宗心, 方可謂之亞心之極度大立者矣.

宗心, 王卡間一大機關者, 心斡則天地斡, 心退則天地退, 心開則天地開, 心闔則天地闔, 心傾則天之傾, 心立則天地立, 天地古今萬彙萬相之進退起伏, 亦只是心之所處分者也.

心, 天地魂, 世界魂, 古今魂, 人物魂, 家國魂, 社會魂, 我之魂, 心, 心自愛, 魂在, 天地生, 世界生, 古今生, 人物生, 家國生, 社會生, 我亦生, 心, 心不愛, 魂歸, 天地死, 世界死, 古今死, 人物死, 家國死, 社會死, 我亦死, 全不欲死者, 原初送我時, 諄諄大命, 申申責之, 不以魂自歸.

我, 大命不敢違者, 安得以心不歸, 法門, 一心不移, 法文, 剋心不忘, 我心一旦剋, 這裡大化法, 自有, 心若大化 全能我能, 全權我權, 全事我事, 是曰宗心, 亞心, 不爲元符, 宗心, 可得其位.

卍 格也, 四ㄱ俯而四ㄴ仰, 作九而建中, 右身也左性也, 今則ㄱㄴ在位, 性仁心寬, 成植養之行, 明則ㄱㄴ移位, 性義心勇, 成裁用之行.

元之格, 八德元之原體者, 本體者, 括機者, 三宗之四德四行, 此從是之ㄱㄴ之在位移位之度, 成其德成其行.

德之元, 本元, 故, 九元之大宗元符, 一卍也, 九德之大宗元符, 一心也.

元之原體也, 八角, 括八元而 而之天, 而之地, 而之人, ㄱㄴ俯仰, ㄱㄴ也, 中樞, 乙弓相交, 七也括機, 是九德心爲元, 三宗, 人爲元之元理也.

格之四虛上, 成三宗之十二德, 九實上, 成三宗分之九德, 四乙, 而用神天性運, 四弓, 而用地身化人, 斯也, 乃知心爲元.

元之數 九也, 七 化也, 八 人也, 九 心也, 九卽三也, 化人心之其奇偶一團, 亦宗符之人 極體之心.

夏日稍長, 山則柳陰, 鶯歌好, 水則湖底, 天顏碧, 景也好, 閒翁 醉醒花竹間.

右三德, 三宗之第三宗而大宗之第四位也, 三德, 合體成宗, 宗法, 是膺是得, 我心, 立忠, 宗心, 始存, 能元符之大職, 大化者, 來則元符之, 去則大宗之, 統率九德而能拳掌之.

人, 生乎三而更得三而爲六, 更得三而爲九, 全數則十八也, 十八, 三 得, 三則爲九, 九 卽三也.

分極之圖, 天之位, 上也, 地之位, 中也, 人之位, 下也, 是天先生, 地次生, 人, 後生之理也, 然而其存之位則天下地上間, 人也間而存.

天先生, 地次生, 人後生之說, 是有成然後之理也, 其法理則 全 存人生天地成, 然而三宗, 都是全之血之所成, 唯心則 全之本魂, 人豈是天地同宗者.

天地性身, 只是神物之變化作用, 人是皇皇者, 能副全職, 全人之宗也, 極體, 人之邦國也, 天地, 人之家屋也, 器用也物庫也.

九德之全數 四十五, 天數之十二 三宗之十二, 德之原初 全料上秘因, 地數六十五 十二德之成三德者, 是神運化也, 人數之十八 十二德之成六德者, 是天地人性身心也, 全數始起之一 大宗也, 終落之五 元符也, 十五間之位次之二三四 是爲三宗, 二三四 卽三十九之三分上摘單數者也.

十二 除之以本數而得四, 四 又減本數, 是一 爲天也, 十五 除之以本數而得五, 五 又減本數, 是二 爲地也, 十八, 除之以本數而得六, 又減本數, 是三, 爲卡也, 三卽本數之一.

然則 三宗 只一宗, 九德 只一德, 十二行 只一行, 九極 只一極, 九窮 只一窮, 八理 只一理, 八數 只一數, 九行 只一行, 十二德 只一德, 一爲大宗元符之元矣.

明月入窓白, 竹影上軒碧, 笑來淸風一几, 半醉半醒坐, 臨南溟風, 一席小蓬舟, 舒故人去望洋臺, 故人招我登臺 連襟坐相酬酢, 俯觀臺下 萬頃動蕩裡, 鰐浪雪鯨波雨, 巨魴小魥總嗷嗷, 斯不可觀置, 呵呵扣掌來, 遂啓簾, 空山草亭, 一孤身.

6. 續開通閉塞四事圖說

大宗卡之本機也, 天地之本宅也, 天地在乎本宅之時, 只有大宗之本極而無卡之支極, 天地出乎支界之時, 始亦有元符之支極.

窮初天出乎支極曰開, 地亦出而極開曰通, 天入乎本極曰閉, 地亦入而極閉曰塞, 是之四度, 於本之極, 天之出入之極度也.

天地出乎支極 而化作魂與物故, 無論何地, 開之運, 宗敎先開, 物用次開, 人之魂, 可離物用, 不敢離宗敎, 自然升人爲降, 是極界, 天也來, 魂多而物少故也, 通之運, 宗敎建而物用得, 是極界, 天地來, 魂與物, 牽通故也, 閉之運, 宗敎先閉, 物用次閉, 人之魂, 敢離宗敎, 不可離物用, 自然降人爲升, 是本極, 天也歸, 魂少而物多故也, 塞之運, 宗敎與物用, 總自失, 是本極, 天地歸, 魂與物, 沒塞故也.

四事之度, 萬物牽有, 若動植物則生長老死是也, 人數之平泰否休, 世運之治明野黑, 家國之興盛殘滅, 器用之平牽消耗 亦皆四事之度也.

天來而開, 是四奇支元之出, 地來而通, 是四偶支元之出, 天歸而閉, 是四奇支元之入, 地歸而塞, 是四偶支元之入, 八元之出入事之, 獨卍之機作也, 容定也.

卍之十中極, 有宗樞, 大主, 是樞手, 塞之極終下, 樞右幹之, 幹之幹之, 王卡與天地物事, 自開自通, 樞左幹之, 幹之幹之, 王卡與天地物事, 自閉自塞, 幹之右則卍作卍, 幹之左則卍作卍, 是之換機不以卒起換, 乃稍稍換, 卒通卒塞, 非是正度, 全之事, 牽乃正度, 人之事, 或有橫度,

全之事, 牽乃正度, 可爲大宗之全　人之事　或有橫度, 不可爲元符之人, 人之事, 牽得正度然後, 可爲元符之人矣.

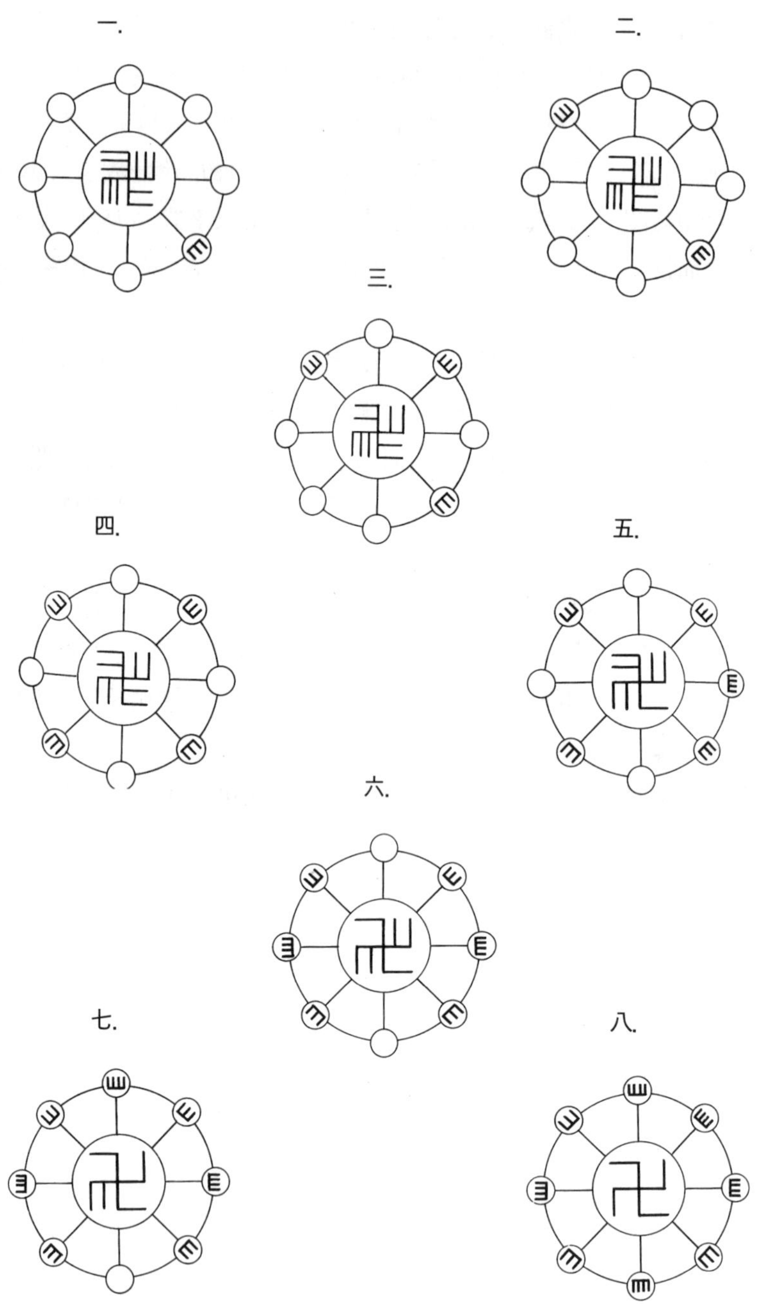

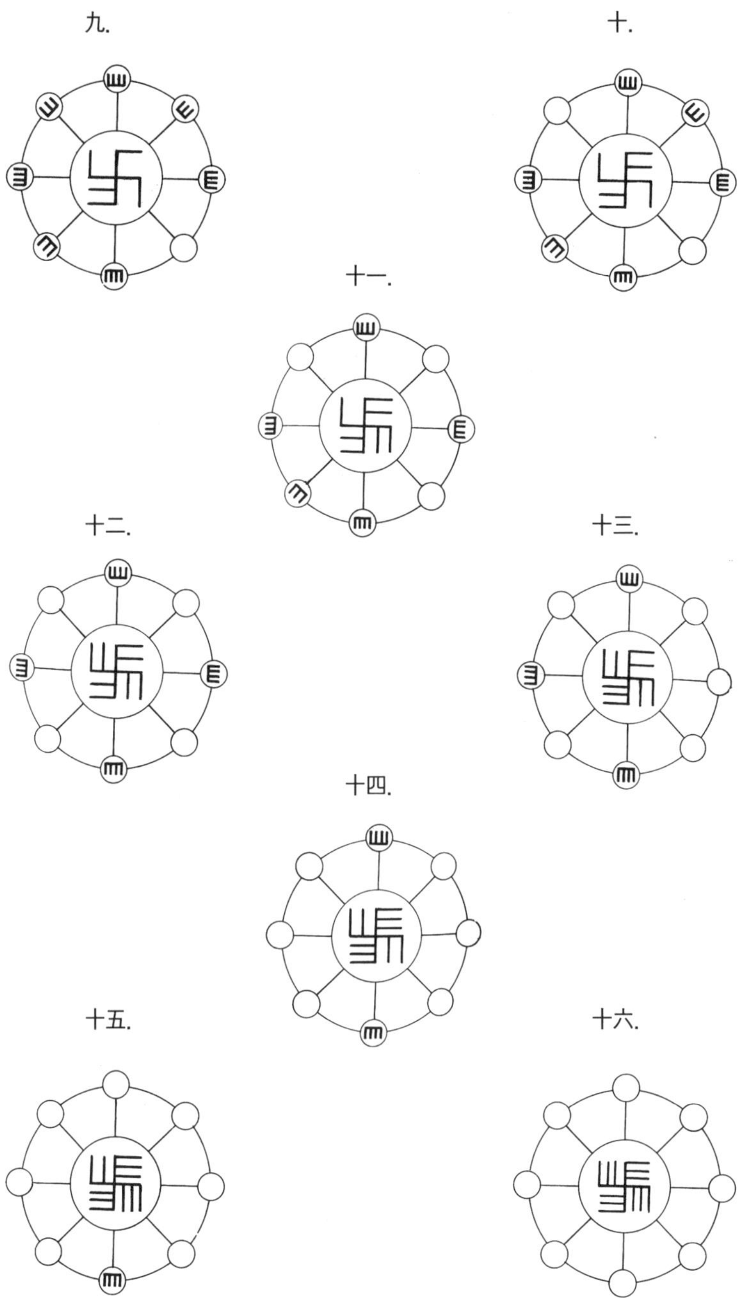

至若禍福之不測, 霜雪之慘刻, 風雨之陰烈, 寒暑之不常, 春秋之失功, 非全事之橫度, 人猶怨而不省乎, 是人之自招全之所警.

人事, 順乎全事而成者, 故, 圖說, 只擧全事而載之, 全建乎大宗, 括宗樞而事之, 極體之開通閉塞曰大事也, 一地之開通閉塞曰小事也, 大事小事, 亦各有公事, 私事, 大事之公事, 極體之始終也, 小事之公事, 一地之始終也, 大事之私事 一極運之始終也, 小事之私事, 一年事之始終也.

極體之涵包萬地, 如各地之載在萬物, 萬地之生成替滅, 萬物之生長老死, 與相同, 一極運之四事相反, 如一年事之四常相反, 極體之一元始終 與一地之一極始終, 亦相同.

若大事之公事則八元, 藏於本元之時曰塞之極, 是時, 極體亦無, 只有本極而天地深藏之, 是宗胞之血, 血始漏出, 極體成而生萬地, 是境曰開, 血汪汪然注之, 支極充而成萬地, 是境曰通, 血更注入, 萬地替而支極虧, 是境曰閉.

血注入又注入, 萬地滅而極體收, 是境曰塞.

私事則極體, 有左右體, 其事之作, 始地年之南北事, 血分出入, 左右相反, 左以開之, 右以閉之, 右以通之, 左以塞之, 或之地開之, 或之地通之, 或之地閉之, 或之地塞之, 開通閉塞, 雖爲之萬極體之充全健 率如常不虧.

若小事之公事 則各地始而生以成之 是境曰開, 成而成上加成 是境曰通, 物之事變而替之 是境曰閉, 消而化之 是境曰塞.

私事則春夏秋冬, 是也, 春和以生之, 是境曰開, 夏容以長之, 是境曰通, 秋憲以成之, 是境曰閉, 冬剛以藏之, 是境曰塞.

若小事則萬地, 不遑各擧, 故, 玆只擧吾地而言之, 地也, 始之以降, 今屬一百二十八原之後降, 卽通之始也.

※ 巳始出, 是血之天一分, 大公事則神力初生境也, 一抹微烟散曠野, 大私事則左體, 巳始入, 小公事則于地一部落境也, 一滴雨風頭下, 小私事則南地, 巳始入, 是極開之正初也.

※ ㅌ又出, 亦血之天一分, 大公事則性分加生境也, 玉鉢淸水淡無色, 大私事

則左體, 彐又入, 小公事則熱流凝作境也, 一石塊凹凸奇, 小私事則南地, 彐又入, 是極開之正中也.

卍 山又出, 亦血之天一分, 大公事則地分加生境也, 混濁濁沈滓滓, 大私事則左體, 山又入, 小公事則石塊在氣泡中境也, 河海深山野淸, 石繭坼大哈開, 小私事則南地, 山又入, 是極開之中終也.

卍 爪又出, 亦血之天一分, 大公事則化力加生境也, 靈海淸萬地列, 大私事則左體, 爪又入, 小公事則金兒玉童, 水陸並來境也, 野塘蛙鼓吹, 小私事則南地, 爪始入, 是極開之最終也.

開之最終, 吾地之一百二十八原之其間, 宗胞中血分天, 盡出乎支界, 人事平全事迪, 本支極相均率, 是與年之夏德之作, 同其事.

卍 巨始出, 是血之地一分, 大公事則物事方盛, 大私事則左體, 巨始入, 小公事則大世一國而登爭, 小私事則南地, 巨始入, 是極通之正初也.

卍 彐又出, 亦血之地一分, 大公事則物事盛有盛, 大私事則左體, 彐又入, 小公事則一國家和成, 小私事則南地, 彐始入, 是極通之正中也.

卍 山又出, 亦血之地一分, 大公事則萬地始相涉, 大私事則左體, 山又入, 小公事則亞个始爲用, 小私事則南地, 山又入, 是極通之中終也.

卍 爪又出, 亦血之地一分, 大公事則支極極充溢, 大私事則左體, 爪又入, 小公事則他地爲隣國, 小私事則南地, 爪又入, 是極通之最終也.

通之最終, 吾地之二百五十六原之其間, 宗胞中地分, 亦盡, 支極, 極盈, 極機右之幹以極, 地無更進之餘極, 是與年之秋德之作, 同其事.

卐 巨始入, 極體天一分, 滅却極運, 昨之左體極塞, 今始開, 巨始出, 一地與盆通明而稍暗之, 年事昨之南地極藏今始生, 是極閉之正初.

卐 彐又入, 極體天二分, 滅却極運, 左體, 彐又出, 一地物魂稍稍散, 年事南地, 彐又出, 是極閉之正中也.

卐 山又入, 極體天三分, 滅却極運, 左體, 山又出, 一地輪度不均率, 年事南地, 山又出, 是極閉之中終也.

卐 爪又入, 極體天四分, 滅却極運, 左體, 爪又出, 一地, 人事失弱野昧, 年事, 南地, 川 又出, 是極閉之最終也.

閉之最終, 吾地之三百八十四原之其間, 支極之界, 天分已盡, 地分只存, 人事失物亦貪, 本支之極, 血分分在, 是與年之冬德之作, 同其事.

〓 巨 始入, 支極地一分, 滅却極運, 左體, 巨 始出, 一地, 心熱冷却, 物生太替, 年事, 南地, 始出 是極塞之正初也.

〓 彐 又入, 支極地二分, 滅却極運, 左體, 彐 又出, 一地, 太行失其極, 物事不復生, 年事, 南地, 彐 又出, 是極塞之正中也.

〓 山 又入, 支極地三分, 滅却靈海混沌, 極運, 左體, 山 又出, 一地, 氷塊太虛跨, 年事, 南地, 山 又出, 是極塞之中終也.

〓 川 又入, 支極地四分, 滅却, 極體收深藏藏, 極運, 左體, 川 又出, 一地, 作雲散, 年事, 南地, 川 又出, 是極塞之最終也.

塞之最終, 吾地之五百十二原之其間, 支極, 極無無, 宗胞極充充, 極運之左體, 年事之南地, 今也通之極, 是與年之春德之作, 同其事.

是極, 境也是頑陰子夜, 風亦絕, 本極, 無一刹更加之餘極, 支極, 無一塵更減之餘極, 極盈則必虧, 極虛則必生, 故, 明之開, 立地必待, 宗樞之左之幹, 已極, 始以之右之幹, 極機始作右關而始開之.

一地之開通閉塞, 可謂遠矣, 其實不遠, 至若極體之開通閉塞, 莫知昨開今閉今塞明通之其度, 安敢容寸舌 於其極之極.

夜床下簾坐, 大主之四事始終, 於然遠遠看, 野外山底蟻影過.

大宗元符經　끝

道　經

1. 道의 大原

道를 어찌 쉽게 말씀할 것이겠는가

道는 그 크며 모두임을 이르나라

하늘은 항상 道로서의 하늘이오 땅은 항상 道로서의 땅이오 사람은 항상 道로서의 사람이며 다른 온갖도 또한 그 온갖됨이 항상 道로써일 뿐이니라.

그러기 우리들은 언제든지 道아닌적이 없으며 어데까지나 道를 못본데가 없나니라. 그러면 道가면데 높은데 깊은데에만 있는것이 아니라. 또한 우리들이 恒常보며 들으며에있으며 또한 저마다 그 스스로함에 있는 것인줄 만을지니라.

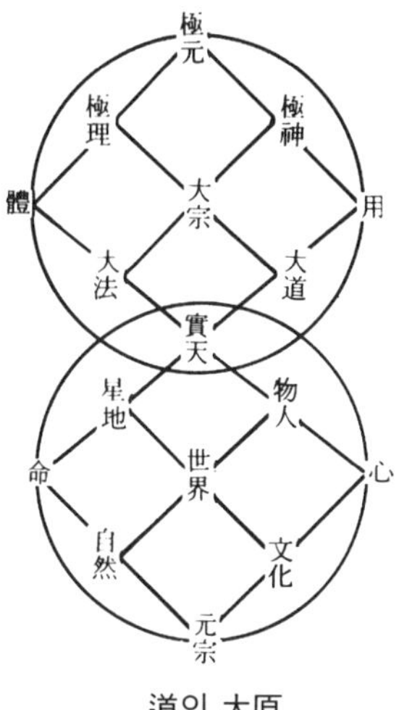

道의 大原

그러나 우리들의 能히 道를 말씀하기 어려움은 道의 全體를 包觀치 못하며 道의 大原을 通悟치 못하며에 있나니라.

우리들께 普通으로 現實되는 바는 道의 千枝萬葉일 뿐이오

본래 道의 뿌리와 그루와는 우리들의 바로 보기 어려우며

꼭 붙잡아 낼 수 없는데에 있나니라.

예부터 「一道之大原이 出於天」이란 말씀이 있것다―

卽 道의 뿌리는 天이다의 意味일 것이다.

그도 徹底한 眞理談임은 다시 容疑할 바이 없다.

그러나 「道之大原이 出於天」이라 하면 다시

그 天이 무슨 天인가의 疑案이 提起될 것이다.

그 疑案에 따라서 깊이 생각하면 도리어「天之大原이 出於道」라 그렇게 主張함에 이를지니라.

以下에서 보면 道의 大原이 天에서 出하였었고 以上에서 보면 天의 大原이 道에서 出하였었나니 이 天은 實天이오 이 道는 大道이니라.

다시말하면 天道의 大原은 道도 아니오 天도 아니라 實로 天道의 以上의 한 極에 있나니라.

한 極이란 무엇인가? 이르되 極元이니라.

極元에서부터 나온 어데를 또한 天이라 이르지 아니치 못할 터이오 그어디서부터 나오게된 어떠함을 또한 道라 觀念함을 그르다할 理가 없다고 疑案을 提起할 이도 없지 않을 터이다.

그렇지만 原來 極元은 無無極이나 無道極이나의 稟生이 아니니라.

極元은 前에 天도 없고 道도 없었으며 極元으로써 後에 曰道니 曰天이니 하니라.

極元은 無無에서 나왔고 道와 天과는 極元에서 나왔었나니라.

無無가 아닌 모두의 大原은 오직 極元뿐이니라.

極元이란 極理와 極神과의 相乘한 積을 約한 말씀이니라.

그 相乘積의 表現은 卽 天地人 모두이오 그 表現의 所以然은 卽 道이니라.

그러나 다시 詳明히 갈라 말씀하면 天의 本體는 極理이오 道의 主張은 極神이니라.

天은 宇宙모두의 體이오 道는 宇宙모두의 用이니라.

天은 무엇이든지를 周備하여 體가 된것이니 이 卽極理의 그러한 바이오 道는 그 周備하여 지임과 周備한 것이 發하게 되는 用이니 이 卽極神의 써 하는 바이니라.

極理가 發達하여 九元이 되고 極神이 發達하여 大主가 되니 大主의 九元과 相乘한 것을 大道라 이르니라.

大道를 思索하는 者는 먼저 大主를 모시며 九元을 외임에 誠을 致하면 極元이 스스로 깨달아지니라.

極元을 깨달음은 卽 大道의 뿌리를 들음이니 이를 들음에는 道의 全體가 모두 들릴지니라. 그러면 먼저 極元을 알고야 道의 뿌리를 바로 들어서 道의

全體를 말씀하게 되겠나니 아! 道를 어찌 그 쉽게 말씀할 것이겠는가?

2. 道의 全體

다만 「없덜없」(無減無 卽無無極)이였나니라.

게(거기, 그곳)는 사람의 想像線 밖이니라.

게를 通해본 或은 그냥 絶對默- 그럴 뿐이니라.

「없덜없」의 極한 바에 變하여 「없더없」(無加無 卽大無極)의 게가 되니라.

게는 無始의 먼저이오 無上의 위넘(上越)이니라.

이는 大哲兒의 獨笑岸이니라.

無無는 오히려 無無無이오 大無는 마침내 有有하리라.

한 極으로 無의 고자가 極함에 變하여 한 極으로 有의 고자가 일어나니 이는 因없음에서 그렇게 되는 所謂 「○自然」이니라.

「自然」은 卽 極自然의 原因이니라.

無無寂寂의 空空海는 極히 잠잠한 속에서 바람을 기다리고 있도다.

「없」의 「없」할수록 고자는 계속 正比例로 하리라.

「없더없」의 極한 바에 이 「고자」는 極하여 한 검(•)의 게가 되니라.

「검」은 有有의 極因子이니 있과 고자의 한 極이니라.

「검」은 元코 靈하니 그 元임은 「검」의 「있」그것이니 卽 萬有化의 原의 因이오 그 靈함은 「검」의 「고자」그것이니 이 卽 萬有爲의 主의 因이니라.

「검」은 進化하여 滿娠의 게가 되니 게를 太元(卐)이라 이르니라.

이에 靈風이 움직이어 太元의 四的으로 支元이 出生니라.

여덟 支元을 出生한 太元의 本體를 本元(卍)이라 이르니라.

여덟 支元과 한 本元과를 들어 九元이라 이르고 九元과 太元과 「검」과까지를 極元이라 이르니라.

이 게는 元이 이루었었고 靈이 자랐었으니 「있고자」는 將次 그의 實現을 催促하게 되니라. 게는 卽極體의 命이오 道의 大原이니라.

極元의 元은 萬理의 한 極이오 極元의 靈은 한끝 큰 神이니라.

그런 故로 이룬 元은 即 極理이오 자란 靈은 即 極神이니라.

極理는 무엇이든지 어디든지 모두의 원래의 무엇이니라.

모두의 그러함(其然) 있으며 자꾸(頻數)의 갖추임(備) 있는 것이니라.

언제까지 다 함 없으며 어디든지 그치임 없나니라.

極眞인지라 사람으로 그 眞임을 徹悟키 어려우며 極妙인지라 사람으로 그 妙임을 通觀키 어려우니라.

꽃으로 보면 宇宙가 모두 꽃이오 나비로 보면 王卡이 모두 나비이니 이는 極理가 그 一인 때문이니라.

極神은 모두의 됨이오 항상의 함이니라.

어디든지 앎이 있으며 언제든지 삶이 있으며 하나니라.

極眞으로 하여금 그 眞임을 存케하며 極妙로 하여금 그 妙를 發케하며 이고 宇宙의 全生命이오 王卡의 總持續이니라.

꽃으로 極理를 보면 極理가 即 꽃이오 極神으로 나비를 보면 나비가 即 極神이니라.

꽃과 나비와의 그 꽃과 나비와가 되겠음은 極理이오 꽃과 나비와의 그 꽃과 나비와가 됨은 極神이니라.

꽃으로 보는 이는 꽃이라 主張하고 나비로 보는 이는 나비라 主張하도다.

그러나 實로 꽃도 아니오 나비도 아니라 다못 極元의 붉음이오 극원의 날음이니라.

極理 乘極神의 積은 即 有道極의 大宗이니라.

이에서 極理는 極神을 須하야 큰 「감」이 되고 極神은 極理를 準하야 큰 「임」이 되니라. 큰 「감」 即 九元이니 큰 「임」의 資本이오 큰 「임」 即 至靈이니 큰 「감」의 發力이니라. 이 資本이 없으면 큰 「임」이 能히 發力되지 못하며 이 發力이 없으면 큰 「감」이 能히 資本되지 못하며 하나니라.

큰 감을 자꾸 分析하여도 그에 큰 임이 있으며 큰 임을 자꾸 分析하여도 그에 큰 감이 있나니라.

이 게(그곳)는 王卡의 總司이오 有道의 本部이니라.

大宗에서 큰 임이 큰 감 그대로 實現하겠다는 立案이 確立되니 이를 大法이라 이르니라. 大法은 善惡이 없으며 正邪가 없으며 寬嚴이 없으며 操縱이 없으며 한 極의 本眞이니라. 浩浩蕩蕩하며 然然如如하여 그저 되게할뿐이오 하게됨 뿐이니라.

大宗에서 큰 임이 大法 그대로 實行함이 있음을 大道라 이르니라.

大道는 善惡이 없으면서 善惡이 있게하며 正邪가 없으면서 正邪가 있게하며 寬嚴이 없으면서 寬嚴이 있게하며 操縱이 없으면서 조종이 있게하는 極의 本能이니라.

活活潑潑하며 乾乾惺惺하며 자꾸 되는 것 뿐이오 하는 것 뿐이니라.

假令 吾人의 自然科學上으로 보는 모두임은 所謂 自然法則의 原定한 바이니 그는 卽 法이오 그 原定한 바대로─는 卽 道이니라.

그러기 大法은 卽 王卡의 極自然法則이오 大道는 卽 그의 施發이니라.

大法이 서고 大道가 하여 極基가 열리고, 極力이 쌓이고 極素가 차이고 極機가 움직이며 因하여 太造가 비롯하여 太化를 催促하니 이 게는 所謂 實天이니라.

實天은 極理와 極神과의 乘化하여 將次 表現코자하는 卽 實의 「있」 實의 「됨」 그의 直原이니라.

實天은 極神의 靈子가 더욱 洋洋活活한 게이니 故로 靈海라 이르고 또는 極理의 元分이 더욱 周周密密한 게이니 故로 元林이라 이르니라.

이에 「있」이 차고 「고자」가 떨치어 비로서 實化가 表現되니라.

宇宙의 萬化萬狀이 털끝만치도 이에 발함이 없으며 이가 아님이 없나니라.

極元의 처음부터 實天까지 됨이 있음은 卽 極自然의 有道이니 이 故로 게를 上有道極이라 이르니라.

極元 以前의 大無極을 無道極이라 이르니라.

그러나 大道는 大宗에서부터 그 以下의 總有道를 이름이니라.

그는 大宗이 먼저는 그 有道가 大成치 못하였었음으로 써 이니라.

實天부터 以下의 自然과 文化와의 게를 下有道極이라 이르니라.

泛稱으로는 上有道極도 天이라 하고 다시 大無極 無無極까지도 또한 天이라 하나 이는 物比觀으로 그 無形界를 象徵함일 뿐이니라.

無形界를 모두 天이라 이르면 上有道極은 實天이 아니라 即 上天이오 大無極 無無極은 即 假天이니라.

極理에 極神이 乘함은 大宗의 生이오 大法에 大道가 作함은 大宗의 成이니 그 生으로의 成은 上天下天의 一大輪轉이니라.

極理로의 大法은 大宗의 體요 極神으로의 大道는 大宗의 用이니 이의 大體 大用은 即 極命 極心의 一大合格이니라.

다시 極理는 大宗의 命이니 命의 存心한 大宗의 德은 即 大法이오 極神은 大宗의 心이니 心의 率命한 大宗의 行은 即 大道이니라.

큰 鍾에서 큰 소리가 發하며 살찐 씨에서 살찐 움이 生하나니 王卡의 그 皇皇한 함가 盈盈한 됨과가 어찌 그 空然이겠는가.

實天은 下有道極의 宗이니 大道의 開發의 게니라.

極基는 萬有建設의 밑「턱」이니

큰 容의 가운데서도 큰 定이 있으며 항상 運할지라도 아주 變移함 없나니라.

進化한다하여도 그「턱」안에서의 循環뿐이오 宇宙라하여도 그「턱」안에서의 指定이니라. 무너짐 없으며 비인데 없으며 하나라.

極基위에 極機가 베풀었었고 極機속에 極素가 모두이며 極力이 타이우니 이에 極世가 表現하여 星地가 열리게 되니라.

極基 極素는 元乘靈의 積으로의 靜的이오 極機 極力은 靈乘元의 積으로의 動的이니라. 이로부터 動的은 모두 靈的이오 靜的은 모두 元的이니라.

不知커라 星地는 幾億兆가 있으며 極世의 밖은 幾億兆里나 되는가? 그 無限의 空間을 假定하여 極宇라 이르니라.

不知커라 星地가 있는지는 幾億兆運이나 되며 星地가 없을때까지는 또한 幾億兆運이나 되는가? 그 幾億兆運의 먼저는 어떠한 꼴의 境이었으며 그 幾

億兆運의 뒤는 또한 어떠한 꼴의 境이겠는가 이의 浩茫한 時間을 假定하여 極宙라 이르니라.

極世의 實天속에 잠기어 있음은 그 꼴이 蛙卵의 全胞와 같으니라.

星地로부터 物人이 化生하니 이에 世界가 形成되니라.

星地는 物人의 「턱」이오 質이니 이는 實天의 第一化이니라.

物人은 星地의 「꽃」이오 果이니 實天의 第二化이니라. 또한 地는 星의 全成한 것이오 人은 物의 進化한 것이니라.

우리의 地球는 極世中에 마침내 全成하였으며 進化하며의 運에 있는 世界이니 「임」의 九元의 五合格을 얻어서 五形의 「게」를 이루니라.

五形은 散形 固形 森形 窮形 峭形이니 卽 亨鑛植動人의 五物의 짓을 이름이니라.

實天으로부터의 表現하여 世界의 進化한 그 順序를 보건데 實天의 第一化는 亨物이니 이를 元, 靈의 一方乘이라 假定하면 그 다음 第二化鑛物은 二方乘이오. 마지막 第五化의 人物은 五方乘이라 할지니라.

그런 故로 이 順序는 다시 容, 定, 生, 覺, 靈, 五度의 階段이 있나니라.

그리하여 世界는 紛紜하며 多事하게 되니라. 第五의 靈峭는 다시 以上階級으로 進化할 餘度가 있을가? 人物은 九元의 五合格에 다하여 本元에 復化한 것이니 다시 餘度가 없을지니라.

이에서 人物은 文化發達을 主張하며 이의 對方에서 動植鑛亨은 自然化爲를 存續하나니라.

自然은 星地로의 進化이오 文化는 物人으로의 發達이니라.

自然은 實天의 眞相이오 大宗의 實作이니라.

自然을 깨달은 이는 또한 그의 眞實을 會得할 지니라.

自然을 즐겨하는 이는 스스로 그 眞하며 實하며 하니라.

항상 自由뿐이오 모두 本然뿐이니라.

江天에 雁聲이 凄凉하고 野岸에 柳色이 初靑하니 이 聲은 節制가 없으며 이 色은 虛飾이 아니니라.

自然은 그 서로 利하며 서로 도웁나니라.

꽃은 꽃이오 나비는 나비라 그러나 꽃은 나비를 利롭히며 나비는 꽃을 도웁나니라.

自然의 頂點은 사람이니 사람 스스로의 함을 文化라 이르나니라.

文化는 大道의 果實의 익어짐이니라.

文化는 自然의 幻弄이니 實天의 第三化이니라.

文化는 王卡의 小有道이니 이는 亞道의 來歷이오 世界의 侵進이니라.

文化는 每樣善惡兩方으로 進하나니 이는 極元의 나누임이 가장 末稍에 이르렀었는 때문이니라. 虛僞 詐欺 奸邪 淫虐 爭奪 壓制 拘束 挈冷等 온갖 惡은 오직 文化의 가장 잘하는 바이니라.

그가 極하야 自來의 凶天魔世를 이루었었나니라.

惡과 反比例로 善이 또한 進하여 마침내 正天齊世의 새 問題가 머리를 들게 되나라.

이 問題는 自然으로의 極元을 體得하여 文化上 人道의 宗으로 用이된 元宗의 目的이니라.

元宗은 極元의 極果이오 大道의 亞道이니라.

元宗은 大道 自然 그대로의 亞道文化의 極大成이니 언제든지 어디든지에 通한 큰 法이오 항상 모두에 똑바른 道이니라.

景人의 人道主義와 復人의 自然主義와는 이 元宗의 一世兩境이니라.

한쪽은 長城高樓이오 한쪽은 淸風明月이니 登高詠明은 이 主人의 平生이니라.

善惡을 함께 消化하려는 元宗은 卽 人道統一의 總宅이니라.

釋孔老耶는 左右에 모시고 桀紂跖蹻는 前後에 나누어 連口하여 法文을 외우나이니라.

千紅萬綠이 都是한봄이오 巨浸細流가 莫非한물이다.

天下가 한집 밭이오 億兆가 한집 農軍이니라.

너희는 太陽을 쳐다보아라 바다를 굽어보아라 그 皇皇하며 浩浩하며를 누

346

구 能히 明言하리오.

實天부터 星地의 自然은 下有道極의 命이오 星地부터 物人의 文化는 下有道極의 心이니라. 이의 大命大心은 即 世界의 大體大用이니 有道極의 體와 用과는 即 이의 本體本用이니라.

星地는 世界의 밑턱이니 이에 初建設은 自然이오 物人은 世界의 建設이니 이의 밑턱을 開拓함은 文化이니라.

總自然의 밑턱을 開拓하여 極文化의 建設을 大成함은 元宗이니라.

實天가운데 世界가 열리고 世界위에 元宗이 섰으니 이를 天地人 三宗이라 이르니라.

實天과 星地와 物人과는 비록 天地人이나 可히 三宗이라 이르지 못하나니라.

다시 實天은 下有道極의 最高이오 世界는 下有道極의 大合이니 이를 相對로 宗符라 이르니라.

實天以上의 靈에 서있는 大道의 本部를 大宗이라 이르고 世界 其宗의 元宗으로 하는 亞道의 主任을 元符라 이르니라.

統히 極元이 發하여 大宗에 이르고 大宗이 作하여 實天이 열리고 實天이 化하여 世界가 되고 世界가 進하여 元宗이 섰었나니 통들어 五極이라 이르니라.

비록 五極이라 하나 그 界點은 오직 極元의 한 極일 따름이니라.

다시 그 한 極이 極中極에서부터 支極으로 向하여 擴張進化한 것을 보면 極數의 次로 九元의 五格을 나누며 五格이 各기 한 極을 이루었나니라.

元宗〈 世界〈 實天 〈 大宗 〈 極元 〉九 〉十二 〉三四 〉五六 〉七八 〉…五極圖

다시 約言하면 極元으로써 大道가 出하고 大道가 익어서 亞道가 現하나니라.

大道는 天의 大宗에서 하고 亞道는 人의 元宗에서 하나니라.

그러니 有道極은 都是 自然과 文化와의 兩界 뿐이니라.

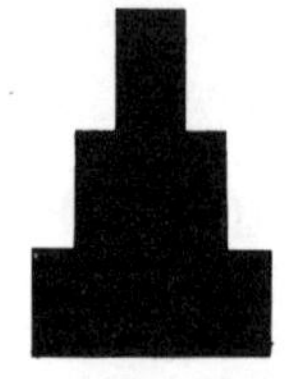

第三層　亞道

第二層　大道

第一層　極元

사람은 반드시 元宗을 믿어야만 可하니 元宗은 사람 最進의 大道의 碩果이오 極元의 通發이며의 唯一한 亞道이므로써이니라.

3. 道의 汎論

道는 至誠이니라.

虛僞아니오 慢忽없으며 모두 眞이오 줄곧 精이니라.

消長이 없으며 活亂이없으며 變改치 않으며 墮落치 않으며 하니라. 權能이 아니라 自爾然의 德이며 故作이아니라 自爾然의 行이니라.

애쓰지 않고도 저절로 되며 꾀하지 않아도 저절로 하나니 그 實로 誠의 至致이니라.

께내 絶對임은 誠의 一임일새이오 모두 具體임은 誠의 大임일 새이니라.

道의 誠이 쉬이는 瞬間은 곧 모두의 없을 同時이니라.

山은 높으며 물은 흐른다. 꽃은 웃으며 나비는 춤춘다. 그런데 一方은 漁笛이오 一方은 農歌로다. 이를 各別히 보지말라 오직 한 誠일뿐이니라.

道는 그 큰이니라.

無始의 처음부터 無終의 마지막까지의 한 極運과 莫大의 宇宙로서 莫小의 티끌까지의 한 極體와를 오직 한 誠으로 通하여 莫莫大의 無道極과 對하여 있나니라.

嶧陽이 印度보다 적은 못이 아니오 印度가 嶧陽보다 큰 바다가 아니니라.

(嶧陽은 笑來先生의 鄕里의 湖名 편저자주)

絶對의 大이니, 道는 그 하나이니라.

極運은 一秒의 時間이오 極體는 一點의 空間이니라 都是一也이니라.

꽃과 눈이 한빛이오 쇠와 북이 한소리며 빛과 소리가 또한 하나이니라.

色이 實로 色이 아니오 聲이 實로 聲이 아니라 다못 極元의 道가 있음 하나뿐이니라.

눈에 各別이 있음은 道의 末稍에―이므로써 이니라.

儒의 倫政과 道의 神仙과 釋의 涅槃과 耶의 慈善과가 그 形式은 다르다하거니와 그 歸趨와 本義는 一也이니라.

我는 正宜도 하며 安閒도하며 虛無도 하며 奔忙도 하며 그러니 我가 正宜로 道를 보아 倫政을 主張하고 安閒으로 道를 보아 神仙을 學하고 虛無로 道를 보아 涅槃을 求하고 奔忙으로 道를 보아 慈善을 施하고 다시 그 보는바대로 多方面의 別樣子를 나타내나니 이는 各기 바다를 港灣마다 보는 셈이니라.

儒曰一貫 耶曰一體 道曰得一 佛曰歸―그러니 이는 다 道의 그 하나임을 認하는 標語이니라 一貫一體는 道의 自然이오 得一歸一은 道의 文化이니라.

自然은 人이 그 演繹的이오 文化는 人이 그 歸納的이니라.

그러나 實底는 貫도 體도 아니오 得도 歸도 없나니라.

다시 그밖의 小가 없으며 그밖의 二가 없나니 道를 全한 이는 大가 없으며 一이 없나니라.

云云의 大小萬一은 總히 道에서―이니 道는 그 極이니라.

道는 通하나니라.

宇宙에 헝클림 없으며 거츨림 없나니라. 洞하여 浩浩蕩蕩하며 和하여 源源洋洋하나니라.

道는 살아 있나니라.

宇宙는 한 靈識으로 곧 움직임이니라.

宇宙의 生命은 卽 道의 誠이니 줄곧 活潑하며 無限長壽하나니라.

故로 萬物이 살아있는 中에 或 冬眠함과 같음도 있고 或死細胞와 같음도 있나니라.

아주 죽은 것, 아주 죽은데란 그 原來 없나니라.

例컨대 되살지 못하는―이 없으며 天外에 埋葬할―이 없으니 蔽一言 삶 뿐이니라.

그러나 生命은 그의 열매 卽 우리사람에게 가장 密度 높으게 凝合하나니라.

사람의 生命은 卽 道의 茸(鹿茸)이니라.

道는 둥글고 모지고 하니라.

우리들께 微하고 큰 部分은 거의 다 둥글어 容하고 우리들께 現한 작은 部分은 거의다 모지어 定하니라.

둥근 部分은 道의 大한 體이오 모진 部分은 道의 正한 用이니라.

道는 健行하여 쉬지 않으며 固存하여 그침이 없나니라.

天은 奇코 連코 因이오 玄이며 地는 偶코 絶코 果이오 符이며하니 故로 道는 그 天으로 圓코 地로 方코 하니라.

防限이 없으되 端倪있고 循環하면서도 落成이 있나니라.

宇宙無量數의 大小轉輪上에 그 無量의 洪細突起가 항상 圓方兩界에 現하다 微하다 하니라.

道는 極端이오 中庸이니라.

極端이므로 宇宙가 能히 大하고 中庸하여서 그 大에 또한 正이 있나니라.

언제든지 徹底的이오 어데까지나 互彌的이며 또한 偏域이 없으며 例外가 없나니라.

極端만으로는 道가 기울어지리라 中庸만으로는 道이 주저앉으리라.

사람은 極端의 基礎위에 中庸의 建設이 可하니라.

老佛은 極端만으로도 中庸이 있고 孔耶는 中庸으로도 極端이 있나니라.

極端은 根果이오 中庸은 幹支이니라.

根은 道의 動脈이니 그윽히 潑剌하고 果는 道의 末化이니 볼수록 奇美하며 幹은 道의 體統이니 不偏不倚하고 枝는 道의 階梯이니 平常한 것이니라.

根幹의 一部 卽 道의 本을 中極이라 이르니라.

사람은 반드시 中極에서 떠나지 말아야 可하니라.

儒曰執中 老曰守中 釋曰空中은 그 모두 사람으로 하여금 道의 本에 돌아들게 한 訓句이니라. 그러나 曰執 曰守 曰空은 다 唯心에 在하고 所謂 中極은 本元十極地를 이름이니라.

勿論 中極에서 떠나지 말음도 亦是 唯心이지만 本元 十極地에서가 아니면 執하거나 守하거나 眞一의 中이 아니니라.

350

執하여 守하다가 空한 中에 中의 空을 할지니 佛은 그 至하도다.

이에 비로서 無我 無物 無對 無外의 게에-하리니 그 무엇을 中이라 하며 그 어디를 空이라 하리오 曰道는 그 極이니라. 道는 實在이니라.

有道極은 元林札札한 속 靈海洋洋한 속 그에 極原子는 빈데가 없으며 極力線은 끊인때 없나니라. 가득히 있어서 꺼지지 않으며 꾸준히 있어서 밑지임(부족함) 없나니라. 實在의 턱은 極理의 自爾排設이오 實在의 셈은 極神의 自爾活動이니 故로 實在는 그 道이니라.

사람도 道를 實在대로 하는 이 可하니 卽 正道大法이 그이니라.

人間 云云은 趨下할수록 더욱 非實在의 故作을 하니 이 實로 人道上 遺憾의 大한 바이니라. 實在대로는 그름이 없으며 틀림이없으며 또한 모두 펴이며 항상 잘되며 뿐이니라. 人間들아 虛照夢中의 탈놀음을 그 어느적에 罷하려느냐.

道는 至公이니라.

되게끔 普遍的이오 끝까지 平均的이며 어디든지 自由 언제든지 正義-그러하니라. 寬大하고도 容恕없으며 博厚하고도 甚苛없나니라.

共치 않은 것 없고 利치 않은 것 없고 낱낱이 報하며 골고루 튭하며 하니라.

欲求대로 應해주며 分量대로 許하나니 景運이 그 井井하도다.

或 不自然으로의 道의 病的으로 定外의 不井井이 있나니라.

사람은 道를 體하는 者이라야 能히 公하리라.

온갖의 不公은 사람에 모여 섯나니 이곳 至公의 末現이라 이를 調節하여 文化의 公을 定함이 곧 人道이니라.

公의 空前極은 大共和이오 그 너머는 無國이니라.

사람의 日常은 그 極의 밖에 그넘어가 可함이 많으니라.

그 極은 正이오 그 넘어는 大이니 大正合格은 그 大兒이니라.

道는 至善하니라.

至善은 萬能이오 善良이니라. 狹義的이 아니오 人間味가 아니니라.

演釋的으로는 世上이 다 通히 善할 듯 하되 歸納的으로는 道가 그 惡한듯하도다. 그러나 道이 根本 無善無惡으로부터 末梢有善有惡에 이르니 有惡도 亦是 道의 至善의 所致이니라. 善惡은 原來 高遠한─에서 適生한 것이 아니니라.

即 道의 未來의 各히 自長을 圖함의 서로間 適不適을 稱함에 不過하니라. 어디든지 適者善이오 무어든지 不適者惡이니라. 道는 通通히 適하니 即 至善이니라. 鼠는 猫를 惡하다 하되 道는 猫를 善하다하리라. 그는 道가 鼠猫에 至公한 分乘이 있었음으로써 이니라. 世上에 或 眞한 惡이 있음은 그곳 道의 病的이며 廢的이니라.

사람은 義理에 適함으로써 至善이라 하리니 或 奸適은 即 惡이니라.

世上은 막 밀어 奸適의 魔聲中이니 이는 文化病의 傳染이니라.

그 病菌이 自然까지(景天만) 傳染하여 이에 凶天魔世가 되니라.

凶天魔世를 正齊하겠는 元宗은 即 至善이니라.

法文「至誠普善宗符永昌」이 即 元宗의 目的이니라.

우리가 고루 元宗에 信誠이 致하여만 道의 至善을 體得하여 元宗의 目的을 達하리라. 道를 唯心으로 보면 山이 나누임과 같고 唯物로 보면 물의 모두임과 같으니라. 青山綠水를 찾아 들어 萬景을 探翫하니 那一方은 雲山天空이오 又一方은 松風孤鶴이오 저 한골은 封塔層層이오 또 한골은 古寺寂寂이러라. 琪花瑤草를 헤치며 青波白石을 거닐며 或 異獸怪禽을 들으며 絕崖瀑布를 보다가 마침내 培達 꼭대기에 올라서서 萬水千山의 通一本을 깨달으면 이곳 道子의 알음이니라.

道는 알기 쉬우나 行하기 어렵고 또한 行하기 쉬우나 達하기 어려우니 사람은 이에 可히 信誠을 다할지니라.

信은 道를 뚫으는 송곳이니 그에 비비는 誠이 아니고 어찌 能히 至誠의 道를 貫徹함이 있겠느냐.

4. 道의 圖說

二圖가 一也이니라.

道의 分次圖

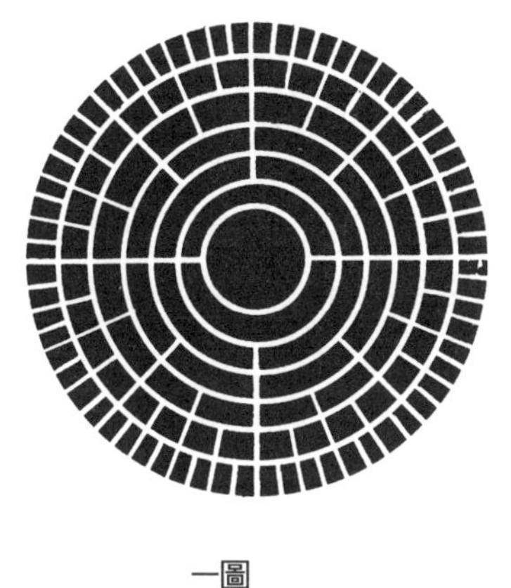 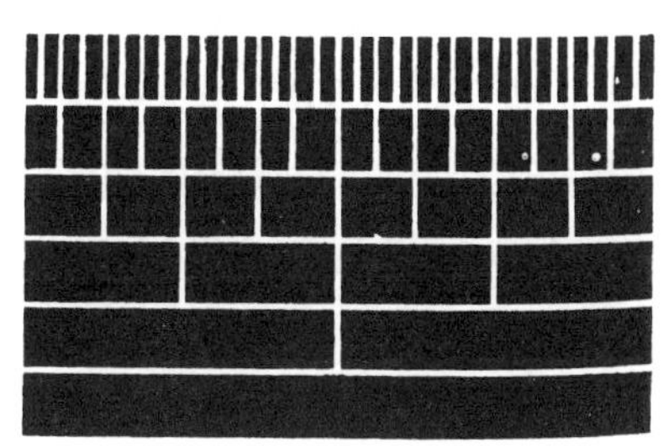

一圖　　　　　　　　　二圖

宗符의 모든 太象은 一히 이러하니라 그러나 一圖는 大道極의 圓大를 象함이오 二圖는 亞道極의 方正을 象함이니라.

演繹的으로 보면 하나로부터 次次 不可思議 無限量으로 나뉘었으며 歸納的으로 보면 無限量으로부터 次次 하나하나 모이였었나니라.

한 極元은 元, 靈의 發할수록 따라 이제 刹那刹那의 最末까지의 極元으로 나누이니 蒼松白雪도 極元이오 鳶飛魚躍도 極元이니라.

禾葉의 棘이 生할수록 虫口의 齒가 利하여 虎의 勇暴가 加할수록 鹿의 驚機가 長하나니 이에 天이 그 億萬天임을 可驚이로다.

어찌 億萬天이 있으리오 實則 極元의 나누이는대로가 各히 自分上에 乘함을 得함으로써이니 그리하여 마침내 千態萬狀의 世界가 되었었나니라.

저 배나무를 보라 한 根基로부터 한 地分液을 分注함에 어찌 私가 있거나 境이 있거나 하리오마는 或枝는 茂하고 或枝는 枯하며 或果는 크며 或果는 적으니 이는 道自然의 因에 있음 뿐이니라.

單一의 極原子가 推斷想穹無無量數로 나누이니 是曰 極素이라. 이로부터 化하여 星雲亨體를 이루나니라.

渾元한 一大亨氣가 化하여 처음 群星의 耿耿落落과 다시 苔野의 日日青青과 마침내 祖動의 蠕蠕蠢蠢과를 排出하니라. 祖動이 化하여 軸으로 몇 極代孫의 吾人에게 와 輪으로 몇 極寸族의 動物과가 되었었는가?

아 ! 杳茫한 우리의 譜系여 너는 그 自身을 反省하라 그 四百兆細胞가 當初 몇個의 細胞로서 어떠한 順序로서 나뉘임인가 ! 너는 그 後身을 推想하라 그 萬世無盡의 孫孫은 그 幾何가 되는가! 한 엄으로부터 마침내 千枝萬梢로 나뉘인 저 나무를 볼 때에 너는 그 무엇이라 하느냐.

다못 極理대로 極神의 나감이니라. 그러기 宇宙가 우리 보기는 物的이로되 其實은 心的이니라. 그는 大道가 반드시 世界를 目的하는 때문이니라.

大道의 世界로 오는 걸음은 自初 刹那刹那의 微分으로 자꾸 모두이기 되나니 너희는 半夏一顆가 많은 原分子의 모두인 것이며 蝸牛 一隻이 많은 單細胞의 모두인 것이며를 아는 바이 아니냐! 너는 自初 몇 億千祖父母의 한 血精한 몸임을 아느냐 一個十 世孫은 千二十二父母의 한 結晶이니 썩 無限한 世로 算하면 아 ! 그 茫然하도다.

사람은 一이라도 그사람이므로의 子는 人理도 倫敎도 政治도 學問도 또는 무엇무엇도가 具體하여 各 그의 千條萬目의 分科가 아울러 極致된 다음에야 비로서 亞道의 全盛을 볼지니라. 이미 人人家家가 合하여 部落이 되고 千部萬落이 一國으로 化하고 將來萬國이 마침내 大共和一國으로 化할지니라.

이미 怪石大蟒等에서 進하여 日月山川에 옮기고 그로의 人人神神이 合하여 一神諸敎가 되고 將來 各敎가 마침내 한 宗法으로 化할지니라.

다시 國與宗法을 別視할 理이 없을지니 日人道統一이니라.

이는 文化의 方正이 自然의 圓大를 體化함이니 마침내 無國自然에 復하고 말터이니라.

5. 天道 · 人道

自然을 天이라 이르고 文化를 人이라 이르고 有爲를 道라 이르니라.

三界自然을 總曰天이라 하고 三宗文化를 總曰人이라 하나 原來無爲는 아

무도 아니니 故로 前極體는 假天이니 懶逸은 死人이니라.

假天의 云天은 이 天이 有하여가 아니라 卽 我이 有함이니이오 死人의 開生은 이 人이 生하여가 아니라 卽 天이 生함이 이니라.

그러나 假天中에서 처음 生天이 낳음은 그의 無가 이미 極하였었음이오 死人의 能히 人生을 못낳음은 그의 有가 이미 썩어 졌음이니라.

生과 滅과는 한 宇宙의 두 半境이니 한 半境은 道이오 한 半境은 假이니라.

彼境上은 不知와라. 可道할 바이 없거니와 此境上의 우리는 活動이 眞價値의 兒이니라 此境은 온통 있고 줄곧하는 奔忙이 「저자」이오 彼境은 아주 없고 항상 쉬이는 寂滅의 「위넘」이니라.

奔忙을 싫어하고 寂滅을 싫어함은 이 人間性의 本味이니 寂滅을 하고자 하되 저 스스로 奔忙하나니라.

寂滅이 비록 싶으더라도 人은 人이라 그 命대로 자꾸 할 것 뿐이니라.

奔忙의 「저자」는 煩熱하고 寂滅의 「위넘」은 淸寒하니 感熱이 極할 때에 市務를 頓脫해 버리고 「一超寂滅天 滿酌萬里氷」함이 이 哲兒의 最後樂이니라.

人間 한 世上에 이 얼음 맛을 맛보지 못한 者는 이 마침내 物奴子이니라.

君子 生하여 能히 저 半境에 노닐되 死하여 能히 이 半境을 벗어나지 못하나니 이는 死하여도 또한 이 有함으로써이니라.

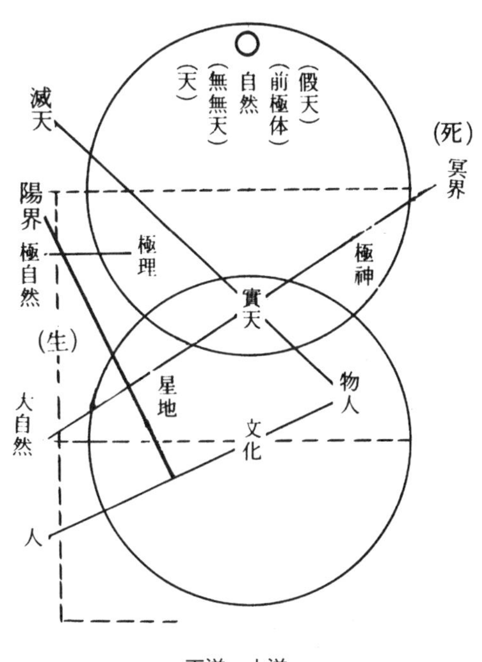

天道 · 人道

物의 生死는 이 稍舊鑄新하는 道이니 萬死라도 亦是 이 半境의 道안에서의 生이오 저 半境의 道밖에 死가 아니라.

塚中枯骨—이것은 物의 죽음이오 道의 죽음이 아니며 또한 사람의 죽음이오 我의 죽음이 아니니라.

死의 極엔 반드시 生하고 生의 極엔 반드시 死하나니 生死는 그 서로 始終이 因果이니라.

生은 死의 陽果이오 死는 生의 冥因이니 이의 往復은 道의 轉輪이니라.

모든의 長短壽는 이 轉輪의 大小에 있나니라 天은 大體인지라 自然의 生死는 生滅이 없고 人은 正用인지라 文化의 生死는 生滅이 있나니라.

그 滅은 道안에의 特端이니 그 轉輪이 아니라 그러면 오늘 陽上這個의 蒼蠅이 다음날 다시 陽上這個의 蒼蠅대로울가? 日混化 되나니라.

또는 冥中這個의 鉛筆이 오히려 冥中這個의 鉛筆대로 있을가? 日復化하나니라. 그러나 或 短距離의 不混化 不復化도 있나니라.

生아니면 陽半輪이 거두이여 宇宙가 冥中에 깔앉을 것이며 同時에 冥까지 ○冥에 떨어져 말것이오 死아니면 冥半輪이 이지러지며 쫓아서 陽은 空空海에 깔앉고 말것이니라. 生이 있으므로 先史 原史 有史의 進級이 있거니와 滅이 없으면 地球는 文化의 두엄이오 하늘은 밑지는 뿐이니라.

故로 生死生滅은 極元의 가장 平한 道이니라.

天道의 本意는 死도 生도 아니라. 그 自爾然의 機가 있음으로써 이오.

人道의 本意는 倫도 政도 아니라. 그 自然의 慾이 있음으로써 이니라.

그러기 天道 人道가 二가 아니라 다못 極自然의 進級이 있을 뿐이니라.

天이 無機하면 自然이 죽을지오 人이 無慾하면 文化가 죽을지니 이 實로 道의 죽음이오 또한 我의 죽음이니라.

機는 可히 有運할 것이오 慾은 可히 有熱할 것이니 또한 無運하면 死機오 無熱하면 死慾이니라. 慾은 機의 所使이오 文化는 自然의 所稟이니 人은 그 天의 鍾秀子이니라.

故로 人은 可히 天을 順할지니 逆하면 相克하여 人亡天亂할 지니라.

「天春人可耕 天夜人可眠 天綿可衣服 天口可言食」―이는 不得不爲의 物質上이니 그 順키 易易한 道이거니와 此外 精神上으론 順키 그 頗難하니라.

그러나 人이 그대로만 固順해야만 可할진대 當初 人에까지 進치 않았었을지니라.

弱肉强食은 이 天命이오 調强濟弱은 이 人認이니라.

男女相悅은 天性이오 男女有別은 人定이니라.

天은 善惡이 未定하니 自然은 通혀 適하고 人은 善惡이 有定하니 文化는 或 適하며 或 不適하니라. 鵲巢鳩居를 天은 善하다하나 蹊田奪牛를 人은 그 惡하다 하나니라.

그러나 옛적 惡妾의 藥衡은 天人이 한가지로 憎惡하는 바이니라.

雖曰人能勝天이라하나 自然을 否認하는 者로서는 正히 妄說이니 實로 能順能適者라야 또한 能勝하리라.

홀로 人만 順天하지 않아 또한 天도 順人하나니 그 相順의 間에서 萬品이 亨하며 萬事가 鼎하나니라.

天時가 왔었음으로 人事가 興하는가 人事가 興하겠으므로 天時가 오는가 曰 그러하며 또 그러하니라.

人事가 없는 天時가 없으며 天時가 없는 人事가 없나니 이 景天의 定案이니라.

十字架의 피와 赤壁江의 불과는 景의 數이오 釋迦의 興起함과 「마호멧트」의 毒死함은 景의 理이니 이는 人事가 天時를 逆하며 順함이니라.

天이 力農家를 飢치 못하며 力樵者를 寒치 못하며는 景의 理이오 그러나 種種의 例外로 因하여 飢寒을 未免함은 景의 數이니 이는 天時가 人事를 順하며이니라.

天人이 同時一事가 되옴도 많거니와 有時하되 無事하며와 有事하되 無時하여도 있나니라. 事는 時의 所稟이오 有無順逆은 善惡未機에 있나니 究컨대 天人이 그 不二이니라.

山이다하면 물이 모이고 바람이 일면 구름이 날으나니 이는 자연의 勢이니라.

民이 屈하면 國이 衰하고 敎가 新하면 俗이 興하나니 이는 文化의 勢이니라.

弱肉을 强食하고 落葉은 歸根하나니 이는 自然의 理이니라.

敵爭은 發達의 動機이오 苦痛은 安樂의 價値이니 이는 文化의 理이니라.

飄風은 終朝를 못하고 危氊는 移時치 안하나니 이는 自然의 數이니라.

仲尼는 陳蔡에 困하고 「멧지나」에 「이스람」이 興하나니 이는 文化의 數이니라.

專制階級이 무너짐에 共和平等이 建設되며 多神迷惑이 모두이여 一神崇拜의 敎가 되니 이는 文化의 理이니라.

범의 掌肉이 厚할수록 사슴의 驚機가 敏하나니 이는 自然의 勝이니라.

羅馬는 猶太를 滅하고 耶蘇는 太西를 合하니 이는 文化의 勝이니라.

메뚜기는 保護色이 있고 코끼리는 攻守器가 없나니 이는 自然의 平이니라.

富翁은 錢穀에 늙어지고 君子는 簞瓢를 즐겨하나니 이는 文化의 平이니라.

뫼가 높아도 天下의 뫼이오 물이 깊어도 地上의 물이니 이는 自然의 定이니라.

不孝不信은 언제든지 惡이오 敬之愛之는 언제든지 善이니 이는 文化의 定이니라.

萬人이 萬音萬容이오 百草가 百狀百態이니 이는 自然의 別이니라.

三綱은 人道의 基礎이오 五政은 人道의 建設이니 이는 文化의 別이니라.

이는 다 天人의 一輪임을 이름이니라.

그러나 老織이 能히 蠶을 못하며 老蠶이 能히 織을 못하나니 이는 道의 末末에 天人이 그 相犯치 못함이니라.

愚農이 堰苗하니 苗가 枯하도다. 道를 모르는 者의 害天傷人함이 어찌 이와 다르리오. 自然의 最終目的 卽文化이니 天의 最終果인 吾人은 可히 文化의

極致를 힘쓸지니라. 그러나 天人不相順의 文化는 그 末弊가 可恐하니 人道는 반드시 그 數理에 通하는 이 可하니라.

儒의 小康 耶의 他信 老의 無爲, 佛의 小乘—그는 다 天人不相順이니 그 毒이 莫甚하였었도다.

自然과 文化는 幷進키 難하니 器大할수록 筋小하며 文明할수록 誠暗하며 醫藥이 없는 때에는 無病하고 醫藥이 많은 때에는 多病하며 生食草衣者는 壽하되 추워않거늘 火食毛衣者는 夭하되 좀하면 추워하나니 이는 自然에서 極元이 文化에 偏乘하는 때문이니라.

人이 基本인 文化를 嗜하여 自然을 太損함은 務本者의 可戒할 바이니라.

自然은 純的이며 誠的이오 文化는 奢的이며 僞的이니 君子가 合을 힘쓰다가 못함에는 必히 그 本을 가질것이니라.

그러나 人文進化의 그밑틀은 自然이니 强히 初自然에 挽留코자함은 愚甚千萬이니 可히 그 進을 체질하여 어서 終自然에 이르기를 힘쓸지니라.

初期의 自然生은 天實이니 卽 自然의 自然이오 中期의 文化生은 人商이니 卽 自然의 文化이오 終期의 自然生은 人實이니 卽 文化의 自然이니라.

이 三期는 世界 모두 나 個人하나나 그 度가 一型이니라.

幼穉에 現在를 取하며 小壯에 未來를 索하며 老大에 過去를 夢하며는 人을 通過하는 路觀이니라.

愚悍의 自然生은 跰本이오 君子의 自然生은 樂本이오 俗輩의 文化生은 忘本이오 宗子의 願爲景復은 이 道의 大圓全을 求함이니라.

商은 法과 反比例니 故로 人道는 可히 一致 아니치 못할지니라.

法一이면 商等實이니 故로 人道統一의 下에서야 文化가 平히 合自然될지니라.

積은 無로부터 有에 達하고 商은 有로부터 無를 通하나니 卽 天人이 一輪이니라. 이 一輪上에 跨하여 能히 乘則乘 除則除하여 亞道의 全輪無缺을 主하는 理念則 元宗의 法이오 法이 表現者인 個人 卽 元宗의 巨子이니라.

乘除가 同時 至靈의 活用이니 巨子 身上에 天人이 唯一이니라.

其一은 非天 非人이니라. 極元上 活用의 主體 卽 我 그것이니 卽 法之一이오 亦三 一之一이니라.

6. 道의 本體

道는 我에 있는 것이라 人은 天에 曰 全人에 曰我라. 그렇기 定稱하나 全 스스로는 全가 아니라 卽 我일 지니라.

꽃에도 새에도 各其 그 스스로 我가 있을지오 물도 돌도 各其 그 물의 我 돌의 我가 있을지니라. 그 各其의 我는 實로 各別한것 아니니 極體는 我 하나 뿐이니라. 我의 本在曰法이오 我의 應用曰道이니 한 本在 한 應用을 우리들 文化上에 開拓하는 것 元宗이니라. 故로 元宗은 我主義의 工夫이니라.

그러나 우리들은 오히려 分分末末의 我에 있으니 먼저 그 自分上의 我로 부터 發하여 侵侵히 마침내 復하여 極我로 化하기로 가이 元宗의 工夫이니라.

我를 잃은 이에게 道가 없나니라.

사람이니 道를 떠나기 不可能이오 그러니 사람은 반드시 我를 알을지니라.

我는 心의 그 本在眞品을 自稱하는 個名이니라.

我는 極元의 極에서 全의 精秀子이니라.

全의 本在眞品으로서 人의 命이 되니 我는 卽 命을 主心的으로 보는 特稱이니라.

「全命有我」라 하니 全我가 그 一命이오 有는 그 道이니라.

我는 心의 性을 乘하여 自主이니 치우쳐 보면 小王卡이오 통들어보면 全宇宙이니라.

故로 無所不具니 達하면 그 無所不能이니라.

그 體는 眞眞皇皇하며 그 用은 惺惺活活하니라.

極宇는 我의 範圍이오 極宙는 我의 過程이니라.

我存하니 天地萬物民衆存이오 我無일진대 極體가 總素灰러라.

人은 有生有死하되 我는 永存하나니 人生하되 我가 不在하면 死人이오 人

死하되 我가 玆在하면 道가 그 生이니라.

天地는 我의 人道局이니 또한 我의 器用이오 我의 倉庫이니라.

「我有天地」라 하니 也或我無天地런들 道가 我에 그 何所要겠느냐.

我에 有道하고 道에 有天地하며 有物人하며 有文化하니 我與文化의 兩岸 舟梁은 元宗이니라.

有全有我는 文化의 未觀이니 全若我의 蘇伊士도 亦是 元宗이니라.

全人唯一은 自然의 本部이니 마침내 分分末觀은 道의 써이니라.

我는 物과 離하여 道키 어려울지니 末末일수록 物임은 我의 道일수록 이 니라.

그러나 我는 처음 其道가 未鍊일 새 오직 蠶蠶呆呆의 肉 한덩치만을 가질 뿐이었나니라.

我는 肉을 根據로하여 肉主義로 開拓되고 그는 進하여 盜肉主義 守肉主義 가 并行하게 되고 그는 다시 公肉主義 非肉主義로 精化되나니라.

公肉은 我의 景代이니 物以上의 我를 因함이오 非肉은 我의 復期이니 物 其前의 我를 云함이니라.

盜肉主義의 蠻風魔習은 오히려 天下에 高勢하니 噫라 狗操逐蠅 저것을 어 찌하며 血雨腥風 깰 날이 언제인가.

古今天下에 眞正한 公肉者 幾個의 神聖義烈이 있었는가? 이 곧 잘 開拓된 我이니 實宇宙의 大價値兒이니라.

我는 이 天下人間을 크게 開拓하겠음에 價値를 크게 發售할 必要가 있도 다.

我는 宇宙의 全權이니 한 손엔 鬼神이오 한 손엔 萬物이니라.

我는 人道의 主體이니 愛群衆에 仁乳를 可分이오 爭局上에 義壁을 可彈이 라 눈에는 古今이오 입에는 六合이니 我는 그 智한바이니라.

空中樓閣에 明月이 洞照하고 海底都市에 淸風이 長吹하니 我는 그 能함이 니라

丘僑의 洞衾眠은 我의 素量이오 猫鼠의 均勢化는 我의 德誠이니라.

我는 萬井千閭의 한집 主人이오 仁兄義弟의 함몸 사랑이니라.

등에는 온 地球가 함집이거늘 그 무거운줄 모르며 발에는 칼고개가 百站이라도 그 물러설줄 모르는 그 我이니라.

長天白日의 思想과 泰山喬岳의 志慨는 그 我이니라.

뛰노는 뜨거운 피덩이도 我이오 넘쳐 흐르는 사랑물결도 我이니라. 我는 風動雷震이오 山立河行이니라.

我는 入하면 江天明月이오 出하면 雪園春風이니라.

惡毒, 詐欺, 淫佚, 驕奢, 怠慢, 悖逆, 墮落, 卑屈, 陰險, 迷惑, 野薄, 頑固等 荒我 病我의 人間들에게 公肉主義의 本誠을 開發하여 주기로 我는 그 致力할 지니라.

誠은 我의 力이니 誠일수록 我이오 我일수록 道이니라.

我는 道로부터 因하여 非肉主義의 法으로 復하나니라.

午炎은 紅爐江山이오 一日은 一年長이어늘 苔花下에 我汗이 雨滴滴이러라.

西窓에 竹影이 오르고 野田에 稻穗가 숙을제 主人은 困莫耐하여 中堂에 眈眈坐러라.

不如不言이오 不如不食이오 不如不知오 不如不不知이러라.

새소리 꽃꿈이 이 我眠을 戱하더니 我眠이 깊을 때에 새 흩어지고 꽃 떨어지고의 空山中이러라.

虛無日月寂滅乾坤―그런데 我는 그 無尋處러라.

滿天白露에 明月이 初昇일새 我는 塵醉를 了醒이러라.

天地는 無何有刹那境이오 人間은 莫思議의 須臾鄕이러라.

無物無事國에 다못 唯我뿐 이러라.

靈坮玉簾에 淸風이 始動하니 我는 그 飄飄 如히 雲外神仙이오 惺惺 如히 寺外活佛이러라.

我는 解脫이오 超越이니 이에 自由이오 安樂이오 마침내 本然으로 大化하리라.

肉과에 能出能入을 我自在하니 我는 肉主義의 其前의 全이러라.

大復은 我의 前이니 死者無魂이 可하고 生者는 不巫가 可하나니라.

無魂이라야 大極樂이오 不巫라야 無魂하리니 이는 正天齊世의 一大條件이니라.

너는 我를 開拓하여 達하기로 마침내 復하여 化하기로 힘씀이 있으라.

너는 我를 極中에 찾으라 極中을 모르거든 너의 誠에 보아라.

我는 其前에 있나니라. 너는 처음 道를 보아 모르리라.

너는 信하라. 信은 自信과 對信과의 殊境이 있나니 너는 먼저 對信을 굳히어 誠을 보다가 誠으로 더불어 自信에 옮기어 誠을 보라.

我는 그에서 出하여 道를 하리라.

極體洪織 도들어 나까지 너의 我에 있나니라.

항상 主觀的으로가 正人이니 客觀的으로는 人間이 모두 野鴉의 午餐이니라.

다 무너진 天堂이 너의 집이 아니며 다 해여진 道袍가 너의 옷이 아니니라.

그러나 너는 客中이니 對信으로 全命有我를 외우기에 致誠하라.

그에 自信을 알리라.

너는 힘쓰라 道在我 我在中 中在誠 誠在信 信在元宗이니.

그대로.

道經 끝

노래집〈부록〉에 붙임

소래선생 유고가 거이 몰수되어 소각되었거나 흩어져 없어지면서도 문하생들이 목숨을 걸고, 해방직후나 6.25난리통에 지고, 품고 나와서 겨우 15편을 건져 지난 1968년에 笑來集 1, 2권에 실어 발간한 바 있으나 특히 소래선생의 원종(元宗)사상이요, 극원(極元)철학인 「천기대경」(天機大經)과 「대종원부경」(大宗元符經) 및 「도경」(道經)과 아울러 소래선생이 평생동안 독립운동과 주의 사상을 교육, 훈련시키면서 지어서 부르게 했던 노래(창가) 90여편 840여수는 귀중 자료이자 장차 소래 김중건의 철학과 사상과 독립운동을 연구하는데 기본적 문헌이 되겠기에 여기 전기(傳記)에 부록하여 두는 바이나 선생이 지으신 노래(창가)는 「소래집」 발간 이후 또 하나의 사본이 있는 것을 발견하여 「소래집」 재판인 「笑來의 哲學과 思想」을 발간 때는 「소래집」과는 다른 사본을 수록했는데 오식이 적지 않아 이를 교정하여 다시 싣는 바이다.

문하생들이 옮겨 쓰는 과정에서 표기법이나 표현 양식이 선생의 원작과는 적지 않게 변질된 부분들이 보이나 원작을 알 수 없으니 그대로 두었고, 특히 사투리 부분은 당시 간도(間島)에 이주했던 한인들의 생활과 언어를 살리기 위해 그냥 두었다.

소래선생의 언어 표기 양상은 1910년~1912년에 천도교회월보에 발표한 논설의 문장 10여회의 글을 읽어 보고 대강 알 수 있으니 이본의 노래 표기가 다소 변질되었음을 알 수가 있었다.

그리고 이 부록에는 노래집 작품의 목차와 절(節)수와 작품 주제 또는 소재를 붙였다.

편저자 기

〈노래집 총목차〉

제1부 : 노래집 구집(舊集)에서(1913년~1928년의 작품)

순번	작 품 명	節數	주제 또는 내용
1	建元節 노래	4	농촌주의, 사회제도, 대공화무국, 원종철학
2	建元大紀念頌詩	4	원종(元宗)의날. 무본주의(務本主義)
3	建元紀念頌	5	농우동맹강조
4	우리노래	5	극원주의(極元主義) 진원종(震元宗)
5	元日禮會頌	5	(建元日)(1913. 1. 1)의 의미
6	泛元宗	3	재만원종주의촌(在滿元宗主義村)
7	亢歲日	4	항세일(亢歲日)(하지)의 의미
8	亢歲日 노래	5	항세일(亢歲日)(하지) 노래
9	目的歌	8	권농, 금어(禁魚)의 원종주의
10	想思曲	4	강현배(姜鉉培) 추모
11	生離別	4	죽은 동생 중립(中砬)을 생각함
12	情든 눈물	1	정든 마음
13	古之人	7	소래의 기개와 고인
14	觀感小調(初月,螢,古城,雁,菊花)	5	소래의 역사관
15	햇님頌	6	햇님과 제세(齊世)주의
16	農夫不平歌 序唱	16	불공평한 농민생활과 처우
17	農夫不平歌	20	불공평한 농민생활과 처우
18	大景樂歌	13	농우형제자매의 날(端午節)
19	歲日 노래	5	원종의 설날 노래(일반의 冬至날)
20	新年祝	7	건원(建元) 새해 축송
21	除日의 부름	6	그믐날(원종에서 冬至전날)
22	떠나는 눈물	10	고향을 떠남(재류금지 뒤, 1925)
23	新總司建築落成頌	20	원종총사건축(건원13, 1925)

순번	작 품 명	節數	주제 또는 내용
24	婦人講座唱本	19	부인 강좌 교재
25	會員歌	1	진원종(震元宗) 선봉대의 노래
26	女性宗友會歌	7	여성종우회의 노래
27	마의 소리	15	종법(宗法)의 여성이 마 또는 X
28	마의 노래	11	마는 여성 또는 X로 표현
29	X의 날 感想曲	6	여성은 원종(元宗)의 신성
30	女子修身歌	12	여학교 교본
31	處女의 哀訴	4	구습원망 남녀평등 주장
32	會寧行	27	재류금지때 회령감옥과 고향으로
33	百八節	108	새바람사건때 경성 복심법원 공판과정
34	警世歌	11	제세(齊世)주의 강조
35	思鄕曲	13	장백산(長白山)에서 고향생각
36	望美曲	3	봉황을 기다림(미완)
37	高麗誌	6	고려국의 비사

제2부 : 새노래집 (주로 1928년~1933년의 작품)

순번	작 품 명	節數	주제 또는 내용
38	長劍歌	12	일제의 격멸 다짐
39	出耕式 노래	12	4월22일 농우동맹(중앙부)에서
40	빠라크村 落成式 노래	6	농우동맹주의촌(10家1村)
41	스타트다리 노래	6	다리는 동맹촌에(老爺嶺下 震元宗 儂友同盟村)
42	亡國祭歌	5	경술망국 회복은 농주의 첫단계이다
43	母思歌	4	어머니 은혜
44	마은의 고개	13	40세를 넘기며(1929)

순번	작 품 명	節數	주제 또는 내용
45	깨어진 질火爐	9	혁명가(革命歌)
46	새벽 運動歌	4	ABC 첫계단의 의미
47	방아소리	14	원종주의촌(元宗主義村)의 정겨운 모습
48	自警法文	8	자경의 구호
49	햇님맞이	7	햇님과 정도대법(正道大法)의 원종
50	傷心의 아침	8	노야령(老爺嶺)에서 딸악님 보냄
51	秋風感想曲	15	가을의 허무 40년
52	亢歲日勸辭	2	원종의 하지(夏至) 날의 권사
53	亢歲日感想曲	3	원종에서 하지를 항세일로 함의 의미
54	震友會歌	5	진우회 노래(혁명도덕 강조)
55	九一紀念辭	8	건원(建元)17년9월1일은 진우회 창설일
56	少年運動歌	5	혁명소년조직운동가
57	少年團歌	3	혁신개조(革新改造)위한 조직강조
58	少年紀念塔	10	돌을 모아 소년운동 10년탑 쌓다
59	동요 金剛山	7	노래로 부른 개미의 힘으로 산을 옮김
60	동요 白頭山	5	아무리 높아도 하늘아래 메라는 노래
61	寓話 노루아기	13	여아 노루아기 이야기
62	寓話 벼룩이	11	소인배는 뛰어 보았자다
63	寓話 나비	7	꽃과 나비의 이야기
64	寓話 까마귀	3	까마귀 쫓겨난 이야기
65	北儂通信封上聲	9	애란강(愛蘭江)에서 고향 연동(蓮洞) 그리워
66	살아야 된다	9	푸로레타리아 단결을 웨침
67	革命者의 노래	7	건설을 위해 먼저 파괴해야
68	農村主義 노래	6	사회개조(社會改造)는 농촌주의 원종(元宗)
69	農村 데이頌	9	무본(務本)강조 (震元宗⇒正道大法)
70	農村의 소리	7	농부는 천하대낙(農者天下大樂)

순번	작 품 명	節數	주제 또는 내용
71	大景日 노래	3	단오절 노래
72	思想歌	7	소래의 근본사상(笑來根本思想)
73	新婚禮讚	9	여성본위 강조
74	꽃묶음	10	계급투쟁 강조(新幹會)
75	磯灘의 뱃노래	3	평정산(平頂山)에 대진단(大震團) 조직
76	儂友同盟歌	6	ABC당 큰길
77	겉 싸움	9	좌우익 싸움
78	惡파리 노래	10	단일전선(單一戰線) 훼방자
79	現代思想歌	19	반일(反日) 및 계급투쟁사상 노래
80	學生新唱	11	조선(朝鮮)은 조선인의 조선
81	社會의 矛盾	16	빈부(貧富)의 불합리
82	첫가을의 노래	8	농가수확의 기쁨
83	늦가을의 노래	6	낙엽의 쓸쓸한 계절
84	첫봄의 설음	7	봄은 왔건만(革命未完 한탄)
85	달과 나와	9	견우,직녀 부러워(애상)
86	엄마날頌	9	모권(母權) 중시 강조
87	엄마날 노래	8	무본주의는 엄마날 제정
88	산(山)날의 부름	7	원종의 추석날
89	바람打令	9	각종각색의 바람(一快一亂의 共産國)
90	始講唱(새講座 시작때 노래)	1	강의 시작 노래
91	東京城下 下窖子에서 吟詩	1	한시
92	笑來의 漢詩 7편	7	한시

노 래 집 (제1부 : 舊集)

제1부 구집(舊集)에서 찾아옮긴 소래선생의 창가조(唱歌調) 노래는 1913년(建元원년)부터 1928년(建元16년) 방향전환(方向轉換)이전까지 지어부른 작품이다.

(1) 建元節 노래

1. 苦待하던 一建十日　　　　　　반가운 建元節 돌아들왔네
   凶天魔國 없애려고　　　　　　討伐令내리운 오늘이로다
   萬古처음 正道大法　　　　　　自來人間의 모든不平
   가쯘히 고르게 고르게 하려고　齊世目的으로 나왔어요.
2. 묵은社會 낡은道德　　　　　　根本的全部를 헐어버리고
   그땅에다 새터전닦고　　　　　新社會新道德 建設을 始作
   農村主義 社會制度　　　　　　魔化一通을 本則삼아
   내남없는 唯我主義로　　　　　大共和그곳으로 가는 이 첫길
3 새宇宙의 極元哲學　　　　　　컴컴한 옛하늘 깨처내고
   새로히 眞正한 理體밝히니　　大天上天下가 通明하도다.
   務本人道 여기 있고　　　　　地上天國 여기建設
   元宗의 오늘은 後天의 새날　　새世上 새살림 기쁠시고.
4. 하늘같이 크고넓어　　　　　　높으고光明한 太陽이로다
   世界모두를 덮어쪼이니　　　元宗의聖德이 거룩하고녀
   凶天속에 쌓인惡魔　　　　　毒한톱으로 허비도다.
   震元宗斥候隊 우리儂友여　　오늘을 爲하여 싸워 보리라.

(2) 建元大紀念頌詩(建元기념일은 1월 1일, 元年은 1913년, 편집자 주)

1. 기쁘도다 기쁘도다　建元紀念 기쁘도다　極體新運 今日이여　正天齊世 始作이오
2. 大宗께서 有命하사 우리元符 四來로다.　建元元年 一建十日　우리元宗 처음盟誓

3. 萬古없던 正道宗法 世世萬年 이紀念을 天上天下 같이즐겨 魔化一通 힘쓰오세.

4. 大共和의 無國太平 生前極樂 이아닌가 齊齊蒼蒼 우리法徒 一建十日 永世不忘

(3) 建元紀念頌

1. 九而峯의 눈보라가 씩씩한새벽, 萬古처음 正道大法 오늘이뤘네.
   (후렴) 오늘은 天下 큰 元宗의날 億千萬年 하루같이 길이 紀念하세.
2. 弱한이를 救援하고 强暴없애려고 震主義의 嚴正한法 크게소리친날
3. 階級鬪爭 極熱하여 서로가 물어뜯는 이世上을 밝히는 齊世目的세운 오늘
4. 務本主義 基礎위에 모든問題풀어내고 大共和無國으로 나가는첫날.
5. 破滅되는 이世界를 改造하게된날 世界人間되는 者 뉘아니기쁘랴.

(4) 우리노래

1. 東海보다 깊은사랑 우리儂友兄弟 姉妹 一體同化한 우리人情 天盡토록 變치마오.
2. 泰山보다 높은믿음 우리儂友 兄弟姉妹 天動地動 친다해도 우리立脚 動치마오.
3. 正道大法 盟誓굳은 우리儂友兄弟 姉妹 큰님과의 通한 秘密心契 永遠히 罷치 마세.
4. 務本主義 基礎위에 萬世儂法 세우고서 精誠으로 極元지켜 마음한데 모읍시다.
5. 白日같은 齊世目的 우리儂務 震元宗으로 生死간에 함께나가 最後決勝 해보리라.

(5) 元日禮會頌(일반세속의 冬至날임. 편집자 주)

1. 元日은온世上 復本하는 그날이니 務本主義 우리兄弟 禮會볼때에
   믿는마음 둥글둥글 한데뭉처서 堂堂한復元文의 十極点으로
2. 天地를 떨치는 法文소리 隆隆하여 凶天魔世惡의나라 討滅하도다
   鞠躬默念中에 前惡을 悔改하고 皇皇하신 至靈降化 많이받도다
3. 거룩한 元符의 訓辭말씀 條件대로 信誠속에 깊이새겨 遵行합시다
   鞠躬自盟中에 가장重要한것은 살던죽던 나는全部 元宗을爲해
4. 靈生 肉生 第一利한 「싸카」法은 새靈氣로 묵은 魔氣 몰아내는것

講法問題 우리 極元哲學으로　　　人道主義萬歲僞法 밝혀내도다.
5. 한믿음 한사랑 우리 僞友兄弟姉妹　　　우리모두元宗으로 하나되어서
　　오늘社會에서 닦은精神으로　　　明天부터正道大法 더욱써보리라.

(6) 泛元宗

1. 泛元宗의 少年들아　　　泛元宗精神을 가다듬으시오,
　　우리精神이 元宗魂이니라　　　元宗魂이클스록 英雄이크다.
　　칼산이前後에 重重막히고　　　蕩海가左右에 들이밀려도
　　우리들의精神은 더욱 潑潑히　　　조금도怯없이 主義대로다.
2. 泛元宗의 目的으로　　　大共和思想을 크게길으시오.
　　우리는正道와 大法을行하여　　　이世上을막족여 改造하리라.
　　殺波에꺼지는 一切公族을　　　우리泛손으로 건저내리라
　　온天下한집으로 함께웃으며　　　魔化一通하나로 살아보세.
3. 泛元宗의 決死團아　　　魔國을처滅할 새칼벼루시오
　　六合에가득찬 저의魔賊들아　　　우리칼빛 보기前 降服하여라.
　　肉山을넘어가 百번싸우고　　　血海를건너서 百번이기라.
　　戰勝鼓높이들고 괭괄울리며　　　우리집돌아와 萬歲부르세.

(7) 亢歲日(元宗에서 夏至를 亢歲日, 冬至를 歲日로 했음. 따라서 44六은 亢歲日은 建元曆 6년 즉 1918년에 해당된다. 편집자 주)

1. 今日이何日인가 四四亢歲日　　　昨日에建元五三 折半이經過
　　積極이다지나고 消極이始作　　　人生의늙은情波 오늘에가장
2. 슬프다 今年半年 한일이 무엇　　　사람의깊은愁心 光陰이可隣
　　사람은有事하여 光陰을愛惜　　　光陰은無情하여 丈夫를不待
3. 오늘로始作하여 幾日을不過　　　씩씩한서리바람 草木을搖落
　　우리는이로쫒아 靑年이將逝　　　寂寞한白首寒山 앞날이不遠

4. 茫然한千里故鄕 生覺이더욱   嗟흡다祖國江山 今日又一秋
   兄弟여歲月감을 特別히感激   우리의學하는바 恨死코勤勉

(8) 亢歲日노래 舊集에서

1. 오늘五建 二十五日   亢歲日이 달아왔소
   盛하다가 衰할것도   하늘에서 定해논일
2. 어제까지 길던해는   오늘부터 짧아지고
   어제까지 젊은江山   오늘부터 늙어가오
3. 오늘부터 가는걸음   三伏炎蒸 무릅쓰고
   땀바다를 헤엄쳐서   가을언덕 올라가니
4. 刑官님의 審判下에   쌩쌩부는 서리바람
   肅殺之變 지내고도   눈보라가 더무섭소
5. 이곳되쳐 南世界는   어제부터 새해라오
   陽氣쫓는 候鳥들아   南遷準備 하려므나

(9) 目的歌

1. 비바람스산한날 山田野畓에   雨장삿갓 지심매는 저農夫의그目的
   雨順風調 百穀登 가을한뒤에   洋洋히 內積內倉 富居하기로
2. 저믄날 乃一曲 煙波江上에   一孤舟로 오르 내리는 漁翁의그目的
   日鱸日鯉 한 그물잔뜩 揮羅해   저자에 銀鱗玉尺갑부르기로
3. 農業은 人活方에 本務가 되고   저漁翁의 고기잡음은 弱肉强食이니
   漁業하는 蒸民아 農事힘쓰오   棄本코 殺他食은 人道아니로다
4. 同胞여 棄本殺他 너무 甚하여   滅亡波에將且 깔앉는 世界를奈何오
   凶天魔世正齊할 事業과 方法   農業을 勤勉하고 漁業을 禁止
5. 實地上 勸農禁漁할者누구뇨   正道大法 우리元宗 이제야났도다.
   勸農禁漁 그일은 本道活理니   아하 우리元宗目的 正天齊世여

6. 凶天을 바로잡고 魔世를齊함   此世界의 大共和 太平보려는큰趣旨
   本道活理圓滿히 發動해야만   그趣旨 그目的을 能得하리라.
7. 東坪에 우리밭은 農夫없도다.   五大江上款乃소리에 水國이 慘淡해
   밭이묵고 水國이 또한亡하면   漁夫도 이로좇아 飢死하리라.
8. 八龍아南江漁舟 먼저거두고   우리目的 正天齊世 一大新問題를
   白日같이世界에 높이걸고서   큰審判 한 마당에 元宗은 大成

(10) 想思曲

1. 저南山에 붙는불은 검은연기 뭉게뭉게
   나의속에 타는불은 煙氣도없이 肝만탄다.
2. 四面胡林 깊은속에 갈길마다 칼고개요.
   時時듣는바 胡賊뿐이니 나의갈길은 山川이 아득
3. 사랑하는 모든 倧子 이제어데 다갔는고
   날버리고 흩어진사랑 내속과같이 쓰라리겠지
4. 姜鉉培야 내사랑아 죽었단말 웬말인가.
   꿈에볼땐 죽잔았더라 꿈같을줄 나는 믿는다.

(11) 生離別

1. 저건너 兄弟峯에 물안개 돌더니   나의 가슴속에 피눈물이 돈다.
   사랑하는 우리兄弟여 生離別이 웬말인가.   언제나 언제나 우리兄弟를
2. 앞밭에 송아지는 어미를 잃고서   夕陽 찬바람에 슬피울고 섰네.
   송아지야 나는너같이 父母離別 怨痛하구나   언제나 언제나 우리父母를
3. 南山에 구새나무 너는어찌하여   나와한가로 속이다 썩었느냐
   썩고다시 썩은이내속 뉘를향해 울어볼소냐.   언제나 언제나 썩은내속을
4. 西窓에 비춘明月 多情도하다.   우리는 언제나 저달과같이
   明月밖에 뉘가알소냐   언제나 언제나

(12) 情든 눈물

風雪은 씩씩하고 달은 밝은데   두손등 겹처베고 홀로 누어서
속절없이 눈물만 흘리는 者여   想思病않는 情든님 내로다.
어허 情든눈물(이하 실전)

(13) 古之人

1. 萬頃蒼波 欲暮天에   내갈곳이 杳然하다
   靑山万里 一孤舟로   古之人이나 찾아보자
   古之人 古之人 나와함께   어허 내사랑 古之人

2. 臨津江에 배를매고   善竹橋를 찾아들어
   泣碑閣에 절하도다   암암 그렇지 忠信君子
   國으로 더불어 同生同死   可憐千年에 血痕殘

3. 鴨綠江에 배를매고   白馬山城 올라가서
   林慶業將軍 만났도다   無窮無窮한 不遇之嘆
   鴨綠江 白馬山 誰高深고   모두 버리고 更今日

4. 大同鴨綠 가루타고   蒙古人을 처날리던
   印堂將軍 何處在오   祖國古彊을 光復한데
   大沙 漢寒風에 屈泣何오   奈何 絕痛한 可恥恨

5. 鐵血宰相 比斯麥公   普墺普佛 戰爭後에
   獨逸聯邦 굳혀놓고   歐洲列强에 覇首려니
   웰리암 무덤에 홀로가서   落照寒風에 피눈물

6. 鴻門玉斗紛如雪에   竪子不足與謀로다.
   范增先生갈곧 없어   彭城落日에 疽發背死
   戰必勝 攻必取 何所用고   可惜 年七十好氣計

7. 誰誰某某 英雄君子   한배가득 걷어싣고
   큰바다에 나섰도다   둥둥明月이 올라올 때

和하여 밝은달 부르노니   颶風怒濤를 我何恐

(14) 觀感小調

(初月)

1. 初夜壁落에 黃昏이 짙어지고,   耿耿한 뭇별들은 光을 다툰다.
    저구름 사이에 纖纖影子 무엇인가   必是初月이 아닌가
    可憐初月아 언제나 望月되어   캄캄한 魔의밤을 깨쳐버릴고
    中天에 높이떠 온世界가 울어볼고   必是初月의 情이로다.

(반딧불)

2. 반딧불이여 네빛이 可憂로다   狡童이 너를 보고 잡으려 한다.
    너는 그 반지뿐 小光으로 죽을지니   爲해 내마음 슬프고나
    無光하므로 失巢한 개암들아   螢兒의 有光함을 부뤄말어라
    明月이 밝으면 너는 巢를 찾을지니   可憐 螢兒의 身勢여!

(古城)

3. 渤海 千年에 古城만 남았고나   大祚榮 當時英雄 而今에 安在오
    慷慨한 나의속 古城보고 뒤번지어   뜨거운 눈물이 비오듯,

(기러기)

4. 萬里長空에 霜風이 蕭瑟한데   한줄로 울고가는 兄弟기럭아
    우리도 너같이 一進코자 한다마는   우리앞길은 險山高라오……실전
    너희들 南歸함이 부럽도다   우리도 언제나 저南江을

(菊花)

5. 白霜寒風이 草木을 다죽인데   東圃에 열린菊花 사랑사랑아
    서리여 바람아 네아무리 毒하단들   나의사랑을 奈何오.
    우리兄弟여 저菊花다시보오   우리도 저와같이 白霜가운데……(실전)

(15) 햇 님 頌

1. 햇님이시여 햇님이시여   거룩하옵신 햇님이시여
   宇宙한가운데 높이게시사   억만世界의 本元이어라.
2. 햇님이시여 햇님이시여   거룩하옵신 햇님이시여
   높고밝으신 恒久한 體面   八大世界의 하나님이여
3. 햇님이시여 햇님이시여   거룩하옵신 햇님이시여
   뜨겁고둥글고 똑바른存在   億萬生命의 어머니어라
4. 햇님이시여 햇님이시여   거룩하옵신 햇님이시여
   골고루쪼이고 낱낱이비쳐   極히公平코 私없으시니
5. 햇님이시여 햇님이시여   거룩하옵신 햇님이시여
   우리에게萬福을 占制하시고   우리人格을 세워줍소서
6. 햇님이시여 햇님이시여   거룩하옵신 햇님이시여
   저희들믿음을 받아주시면   이것이그만 元宗입니다.

(16) 農夫不平歌 序唱

1. 아하우리 지심同盟軍   한참싸우고 또한참쉽시다.   어얼럴러 戰必勝攻必取
2. 農事始作 高矢할버니   우리들에게 은헨가 원순가.   어얼럴러 어쨌든해보세
3. 아침이슬 자욱한속   우리젖은 몸 꼴아지보오.   어얼럴러 스산도하구나.
4. 옷젖은 것은 스산해마오   이게하느님 洗禮를주는 것.   어얼럴러 罪없는 우리들
5. 아침煙氣 갈앉은村에   바람손맞춰 낫밥나온다.   어얼럴러 먹자는일이지.
6. 날로벌어 날로먹는데   所謂帝力이 何有於我哉아   어얼럴러 仰不愧天이지
7. 째질째질 찌지는볕에   철철흐르는 우리땀보아라.   어얼럴러 不汗黨너희들
8. 이땀이化해 쌀알이되고   그땀이化해 너희몸된 것을   어얼럴러 너희가아느냐.
9. 너무더워 못매겠지요   하느님이여 바람좀불어주   어얼럴러 좀 그늘이라도
10. 선들선들 여기가天堂   하느님우리들 부채질해준다.   어얼럴러 바람은좋을세
11. 私情없는 찬바람찬비   무슨죄로 우리와이러오.   어얼럴러 노는놈먹인罪

12. 雨順風調 百穀登하면　　　天下이에서 더큰일없겠지.　　　어얼럴러 成事在天이지.
13. 비도그만 바람도그만　　　靑天白日을 쉬내주서요.　　　어얼럴러 몸살이떨린다.
14. 오늘해는 얼마나갔오　　　日落西山에 그늘이깊었소.　　　어얼럴러 빨리나갑시다.
15. 萬壑千峯 桃花世界요　　　저녁연기 흰구름속이라.　　　어얼럴러 景致도좋아라.
16. 사랑하는 우리어머니　　　저녁지면서 날기다리겠네.　　　어얼럴러 父母님애태워

(17) 農夫不平歌

1. 하느님이여 우리를 내실 때　　　어찌 이런 苦農을 주었오.
　　어-얼널이 어너얼 널널이　　　아하정말 우리身勢여
2. 어떤사람은 손톱물안퇴고　　　好衣好食 거들거리나.
　　어-얼널이 어너얼 널널이　　　아하정말 괘씸도하지.
3. 우리같은건 죽도록벌어도　　　조밥三時도 넉넉지 못해.
　　어-얼널이 어너얼 널널이　　　아하정말 가이없어라
4. 찬비찬바람 私情도없어요　　　우리에게만 무슨怨수냐.
　　어-얼널이 어너얼 널널이　　　아하정말 天道가無心
5. 三伏炎蒸　좀그늘까지도　　　우리에게는 許치 않는다.
　　어-얼널이 어너얼 널널이　　　아하정말 너무심하다.
6. 노는사람은 風雨도 모르고　　　뜨거운햇볕도 쬐와안준다.
　　어-얼널이 어너얼 널널이　　　아하정말 얄미웁구나.
7. 하느님이여 天道가 어찌해　　　이렇듯 不公平하오.
　　어-얼널이 어너얼 널널이　　　아하정말 그런말마오.
8, 天道가不公平 한것이아니라　　　社會制度의 그른탓이지.
　　어-얼널이 어너얼 널널이　　　아하정말 그말이옳소.
9. 天下를 먹여 養하는 우리는　　　苦生에兼해 下待를받소.
　　어-얼널이 어너얼 널널이　　　아하정말 怨痛하구나.
10. 우리것먹고 우리를누르는　　　뿔조아놈들을 어찌면좋고.

어-얼널이 어너얼 널널이   아하정말 정신차려라.
11. 우리피땀을 짜먹는 놈들은   豪奢에兼 權勢도높다.
    어-얼널이 어너얼 널널이   아하정말 怪惡한일을
12. 늙은父母 주리는形象과   弱한妻子 어너터는꼴.
    어-얼널이 어너얼 널널이   아하정말 피눈물나오.
13. 후리코트에 洋요리배부른   손길고운 不汗黨볼 때
    어-얼널이 어너얼 널널이   아하정말 憤해 죽겠네.
14. 時代形便은 가까운將來에   우리世上이 될것이니라.
    어-얼널이 어너얼 널널이   아하정말 運數가그래.
15. 根本的으로 天下를養하는   우리가제일 兩班이라네.
    어-얼널이 어너얼 널널이   아하정말 그렇구말구.
16. 務本主義 元宗을 믿는者   農軍됨이 本分이라오.
    어-얼널이 어너얼 널널이   아하정말 훌륭한 本分.
17. 우리本分을 착실히지키어   하마 이밭 묵을세라고
    어-얼널이 어너얼 널널이   아하정말 어서맵시다.
18. 露國革命의 過激派솜씨로   우리호미 번적거린다.
    어-얼널이 어너얼 널널이   아하정말 성칼있구나.
19. 天下가득 뿔조아놈들게   이솜씨를 한번써보자.
    어-얼널이 어너얼 널널이   아하정말 壯快한말씀.
20. 그런큰일도 한번못해보고   그저묻혀 그저썩으람.
    어-얼널이 어너얼 널널이   아하정말 舊起합시다.

(18) 大景樂歌

1. 天運이乾乾히 循環하여   반가운大景日이 다가왔도다.
    우리儂友兄弟姉妹 오늘한날은   自由自在맘대로 실큰놉시다.
2. 淸風은선선히 옷을불며   白日은따뜻히 잘쬐여준다.
    여기저기셋씩넷씩 뛰노는동무   自由天地自由風 活潑하도다.

3. 學院門붉은旗 펄펄날려   元宗의새氣象 發揮하도다.
   大景樂歌한절 두절 부를때마다   曲調맞춰萬物이 춤을추도다.

4. 大景日慶祝의 萬歲소리   앞뒤산隆隆히 振動하도다.
   天地間차고넘은 깊은靈波가   우리 總司門으로 다쏟아진다.

5. 오늘도天地間 萬物이 모두가   잘살아잘됨을 기뻐하는날
   흐늑흐늑 웃는空氣 秋波를쳐서   저山川의 저風物 景致좋구나.

6. 먼산은天畔에 으슥하고   長江은野中에 굼실거린다.
   山田野畓에 푸르고파란 새穀食님아 우리人間 大景樂님께 달렸네.

7 野鶴은輕風에 춤을추고   꾀꼬리고개고 노래부르며
   뻐국새는 뻐국뻐국 長短잘친다   아하얼싸 큰景樂 정말좋구나.

8. 우리는修學이 時急하나   大景日노름은 놀아야겠다.
   注意없이 實效없는 作亂같애도   萬世宗法大元宗 여게있다네.

9. 勿言採勿言取 풀과나비   그네도우리와 함께大景樂
   天地萬物 오늘한날 망탕自由니   觀感小韻 豫備란 말씀마시오.

10. 西天에높이선 저 峯頭에   冉冉히 가는해를 떠다바처라.
    하도기쁜오늘해가 하마갈세라   興盡悲來그런말 하지마세요,

11. 光陰은人生을 재촉마라   우리는當身을 쫓아안가요.
    牛山落日오늘에는 朝日이되고   汾水秋風여겔랑 불지말어라.

12. 先生님우리를 더놀린다   學院엘돌아갈 生覺없어요.
    萬壑千峯 落照色은 되쳐빛이고   저녁연기집마다 아침짓는다.

13. 우리는景樂이 이만아니여   한참좀쉬어서 다시잘노세
    보고지고우리學院 어데있는고   넓은마당저기서 나를웃는다.

(19) 歲日노래

(元宗에서 冬至날을 新年 元日인 歲日이라 했다. 노래내용에 설명되었음. 편저자 주)

1. 오늘은 이世上 새해 새날이니   한 살씩 더먹는 歲日이로다,
   오늘 우리설이여 기쁘고 반갑다   오늘이 정말 우리날이 아닌가.

(후렴) 새해始作 오늘이여 새氣運을 몰아오니
　　　　天地日月 新光彩속에 우리가 모두 새사람

2. 옛해를 보내고 새해 맞으니　　　　옛버릇 나쁜 것 모두 버리고
　　새맘으로 새行實 새精神차려서　　오늘부터 썩좋은사람이 되자.
3. 저희는 團體로 歲拜 들이오니　　　새해에 새복을 많이 받으소서,
　　우리父母兄弟도 새福을 누리고　　우리元宗 새로 새法 크게 펴
4. 어린이는 어서 자란이되자고　　　나먹음 기쁘다는 큰날이구요,
　　나 찬이는 한살더 먹기싫다고　　늙는것 슬퍼하는 오늘이라네.
5. 새옷 새맵시 붉고 파랗고　　　　　男女學生 여기저기 저꽃밭이로다,
　　북소리는 둥둥둥 창가와 맞춰서　　새햇님마중 얼시구 좋다.

(20) 新年祝(元宗에서 신년은 冬至날로 정하고 있음. 편저자 주)

1. 오늘새해 새날이여　　　建元五三年 始作이니　　天地日月 新光彩로다.
　　우리들의 새精神은　　　天地日月과 함께빛나　　希望의 오늘이여
2. 우리儂友兄弟姉妹　　　父母모시고 家族一同　　今年一年 所願같이
　　泰山처럼 巍巍하고　　　五大洋처럼洋洋하게　　萬福을 받으소서
3. 우리元宗오늘부터　　　三十億人과 한가지로　　기리太平 健康하소서,
　　儂務기관더욱擴張　　　우리새主義 進進上上　　懇切히 비나이다.
4. 內外各處宗立學院　　　同盟굳은자 우리兄弟　　모든儂友 함께어울려
　　三百六十五日間에　　　活活潑潑히 뛰놀기를　　懇切히 비나이다.
5. 滿天下의 모든不平　　　今年안으로 죄다고쳐　　大共和의 世界된뒤에
　　世上모두한집되어　　　웃음속에 잘살기를　　　懇切히 비나이다.
6. 建元五三年오셨으니　　우리目的 볼때마다　　　기리기리기다려주오
　　事業이란때있나니　　　해가는것을 아껴말고　　새힘을奮勵하오
7. 오날부터自新하여　　　墮落말고 怯해말고　　　죽던살던 꾸준하면
　　우리일을자꾸하여　　　하늘같이 큰成功이　　　世界에 나서리라.

(21) 除日의 부름

(새해가 冬至로 시작되게 했으니 除日은 그 전날인 섣달 그믐날. 편저자 주)

1. 이天地에 일이있어   우리人間낫것마는   歲月감을 막지못해,
    靑春時節늙었노라   우리슬픔 이보다   더큼이 없으리로다.
2. 流水같이 가는光陰   建元今年 다시왔소   오늘하루만바래주면
    來日 다시 한설이라오   意味깊은 오늘날   感想도 깊을시고
3. 常이 없는 땅의옮김   우리人間 안기다려   한해또한해 넘어가니
    사람의 일은 때바쁘도다   우리앞길 千萬里   그렇게 멀기만하다.
4. 물결같은 今年一年   三百六十五日間에   해내놓는일 무엇이냐
    追憶이 마음부끄러울세   來日부터 또한해   덧없는일이로구려
5. 歲月이야 가건말건   그心事가 어리석다   내가 할일을 내가힘써서
    늙기 前에 어서합시다   젊은때에 놀다가   늙어서 後悔말어라.
6. 오늘한날 넘어가면   千萬年無窮토록   오날다시 않오나니
    오늘저녁에 자지맙시다   지나간일 뉘우쳐   새해일 盟誓합시다.

(22) 떠나는 눈물

1. 간다간다 나는간다 먼데먼데로   모든사람 다여이고 나는가도다
    離別한뒤 가슴쓰린 나의눈물은   비가되어 저마당에 뿌려주리라.
2. 情깊으고 사랑많은 나의蓮洞은   山도좋고 물도좋고 風景도좋다
    父母妻子 兄弟親戚 다내버리고   이런좋은 내故鄕을 왜떠나는고
3. 왜떠나는 그曲節을 묻지마시오   입가지고 말못하는 이세상외다
    가는나의 가슴속이 쓰리니만치   보내는이 마음속도 쓸쓸하겠지.
4. 九而峯아 잘있거라 울지말어라   千春台도 울지말고 너잘있거라.
    蓮坮峯의 登高놀이 언제나다시   嶧陽湖의 뱃노리도 또해볼른지
5. 胡風千里 넓은滿洲 쓸쓸한들에   봄이와도 봄같잖은 슬픈내마음
    배꽃한창 달밝은밤 蓮洞그리워   쏟아지는 뜩은눈물 어이막을고

6. 내가는데 萬疊靑山 가로막혀도   내눈에는 蓮洞보다 환히보일거
    더욱참아 못잊을건 어린女學生   생글생글 웃으면서 唱歌하는꼴

7. 作亂심한 어린이들 내떠난뒤에   學院뜰에 심은나무 다치지마오
    그루그루 가지가지 잎사귀마다   나의슬픔 나의사랑 엉킨것이다.

8. 秋南春北 저기러기 소리들을때   나랑서로 생각할이 누구누군고
    저하늘에 밝은달을 쳐다볼때에   千里에서 僥倖다시 生覺해주오.

9. 이제갔다 언제언제 다시오겠소   그것을랑 하느님께 물어보시오.
    千번萬번 죽고다시 죽는다한들   처음세운 그뜻이야 變함있을까.

10. 떠날길에 한번다시 이깨울것은   나없다고 모든일에 等閒치말고
    晝耕夜讀 根本工夫 더욱힘쓰며   正道大法 좋은事業 다시奮發해

(23) 新總司建築落成頌

1. 큰님께서 우리에게 이天理를 주옵시니
    風和日暖코 江山좋은데 金木火水坤周備하도다.

2. 이天地에 이五品은 우리所用 주신바니
    剛者直者를 저 버림은 實로人道에 不可한바라.

3. 人道上에사는 것은 衣食住가 첫問題라
    衣之食之가重하지마는 집이없으면 못살리로다.

4. 現今世界지은집은 五億萬戶 以上이라
    公廳私家를 가릴바없이 모두다先天草屋이로다.

5. 極体新運돌아오매 우리元宗 十三年에
    白頭山東편 豆滿江北에 總司大建築始作하였소.

6. 平岡벌巽座乾向 地勢조차 格이로다.
    七建三日에 開基式보고 그날로부터 오늘에까지

7. 笑來先生主監되고 學生團體 賦役하여
    八建二十一日 좋은景日에 立柱上樑코 萬歲부르다.

8. 山山形집모양은 地母主義象徵하고

나는가취끝, 여덟뿔에는 支元八極을 照臨하도다.

9. 壁上田字十勝門은 日月星辰新光彩라

다시上堂에 올라가보니 滿疊靑山이 눈아래로다.

10. 人間萬古 다시없는 天下宗宅이라.

正道大法이 家規가되고 正天齊世가 家業이로다.

11. 집을잃은 저兄弟여 어서웃고 돌아오라

本來이집의 한家族이니 어느날에나 크게 모을꼬

12. 二千八百八十五年 이집壽限 永遠하고

魔化一通코 宗符도永昌 이집生活이 大共和로다.

13. 總法會의 儂務機關 오늘부터 擴張하고

萬宗學院의 工夫앞길도 오늘로부터 前進하리라.

14. 學院兼用 넓은中堂 사람짓는 工廠이니

世界後千秋英雄과 君子모다 이집의子孫이로다.

15. 建築始作몇歲月에 九建金正八日이라

人道主義를 實行할이집 오늘에바로 入宅이로다.

16. 오늘지난 後萬世紀 이집살림 無窮無窮

사랑사랑의 우리學生들 諸君의後日 衆樂樓로다.

17. 泰斗같이 巍巍하고 白日昭昭함과같이

於乎내사랑이 宗宅이여 오늘기쁨이 天地和로다.

18. 저마당에 늪파기는 고기養할 目的이요,

고기養함은 무슨趣旨인가 百漁一龍을 기대리로다.

19. 저늪속에 어린고기 龍될날이 몇일인가,

어서자라서 어서올라서 天下大旱을 풀어버려라.

20. 八龍治水 어느해에 五洋風波다鎭定코

다시이집에 크게모아서 오늘과같이 宴會를볼꼬

(24) 婦人講座唱本

(第一課, 第二課 失傳)

第3課	東海에 三年마른 草木을보니	孝婦의 모진마음 무서울세라.
	罪없는 풀과나무 무슨恨인가	피맺힌 쓰린가슴 풀데없어서
第4課	아가아가자장자장 울지말어라	어서자라어서커서 큰칼을들고
	라인강저물건너에 눈바로뜨고	께루마니屠殺하여 國祭지내자.
第5課	아가아가자장자장 울지말어라	어서자라어서커서 長銃을메고
	戰死한네아버지의 訃音오거든	너앞서고내뒷서고 나가싸우자
第6課	아가아가자장자장 울지말어라	너는자라어서커서 어찌되려니
	八福兼한普州太后 願치말어라	孔母孟母그도亦是 남의일이다.
第7課	아가아가자장자장 울지말어라	너는자라어서커서 무엇하려니
	밤낮없는빅토리아 英國政治도	사람마다自期하기 어려운거라.
第8課	아가아가자장자장 울지말어라	너는너는 나이팅겔 되어나서라
	크리미아大砲소리 은은한속에	너의活動너의榮譽 거게있다네.
第9課	밤새도록한숨쉬며 짓는이웃은	누구믿고 무얼하러 어데로가려
	韓石峯의徐花潭의 높은才操를	다배우기 써前에는 오지말어라.
第10課	또닥또닥다듬소리 듣기도좋다	이웃지어입고가는 나의사랑아
	大丈夫의높은몸을 어데던지랴	王陵徐庶어머니네 나의뜻이다.
第11課	아침나가늦게오면 門에바라고	저녁나가늦게오면 말에바라니
	나랏님이亂離中에 널바라는맘	나의바람보다더욱 애태우겠지
第12課	나랏일에戰敗하면 죽을것이지	달아나서집에오는 그런拙丈夫
	나라에도罪人이오 집에도罪人	나는그런不肖子息 볼낯이없다.
第13課	동달치마알락冊보 저아가씨여	당신네는工夫하여 무엇하려우
	큰富者집맏며느리 나는싫어요	孫婦人의孝道行列 그도싫어요.
第14課	나이팅겔치안따륵 못될지언정	伊藤野之金子文子 所願입니다.
	어머니여절며주신 부스막으로	社會活動새舞坮를 바꿔주세요.
第15課	農村女性解放運動 第一戰線에	先峰隊로나서기된 幸運의우리
	血彈肉迫惡戰苦鬪 몸을분지어	우리의幸運대로 決戰보리라.
第16課	三分天下陣中決策 諸葛孔明은	그마누라黃夫人이 指導한거요

<table>
<tr><td></td><td>六國統一그基礎를 定한百理奚</td><td>杜氏夫人功德으로 이룬것이지</td></tr>
<tr><td>第17課</td><td>矗石樓下千年万年 흐르는물은</td><td>義烈祠의큰이름과 함께길도다.</td></tr>
<tr><td></td><td>李珏이鞠景仁이 같은따위는</td><td>堂堂한所謂男子 부끄럽구나</td></tr>
<tr><td>第18課</td><td>龍滿關궂은비와 萬里東風에</td><td>半萬年긴歷史가 흔들거릴때</td></tr>
<tr><td></td><td>錬光亭愁雲속에 잠긴忠魂은</td><td>君子國女性자랑 壯烈하고나</td></tr>
<tr><td>第19課</td><td>天尊地卑썩어진 儒敎道德은</td><td>女性의容恕못할 罪惡物이니</td></tr>
<tr><td></td><td>元宗의崇母主義 새로운道德</td><td>社會問題根本的 解決이로다.</td></tr>
</table>

(25) 會員歌

무쇠팔뚝돌주먹　　震元宗의先鋒將　　仡仡한우리活動　快丈夫넋시로다
突擊소리악악하며　惡戰苦鬪나가보자　앞으로一步二步　釰山棘水平地로다.

(26) 女性宗友會歌

1. 사랑하는 우리女性宗友會　　　우리農村運動에 첫運動이라
　　女子도사람이다 높은부르짖음　우리입으로부터 天下에외쳐

2. 개미도 社會生活을하고　　　　꿀벌이도 社會를 組織함있다.
　　우리는 사람으로 組織없이살아　벌이나 개미만도못한 女子羞恥

3. 同信同法우리宗門女性들　　　女本主義의 거룩한 儂法에 依해
　　비로서 女性宗友會를 發揮하니　우리光明한앞길 첨으로열려

4. 農本主義 우리社會改造는　　　女性運動發展에 달린 것이다,
　　우리는 熱心으로 會를爲해날처　世界的으로 크게貢獻하세

5. 골방으로부터 社會舞臺에　　　높이뛰어올라서 크게소리쳐
　　우리도남과같이 組織있는活動　人道上으로 좋은社會를보려고

6. 우리會의 五大綱領보시오　　　男女地位平等을 鬪得하구요
　　집마다 그집家道整頓하려는　　女子敎育은 우리의 힘으로

7. 農村의 나쁜風俗改良하고　　　儂友끼리 서로사랑하자는

이主義實行하는 우리女性宗友會는   우리들에게 처음차례진事業

(27) 마(X)의 소리

(X는 마로 읽는다. 元宗法에 女性을 X라 表示한다. … 편저자주)

1. 万物中에 우리人間 最貴한거요   人間中에 우리女子 根本이로다
   家庭에도 社會에도 基礎가되고   온國家에 큰世界에 어머니로다
2. 古今天下 億兆蒼生 많은人間이   어느뉘가 女子몰래 나자랐으며
   東西世界 誰也謀也 英雄君子가   어느뉘가 女子네의 아들아닌가
3. 어머니께 三遷之敎 받은그분은   民主主義 創導하신 孟子님이오
   尼丘山에 祈禱하던 顔氏따님은   大聖至成 文宣王의 어머니로다.
4. 三國統一 大成功한 金大角干은   萬明夫人 그母親의 敎育힘이오
   大東文化 中興시킨 新羅興隆은   善德眞德 두女性의 功德이로다.
5. 必勝艦隊 처滅하고 國敎定한뒤   大英文化 發興시킨 에리자베쓰
   銀鞍白馬 貴公子로 敵軍退치고   나라危急 救援해낸 치안타르크
6. 女子英雄 婦人君子 學士博士가   東西古今 몇몇이냐 不可勝數라
   이만해도 女子네가 男子네보다   못하잖은 證明꺼리 確實잖은가.
7. 社會主義 開祖되는 맑스先生과   黑奴解放 큰소리친 링컨大統領
   그네모두 女子께서 나자랐으니   말하자면 女尊男卑 도리여옳지
8. 그렇컨만 男尊女卑 舊式制度는   무슨理体턱을대고 定한法인가
   腕力세고 野心깊은 모진男性이   어진女性 막우눌러 재운것이지
9. 女子라면 奴隷로본 룻소先生은   그母親이 女性인줄 모르셨던가
   父在母喪 줄여벗는 그法낸사람   아버지가 배고낳어 젖먹였던가
10. 有史以來 半萬年間 우리女性이   男性들의 그무서운 惡網에걸려
    울며불며 苦痛하는 不詳한身勢   남의世上 남을위해 난것이로다.
11. 달밝은때 꽃피는때 남다모르게   쓰린가슴 쥐뜯으며 피눈물짜는
    저마누라 가이없은 哀怨之嘆도   毒蛇같은 사내들은 例事로안다
12. 一切衆生 濟度하여 涅槃境으로   引導하는 如來佛도 世尊아니나

女性自由 女子解放 높이부르신

13. 人間罪를 贖내려고 못박혀죽은
    兩性各居 制度下에 X의날세운
14. 唯我哲學 가르치는 우리儂法에
    남의解放 남의救援 바라지말고
15. 날로解放 날로救援 어떻게할까
    남의아내 남의어미 되기써前에

입센先生 우리에게 世尊이로다.
그리스도 예수氏도 救主아닌가
正道大法 우리元宗 救世主로다.
天下萬事 무어던지 날로하라네
날로解放 날로救援 해야된다네
元宗信仰 正道大法 그게있다네
사람잘될 믿음배움 精誠들이세.

(28) X(마)의 날 노래

1. 苦待하던 X(마)의날이 달아왔도다
   百年千年 뒷골방에 가쳤던우리
 2. 어머니여 X의날이 무슨날인지
   男性에게 依賴하여 종노릇하던
3. 하마달아 날까봐서 발졸라매고
   큰신신고 活舞台에 뛰놀게되고
4. 綠陰芳草 좋은時節 이때이날에
   오늘부터 始作하여 우리社會는
5 파란帽子 우리머리 처들어주고
   X의소리 한曲調를 높이부를때
6. 惡男便의 虐待下에 눈물먹음고
   當身네도 사람인줄 왜모르는가
7. 글한자도 못배우고 몸이팔려서,
   너는너는 네父母의 罪惡이시니
8. 사내놈은 가끔가다 때려좇아도
   지긋지긋 죽어사는 저아내들아
9. 남편없음 못살겠네 가지말라고,
   너러먹은 저각씨야 그만놓아라,

아하좋다 우리女性 解放紀念날
놓여나와 나도사람 부르짖는날
法訓차례 三十章을 외어보시오,
우리들의 부끄러움 씻는날이다.
남볼까봐 장옷쓰고 업데던우리
帽子쓰고 自由日月 보게된오늘
女性運動 紀念날로 許해주시니
活活潑潑 이世上에 興盛하리라.
붉은肩荷 우리어깨 으쓱솟는다
男尊主義 저陣門에 흰旗날린다.
쓰린가슴 쥐어뜯는 저마누라여
精神차려 한번높이 뛰어보시오
울며불며 시집가는 저아가씨여
가마문을 쥐질으고 뛰어나가라.
난죽어도 이집鬼神 되겠노라고,
當身목숨 그놈위해 난것이던가.
사내소매 매달려서 야료질하는,
혼자못살 그條件이 더럽잖은가.

10. 自來社會 낡은制度 그아래눌려, 사람노릇 못해보고 죽은女性들,
    그鬼神이 X의날에 當場에와서, 마의노래 曲調맞춰 춤을추도다.
11. 女性解放 示威行列 씩씩한걸음, 萬花門안 들어서서 萬歲부를때,
    하늘땅이 지릉지릉 움직거리며, 우리人間 새精神이 勃勃하도다.

(29) X의날 感想曲

1. 女子는 사람이 아니냐, 정말 사람은 女子라구요.
   그런데 어찌해 男性네는우리를 소처럼 코를꿰어 골방에 매었나
   어허 世上에 통분한 일이여.

2. 自來로 天地에 사무친 男子 罪惡을 어찌다 말할고
   저희는 개처럼 妓生 蝎甫 妾노름 寡婦의 쓰린가슴 江山에 찬서리
   어허 世上에 慘憺한 일이여

3. 우리도 낮이나 밤이나 男性과 같이 天命받아 났건만
   해보지 못하게 장옷쓰고 다녔지 하마 달아날까 발을졸라 매였지
   어허 人間에 惡毒한 일이며

4. 女子를 팔거니 사거니 팔여 안가면 죽일년 이라고요.
   팔놈은 어떤놈 살놈은 어떤놈 그러나 팔려가는 그년은 어떤년
   어허 계집의 千萬年의 羞恥

5. 無常한 시집에 팔려가 밤낮 피맺힌 한숨을 쉬면서
   죽도록 자기네 종노릇 했건만 그래도 외며느리 고운데 없다구
   어허 불쌍한 그身勢

6. 女性은 무슨 條件으로 시집 안가곤 못산단 말인가
   내父母 恩惠는 한품갚지 못하고 남쫓아 千里萬里 그무슨 法인가
   어허 가엾는 이身勢

7. 人生의 쓰라린 눈물이 이런 地境에 안날 수 없겠지
   罪없이 사내게 虐待받다 못해서 지는달 새벽 물 빠지러 갈때에
   어허 계집은 사람이 아니냐.

8. 우리는 너희와 꼭같이
   그렇게 無盡한 罪없는 虐待야
   어허 女子도 성질이 있단다.

9. 自古로 英雄아 君子야
   人生의 本이오 世界에도 本이니
   어허 男性된 有志君子들아

10. 元宗의 神聖한 主義에
    宗法에 女性을 根本的으로 解放
    어허 X의날 기쁘고 슬프다.

11. 이때껏 人格上 죽었던
    거룩한 宗法을 다시생각 할때에
    어허 오늘이 우리의 紀念날

12. 옛날엔 無能力 無知識
    이제는 우리들 스스로
    어허 오늘은 우리의 날이다.

13. 지나간 數百年 數千年
    自由로 世上사람 가는 앞길로
    어허 우리는 이제 사람이다.

14. 오늘이 解放이라니까
    本받지 맙시다 그게 解放아니니
    어허 가상타 우리의 X의날

15. 우리는 人格을 잘닦아
    그렇지 않으면 解放이란 빈말뿐
    어허 우리는 精神차립시다.

16. 오늘은 어쨌던 우리가 人氣껏
    이걱정 저걱정 죄다걷어 치우고
    어허 오늘은 우리의 날이다.

極元 받아난 사람인 이상엔
어떻게 끝끝내 받고서 살겠니

어느 누구가 어머니 없겠니
女性을 虐待함은 人道의 賊이다.

極元哲學의 眞理 그대로서
이法을 紀念할 오늘이 X의날

우리 女性이 되살아 나는날
지난일 울며불며 오는일 웃는다.

依賴치 않고는 못살던 우리도
새로운 엔신포트 찾는 오늘이다.

깊은 골방에 갖쳤던 우리가
뛰어라 소리쳐라 나가는 날이다.

時俗女子의 脫線的 行動을
우리는 人道主義 지켜야됩니다.

世上 모든일 우리가 해야지
이날이 그야말로 부끄럽잖을까

잘놀게된 날인 바엔
미친듯 活活潑潑 싫컷 놀아보자

(30) 女子修身歌

1. 人間尊貴한 女性中에도   더욱더 尊貴한 元宗女學生
   根本的人道의 敎育을받아   天下社會의 本이되도다.
2. 宗門敎育의 正大한規模   技藝나知識을 둘째쳐놓고
   善婦人養成의 첫條件으로   修身行實을 主로합니다.
3. 父母님시키는 말씀잘듣고   先生의訓戒를 銘心하시오
   父母님께不順코 先生속이는   그는人間의 惡女子로다.
4. 일찍일어나 房쓸어내고   새벽물길을때 빨래하시오.
   어떤兒들는데 敬言을쓰고   같은儂家를 내집과같이
5. 남의허물은 감추어주고   한평생거짓말 하지마시오.
   每事를무겁게 몸도무겁게   操心또操心 여기두시오.
6. 손은빠르고 입은더디고   맘속은곧아도 몸은굽히라.
   그러면善婦人 절로되리니   女子君子가 別人아니다.
7. 남의못한것 흉보지말고   豪奢한남의것 부러워 마시오.
   내行實나쁜 것 부끄러하고   남의 좋은일 부러워하시오.
8. 길에나서도 점잖케걸어   곁으로뒤으로 눈팔지말고
   낯설은男性을 만날지라도   절로 부끄럼 하지마시오.
9. 鬼神爲하는 迷神깨치고   儂法을잘믿어 人道세우라
   産業을힘써서 家勢세우고   務奉公에 精誠다하라.
10. 個性獨立은 元法則이니   우리는누구에 依賴치말고
   내벌어내먹고 내일내가해   그精神資格 날로닦으라.
11. 男女平等은 天定한바니   우리도남처럼 事業이있오
   남의妻남의母 되기써前에   自己몸부터 사람됩시다.
12. 萬世儂法을 믿는우리는   同信에同學에 한몸이로다.
   한믿음한사랑 盟誓굳은몸   元宗을위해 바칠 것이다.

(31) 處女의 哀訴

1. 어머님이여 나를왜낳았어요.　　나는참 원수예요 女子된일이
   女子는그렇게 값싸잖은 物件인 것　　누가낳아달라던가요.
2. 女子라는건 빌어끼ㄴ 가락진가요　　남꿰줄것이란말 웬말웬수작인가
   그따위無理한 얄미운수작일랑　　아예 다시는 말어요.
3. 女子된罪로 죽으면죽었지요　　글한자 못배우고 몸이팔여서
   惡魔의 소굴 보다 더한 시집사리　　나는決斷코 아니갈래요.
4. 男女平等은 天定한 公法인데　　아들은집에두고 딸은왜보내
   이렇게矛盾된 社會制度 冤痛하니　　어허 아버님 그리마시오.

(32) 會寧行 舊集

1. 龍井獄을 새벽나와 馬車타고　　떠나도다
   借間하노니 어데로가오　　在留禁止로 會寧간다오
2. 눈바람이 씽씽불어　　나의손발 얼구도다
   얼어죽어도 恨치말어라　　살아돌아갈 面目이없다.
3. 男兒立志 出鄕關에　　事如不成 死不還은
   스스로이미 盟誓한바니　　오늘이걸음 可笑롭구나.
4. 사랑하던 모든君子　　서로보기 틀렸으니
   속에가득한 萬端事情은　　저구름便에 付託하도다.
5. 나는이제 가거니와　　내간뒤로 더잘하오
   正道大法의 天下大事를　　내가간다고 그만둘소냐.
6. 南陽坪에 朝飯하고　　三峯에로 向하도다
   同情의눈물 뿌리는婦人　　時勢歎息 뼈저리도다.
7. 거울같은 큰江어름　　故國山川 빛이로다
   너못본지 八年또새해　　내낯이오늘 뜩끈하도다.
8. 江아래 저악굴한집　　鍾城邑이 거기로다

나의先祖가 큰주먹으로 　壬辰倭亂을 막던거게라

9.　한아버지 魂이있거든 　나의罪를 赦해주오
　　馬夫야暫間 챗직끈처라 　告誓마치고 渡江하리라.

10.　山高水麗 如前한데 　高麗사람 하나없다.
　　八九年동안 滿洲風霜이 　어제밤꿈과 依稀하도다.

11.　江은언제 건넜는지 　여기벌써 三峯이다
　　구불구불 江변鐵路 　間島政策이 내로라한다.

12.　雖喜更瞻 彼日月에 　奈羞忍踏 比江山고
　　群啼世界에 孤情熱이오 　一笑乾坤에 萬里閑이라.

13.　나의사랑 何處在오 　江樹遠含情이로다.
　　저구름저게 돌아다보니 　情든눈물만 철없이난다.

14.　二年春에 江건널 때 　그時間이 이때로다
　　電氣灯별빛 넓은벌판에 　알과라會寧 여게로구나.

15.　故國山川今何日고 　八年一建 三十七日
　　會寧獄에서 陰曆煥歲에 　龍井監獄은 도리어天堂

16.　朝日鮮明 찬바람에 　淸會車에 올랐도다
　　所謂娼女로 저러한思想 　堂堂한丈夫 도리어羞恥

17.　茂山嶺에 十餘隧道 　깜작편득지나더니
　　輸城平野에 春雪殘하고 　淸津海邑이 눈새롭도다.

18.　淸津羞恥 借向값에 　自由日月 보게되니
　　잡힌날부터 第六回景日 　天時人事가 이렇게符合

19.　넷親戚의 여덟발은 　한步調로 앞서뒤서
　　三十里가량 南으로가니 　무시무시한 羅南판이라.

20.오늘부터 第五日에 　情든親舊 하나離別
　　明川山勢는 저렇게웃줄 　人品도또한 굴찐듯하다.

21.　吉州山川 저러하고 　城津風物 어떠한가
　　세절름발이 原坪저믄날 　은근한書齋 고마운人情

22. 우리사랑 살던故鄉 業億洞이 여게로다
  山川만보고 사람못보니 섭섭한속에 눈물만차네.
23. 밤새도록 水使洞에 다달으니 님의故鄉
  咸鏡北道는 예까지 그만 摩天嶺빛은 왜저리컴컴
24. 苦待苦待 하던사람 보고나니 눈이캄캄
  기나긴밤에 기나긴談話 밤깊을수록 相思病깊어
25. 九日子正 궂은안개 後期約이 정녕하다
  登彼西山에 속깊은한숨 本道江山이 여기서부터
26. 嶺을내려 처음山村 端川尙雅 골이로다
  山高谷深한 쇠바위故鄉 괘씸한그놈 난터가저게
27. 땅은비록 生面이나 情은이미 익었도다
  여러사랑의 故鄉인端川 情든눈물만 끓어오른다.

(33) 百八節(一名 새바람事件)

1. 平岡벌陽春 白雪무르녹는데 새바람소리없이 잠깊은村에
  二建이라四十日 ㎜正아침에 檢擧風이새보래 일어나도다.
2. 押取物두수레 실어앞세우고 逮捕된일곱사람 羊떼몰리듯
  因緣깊은頭道溝 領事分館엘 오고보니留置場指定호테루.
3. 열흘간拘留中에 取調마치고 거어히檢事係로 넘게되어서
  總領事館찾아서 龍井갈길에 愛蘭江南저마을 건너다보니.
4. 內豊洞물아래 저넓은벌판에 三層台높은집은 元宗總司라
  魔의눈에그만치 밉게뵈으니 責任있는이걸음 遇然아닐까.
5. 알뜰한믿는사랑 情든이들아 지나는우리보고 落心치마라
  正道大法새主義 소리날릴때 風勢맞춰한날개 부쳐주게나
6. 뜰밖에아침까치 깩깩거리고 東山에저녁달이 생글거릴때
  苦待하는獄사람 생각나거든 그代身에처진일 걱정더해주
7. 할일은山발같이 重疊하구요 歲月은물흐르듯 자꾸가는데

크게짰던今年일 또틀렸으니　물으거라明年일 어찌될건가

8. 코코이옭히우는 지나온걸음　무서운運命神의 作亂이었다
　그렇다고運命만 怨望치마라　百敗千敗모두가 내잘못이다.

9. 世上나三十八 설쇠는사이에　몇千里이런苦海 건너왔는가
　꿈결같은지난일 돌아다보니　世上살이獄살이 一般이었다.

10. 中武里胡陳속에 잠깨던일과　長仁岡討伐불에 속타던일과
　北溝紅血놀랠일 생각해보면　이런일은도리혀 樂生이어라.

11. 天堂엘오너라고 부르짓는저　各敎堂鍾소리만 凄凉하고나
　有罪無罪누군들 獄싫은맘에　憧憬하는속슬품 없으료만은

12. 부처님잡혀먹고　예수팔아서　뿔豪强트림하는 敎盜賊들아
　너의靈魂돈獄에 百年禁錮된　그주제에누구를 濟度한다구

13. 돈이란그런거냐 官은무어냐　아니다치우친法 고칠것이다
　强盜窃盜社會가 시킨것이니　判事檢事그環境 격거봤는가.

14. 生地獄열두방에 들어찬罪人　낯낯이그犯行을 探探해보니
　우리여섯除하고 그남어지는　크던적던막밀어 돈때문이라.

15. 虎岩洞生覺나는 墓보는名節　安圖縣무덤들아 일어나거라
　寒食술은집마다 다걸렀는지　淸明꽃은山마다 한참피겠지.

16. 鐵窓에비친달아 너는只今에　總司村이점저집 通비치겠지
　저달보고그리워 내맘傷할때　임네亦是날그려 맘傷하겠지.

17 龍井와起訴中에 十八日지나　公判에붙게되니 拘留二個月
　우리앞길갈수록 스무山이니　또이고개어쩌면 잘넘어가료.

18. 世界밥고르려고 元宗세운뒤　監獄밥오날까지 몇그릇이냐
　人情없이기름진 官나을님네　義에굶은나더러 무슨罪라고.

19. 사람의主義思想 取締한다는　그所謂治安維持法 낸양반들
　노는놈만잘살고 버는이죽는　그런弊風고칠法 왜못내는고

20. 無理한搾取壓迫 견디다못해　反逆의運動者가 무슨罪이냐

21. 人類의正義道德 모르는者가　반지뺀文明進化 자랑말어라

22. 監獄다撤廢하고 罪人도없이
　　無國主義實現될 그때언젠가
　　自然의제멋대로 잘살수있는
　　人文進化嶺위에 올라섰다네.

23. 飛岩峯가는햇발 暫間들러서
　　하늘나라새기별 불사러가자
　　熱心에달은얼굴 은근히뵈고
　　凶天魔世큰審判 準備한다네.

24. 벼루던첫裁判은 열리었는데
　　無罪言渡받고나 出監待할때
　　이틀間매운舌戰 거듭한結果
　　附帶搾訴한다는 檢事글왔네

25. 控訴는고사하고 죽인다기로
　　이따위일當初에 自期한거니
　　君子의높은思想 홀상싶으나
　　아무려면큰德을 제가어쩌리.

26. 끝까지물어뜯는 그놈의心術
　　秋風落照他鄕淚 씻기도前에
　　왜그리惡毒한줄 헤아리노니
　　夜雨寒燈故國愁 또나기된다.

27. 궂은비부슬부슬 밤은깊은데
　　분통터진님울음 아니련만은
　　강양물우는소리 애처럽고나
　　왜그런지맘傷해 못듣겠고나.

28. 事業의興亡成敗 數理있나니
　　이만일에空근심 할바없으니
　　運命이주는대로 웃고받을뿐
　　百年大計맘놓고 予算잘하세.

29. 微服의過宋하던 權變도좋고
　　그보다도칼과글 兩손에들고
　　十字架지고다닐 決心도좋다
　　教化征服一統길 채질해볼가.

30. 새밥은紅衾속에 기여들고요
　　象徵깊은꿈나라 깨치고보니
　　時鐘은새로두時 땡땡치는데
　　울고불고만날님 간곳없구나.

31. 갇힌지이제잔뜩 九十日만에
　　吩咐있어待하던 秘密한님은
　　서울行매묶기고 驛에나오니
　　구름속에달같이 나타나도다.

32. 龍井벌아침햇빛 鮮明한속에
　　綠陰속에우는새 노래부르고
　　그립던自然世界 눈새롭고나
　　南風속에할미꽃 춤도잘춘다.

33. 輕便車달각달각 까불대는꼴
　　바리우던帽兒山 떨어저울고
　　점잔은大陸國民 體面없고나
　　마중오는上三峯 부끄럽구나.

34. 떨리는걸음으로 江건너서니
　　나의身勢어쩌면 두번걸음다
　　여게라祖國江山 발저리고나
　　捕縛지고이땅을 밟게되느냐.

35. 六年前在留禁止 나가던일과
　　오늘날控訴맞아 押送가는길

冤痛한들어데다 하소나할고

36. 白頭山돌은칼을 갈아다하고
南將軍의옛일을 感歎하면서

37. 저녁켠소낙소리 으르릉드릉
깜짝펀득茂山嶺 열두굴꿰어

38. 온나주우리잘집 惡魔의窟을
반짝반짝電氣燈 별바다속에

39. 留置場구석구석 呻吟하는저
짓밟히고배고파 견디다못해

40. 지난일잊자해도 잊어않지고
한발만한한밤에 百발근심을

41. 맥맥히멀리서서 보내는임아
日氣좋고배좋아 잘갈것이니

42. 再昨年北行할제 北祐丸타고
北祐坮南偶然한 좋은對照는

43. 뱃칸에차고넘은 깔린軍隊는
나라일에몸바침 嘉尙하다만

44. 우리들아흔한날 그리든간장
빨간눈알노리고 監視하는놈

45. 手鐵도사빈채로 捕縛진채로
甲板우에나서니 푸른새벽에

46. 먼山을바라보고 한숨짓노니
父母兄弟알며는 只今나와서

47. 蓮台峯안개속에 잠들어있고
崝陽學院뜰앞에 紀念나무만

48. 身勢좋은虎島要塞 指点하면서
明沙十里海棠花 보고싶은데

亡國人의피눈물 뼈녹아난다.
豆滿江물은말을 먹여없어저
大金帝國옛東京 會寧엘왔네.
轟轟한汽笛소리 함께불면서
다달으니輪城벌 넓은天地라.
窟속에어슴프레 그려보면서
들어서니낮익은 淸津警察署
피빨린따와리치 不祥하고나
反逆하는그情相 어떻다할가
오는일생각말자 절로생각나
못다받고일은날 배타게되니
가는배사뭇보고 울지말어라
勝戰하고올날만 기다리거라.
이번은南行이라 坮南丸타나
이도亦是뜻있는 緣分이던가.
집으로가는기쁨 測量없겠지
一將成功萬骨枯 참아못할일
여석임한데대고 속삭거릴때
제아무리惡한들 어쩔셈인가.
하루밤咸海千里떠 올라와서
마음없는찬비만 즐적거린다.
저앞은우리故鄉 蓮洞이겠지
이배보고얼마나 너부작하료.
九而峯千春坮도 기척없는데
날기다려섰는꼴 幻想같으다.
永興灣들어서니 元山이저기
罪많은저벽돌집 눈시굴구나.

49. 烽燧洞잦은안개 살아진뒤에	元山車가는길에 風景좋구나
볏모내는安邊벌 씻은듯한데	이름좋은風流山 그림같구나.
50. 흰모래푸른솔밭 淨土世界는	釋王寺이름높은 이곳이란다
無學大師李太祖 끼친이야기	느낀대로한마디 되풀어보고
51. 黃龍山오는바람 잠깐쏘일때	鐵嶺에가는구름 얼른뵈더니
左右山이닺일듯 좁아지는골	달려드니여게가 三防이라네.
52. 옛歲月서울行勢 올길갈길에	발탈나苦生하던 그때그립다
山高谷深이렇게 치우친곳에	뻘거퍼런西洋빛꿈나라일세
53. 弓裔王적은祠堂 저숲풀속에	當時에하던일감볼것없다네
敗한뒤엔英雄도 저렇타거니	지나는이찬눈물부질없구나
54. 秋개嶺올라서자 내리막손에	편편한平康高原줄다름쳐서
洗浦月井옛말도 다하기전에	泰封나라옛도읍鐵原엘왔네.
55. 龍潭떡福溪이밥 수리열국수	科擧때北道선비 진이던거요
三角山과水落山 오누이간에	서울자리다투던 風談도좋다.
56. 國亡峯쳐다보고 쉬는한숨은	鷄龍山떡할미를 연상함이니
아지발도쏘던일 생각지않고	이름모를壓鄭寺 웬즛이던고.
57. 논판에빠저없던 배고픈農夫	그苦生지은입쌀 다누구주고
間島좁쌀오는가 車처다보니	요런못된世上을 그저둘소냐.
58. 北漢山바람결에 꿩갈의생각	死則擧大名이라 同情이간다
淸凉里가이렇게 鬧熱한것은	名實달은世代相 證明하는것.
59. 漢江에안긴뚝섬 좋은自然과	새서울뜩은文化 龍山지나서
京城驛에내리니 저게南大門	十五年前옛面目 依稀하고나.
60. 人事는아침저녁 變한다지만	山川은예나이제 한빛이로다
西大門밖刑務所 가는길역에	빛깔없는獨立門 보기도싫다.
61. 鐵門을들어서니 層層벽돌집	數千名같혀있는 朝鮮큰監獄
여섯사람나뉘여 各房에드니	그날五建十五日 卍正이었다.
62. 한집에있는동무 서로물으니	咫尺이千里라는 옛말과같이

胡風千里아득한 間島일이야

63. 때아닌봄밭갈이 재促하는저
農村主義被告된 우리訟事에

64. 섬나라작은사람 제생김같이
人間性을이다지 짓밟는것은

65. 農民의吸血鬼를 咀呪한罪로
除蟲藥을안주는 心術만봐라

66. 옛적일이그리워 窓틈엿보니
저녁물길으는 어머님따라

67. 겉눈만자는척 속눈은뜨고
劍山棘水열수물 넘고건넌뒤

68. 한떼씩뺄건고기 물고댕기는
罪는罪요사람은 사람이거늘

69. 뼈저린곁房親舊 앓는소리는
百名남아檢擧된 朝鮮共産黨

70. 大景日언제더냐 지금凡歲日
젊은光陰어제끝 다보냈으니

71. 밤새껏뱃심좋게 피리부는놈
農民이때배곯고 일困한것을

72. 먼늪에와글와글 짖는개구리
배암이놈치자고 떠드는거냐

73. 獨房에수물여들 밤자고나니
오늘부터넘어갈 두달앞고개

74. 집소식저다주는 어린사랑의
七百里나장마뜰 헴처온사람

75. 靑天에하얀구름 볼상좋다만
철모르는어린새 지날적마다

上林東山기러기 바라나볼까
뻐국새우는서슬 귀통부신다
辯論하는그소리 壯烈하구나
잘고도까다로운 獄則만봐라
植民地에當然한 이바질러라.
짙은피獄빈대에마저빨려도
官當局의態度가 疑心찮은가.
西山발落照속에 붉은솔밭은
헛눈팔던望月峯 彷佛하고나
元宗의萬里앞길 내어다보니
웃고오는希望峯 키스한아름
看守의惡한얼굴 鬼神같구나
사람에게저罪를 차마주는가.
잇해채 獨房살이 未決囚라네
말만해도골아픈 큰事件이라.
總司일杞憂나마 不可不已라
半年동안흘린땀 몇섬이던고.
잘먹고노는뺄개 分明하고나
嘲笑하는저曲調 귀구역난다.
벼슬을渴求하는 발광이더냐
너의種族興亡이 左右間이다.
첫行勢覆審法院 이렇다하네
支離한꿈밤마다 몇날갈런고
못잊어하는꼴도 고맙거니와
서로볼때두마음 오직했으랴.
鐵그물繡논影子 눈청傷한다
절잡는내그물에 헛놀라운다.

76. 造物은獄들에도 天眞그대로　　粉꽃도피었구나 벌도왔구나
　　人間社會언제나 저동산같은　　眞善美한새동산 열어나볼까.
77. 監房안三伏淡蒸 찔찔끓는데　　바람놈過門不入 괘씸하구나
　　惡땀나는이時節 언제지나서　　맑은바람自由風 다시쏘일고.
78. 먼산에처음듣는 매암의소리　　가을님오신다는 첫寄別이니
　　파묻혔던土虫도 날때있거든　　더워죽는獄사람 살날없을까.
79. 날마다아깝고도 미운光陰은　　한날에十年살속 다태워가고
　　더디고도빠른해 벌써다섯달　　한봄여름지나고 또한가을와
80. 여인임相思하는 七月七夕은　　해마다牽牛織女 相逢하는날
　　獄옛郎君집에妻온 나주생각　　하늘보고우는이 하도많겠지.
81. 北斗星돌아서고 달식은밤에　　담밑에귀뚜라미 가을소리요
　　梧桐한닢떨어져 이슬찬곳에　　鐵簾밖에반딋불 가을빛이라.
82. 大暑는酷吏놈이 간것같으고　　淸風은고운임이 온것같하라
　　이글지은옛百性 革氣없어서　　惡政治에울던꼴 痛心하구나.
83. 골밖에떠들석한 네방치장단　　철빠른거리사람 秋服準備오
　　炎凉世態저렇게 過敏하거니　　끝다투는俗된꼴 可憎하구나.
84. 밤속은沈沈한데 잠은안오고　　뭇벌레아우성만 성가시구나
　　暫時歲月좋다고 까분다마는　　肅殺當할너의때 가까와온다.
85. 날마다周易으로 벗을삼아서　　卦마다剛柔正中 檢討할때에
　　義文周孔程朱子 다待한듯이　　先天後天옳고그름 論難도많다.
86. 손꼽아기쁜消息 밤을새는데　　뜻밖에拘留更新 무슨理由냐
　　한날두날天時는 죄와오는데　　이런저런人事는 曲節도많다.
87. 秋夕을잊으려고 맘바수더니　　이름난仲秋明月 안볼수없다.
　　昨年이달이날에 나를울리던　　나의事情잘아는 情든달님아.
88. 집엣일怯을먹어 傷하던속에　　同人의聲氣조차 疑懼깊어서
　　紅病솟는언가슴 부등켜안고　　七建하나악물어 넘기고나니.
89. 첫엿새아침날에 잔비개친데　　손목쇠머리곳갈 맵시만봐라

鐵網씨운自動車 으르릉뿡뿡

90. 裁判所골목골목 치는人멀미
　　亡해가는저런꼴 건지련이가

91. 第二號적은法廷 적적한곳에
　　없는罪를있도록 終日파다가

92. 이렛날깊은疑心 未安한中에
　　嚴肅한체恩惠체 檢事의態度

93. 물이란제곬으로 가는法이니
　　控訴取下當然한 벌서할일을

94. 自古로苦辱없는 일이없지만
　　말하자면많은試練 받은것으로

95. 그날곧獄則쫓아　手續마치고
　　서로웃고저하늘 처다볼때에

96. 不夜城수리물결 헴처지나서
　　旅館들어꿈얘기 밤을새우고

97. 수상한거지行色 그대로쓰고
　　錦繡江山그립던 성풀이삼아

98. 北岳은百萬長安 뒤를눌으고
　　萬里白虎뛰는듯 千里靑龍에

99. 駱駝山아침안개 근심짓는꼴
　　東西黨爭三百年 亡國의恨을

100. 五百年땅은비록 옛나라이나
　　나라팔아잘잡순 公子王孫들

101. 四十里둘러쌓은 늙은城郭은
　　虛築防胡萬里城 우습거니와

102. 八門에높은看板 額字만봐도
　　훈도시만차고온 섬나그네가

再審보라 法廷에 가는길이다.
訟事軍많은것도 末世의한꼴
여기까지몰여온 凶한이때에.
차라리傍聽禁止 한맘노인다.
새삼스런延期란 웬수작인가.
檢事局呼出받아 등지워가니
容恕하니다시는 그리말라고.
아무리막는단들 안터질소냐
오늘까지끌어온 무슨意思냐.
이번일不當訟訴 괘씸할밖에
數理속에不幸中 多幸이었다.
열두발걸음맞춰 獄門을나서
마주웃는별과달 새光彩로다.
豫算턴樂園洞엘 헤더듬다가
衰弱한몸調理도 할겨를없이.
文化의똥냄새를 避해나가서
漢陽求景南山엘 올라가보니.
南山은千里漢江 앞에둘은데
萬世金陽王都地 局勢좋고나.
仁王山저녁놀이 부끄러운빛
이제後悔하는꼴 可憎하고나.
其命은維新이라 開化맞이에
높은슬기洋洋한 저꼴보아라.
半千年所用없이 그저말았네
八道江山주린피 아깝잖은가.
堂堂한禮儀之國 자랑좋다만
崇禮門通질굴줄 뉘알았으랴.

103. 壬辰役옛말하던 倭將埼저게　統監府號令소리 무슨因果뇨
　　　民怨깊은景福宮 큰담장안에　새판가신總督府 緣分좋구나.
104. 으하야乙丑三月 뜻모를打令　어린때널널이던 回憶슬프고
　　　斥洋斥倭뽐내던 當時英雄도　德山마을꿈자취 杳然하구나.
105. 昌德宮늙은낡에 젊은까마귀　빈집에무엇슬퍼 그리우느냐
　　　半萬世나긴歷史 끝폐지마춘　그일이야아무럼 그렇구말구,
106. 뜻없는옛날親舊 찾을이없고　피끓는學生들만 기뻐보인다
　　　朝鮮人의朝鮮은 아닌데서도　朝鮮목숨첨같이 잘살아있다.
107. 灰칠한무덤에서 速히벗어나　밭동산父母품엘 돌아들가라
　　　東大門밖나와서 車에오르니　希望많은큰길은 이제열렸다.
18.　慷慨한느낌속에 새로운情調　山높고바다깊은 覺悟가있다
　　　북처라旗둘러라 보이는앞길　四方十里꽃동산 恍惚하고나

(34) 警世歌

1. 슬프도다 우리蒸民아　오늘날時代 悲慘하고나
　　六州五洋에 羊의哭소리　바다가끓고 山이動하네.
2. 先天저문날 거친들위에　魔鬼의소리 崩騰하도다
　　宗敎의救世는 이름뿐이오,　萬國平和는 거짓말이라.
3. 生存競爭이 날로甚하여　天下의滅亡 재촉하노나
　　太平洋가운데 뜨고뜬배는　怨讐의兄弟를 가득실었네
4. 沿海州牧場에 扶餘宗族도　俄人의牛馬 이미되었고
　　아미열城 깊은돌집에　굶은鬼神이 피를우노나
5. 猿猩의소리 애를끊는데　소湘江이 내집아니오
　　杜鵑도우리를 爲해우나니　西蜀江山이 他鄕이로다.
6. 西伯利스산히 부는바람에　江山草木이 빛을잃었고
　　歐羅巴一場에 이는띠끌은　靑天白日이 캄캄하도다.
7. 殺他自保의 弱肉强食이　今日과같이 아니말진대

十六億八千萬 우리同胞가 　　　　大西洋孤魂이 모다되려니
8. 大慈悲갖춘 나의눈으로 　　　　活然坐視를 차마못하여
　　大共和太平의 큰目的으로 　　　大齊의뜻을 盟誓했도다.
9. 皇皇하옵신 큰님께서도 　　　　凶天魔世를 正齊하려고
　　正道大法을 降命하시니 　　　　元宗의門이 이에섰도다.
10. 사랑하는 나의民族아 　　　　　서로죽이기를 그만해두고
　　어서宗法에 웃고돌아와 　　　　生前極樂을 같이누리세
11. 天上天下의 모아살곳은 　　　　弓弓乙乙의 十勝地로다
　　山盡水窮에 求하지말고 　　　　한번저臺를 다시보아라

(35) 思鄕曲

1. 長白山이 重疊한데 　우리나라 아니로다.　秋月春風 나를向해 　故鄕生覺 이르킨다
2. 胡馬北風 의지하고 　越島南枝 깃들인다 　禽獸들도 저러하니 　사람이야 어떠하리
3. 山이높고 물이맑은 　우리故鄕 좋건마는 　좋은故鄕 내버리고 　설은他國 왜왔는고
4. 왜왔는지 말안해도 　世人共知하는바라 　사랑하는 나의兄弟 　어느날에 만나볼꼬
5. 우리父母 妻子親戚 　나를깊이 生覺하여 　端午寒食 좋은名節 　恨歎으로 지내렸다.
6. 저하늘에 밝은달은 　우리故鄕 보련마는 　달을보고 우는사람 　깊은뜻을 알리로다.
7. 春風桃李 꽃이피고 　夜雨寒燈꺼질때에 　이내愁心 못풀어서 　思鄕曲을 부르노니
8. 唱歌하는 저少年아 　故鄕生覺 하지마오 　浩浩歌나 불으면서 　나와함께 저리가세
九. 萬里孤蹤이내몸이 　간곳마다 侮辱보니 　萬國平和 이세계에 　내갈곳이 어느方向
10. 所謂사람 丈夫로서 　그만일을 愁心하랴 　故鄕生覺 아주잊고 　天下大法 힘쓰리라
11. 希馬拉山 山上峯을 　외손으로 훔켜잡고 　六州五洋 큰世界를 　멧돌돌리듯 하리로다.
12. 검은닭의 새벽소리 　푸른배암 꼬리칠때 　고기배에 심은우리 　故鄕구경 하리로다.
13. 風霜滿天 가을밤에 　一行南飛 저기럭아 　우리故鄕 지날때에 　나의消息 傳해다오.

(36) 望美曲

1. 望美人兮여 　　　　願一見之로다 　　　내사랑내사랑 　　　美人兮 美人兮여

望美人兮여　　　　我心傷이로다.

2. 堂前에 梧桐나무　동동히 홀로서　鳳凰兮 鳳凰兮　苦待兮 苦待로다
望美人兮여　　　　梧桐이 老로다

3. 南浦에 매인배는　好風을 못만나　布帆을 내리고　寂莫히 떠있도다.
望美人兮여　　　　濟海挽이로다.

(37) 高 麗 誌

1. 金剛實같이 둥근地球는　　　　　五水六陸이 廣大兮로다.
太平洋西岸 亞洲東沿에　　　　우리의나라 高麗하도다.

2. 山高水麗한 우리大韓은　　　　四千年生來 우리따이라.
저高山麗水 平生되도록　　　　우리의子孫 萬萬歲로다.

3. 白頭山으로 祖宗삼아서　　　　三千里半島 猛虎같도다.
溫和한氣候 肥沃한土地　　　　二千萬兄弟 卜居하누나.

4. 西海中央에 仁川深하니　　　　萬國汽船이 洋洋來로다.
愛我高麗를 何時見할고　　　　胡風千里에 枕淚江이라.

5. 元山이北通 沿海州하니　　　　龍興江口에 虎島奇로다.
慶州玉笛은 祖國聲이오　　　　星學始祖는 瞻星坮로다.

6. 名山과大川 處處景이오　　　　五島三港은 津津開로다.
釜山이更無 高麗色하니　　　　今日千秋에 贈鋤恨이라.
我輩는莫作 高麗恨하라　　　　元宗은一國 無所關이라.

새 노 래 집(제2부)

이 새노래집은 1928년(建元 16년) 방향전환(方向轉換) 이후 주로 어복촌(魚腹村)에서 지어 부르게 한 새노래 一, 二, 三권에서 찾아 옮긴 작품들이다.

(38) 長 劍 歌

1. 快하다長劍을 빗겨들었네　　　　이世上죽일놈이 몇몇이더냐
　　내손에오늘한번 잡힌이칼은　　죽일놈없기전안놓을거라.
　　(후렴) 번쩍번쩍번개같이번쩍　　번쩍번쩍번개같이번쩍
　　快한칼이한번 빛나는곳에　　　惡魔의머리 秋風落葉이리라

2. 治安維持法을 改惡까지한　　　田中놈대가리를 딸것이다.
　　泛日本帝國主義 높은몸들　　　平等旗꼭대기에 효首하리라.

3. 極端的독재의 强盜團體인　　　黑샤쓰파시스트 없앨것이니
　　그魁首뭇소리니 억센목대　　　선뜻이끊어내 버려야한다.

4. 白晝에날뛰는 도깨비무리　　　저所謂國民協會 멱을찔러
　　衆醜院窮한鬼族 不祥한무리　제피로제몸을 씻어주리라.

5. 종교의탈박을 뒤집어쓰고　　　窮殘한民衆의피빨아먹는
　　陰凶한邪鬼놈 배를짜개어　　　大衆의눈앞에 暴露시켜라.

6. 獨立團看板을 높이붙이고　　　民族의피와 목숨빼앗으며
　　길발은運動앞에 가로막힌　　　不肖한小輩들 어쩌면졸고.

7. 革命의目的은 한点에두고　　　野心의派閥主義 개英雄들
　　허비고물어뜯는 惡鬼놈들　　　그부터掃蕩해 버려야한다.

8. 죽도록벌어서 죄다뺏기고　　　온天下굶어얼어 죽는百姓들
　　反逆의旗를들 고떠들어라　　　이칼날그바로 싸와나가자.

9. 强權에부닥겨 祖國을잃고　　　怨讐의쇠발굽에 짓밟혀가며

萬國의弱小民族 떼를지어서   나의칼가는곳 함께나가자.
10. 놈들이아무리 頑强하단들   義한칼제목엔 안들어갈소냐
     집에서怒해나온 正義의칼   피모습을안보곤 들어안갈라.
11. 여봐라長劍아 私情없어라   버일놈안버이면 네죄가크다.
     죽일놈큰놈잔놈 하도많으니   칼니즘네責任 잘해주어라.
12. 罪惡의피바다 물맑아지고   罪惡의비린바람 씻겨지는날
     큰데모크라시가 처음서는날   칼니즘네앞에 禮拜들인다.

(39) 出耕式 노래

1. 먹고야사는 人間에게는   農事가 天下之大本이란다.
     어얼널널이 아무럼그렇지
2. 務本主義로 터다진元宗   農本主義가 첫綱領이란다.
     어얼널널이 그거야옳거니
3. 泛日本앞에 쫓겨난우리   따뜻한내故鄕 다잃어버리고
     어얼널널이 여기가어데냐.
4. 山설고물설은 쓸쓸한北滿洲   무엇을바라고 예까지왔소
     어얼널널이 가엾은일이여
5. 배고픈눈물을 쥐여짜면서   먹을것찾아 헤메는길에
     어얼널널이 여게로구나.
6. 儂友同盟 中央部세우고   不詳한우리 함께벌어서
     어얼널널이 먹구나살자구
7. 되軍閥놈에게 빌어낸땅은   堂堂한내祖國 遺物이란다
     어얼널널이 痛心한일이여
8. 民族的人格 짓밟힌이자취   울면서불면서 참아가면서
     어얼널널이 그래도살자구
9. 農事經營 몇歲月만에   四月二十二日 아침이로다
     어얼널널이 밭갈이始作

10. 오늘부터 밭을갈아서 　　　　一年之計를 먼저세우고
　　어얼널널이 배부른김에

11. 明年부터 우리運動을 　　　　積極的으로 날뛰어보자
　　어얼널널이 그렇구말구요.

12. 아하 밭자리땅도좋구나 　　　　그러나 地理가人和만못해
　　어얼널널이 一心받아주

(40) 빠라크村落成式 노래

1. 쫓겨난白衣同胞 生覺하는가 　　헤매고간데마다 짓밟힌것은
　　帝國主義日本의 罪라기보다 　　우리끼리단결을 못한탓이지

2. 農法의齊世主義 第一階段은 　　朝鮮의農村主義 革命에있다.
　　이目的을끝까지 實現하려는 　　그主義者大團結 基礎問題라

3. 배곯고부닥기어 滅亡해가는 　　不詳한無産大衆 건져들이어
　　한組織에살길을 가르치려는 　　儂友同盟主義村 經營하도다.

4. 고픈배졸라매고 발발떨면서 　　깊은눈파옮기고 어름태우며
　　한집두집빠라크 지은지몇해 　　十家一村이제겨우落成되었네.

5. 中央部各機關은 整頓되면서 　　革命的새訓練은 展開되도다.
　　意味깊은落成式 마침正景日 　　盟誓굳은우리맘 다시기쁘다.

6. 흩어진우리겨레 여기서모아 　　살아날우리앞길 여기서찾아
　　걸음맞춰戰地로 나아가는날 　　齊世主義첫幕은 열쳐지도다.

(41) 스타트다리 노래

1. 老爺嶺萬叡千峯에 흐르는 물은, 　우리運動앞길 가르켜 자꾸北으로
　　渤海國 옛말속살거리며, 　　　밤낮새主義 村안고 든다네.

2. 震元宗農友同盟은 이물을타고, 　大革命의 雄飛活躍을 練習하려니
　　스타트다리 날뛰는 듯이, 　　　높이長江水에 걸처섰고나

3. 한主義한믿음 한길로 나가는同人
   뜻깊은 이름 生覺 하면서,
4. 黑龍江 큰쇠다리로 미는 불길과,
   左衝右突로 싸와나가서
5. 煙波에 뛰노는 고기 이秘密가져다
   全江을 끓어막은 발위에,
6. 革命의 뜨거운 피 힘차게 쥐고
   嚴庸한 律則盟誓 굳은者들의

이다리에 오를때마다 다시느끼어
눈을 바로 뜨고 걸음익히라.
豆滿江 上合다리타고 쫓는惡鬼를
크게 스타트할 이建物이여
村밖에다 傳해줄세라 잡아야된다.
뛰는 銀鱗玉尺風味좋구나.
箕山潁水여긴듯 세운中央部
다함께 다리 건널 覺悟있어라.

(42) 亡國祭歌

1. 庚戌年이달이날 大韓나라에
   錦繡江山三千里 倭터가되고
2. 쫓겨나南北滿洲 헤메는우리
   시베리아컴컴한 눈보라속에
3. 뭇개가달려들어 물어뜯어도
   개보기도이만큼 부끄럽거니
4. 同胞여이부끄럼 알았겠거던
   부끄러움알고만 있어안된다
5. 儂主義첫階段엘 나가는同志
   검은太陽沈痛한 亡國祭볼때

半萬年긴歷史가 끝장이날때
神聖民族二千万 倭종이됐네,
갈수록스무산이 자꾸막히고
굶고얼어짓밟혀 다죽어가네
개임자亡國奴라 말려안주네
사람보기얼마나 창피할소냐.
쫓기어가는걸음 돌쳐서거라
革命戰의큰手段 함께익히자.
主義村호미씻는 오늘을타서
이것씻을우리피 잘끓입시다.

(43) 母 恩 頌

1. 하늘높고 땅두터운
   하늘끝나고 땅다하도록
2. 나의이름 돌아보면
   손톱발톱 머리털도

거룩하온 어머님마음
날사랑하심 더욱깊어요.
슬픈느낌 測量없소
當身의精誠 엉킨것이요

3. 작은고기 生覺속엔   물의德量 알길없지
　　나서자라니 저만저라네   늙으신앞에 걱정드리고
4. 千里밖의 노는子息   苦待苦待 우는눈물
　　철없는몸에 不孝한罪를   목욕감기듯 씻어주시네.

(44) 마흔의 고개

　(序唱)넘어가요 넘어를가요,   마흔의 고개를 넘어를가요.
1.　젊은男女 情든이들아,   날믿어 이고개 오지말어라,
　　이고개 人間의구슬픈고개,   임들아 날믿어 오지말어라.
2.　이고개 天下에 무서운고개,   캄캄한 내려막 앞길이어데.
　　사랑사랑 情든 이들아,   넘어가는 나를 바리워다오.
3.　이고개 올라서 돌아다볼 때,   지나간 뒷자취 아득하고나.
　　고비沙漠에 오아시스는,   정작쥐고 보니 엄나무가시.
4.　太平洋 가운데 풍덩실빠저,   물거품 쥐려고 헤메는 生覺.
　　쓰리고 아린 내가슴속에,   못을박고서 가는 님들아.
5.　나의 無誠意 탓이라하고,   돌아다 안보는 그것싫구나.
　　내품에 안겨서 몸녹인 친구,   나의生살을 물고서 넘어지네.
6.　人間처럼 무서운 惡鬼는,   天下나 地上에 다시없는것.
　　그러나 그는 나의 罪니라,   남을 怨望할 내가 아니다.
7.　安圖縣 무덤아 일어들나거라,   내속에 박힌 못뽑아나보게.
　　父母도 妻子도 나는 모르고,   情들은 너희만 쳐다보다가.
8.　날 버리고 먼저간님아,   쓰린 내가슴 달래어주오.
　　秋月春風 가는歲月은,   나의 한世上 죄와나준다.
9.　蓮山靑年의 經天緯地는,   지난밤 꿈자취 杳然하구나.
　　꽃같이 고운 젊은이들아,   시들은 내얼굴 凶보지마오.
10.　그래도 한번 興奮될때는,   天下나 將來가 내것 같더라.
　　이고개부터 몇千里앞길,   날따라 갈님은 누구누구냐.

11. 스무山넘어 마흔물건너,　　발앞은 그苦生 어찌려느냐.
　　아서라世上事 말하기싫다,　　冷情한 내態度 섭섭해마라.
12. 나에게 興奮 나에게慰安,　　따뜻한 술한잔 勸해나주게.
　　쓸쓸한 밤중 쓰라린가슴,　　獨守空房이 무슨主義냐.
13. 오늘로부터 나의앞길은,　　어떻게 方向이 轉換되려지.
　　四方十里나 꽃동산속에,　　同人을 찾아서 가고나지고.

(45) 깨어진 질火爐

1. 검푸른 찬房안에 외로운나는　　北氷洋 어름속에 빠진것처럼,
　　몸소름이 떨리고 속갑갑할때,　　헤더듬어 쥘거란 아무도없소.
2. 깨여진 질火爐를 끌어다안고,　　꺼지다 남은불씨 불어일구니.
　　쓸쓸하던 房안에 春風이불고,　　얼부푸던 가슴이 풀어지는듯.
3. 내짜증 받아주는 어머니시여,　　내가슴 녹여주는 同人이시여,
　　當身이름 불담는 부당찌거리,　　젊은나를 永遠히 사랑해주오.
4. 부서진 질그릇이 미우런마는,　　내게는 왜그런지 이것만곱소.
　　겉보기야 어떻든 속만뜨면,　　그것만이 人間이 믿을거라오,
5. 찬란한 金銀火爐 암만좋아도,　　그속에 불없으면 冷物이지요,
　　겉이곱고 속뜨거운그것좋지만,　　이世上에 그것은 못바랄거라.
6. 반반한 겉치레 차가운속아지,　　人間에 이것만은 妖物이라네,
　　이런妖物 一生에 보기싫어서,　　自然속에 나혼자 묻혀있어요.
7. 모던式 탐내는자 그속밑에는,　　못믿을 그한点은 決코있나니,
　　남의눈만 호리기 精神쏠여서,　　虛僞奸邪 淫奔에 捕虜된다오.
8. 까닭에 變節하기 쉬운데다가,　　元來로 誠意부터 얇으답니다,
　　革命家도 學者도 英雄君子도,　　이속에는 하나도 決코없어요.
9. 나의뜻 익으려는 젊은이들아,　　제대로 自然다운 誠意物되어,
　　妖망하고 속다른 요즘時態에,　　발가벗고 돌아서 人格높혀라.

(46) 새벽 運動歌

1. 萬里長空에 번쩍거리는 저별들봐라,　　大宇宙의 거룩한 氣象森嚴하구나,
   大革命 訓練받는 靑少年들아,　　　　저와같은 森嚴한 人格가춰야된다.
2. 廣闊하고도 씩씩한 大滿洲江山,　　　젊은英雄運動者들의 큰舞臺로다,
   떨치고 치솟아라 올라들서라,　　　　登場人物 몸비칠 資格갖춰세워라.
3. 浩浩茫茫한 五大洋처럼　　　　　　　大宇宙의 무거운 壓力威嚴하고나,
   少年軍 口號소리 우렁찬속에,　　　　沈鬱하던 온天下江山 떨쳐나도다.
4. 萬壑千峯에 잠겨진 새벽 검푸른빛은,　旭日昇天 기대는꼴 壯重하고나,
   ABC첫 階段에 길차리는者,　　　　朝鮮運動 힘써서 準備군혀라.

(47) 방아소리

1. 바람차고 달밝은밤 고요한村에,　　　長短잦은 방아소리 凄浪도하다,
   앞집동세 뒷집시누 한동맹으로,　　　방아찧는 노래한참 불러나보세.
2. 달각달각 그래이건 무슨방암둥,　　　그야물론 늘상먹는 조이방압지,
   먹는일이 하늘보다 더크담는거,　　　우리목숨 정말여게 달렸읍거니.
3. 세벌네벌 정잘찌어 밥해놓으면,　　　기름이슬 철철돌고 맛도좋을세,
   男便함께 애들까지 아침먹을때,　　　世上사는 別別滋味 다있읍는거.
4. 참새같은 요동새야 군소리말고,　　　깝삭깝삭 재우힘써 드뎌나주게,
   꾀만쓰고 드디는체 흉내만내니,　　　멍텅구리 내다리만 맥이풀립네.
5. 에구에구 성님성님 무슨말임둥,　　　성님이사 실루실루 꾀만쓰면서,
   보우꽈니 예서어찌 더잘드딤둥,　　　에구이젠 배고프고 다리아픔둥.
6. 낮이며는 나무하고 밤엔방아쩌,　　　한뉘평생 이러고도 왜못사는가,
   밤낮노는 뿔조아지 도시년들은,　　　어찌그리 잘두먹구 잘두쓰는둥.
7. 일하는건 간데족족 죄다못살고,　　　노는놈만 골라가며 그리잘사니,
   이건實로 身勢八字 탓이아니라,　　　정말정말 社會制度 글은탓이지.
8. 이렇게도 不合理한 矛盾된世上,　　　革命改造 하지않고 어찌살음둥,

그렇길래 우리元宗 農村主義는,   고루잘살 새世上을 맨든담는거.

9. 동세동세 그러문사 작기나좋게,   우리뉘에 그런世上 보기되었음,
  에구성님 그게그저 헐하겠음둥,   우리빨리 覺悟해야 빨리됨는거.

10. 이런苦生 恨嘆말고 자꾸벌어서,   어린子息 工夫工夫 잘잘시키고,
  運動線에 대한後援 잘하고보면,   정말좋은 새世上이 빨리되올거.

11. 동세동세 그런소리 하지나맙세,   共産黨의 댁네라구 붙들어갑네,
  에구에구 멍텅구리 성님같으니,   그것두다 法에있어 하는소리지.

12. 바람바람 조금조금 불지나말지,   손시리구 발시리구 어떻게찧게,
  男便님은 夜學갔다 집에돌아와,   저녁中食 잡숫시구 기둘루겠지.

13. 세벌찧어 그만걷어 다듬어내니,   겨두한말 쌀두한말 잘두났구나,
  여름내내 굶은피땀 엉키어맺인,   千金같은 이쌀한알 흘리지마오.

14. 방아소리 끈치면서 달도지는데,   바둑개지 앞세우고 집엘오니까,
  아이들은 자느라구 世上없는데,   신꿰메는 男便혼자 苦待하더군.

(48) 自 警 法 文

1. 自治工夫   玉은쪼아야 그릇이되고   나무는깎아야 棟樑이된다.
              나는무어냐 未熟한人間   스사로갈고 깎아야된다.

2. 克己工夫   世上萬事를 이기려거던   먼저내몸을 이겨야된다.
              誘惑을끊을 志槪있어라   懶怠물리칠 勇氣있어라.

3. 自己改造   自己改造에 誠力있는者   社會改造에 主人되리라.
              魚變成龍도 말이있거든   人間이어찌 사람못되리.

4. 更生之道   고쳐나거라 다시나거라   既前의나는 못슬나니라.
              弱한나이여 못믿을나여   아주변하여 새로나거라.

5. 自由意志   自由意志가 어렵다지만   誠意앞에는 征服될거니
              境遇탓이라 落心치말고   强하게끝끝내 超越힘쓰라.

6. 自然自在   虛僞없어라 奸邪치마라   自然제대로 自在하여라.
              英雄革命家 君子學者도   모두여기서 나는거란다.

7. 高尚한人格	泰山喬岳과 몸이같으고	靑天白日과 속성같으라
	높으고밝은 나의人格을	社會舞臺에 등장시켜라.
8. 洋洋한前途	洋洋한나의 萬里앞길은	儂道運動과 한方向으로
	사방십리나 꽃東山속에	地上天國이 建設되리라.

(49) 햇님맞이

1. 검푸른새벽 散亂한별,	어데로 다달아나고,	萬里長天 廣闊하도다,
天下江山 沐浴하고,	햇님마중 기다리는꼴,	萬壑千峯 嚴肅하도다.
2. 熱心에달은 빨간얼굴,	둥그렇게 높이들고,	올라오는 햇님이시여,
거룩하온 저擧動은,	萬世界의 큰生命으로,	大宇宙의 神聖이시여.
3. 잠자는뭇새 歌劇열고,	山川草木 웃음속에,	햇님의 德 讚頌 하도다.
큰땅위에 處處物物,	通밖으로 고르게뿌려,	極自然의 活靈이어라.
4. 太陽님앞에 모시고서,	祈禱하는 어린나는,	님의 偉大至願입니다.
當身처럼 큰德있어,	온世界에 삶을주구요,	온天下에 기쁨받지요.
5. 어두운나여 깜깜한나여,	太陽같이 밝아져서,	思想行爲 光明하여라,
식은대로 있는마음,	뜩은저볕 잘쪼이여,	쩔쩔끓는 사람되어라.
6. 低濕한 땅에 내려진몸,	九天上에 白日처럼,	높은 人格솟아 나거라,
缺点많은 못난나여,	이모저모 자꾸 쪼아서,	日輪같이 둥굴어저.
7. 한걸음 한길 한몸勢로,	億千萬年 한날같이,	如日之恒皇皇 하고나,
正道大法 믿는者여,	줄곧오래 恒常이어서,	天長地久成功 있어라.

(50) 傷心의 아침

1. 봄눈은 殘殘하고 해는 길어도,	老爺嶺 겨울빛은 항상 검고나
나를두고 울고가는 딸악님들아,	을슥같은 저고개를 어찌넘겠니.
2. 날마다 간다간다 벼루던끝에,	속쓰린 오늘아침 다달앗구나.
가는곳이 제집이니 가긴좋다만,	집못가고 홀로남은 내맘슬프다.

3. 望美峯 저앞고개 검부연판에,　　　　까만게 아물아물 저기가노나,
　惡魔같은 검은폐 마주나와서,　　　　가는사람 하나둘셋 다삼켰네.

4. 갈길은 萬壑千峯重重 막혀도,　　　　살같이 가는마음 자꾸움직여.
　쉰山百물 넘고건너 또 넘고건너,　　　　몸무사히 부디부디 잘이나가렴.

5. 다리가 아프거던 지팡이타고,　　　　배고프면 옷고름을 씹어가면서,
　强引强引 한時두時 옴기다보면,　　　　너의家庭 꽃東山이 찾아지리라.

6. 저물도록 가는것도 未安하지만,　　　　旅客의 새벽걸음 禁物이니라.
　다리쉴때 땅가리고 時間조이며,　　　　世上사람 듣고보니 態度삼가라.

7. 아직도 껌어부연 저수풀속에,　　　　걸으며 재잴대고 있으련마는,
　바다속에 金덩이를 떨군것처럼,　　　　精神나간 내속아지 惘然하고나.

8. 아서라 날버리고 가는人間을,　　　　온생각 태우는것 어리석구나,
　헹덩그레 쓸쓸한村 陰鬱한空氣,　　　　바리우고 오는나를 다시울린다.

(51) 秋風感想曲

1. 秋風이불어요 秋風이불어요,　　　　望美山곬으로 秋風이불어요.
　에-엘화 感想이로다.

2. 人間의한世上 웬높은이고개　　　　벌써내나이 四十秋라네.
　에-엘화 感想이로다.

3. 가을이오며는 落葉이지고요　　　　歲月이가며는 人生이늙어요.
　에-엘화 感想이로다.

4. 四十年 지나간 回憶을하며는　　　　꿈같은世上事 아득하구나.
　에-엘화 感想이로다.

5. 作亂질甚해서 남의辱먹든　　　　뉜쩍일몹시도 그리워난다.
　에-엘화 感想이로다.

6. 南山서나무하다 손베고울던　　　　그땟일그리운들 다시어쩌리
　에-엘화 感想이로다.

7. 人生의一生은 無常한것이니　　　　그지간風霜 苦樂무슨뜻이뇨.

에–엘화 感想이로다.

8. 今年의四十秋 지나간뒤에   다시나에게 몇가을있는고
    에–엘화 感想이로다.

9. 千가을萬가을 암만있은들   實없는世上에 살아멀하리
    에–엘화 感想이로다.

10. 봄내내여름내내 애써키우던   강냉이지장이 다익었것마는
     에–엘화 感想이로다.

11. 내希望떼먹고 아주간님들께   秋夕술못보내는 가슴쓰리구나.
     에–엘화 感想이로다.

12. 山날과엄마날 거저다지날 때   不幸한罪마음 뼈저려하노라.
     에–엘화 感想이로다.

13. 아무리사람에 새떨어졌기로   美人을生覺하는 秋風을어쩌리
     에–엘화 感想이로다.

14. 三十年情든 親舊집夫人   날爲해한숨쉬며 솜옷짓겠지
     에–엘화 感想이로다.

15. 그러나집으로 못가는나는   누구를쳐다보고 이가을지날고
     에–엘화 感想이로다.

(52) 亢歲日 勸辭

1. 오늘이 어느날가 亢歲日이라,   人間이 늙어감을 意味하는날
   기쁜햇 빛날마다 줄어들고요   죽어가는 밤빛만 길어진다오.

2. 힘써라 떨치어라 이날의感想   우리의 가는앞길 앞이멀어요
   來日부터 寸陰을 다퉈가면서   서리오 기그前에 結果봅시다.

(53) 亢歲日 感想曲

1. 山도설고 물도설은 머나먼곳에   간데족족 되없임 받아가면서

스무햇째亢歲日 쇠는感想은	가슴에엉킨서름 북바칩니다.
2. 山도좋고물도좋은 우리故鄕엘	돌아갈길아직도 안보입니다.
明年의 오늘엔 故鄕엘가서	獨立戰직근작근 하겠던것이
3. ………	
天時는밧짝밧짝 달아오는데	人事는이럭저럭 안맞아준다.

(54) 震友會歌

1. 사람잡아 膾처먹는 사탄의떼가	핏양치질 뿜는곳에 비린비온다.
億萬大衆 바둥바둥 죽는꼴보고	더좋다고 해해웃는 惡鬼들보라.
2. 大砲한방 터진곳에 火炎이퍼져	羊떼같은 弱小民族 씨를滅하고
千層萬層 자꾸높은 黃金塔밑에	無産農民 勞力群衆 짤크라젓네.
3. 義血끓는 生命짙은 激昻한동무	斬魔長劍 빼어들고 일어섰고나
번적번쩍 번개같이 번쩍거리는	이칼앞에 惡魔群은 미처날친다.
4. 살리자면 죽일것을 먼저할거라	革命道德 이것밖에 다시없단다.
허리벨놈 허리베고 목딸놈목따	그런뒤야 고루잘살 새世上된다.
5. 殺强活弱 이行動을 벼루는主義	같은將帥한뭉턱이 盟誓다지고
霹靂같한 將슈소리 기다리면서	칼쥔주먹 부들부들 떨고섰고나.

(55) 九一紀念辭

1. 建元十七年九月一日은	震友會처음 일어서는날
震元宗同盟에 몸바친동무	慷慨한맘속에 이날을새겨
2. 正義堂堂한 그이름대로	嚴肅한將令 一心받아서
A階段의 準備運動을	積極的陣勢로 일해봅시다.
3. 英國旗아래 印度半島는	까리안膾치는 도마가되고
프랑스칼앞에 모로코바람	리푸의핏비를 뿌려칩니다.
4. 피다빠지고 말라저죽는	餓鬼曲소리 사무친속에

기름찐吸血鬼 웃는소리가   비린世上을 讚美합니다.
5. 남은목숨들 살땅을찾아   左傾의길로 헤매가면서
   狂舞의亂曲을 雜奏하는데   人間의風氣 濁亂하도다.
6. 正道大法의 큰目的으로   齊世의旗발을 높이날리며
   魔國을戰取할 先鋒將으로   震人道主義가 出馬하도다.
7. 斬魔長劍을 벼루던戰士   實戰의準備로 結陣을始作
   그맘때그사람 盟誓다진곳   八道江山에 嚴霜이졌네.
8. 世界改造의 眞正한使命   歷史가우리에게 맡겨준거니
   해마다이날을 기념할때에   이責任行動에 당겨쥡시다.

(56) 少年運動歌少年

1. 萬里앞길 滾滾히 흐르는물아   少年組織進進上上 저물과같이
   앞으로또앞으로 자꾸앞으로   革命熱의 끓는피가 자꾸한길로
2. 將來社會에 바칠人格 갖추기는   정말이때 英雄的수양 거기있나니
   엄숙히교훈받아 몸에지니고   분투努力寸陰을 閑치말아라.
3. 白頭山에 높이높이 올라가려면   일보 이보 닛은데를 밟아야하고
   이다음大事業에 고상한人格   어린事業 處理잘해 닦아야한다.
4. 東西古今 赫赫堂堂 큰일큰사람   철모를때 날뛰면서 기초를얻어
   勇敢한沖天元氣 한참자랄때   투쟁단결 두가지 行動이었다.
5. 혁신개조 재촉하는 現代정세는   우리운동 어서크기 고대한다네
   歷史의큰폐지를 창조할者를   새판가신 未來世界 主人이로다.

(57) 少年團歌

1. 움직이는人間社會 나가는걸음,   革新改造萬里앞길 無窮하구나,
   묵은잎저자지고 피는새잎은,   現代性運動界에 봄빛이로다.
   한걸음두걸음 첫階段밟아서,   壓迫 搾取 討滅하려 올라가려는,

先鋒將士 訓練받은 어린CY

한이름에 한同盟은 結成되었네.

2. 生命보다더 重하게 秘密지키고,
   反動的中間背約 할者있거든,
   森嚴한 氣像과 勇敢한 活動
   新生活 渴求하는 大衆을끌고,

   規律있는 嚴한行動 하마잊을라.
   震將旗에 목매달일 覺悟있어라.
   功德心 武士道的 좋은人格 갖추고
   億萬人氣 大舞臺에 登場하리라.

3. 鬪爭團結같은 코-쓰함께배우며,
   씩씩한指導精神 嚴肅한 將令,
   앞으로달려라 위로 뛰어라 떨치고웨쳐라,
   惡戰苦鬪十山百水 넘고건너서,

   革命事業같은思想 함께다듬어.
   歷史的 有用人物 닦아내도다.
   斬魔長劍날세우기 쉴새없어라.
   새판가신 將來世上 우리것이다.

(58) 少年 紀念塔

1. 한날에돌한개 두날에돌두개, 열을이면 열개요, 쉰날이면 쉰개로다.
   에-에헤야에헤야 아앙어엉 에헤야, 얼널널널이 큰工夫로구나.

2. 一年이면 三百에 예순다섯날, 三百예순다섯개 그成績도 크구나.
   에-에헤야에헤야 아앙어엉 에헤야, 얼널널널이 큰工夫로구나.

3. 열한설부터 스무설까지, 十年間옴긴돌이 三千六百쉰개라.
   에-에헤야에헤야 아앙어엉 에헤야, 얼널널널이 큰工夫로구나.

4. 이만하면 塔한개完成, 少年運動十年에 나의成績,
   에-에헤야에헤야 아앙어엉 에헤야, 얼널널널이 큰工夫로구나.

5. 少年團열사람에 열塔을合하면, 三萬六千五百돌 크나큰 塔이될거라.
   에-에헤야에헤야 아앙어엉 에헤야, 얼널널널이 큰工夫로구나.

6. 이렇듯힘차게 자꾸만하면, 萬里長城金字塔 우리도할거라.
   에-에헤야에헤야 아앙어엉 에헤야, 얼널널널이 큰工夫로구나.

7. 작다고 무슨일 없인보지말라, 天下모든큰것 그로써 쌓은거라,
   에-에헤야에헤야 아앙어엉 에헤야, 얼널널널이 큰工夫로구나.

8. 바다의 큰것은 빗방울모은것, 흙모래뭉치어 泰山이된다.
   에-에헤야에헤야 아앙어엉 에헤야, 얼널널널이 큰工夫로구나.

9. 적은時間 줄곳에 적은힘께내면 地球보다 더큰거라도 마침내 이루어진다네.
   에-에헤야에헤야 아앙어엉 에헤야, 얼널널널이 큰工夫로구나.
10. 눈앞에큰成功 빈慾心만쓰지말고, 萬里나 우리앞길 꾸준히갑시다.
   에-에헤야에헤야 아앙어엉 에헤야, 얼널널널이 큰工夫로구나.

(59) 童謠 金剛山

1. 金剛山이 한옛날에는   鴨綠江저건너 있었더랍니다.
   에-에헤야에헤야 앙엉에헤야,   그런데 어찌해 朝鮮엘왔소.
2. 하늘이 朝鮮을 特히나 生覺해,   金剛山 옮겨나주려고 별렀소,
   에-에헤야에헤야 앙엉에헤야,   그러나 힘이없었어 걱정만하였소.
3. 개미 大王이 그줄을 아고서,   하느님께 올라가 걱정말라 하였소,
   에-에헤야에헤야 앙엉에헤야,   저이가 옮길수 있읍니다구요.
4 하느님이 기뻐서 蟻王을 식혀   개미 億萬團에 傳令을 하였소,
   에-에헤야에헤야 앙엉에헤야,   그러니 큰일났다구 떠들썩 할밖에.
5. 온朝鮮개미가 總動員하여서,   蟻王의 將令아래 一陣을 쳤지요,
   에-에헤야에헤야 앙엉에헤야,   그거야 天下에 壯觀일것이다.
6. 에라나받아라 에라받아라 돌여라,   흙모래 한알두알 자꾸 물어 넘겼소,
   에-에헤야에헤야 앙엉에헤야,   아무렴 그게정말 神의運動이다.
7. 한날두날 億億날되어서   天下第一 名山이 移動다됐다네,
   에-에헤야에헤야 앙엉에헤야,   그렇지 至誠앞에 못할일 없지요.

(60) 동요 白頭山

1. 白頭山이 제 암만 높아도   하늘아래 山일것이니
   에-에헤야 에헤야 앙엉에헤야   자꾸만오르면 한꼭대기나질거라.
2. 五大洋이 제 암만 크대도   땅위에담겨져 있는물이니
   에-에헤야 에헤야 앙엉에헤야   자꾸만길으면 바닥나질거라.

418

3. 하늘아래 萬事나萬物은　　　　꾸준한힘앞엔 안될 것 없지요.
　　에-에헤야 에헤야 앙엉에헤야　그러나하늘위엔 더볼것없다네.

4　힘쓰면된다 힘쓰면된다고　　　하늘에올라가 별따올생각
　　에-에헤야 에헤야 앙엉에헤야　그러나 하늘위엔 더 볼것없다

5. 萬里나앞길에 나아선동무　　　한걸음두걸음 쉬지나맙시다.
　　에-에헤야 에헤야 앙엉에헤야　希望의꽃東山엘 이르는날까지

(61) 寓話　노루아기

1.　노루아기獐孫아 어쩌다가　　人間의여기를 네가왔니
　　어머니품에서 젖먹다가　　　조몹쓸사람한테 잡혀왔소.

2.　아기야獐孫아 울지나마라　　고이고이너를야 길러주마
　　께욱께욱아니요 나는싫소　　날길러당신네 잡아나먹지

3.　나는야어머니도 동생도없다　너와나情들이고 살아보자.
　　金방울銀방울 채워나줄까　　꽃상모비단상정 좀좋겠니.

4.　당신의말씀이 좋습니다.　　　그러나요내事情 들어보소
　　날잃어버리고 우는어머닐　　보고나싶어서 어찌살게요.

5.　어머니단젖이 먹고싶어요　　목말라배고파 못살겠어요
　　萬里나靑山에 우리네世上　　自然의天國으로 가고나지고

6.　아이구나당신두 딱합니다　　못먹겠는콩죽을 자꾸먹여
　　아이구나무서워라 저것봐주　이리네四寸네가 저기있어요.

7.　꽃상모비단삼정 나는싫소　　金방울銀방울도 所用없소
　　나를내놓아주면 山에돌아가　당신께結草報恩 들이리다.

8.　獐孫아노루아가 말들어라　　네사정듣고보니 슬프도다.
　　그러나네어머니 찾을곳없다.　혼자가면죽을걸 어찌보내니.

9　불쌍한情들은 獐孫아가　　　너는야나를爲해 있어다오
　　어머니생각날때 내품에들고　젖먹고싶거든 내뺨핥아라.

10.내事情當身事情 서로같으니　當身두고나혼자 어델가료

아무래도연약한 내목숨은   당신의품속에서 죽어나가지.
11. 나는요죽어요 나는죽어요   當身은나를爲해 울지나말고
　　나의몸곱게곱게 싸서묻고   글로써 나의 恨 풀어나주오.
12. 나를두고너먼저 어델갔니   나는다시무엇을 웃고보랴
　　可憐한네무덤 앞에심은   玉簪花꽃과나 웃어볼까
13. 自由가그리워 죽은者여   高潔한네무덤 나는부러워
　　네무덤볼적마다 우는내속을   靈魂이있다면 네가알꺼나

(62) 寓話　벼룩이

1. 았다나와 요놈의 벼룩아봐라   제따위가焉敢히 나를먹어
　　남의살뜯어나 먹자는놈은   千百번죽어도 罪가싸지.
2. 옳지!옳지!요놈봐라 잘도뛴다   네놈이고까짓 재간믿고
　　옳다!옳다! 종내나잡혔고나   아무리뛴다면 네어쩔셈이야
3. 여봐라總角놈 내말듣게   내罪가千百이면 죽어싸다면
　　네罪는億萬번 죽어싸니라   말하자면정말이지 말할테야.
4. 네놈은겨울에 착을가지고   새잡아통채로 구워먹었지
　　엇그제도낚시로 고기잡아다   뼈채로바작바작 씹어먹었지
5. 앗다나고놈새끼 말잘한다   그러나고까짓 말로뭘해
　　罪란것 弱한놈 지는법이지   이애야잔말말고 죽어나봐라.
6. 애고나내아들 죽었다네   조놈의怨讐를 어쩌면좋을고
　　요못된總角놈아 결여를바라   나는야하느님께 訟訴간다.
7. 하느님하느님 내아들을요   人間의새끼가 죽였답니다
　　하느님이우리를 卋上에낼제   人間의살뜯어먹고 살랬지요.
8. 그거참벼루기 네말이올타   人間놈그렇게 못된거니라
　　그러나네아들놈 뜀만믿고   너무나放恣히 보챈탓이지.
9. 하느님에 저놈의벼룩어미   수타게새끼를 처가지고
　　자꾸자꾸내살을 뜯어먹어요   하느님저種子 좀없새주오.

10. 아무럼 그래라 네말아옳다   그러나날더러 그런말말아
    너의집닭지않은 그틈을타서   벼루기꾀는것을 내어쩔고.
11. 벼룩아人間아 말들어라   너희들訟訴는 是非가없다.
    남의罪만訟訴질 댕기치말고   네살림네힘대로 잘이나하렴.

(63) 寓話　나비

1. 나비네적은이 남실남실   무엇을숨차게 그리찾니
   메뚜기兄님나는 꽃을찾아   온終日이렇게 날뛰는거요.
2. 작은이꽃은 찾아뭘하려고   놀아리行勢만 자꾸하네.
   에구나兄님두 멋도모르고   꿀먹기버는거 놀아리라지
3. 꽃님은꿀단지 여러놓고   나더러어서와 먹으라고
   고은낯해죽해죽 웃으면서레   들에서도山에서도 기다려요.
4. 여보게그러면 말해보세   자네의 아까말 틀린걸세
   꽃찾는다 말고 꿀찾는다고   그렇게率直하게 왜말못해.
5. 蓮꽃은꽃中에 君子라고   예부터稱頌이 높으시지만
   君子꽃도꿀이 없다며는   그런것일랑 본체도 안할걸세.
6. 杏花는꽃中에 小人이라고   예부터남이다 미워했네
   그래도꿀독만 거게깊으면   죽도살도모르고 덤빌테지.
7. 여보소兄님兄님 말씀옳소   제살길그밖에 큰일없어요
   적은이사그거야 옳지마는   꽃위함네그체가 나는밉네.

(64) 寓話　까마귀

1. 까마귀 여보게 어델가나   나는야 東村엘 移徙가네
   不時에 이사는 웬이산가   글쎄나 내말좀 들어나보게.
2. 西村서 저못된 人間놈들   나과나 무슨의 怨讐인지
   까악까악 우는소리 듣기싫다고   활쏘고 돌치고 자꾸나쫓네.

3. 그러면 東村의 人間들은 자네나 소리를 좋다던가
   實없는 이사실 하지나말고 남듣기 싫은소리 고쳐나보게.

(65) 北傆通信封上聲

1. 薰薰한 봄바람은 천천히불어 老爺嶺 싸인눈을 討伐해온다.
   同人의 속살내는 입김이더냐 하느님 불로審判 그消息이냐.
2. 愛蘭江 버들꽃은 한참피면서 내떠난 昨年이때 옛말하려니,
   갇힌님 놓인기별 듣고싶어져 上林에 흰기러기 요새오겠지.
3. 朝鮮劇 큰舞臺에 꽃裝飾하려 大滿洲 넓은뜰에 봄이왔구나,
   山田野畓 하얗게 뛰는사람들 革命戰의 큰필림 감고있구나.
4. 杜鵑花 피는곳에 杜鵑새울고, 殺狗꽃 한참필때 殺狗令났네,
   아무래도 내故鄕 不如歸란다, 돌아갈길 뺏으련 惡鬼살펴라.
5. 꽃求景 精神빠진 젊은이들아 一年計 봄에있음 覺悟없느냐,
   場面치레 燦爛한 그뒤에들어 龍爭虎鬪 꾸며낼 그는누구뇨.
6. 새장마 始作하는 젖은하늘에 구름틈 여서보는 저기저달아
   瘺痲하는 同人의 선보임이냐, 하느님 世上살임 거울이더냐.
7. 배꽃이 한참피는 蓮洞봄철과 시든잎 떨어지는 德水가을에
   저녁마다 찾아와 나를울리던 그달이자 分明히 저달이구려.
8. 달빛은 봄가을이 한가지다만 사람은 그때이때 다르더구나.
   사랑하던 그것다 원수된 것을 높은눈에 고루다 살펴있겠지.
9. 愛蘭江 여름消息 네게뭇노니 三層집 거기계신 님네말이다,
   네아무렴 나에게 속임있으랴 나의苦望 그곳에 알려나주렴.
10. 撻虎山바람결에 蕭瑟한느낌 丈夫의슬픈가을 또하나왔네
    望美峯내다보고 쉬는한숨은 歲月만자꾸가고 님은안오네.
11. 德成山빈터안에 메꿔진옛늪 그것을누구爲해 다시파내며
    呼龍山새밭속에 넘친기장이 누구가나를爲해 술빚어주료.

(66) 살아야 된다.

1. 살아야 된다는건 다 웨치는소리   온世上의 검은죽음을 일으키도다.
   배골아죽고 부대껴죽는데   푸로朝鮮民衆 일어나거라.
2. 싸워야 살것이란다 떠드는서슬   뿔죠아지 기름덩지가 발발떨린다.
   바짝싸워라 죽기決斷코   우리살아날길 오직 이것뿐.
3. 알아야 싸울것이란다 싸움工夫를   굶으면서도 해야된다네 覺悟있어라
   배우기싫어 알지못해서   죽는우리들을 어쩌려느냐.
4. 배우긴 맘뿐이란다 빚에쫄리고,   배고프고몸이추워서 할수없다네,
   옳다그러나 몸을바리고,   最後발악으로 뛰어나가라.
5. 먹고야 배운다는건 閑談이니라,   배우고야 먹는다는게 우리境遇다,
   살기위하여 싸움배울때,   다른拘束을랑 생각도말자.
6. 아무리 잘싸울것을 알고 있어도,   제각각은 싸워이기지 못하느리라,
   뭇힘을모아 한데뭉치어,   한맘한힘으로 나가야되느니라.
7. 團結을 지어야한다 우리살길은,   大團結束 그가운데서 나질 것이다,
   이것을 萬一 못할라치면,   아주우리들은 다죽는거야.
8. 全民族單一戰線을 짓는오늘에,   陰凶한저 派閥鬼들은 꾀기도꾄다,
   우리살길을 妨害하는자   그게 帝國主義와 한가지란다.
9. 千萬斤무쇠방망이 꼰아들고서,   派閥主義惡鬼들부터 때려죽여라,
   그런뒤에야 團結이되어,   싸워서우리목숨 찾을지니라.

(67) 革命者의 노래

1. 壓迫者의 高壓力이 높아갈수록   反抗者의 革命熱은 더욱끓는다
   저놈들의 不合理한 反動氣勢는   우리들의 큰功業을 지어주는것.
2. 實속있는 革命家의 몸짓쫄보면   뿔죠아式 하이카라 禁物이니라
   妖스러운 모던껄을 本받지마라   志槪없는 모던뽀이 賤丈夫로다.
3. 空想으로 떨어지는 虛榮心끊고   銅柱같은 自家主義 妥協性없이

環境맞춰 表面일은 어떻게던지
4. 壬午軍變 指導한이 누구이던고
그게비록 意識運動 아닐지라도
5 甲申政變 일으키던 古筠의살이
帝國主義 革命失敗 아깝잖타만
6. 二月七日 巴里革命 씨원은혜도
十一月의 로서아는 世界에나서
7. 農民에게 主力하는 쏘베트政策
다음階段 準備하는 農村主義는

새길찾아 革命運動 잘해봅시다.
甲午年의 東學亂도 回憶되노니
革命熱의 暴發임은 事實이로다.
楊花渡의 도투리밥 되었단말가
그에대한 그의죽음 悲壯하고나.
建設없는 破壞만은 排擊할사라,
萬國革命 總司令이 되어있고나.
臨時라도 國家主義 疑心스럽다,
世界革命 根本方針 定한 것이다.

(68) 農村主義 노래

1. 온世界가 아무리다 共産이돼도
어떤사람 都市生活 繁榮스럽고.
2. 都市主義 그대로된 社會에서는
大農村에 都市兼한 自治制度로
3. 個性自由 承忍하는 唯我哲學에
敎민을者 敎를믿고 놀사람놀아
4. 農民子弟 敎育하기 몸을바치어
小作人의 카- 스트 訓練시키며
5. 搾取群의 惡魔窟을 討伐하려고
革命戰의 첫걸음을 나아갈때에,
6. 帝國主義 金城위에 고인大砲는,
勝戰鼓를 울리면서 돌아온뒤에,

農村살이 쓸쓸하기 如前하리라.
壁村에서 묻혀살者 누구있을고.
언제든지 사는꼴이 못고르려니
이게所謂 大元宗의 農村主義라.
經濟平等 主張하는 聯盟制度로,
合自然한 理想世界 建設하려고
밭고랑에 푸로컬트 꽃피인속에
大地主놈 反抗하는 氣勢높이고.
反都市의 새깃빨을 높이들고서
호미메고 낫가락찬 軍勢壯하다.
높은仰角 들곳없어 降服하리라,
大데모크라시 世上 萬世부르세.

(69) 農村테이頌

1. 앞집마님　　濁酒걸으고

뒷집아가씨　　떡방아찧는다

아하오늘은　農村의紀念날　　　잘먹고보잔다　어얼널널이.

2. 먹지않고　　못사는人間　　　天下萬事가　　먹을일뿐이다
　　옳다오늘은　썩잘먹어야지　　우리날이로다　어얼널널이.

3. 벌어먹고　　먹고서벌어　　　이것이우리　　의本分이란다
　　그래그것이　務本主義라오　　거룩한우리여　어얼널널이.

4. 天下大本　　農事힘쓰는　　　우리가으뜸　　兩班이겠지요
　　아무렴그렇지　그렇구말구요　　人間의牧者여　어얼널널이.

5. 自來社會　　나쁜制度는　　　놀고먹는놈　　兩班이랬지요
　　이런社會를　改造를못하면　　먹고서뭘하랴　어얼널널이.

6. 震元宗의　　正道大法에　　　根本힘쓰는　　哲學으로부터
　　農村主義　　처음으로세우니　　거룩한일이다　어얼널널이.

7. 農村主義　　큰旗발아래　　　같은우리가　　둥굴게모아서
　　農村運動　　일으키게되니　　正義의싸움이여　어얼널널이.

8. 農村運動　　紀念하려고　　　農村데이를　　오늘로定하니
　　社會改造의　첫幕이열였다　　힘차게날뛰자　어얼널널이.

9. 農村의날　　우리날이다　　　우리의날에　　우리의世上에
　　먹고뛰고　　뛰고또먹어요　　얼시구좋아라　어얼널널이.

(70) 農村의 소리

1. 쌀먹고숨쉬는 天下의 우리人間　　　쌀짓는일에서 더큰일이없다
　　農事는天下之大本이라하나니　　　農村主義를 우리는믿는다.
　　(후렴) 놀고먹는 人間들아 너의罪가 적지않다 먹고사는 根本찾아서 어서農村에 復本하여라

2. 山밭과들논에 우거진穀食은　　　온天下를 먹여살릴것이다.
　　그穀食짓는우리 天下를養하는　　　어머니되는그根本 거룩하도다
　　(후렴)

3. 앞밭에삼심고 뒤터에뽕심어　　　萬百姓옷감을 準備해주니
　　겨울엔더운명주 여름엔엷은베　　　時節맞춰서 잘입고거들거려

(후렴)

4. 봄에는밭갈이 여름엔김매기   가을에걷어 겨울엔두둘여
　一生에無閑日은 우리를이른말   우리의身分이이래서尊貴하다.
(후렴)

5. 땀흘리지않고서 잘먹고노는者   누구德에 그런줄이나알까
　우리땀맺히어 이쌀이되구요   이쌀이化해서너의몸되었니라
(후렴)

6. 時代에잠자는 農村靑年들아   호미를빼메고 웨치고일어나
　괘씸한遊食群 죄다처平하고   自然의樂園 大農村建設하자
(후렴)

7. 鬪爭의첫걸음 우리農村聯盟   嚴肅한陳容을 차려가지고
　악악한突擊소리 大決勝본뒤에   勝戰鼓치며 집으로돌아오자.
(후렴)

(71) 大景日 노래

1. 苦待하던 大景日이 다가왔으니   고운옷을 갈아입고 잘놀아보자
　日暖風輕 天氣조차 興致좋은데   靑山綠水 날 오라고 秋波던진다.
2. 景日노래 長短맞춰 和暢格으로   제비뻐꾹 꾀꼬리들 노래잘한다
　기쁜김에 웃쓸웃쓸 부는바람은   풀과나무 얼싸안고 춤도잘춘다.
3. 一年中에 大景日은 오늘뿐이니   오늘해여 우릴爲해 가지마시오
　私情없이 가는해를 누구붙들고   明年오늘 또있으니 걱정마시오.

(72) 思 想 歌

1. 집을헐어 社會를세우고   世界를살리려 몸을죽여라
　어허내속에 慷慨한思想   집이니몸이니 분지고보자.
2. 公子王孫 부럽지않아요   富者놈官僚놈 可笑롭구나

어허내속에 慷慨한思想
　　　　　　　　　　革命家되기만 所願입니다.
3. 프로大衆 結束해가지고
　　　　　　　　　　뿔죠아階段을 털어버리자
　어허내속에 慷慨한思想
　　　　　　　　　　온世上고로히 배불리려고.
4. 强制規則 풀어내던지고
　　　　　　　　　　合理的個性을 發揚시켜라
　어허내속에 慷慨한思想
　　　　　　　　　　大데모크라시 어느날인가.
5. 깐디主義 그것은무어요
　　　　　　　　　　레닌은누구며 나는누구뇨
　어허내속에 慷慨한思想
　　　　　　　　　　反逆의큰뜻은 한가지여라.
6. 非人道的 무엇으로든지
　　　　　　　　　　事業의成功만 策할것인가
　어허내속에 慷慨한思想
　　　　　　　　　　그것을차마 할 나이었던가.
7. 天下아주 善成이없다면
　　　　　　　　　　아나나쌀린은 이닐지라도
　어허내속에 慷慨한思想
　　　　　　　　　　온宇宙불살러 버리려한다.

(73) 新婚禮讚

1. 사랑은 하늘과 땅의 神聖한것
　　　　　　　　　　두 사람의 한結合體는 좋은것이네
　兩性이 서로 맞나는 길은
　　　　　　　　　　天地自然性의 큰 기쁨이라네.
2. 夫婦는 百福의 根源되는 것
　　　　　　　　　　神聖할사 오늘 이잔치 意義크고녀
　人道의 關門 社會의 起點
　　　　　　　　　　이날 이자리에 定하는거라.
3. 琴瑟의 새曲調소리 流暢한속에
　　　　　　　　　　날아드는 鳳凰새 한쌍 고은 擧動은
　世上에 차고 넘은 祥瑞를
　　　　　　　　　　온몸 두루 말아가지고 온것.
4. 아침해 오름과 같은 永遠한 希望
　　　　　　　　　　가을저녁 밝은달처럼 輝煌한 榮光
　千사람 앞에 禮讚을 받고
　　　　　　　　　　萬집 사람에게불음받으소.
5. 반가운 오늘로부터 百年大計를
　　　　　　　　　　仁山智水 좋은 고장에 터를다지고
　夫道婦德의 儀法을 지켜
　　　　　　　　　　子子孫孫 오래百福 누리소.
6. 山처럼 튼튼한 믿음높은 人情과
　　　　　　　　　　寶石같이 빛나는 貞操군은 盟誓로
　生則同室에 死則同穴에
　　　　　　　　　　只今 먹은마음 함께있어라.
7. 神聖한 女本主義의 두터운 基地
　　　　　　　　　　合自然的 男主制度의 높다란 建物
　理想的 새로운 家庭에서부터
　　　　　　　　　　法된 새社會에 이어나가리

8. 바다보다 더 깊고도 더 넓으오신 거룩하온 父母님 無限한 恩德
   오늘과 같은 즐거운 榮譽   자조膝下에 다들이고지고.
9. 한主義 한믿음 지켜 한事業길로 두몸둥이 한몸되어 나갈때걸음
   千萬고개를 넘고 넘은들   아무 不幸이란 없고지고

(74) 꽃 묶 음

1. 꽃을 피워라 꽃을 피워라   禮讚의 膳物꽃을 피워라
   우리의 誠意로 花辯을 만들고   罪惡의 선지피물을 들여서
   月桂花 꽃송이 곱게도 곱게   에-엘화만세로구나
2. 나쁜 制度에 목졸려 죽는   不詳한 者에게 살길 가르친
   偉人의 앞에 讚辭의 뜻으로   榮光의 꽃묶음 이바지 하자
   누구 누구냐 누구또 누구냐   에-엘화만세로구나
3. 女子도 같은人間인 以上   男子의 所有物 아닐 것이다
   女性自由를 徹底히 指導한   노라를 지은 입센의 앞에
   月桂花 한묶음 드려나주자   에-엘화만세로구나
4. 人間으로 人間을 굴레짜   마소로 삼는 무서운罪惡
   이것을 憤怒한 黑奴의 解放戰   勝利의 天使된 링컨의 앞에
   月桂花 한묶음 드려나주자   에-엘화만세로구나
5. 天賦人權의 自由를 찾어라   自然으로 돌아들 가거라
   壓制에 죽고 虛僞에곯는   百姓을 깨우친 루소의 앞에
   月桂花 한묶음 드려나주자   에-엘화만세로구나
6. 굶어죽고 얼어죽는   萬國無産者 살리는 主義
   階級鬪爭을 煽動하여   大革命 열쇠쥔 맑쓰동무께
   月桂花 한묶음 드려나주자   에-엘화만세로구나
7. 베드루그라드 사탄의 宮殿   붉은 旗바람에 허물어졌네
   勞動者 아버지 레닌당왈시   共産 쏘베트세운 功으로
   月桂花 한묶음 드려나주자   에-엘화만세로구나

8. 四億萬代表 反帝國運動　　　　辛亥革命은 고사하고도
　　國民黨애쓰던 孫中山先生　　　三民五權의 至誠의 앞에
　　月桂花 한묶음 드러나주자　　에-엘화만세로구나
9. 眞理의 把持로 非協同政策　　　英國놈 對한 無抵抗主義
　　印度나 깐디 어디를갔소　　　꾸준히 자꾸 굽히지마소라
　　月桂花 한묶음 남겨나두자　　에-엘화만세로구나
10. 世界의 第三黨 日本水平社　　　朝鮮의 新幹會農勞盟衡平社
　　두고나보잔다 어찌나되는가　　大共和큰길 誤치지말소라
　　月桂花 한묶음 남겨나두자　　에-엘화만세로구나

(75) 磯灘의 뱃노래

1. 無常한世上 萬事다내버리고　　白鷗와벗을삼아 磯灘엘오니
　　이렇듯좋은自然 제대로있어　　나에게獨占됨은 奇幸일러라
2. 平頂山저녁 햇빛日光緞속에　　大震國끼친寶物 꾸러미한아름
　　牧丹江오는물쌀 한폭그림은　　온天下勝地江山 여게다했네
3. 煙波에떠노는 쪼각漁舟는　　　銀河絲짜는 북이 天然하고나
　　磯頭에 외로이 서 자는白鷗　　人間의是非興亡 꿈밖일러라.

(76) 儂友同盟歌

1. 사람은 사람이다　　사람된 道理에서　　우리의 人道主義　　天下에 으뜸이라.
(후렴) ABC 큰길에　처음나선 運動家　活活한 우리걸음　막을놈 없으리라.
　　　　벼락니즘 앞세우고 한껨으로 나아가는 元宗의 儂友同盟 大共和의 豫備運動
2. 사람이 사는것은　　農事가 大本이니　　우리의 農村主義　　世界의 맑이로다.
3. 먹을일 사람될일　　두가지 綱領으로　　한믿음 우리동무　　組織된 우리盟誓
4. 두綱領 그뿌리는　　唯我에 있는것　　이哲學 基盤위에　　큰집터 닦는者여.
5. 主義化 한묶음은　　一我化 되라는法　　世上에 큰問題는　　오로지 여게있네.

6. 鐵같이 굳은結束   칼같이 嚴한規約   큰불빛 볼때까지   하마나 못지킬세라.

(77) 겉 싸 움

1. 左右向에 에워싼惡魔 우리길을 빼앗으려고 거리거리 함정을두고 회촘마다 鐵條網폈네.
2. 믿는동무 怯내지말고 새政策에 새힘을닦아 앞으로가 자꾸앞으로 막찔르고 나아가세.
3. 빠진곳에 솟는法있고 걸린때에 푸는수난다. 제아무리 惡魔이기로 順理主義 막아낼소냐.
4. 열번敗해 우는親舊여 落心말고 다시싸워라 敗할수록 싸운者에게 最後勝利 차레질거라.
5. 弱한者의 싸우는法은 밑精誠을 지킴에있다 믿음으로 本營을삼고 참음으로 將帥를삼아.
6. 大砲알이 덜미를쳐도 自己마음 變動치말고 열山백山 넘어갈때에 다팃다팃 물않지마라.
7. 苦難에서 玉成이되고 怨讐놈이 覺悟를준다 怨讐苦難 잘참는이가 自己믿음 열매보리라.
8. 꽃과나비 나를홀리고 벼락소리 怯을먹여도 나는끝내 내主義대로 惡戰苦鬪 몇歲月만에
9. 魔의要塞 陷落되는날 기쁜걸음 제길을찾아 凱旋門下 다달을때 萬歲소리 天地를震動.

(78) 똥파리 고개

(앞말) 사랑사랑	情든이들아	惡파리고개를	넘어를간다.
1. 똥파리고개	넘어갈때에	쓸아린가슴	허비면서
사랑사랑	情든이들아	날밀어갈님은	누구누구뇨.
2. 열山넘어	또스무山넘어	끝없이險難한	길을 걸을때
사랑사랑	情든이들아	발탈나怨望길	내어찌하료.
3. 十年내피를	끓이던임이	恩惠를怨讐로	갚으려할때
사랑사랑	情든이들아	實없는눈물이	흐르더구나.
4. 그런눈물은	부질없다만	너이를恨하는	내가아니다
사랑사랑	情든이들아	임네도내속과	같을것인가.
5. 너희가암만	그렇다해도	죽기前元宗을	못잊을게다
사랑사랑	情든이들아	落葉이歸根을	두고나보자.
6. 벌써썩어진	思想團體風	派閥鬼입으로	불어나와서

사랑사랑	情든이들아	當身네兄弟를	휘둘러갔네.

7. 單一戰線을　促成하는때　　惡魔에홀리어　물고저자진
　　사랑사랑　　情든이들아　　그者를임들은　어쩌려는가.
8. 간다간다고　벼루던나는　　萬事나시름을　다벗어두고
　　사랑사랑　　情든이들아　　발저린걸음을　헤적거리네.
9. 임들께수많은　苦辱맡기고　아무리시원히　가는이기로
　　사랑사랑　　情든이들아　　떠날때속性이　좋았을소냐.
10. 내가는곳은　묻지도말고　　自己네盟誓나　잘지키구려
　　사랑사랑　　情든이들아　　할말은많고도　할말이없네.

(79) 現代思想歌

1. 過渡期의큰過程을　過程으로한　二十世紀새階段을　當面한우리
　　封建的뿔죠아지　썩어진因襲　　刷刷히眞劍스레　끊어버려라.
2. 民衆에게宗敎는　阿片과같다　　天堂地獄醉한맘　不詳하거니
　　하물며特權階級　擁護한罪랴　　世界史폐지마다　쉰내나도다.
3. 富者놈의倉庫에서　썩어진쌀을　열흘굶은勞動者가　져다버릴때
　　피다말은그속에도　憤痛터져서　쓰트라익붙이는꼴　壯快하구나.
4. 온몸에비단감고　흰쌀먹는놈　　논이뭔지누에뭔지　모르고노는
　　特權階級資本閥　搾取의무리　撲滅하지않아서는　안될것이다.
5. 온世界푸로大衆　빵을달라고　　아우성치는소리　天地를振動
　　그런데도오히려　太古의밤에　封建風을꿈꾸는　그도不詳타.
6. 黃金塔을움직움직　물커지려는　그아래에기대이는　뿌루개들아
　　尖銳化한푸로　運動돌이다보고　急히覺醒그同時에　反逆을해라.
7. 推想的언제까지　漠然한空想　그것은大民衆의　毒藥이란다
　　現階段에直面한　靑年男女는　리아리즘큰길로　나가야된다.
8. 解放은解放이다　오늘의思想　아무리쇠사슬로　젱긴다기로
　　온天下가다뒤치는　그큰바위를　어떤놈이끄잡잔들　될상싶으냐.

9. 小農者는地主에게 解放되려고 / 勞動者는工主앞에 解放의싸움
    女子는男子먼저 解放을諒解 / 生徒는先生부터 解放을强要
10. 蛇蝎보다더무서운 帝國主義를 / 對抗하려뒤떠드는 弱小民族의
    온世界의카델化 되게되어서 / 自由平等前提로 解放달라네.
11. 歷史的이瞬間에 朝鮮民族은 / 解放運動日復日 잘익어간다
    大世界的解放運動 그의大輪에 / 번쩍이는一環을 把握하여라.
12. 어제가한옛날인 이轉輪위에 / 軍閥的英雄主義 固執한思想
    獨立軍愛國눈물 墮落의死態 / 決斷코아니란다 썩은꿈이다.
13. 너희혼자붉은것 뽐낸다마는 / 그主義나아가는 過程에보다
    現實위에높이선 階段의朝鮮 / 에지눔푸른트가 되어야한다.
14. 固執한極左傾的 인테리켄챠 / 그마음急히돌려 單一로가라
    우리들은時代에 要求하는바 / 이집저집한길로 함께가련다.
15. 검은旗혼자들고 높이웨치는 / 아나키쓰동무야 눈들어보라
    아무리虛無主義 非妥協인들 / 이고개함께넘지 않을수있나.
16. 아서라世上萬事 貴치않다고 / 箕山穎水찾아든 百敗의同志
    木乃伊아니라면 이때를지고 / 墮落의죽음길을 어찌찾을고.
17. 하다가끝끝내내 못한다하면 / 차라리쌀린主義 行할지라도
    壓迫者와搾取者 고놈의福樂 / 그대로두고갈줄 어이있으랴.
18. 自古로思想兒는 非凡하니라 / 妖그런時勢態度 追從치마라
    모던껄모던뽀이 더러운꼴을 / 本받는者思想에 落伍者니라.
19. 배워라萬有學問 다貴하지만 / 團結과鬪爭과가 큰코쓰란다
    그것부터배워서 戰線에서면 / 堂堂한革命家가 分明하구나.

(80) 學生新唱

1. 時代의 큰바퀴는 全速力으로 / 改造의 큰길위로 구울러간다.
    帝國主義 발굽에 짓밟힌朝鮮 / 이바퀴에 끄들여 어데로가나.
2. 朝鮮은 朝鮮人의 朝鮮이거니 / 朝鮮의 精神兒인 우리學友는

朝鮮運動 거기에 犧牲할決心 　　惶惶히 가다듬을 覺悟있어라.
3. 아무리 朝鮮은 곧朝鮮이라도 　　朝鮮의 朝鮮으론 不可하거니
　　世界大勢 應하여 世界의朝鮮 　　그것만 만들잖아 안될것이다.
4. 第一線 뛰는鬪士 그뒤에나선 　　우리는 第二戰線 責任者로다.
　　이責任을 覺悟한피 끓는靑年 　　責任다할 큰訓練 잘받읍시다.
5. 우리의 배울것은 하도많다네 　　그러나 그가운데 무엇急하냐
　　算術이냐 國語냐 그도아니다 　　옛내나는 英雄史 걷어치워라.
6. 집집이 夜學이오 곧곧이靑盟 　　이것이 全朝鮮的 統一이되고
　　온朝鮮의 統一은 다시나아가 　　國際聯合 大運動 일으키거라.
7. 全世界 弱小民族 한團結이오 　　온天下 푸로大衆 한思想으로
　　싸우는法 모임法 한가지規模 　　指導精神 씩씩한 이때랍니다.
8. 惡毒한 저이로도 銃大砲들고 　　우리를 쏴낼힘은 없게되리니
　　이렇듯한 信念을 굳게가지고 　　鬪爭團結 두科目 먼저배우자.
9. 싸움과 團結이란 두가지코쓰 　　이것이 우리에게 바쁜코쓰요
　　泛日本에 목졸린 그것풀것이 　　빵問題와 한가지 큰코쓰란다.
10. 오늘에 直面하고 나선우리가 　　이만한 時代意識 없다고보면
　　專門大學 그거다 죽은글이다 　　죽으려고 죽은글 배워뭘하료.
11. 우리의 살아나는 새배움속에 　　世界的 先進朝鮮 나올것이다
　　이런常識 없다면 頑固의文學 　　여기부터 우리는 解放할거라.

(81) 社會의 矛盾

1. 現代의 社會制度 檢察한다면 　　萬가지 큰矛盾이 거기잇도다
　　平等幸福 求하는 現代의마음 　　이런不平 그대로 못참을거다.
2. 自動車 으릉드릉 달리는길은 　　勞動者 農民들이 닦은길이다
　　길닦을때 놀던놈 지날바람에 　　길닦은이 짓밟힘 괘씸하구나.
3. 養蠶에 애태우던 農民의몸엔 　　명주옷 한거풀도 차려못지고
　　누에라는 姓名도 모르던년놈 　　통비단에 말린꼴 痛心하구나.

4. 주린몸 핏땀짜서 벼농사해도
　　논도뼈도 구경도 못한년놈들
5. 三層臺 유리창을 들여다보면
　　大門앞에 밥한술 애걸하다가
6. 앞집놈 곳간에서 쌀썩는냄새
　　뒷집애들 밥달라 우는소리에
7. 赤十字큰 病院집 짓던工夫가
　　돈없다고 入院도 拒絕이되고
8. 電氣所 온終日에 일하던동무
　　電氣燈은 고사하고 등잔도없이
9. 生命의 源泉되는 農事삯전과
　　不汗黨의 書計役 그것보다는
10. 돈이란 무엇이냐 官은무어냐
　　億萬大衆 고로히 잘살수있는
11. 한놈의 기름진몸 萬사람피요
　　自由競爭 公道로 贊成하는法
12. 怪惡한 治安維持 그法낸놈들
　　저혼자 잘살자는 惡魔의둥지
13. 無理한 搾取壓迫 견디다못해
　　强盜窃盜 社會가 시킨것이니
14. 靑年아 밟혀죽는 朝鮮靑年아
　　單一戰線 斥候隊 나가는동무
15. 鬪爭과 團結이란 두가지코스
　　天下萬國 동무들 한길로몰아
16. 白兵의 악악하는 突擊소리에
　　革命軍의 大勝戰 萬歲부르며

一生에 되조밥도 넉넉지못해
흰쌀밥에 살찐몸 바둥거린다.
洋料理 배부른개 단잠자는데
굶어얼어 昏倒한 乞人이있다.
온동네 굶은사람 蝹動하는데
지나는이 가슴도 쓰라리구나.
架空에 떨어져서 重傷이되니
病身되어 寒地에 구울고있다.
저물게 오막사리 돌아와보면
손더듬어 밥먹는 꼴보기괴롭다.
社會의 動力되는 勞動價格은
百分十分 하나도 못되는거라.
그따위 矛盾된法 革해버리자
새制度 세우려는 우리의運動.
萬사람 울음속에 한년의웃음
資本主義 그結果 亡測하구나.
모두다 鐵棒으로 때려죽이자
日本 帝國主義가 우리怨讐다.
反逆의 運動者가 무슨罪이냐
檢事判事 그環境 겪어봤는가.
떠들고 스트라익 일으키거라
革命運動 뜨은피 절절끓는다.
씩씩히 쉴새없이 訓練받아서
帝國主義 牙城에 血彈을치자.
기름진 뽈조아지 피못을보고
새朝鮮의 큰舞臺 잘놀아보자.

(82) 첫가을의 노래

1. 蒼天에하얀구름 遮日속으로　　苦待하던가을님 내려오셨다.
여름님갈려간 뒤를이어서　　一年일모두라 會計보려네
2. 온돌에차고넘는 豊年氣像은　　億兆蒼生새糧食 準備한거요
이나무저나무 各色果實은　　뉘잔치에큰床을 차리는거냐.
3. 淸凉한그늘속에 매미의소리　　맑은가을새曲調 듣기도좋다
사르르흔드는 맑은西風에　　잠자리날개춤도 잘도 추누나
4. 靑山에늙은빛은 서리올까봐　　愁心속에잠기어 골살찌픈듯
달같이샛노란 해자우리는　　金風을맞아서 생글거린다.
5. 새파란空中에서 輕風을타고　　나붓끼는燕子들 飄然하도다
낚시질하는이 논살피는이　　한가로운 그身勢 趣味깊으다.
6. 저江海碧玉같은 맑은물결에　　汚穢煩悶이世上 다씻어내고
北斗星돌아선 달밝은밤에　　情든이生覺 가슴에싸르르
7. 밤들어싸다니는 반디불이여　　남다어둔세상에 홀로밝은빛
天下다잠든때 홀로깨어서　　淸凉히울어대는 귀뚜라미여
8. 四時中第一利한 가을님이여　　오신대로永遠히 계셔주세요
님께서가시면 끔찍무서운　　눈보라치는 겨울온다오.

(83) 늦가을 노래

1. 綠陰芳草 좋은時節　　어제저녁 꿈같은데
서리바람이 씽씽불어서　　벌써늦가을 달아서왔소.
2. 이山저山 丹楓나무　　풀은옷을 벗어두고
빨간저고리 노란치마를　　곱기도곱게 갈아입었네.
3. 모기파리 모두다망한건　　정말씨원 하지마는
제비매미들 그좋은親舊　　보고싶어서 서운하구나.
4. 各色草木 다죽는데　　菊花꽃이 홀로피어

情든나비를 어서오라고　　　고운얼굴이 생글거린다.
5. 北에갔다 오랜만에　　　돌아오신 기러기여
　　좋은그노래 꺼르릉소리　　　우리를爲해 까불으시오.
6. 바람차고 달밝은밤　　　이집저집 다드미소리
　　머나먼곳에 情든이生覺　　　겨울옷準備 어찌되었노

(84) 첫봄의 설음

1. 봄빛은한날두날 새로와저서　　　江가에맑은버들 새눈이튼다
　　내가슴에어름도 이봄에풀여　　　새希望고운싹이 돋아나련만
2. 종달새재잘재잘 높이오르고　　　놓인말興에겨워 헤염을친다
　　제멋대로오르고 헤염치는저　　　自然의活潑氣像 나는불워요
3. 밭언덕보래눈이 아직있는데　　　그래도철을찾아 코따지났네
　　이애들아코따지 짓밟지마라　　　남먼저났기로니 무슨강짜냐
4. 들밭에달래캐는 저아기씨여　　　맵곱은빨간댕기 자랑말어라
　　人間將來큰煩悶 게서나는줄　　　아서라世上사람 왜모르는가
5. 꽃이여어서펴라 님도피어라　　　너희들고양지나 보고지고여
　　나의양지시들음 흉보지마라　　　바람비겪고나면 너이도그럴레라
6. 남은다봄이왔다 반가워해도　　　내게는맘傷하는 봄철이란다
　　발버둥처 울자니 남부끄럽고　　　억지로반갑자면 속이탄다네
7. 날마다간다간다 벼루던끝에　　　속쓰린온아침이 다달았구나
　　가는날가더라도 간다말마오　　　임네야듣는다면 오직섧으랴
　　　　…………(未完)

(85) 달과 나와

1. 온동네고요히 잠깊은밤에　　　저혼자空中에 높이솟아서
　　남모르는내근심 알고있다고　　　날보고생글생글 웃는저달아.

2. 내속에잠겨진 깊은근심을   남에게이르지 말아주셔요
   가슴쓰린내事情 남부끄럽소   애닯다사랑하는 달님이시여.

3. 玉토끼藥방아 자꾸찧구요   桂花樹그림자 아득한속에
   홀로앉아한숨찬 姮娥兄님아   내근심형님근심 서로바꾸자.

4. 山이고들이고 골골에환히   情답게비추인 달님의사랑
   千年萬年오늘껏 늙지않으니   곱다란님의양지 나는 부러워

5. 달님아어쩌면 나도님처럼   光明한양지를 곱게차리고
   높이떠서千萬年 늙지도말고   萬사람처다봄을 받아볼까요.

6. 달님아當身은 오래살아서   自古로別別일 다보았겠지
   맘에없는남에게 몸을바치고   가만히우는사람 하도많겠지.

7. 銀河水흰빛이 희미한속에   비젖은烏鵲橋 보일듯말 듯
   牽牛織女의쓰린 하소연소리   달빛과서로좇아 들릴락말락.

8. 牽牛님織女님 울지마시오   億千萬年해마다 七月七夕은
   서로만나볼때가 자꾸있으니   오히려달과나는 님네불워요.

9. 戀愛에醉해서 엇을잊은罪   한해에한번씩 만나게되어
   悔罪없이恨깊은 牽牛織女는   姮娥의비웃음도 모르는고녀.

(86) 엄마날頌

1. 사랑하는 나의몸은,   어데서어찌 생겨왔소,   하늘로부터 떨어진가,
   땅에서솟아 나왔는가,   아니다나는 나어머니가,   나어서養해 주신게다.

2. 泰山보다 더높으다,   우리어머니 날낳은德,   五大洋물이 깊으다면,
   우리어머니 날낳은德,   그보다얼마나 깊을소냐,   거룩한나의 어머님德.

3. 어머니여 날길을때,   얼마나얼마나 애쓰셨소,   金쌀악같이 貴엽다고,
   울세라하마 다칠세라,   두손에받들어 안아업어,   當身몸困함 생각잖고.

4. 아침나가 늦게오면,   門에依지해 바라시고,   저녁나가 늦게오면,
   마을에나가 바라시며,   내몸이어떤때 아프다면,   당신몸아픔 보다더해.

5. 내가어데 他곳에가면,   때때나날이 생각하사,   달을보고도 한숨이요,

   명절날마다 울으시니,   어머니보다 더날생각할,   天下에다시 누구리오.

6. 이世上 子息된자,   어머니맘의 半만되면,   孝子孝女 못될이가,
   天下의뉘집에 있으리오,   그러나子息된 우리들은,   어머님前에 罪가많소.

7. 孫舞郭巨 못될망정,   母權박탈은 大不孝라,   父在母喪은 즐거벗고,
   寡수면아들을 좇으라고,   이것이人道의 罪惡이니,   어머니마음 千古의恨.

8. 正道大法 거룩할사,   崇慕主義를 세우시니,   어머니높힘 紀念하는,
   엄마날이여 어머니날,   여러집아들딸 함께나와,   어머님께 禮讚들여.

9. 어머님네 크오신德,   갚아드리지 못하오나,   願하옵건데 萬壽健康,
   永遠히우릴 사랑해주,   千千回萬萬回 엄마날은,   務本主義에 孝道의날.

(87) 엄마날 노래

1. 어머님 오늘은 엄마날이오,   어머님 높임을 紀念하는날,
   務本主義 實行의 첫걸음으로,   어머님 여러분께 禮謝한다오.

2. 우리는 이세상 무엇보다도,   어머님 밖에는 더큰이없소,
   나를낳아 젖먹인 恩德의높음,   九萬里長天보다 더 높을시고

3. 터없는 建築이 어데있으며,   땅없는 草木이 어데있으랴,
   우리에게 터이오 우리에게 땅이신,   어머님 그德分 거룩합니다.

4. 아빠만 높이고 엄마낮추는,   한옛날의 그나쁜罪는
   天尊地卑 썩어진 儒教哲學   깨진지 오래인 오늘이라오.

5. 人間의 罪惡이 하도많지만,   어머님 잊은罪 第一크다오,
   大元宗에 定한바 崇母主義는,   이 天地人間의 큰道德이라.

6. 當身몸 困함을 잊어버리고,   아들딸 養하기 애타건마는,
   자라서는 저절로 된처럼하는,   無情한 우리들의 不孝의罪여.

7. 오늘은 어머님 높이는名節,   우리들 父母께 謝罪하는날,
   千萬古에 恨깊은 구식어머니,   魂인들 얼마큼 慰安되겠지.

8. 禮花가 滿發한 엄마날會堂,   禮讚의 소리가 隆隆한속에,
   기뻐뛰는 아들딸 얼사절시구,   人間의 福의흐름 洋洋하도다.

(88) 山날의 부름

1. 人生은한번가면 다시못오네
   저승에돌아간이 생각하는날
2. 秋風은蕭瑟하고 풀은누른데
   내맘에생각하는 저승의손님
3. 산이는살았으니 좋다하지만
   恨많은찬가을을 맞이할때에
4. 새입쌀떡을치고 새果實따서
   同情의親舊들이 함께왔노니
5. 夕陽의山그늘은 깊어가는데
   이무덤홀로두고 돌아가는맘
6. 여기서春風秋雨 몇해몇해에
   夜寂寂月黃昏에 杜鵑의소리
7. 千千年萬萬年에 山날이와도
   嗚呼라世上萬事 그렇다하니

가을은昨年가고 今年또와서
山날이오늘다시 달아왔구나.
슬프다萬里青山 쓸쓸도하네
알과라이흙속에 묻혔단말가.
아무렴같이산것만치좋으랴
아주간님의무덤 안찾을소냐.
님곁에앉아놀때 먹으려구요
뭇노니님의靈魂 앎이있는가.
우리는이승이라 집에가려니
人間의奸邪함이 부끄럽고녀.
누구와이웃하여 무엇하느니
不如歸不如歸여 애만끊을뿐.
이땅에길이누어 일어않나니
그런말걷어치고 떡이나먹세.

(89) 바람打令

1. 첫째 長短

바람이분다 바람이분다
바람바람 무슨바람
햇살은점점 길어지는데
히말라야長山脈으로
山川草木을 다눌러죽인
活命의 단비를 실어다뿌려
앞산뒷산에 진달래 꽃피워놓고
南村北村에 밭갈이재촉

天下나 江山에 바람이분다
바람打令 첫째長短이 나온다.
기러기移徙 뒤를따라
살살기어 넘어들어
暴惡한 白雪國 征伐하고
죽은세상을 살리거라
해죽해죽 웃겨를주면서
布穀새날리며 口令을친다.

救世의 神聖 봄바람   에-에헤야얼이화절시구닐니히리라
얼시구좋기도 좋다마는   그런바람만 아니란다.

2. 둘째 長短

바람이분다 바람이분다   天下나 江山에 바람이분다
바람바람 무슨바람   바람打令 둘째長短이 나온다.
綠陰芳草 勝花나時節   슬슬날리는 垂揚버들속에
꾀꼬리 노래도 멋들어진다   바다같은 새파란들에
萬頃蒼波 흐느끼는듯   춤추는 밀밭도 景致로다
可以解吾民之慍兮   熱湯같은 뜨은땀을
이리로저리로 쥐여뿌리며   더워죽으려 苦悶을하는
지심軍에게 큰부채질   東으로 北으로
億萬長天에 구름을 몰아다   大雨方數千里 쏟아부어
大旱七年 救援하는지   罪없는 農民께 洗禮밝혀
蓬萊섬에 老處女솔꽃   仲媒없어서 걱정걱정
이寄別듣고 歎息을하는   하느님의 입김이로다
洋洋한 化育의神功   天地가모두 내것이라고
으쓱으쓱 歡喜에노는
萬國平和 여름바람   에-에헤야얼이화절시구 닐니히리라
얼시구좋기도 좋다마는   그런바람만 아니란다.

3. 셋째 長短

바람이분다 바람이분다   天下나 江山에 바람이분다
바람바람 무슨바람   바람打令 셋째長短이 나온다.
三伏炎蒸 더운 時節   萬國이 如在紅爐中이라
더워죽는 億萬大衆   살여내려 오시는行次

흰구름 遮日속으로
배고파죽는가난한 農民께
百穀草우거진 넓은들로
億萬長天한 큰비를 휘둘러
묵은구름 다쓸어버리고
아하秋月은 揚明輝로다
빈대나벼룩이 모기나파리
肅殺슈펴는 서슬이푸르다
서리를쌩쌩 채처몰아서
菊花의 會計가 늦었다고
年中大淸算 끝내가지고
落葉을 휘몰아 空中에앞세우고
씨르릉쌔르릉 움직인다
언제라고 안그러리만
蕭瑟凜凜한 가을바람
얼시구좋기도 좋다마는

설렁설렁 爽快한걸음
햇기장밥 먹여주려고
살살어이고 흐르는氣味
여름내내 支離한장마
靑琉璃같은 萬里長天에
사람의 생피를 빨아나먹는
요놈들 罪惡을 治刑하려
一年長生의 都會計보라
滿山草木이 열매를 굳히고
자꾸흔들어 督促을한다.
하느님앞으로 告功가는길
기러기音樂을 뒤로들으며
不遇慷慨한 丈夫의마음
革命的 意氣를 더담아주는
에ー에헤야얼이화절시구닐니히리라
그런바람만 아니란다.

4.넷째 長短

바람이분다 바람이분다
바람바람 무슨바람
눈이온다 눈이온다
하늘큰채를 싱싱돌려
다시西으로 山山野野에
春夏秋長長歲月에
從容히돌려서 잠재우려고
그래도 오히려 잠자지않고
살놈일랑 가만히 업뎃고

天下나 江山에 바람이분다
바람打令 넷째長短이 나온다.
시베리아로 눈이온다
南으로 北으로
골고루뿌린다
生存競爭에 고달픈世上
흰이불을 덮어주고
다시싸울놈 있을가봐서
죽을놈만 나오라고

눈보라를 탕탕치면서
아이무섭다 이게무어냐
黑色테로냐
머리드는놈 하나없구나
高壓反動에 굽히지않고
獨守靑靑 저솔나무
反逆이냐 反動이냐
貧者弱者랑 얼어죽이고
슬몃슬몃 過門不入을한다고
咀呪받은 겨울바람
얼시구좋기도 좋다마는

으르릉드르릉 별러대인다.
白色테로냐
온世界가 다죽었느냐
이렇게 무서운
아르릉싸르릉 抗爭하는
天下無畏를 자랑한다.
오막사릴랑 떠날리고
罪많은놈의 富者貴者의 層層집으론
滿天下의 窮한生命에
에-에헤야얼이화절시구 닐니히리라
그런바람만 아니란다.

5.다섯째 長短

바람이분다 바람이분다
바람바람 무슨바람
仁祖大王反政運動에
兵曹判書를 自期했거니
잡으러온놈
反逆의 進軍을 하였겠다
三日天下는 열리였구나
官軍의 陣勢는 草芥로다
氣勢좋케 싸우는중에
飛砂走石이 쳐내려온다
天亡我요 非戰之罪로다
깨여진 꽹과리 되고말었다
心術궂은 北漢山바람
얼시구좋기도 좋다마는

天下나 江山에 바람이분다
바람打令 다섯째長短이 나온다.
第一功臣이 李适이였다.
寧越出張이 웬말인가
禁府都事를 목을버이고
破竹勢로 京城에드니
鞍嶺꼭디를 눌러올라선
단번에 처없애려고
갑작으로 山上에서
아하-그렇다
堂堂한 丈夫가
그런 戲殺질 왜했느냐
에-에헤야얼이화절시구 닐니히리라
그런바람만 아니란다.

6. 여섯째 長短

바람이분다 바람이분다　　　　天下나 江山에 바람이분다
바람바람 무슨바람　　　　바람打令 여섯째長短이 나온다.
高麗王室의 微弱한그를　　　　扶翼하려는 至誠의앞에
簒奪의꾀를 품은權臣　　　　除去할밖에 없는거라
그사람불러 明나라치라　　　　大將을삼아 보내었겠다.
威化島에 이르렀다가　　　　하늘이말려 못간다고
軍士를돌려 王을내치고　　　　主謀하던 崔瑩을죽였었다.
雲峰땅에 끼친赤塚　　　　萬古怨恨 아닐런가
天命이더냐 가기싫은 成桂에게　　　　反師의 口實꺼리 지어준
새삼스런 遼東바람　　　　에-에헤야얼이화절시구 널니히리라
얼시구좋기도 좋다마는　　　　그런바람만 아니란다.

7. 일곱째 長短

바람이분다 바람이분다　　　　天下나 江山에 바람이분다
바람바람 무슨의바람　　　　바람打令 일곱째長短이 나온다.
三分天下의 隆中決策은　　　　諸葛孔明의 손에있었다.
三十八萬의 曹操大軍을　　　　粉碎하고야 될일인지라
劉備와孫權의 同盟을굳히고　　　　도담한 大決戰 籌備할때
周郎의 掌中에 불火字는　　　　무슨힘으로 펴일건가
南屛山七星壇이라　　　　臥龍이 올라서 빌었겠다
冬至後一陽生이라　　　　天時自然이 그러하던가
猝然間이라 西北으로 쏠리는旗앞에 불바다가 번저젓구나
제아무리 一世英雄　　　　曺孟德인들 어쩔셈이야
三國基礎는 열리었나니　　　　天功이더냐 人功이더냐
이야기많던 赤壁江바람　　　　에-에헤야얼이화절시구　널니히리라

얼시구좋기도 좋다마는　　　　그런바람만 아니란다.

8. 여덟째 長短

바람이분다 바람이분다　　　　天下나 江山에 바람이분다
바람바람 무슨바람　　　　바람打令 여덟째長短이 나온다.
義帝를죽인 天下之敵을　　　　討伐한다는 宣言이었다.
五諸侯兵 三十六萬을　　　　거느렸겠다!
項羽나라 彭城을빼앗고　　　　得意洋洋 거드려거릴 때
西楚覇王이 寄別을듣고　　　　忿氣冲天 달려들었다.
霹靂같은 叱咤의소리　　　　번개치는 큰칼光芒에
半七十萬軍 다죽었구나　　　　漢王이라고 제어델갈고
義帝의 蒙喪도 벗어버려라　　　　아비도안해도 나는모른다
天時여나를 살여라　삽시간이라 西北서부터　큰소리가 터지더니
모래와돌이 亂飛하여　　　　나무를꺾어라 집을날려라
온天下가 새캄한中에　　　　馬頭白光을 따라달아나
劉邦의목숨 살아났다네.　　　　事實이더냐 거짓이더냐
캄캄한 運命은 모르거니와　　　　抑項扶劉 天何心이뇨
人心쫓아온 淮水바람　　　　에-에헤야얼이화절시구 닐니히리라
얼시구좋기도 좋다마는　　　　그런바람만 아니란다.

9. 아홉째 長短

바람이분다 바람이분다　　　　天下나 江山에 바람이분다
바람바람 무슨의바람　　　　바람打令 아홉째長短이 나온다.
이바람은 新風이였다　　　　빛으로보면 빨간바람
펄펄붙는 불과같이　　　　온世界를 태워나간다.
이바람은 殺風이다　　　　냄새맡으면 비린바람

肉山을넘고 血海를건너
이바람은 暴風인지라
東歐大原에 크게일어나
大露帝國의 金城鐵壁을
無數한罪惡 壓滅하니
우랄山을넘겨 다칠때
蒙古를거쳐 中國까지
朝鮮과함께 日本까지
갈곳마다 折木拔屋
아! 무서운 바람이구나
肉彈血雨가 함께치고
冤鬼의哭소리 함께들린다
山翻海覆도 快할지언정
끔직끔직 못참을거다
反動이냐 反逆이냐
革命改造 그것이더냐
제힘아래 다꺾어 누르고
에덴의 社會가 된다는거다
億萬個性에 惡風이다.
사람마다에 淫風이오
이제所謂 무슨風이냐
春夏秋冬의 季節風이냐
하느바람인가 돌개바람인가
서로짓밟고 딩구는人間
思想帝國의 侵略이면서
오냐그렇다!一快一亂의 共産風이다.
얼시구좋기도 좋다마는

온天下로 橫行한다.
不可與共에 不可抗者로다.
大戰爭의 피비를타고
一陣强吹로 넘어뜨리고
鵬飛九天에 큰활개펴서
시베리아벌판 캄캄하더니
으르릉탕탕 막몰아쳐서
亂世亂世가 되었구나
치는족족 山翻海覆
모래돌이 날리는데
와직근씽씽 막몰아쳐서
折木拔屋도 宜當事요
거게치여 죽는生命
破壞냐 建設이냐
左傾이냐 右傾이더냐
天下모든 무엇이던지를
億億의 存在와함께잠들어
그렇다면 이바람은
그러나그뿐 아니로다.
집집마다불어 悖風이란다.
半身不隨의 中風이냐
맞바람인가 샛바람인가
거게불리어!
그것亦是 怪風일러라
國家資本의 苛斂이로다
에-에헤야얼이화절시구 닐니히리라
그런바람만 아니란다.

(90) 始講唱(새벽講座始作할때 노래)

웨치고떠들어라 미쳐뛰어라   反逆의피통끓는 靑年戰友여

平等의나팔소리 自由鍾소리   우리의살아날길 가르쳐주네.

(91) 東京城下, 下窖子에서 吟詩

平頂山내다보며 짓는한숨은   平頂山꼭디처럼 齊世보려고

平頂山에절하고 다진盟誓는   平頂山이꺼져도 안變합니다.

(92) 붙임 : 金笑來의 漢詩

　　소래선생은 일찍 11세때부터 한시(漢詩)를 써서 세인(世人)을 놀라게 했다. 지금 전해지고 있는 것만을(7편)「소래집」에 수록했으나 여기에 이를 번역하여 부록한다. 번역은 편저자가 했다.

長劍歌(十一歲作)

依壁忽聞楚軍歌　　起把長劍姑徘徊

장검가(11세때 지음)

벽에기대니 문득 초나라 군사의 노래소리 들리네

벌떡 일어나 긴칼 빼어들고 잠시동안 휘둘러 본다.

　　(창가, 長劍歌 12수도 노래집에 있다)

韓圭卨 對 韻(二十三歲時作)

今春余別木犀花　　初放片舟出世波　　兒蝶偠偠簾外舞　　小螢耿耿草邊過

將探入虎投機可　　欲釣深魚不餌何　　兄弟莫效頭鼠態　　地通十極道無他

한규설과의 주고받은 시(23세때 지음)

금년봄 목서화 필 때 그대와 헤여져
세상처음 일엽편주로 세파를 타고 나섰네
애띤 나비 펄럭이며 울타리에 춤추고
갓나온 반디불은 반짝이며 풀밭을 지났지

호랑이 잡으려면 굴에 들어 갈 것이요
고기를 낚는데 미끼 없어 어쩌노
형제여! 제발 쥐 머리는 닮지마소
땅을 알려면 십극도 밖에 있을라구

建元 元年 元旦 作詩

琴調雖有妙	奈何指不妙	須得指妙彈	奈何耳不妙
庭中有一樹	日月總無影	根據盤石裡	楔立淨土上
枝長葉又大	花妙果又貴	我將摘此實	一飽宇宙飢
山深水根深	天高鳥飛高	寧爲蜂衆將	不作虎君臣
今日逢子貢	明朝得孔明	我將此數子	大齊宇宙歌

건원원년 초하룻날 지음

거문고 있어서 곡조 오묘하지만	뜯는 손 재주없어 어찌 할거나
뜯는 재주 배워 익혔으나	들을 줄 모르니 그를 어쩌나
마당에 한그루 나무 자라서	무성해 해와 달 그림자 없네
뿌리는 반석밑에 깊이 박히고	줄기는 정토위에 곧게 섰다네
가지길고 잎도커 무성히자라	꽃은 오묘 열매 귀한지라
내가 바야흐로 이 과일 따서	우주 속 굶주림을 배불리 먹였네

산이 깊으니 물도 근원 깊고   하늘 높으니 새도 높이 나누나
하물며 꿀벌은 무리지어 일하고   저절로 호랑이도 군신의 예의 있네

오늘은 자공만나 도를 논하고   내일은 공자얻어 인을 말하리
나는 바야흐로 이 몇 제자로   대제(大齊)의 제세가를 크게 부르리
(노래집에는 더 많은 건원절 창가가 있음)

會 寧 獄 詩

朔風次我送鄕關   飛雪寒雲客味酸   誰喜更瞻彼日月   奈羞忍踏此江山
群啼世界孤情熱   一笑乾坤萬事閒   到此偸生何所足   以其道在是人間

회령감옥에 가면서

북풍은 내게 불어 고향으로 보내고
눈보라와 찬구름은 나그네를 괴롭히네
그 누가 해와 달 바라보고 기뻐하느뇨
이 수모를 어찌 참고 내 강산을 밟느냐

세상사람 짖어대도 내 정열 고고하고
한바탕 웃고 나니 천하만사 한가롭다
어디간들 세상에 무슨 쓸모 있으리
사람이 사는데는 그 도리 있나니라
　(노래집에 회령감옥행 창가 27수가 있음)

二十五歲 時作

無底石舟泛靈海   極宇一回只一朝   萬浪千風終日至   南南北北無所碍

25세때 지음

돌로 만든 밑없는 배 허공에 띄우니
우주를 한바퀴 한 아침에 돌아라
모진 파도 온갖 바람 종일 닥쳐도
남남 북북 어딜가도 거칠 것 없었네
(晨講錄 중 有心無心에서는 雲水寺에서 읊었다고 했다)

寄 海 山 翁 (對句)

胸中靜矜三更月　心上思盧四時春

해산 영감에게 보냄

가슴으론 고요히 삼경달이 불상했고
마음에선 그항상 사시장춘 그렸네

白頭山有情

白頭山色四時雪　鴨綠江聲千里波　　龍心豈足王魚國　鶴行本非濕蘆洲

백두산을 보고

백두산은 사시사철 흰눈 빛이요
압록강은 천리를 흐르며 푸른 물결 소리뿐
용의 뜻은 그어찌 어족나라 임금이랴
백학은 본래부터 젖은 갈밭엔 안 간다네

참　고

어북촌(魚腹村) 옛터 회고

아 한篇은 소래선생 수제자인 고 이평림(李平林) 선생께서 폐허가 된 어복촌(魚腹村)을 다시찾아 소래선생의 시신을 「노루아기」 무덤 옆에 안장(安葬)하고(1935년) 귀국후 소래선생의 추도사를 시가 형식으로 읊은 기록물이다.(1959에 읊음)

1. 고요한밤 北極星을 向하고서　德成山밑 魚腹村 옛터를찾아
   쑥과능장 욱어진　그속헤치고　고요히 누워계신 무덤앞에가.
2. 업드려 흐느끼며 목메어울때　어루만저 달래시며 님도우시리
   三二四 그때일을 生覺하면서　千秋에 풀수없는 憤激의눈물.
3. 뭇몽치에 넘어진 마루진太師　銃쏘고 銃창질과 도끼로패어
   끊어진 오른손을 집어들고서　이손으로 글썼지 멀리던졌네.
4. 열아홉살 어린處女 主義를爲해　살려주련 그놈들을 크게꾸짓고
   피꽃으로 化하신 玉仙 누이야　後萬世紀 主義者에 龜鑑되시라.
5. 舜瑞, 東郁, 道經, 田經, 모시고 殉義　살아서도 血泣肉戰 잘싸웠더니
   高貴하신 그죽음 받으신것은　人間의 最高榮譽 大福입니다.
6. 마루진 著作모다 불사른뒤에　第二次 虐殺對象 고르는때에
   日軍急襲틈타서 避하였으니　瑗翁外의 일곱분 倭軍에잡혀.
7. 面目조차 알수없는 칼밥이되니　두惡鬼에 두번虐殺 全村이灰燼
   남은사람 共鬼捕虜 다죽는판에　목숨잊고冊파 져 온 거룩한三誠(亨錫, 尙經, 金松)
8. 계실때도 子夜深雨 行路難턴데　孤兒身勢 몇어린이 萬難헤칠때
   恐怖誘惑 다팃다팃 물앉을까봐　임네죽음 슬픔으로 오히려 그福.
9. 맑스學說 破産宣告 解剖刀앞에　散散쪼각 부서져진 共産黨으론
   그렇게나 發惡할지 모른다해도　人間으론 참아못할 그惡毒이야.
10. 社會惡을 바로잡는 새로운創導　모든옛것 爆破시킨 미움받으니
    舊勢力에 祭物化는 理勢라해도　悽慘極한 그죽음은 안고웁니다.

11. 黑龍江 큰쇠다리 미는화살과　　　豆滿鴨綠 다리건너 쫓는惡鬼들
　　左衝右突 막아싸운 우리本據에　　두敵陣이 한데덥친 運命일런가.
12. 西山도 그대를 싸고둘렀고　　　　앞시내도 옛처럼 안고돌았네
　　소나무는 뫼뒤에 지키고섰고　　　玉簪花도 뫼앞에 버티고피네.
13. 스타트 다리는 윗몸잃고도　　　　毅然히 激恨과 싸우고서서
　　威容차게 한결같이 守衛하면서　　憤怒와 怨痛으로 나를맞는 듯
14. 當年에自 負하던 어린이몸이　　　三二四 二十六回 맞으면서도
　　焚香參拜 못함은 境遇탓하나　　　盟誓잊은 그罪를 다시웁니다.
15. 春郁翁 壯烈하게 혀끊고죽고　　　海山斗明 勇敢히 싸워쓰러진
　　先輩들의 피맺힌 자국밟으며　　　혀깨물고 盟誓를 다시다지네.

李平林 근도

소래 김중건 선생 전기

初版 印刷 ● 2003年　9月　25日
初版 發行 ● 2003年　9月　30日

編著者 ● 金　智　勇
發行者 ● 金　東　求

發行處 ● 明　文　堂
서울특별시 종로구 안국동 17~8
대체　010041-31-001194
전화　(영) 733-3039, 734-4798
　　　(편) 733-4748
FAX 734-9209
Homepage www.myungmundang.net
E-mail　　om@myungmundang.net
등록　1977. 11. 19. 제1~148호

● 낙장 및 파본은 교환해 드립니다.
● 불허복제.

값 20,000원
ISBN 89-7270-738-4　03810

이 전기는 국문학자 김지용 박사가
근 40년간 추적하며 연구한 저술을,
명문당 대표 김동구는 소래 선생의 숭고한
애국애민 정신과 고원 심수한 철학이념에 감격하여
헌신적으로 고급 양장본으로 특별히
제작 발행하는 책입니다.